U0600285

细雪

（日）谷崎润一郎 著

尹力 译

应急管理出版社

·北京·

图书在版编目（CIP）数据

细雪/（日）谷崎润一郎著；尹力译. -- 北京：
应急管理出版社，2020
ISBN 978-7-5020-8037-2

Ⅰ. ①细… Ⅱ. ①谷… ②尹… Ⅲ. ①长篇小说—
日本—现代 Ⅳ. ①I313.45

中国版本图书馆 CIP 数据核字(2020)第 048405 号

细雪

著　　者　（日）谷崎润一郎
译　　者　尹　力
责任编辑　王　坤
封面设计　末末美书

出版发行　应急管理出版社（北京市朝阳区芍药居 35 号　100029）
电　　话　010-84657898（总编室）　010-84657880（读者服务部）
网　　址　www.cciph.com.cn
印　　刷　河北赛文印刷有限公司
经　　销　全国新华书店

开　　本　880mm×1230mm $^{1}/_{32}$　**印张**　$18^{3}/_{4}$　**字数**　500 千字
版　　次　2021 年 8 月第 1 版　2021 年 8 月第 1 次印刷
社内编号　20200073　**定价**　88.00 元

《细雪》译者序

谷崎润一郎（1886—1965），日本近代知名小说家，经典的唯美派大师。他出身于东京一个没落的米商家庭，幼年生活富足，后来家道中落，中学时教过家馆。1905 年在亲友资助下进入第一高等学校，1908 年进入东京帝国大学国文系，1910 年，也就是大学三年级时因拖欠学费被迫退学，开始了创作生涯。同年，和剧作家小山内薰、诗人岛崎藤村一起创办杂志《思潮》，并发表短篇小说《刺青》《麒麟》。他因为这两篇小说得到日本唯美主义鼻祖永井荷风的极力推荐，从此正式登上日本文坛。到 1965 年因肾病去世为止，他在长达半个世纪的创作生涯中，创作出诸多优秀作品，如《恶魔》《异端者的悲哀》《痴人之爱》《春琴抄》《细雪》《少将滋干之母》《疯癫老人日记》等。他曾利用八年时间（1934—1941）三度将《源氏物语》翻译成现代日语，并在 1949 年获得日本政府颁发的文化勋章；他也曾七次获得诺贝尔文学奖提名，终因病逝与该奖项无缘，不能不说是一种遗憾。

谷崎有着深厚的汉学造诣。他曾经在秋香私塾攻读汉文，有较为坚实的汉语基础，十几岁就能赋诗吟句，在校友会杂志上发表过自编的故事和自创的汉诗。1918 年，他只身一人到中国游历，到过东北、北京、天津、汉口、九江和江浙等地，返回日本后创作了《苏州纪行》《秦淮之夜》《西湖之月》等作品，曾担任中日文化交流协会顾问。

日本在 1931 年发动“九一八事变”，蓄意挑起局部侵华战争，又于 1937 年发动标志全面侵华的“卢沟桥事变”，乃至 1941 年偷袭美国珍珠港，太平洋战争爆发。日本对外发动侵略战争，对内施行军国主义高压政策。在这种野蛮的法西斯高压统治下，很多作家加入了“笔杆子部队”。谷崎润一郎不想支持法西斯，为了避免卷入其中，着手创作以松子夫人及其姐妹为原型的长篇小说《细雪》。

这部小说最初在《中央公论》1943 年的 1 月号和 3 月号上刊载，但在该年 6 月份，日本陆军报道部就将该杂志的编辑召去，禁止《中央公论》继续连载《细雪》，理由是“战时不宜发表这类有闲文字”。谷崎润一郎也被找去“谈话”，体验到了“江户时代的作者触犯政要的忌讳而戴手铐、关禁闭的愤郁心情”，但他私下抵制，仍写完上卷，并自费印刷了二百册，送给亲朋好友。日本战败后，他才完成了小说的中卷和下卷，并最终出版。

《细雪》以日本关西地区的风土人情为背景，描写了没落的莳冈家族四姐妹的婚姻家庭生活，随着四季更迭，穿插了赏花、赏月、舞蹈、捕萤火虫等活动以及风流韵事。小说的主线是三妹雪子的五次相亲，以此展开小说情节，其中也穿插了小妹妙子与奥畑、板仓、三好的情感纠葛。莳冈四姐妹由松子四姐妹虚构而来，但也呈现出了时代风貌，是日本文学经典女性形象之一，也是日本 20 世纪 40 年代女性形象的缩影。

莳冈四姐妹分别为大姐鹤子、二姐幸子、三妹雪子，以及小妹妙子。她们具有不同的性格特质，诠释出不同的女性之美，体现出急剧变化的时代里传统和现代的融合。

大姐鹤子有家长权威，她和丈夫辰雄在父母相继去世后继承了上本町本家，握有家族事务的最终决定权。她美丽的躯壳下掩藏着阴冷的心，她关心妹妹们，但关系到家族形象和家族利益时，就会不顾一切去捍卫它，甚至不顾念姐妹情分。她得知妙子想成为职业女性时，就说妙子太乖僻了；她得知奥畑的种种劣迹后，却不为妙子的终身幸福着想，仍然期望妙子能嫁给豪门少爷奥畑；她得知妙子病重后，认为妙子是咎由自取，如果病逝，为了维护家族声誉，也不能给妙子举办葬礼。鹤子性格自私木讷，当妙子亲自去东京交涉又因板仓病情恶化匆匆赶回去时，她听幸子说妙子有急事回去了，连有什么急事都没问，反倒暗自松了口气。她随调职的丈夫去往完全陌生的东京后，终于不像在关西时那样处处撑场面了，也会因为不能与姐妹们一起看戏、赏花而伤感惆怅，让人感觉她也有可爱之处了。

作者在幸子这个人物身上倾注了最深的情感，因为这个人物的原型是松子夫人，是他此生挚爱，也是对他的文学事业产生重要影响的女人。二姐幸子从小深得父亲宠爱，婚后与丈夫贞之助感情和睦，和雪子、妙子两个姐妹感情亲密，可谓是一个幸福的女人。幸子温柔敏感，兼具古典优雅和现代灵动之美。她尽心尽力为雪子张罗亲事，对被视为“异类”的小妹也给予理解、支持和帮助，比如在妙子病重时忧心挂念，派阿春和雪子去护理。幸子也多愁善感，在发洪灾时，她为妙子担忧，伤心落泪，她看见妙子《雪》舞的照片，觉得这个活泼进取、为所欲为的妹妹让人觉得可恨，但看到她舞姿传达出的娴静气质，又让人生出怜爱之情，她又回想起妹妹拍下如此漂亮的照片，总有种不祥的预感，她看见照片中的妹妹穿着姐姐的嫁衣，就不由得感伤落泪。除此之外，她每每想到自己流产失去的孩子就不禁落泪。

三妹雪子勤劳坚韧，有献身精神，在鹤子家的孩子和悦子生病时，多是她不遗余力地护理，比护士护理得都要好。雪子冷静客观，她平时言语不多，有日本传统女性温顺的一面，但她尽管在小事上温顺随和，在婚姻这种大事上颇有主见，没有失去判断力，并不总是顺从。比如，她看不上姐夫辰雄为她介绍的脑袋不灵光的富家子弟三枝，等事情发展到退无可退的地步，才说出个“不”来，任凭姐夫和大姐姐怎么苦口相劝，都没吐出一个“嗯”字来。雪子又腼腆羞怯，她被野村问及能不能耽误十五分钟喝茶时，慌作一团，满脸通红，说不出一句整话来。她和别人打电话时声音极小，就算她拼命扯着喉咙喊，声音也细弱难辨，实在听不清楚。所以别人向来不愿意和她打电话，而她也知道自己不擅长打电话，通常让别人代接。

雪子这个人物并不是完美的典型，处于保守与革新、现实与理想，以及新旧事物的对立旋涡中，她在婚姻大事上不遵从“以忍从为美德的道德标准”，不盲从于姐夫的命令；她婚姻观念陈旧，强烈反对妙子嫁给板仓，反倒宁愿妙子嫁给劣迹斑斑的豪门少爷奥畑；她又不得不将自己的未来和命运寄托在丈夫身上，依附并从属于丈夫。究其原因，是雪子没有自食其力的技能，也没有独立的经济地位。小说以雪子乘火车赴东京结婚结束，并没有明确给出雪子的婚后命运，但从她未曾因为要结婚感到高兴，腹泻也一直未见好转来看，雪子未来的婚姻生活笼罩着不祥的阴影，也预示了她不幸的命运。

小妹妙子是个活泼老练、有进取心、多才多艺的现代女性。她二十岁时与豪门少爷奥畑启三郎自由恋爱，甚至私奔，爆发了新闻事件，使雪子受到波及。在洪灾中险些丢掉性命的妙子，感念板仓的恩德，再与不愿为寻找和营救自己弄湿西服裤子的奥畑相比较，她爱上了板仓，并不顾身份悬殊、家庭阻挠以及社会压力，明确提出要与板仓结合。但她也有中产阶级妇女的两面性与软弱性，在板仓和奥畑间周旋，也一度在板仓得脱疽病逝后与奥畑交往密切。但最终为了能与相爱的酒吧招待三好在一起，她有计划地怀孕，迫使本家和分家承认她与三好的亲事，也迫使奥畑与她分手。探究原因，一是她在四姐妹中对金钱的可贵有最为深刻的体会，因为她深受家道中落时期悲惨境地的影响；二是她受到家世和门第观念的羁绊少，在婚姻大事上推行“实利主义”，她认为在选择丈夫时，爱情、健康和自食其力这三点比什么都重要；三是她有能自食其力的技能，会制作人偶，又擅长裁剪缝纫，立志成为职业女性。她和三好的婚姻，虽然没有盛大的婚宴，没有堆积如山的礼物，也没有亲朋好友的祝福，但婚后生活应该是充实、和谐而幸福的。

《细雪》足足有三卷，规模不可谓不宏大，没有普通读者所期待的小说高潮，小说中的主要人物以及故事情节均无戏剧性变化，但正是《细雪》的“长”成就了《细雪》的“细”。小说时间跨度不大，脉络清晰，文笔清新，读之淡雅。小说之所以能在日本文学史上享有崇高地位，是因为它反映社会现实，因为它颇具艺术特色，已经达到炉火纯青的地步。

一是人物心理刻画细腻。小说通过细腻的心理描写，能够直达人物心灵，揭示人物内心世界，表达复杂思想感情，丰富人物形象。幸子是个多愁善感的人，她因两个妹妹婚姻延误而忧虑伤感。在平安神宫赏樱花时，她触景生情，暗忖等明年赏花时，说不定雪子已经出嫁了，自己固然会寂寞，但为了雪子着想，仍希望那一天早点到来。她前年和去年也曾默念这是最后一次和这个妹妹一起赏樱花了，可今年又和雪子一起赏花，不禁觉得雪子可怜，都不忍心直视雪子的脸庞了。小说就是如此一波三折，通过细腻的心理描写，来展现幸子多愁善感的性格。

二是作品风格典雅细致。在叙述莳冈四姐妹的婚姻家庭生活时，力图再现古典世界，用古典方法构建美。为此，作者不细致描写当时的大环境，不如实描摹法西斯给人民带来的灾难，而是写到赏樱花，写出幸子等人盼望樱花早开的焦急、欣赏樱花的欢愉，以及担心樱花掉落的哀愁，写得淋漓尽致。再如贞之助所写的和歌《四月某日于嵯峨》：“佳丽着盛装，京畿嵯峨花开时，赏樱人如织。”增加了作品的文学意蕴，形成了典雅细致的文章风格。

三是寓情于景渲染气氛。作者注重环境和景色描写，做到了寓情于景。如写雪子在芦屋逗留期间在庭院中伫立徘徊的情景，体现了她对关西浓浓的眷恋之情。写到转送板仓到铃木医院做手术时，妙子看见偌大一栋建筑，冷冷清清，阴森逼人，空荡荡给人一种凶宅的感觉，为下文写板仓病逝做了铺垫。写到夏夜捕捉萤火虫的美好情景，稚气浪漫而有诗意。这种寓情于景渲染氛围的特色是贯穿作品始终的。

四是关西方言地域色彩。1923 年 9 月关东大地震之后，谷崎搬到关西居住，这成为他生活与创作的分水岭。他发现关西历史悠久、民风民俗淳朴、山川秀丽迷人，他爱上了关西的语言、饮食、服饰、建筑等许多东西。他转变“西洋生活”的思想方式和创作方式，将语言改为婉转含蓄的关西语，也包含关西歌舞伎、谣曲、三味线曲、净琉璃、乡村屋舍等具有地域色彩的事物，激发作品古典趣味，给人古老、宁静、多情的感觉。

除此之外，从表面看，小说反映的是日本关西上流社会的生活，优裕而安闲，但从书中情节不难看出，当时的人们深受战争影响，这不仅体现在舒尔茨一家、基里连科一家，以及波什先生一家这样的外国人身上，也体现在日本人民身上。无论是物质生活的服饰、医药等方面，还是精神生活的舞蹈、戏剧、报刊等方面，都深受战争荼毒。谷崎借助书中人物之口传达自己的心声。

在对待日本侵华问题上，谷崎的态度是极为明确的。在中国著名戏剧艺术家欧阳予倩病逝后，谷崎写文章《忆旧友欧阳予倩君》悼念他，其中就有“中日关系陷入了可悲的不幸状态，日本军阀作威作福，迫害中国人民。我曾经有机会到中国去，但我不愿受军阀利用，更不愿意看到军人那种耀武扬威的样子，所以再也没有到中国去……”的语句。任何国家的人民都不喜欢战争，都渴望和平。

尹力

目录

CONTENTS

上卷

目录

CONTENTS

目录 CONTENTS

目录

CONTENTS

上　卷

一

“小妹，拜托了。”幸子正在往脖子上敷粉，从镜子里看见妙子从走廊走进来，走到自己身后，就头也不回地将手中的粉刷递过去，像是欣赏别人的姿容一般凝视着镜子里穿长衬衣裸露着脖颈的自己。“雪子在下面干什么呢?”幸子问道。

“好像在看悦子练琴。”

楼下果然传来练习钢琴曲目的声音。大概是雪子刚打扮好了，就被悦子抓去看她练习了。悦子是个即使母亲出门，只要雪子待在家里，她也会乖乖待在家里的孩子。今天她听说妈妈、雪子、妙子三个人要一起出门，就有些不乐意，但听说两点开始的演奏会一结束，雪子就会先回来陪她吃晚饭，她才总算同意了。

“哦！小妹，又有个给雪子提亲的。”

“是吗?”

妙子用刷子帮姐姐擦着白粉，从脖子一直刷到两肩，留下明显的粉刷印痕。幸子不驼背，她从肩膀到后背都长得丰腴，皮肤润滑有弹性，在秋天爽朗阳光的照射下散发着光泽，看上去不像是三十开外的人。

“是井谷老板娘提的亲。”

“是吗?”

“据说是挣薪水的，是 MB 化学工业公司的职员。”

“薪水多少?”

“月薪一百七八十元，加上奖金大概二百五十元。”

“MB 化学工业公司是法国人开的吧?”

“是啊。你真是什么都知道，小妹。”

“这个我自然知道。”

年纪最小的妙子比两个姐姐都要精明。对于不谙世事的姐姐们，她多少有些看不起她们这一点，说起话来俨然她年长几岁似的。

“我以前没听说过这家公司，据说总部设在巴黎，是个资本雄厚的大公司。”

“日本神户的海滨大道不是有栋他们的大厦吗？”

“是的，据说他就在那里上班。”

“他会法语吗？”

“唔，他曾经在大阪外语系学过法语，还在巴黎待过一段时间。他除了在公司上班以外，晚上还在夜校里当法语老师，月薪大约一百元，加起来就差不多有三百五十元啦。”

“财产呢？”

“没什么财产。乡下有个老母亲，住在他们以前的房子里。还有他自己在六甲的房子和地皮。六甲的房子是分期付款购买的小型文化住宅，就知道有这么一点儿财产。”

“话虽这么说，不用交房租，还能过上一般人超过四百元的生活呢。”

“这门亲事对雪子怎么样呢？家里倒是只有一个老母亲，又住在乡下，来不了神户。他本人四十一岁，据说还是初婚。”

“为什么到四十一岁还没有结婚？”

“据说是因为挑长相才耽误的。”

“这可真奇怪，需要调查以后才会知道。”

“对方很积极的。”

“雪姐的照片给人家了吗？”

幸子还有一个本家[①]姐姐鹤子，所以妙子从小就有个怪癖：称幸子

---

① 本家：处于一族或一门中的中心地位，并且名义上是土地所有者的家庭。——本书脚注，如无特殊说明均为译者注。

“二姐”，称雪子为“雪子姐”，说快了就成了“雪姐”。

“照片先前放在井谷老板娘那里一张，她自作主张交给对方了。对方似乎很中意。”

“没有对方的照片吗？”

幸子听到楼下的琴声还在响，估计雪子暂时不会上来。

“喏，把最上面右边的那个小抽屉抽出来找找，”幸子拿起口红，像要和镜子里的人亲吻似的努努嘴，“有吧？就在那里。”

“啊！这是给雪子看的，竟然给你看了。”

“雪姐怎么说？”

“还不是跟过去那样，只说了句‘啊，这个人啊’就不怎么说了。唉，你怎么看？”

“这个人嘛，相貌平平。不过，也许有可取之处。但怎么看都是小职员的类型。”

“是吗？本来就是这样的人嘛！”

“这对雪姐倒有个好处，就是可以教她法语了。”

幸子大体化好妆后，刚要解开印有“小槌屋绸缎庄”商标的和服包装盒的带子时，突然想到一件事：

“对了，我是‘缺B’的。小妹，到楼下吩咐一声，让他们给注射器消毒。”

据说脚气病是阪神地区[①]的地方病，也许是这个缘故吧，从这家主人夫妇到今年才上小学一年级的悦子，每年夏秋两季都会因为脚气得焦虑症，注射维生素B就成了习惯。最近甚至不用去看医生，家里就准备了强效维生素注射剂，就算什么毛病都没有也会相互注射。只要身体有一点不舒服，就归咎于缺少维生素B。也不知是谁说的，这种病统称为“缺B”。

---

① 阪神地区：大阪和神户的合称。

妙子听到钢琴声停住了，就把照片放回抽屉里，走到楼梯口，但她并没有下楼，而是朝着楼下看了看，“下面有人吗?”她大声喊道，“太太要打针，把注射器消消毒。”

二

说到井谷，她是幸子她们常去的那家位于神户东方饭店附近的美容院的老板娘。幸子听说这位老板娘很喜欢帮人做媒，所以早就将雪子的事拜托给她了，还给了她一张雪子的照片。前不久，幸子去她那里做头发，等做完头发，就听井谷说：“太太，请您去喝杯茶好吗?”她邀请幸子到东方饭店的候客厅去，提起了这件事。

她说：“事先没和您商量有失妥当，很是抱歉，但我担心磨磨蹭蹭的会错失良缘，所以在一个半月前自作主张把雪子小姐的照片给对方看了。之后有一段时间没有消息，我自己都快忘了。据说对方在这期间调查过您家、大阪的本家、雪子小姐本人以及她读书的那所女子学校，就连雪子小姐的书法老师和茶道老师那里都去调查了。所以他对府上的情况基本都了解，至于那次‘新闻事件’，他也特意跑到报社去调查了一番，说那篇报道有误。尽管他那样说，我还是事先和他讲明，想要看人家是不是那种闹桃色新闻的小姐，还是见一面吧。对方很谦逊地说：‘莳冈家和我身份悬殊，何况我收入微薄，能够娶到莳冈家的大家闺秀，我已经是高攀了，何况嫁到我们这样的贫寒人家来还要吃苦操劳，实在于心不安。不过，万一有缘可以结婚，那就没有比这更幸运的事了，希望您能说合一下。’据我所知，对方直到祖父那一代都是某个北陆小藩的家臣长，目前乡下还保留着原来宅邸的一部分，从家世上来看，双方差距不大。府上自然是世家望族，在大阪，莳冈家族可谓名噪一时。但恕我说句失礼的话，如果一味留恋过去的名望，到头来只会使雪子小姐的婚事一再耽误。所以，我看还是将就一下，您觉得怎么样？男方虽然薪水不多，但四十一岁，也不是没有加薪的希望，而且那家公司和日本的公司不同，时间比较充裕，他在夜校授课的时间又增加了，月收入在四百元以上不成问题，结婚以后应该能过上使唤女佣的日子。至于人品方面，他是我二弟中学时的同学，年轻时就很熟，所以可以打包票。当然，最好您亲自调查一下。至于晚婚的原因，完全是由于挑长相，没有别的缘由，这一点还是可信的。他到过巴黎，又年过四十，不可能没亲近过女色。但根据最近见面给我留下的印象，他确实是个循规蹈矩的职员，丝毫没有寻花问柳的样子。像他们这种循规蹈矩的人，往往看重姿色。他也曾受过巴黎的熏陶，也许正是因为这样，反倒想挑选一位日本美人做太太。不适合穿洋装也行，只要性格文静，举止端庄，姿态优雅，和服穿得合身，容貌当然要好，首先手脚要长得好看。我想府上的小姐是再合适不过了。"

井谷一边养着因中风而卧床不起的丈夫，一边经营着美容院，还把她弟弟培养成了医学博士，今年春天又把女儿送进了目白①的大学。她这个人脑筋转得比一般女人快好几倍，万事都深得要领，不知道是不是因为做生意的关系。但以一个美容院老板娘的标准来衡量，又似乎欠缺一点什么，她不会花言巧语或拐弯抹角，心里有什么就说什么，说话又不过分，无非是说出必要的实情，所以不会给人留下坏印象。

幸子最开始听井谷连珠炮似的说话，心里也有些不习惯，可听着听着，就听出她那胜于男人的女中豪杰的性情完全是出于好意。而且最重要的是，她说话有条有理，不给人插嘴的余地，幸子只有低着头静听的份儿，完全被她说服了。当时，幸子说会立刻和本家商量，还要调查一下对方的身世，然后就辞别了。

幸子下面挨肩的妹妹雪子，不知不觉三十岁了还没有结婚。关于这一

---

① 目白：东京文京区地名，日本女子大学所在地。

点，有些人怀疑有什么隐情，其实也没什么特殊的理由。最大的原因是，本家姐姐鹤子、幸子以及雪子本人都执着于她们父亲晚年的那种豪奢的生活，以及莳冈家过去的名望地位，总希望找个门当户对的人家结亲。最初来说媒的人络绎不绝，她们总觉得不特别满意而一一谢绝了，因为这样招致别人反感，渐渐没人再登门求亲了；这期间，莳冈家的家运也一天不如一天，所以井谷会说不要一味留恋过去的名望这样的话，确实是为她们着想的善意忠告。莳冈家的全盛时期至多持续到大正[①]末年，现在只留在为数不多的大阪人的记忆里罢了。不过老实说，就算是在全盛时期的大正末年，由于她们父亲不管生活上还是营业上都很放纵的做法招致了恶果，衰颓之势渐渐显露出来。没过多久，父亲去世，缩小营业规模，然后把从旧幕时代[②]就拥有的引以为傲的船场[③]的店铺转卖给别人。幸子和雪子在那之后很长一段时间都无法忘记父亲在世时的日子，姐妹俩每次走过那依稀保留着往日风貌、设有仓库的老店铺（如今已经改建成了洋楼）门前，都留恋地向暗沉沉的门帘里偷瞄上几眼。

只有女儿没有儿子的父亲，晚年赋闲在家，将家业交给赘婿辰雄掌管。二女儿幸子也招了女婿，分家居住。三女儿雪子很是不幸，到了适婚年龄没能由父亲觅得良缘，又与姐夫辰雄有隔阂。

辰雄是银行家的儿子，入赘以前在大阪的一家银行工作，名义上继承了岳父的家业，实际上工作仍然由岳父和掌柜来做。岳父死后，他不顾小姨子和亲戚们的反对，把一爿努努力也就可以支撑下去的店铺拱手让给了莳冈家的一个伙计，他自己又成了原来那家银行的职员。他和他那喜欢排

① 大正：日本大正天皇在位期间使用的年号，时间为1912年7月30日至1926年12月24日，该年号曾经四次被选为候补，于明治改元时被采用。

② 旧幕时代：德川幕府时代，也称江户时代（1603—1867）。

③ 船场：大阪东区的商业中心，繁华之地。船场旧家的门第高贵，拥有自身规矩与传统。

场的岳父不同，他是个稳重的人，甚至未免有些怯懦，不太愿意继承这份自己不熟悉的家业，考虑到这个问题，选择了更稳妥的道路。辰雄也正是重视自己赘婿的责任，才做出了这样的选择；可雪子过于留恋往昔，对姐夫的行为心怀不满，觉得亡故的父亲一定也和自己想法一样，在九泉之下也会埋怨姐夫没有魄力。

就在那时，父亲过世没多久，姐夫十分热心地劝她结婚。对方是丰桥市[①]的富家子弟，在地方银行里担任董事，是姐夫工作的那家银行的上级银行，姐夫自然很了解他的人品和资产状况。姐夫觉得丰桥市的三枝家无可挑剔，对今日的莳冈家来说是再好不过的对象了，而且男方本人忠厚老实，于是就安排他们相亲。可雪子见了他一面之后，却怎么都不想嫁给这个人。之所以这么说，并不是这个男人长得不堪，而是有种乡下土财主的味道，毫不灵光的样子。据说初中毕业时生病了，因而没能升学，恐怕学问也不怎么好。雪子从女子学校到英语专科都是以优异的成绩毕业的，这样一来就没办法尊敬那个男人了。而且纵有万贯家财，可以保障生活无忧，但要在丰桥市那样的小城镇过日子，将来也会寂寞难耐的。幸子比谁都同情雪子，说什么也不会让雪子去受那个罪的。在姐夫看来，小姨子学习固然好，但未免顾虑过多，过于因循守旧，耽于日本趣味，适合到刺激较少的乡下小镇去过安稳的生活，想来她本人也一定不会有异议的。但让人意想不到的是，看上去腼腆、羞怯、在人前不善言辞的雪子，并不是那种百依百顺的女子，这是她姐夫第一次领略到她的个性。

不过，雪子既然从心里不赞同这门亲事，就应该早把话挑明，不该吞吞吐吐的含糊其辞，等到最后关头也没把这些话告诉姐夫和大姐姐，只是对幸子说了心里话。也许是在热心的姐夫面前难以启齿的缘故吧，还有她就是这种沉默寡言的性格。

---

① 丰桥市：日本爱知县东南部的城市，东三河地方的中心城市。

所以，她姐夫误以为雪子本人心里并不反对。男方在相亲之后顿时热情高涨，派人请求一定可以成全这门亲事。于是，事情发展到退无可退的地步，雪子才说出“不”来，任凭姐夫和大姐姐怎么苦口相劝，她都没吐出一个“嗯”字来。

姐夫原本以为能通过这门亲事告慰九泉之下的岳父，哪知道结果让他大失所望。更让他感到困扰的是，事到如今，该如何向男方以及从中撮合此事的银行上司交代呢？想到这些，他就直冒冷汗。要是能说出令人信服的拒婚理由也就罢了，竟然说人家不灵光，这不是吹毛求疵嘛！一口回绝这门不可多得的高攀了的大好姻缘，只能说雪子太任性了。姐夫也难免往坏处想，怀疑雪子是有意使他难堪。

这位姐夫对雪子的亲事算是心知肚明了，别人来做媒，他还是很乐意倾听，但他不再主动插手这种事了，能回避就回避。

三

雪子的婚事不顺遂，还有另外一个原因，就是井谷所说的“新闻事件”。

那是五六年前，当时正值二十岁的小妹妙子，和船场的世家子弟、开银楼的奥畑家的儿子坠入爱河离家出走的事件。两个人觉得要抢在雪子前面结婚，用寻常办法是不可能的，商量好之后就采取了非常手段。动机似乎是单纯的，却是哪方家庭都不允许的，所以马上就被逮了回去。事情好像已经解决了，但不幸的是，这事被大阪的一家小报捅了出来，而且错把妙子写成了雪子，年龄也写成了雪子的。当时，莳冈家为雪子着想，打算要求报馆取消那条消息，又担心这样做会从反面坐实妙子的绯闻，同样招致不良的后果，也显得不明智，所以最初不予理睬。一家之主辰雄犹豫了很久，认为无论给犯错误的人带来什么影响，都不能让无辜的人受到惩罚，于是就让报馆取消那条消息，可报纸上刊登出来的不是取消那条消息，而是更正报道，不出所料，妙子的名字被刊登了出来。辰雄在这之前也想听听雪子的意见，但他知道，就算征求了，一向在自己面前寡言少语的雪子也不会给出明确的答案。如果和妙子商量，说不定会在利害关系相悖的雪子和妙子之间引发纠纷。于是，他就只和妻子鹤子说了，一个人做主，采取了这种举措。这是为雪子着想，不惜牺牲妙子也要为雪子洗刷不白之冤，说实在话，他某种程度上有取悦雪子的意图。身为赘婿的辰雄觉得，这位看起来温顺的妻妹，实际上一直对他心存芥蒂，搞不清楚，也难以相处，很想趁这个机会讨她的欢心。可他当时的指望落空了，雪子和妙子都对他心生反感了。按照雪子的说法，报纸上出现错误的报道，只能自认倒霉，更正启事那种东西往往放在报纸上不显眼的角落里，起不了什么作用。无论是取消报道还是别的什么，再报道一次只会让人徒增烦恼，最明智的做法是置之不理。雪子想："姐夫是为了恢复我的名誉，我心存感激，但这样一来，小妹会怎样呢？小妹的行为固然有错，但毕竟是因为年轻办事不分轻重造成的，要追究起责任来，还要归咎于家里管教不严，别说姐夫了，就连我自己也不能说没有一点责任。况且，清白这种东西，我相信了解我的人自然知道我清白，我不认为自己会因为某篇报道而受到那么严重的伤害。倒是小妹如果因为这个变得破罐子破摔，从此走上邪门歪道，那该怎么办呢？姐夫做事好摆大道理，未免缺少人情味。这样的大事，姐夫连和我这个利害关系最密切的人都没商量一句就擅自行动，实在太独断专行了。"妙子也有妙子的想法，她觉得姐夫要为雪子洗刷污名是理所应当的，但是一定要在报纸上登出她的名字吗？对方是一家小报，姐夫在这种情况下完全可以使点手段摆平他们，不过是不肯花几个钱罢了，这就很不对了。从那时起，妙子说话就变得世故起来。

辰雄在发生这次"新闻事件"后，曾经因为觉得没脸见人而递交了辞呈，上司以"还不至于这样"为由劝阻，总算平安无事了。可雪子所蒙受的损失是无论如何也补偿不了的了，只有少数几个人注意到那条更正消息，知道她是被冤枉了。尽管她白璧无瑕，尽管她非常自信，可社会上普遍在意她有那样一个妹妹，她的婚事也就变得越来越无人问津了。

暂且不论雪子内心的想法，她表面上始终认定“那点儿误传伤害不了我”，并没有追究妙子的责任，非但没有因为这件事和妙子闹别扭，反倒在姐夫面前百般袒护妙子。过去，她们姐妹两个总是在上本町九丁目的本家、阪急芦屋的——分家幸子家轮流居住，出了这件事以后，两个人则常常一起来到幸子家，一住就是半个月。

幸子的丈夫贞之助是个会计师，每天去大阪的事务所工作，用岳父分给他的一些遗产贴补家用。贞之助和严格要求的大姐夫不同，他不像是从商科大学毕业的，反倒有些文学趣味，平时喜欢写和歌，又不像本家姐夫那样享有监督权，从任何方面讲，都不是雪子她们畏惧的人。只是雪子她们逗留得太久了，他顾虑到本家，才提醒幸子说：“让她们回去一趟吧。”幸子每次都说姐姐会谅解的，不用担心，如今本家孩子多，房子挤，妹妹们时常来这里住，姐姐也能歇口气，总之眼下就由着她们，爱住多久就住多久吧，没什么大不了的。后来这种状态也就习以为常了。

这样过了几年，雪子的境遇没有什么大的变化，妙子的境遇倒是有了意想不到的发展，到头来多少也影响到雪子的命运。

妙子从女校的时候就开始制作人偶了，她一有时间就会摆弄碎布玩儿，随着做工越来越精巧，作品开始出现在百货商店的陈列柜上。她做的人偶有法兰西风韵的，也有日本传统表演歌舞伎的，各种各样，惟妙惟肖，别人仿效不得。这也说明了她平时在电影、戏剧、美术、文学等方面的爱好和素养。总之，她做出来的小艺术品渐渐博得了众人的青睐。去年，幸子还不惜为她租了心斋桥附近的一家画廊，举办个人作品展。起初，她嫌本家孩子多，过于喧闹，就在幸子家里创作。后来，她又想拥有一间更像样的工作室，就在夙川的松涛公寓里租了一间房子，从幸子家到那里不到半小时的路程，而且在同一条电车线上。本家的姐夫不赞成妙子像职业妇女那样工作，尤其不赞成她在外面租房子。又是幸子帮忙说服了。幸子说，妙子过去有那么一个污点儿，要比雪子更难找到婆家，也许让她做一份工作比较好，虽说是租房子，但那也是为了工作，不是去住宿。还假说正好自己朋友的遗孀经营着一家公寓，拜托她租一间房子，那里离得近，自己也可以时常去察看。经过幸子这样一番解释，辰雄总算认可了这件先斩后奏的事。

妙子原本和雪子的性格相反，活泼开朗，谈吐诙谐，总是爱说个俏皮话什么的。可自从“新闻事件”发生以后，她就变得阴郁了，整天心事重重的。不过，这也为她打开了一个崭新的世界，对她来说是一种救赎，让她找回了以前的状态。在这一点上，幸子的预测是正确的。妙子每个月从本家那里领到零用钱，除了这些，她做出来的人偶能以高价出售，手头自然也就宽裕了，有时会拎一个做工精良的小皮包，有时会蹬一双似乎是外国货的高级皮鞋。因此惹得大姐、幸子担心，建议她存点钱。其实哪儿用姐姐们叮嘱，她早就机灵地将钱存起来了，还煞有介事地拿出一个邮局存折来给幸子看，让她别告诉大姐，还说：“二姐要是零用钱不够用，我借给你好啦。”弄得幸子张口结舌的。

有一次，有人提醒幸子说：“我看见府上的小妹与奥畑家的启少爷在夙川的堤坝上散步。”幸子不由得大惊。另外，幸子前几天看见妙子从口袋里掏手帕时带出了打火机，就知道她背地里抽烟了。可幸子明白，二十五六岁的人抽几根烟也是无可厚非的事情。这当口又发生这样的事情，她就把当事人叫过来盘问一下，没想到当事人竟爽快地承认了。再追问下去，妙子回答说：“在那件事之后，启就杳无音信了。上次举办人偶展时他来看我，还买了我的头号作品，就又有来往了。两个人交往得很融洽，但只是偶尔见面。我也和以前不一样，现在是大人了，希望你相信这一点。”

听她这么一说，幸子到此时才觉得让她在外边租房子确实有些不妥，觉得对本家也不好交代。妙子究竟是怎么工作的呢？她工作全凭兴致，带着一股艺术家的脾气，并不是每天都工作，毫无规律可言，有时接连休息好几天，有时兴致来了又干个通宵，第二天早晨脸庞浮肿地回来。原本是不让她在公寓里过夜的，可后来就渐渐行不通了。她什么时候去上本町的本家、芦屋的分家或是夙川的公寓，妙子从来没有一一交代过。想到这些，幸子突然觉得自己真是太糊涂了。

一天，她瞄准妙子不在公寓里，就赶到公寓去找她那位老板娘朋友，不露声色地打听出许多情况来。据那位老板娘说，小妹近来发迹了，招收了两三个学徒，学习制作人偶的手艺，都是太太和小姐。男人的话，只有做包装箱的工匠有时来收订单，有时来送货，仅此而已。小妹工作起来非常专心，工作到凌晨三四点钟是常有的事情，由于没有被褥，就坐着抽烟挨到天亮，坐第一班电车去芦屋。听了这番话，幸子发现时间和地点都对得上。妙子原本租的是六铺席①的房子，最近换了个宽敞的。幸子去看了一番，西式房间高出一截附带一个四铺席半大的日式房间，里面摆满了参考书、杂志、缝纫机、碎布、各种原材料以及未完成的作品，墙上用图钉钉着很多照片。这里像艺术家的工作室那样杂乱，但色彩上确实是年轻姑娘的工作场所应该有的色彩。屋子里打扫得干干净净，整理得也井然有序，烟灰缸里连个烟头都没有，抽屉和信插里也没发现可疑的东西。

幸子原本担心自己发现什么证据，心里有些惴惴不安，出家门时没精打采的。等到过来看到一切正常，立刻放下心来，庆幸自己来察看一趟，因此更加信任妙子了。

但两个月以后，就在这件事快被遗忘的时候，有一天妙子去夙川了，奥畑突然来访，求见当家太太。船场时代彼此就是近邻，幸子也不是完全

① 六铺席：日式房间内铺垫席（榻榻米），所以用垫席的数量来折算房间的面积。

不认识，只好接见他。奥畑见面就说：“突然造访，觉得很是失礼。但还是有件事特地过来恳求您原谅。”在这番开场白之后，他接着说，“几年前我们采取的手段是过激的，但这绝不是一时的轻浮行为。虽然我们当时被拆散了，但我和小妹（‘小妹’是‘小姑娘’的意思，在大阪人家里，这是称呼小女儿时使用的普通名词，当时奥畑不仅称呼妙子为‘小妹’，还称呼幸子为‘姐姐’）约定，不管等多少年，我们都决心得到家长们的谅解。家父家兄最初误以为小妹行为不端，如今才知道她是个有艺术才能的正派姑娘，也知道我们的恋爱是健康的，已经不反对我们结婚了。

“不过听小妹说，府上的雪子姐姐还没有许配人家，要等她的婚事定下来之后，我们的婚事才有指望。所以我和小妹商量过了，由我来向您陈情。我们绝对不着急，要等到适当的时机到来。只是希望姐姐知道我们已经订婚了，并且信任我们。今后，还请您在适当的时候在本家姐夫和姐姐那里美言几句，如果我们能如愿以偿，那就更感激不尽了。听说姐姐是最理解和同情小妹的，我才冒昧地说出这个请求。”

幸子回答说“我已经大致明白了”，不置可否地敷衍了几句，将他打发走了。如果奥畑的话属实的话，那也是能想象得到的，没觉得那么意外。老实说，两人的关系既然已经在报纸上公开了，那最好的选择就是让他们结合，本家姐夫和姐姐到头来也会持同样的想法的。只是考虑到对雪子的心理影响，可以的话，这件事还是往后拖一下为好。

那一天，送走奥畑之后，像往常没事可干的时候一样，她一个人在客厅的钢琴前翻看琴谱，东挑西拣地弹了起来。她正边弹琴，边琢磨去夙川的人也该回来了，只见妙子就若无其事地走进来了。幸子停下手来，叫了声“小妹”，接着说：“奥畑家的启少爷刚走。”

“是吗？”

“我知道你们的事了。不过现在什么也别说，都交给我吧。”

“嗯。”

“现在提出来，雪子未免太可怜了。”

“嗯。”

“你明白了吧，小妹?”

妙子一脸的不好意思，强作镇静地“嗯嗯”答应着。

四

起初，幸子并没有把妙子与奥畑最近来往的事情告诉雪子，也没有告诉任何人。一天，这对情侣又一块儿在散步，从夙川去香栌园的路上，中途要穿过阪神国道。雪子从大阪国营公共汽车上下来，不巧遇见了。雪子将这件事深埋在心底，并没有声张出去。事情过去半个多月，雪子才告诉幸子。这样一来，如果再不讲明，也许妙子会被人误解的，于是幸子就将上次奥畑来访的事情向雪子讲了。她说，他们的事不急，等你的婚事定下来以后再让他们结婚。到那时，为了得到本家的谅解，还仰仗你出一份力呢。幸子边解释边暗暗观察雪子的脸色，但雪子没什么特殊的表情，平心静气地听完了她的话。雪子说：“仅仅是为了不颠倒次序而将他们的婚期推迟，大可不必有这种顾虑。我觉得先让他们结婚比较好，就算是这样，我也不会受到什么打击，也不会放弃希望的。我一定有找到幸福的一天。”幸子看得出来，雪子既没有讥讽之意，也没有逞强之心。

但不管当事人怎么想，都要按姐妹的次序来做。既然妙子的婚事已经到这个地步了，就更有必要抓紧为雪子操持亲事了。不过，雪子晚婚，除了以上列举的那些原因之外，还有一个使她不幸的原因，她是未年[①]出生的羊婆。一般来说，关东一带的人忌讳丙午年出生的女子[②]，如果是没有

① 未年：雪子出生在1907年（丁未）。

② 日本人迷信丙午年（马年）出生的女子会杀夫。

嫌弃未年出生的女子这种迷信的东京人，一定会觉得奇怪；但在关西，人们认为未年出生的女人命苦，婚事乖蹇，特别是做生意的人忌讳匹配未年出生的女人，甚至有“未年女子莫上门”的谚语。大阪这个地方商贾云集，自古以来就有不喜欢娶羊婆的陋俗，就连本家姐姐也说，雪子的亲事或许是由于这个原因吧。

雪子的婚事这样一再耽误，姐夫和姐姐们渐渐明白提出苛刻条件是不可能的了。最初他们提出的条件是雪子是初婚，男方也应该是初婚；后来就改为做人家填房也可以，只要没有孩子就好；接着又说有孩子也可以，只要不超过两个。最后条件竟然降到这种地步；即使比二姐夫大一两岁也没关系，只要外表不显老就行。

雪子本人对那些条件没有提出异议，说只要姐夫和姐姐们意见一致，让她嫁到哪家都可以。不过，要是对方有孩子，她希望那孩子是个可爱的小女孩，这样她婚后会真心疼爱那孩子的。如果嫁给四十多岁的丈夫，显然对方的前程已经没有多大指望，经济状况也不会有什么改善，自己守寡的可能性很大，所以即使不是家财万贯，也要有安享晚年的生活保障。本家和分家都觉得雪子的补充意见很有道理，这之后提出择偶条件时，都作为重要条件添加了上去。

井谷就是在这种情况下来提亲的，男方的条件和女方的要求相差不远，只是财产一项不符合，但才四十一岁，年轻贞之助一两岁，将来也不是毫无晋升的希望。虽说比姐夫年长也可以，但比姐夫还年轻就再合适不过了。和所有相亲对象相比最为突出的一点是，对方是初婚，因为对这点已经不抱奢望了，才分外让人觉得动心，恐怕以后再也难遇到这样的机缘了。总而言之，虽然别的条件有些许不足之处，但初婚这一条就可以弥补所有不足了。另外，虽然那个人是靠工薪生活的小职员，但他毕竟受过法国教育，对法国的文学艺术多少知道一些，幸子认为雪子会中意这方面的。不了解雪子的人都以为她是纯日本趣味的姑娘，那只是从她的服饰、体态和言谈举止得出的表面认识，其实并非如此，眼下她就在学习法语，对西洋音乐的理解也要比对日本音乐的理解深刻得多。

幸子暗地里走了MB化学工业公司的门路，托人打听濑越先生的个人评价，也在外面做了多方调查。无论是哪方面，都没听说有人非议他的人品。幸子以为，良缘或许就是眼前的这桩，打算过几天去和本家商量一番。岂料一个星期前，井谷突然坐着出租车到芦屋来了，催问这桩亲事考虑成熟没有，还带来了对方的照片。面对连珠炮似的说明来意的井谷，幸子想如果说“正要和本家商量这件事”，就未免显得她太拖拉了，于是就顺口说自己觉得这是一桩良缘，现在本家正在调查对方的情况呢，估计再过一个星期就可以有回信了。井谷说：“这种事情还是越快越好，如果府上中意的话，请务必尽快进行。濑越先生心急火燎，天天打电话来催问有没有消息，求我好歹将他的照片送给府上过目，顺便到府上了解一下情况，所以我就抽空赶过来了。那么，一个星期以后，请一定给个回信。”井谷前后坐了不到五分钟，简要说了这番话，就匆匆跳上等在外面的出租车回去了。

幸子处事一贯是京都大阪作风，从容不迫，慢吞吞的，何况这是女人的终身大事，赶任务似的来处理就未免太鲁莽了。但迫于井谷催得急，幸子难得一改往日慢吞吞的作风，第二天就去了上本町的本家那里。她向姐姐简要说明了事情经过，并且说明对方急等着回信。和幸子相比，这位姐姐更是慢吞吞的，对这种事情格外慎重。虽然她认为是一门不错的亲事，但也得和丈夫商量一下，如果可以的话还要委托信用调查所调查一下，然后再派人去那个人的老家了解情况，这样一来，就相当费时间了。本家姐姐既然这么说，事情就绝不是一个星期内所能解决的，至少得花一个月时间。幸子打算想办法跟井谷那边把时间拖得长些。

就在约定期满的前一天，门外又停下一辆出租车，她才想起和井谷的约定。果不其然，来的人是井谷。她一下子慌了手脚，连忙解释说：“昨

天我还去本家催问过，基本没有异议，好像还没有调查清楚，请务必再宽限四五天。”井谷不等幸子说完，就抢着说：“如果基本没有异议的话，详细的调查就以后再做吧。双方当事人先见见面怎么样？也不用像相亲那样讲究形式，由我出面邀请双方吃顿晚饭，本家的姐夫和姐姐不莅临也行，只要你们夫妇俩陪同出席就行了。男方正殷切地期盼着呢。”井谷这么说，真是让人没办法再推辞了。

井谷认为，她们姐妹也未免太高傲了，人家那么热心地四处奔走，她们却慢条斯理地不给答复，究竟是怎么想的？不正是这种拖拖沓沓的作风，让雪子的婚事一再耽误吗？必须对她们当头棒喝才行，所以她说话就更加咄咄逼人了。幸子也约略看出了她的心思，就动问什么时候见面。井谷说：“也许太仓促了些，正好明天是星期天，濑越先生和我都方便。”“是啊，”幸子说，“我明天有个约会。”井谷步步紧逼说：“那就定在后天吧。”“那么，就暂且定在后天吧，我明天中午打电话和您确定一下。”幸子这样打发走了井谷。而这是昨天的事情了。

“喂！小妹……”

幸子正在试衣服，不喜欢披在长衬衣外面的那件，脱下来扔在一旁。她刚要打开另一个包装盒的时候，听到楼下停了一阵的钢琴声又响了起来，又像想起什么似的说道：“这件事可真为难！”

“什么事呀？”

“我今天出门以前，无论如何都要给井谷老板娘打个电话。”

“为什么呀？”

“那个人，昨天又来了，希望今天就能相亲。”

“她总是这样性急。”

“她说不算正式相亲，只是一起吃个晚饭，希望咱们一定要答应。我跟她说今天不方便，她说那就后天吧，她这么一说，我就实在没办法推脱了。”

“本家那边怎么说的?”

“姐姐接的电话，说‘要去的话你们陪着去，如果我们出面了，以后就没有退路了’，井谷也说我们陪着去就行了。”

“雪姐呢?”

“唉，她呀……”

“她不愿意吗?”

“也不能说不愿意。不过……唉，井谷昨天一来就要求两天之内相亲，雪子不愿意别人这么轻率地对待她，这不是也有道理吗?总之，她没明确表态，我也不清楚她的心思，只说再调查一下那个人吧，无论我怎么劝说，她都没说去。”

“那样的话，和井谷老板娘怎么说呢?”

“就是啊，该怎么和她交代呢?如果不找个像样的理由，会被追根问底的。不管这件事结果如何，要是惹恼了她，今后指望她说媒就难了……哎，今明两天不去也就算了，你替我劝劝你雪姐，让她在四五天内去见一面，行吗?”

“我可以试着传达一下，不过，雪姐既然已经把这话说了，恐怕劝说也没有用。”

“不，那倒不一定，她只是不满意对方这次要求太突然，心里好像没什么讨厌的，如果你说得婉转些，她自然会答应的。”

隔扇门打开了，雪子从走廊里走了进来。幸子心想或许被她听见了，赶紧闭嘴不说了。

五

雪子见妙子在姐姐身后系带子，就问：“二姐系这条带子去吗?上次出席钢琴演奏会的时候系的也是这条带子吧?”

“嗯，系的是这条。”

“当时我坐在旁边，听见二姐一呼吸，它就吱吱作响。”

“我不知道这样呀。”

“虽然声音很小，但每次呼吸的时候都发出这样的声响，听着刺耳。我当时就想，听音乐会还是别系这条带子了。”

“那么，选哪条好呢？”

说罢，幸子又打开衣柜的门，抽出几个纸盒来，在那里摆成一排，开始逐个打开来。

“就这条吧。”妙子把一条千堆雪图案的带子挑了出来。

“这个，合适吗？”

“这条就可以了，就系这条吧。”

雪子和妙子率先打扮好了，只有幸子还没有弄完。妙子像哄孩子一样边说边拿着这条带子绕到姐姐身后，说总算把衣服穿好了。可就在她帮忙系带子的时候，幸子又在镜子前坐下来。

“不行，”幸子突然发出怪声，“这条带子也不行！”

“为什么？”

“为什么，你还问哩。啊，这条带子也吱吱响。”

幸子说着，故意吸了一口气，让带子的中央部分发出吱吱的声响。

“真的吱吱响。”

“那你说那条青草带露珠的带子怎么样？”

“不知道怎么样，小妹，你去找找那条带子吧。”

三个人中，只有妙子一个人穿着西装，一身轻松地在那些散乱的纸盒中翻找，终于找到了那条带子，看了一下，又绕到姐姐身后。幸子把一只

手放在太鼓结[1]上，站着呼吸两三下。

“这下像是好了。”她说着，拿着衔在嘴里的扣带穿过了太鼓结，然后牢牢地系好。那条带子也吱吱地响起来。

“怎么这条带子也响啊？”

“真的，哈哈哈哈！”

幸子腰间的带子每响一次，姐妹三人就笑得前仰后合。

“嘻嘻！别系袋式腰带了，这种带子不行。”雪子说。

“啊！不是带子不行，是质地的原因。”妙子说。

“对了，最近的袋式腰带不都是这种质地的吗？这种质地的料子做成袋式腰带，非发出吱吱响不可。”

“我知道了，二姐，我知道了。”妙子又把另外一条带子取出来，“你看，系这条应该不会响了。”

“你这条不也是袋式腰带吗？”

“你就照我说的试试看，我知道发出响声的原因了。”

“已经一点多了。如果不赶快去的话就结束了。像今天这样的音乐会，正式演奏的时间就那么一会儿。”雪子说。

“对了，雪子，腰带的事不是你自己提出来的吗？”

“是我提出来的，难得去听音乐会，听到那种声音可就糟了。”

“哎呀，累死我了！系了又解，解了又系，我都折腾出汗了。”

“岂有此理！我更累啊。”妙子跪在姐姐身后，一边用力勒着腰带一边说。

“针在这里打吗？”阿春端着盘子走进来说道。盘子里放着消过毒的注射器、维生素B药盒、酒精瓶、脱脂棉和胶布等物品。

---

① 太鼓结：日本妇女穿和服时的一种带结的形状，形状像鼓，为了使它突起来，要在带结里边填充专用的布衬垫。

“雪妹，拜托你了，打针，打针。”幸子说完，又朝着往外走的阿春的背影吩咐道，“你去叫辆汽车吧，让车子十分钟后开来。”

雪子每次都熟练地用砂轮划断瓶颈，把药水吸到注射器里，抓住幸子——此时的她正站在镜子前，妙子正帮她往太鼓结里塞衬垫呢。雪子抓住她的左手，把她的袖子挽到肩头，用蘸了酒精的脱脂棉用力擦了擦胳膊，就灵巧地把注射器针头扎了进去。

“哎呀，好痛！”

“今天可能有点疼，没时间像往常那样慢悠悠地打了。”

瞬间，维生素 B 的强烈气味就充斥了整个房间。雪子给她打针处贴上一张胶布，又轻轻拍了拍，揉了揉。

“这边也好了。”妙子说道，“系这条带子，配哪条扣带呢？”

“就配那根不行吗？快点吧，快点。”

“别这么催促了，越催促我越糊涂，弄得我晕头转向的。”

“这条带子怎么样，二姐？你吸口气试试看。”

“真的，一点声音也没有，为什么呢？唉！”听到妙子的话，幸子一边连连呼吸几下，一边说道。

“这条带子是新做的，就吱吱响；这条带子是旧的，就不响了。”

“还真是这个道理啊。”

“稍微动动脑筋吧。”

“太太，您的电话，是井谷女士打来的。”阿春跑到走廊里喊道。

“啊，糟了！忘了打电话了。”

“哎呀，汽车好像来了。”

“怎么办？怎么办呢？”幸子听了大吃一惊，可雪子好像事不关己似的，一副若无其事的样子。

“喂，雪妹，怎么答复人家呢？”

“怎么答复都行。”

“可她那个人，不好好应付，她是不会答应的。”

“那就拜托你了。”

“那么，不管怎样，请她将明天见面的事缓缓吧。”

“嗯。”

“这样行吧？”

“嗯。”

对站着的幸子来说，怎么也无法读懂对面低头坐着的雪子的表情。

六

“小悦，我们出门一趟，”雪子出来的时候向西式房间张望了一下，只见悦子和小女佣阿花正在玩“过家家”的游戏，“你要乖乖看家，知道吗？”

“二姨，你还记得要买给我的礼物吗？”

“我知道，就是我之前见过的那套‘过家家’的玩具吧？”

悦子只叫本家的大姨为“姨妈”，管两个年轻的阿姨分别叫“二姨”和“小姨”。

“二姨，你傍晚前一定要回来。”

“好，一定回来。”

“一定啊！”

“一定。你妈妈和小姨去神户吃晚饭，你爸爸在那里等她们。二姨回来和小悦一起吃晚饭。有什么作业吗？”

“有作文。”

“那你就别再玩了，把作文写了，等我回来给你看看。”

“二姨，小姨，再见！”悦子送到玄关，又趿拉着拖鞋走下土间[1]，在石板路上蹦蹦跳跳地追着母亲三人的脚步，一直追到门边，冲着二姨喊：“您可要回来呀，不能骗我！”

“一件事要说多少遍啊！我知道了。”

“您不回来，悦子会生气的，知道吗？”

“烦死了，我知道，我知道。”

雪子虽然嘴上这么说，但她从心里为悦子这样依恋自己感到高兴。不知什么缘故，就算是她母亲外出，这孩子也没追到这种程度。可雪子要出去的时候，这孩子总是死乞白赖地缠着不放，提出这样那样的条件。雪子不喜欢住在上本町的本家，经常住在芦屋，主要是由于她和本家的姐夫闹僵了，再就是和两个姐姐中的二姐最投缘。外界自不必说，就连她自己也对此深信不疑。但雪子最近深深觉察到，疼爱悦子的感情远远超过了上面讨论到的两个原因。明白了这一点之后，她感到疼爱悦子的感情变得更加深厚了。

本家大姐就曾经抱怨说，雪子妹妹只喜欢幸子妹妹的孩子，一点儿也不喜欢她家的孩子，让雪子不知道怎么回答才好。是的，说实话，雪子正好偏爱悦子这种类型的女孩子。至于本家姐姐的孩子，的确有很多，但唯一的女孩才两岁，其余的都是男孩，他们没有一个能像悦子一样引起雪子特别的关注。雪子很早就失去了母亲，父亲也在十年前过世了，至今还在本家和分家之间来回居住，没有固定的安身之所，纵使明天就嫁出去，也没什么值得特别留恋的。一旦结了婚，就和素来最亲近而且作为靠山的幸子见不到面了，就算还能见面，但也不能和悦子见面了，见面也不是从前的悦子了，自己给予她的影响，倾尽全力的爱，说不定会被渐渐忘却，变成另外一个悦子。一想到这些，雪子就羡慕幸子身为母亲可以一直亨有这

① 土间：日式建筑里不铺地板，或露出地面，或铺着瓷砖的地方。

个少女的爱慕，同时也觉得自己委屈。出于这个原因，她提出的结婚条件是：如果对方是二婚，希望对方有个可爱的女孩。不过，即便是嫁到符合这个条件的人家去，就算发现那个女孩子的可爱程度超过悦子，就算能成为那个孩子的母亲，也未必能像疼爱悦子一样疼爱那个孩子。想到这一层，尽管婚姻一再蹉跎，她也不像别人想象的那样感到寂寞凄凉。她甚至觉得，如果自己能一直这样留在芦屋，代替幸子行使母亲的职责，慰藉孤寂的心，也比委身嫁给一个不中意的男人要强得多。

老实说，像这样把雪子和悦子绑在一起，或许多少与幸子的安排有些关系。比如在芦屋的家里，幸子原本安排雪子和妙子同住一个房间，因为妙子经常把那个房间当成工作室，于是就又安排雪子和悦子同住一室。悦子的房间是二楼一个六铺席的日式房间，榻榻米上放着一个儿童用的木床。过去一到夜里，就有个女佣将被褥铺在木床下面，陪着悦子睡觉。如今换成雪子来陪伴悦子了，在木床旁边铺上折叠床上用的草垫子，再往草垫子上铺两床木棉垫褥，这样就和悦子的床差不多高了。从那以后，悦子的生病护理、复习功课、练习钢琴乃至上学时带的便当和点心等任务，都渐渐从幸子手里转移到了雪子手里。原因之一是雪子远比幸子更胜任做这些事情。悦子看起来气色很好，肌肉丰满，貌似很健康，但却有着和她母亲类似的体质，抵抗力差，不是淋巴肿大就是扁桃体发炎了，还时常发高烧。这种时候，换冰袋和湿布，通常要接连两三天彻底看护病人，除了雪子谁都忍受不住通宵达旦的护理。

三个姐妹中，雪子的身子骨最单薄，胳膊和悦子的差不多粗细，看起来就像得了肺痨似的。这也是她至今还没有出嫁的原因之一。话虽这么说，却数她的抵抗力最强，有时全家一个接一个得了流感，唯独她没有被传染上。她长这么大都没得过什么大病。在这一点上，看起来最结实的幸子其实和悦子一样徒有其表，最不争气，护理病人时稍微累着一点，自己反倒病倒了，结果给家人增添麻烦。

这是因为幸子生长在家门鼎盛、深受父亲宠爱的时代，尽管她如今已经成了一个七岁孩子的母亲，还是有很多被宠坏了的毛病，无论是精神上还是体质上都没什么韧性，因此动不动就会受到两个妹妹责备。所以，她不太适合照顾生病的人，也不太适合管教孩子，甚至经常和悦子毫不相让地斗嘴。外界传言，幸子把雪子当成家庭教师看待，不肯放她走，所以雪子的婚事才更难谈拢；也有人说，即使有好对象出现，幸子也会从旁边作梗的。风声传到本家那里，本家姐姐虽然没有因为轻信流言而误解幸子，但她也曾背地里埋怨，雪子真是个宝贝，所以幸子不放她回这边来。

贞之助也注意到了这一点，他曾经劝说幸子："雪子住在这里未尝不可，只是她插在咱们家三个人之间有点令人不快，让她和悦子疏远一点怎么样？如果悦子变得疏远你却亲近雪子就麻烦了。"可幸子说："你这就多虑了。别看悦子是个孩子，也有她乖巧的地方。她虽然对雪子撒娇，但她心里最爱的是我。她知道关键时刻还得靠我，也知道雪子迟早是要嫁人的。托雪子的福，有她照顾孩子，为我省却了很多事情，帮了我大忙。不过这是暂时的，最多到雪子出嫁的时候。我想雪子那么喜欢照顾孩子，现在把悦子交给她照顾，多少能排遣婚姻延误给她带来的不幸。小妹会做人偶，也有收入（似乎还有私定终身的意中人），雪子呢？这些一样也没有，说得严重一点儿，现在是连容身之处都没有的境地，我怜惜她，就让悦子来充当玩具的角色，用悦子来抚慰雪子内心的孤独吧。"

雪子是不是能了解幸子的这番苦心，我们就不得而知了。但实际上悦子生病时，无论是母亲还是护士，都不会像雪子那样怀着献身精神去护理她。而且因为悦子在家而不得不留一个人看家时，雪子总是主动承担起这个任务，让幸子夫妇和妙子出去。像今天这样的星期天，如果是平时，她也会留下来的，但不巧的是，今天是阪急御影[①]的桑山私邸招待她们三姐

---

① 阪急御影：两个日本地名。

妹聆听雷奥·希罗达[1]的钢琴演奏。要是换成别的聚会，雪子会甘心放弃的，可唯独钢琴演奏会她是非去不可的。演奏会结束后，幸子和妙子按照约定去和在有马一带远足的贞之助会合，然后到神户吃晚饭。唯有雪子，放弃这份享受，一个人回家去。

七

“哎呀，二姐还在打电话吗?”姐妹两人都在门口等候着，幸子却迟迟没有出来。

“已经两点了。”妙子说着，向司机打开的汽车门走去。

“好长的电话啊。”

“还没挂断吗?”

“想挂也不能挂呀，正着急呢。”雪子又事不关己似的打趣说，“小悦，去告诉你妈妈，少说几句，快点来吧。”

妙子一边扶着车门，一边说：“快上车吧，雪姐。”

“等等吧。”一向恪守礼节的雪子答应着，并没有上车。

妙子没办法，也只好站在汽车前等着。她看到悦子朝屋子跑去了，为了不让司机听到，就压低嗓音对雪子说：“井谷女士说媒的事情，我已经听说了。”

“是吗?”

“照片也给我看了。”

“是吗?”

“雪姐，你觉得怎样?”

“光看照片怎么会知道。”

---

① 雷奥·希罗达（Leo Sirota，1885—1965），俄罗斯的犹太人钢琴家。

“那么，见一面怎么样?”

“……”

“人家好心来说媒，雪姐你连见都不见一面，二姐就为难了。”

“这倒是真的，可哪有催得这么急的?”

“得了，二姐猜到你会这样推托的，可是……”

这时传来咚咚的脚步声，是幸子朝这边走来了。“啊，我忘记带手绢了，谁给我拿过来?”幸子说着，边整理露出来的长衬衣的袖子，边朝着门口飞奔而来，“久等了。”

“这电话真长啊。”雪子说。

“是够长的，我不知道该怎么解释才好……好不容易才挂断的。”

“嗯，这件事以后再说。”

“快上车吧。”妙子接着雪子的话茬儿说道。

从幸子家到芦屋车站，只有七八百米的距离，像今天这样赶时间就坐汽车，有时间就悠闲地走去。于是，这三姐妹在天气好的日子里，会走在被当地人称为水道的和阪急铁道并行的山路上，她们穿着时尚服饰，款款而行，风姿绰约，引人注目。所以住在这一带的人，无不熟悉三姐妹的面容，而且多有议论，但很少有人知道她们的实际年龄。幸子身边有悦子这个女儿，虽然她本人的年龄不大容易隐藏了，但幸子看上去怎么也就二十七八岁，不会再多了，更何况是尚未出嫁的雪子呢，她顶多也就二十三四岁，妙子则往往被误认为十七八岁。因此，雪子姐妹这么大年龄还被称为“小姐”或“姑娘”，就未免有些好笑了，但没有人觉得奇怪。她们三个人都很适合穿色调华丽、花样入时的服装，但她们不是因为服饰华丽才显得年轻，而是因为容貌和体态洋溢着青春之美，不穿这样华美的服装就不相称。去年，贞之助带着悦子和三姐妹到锦带桥欣赏樱花时，拍了一张这三姐妹站在桥上的照片，还吟咏了一首诗：

丽人三姐妹，
锦带桥上留倩影，
花映镜中春。

姐妹们一般长得相像，这三姐妹则各有所长，交相辉映。尽管如此，她们又确实有相同之处。先从身高来说，最高的是幸子，然后是雪子、妙子，按次序一个比一个略微矮一些。她们一起出行，光从这点看就是一道亮丽的风景线。再从衣裳、饰物和人品来看，最富有日本味道的是雪子，最富有西洋风韵的是妙子，幸子正好处于两者之间。妙子是圆脸盘，五官端正，身材丰满，长得匀称；雪子则刚好相反，是鹅蛋脸，身材苗条；幸子则集两个妹妹的长处于一身。从穿着看，妙子穿西装的时候多，雪子总是穿和服，幸子则是夏天穿西装，别的季节穿和服。从相似之处来看，幸子和妙子大体上像她们的父亲，常常是容光焕发的，只有雪子不一样，看上去满脸落寞的样子，但不可思议的是，她不适合穿那种东京风味的素雅衣着，倒是很适合穿颇具贵族侍女风情的华丽的绉绸和服。

她们就连参加一般音乐会都盛装前往，更不用说今天应邀去私人宅邸了，那自然是尽力做了一番装扮的。正值秋高气爽的好天气，当这三姐妹走下汽车，一起踏上阪急电车的站台时，一下子就吸引了站台上所有人的目光。因为是周日下午，开往神户的电车里空荡荡的。当三姐妹按次序并排就座时，雪子发现自己正对面的那个中学生，腼腆地低头坐着，脸颊忽然变得绯红，像火烧一般。

八

悦子玩腻了“过家家”，就吩咐阿花从二楼房间拿作业本来，她在西式房间里写作业。

这所房子大部分是日式房间，只有餐厅和客厅两个房间是西式的。合家团聚或是接待客人都使用这两个房间，一天里的大部分时光都是在这里度过的。再说客厅里摆放着钢琴、收音机、留声机，冬天壁炉里还烧着木柴，所以寒冷的日子里大家更是聚在这两个房间里，这里是最热闹的场所。平时除了家里来了很多客人，或是自己病倒了，悦子白天是很少去二楼的，总是待在这两个房间里。她楼上的那个日式房间里摆放着西式家具，是卧室兼学习室。可悦子不管是学习还是玩“过家家”，都喜欢在客厅里，还把学习用具和玩具扔得到处都是，如果突然有客人来访，就手忙脚乱地收拾。

傍晚，铃声响了几下，悦子丢下铅笔去迎接。雪子提着一包讲好要给她买的玩具走进客厅，悦子紧跟着她跑了进来。

“这个不准看！”说完，悦子慌忙把作业本扣在桌子上，“给我看看礼物。”说着，她把礼物包拉过去，把里面的玩具摆在长沙发上。

“谢谢二姨！”

“是这个吧？”

“嗯，就是这个。谢谢您。”

“作文写好了吗？”

“不行，不行！”悦子拿起作业本，把它紧紧抱在胸前，跑到客厅那头去了，“不让你看是有原因的。”

“什么原因啊？”

“嘻嘻，因为里边写了二姨的事。”

“写了也行，给我看看。”

“等会儿，等会儿再给你看，现在不行。”

悦子对她说：“我的作文题目叫《兔子的耳朵》，提到一点儿二姨的事情。”她说现在就让二姨看怪不好意思的，等自己睡了之后二姨再看，如果有错误的地方，就帮她改过来，她第二天早点儿起床，要在去学校之前誊写清楚。

雪子知道幸子他们一定会到电影院什么的地方去，回来得会很晚，所以，她吃完晚饭和悦子一起泡澡，八点半左右进了卧室。悦子那孩子年纪虽小，却不那么容易睡着，有兴奋地讲上二三十分钟话的习惯，所以哄她安静入睡就成了一项工作。雪子总是打发悦子躺下，一边和她聊天，一边自己也睡下，有时一觉睡到大天亮，有时睡上一会儿，为了不弄醒悦子，悄悄起床，穿着睡衣，披上件外褂，下楼和幸子她们聊天、喝茶。有时贞之助也参与进来，拿出干奶酪和白葡萄酒，和大家喝上一杯。雪子有肩膀酸痛的老毛病，当晚疼得睡不着觉，想着幸子他们还有好一阵子才回家，不如利用这段时间看看那篇作文。她看见悦子那孩子已经安然入睡，就起床翻开那个放在床头灯旁边的作业本，看了起来。

兔子的耳朵

我养了一只兔子。有人说“送只兔子给小姐”，那只兔子就被拎来了。因为家里有狗和猫，就把兔子放在门口和猫狗分开养。我每天早晨去上学时，总会抱抱它，摸摸它。

这是上星期四的事情了。那天早晨我去上学，走到门口一看，发现兔子竖着一只耳朵，另一只耷拉着。我命令它：“哎，怎么回事！快把那只耳朵竖起来！”可是兔子根本不理睬我。“那我帮你扶起来。”我说完，就用手去扶，可我才松手，那只耳朵就又耷拉下来了。我就对二姨说：“二姨，请把兔子的耳朵竖起来。”二姨用脚夹起了兔子的耳朵，可二姨才松开脚，那只耳朵就又耷拉下来了。二姨说：“多奇怪的耳朵呀！”说着，她就笑了。

雪子看完，连忙用铅笔将“二姨用脚夹起了兔子的耳朵”中的“用脚”两个字给涂掉了。

悦子在学校里很擅长写作文，这篇作文也写得很好。雪子呢，借助词典改正了三个错别字，并没有语法上的错误，但让雪子拿不定主意的是怎么改“用脚”这句话。最后，雪子把“二姨用脚”到“耷拉下来”那几句话改成了“二姨夹起了兔子的耳朵，可二姨才放开，那只耳朵就又耷拉下来了”。把“用脚”改成“用手”是最简单的方法，可当时确实是用脚拨弄的，考虑到不应该教孩子写假话，所以才模棱两可地改成那样。雪子想，如果不是自己早发现了，悦子拿到学校里给老师看了可就糟了。想到这个不雅动作竟然被悦子写进了作文里，她不禁觉得自己很好笑。

说到“用脚”的由来，是这样的。

半年前，和芦屋这家院子毗邻的院子搬来一家姓舒尔茨的德国人。两家院子的交界处，只隔着一道稀疏的铁丝网。悦子很快就和舒尔茨家的孩子认识了。最初，两家的孩子就像动物那样隔着铁丝网嗅嗅鼻子、瞪瞪眼睛，但没过多久，他们就穿过铁丝网有来有往了。这户德国人家的孩子，最大的是个叫彼特的男孩，其次是个叫罗斯玛丽的女孩，最小的是个叫弗里茨的男孩。彼特看上去十或十一岁，罗斯玛丽看上去和悦子年纪相仿，不过西洋人个子高大，实际年龄可能会小悦子一两岁。悦子和他们兄妹合得来，尤其和罗斯玛丽要好。每天从学校回来，他们就会邀请悦子到院子里的草坪上玩。罗斯玛丽起初直呼悦子的名字，后来似乎有人提醒她，改口叫“悦子小姐”了。悦子则和罗斯玛丽的父母兄弟一样，用“露米”这个昵称，称她为“露米小姐”。

对了，舒尔茨家养了一条德国短毛猎犬，养了一只欧罗巴血统的黑猫，又在后院做了个木箱子，养着安哥拉兔子。悦子家也养着狗和猫，所以并不觉得稀奇，但却难得见到兔子，经常和罗斯玛丽一起喂兔子，有时还拎起兔子的耳朵抱着玩儿。后来她自己也想要，就央求母亲养兔子。幸子认为养小动物固然好，但是养没养过的东西，如果养死了就未免太可惜了。再说，要喂好狗狗约翰尼和猫咪铃铃就已经够费事的了，再喂养一只兔子，那就更麻烦了。首先，为了不被约翰尼和铃铃咬死，就得把兔子圈起来分开养，又没有合适的地方这样做。就在这个时候，经常来打扫烟囱的那个人，不知从哪里拿来一只兔子，说是送给悦子的。那只兔子不是安哥拉品种，只是普通品种，但雪白又漂亮。悦子和妈妈她们商量的结果是，在大门口的土间圈出一块地来喂养兔子，把兔子和猫狗隔离开来。可是悦子说，兔子只是睁着红眼睛，和它说什么话都没反应，和猫狗大不相同啊。大人们都忍俊不禁，觉得它无论如何也不可能像猫狗那样通人性，只是一种和人类毫无关系的某种奇妙的存在。

悦子作文里写的就是这只兔子。雪子每天早晨叫悦子起床，照料她吃早饭，检查她的书包，送她上学，然后重新钻进被窝里去，暖暖身子。但那天是深秋寒冷的早晨，雪子在睡衣外面披了一件纺绸睡袍，穿着布袜，袜扣也没有扣，把悦子送到了大门口。悦子一个劲儿地扶兔子耳朵，想要竖起来，却办不到，就说："二姨，你试试看。"雪子呢，为了不让悦子迟到，想快点儿扶起兔子的耳朵，又觉得用手摸那软绵绵的东西不太舒服，于是就抬起穿着布袜的脚，用脚趾夹住兔子的耳朵[①]往上提，可她才松开脚，兔子的耳朵就又倒伏在脸上了。

"二姨，这个地方为什么不行？"第二天早晨，悦子看了雪子改过的作文，开口问道。

"哎呀，小悦，你不用写用脚夹兔子耳朵嘛！"

"可你不就是用脚夹的吗？"

"嘿！用手碰那种东西多不舒服！"

"这样啊，"悦子露出茫然不解的表情，"那把理由写出来不就行了？"

"但这种没规矩的举动怎么能写呢？老师看了会以为二姨举止粗野的。"

"哦。"悦子答应着，但她似乎还没完全弄明白。

---

① 日式布袜的脚拇趾和其余四个脚趾是分开的。

九

“如果明天不方便，十六日是非常好的日子，您看就定在十六日怎么样?”幸子前几天接到了井谷这样的电话，被缠得没法脱身，不得已答应了。幸子想办法从雪子嘴里套出“那去试试也行”这句话就花费了两天的时间。雪子还附带一个条件，就是井谷要遵守先前的约定，随意请双方吃顿便饭，尽量不给人一种相亲的感觉。时间就定在当天下午六点，地点是东方饭店，出席的人，除了东道主井谷之外，还有她在大阪铁屋公司国分商店工作的二弟村上房次郎夫妇。房次郎是濑越的老朋友，这桩亲事又是他牵的线，所以是当晚聚会不可缺少的人物。濑越方面呢，一个人出席未免显得落寞，但这种场合又不适合特意从老家把亲戚叫来，幸好在房次郎工作的国分商店任常务董事的五十岚先生是濑越的同乡前辈，在房次郎的斡旋之下，将这位中年绅士请来当陪客。女方呢，贞之助夫妇和雪子三人，主客共八个人。

十五日那天，幸子和雪子两个人去井谷的美容院做头发。幸子自己只打算做个发型，就让雪子先去烫头发。

在幸子等着轮号的时候，井谷抽空走过来，小声说：“那个……”然后弯腰凑到她脸边，“其实有件事想拜托太太您。”井谷说着，把嘴凑到幸子耳边说，“这种事，我不说您自然也知道，请太太明天尽量打扮得素净些。”

“嗯，我知道。”

井谷没等她说完，就抢着说道：“稍微素净些还不行，真的，要尽可能素净。雪子小姐固然很美，可她是鹅蛋脸，而且常常面带愁容，和太太您一比，就被比下去了。太太的脸光彩夺目，即使不怎么打扮，也很惹人注目。所以请您明天无论如何都要打扮得看上去老十岁到十五岁，请小姐尽量打扮得出众些。否则，一桩原本有望成功的亲事，由于您的陪伴，说不定就告吹了。”

幸子并不是第一次听到这样的提醒。迄今为止，她已经多次陪同雪子去相亲了。有人说：“那个姐姐开朗时髦，而那个妹妹看起来有些腼腆阴郁。”也有人说：“那位姐姐青春焕发，惊艳四座，那个妹妹和她相比就未免黯然失色了。”有些人甚至劝告她说：“让本家那位姐姐陪同相亲就好了，分家的姐姐还是回避一下吧。”

幸子每次被这么说的时候，总会为雪子极力辩解，觉得说这些话的人不懂得雪子的美。的确，像她自己这种开朗的面容属于现代型的，但这种样貌的人现如今多得是，一点儿也不稀奇。也许赞美自己的妹妹有些好笑，从前那种娇生惯养的大家闺秀看上去弱不禁风、楚楚动人，我家雪子不就拥有这种风韵吗？如果不懂得欣赏这种美，不觉得非她不娶不可，我是绝不会把妹妹嫁给他的。

尽管幸子为雪子大肆辩护，但她还是难以抑制内心的优越感，她曾经在丈夫贞之助面前，有些骄矜地说：“我陪同雪子去相亲，会帮倒忙的。”贞之助也红着脸说：“那就我一个人陪同她去好了，你就回避一下吧。”有时，他说：“不行，还是不行，你再素净点儿，不然人家又该说你抢妹妹的风头了。”催促幸子重新化妆打扮。幸子看得出丈夫因为拥有这样一位如花似玉的妻子而难掩内心的喜悦。因此，幸子有一两次曾经回避过雪子的相亲。但一般情况下，她必须以本家姐姐的代表身份出席。而且雪子往往说二姐不陪她去她也不去了。所以，遇到这种时候，她就尽量打扮得素净些，陪同妹妹一起去。不过，由于她平时的服饰都很华丽，努力的程度也有限，事后还是经常遭到别人指摘：“那样也不行。”

“……嗯，嗯。总是被大家这么说，我明白。不用您叮嘱，我明天也会穿得素净一点儿的。”

候客厅里只有幸子一个人，没有人会听到她们的谈话。可用来和隔壁美容室隔开的布帘正被掀起来，雪子就坐在隔壁美容室的椅子上，头上罩着烘发罩，能从镜子里将她们两个人看得清清楚楚。井谷认为雪子头上戴着烘发罩，不可能听见她们在谈什么。看来，雪子也很清楚两个人在交谈，似乎不知道她们在谈什么，眼睛直勾勾地朝她们两个看。幸子担心，雪子会从口型推测出她们谈话的内容。

赴约当天，姐妹俩从下午三点钟就帮着雪子打扮，贞之助也从事务所提前回家了，挤在化妆室里。贞之助对服饰的花样、搭配和发型都很感兴趣，喜欢欣赏女人们梳妆打扮。另外就是这些人没有时间观念，每次都为此吃苦头，今天约定的时间是下午六点，他得在旁边监督，免得迟到。

悦子从学校回来，把书包扔在客厅里就跑上楼，冲进门来喊道："听说二姨今天要去相亲啊。"

幸子大惊，发现镜中的雪子顿时变了脸色，于是幸子不动声色地问："你听谁说的？"

"今天早晨听阿春说的。有这事吧，二姨？"

"没这回事，"幸子说，"今天井谷老板娘请妈妈和二姨到东方饭店吃饭。"

"可是，爸爸怎么也去呀？"

"也邀请你爸爸了。"

"小悦，你下楼去吧。"雪子对着镜子说道，"下去叫春丫头来一下，你就不用上来了。"

平时，即使雪子叫她走开她也不听，可这次她觉察到雪子的语气和往常不同，就"嗯"了一声，乖乖下楼去了。

不久之后，阿春战战兢兢地拉开纸门，两手撑在门槛边，伏身问道："有什么吩咐？"她大概在悦子那里得到风声了，脸色也变了。此时的贞之助和妙子都觉得情况不妙，赶紧开溜了。

"春丫头，今天的事情你怎么能和小姐说？"幸子并没有把今天相亲的事情告诉女佣们，不过她也有错，错在没有小心提防这些人暗中偷听，所以她觉得有必要当着雪子的面质问阿春。

“你说呀，春丫头……”

“……”

阿春低着头，惶恐地说：“是我不好。”

“你是什么时候跟小姐说的？”

“今天早晨。”

“你是怎么想的？”

“……”

阿春是个刚满十八岁的姑娘，十五岁时就来这里当女佣了，如今在内宅侍候，被看作家里的一员。当然也不全是这个原因，她刚来时就在她的名字后面加了“丫头”，习惯了就一直这么叫她（悦子有时尊称她为“阿春姐”，有时就直接叫她“阿春”）。每天悦子上下学，都要穿过阪神国道，那里交通事故频发，必须有人接送才行，这份差事通常会落到阿春头上。

幸子又追问下去，才知道阿春是在当天早晨去送悦子上学的途中说的。这个女佣平时能说会道，一挨训就不知所措了，神色沮丧，一副可怜相，不禁让人觉得好笑。

“……哎，上次当着你们的面打电话，也许是我的疏忽。不过，听了那个电话，就更该知道今天不是正式相亲，只是一般的聚会，不应该随便对外讲的。再说了，就算真有那回事，不是有该说的，有不该说的吗？你怎么能把这种没谱的事讲给小孩子听呢？你是什么时候来我家的？又不是初来乍到，连这点都不懂吗？”

“不只是这个。”雪子也说道，“你平时就总多嘴多舌的，不该你说的也说，真是个坏毛病！”

姐妹两个轮番数落一番，不知道阿春听没听进去，仍然低着头，一动也不动。“好了，你走吧。”她还是像死人那样一动也不动，直到幸子说两三遍“你走吧”，她才用微弱得几乎听不见的声音赔不是，起身出去了。

“老是劝她也不顶用，实在是太爱搬弄口舌了。”幸子见雪子的怒气还没有平息，就说，“到底是我不小心，打电话时应该说得隐晦些，让她们听不懂就好了。没想到她竟然会讲给小孩子听……”

“不只是电话的事，前几天咱们商量相亲的事，都没有避开春丫头。我就很担心会被她听去。”

“有这种事吗?”

“有好几次。……正在谈论时，看春丫头进来谁都不说了，可她刚出去，人还在门外，就又高谈阔论起来。我想她肯定听见了。”

雪子说得极是，前些日子有几次在夜里十点钟左右，趁着悦子睡着了，贞之助、幸子、雪子，有时还有妙子，在客厅里商量今天相亲的事情，阿春不时从餐厅进客厅来，给那里送饮料什么的。餐厅和客厅是用三扇拉门隔开的，门和门之间有手指宽的缝隙，就算是人在餐厅里，也能清楚地听见客厅里的谈话。何况当时已经夜深人静，交谈时更应该格外小声才是，可当时谁也没有注意到这一点。幸子心想：就算是只有雪子注意到了，但她怎么到现在才讲出来呢?当时就提出来不是更好吗?雪子说话一向轻柔，当时谁也没觉察到她有意压低了嗓音，可她自己不说，别人又怎么知道呢。的确，像阿春这种多嘴多舌的人固然令人恼火，可是像雪子这样沉默寡言的人也够让人为难的。雪子说“就又高谈阔论起来”这句话时使用了敬语，看来她的指责是针对贞之助的，也不难理解，她当时没有直接说出来，是和贞之助客气的缘故。事实上，贞之助说话声音洪亮，在这种情况下是很容易被人听到的。

“雪子，你既然注意到这一点了，当时提出来就好了。”

“唉，但愿今后不要再当着这些人的面说这些事了，我不讨厌相亲……但每次让这些人以为这次又吹了，就很难受。”雪子说着说着，突然带了鼻音，从镜子里能够看到一滴眼泪从她的脸庞滑落了。

“话虽这么说，可到目前为止，无论是哪次相亲，拒绝亲事的都不是男方。喏，雪子，这个你是知道的，对方总是积极求婚，只是咱们觉得不中意才告吹的。”

“可她们这些人不这么想。如果这次又不成功，她们就会以为又是别人把我拒绝了，就算她们不这样想，也会把事情传出去的……”

“好了，好了，不要再谈这件事了。都怪我们不好，以后不会那么做了。你脸上的妆没花吧？”幸子本想过去给雪子补补妆，可又怕这样反倒会惹得雪子流眼泪，就没有过去。

十

躲在书斋里的贞之助，看到四点多了女人们还没有打扮妥当，担心误了时间。突然，他听到院子里八角金盘的枯叶上吧嗒作响，就靠着桌子，伸手打开眼前的拉窗一看，发现刚才还很晴朗的天空这会儿下起雨来了，雨就像断了线的珠子一样从房檐往下落。

“喂，下雨了。”贞之助走进主屋，人还在楼梯上就嚷嚷着冲进化妆室。

“真下起来了，”幸子一边看向窗外，一边说，“这是阵雨，马上就会停的，一定是这样。”

可就在这时，窗外的屋瓦已被打湿了，哗哗地下起大雨来。

“要是汽车还没有订，我看现在就得订，讲明车子五点一刻必须开来。下雨了，我就穿西服，穿那件藏青色的就行了。”

一旦是下雨天，芦屋的汽车就供不应求了，尽管按照贞之助的提醒，立刻就打电话订车了，可三个人都梳妆妥当了，到了五点一刻、二十分，汽车还是没来，雨却越下越大。女佣把电话打遍所有的汽车公司，得到的答复都是今天是吉利日子，结婚的有几十对，又碰上下雨天，汽车都租出去了，只要有车回来，马上会派往府上。开车到神户，五点半出发六点到还来得及。可现在已经过了五点半了，贞之助心急如焚，想在井谷没催促之前说明一下，于是就把电话打到东方饭店，对方答复：这边的客人已经到齐了。差五分钟六点，车子终于开来了。倾盆大雨中，司机撑着伞，小跑着将他们一个一个地接上车。幸子的脖子上溅了不少冰冷的雨滴，等到在车里坐定，想起前两次雪子相亲时，都下过雨。

“哎呀，迟到了半个小时！”贞之助一见到在衣帽间迎候他们的井谷，来不及问候，就先道歉，“今天是个吉利日子，结婚的人多，加上突然下雨，车子很难叫到……”

“可不是嘛，我也在来这里的路上，看到好几辆载着新娘的汽车。”井谷趁着幸子、雪子寄存外套的时候，冲着贞之助使眼色，将他叫到旁边说：“我这就领诸位去那边，介绍给濑越先生他们……不过，在那之前，请稍等一下，府上的调查结束了吗？”

“啊，情况是这样的，对濑越先生本人的调查已经结束了，听说是个很不错的人，非常令人满意。只是本家还在调查他老家的情况……这一点已经大致了解了，基本上没什么大碍。只是委托某方面的一个报告还没有收到，我的意思是说，再等一个星期就好了。”

“哦，是这样啊……”

“承蒙您多方周旋，事情耽搁这么久，非常抱歉。本家的人还是过去的作风，慢条斯理的……我很清楚您的好意，也非常赞成这门亲事。现在再秉持老派作风，只会更加延误婚期。所以我极力主张只要本人优秀，调查的时候最好适可而止。看今晚的样子，如果当事人之间没有异议的话，这次大概会谈成的。”

贞之助事先和幸子统一了口径，把话说得很圆滑。不过，后半段话确实说出了他自己的心声。

由于时间晚了，在大厅里进行简单介绍之后，八个人马上就乘坐电梯上了二楼的小宴会厅。餐桌两端是井谷和五十岚，一边是濑越、房次郎夫人和房次郎，另一边是雪子、幸子和贞之助。昨天幸子在美容院和井谷商量座次时，井谷提议一边房次郎夫妇分坐在濑越左右，另一边幸子夫妇分坐在雪子左右。幸子则提议改成今天这样的座次。

“诸位好！不期有幸今日能陪同诸位……”五十岚看准时机，一边舀汤一边说起开场白来，“我和濑越君是同乡，正如诸位所见，我在年龄上痴长他许多，忝列长辈，但并非同学。如果硬要拉关系的话，我和濑越君同居一镇，住处邻近。今日能列席这样的宴会，荣幸之至。只是感到冒昧，惶恐得很。说实话，我是被村上君硬拉到这里来的。村上君的姐姐，这位井谷老板娘能言善辩，胜过男子，她这位弟弟的口才也毫不逊色。他说：‘被邀请参加这么有意义的宴会，岂有不痛快答应的道理？您不参加，今天这样难得的聚会恐怕会有所不顺。这种场合非得有位老人参加不可，决不允许您倚老卖老、找借口推辞。’我就是这样被他硬拉来的。”

“哈哈，可是董事先生，”房次郎笑着说，“话虽然这么说，您出席这样的宴会，心情也不错吧。”

“不！请不要在这样的宴会上叫我‘董事先生’。今天晚上我要忘掉生意上的事，从从容容地叨扰一顿。”

幸子想起她身处闺阁时，船场的莳冈商店里也有这样一位滑稽可笑的秃顶掌柜。现在大部分商店都变成了股份公司，“掌柜”升格为“董事”，西装取代了和服，船场话也变成标准话了。不过，从他们的气质和谈吐看，与其说是公司的董事，不如说是商店里的店员。以前，哪个商店里都会有一两个点头哈腰、说话伶俐、善于迎合东家的滑稽掌柜或伙计。今晚，井谷将这个人请来，是有心让他扮演这样一个角色，免得宴会冷场。

看到濑越满面春风地听五十岚和房次郎你一言我一语地对答，贞之助、幸子姐妹俩觉得，他的相貌和照片上差不多，比照片还显得年轻一些，看上去顶多三十七八岁。他五官端正，缺乏英气，给人朴实的感觉，是妙子所说的“相貌平平”的人。从他的相貌、高矮、胖瘦、服装以及领带的款式来看，可以用“平庸”两个字来概括，完全看不出在巴黎受过熏陶的样子。但他也并不让人觉得讨厌，是个地地道道的职员。

贞之助认为他给人的第一印象还算合格，就问：“濑越先生在巴黎住了几年?”

“我在那里住了整整两年，不过那是很久以前的事情了。”

“这么说来，是什么时候去的?”

“十五六年前，我离开学校没多久就去了。”

“那么，你一毕业，就在总公司工作了吗?”

“不是的。我是回国后才进的这家公司。我当初去法国是没有任何目的的。那时我父亲过世了，虽然谈不上遗产，但多少有些可以供我自由支配，我就拿着那笔钱出国了。勉强说有什么目的的话，就是想学好法语，如果能在法国找到工作的话，就留在那里工作。这是我最初模糊的想法。结果，这两个目的都没实现，只是漫游罢了。”

“濑越君与众不同嘛!”这时，房次郎照例从旁边解释说，“一般人去了巴黎就不想回来，可濑越君对巴黎彻底失望了，是害了严重的思乡病回来的。”

“啊，这是为何?”

“我自己也解释不清楚。总之，或许是最初抱的希望太大了吧。”

“去了巴黎，反倒知道了日本的妙处，就又回来了。这好像不是什么坏事，濑越君就此喜欢上了纯日本趣味的小姐吧?”五十岚一边取笑濑越，一边飞快地朝突然羞得低下头的雪子瞟了一眼。

“不过，回国后就能到现在的这家公司工作，法语水平应该提高不少吧?”贞之助说。

“也没提高多少。虽然公司是法国的，但大部分职员是日本人，只有两三个高级领导是法国人。”

“这么说来，您是没有什么机会讲法语喽？”

“这个嘛，一般只有 MM 的船只开到时，才讲几句法语。还有，商业信件中的法文信始终是由我来写的。”

“雪子小姐现在还在学习法语吗？”井谷问道。

“是的。因为姐姐在学，我是陪着她学的。”

“老师是哪位？是日本人，还是法国人？”

“是法国人……”雪子说了一半，幸子补充说，“是一位日本人的夫人。”

雪子本来就沉默寡言，在大庭广众之下就更不会说话了。在这种场合，她不太擅长用东京话讲话，所说的话尾部自然就含混不清了。幸子说这种话也有些难以启齿，她有浓重的大阪口音，但能巧妙地说得不过于刺耳，在任何场合都能自然地讲出来。

“那位夫人会说日语吗？”濑越认真地看着雪子的脸庞说。

“哦，她最开始不会说，后来慢慢学会了，现在已经说得相当流利了……”

“这反倒没什么帮助。”幸子又接过她的话茬说，“我们原本约定学习期间绝对不使用日语的，结果行不通，不知不觉就说起日语来了……”

“我在隔壁房间听过她们学习，她们三个说的几乎都是日语。”

“哎呀，怎么可能?!”幸子忍不住冒出大阪话来，转身对丈夫说道，“我们也说法语，你没听到？”

“可能吧。她们偶尔也说几句法语，可是因为害羞说不出口，声音小得跟虫子哼哼似的，也难怪隔壁房间都听不见。这么学恐怕一辈子也学不好。反正太太小姐们学习外语，大概哪里都是这样的。”

“哎呀，看你说的！我们不光学习法语，还学习烧菜、做点心、毛线编织等等，在这些场合就得用日语呀。前些日子，你不是很喜欢吃我做的那道墨鱼料理，还让我们多跟她学习吗？”

夫妇两人的交谈成了余兴，大家都笑了起来。

“您说的那道墨鱼料理是怎么做的？”房次郎夫人一提出这个问题，大家就围绕着这个话题又谈论了一会儿。幸子说墨鱼烧西红柿，再加少许大蒜，就做成这道法兰西风味的菜肴了。

十一

幸子在席上发现，只要给濑越斟酒，他都能一饮而尽，酒量相当了得。房次郎好像完全不能喝酒，五十岚的耳根都红了，每次侍者斟酒斟到他跟前，他都直摆手说：“不行啦，我不行啦！”只有濑越和贞之助的酒量相当，脸不红，也没有醉意。不过，幸子听井谷说，濑越先生并不是每晚都喝酒，他不讨厌喝酒，只要有机会，还是会喝很多的。但幸子并不认为喝酒是一件坏事。幸子她们姐妹因为母亲早早去世的关系，父亲晚年的时候是由她们侍奉进餐的，每天晚上父亲喝酒，她们也陪着喝点儿，所以以本家姐姐鹤子为首，大家都能稍微喝一些。再加上，赘婿辰雄、贞之助算得上是“晚酌党”[①]，所以幸子反倒觉得滴酒不沾的人无趣。撒酒疯就另当别论了，多少能喝点酒的丈夫是最理想的。雪子并没有提出这样的要求，幸子推己及人，觉得雪子心里估计也是这么想的。而且像雪子这种把情绪闷在肚子里不随便宣泄的人，如果不时常陪丈夫喝上几口，就会变得更加抑郁消沉的。男人娶这类人为妻的话，如果不让妻子陪自己喝两杯，也会觉得沉闷不堪的。幸子能想象得到，雪子如果嫁给一个滴酒不沾的丈夫，该会有多寂寞可怜。所以，今晚幸子为了使雪子不过于沉默，“雪妹，稍

---

① 日本人称每晚喝酒的人为“晚酌党”。

微喝一点儿怎么样?”她一边小声说着,一边用眼睛示意摆在她面前的那杯白葡萄酒,又示范性地喝了一口,回头悄悄吩咐侍者,“稍微给邻座倒点葡萄酒。”

雪子自己也看到濑越喝酒的样子,不由得受到鼓舞,自己也想变得活跃一点儿,不时不惹人注意地抿一口。只是她被雨淋湿了袜子,脚尖湿漉漉的,很不舒服,尽管醉意已经涌上头来,却始终没达到陶然的境界。

濑越装作没看见雪子喝酒的样子,问道:“雪子小姐,你喜欢白葡萄酒吗?”

雪子淡淡一笑,低下了头。

“是的,能喝一两杯。”幸子接着说,“濑越先生看起来酒量很大,请问您能喝多少?”

“怎么说呢,真要是喝起来,也许能喝个七八斤吧。”

“喝醉了有什么余兴节目吗?”五十岚问道。

“我向来不懂风雅,大概比平时多说几句话吧。”

“那么,莳冈小姐呢?”

“小姐会弹钢琴。”井谷答道,“莳冈府上都喜欢西洋音乐。”

“不,也不全是西洋音乐,”幸子说道,“我幼年时学过古琴,最近又想温习温习。因为近来家里最小的妹妹在学习山村舞[①],我有很多机会接触到古琴和地呗[②]。”

“啊,小妹在学舞蹈吗?”

“是的,别看她那么时髦,其实是小时候的兴趣又渐渐恢复了。正如您所知道的,我那个妹妹伶俐,舞跳得相当优美,也许是小时候学过的缘

---

① 山村舞:山村流舞蹈,由关西舞蹈演员第一代山村友五郎首创,是天保时期(1830—1843)京都大阪等地最受尊崇的舞蹈流派。

② 地呗:日本江户时代初期在关西地区颇为流行的三味线歌曲的总称,和江户长呗不同的是,地呗大多与古琴合奏。

故吧。”

“我不太懂专业知识，不过山村舞倒也不错。什么都模仿东京也不见得好。这种乡土艺术应该得到大力提倡……”

“啊，对对，看起来是这样，其实我们的董事先生——不，五十岚先生，”房次郎挠挠头说，“五十岚先生特别擅长歌泽[①]，已经练习多少年了。”

“不过，要是你学了那种东西，”贞之助说，“如果能像五十岚先生那样技艺高超就另当别论了，但据说在初学阶段特别想唱给别人听，脚不由自主地就朝着茶馆妓院去了，是这样吗？”

“是啊，是啊，确实如此。日本短曲的缺点在于它不适合在家里演唱。当然，我是个例外，绝不是有意让女人迷恋才开始学习的。在这一点上，我是铁石心肠。你说呢，村上君？”

“嗯，因为咱们是铁屋公司的嘛。”

“哈哈……我又想起一件事情来，得向诸位女士请教。就是诸位随身携带的粉盒，里面装的是普通香粉吗？”

“是的，就是普通香粉而已。”井谷接过这个话茬，“怎么了？”

“大约一周前，有一天我乘坐阪急的电车，旁边座位上一位盛装打扮的太太从她的手提包里取出一个粉盒来，往鼻子上啪啪地拍香粉，我接连打了两三个喷嚏，这是怎么回事？”

“哈哈，是当时五十岚先生的鼻子出了什么毛病吧？是不是香粉的原因可就不清楚了。”

“哎！要是就这么一次，我也会这么想的，以前也有过一次这样的经历，这已经是第二次了。”

---

① 歌泽：歌泽节的简称，是用三味线伴奏的短曲，是江户歌谣的一种，由笹本彦太郎始创于安政年间（1854—1856）。

“嗯，这是真的。”幸子说道，“我在电车里打开粉盒扑粉，有两三次弄得邻座的人直打喷嚏。按照我的经验，越是高级的香粉就越容易发生这样的事情。”

“哈哈，果然是这样。不过，我前几天遇到的那位太太不是您，在那之前遇到的是不是太太您呢？”

“也许还真是，那时真是太失礼了。”

“我还是第一次听说这样的事情。”房次郎夫人说道，“我决定装些高级的香粉到电车上试试。”

“别开玩笑了，这种事情要是流行起来可就麻烦了。以后女士们乘坐电车，如果下风处有人就绝不能使用香粉呀。莳冈太太刚才道过歉了，可以既往不咎，可上次那位太太看我接连打了两三个喷嚏，硬是装作没看见，真是岂有此理！”

“那个，我小妹说，有一次她乘坐电车，看见一位男乘客的西装领子里露出马鬃来，就忍不住想给他拔掉。”

“哈哈哈……”

“哈哈哈……”

“我记得小时候看见棉袄里的棉絮露出来，就想有多少揪出多少来。”井谷说。

“看来，人是有这种奇妙本能的。就好比人喝醉了总想按人家的门铃，车站的站台上明明写着‘禁止触碰此铃’，反倒想过去按一下，所以得尽量控制自己不去靠近它一样。”五十岚说道。

“嗨，今天晚上真是笑得够开心的。”井谷一边吐气，一边说道。饭后水果送过来之后，“莳冈太太，”她意犹未尽地喊道，“咱们说点别的吧。不知道您发现这种现象没有？最近的年轻太太们，不，太太您当然也很年轻，但我说的是那些比您还年轻几岁，两三年前才结婚的太太们，怎么说呢，持家也好，育儿也罢，都很讲科学，很多人脑子也好使，让人感觉跟不上时代了。”

“是的，您说的一点儿都没错，咱们那时候女子学校的教育方法，和现在相比有很大差异。看到现在的年轻太太，我也觉得时代不同了。”

“我有个侄女，年轻时从家乡来到这里，在我的监护下从神户女子学校毕业了。她最近结婚了，在阪神的香栌园安置了新家。她丈夫在大阪的一家公司工作，月薪很低，九十元，另外多少有些奖金，乡下老家每个月补助他们三十元的房租，所有这些收入加在一起，每个月平均一百五六十元。我老是担心他们那点儿收入怎么够开支呢，但去了一看，月底她丈夫把九十元工资拿回家后，她马上就分装在几个信封里，信封上标记有煤气费、电费、服装费、零用钱等字，以此来维持下个月的生计。虽然说过着这样拮据的日子，但他们留我吃晚饭，竟然出乎意料地做出许多精致的菜肴来招待我，室内的装饰也很有档次，并不显得寒酸。当然了，她也有算计的一面。上次一起去大阪的时候，我把钱给她，让她替我买车票，没想到她买了回数券[①]，剩下的就她自己留下用了。这让我非常佩服。我这样的人还监护她、担心她，真是愚蠢到家了，想想都觉得惭愧。”

“真是这样，比起现在的年轻人，反倒是老一辈的母亲们更不顾家了。”幸子说，“我家附近也有一位年轻太太，家里有个两岁的女儿。前些日子我有事到她家门口，经她一再邀请，进入一看，她家连个女用人都没有，家里却收拾得井井有条。对了，对了，我想很多人都认为，这样的太太在家里总是穿着西装坐在椅子上[②]，但不知道是不是这么回事？反正她总是穿着西装。她把婴儿车放在房间里，把孩子巧妙地放进车子里，不让她爬出来。当我逗孩子玩的时候，那位太太说：‘对不起，请您帮忙照看下孩子，我去沏茶。’说着，她就起身离开了，没一会儿，就端来了红茶，

---

① 回数券：乘车的本票，每本10到30张票，每张票比零售便宜一两成不等。

② 传统的日式房间都铺设榻榻米席地而坐，西式房间才有椅子这样的家具。

顺便带来了喂孩子用的牛奶煮面包屑。她向我致谢，边说边给我倒了一杯茶，刚坐到椅子上，又看了看手表说：‘啊，肖邦的音乐就要开始了，太太也要听一听吗?’她打开收音机的开关，一边听音乐，一边拿调羹喂孩子吃东西。就这样，她的这段时间一点儿也没有浪费，又陪客人，又听音乐，又喂孩子，三件事情可以同时解决，头脑实在是灵活……”

“现在的育儿方式也和以往完全不同了。”

“那位太太也告诉我，她母亲有时会来看看孙子，这当然是好事。孩子已经养成了不被抱着的习惯，可老太太来了后总是把孩子抱在怀里，在那之后好长时间，她得抱着孩子，否则孩子就哭，再改回原来的习惯不知道要费多少精神呢。”

“真的，现在的孩子不像以前那么爱哭了。据说带孩子上街，即使孩子在旁边摔了一跤，只要他自己能站起来，就绝对不跑到他身边去抱他。做妈妈的当作没看见，直接往前走，孩子反倒不哭了，自己爬起来并且追上来……”

宴会结束后，大家来到楼下的候客厅。井谷对贞之助夫妇说：“如果可以的话，濑越先生想和雪子小姐单独谈十到二十分钟。”雪子没有拒绝，两人去别处交谈，剩下的人又闲聊起来。

“刚才，濑越先生和你谈了什么?”幸子在回来的车上问道。

“问了很多话……”雪子吞吞吐吐地说，“也没什么特别的……”

“啊，是智力测试吧。”

“……”

雨渐渐变小了，下得像春雨那样淅淅沥沥的。雪子方才喝的白葡萄酒现在才发作，她感到两颊都火辣辣的。汽车飞驰在阪神国道上，她那双微微带着醉意的眼睛，出神地望着车窗外，看着湿漉漉的柏油路上无数道纵横交错的汽车灯光。

十二

第二天傍晚，贞之助才回到家就对幸子说：“今天井谷老板娘去我的事务所了。”

“为什么又去事务所？”

“她说：‘本应该到府上拜访的，不过我今天有事情来大阪，想到跟您谈比跟您夫人谈更直截了当，所以才顺便来拜访，事先没有联系您，真是太失礼了。’”

“那到底说了什么呀？”

“大体上可以，不过，咱们去那边谈吧。”贞之助把幸子带到他的书斋。

井谷说，昨晚贞之助他们三个人回去后，其余的人又留下来交谈了二三十分钟。总之，濑越是非常积极的，他对雪子小姐的人品和容貌是无话可说，只是看到她弱不禁风的样子，担心她会不会有什么病。再说她弟弟房次郎也曾经去过女子学校，看了雪子小姐就读时的成绩表，觉得她缺席的日子有点儿多，怀疑她学生时代是不是常常生病。他们提出了这样的疑问。

贞之助答复说：“我不知道雪子学生时代的事情，关于缺席天数的问题，除非问过妻子和小姨子本人，否则我是很难说出什么名堂来的。不过，自从我认识雪子以来，还从来没见雪子生过一场大病呢。的确，雪子长得纤弱瘦削，体质说不上健壮，但她很少伤风感冒，在四姐妹中是数第一的。就算是吃苦耐劳，我也能保证，除了本家姐姐，就顶数雪子了。但是看见她纤弱的风姿，过去就有人怀疑她有肺病，所以对方担心也是有道理的。我回去后会尽快与内人及雪子本人商量，再征得本家的同意，必要时会拍一张 X 光片给您，好使对方放心。

“经过我这样解释，井谷说：‘不用这么麻烦，听了您的解释就足够了。’

“我说：‘不不，这种事情还是弄清楚为好。我自己虽然也敢保证，但毕竟没有正式听过医生的意见，借这个机会让她检查一下身体，这样我们也放心了。相信本家和我们的想法是一样的。用 X 光片一目了然地展示出胸部没有任何阴影，不是皆大欢喜吗？’

贞之助这样说道：“万一这桩亲事没有谈妥，以后再被怀疑时也用得上，我觉得这个时候拍 X 光也不是没有用处。本家应该不会反对的。明天就带雪子去阪大[①]怎么样？”他又追问道，“雪子在女子学校念书时，怎么缺了那么多课？当时病了吗？”

“不是啦，那时的女子学校可没现在这么严格，爸爸老是让我们旷课，带我们去看戏。他总是带我去，查一下出勤表，我缺的课应该比雪子还多呢。”

“那么，拍 X 光片的事情，雪子不会反对吧？”

“不过，不在阪大做也没关系吧？就在栉田医生那里也可以吧。”

“啊，对了，还有块色斑……”贞之助按着自己左眼的边缘说道，“这就成问题了。井谷说：‘虽然我自己一点也没注意到，但男人们看得很仔细。昨天你们走了以后，有人提出小姐的眼圈上好像有细微的色斑，有人同意是色斑，有人认为不是，觉得是光线的关系看不清楚。他们各有各的看法，问我是不是真有色斑。’”

“昨天晚上我也隐约看到一点儿，就觉得情况不妙，竟然真成了问题。”

“对方好像并不怎么在意。”

雪子左眼的边缘，确切来说，是在上眼睑的眉毛下面，时不时出现一

① 阪大：大阪大学医学部附属医院。

小块斑痕一样的东西，时隐时现的。这是最近发生的事情，贞之助等人是在三个月或半年前注意到这一点的。贞之助那时私下里问过幸子，说雪子脸上是从什么时候开始出现这种东西的。幸子也是在那时候才发现它的。之前没有这东西，即便是在那时候也不常出现，平时想看个仔细，它已经淡得几乎看不清或者完全消失了；突然有一个星期左右的时间又频繁出现。幸子没用多长时间就意识到，色斑变浓是在月经前后。她最担心雪子自己是怎么想的，因为是她自己脸上的事情，肯定比任何人都更早发现了这种现象，但愿没对她的心理产生什么影响才好。虽然雪子到现在都没有结婚，可她既不悲观，也不乖僻，这是事实，因为她似乎对自己的容貌很有自信；但如果她知道身上出现了这个意想不到的缺点，会是怎样的心情呢？幸子暗自担忧，又不好贸然去问她本人，只好不动声色地看雪子的脸色。表面看来，雪子的态度没有什么变化，好像没注意到那块色斑，或者说没有当回事。

有一次，妙子拿来一本两三个月前的《妇女杂志》问："二姐，你看过没有？"幸子一看，那本旧杂志的《生活顾问》栏目里写着：有位二十九岁的未婚女士，诉说了和雪子同样的症状所带来的烦恼。这位女士最近也发现，色斑在一个月里时隐时现，时浓时淡，这种现象在月经前后最为明显。编辑的答复是：您这种症状是过了适龄期的未婚妇女常见的生理现象，不必为这种现象担忧，一般情况下，婚后就会痊愈的。即使不结婚，连续注射少量的雌激素也大多是可以治愈的。幸子得到了这样的知识，首先松了口气，其实幸子自己也有过类似的经历。那是她婚后的事情了，距今已经有好几年了，她嘴唇的周围长出一些黑斑点，就像孩子吃豆沙馅弄脏了嘴一样。当时去看医生，被诊断为阿司匹林中毒，说是不用管它，自己就会好的。所以幸子就按医生说的没去管它，过了一年，色斑果然消失了，之后就再也没有复发过。想到这些，幸子认为也许姐妹们都是爱长色斑的体质。幸子自己有过这样的经验，而且自己嘴唇上的色斑要比雪子眼皮上的那块色斑浓得多，但没过多久就消失了，因此她对雪子的毛病本来就不那么担心，后来看了杂志的报道，也就完全放心了。妙子把这本旧杂志翻出来的目的是，无论如何都要让雪子看看这篇报道。雪子表面看起来没有什么变化，但说不定正暗自担心呢。妙子想让雪子知道这里写的这些话，让她知道用不着担心什么。虽然婚后能不治自愈，但如果可以的话，在婚前治好就再好不过了。妙子深深知道雪子的脾气，虽然她不容易被说服，但还是想找个机会说服她。

幸子从来没和任何人谈过雪子的色斑，这次和妙子也是第一次谈起。幸子察觉到，在这件事上，妙子和她一样从心里着急，但是妙子除了因为骨肉亲情之外，还有自己的打算，就是雪子如果不早点儿结婚的话，那她自己和奥畑的婚事就要拖延下去了。那么，究竟该由谁将杂志交给雪子看呢？两人商量过后，还是觉得妙子出面比较妥当，幸子出面的话就小题大做了，可能会让雪子疑心贞之助也跟着一起商量了，还不如妙子轻描淡写地提出来好一些。后来的某一天，雪子的脸上又出现了很深的色斑，当时她坐在化妆室的镜子前，妙子装作偶然看见的样子，凑上去小声说："雪姐，你不用担心眼皮上的那点儿东西。"

"嗯。"雪子只是用鼻子哼了一声。

"《妇女杂志》上登了篇文章，雪姐你看过吗？要是没看过，我拿给你看看吧。"妙子这么说着，仍然低着头，尽量避免接触到雪子的目光。

"也许看过。"

"哦，我看过了……那种东西，结婚就会好的，打针也能治愈。"

"嗯。"

"雪姐，你知道吗？"

"嗯。"

雪子不太愿意被问及这个问题，所以就冷淡地搪塞过去了。不过，那个"嗯"字毕竟是肯定的回答，大概她只是羞于让别人知道她看过那种杂志，才装作不知道罢了。

妙子小心翼翼地试探后，这才放松了很多，她开口劝道："你已经看过了，那为什么不打针呢？"可雪子没什么反应，对于她的忠告只是"嗯"了两声应付了事。雪子秉性上就是这样，只要不是有人强拉着她的手去，她是不愿意去找不熟识的皮肤科医生看病的。另一方面，就算别人暗暗为她担忧不已，她本人并没有为那点儿色斑感到烦恼。

话说回来，妙子提出这种忠告后的某一天，悦子好像第一次注意到了，觉得很意外，她盯着雪子的脸，高声问道："哎呀！二姨，你眼睛那里怎么了？"不巧的是，当时除了幸子，连女佣们也在场。屋子里一下子变得鸦雀无声了。这时雪子却出乎意料的平静，嘴里含含糊糊地说了什么，面不改色地支吾过去了。最让人提心吊胆的是在雪子的色斑很明显的时候和她一起散步或逛商店。站在姐妹们的角度来看，如今雪子正待字闺中，就像待售的重要货物，即使不是相亲，也要打扮好出门，说不定在哪里就能被谁看见。所以在色斑出现的那个星期，最好别出门，一定要出门去的话，化妆时能下点儿功夫就好了，可她本人对这一点毫不在意。幸子和妙子觉得，雪子的皮肤本来就适合浓妆艳抹，可在色斑出现期间，如果香粉涂得过厚，光线斜照过来，反倒能清晰地看见沉淀在白净皮肤下的那块铅褐色的色斑，倒不如薄薄地敷一层粉，多涂些腮红。然而雪子平时讨厌涂腮红（人们怀疑她是不是得了肺病，其中一个原因就是她脸色苍白，连个腮红都不涂，而妙子则相反，就算不敷粉也要涂腮红），外出时也这样，敷了厚厚的香粉，有时偏偏不走运，碰到了熟人。有一次，妙子和她一起坐电车，见她那天脸上的色斑特别明显，就偷偷拿出胭脂盒来，递给她说："涂点儿吧。"别人这样为她操心，可雪子本人却不怎么上心。

十三

“那么，你是怎么和她讲的呢?”

“说实话呗。我说色斑并不经常出现，某某杂志上说不必担忧，我在其他杂志上也读到过类似的报道。我想反正也得照 X 光，就顺便去阪大的皮肤科看看，确认一下是不是像杂志上写的那样能治好。既然已经成问题了，那就做一下检查吧，我也会建议她去做的。”

因为雪子大部分时间都在分家生活，所以本家的姐姐、姐夫没有注意到这种事情是理所当然的。那么现在明明自己知道这一点却置之不理，难道不是自己的错误吗？贞之助是这样觉得的。但不管怎么说，这是最近才开始出现的，以前每次相亲都没遇到过这种问题。再说贞之助鉴于幸子的色斑不治而愈的事实，也就没怎么重视这件事情。幸子也是，觉得雪子脸上的色斑是周期性出现的，事先可以预测出日子，只要相亲的日期错开那几天就行了。造成这次失误，一是因为井谷催得太急了，二是因为幸子有些大意，她估计相亲那天雪子脸上的色斑就算不完全消失，也不会过分惹眼的。

这天早晨，在丈夫上班后，幸子悄悄询问雪子关于昨天相亲的感想，得知雪子会听从姐夫和姐姐们的安排。难得事情朝着好的方向发展，幸子担心会因为自己说话不当引发什么岔子。那天晚上，在悦子睡着以后，贞之助也回避了，幸子单独和雪子商量照 X 光片和看皮肤科的事情。没想到雪子居然答应了，说只要二姐跟着去，找个医生诊断一下也行。讲好之后，雪子眼圈儿上的色斑又一天天淡化，几乎看不出来了。幸子本想等下次色斑明显时再去看医生，贞之助反倒顺了井谷的心意，这次催促幸子不能耽搁。因此，幸子第二天就去了上本町的本家，一是报告相亲经过，二是催促他们从速调查濑越的情况，把带雪子去阪大的事情告诉大姐，征得她的同意。又过了一天，幸子就带着雪子去阪大了，出门时特意和女佣们说是和雪子去三越百货商店。

去阪大诊察的结果，内科和皮肤科都和预料的一样，X 光片当天也洗出来了，胸部一点儿阴影也没有。几天后，收到了血沉十三、其他反应都是阴性的诊断报告。在皮肤科的诊室里，诊察结束后，医生把幸子叫到一旁，毫不避讳地说让这位小姐赶快结婚。幸子询问道："听说打针也能治好。"医生回答，打针也能治好，但像她这种程度就不知道了，还是让她早点儿结婚吧，这是改变她的最好方法。诊察就这么草草结束了，看来杂志上的那篇报道所言不虚。

"那么，你能把这些东西拿给井谷女士吗?"贞之助问道。

"嗯，我送去也行，但对方既然看中你说话直截了当，专门找你，希望还是你送去吧。我倒不是因为被她撇开了觉得不舒服，而是她总是心急火燎的，我实在受不了。"贞之助答道："这有什么不好办的，咱们也把它当成工作来做好了。"

贞之助第二天在办公室里打了通电话，向井谷大致介绍了去阪大就医的经过，然后就用快件挂号信把 X 光片和诊断报告寄给了井谷。第二天下午四点左右，井谷打电话来说会在一个小时内前来拜访。五点钟，井谷准时出现在贞之助的事务所，说道："昨天承蒙寄来挂号信，多谢多谢！邮件当下就转给濑越先生了。濑越先生说承蒙寄来这么详细的诊断报告，还特地拍了 X 光片，真是过意不去，现在可以安心了。他一再请求我向你们道歉，提出了这么失礼的要求，感到万分抱歉。"说过这些客套话之后，井谷又说，"有件事实在难开口。濑越先生想再和雪子小姐单独见一面，从从容容地谈一个小时左右，不知府上能否同意?"井谷又补充道："濑越先生虽然那个年纪了，可没什么谈恋爱的经验，还像个情窦初开的小伙子，上次有些怯场，不记得说了些什么，何况雪子小姐又是那么腼腆……不，腼腆当然好，但那时是初次见面，似乎有些拘谨，所以濑越先生想再见一面，双方可以推心置腹地交谈一下……旅馆和饭店都容易惹人注意，如果府上同意的话，不嫌简陋，可否，到我在阪急冈本的住处会面？会面的日期，希望能定在下个星期天。”

“喂，怎么办？雪子会答应吗？”

“比起雪子，我更不知道本家会怎么说。会不会说事情还没确定下来，还是避免交往过深呢？”

“对方是不是想再看看脸上那块色斑？”

“是，一定是。”

“那样的话，还是见一面比较好。现在那块色斑不是一点也看不出来吗？如果不让对方看到雪子平常样子的话，咱们岂不是亏了？”

“是啊，如果拒绝的话，就好像咱们不愿意让人家看似的。”

夫妻之间有过这番谈话之后，第二天，幸子害怕在家里打电话会引起麻烦，就到附近的公用电话亭给本家姐姐打电话。果不其然，本家姐姐追问为什么见那么多次面，幸子打了五通电话解释。姐姐推说虽然不无道理，但是在婚事尚未确定之前，是否能让双方单独见面，她不敢做主，今晚要和辰雄商量一下，明天再给出答复。

第二天早上，幸子没等对方打过来，就又跑到公用电话亭里给本家打电话，才知道姐夫总算允许见面了，只是有时间、地点、监督等各种附加条件。获得许可之后，幸子回家试着询问雪子，雪子很快就领悟了意思，立马就答应了。

那天，幸子带着一束鲜花作为礼物，陪同雪子来到井谷家。四个人喝着红茶聊了一会儿，随后井谷将濑越和雪子带到二楼，她就又回到楼下和幸子聊天。等了一个小时，后来又超过约定的时间三四十分钟。这时，两人才从楼上下来。濑越说他晚点儿再走，姐妹俩便先行告辞了。那天是星期天，考虑到悦子在家，她们就去了神户，到东方饭店的候客厅又喝了一会儿茶，幸子向雪子询问当时双方会面的情况。

“今天确实谈了不少。”

雪子当天也比较轻松，说了很多话。濑越先问了对四姐妹关系存在疑问的事情。为什么雪子和妙子多半住在分家而不是住在本家，又问到妙子那次“新闻事件”以及后续发展情况等，问得相当仔细。雪子将没有妨碍的都做了回答，只字未提对本家姐夫不利的话。濑越说不能光他一个人提问题，让雪子也问一些问题。濑越见雪子一再客气不肯发问，就主动谈起了自己的事情。他说自己追求的是“古典美”而不是“现代美”，所以才迟迟没有结婚。他说如果能娶到雪子小姐为妻，那真是三生有幸，还一再说自己身份低微，实在是高攀了。他说他过去没有沾染过任何女人，只是有件事要告诉雪子。他透露一件让人感到意外的事：他在巴黎的时候曾经和一个百货商店的法国女售货员交往过。他虽然没有细讲，但最后似乎是被那个女人骗了。他害了思乡病，也开始萌生追求纯日本趣味女人的想法，都是这件事情的反作用。濑越还告诉雪子，这件事情只有他的老朋友房次郎知道，今天还是第一次告诉别人。他还强调他和那个法国女人以纯洁的交往告终，拜托雪子务必相信这一点。幸子从雪子嘴里听到的大体上就是这些，至于濑越为什么对雪子说了这么多，他的心思是可想而知的。

第二天，井谷给贞之助打来电话，说道：“濑越先生说昨天承蒙赐予了见面的机会，他已经无话可说了。昨天他才看清小姐脸上的那块色斑，就如您所说的，根本不成问题。现在他一心静候府上的答复，看自己够不够格做小姐的夫婿。”在转达濑越的意思的同时，她又催促道：“本家的调查还不能结束吗?”井谷认为，从最初提亲到现在已经过去一个多月了，前些日子到芦屋造访时，以及几天后在东方饭店相亲时，她都被告知“再等一个星期就好了”，如今都等得不耐烦了。事实上，幸子是十天或半个月前才去和本家商量这件事的，即便不是这样，本家也喜欢在这些事情上做寻根问底的调查，是不可能很快给出答复的。总之，因为井谷催得紧，幸子就随口说了句“再等一个星期就好了”，贞之助不得不附和她，把话给说死了。实际情况是，本家请求濑越原籍的乡公所寄来他家户口本的抄本，直到两三天前才寄到；信用调查所关于他家乡情况的报告则需要更多的时间；在最终决定之前，为了慎重起见，还要派人去他的家乡做实地调查。

贞之助夫妇现在很是为难，除了一再请求再等四五天之外，没有别的办法。这期间，井谷又到芦屋催了一次，又到大阪的会计事务所一次。她说好事多磨，这件事情还是快办为好，要是合适的话，年内就能举行婚礼。到后来，井谷等得实在不耐烦了，竟然直接打电话给从未谋面的大姐鹤子。幸子一想到比自己还要慢条斯理的、问她一件事要五分钟才回答的大姐，在接到井谷电话时的那副惊慌失措的样子，就忍不住发笑。据说，井谷在电话里又搬出“好事多磨”这句话，凭借一张快嘴，极力劝说了大姐一番。

十四

就这样，日子不知不觉过去了，到了十二月的某一天，女佣说本家的太太来电话了。幸子去接电话，就听鹤子说：“这桩亲事的调查耽误了很多时间，如今基本搞清楚了，我这就去你那里。”幸子正要放下话筒，就听里边又说：“不是什么好消息，不要太高兴。”不用姐姐明说，幸子从听到姐姐声音的那一刻起，就感觉到这次又要告吹了。她挂上电话回到客厅，独自叹气，颓然瘫坐在安乐椅上。迄今为止，这种事情不知道发生过多少次了，到最后关头还是拒绝了。幸子已经习以为常了，但无论哪次都没像现在这样沮丧。这次不知道为什么，虽然不是让人特别惋惜的姻缘，但内心还是深深感到失望。

大概是自己以前和本家的意见相同，都是不赞成的，而这次满以为能成功的缘故吧。这次井谷从中极力撮合、张罗，幸子夫妇的处境也不一样。贞之助以往一向置身事外，只是被动地露个面罢了，但这次他卖力地从中斡旋。另外，雪子本人也一反常态，这么仓促的相亲她都答应了，对方一再提出单独谈话她也答应了，甚至连照 X 光片和看皮肤科这样的建议她也没有怨言地采纳了。这可以说是以往雪子所没有的态度，或许是她急于结婚，心境发生了变化。对眼皮上出现的那块色斑，雪子表面上满不在乎，实际上心里多少也受到了影响。总之，因为种种原因，幸子认为这次无论如何都会成功的，而且似乎也能成功。

所以幸子认为，在见到姐姐听取详情之前，就算知道情况不妙，也总会有办法的，并没有完全放弃希望。但等她听完详情之后，也不得不承认事情没有办法挽回了。姐姐不同于幸子，她有很多孩子，是趁着孩子们从中学和小学回来之前，利用下午的一两个小时，抽空来到芦屋的。她得知雪子那天下午两点钟出去学习茶道了，就和幸子在客厅里谈了一个半小时。看到悦子从学校回家了，就说："那么，回绝人家的事就交给你们了，你和贞之助好好商量一下。"说了几句就起身告辞了。

据姐姐说，濑越的母亲自从十多年前丈夫去世后，就一直窝在老家的旧房子里，因为生病一直不见外人，濑越也很少回家探望，日常生活起居由母亲寡居的亲妹妹照料。虽然对外说老太太得的病是中风，而据经常出入他们家的商人讲，老太太得的病不像是中风，实际上是得了精神病，严重到连儿子都认不清的地步。这在信用调查所的报告中也隐约可见，让人有些难以放心，于是本家就特意派人去做了调查，果然确有其事。姐姐接着说："难得有那么多热情的人来提亲，结果给人家的印象每次都是本家的人从中作梗，心里很不是滋味。我们何曾想过要破坏，时至今日，什么门第呀，资产呀，都不过分拘泥这些了。我觉得这次其实是很不错的缘分，正是觉得这桩亲事有望成功，才派人去乡下调查的，哪知道对方有精神病血统，这可不是普通的问题呀！雪子的亲事，不知道是怎么回事，总是遭遇不能逾越的障碍，让人觉得很是不可思议。说到底是雪子妹妹没有多大的福分，不能说‘未年生人’的说法是纯属迷信。”

大姐刚走，幸子就见雪子怀里抱着一块茶道用的绸巾走进客厅来了。恰巧悦子去舒尔茨家的院子里玩了。

“大姐来过了，刚才回去了。”她这么说着，沉默了一会儿。雪子又“嗯”了一声就没有下文了。幸子无奈，只好接着往下说：“那件事又没成。”

“是吗？”

“他那个母亲……说是中风了，其实是得了精神病。”

“是吗？”

“要是有精神病，那就成问题了。”

“嗯。”

“露米姐姐，来呀！”远处传来悦子的声音。就见两个小姑娘从草坪上朝这边跑过来了，幸子就压低声音说：“嗯，详情待会儿再说，我就是先告诉你一声。”

“您回来啦，二姨！”悦子跑上露台，站在客厅入口的玻璃门外，随后跟来的罗斯玛丽站在她旁边，四只穿着奶黄色毛织短袜的可爱小脚排在一起。

“小悦，今天在屋子里玩，外面风冷。”雪子站起来，把玻璃门从里面打开，“好了，露米小姐也请进来吧。”她用和往常一样的声调说道。

雪子这方面算是过去了，但贞之助不是那么容易解决的。傍晚回家以后，他从妻子口中得知本家姐姐说不答应这门亲事，心想这次又要拒绝了，脸上顿时露出不满的神情来。这次因为被井谷看中作为交涉对象，他对这桩亲事渐渐感兴趣了，如果本家仍然搬出那套不合时宜的“门第观”和“面子说”来搪塞的话，他想站出来亲自去劝姐夫和姐姐改变主意。濑越不曾结过婚，看上去比实际年龄年轻，和雪子站在一起还算般配，就算将来有其他条件更好的亲事，这两个条件还是很让人感到惋惜的。从幸子那里听了详情之后，他仍旧无法一下子转过弯儿来。但不管怎么想，他都觉得本家是不会同意的。如果姐夫反问："如果这样，你就该担责任了，让她和有这种血统的人结婚，你能保证她丈夫和他们将来出生的孩子绝对没有问题吗?"如果是这样的话，贞之助也会感到不安。

这么说来，去年春天也有过一次类似的相亲，对方是一位四十多岁的未婚男子，家里相当有钱。当时大家都很感兴趣，连订婚的日期都定好了，突然从某个渠道得到消息说，男方和另外一个女人关系极为密切，是为了掩人耳目才娶妻的。女方这边知道了这件事，连忙取消了婚约。雪子的亲事到头来总是遭遇诸如此类的阴暗内情。所以，本家的姐夫、姐姐变得更加小心谨慎了。但毕竟是女方提出的条件太苛刻了，想从条件不相称的人中挑选出合适的对象来，反而上了人家的当。想来也是，四十岁出头的有钱人仍然没有结婚，大概有怪癖吧。

濑越在血统上有这样的弱点，才到现在都没结婚吧。但是很明显，他并没有存心欺骗女方。为他想想，他可能会认为既然已经花了那么长时间调查他家乡的情况，对他母亲的事情当然也就无从谈起了，当然是在心里有数的情况下才和他相亲的。他说"身份低微""高攀"等之类的谦虚话语，都是怀着那种感恩的心情吧。据说这次濑越先生攀上一门好亲事，这一传言已经在 MB 公司的同事间传开了，濑越自己也不否认；还有人说"那样一个兢兢业业的人近来做事不顺手，心神不定的"。这样的议论也传到了莳冈家里，贞之助听说了这类的话，也深感濑越先生可怜，这次无端使一位出类拔萃的绅士丢了面子。如果他们这边能早调查、早回绝的话，就什么事情都没有了。先是在幸子那里耽搁了，转到本家手里也没有立即处理。更为糟糕的是，为了拖延时间，在这段时间一直跟人家说调查大致结束了，十有八九有望成功。这倒不是贞之助他们胡言乱语，而是他们希望这桩亲事能够成功，结果却和对方闹了一个恶作剧。就这一点来说，与其责怪幸子或本家，不如先责怪自己轻率。

贞之助和本家姐夫虽然同为赘婿身份，但他过去尽量避免介入妻妹的亲事，这次是偶然被卷入这个事件的旋涡里；虽然不可避免地要告吹，但由于自己的失误，给相关人员留下了难堪的印象，如此一来，雪子的命运会不会因此而更加不幸呢？想到这一点，他虽嘴上不说，但还是觉得特别对不起雪子。

不只是这次，凡是相亲这种事，男方回绝女方倒也无妨，女方若是回绝男方，无论言辞多么委婉，也会使男方觉得丢脸。事到如今，莳冈家已经招致许多人怨恨了。再加上本家姐姐和幸子她们不谙世事，拖拖沓沓，竭力想拖住对方，到最后关头才回绝人家，这就更招人怨恨了。贞之助更担心的是，如果这样下去，不仅莳冈家会招致怨恨，雪子会不会也因为众口铄金而一生不幸呢？幸子是明摆着不愿意出面回绝这门亲事的，为了弥补自己的过失，贞之助只好自认倒霉地去和井谷周旋，请求她的谅解。不过，怎么说才好呢？事到如今，无论濑越先生会怎么想，也只能由他去了，只是井谷，今后还用得着她帮衬呢，不能伤及她的感情。

再说井谷在这件事情上也花费了相当多的时间和精力，这段时间里光是芦屋的分家和大阪的事务所，她跑的次数就不少。井谷经营着美容院，虽然雇用了很多学徒，生意繁忙，但她仍然挤出时间来热心奔走，确实像外面疯传的那样是个爱说媒的人，而这不是一般的好意和古道热肠所能办到的。举个小例子来说，光是出租车以及其他费用就破费了不少。前天晚上在东方饭店聚会时，贞之助在回家前提出由男女双方分担所有招待费用（虽然名义上是由井谷出面请客的）。但井谷当场就回绝说："那可不行！这次说好了是由我请客的，怎么说我都不会答应的。"贞之助心想，反正这桩亲事还没完全定下来，还得靠她牵线搭桥呢，迟早都要酬谢的，于是当时就搁置下来了，但现在看来是不能再拖下去了。

"真是的，送钱吧，人家是不会接受的，只能送点礼品了，但……"幸子说，"现在一时想不出送什么礼品好，你看这样行不行，你先空手去打个招呼，等我和大姐商量好以后，再买适合她的东西，我亲自给她送过去。”

“好事都落到你头上！”贞之助有些不满地说，“好吧，就这么办吧。”事情就这样商量妥了。

十五

井谷从十二月开始就没再来催促了，也许是意识到形势大为不同了吧。那样反倒是件好事。贞之助担心被别人听见，就没去美容院，而是去了她在冈本的住宅拜访。在确认了她在家的时间之后，他在傍晚比往常晚些时候离开事务所，直接去了冈本。

贞之助被请进房间，房间里已经亮起一盏灯，那是一个罩着深绿色大灯罩的台灯，使室内的上半部分一片昏暗。井谷坐在处在阴影里的一张安乐椅上，这使得贞之助无法辨别出她脸上的表情。但这对于没有会计师习气而具有文学青年纯良气质的贞之助来说，倒比较容易开口了：

“今天是为了一件难以启齿的事情来拜访您的……事实上，我们在那之后又到濑越先生的老家去调查了一番，别的方面还可以，就是他母亲得的病呀……”

“是吗？”井谷歪着头说，显得有些意外。

“说是中风，可派人一查，哪承想是精神病。”贞之助说道。

“哦，原来是这样！”井谷顿时用有些走调的慌张声音说道，她点了点头，连着说了好几次“原来是这样！”

贞之助怀疑井谷是不是知道精神病的事，从她之前卖力地催促到她现在这个狼狈样子，应该是早就知道这件事了。

“如果令您产生误会就不好了，今天来和您说这件事情，并没有责怪您的意思。我也想过，应该找些无伤大雅的借口来回绝更符合常理，可这次承蒙您这样劳心费力地斡旋，如果不拿出能得到您谅解的理由，我们也会过意不去的。”

“是啊，是啊，我很理解您的心情，别说误解了，应该怪我太轻率了，没有做好调查，非常抱歉。”

“不，不，听您这么说，我实在愧不敢当。人家总以为莳冈家讲究门当户对那套老形式，即使有合适的亲事也会回绝掉，这让我们感到十分痛心……其实绝不是那样，这次也是迫不得已。别人怎么评价暂且不去管它，至少要征得您的谅解，请您千万不要为此生气，今后还请您多多关照。当然了，这些话只说给您一个人听，濑越先生那里还请您代为婉言回绝吧。”

“您这么客气，实在是不敢当。我不知道您是什么看法，但精神病这种事我还是第一次听说，以前完全不知道有这回事。不过，幸亏府上做了调查。既然是这样，您刚才说得非常有理。对方知道以后当然会失望，我会想办法把您的意思解释给他听的，这一点就请您放心好了。”

贞之助听了井谷这番周到的话，就放下心来，若无其事地结束了谈话，匆匆起身告辞。井谷将他送到门口，丝毫没有不快的表情，反复说自己很过意不去。她还一再说：“为了弥补我的过失，您就等着吧，我一定会给雪子小姐物色一个好对象的。不用那么担心，就算没有托付给我，雪子小姐的事我也包了，请务必这样和您的夫人说。”贞之助觉得，从井谷平时的为人来看，这些话听起来不像是敷衍之词，看样子并没有大大伤了她的感情。

过了几天，幸子去大阪的三越百货商店买了和服衣料，亲自去了冈本的井谷家，见井谷还没有回来，就请她的家里人转达来意，留下东西走了。第二天，井谷写给幸子一封宽慰的感谢信，信里说：“这次事情不但没成功，由于我的疏忽反倒给您添了许多不必要的麻烦，承蒙您这样破费，更让我感到羞愧不安。”她又附上了那句“将功补过”的话。

那之后十天左右，只剩下几天就要过年了，某天傍晚，一辆出租车像往常一样突然停在了芦屋门前。井谷在门口喊了声："我来看看，就不进屋了。"不巧的是，那天患了感冒的幸子躺在床上。幸好贞之助那时已经回来了，将站在门口要告辞的井谷客气地请进客厅，聊了会儿。贞之助问："自那之后，濑越先生还好吗？他本人确实很不错，因为这样的问题没能结亲，实在是太遗憾了……他真是太可怜了……他以为我们已经知道他母亲的病情了吧？"井谷也说："怪不得濑越先生起初很客气，好像不太积极，后来才越来越热心，说不定最初是因为他母亲的病而有所顾虑吧。""这么说，是我们花了太长的时间调查才会产生这样的误会，都是我们不好。"贞之助说完这句话之后，又搬出前几天的台词来："请您千万不要介意，务必多多关照。"井谷突然压低声音说："如果不嫌对方孩子多，眼下倒是有一门亲事。"她试探性地说道。贞之助这才意识到井谷是来说媒的，就详细询问一番。

井谷说，这个人是大和下市一家银行的支行经理，有五个孩子，老大是个男孩，如今在大阪上大学，老二是个姑娘，已经成年，不久就要出嫁了，家里只剩下三个孩子，生活方面，是当地一流的富豪，不必担心什么。有五个孩子，家又在下市镇，贞之助认为光是这些，就没什么可说的了，听到一半就露出兴趣索然的神情来。井谷看在眼里，就说："这样的人家，府上不会乐意吧。"当即就打住不说了。贞之助心想，井谷为什么要介绍一门条件如此恶劣的亲事呢？可能是井谷心里觉得不痛快，有意来揶揄他们一下，表示只有这样的人家才和你们门当户对吧。

送走井谷之后，贞之助到了二楼的房间，看见幸子仍旧躺着，用浴巾捂着脸，正在吸入治疗感冒的药剂。

"听说井谷老板娘又来提亲了？"幸子吸完药剂之后，用毛巾擦了擦眼睛和鼻子说道。

"嗯……你听谁说的？"

“刚才悦子来告诉我的。”

“唉，真是的……”刚才贞之助和井谷谈话的时候，悦子突然进来了，坐在椅子上竖着耳朵听。贞之助说：“你到那边去吧，这些话不是小孩子该听的。”看来，她被撵走之后，一定是溜到餐厅去偷听了。

“到底是女孩子，对这些事情还是很好奇的。”

“有五个孩子？”

“这也和你说了？”

“嗯嗯，大儿子在大阪上学，大女儿也快出嫁了……”

“呃？”

“大和下市人，好像在银行当支行经理……”

“真是想不到呀，还真不能疏忽大意。”

“就是呀，今后不多加注意会出大乱子的，幸好今天雪子不在家。”

每年从年末到正月初三，雪子和妙子都会回本家过年。雪子早走妙子一步，昨天就回去了。夫妻俩心里想，如果雪子在的话，不知道会发生什么事情呢。

幸子一到冬天就闹支气管炎，医生说弄不好会转成肺炎的，所以她常常卧床个把月的，只要稍微感冒一点儿，就严加提防。幸好这次病情只蔓延到咽喉就遏止住了，体温也逐渐恢复正常了。转眼到了腊月二十五这天，幸子打算在房里再待一两天，就在她坐在床上翻看新年杂志的时候，妙子进来和她道别，说是要去本家了。

“为什么啊？唉，过年还有一周呢。”幸子略感吃惊地问，“你去年不是除夕才回去的吗？”

“是除夕回去的？我记不清了……”

妙子第二年年初要举办第三届个人作品展，近来一直在忙着制作人偶。一个多月以来，她大部分时间都泡在夙川的公寓里，为了不丢下舞蹈练习，每周还要去一次大阪的山村舞传习所。幸子觉出自己有一段时间没和这个妹妹聊过天了。她知道本家想把妹妹们叫到大阪过年，并不是打算把她们留在身边。但是和雪子相比，妙子更不愿意去本家，现在她要比往年早回去，这就让人感到奇怪了。尽管这样，幸子并没有恶意揣测小妹和奥畑有什么约会，只是想到这个早熟的小妹，一年比一年长大成人，和她这个原本最依赖、最亲近的人渐行渐远，有些淡淡的惆怅而已。

“我终于做完工作了，打算回大阪每天练习舞蹈去。”妙子不加辩解地回答。

“现在学什么呢?”

“快到新年了，正在学习《万岁》[①] 舞呢。二姐能伴奏吗?”

“唔，我想大概还记得。”幸子随即哼起了三味线曲子，“青春永长，万寿无疆，圣代荣昌。叮叮咚，欢欢喜喜，新春吉祥……”

妙子也随着她的节拍站起身来，摆出一个姿势。“等等，等等，二姐。”她跑回自己的房间，迅速脱下西装换上和服，拿着舞扇出来了。

“……叮哨叮哨，哨，叮铃，美女还数京都女，美女还数京都女……请尝尝大鲷鱼小鲷鱼、大鰤鱼、鲍鱼、蝾螺，蛤蜊蛤蜊真美味，叫卖的是位大美女！走过一家又一家，隔壁货架美如画，金缕、织锦、丝绸、绉绸啥都有，咚咚叮叮，咚咚叮……”

这里“美女、美女”的歌词配合着三味线“咚咚叮叮，咚咚叮”的乐音唱起来特别有趣。幸子姐妹小时候把这首歌唱得滚瓜烂熟的，所以到现在还记得。今天一唱这首曲子，二十年前船场时代的往事重新涌现脑海，已故双亲的音容笑貌如在眼前。妙子那时也学习这种舞蹈，每到新年的时候，妈妈和姐姐弹三味线伴奏，妙子就跳《万岁》舞。唱到“元月初三，正当寅时，叮咚，手捧若夷[②]……”时，妙子伸出可爱的右手食指直

---

① 《万岁》：日本城志贺于宽延年间（1748—1750）所作的曲子，歌词是由当时民间流传的万岁歌《言立》《京之町》等构成的，属于庆贺新年的喜庆曲子。

② 若夷：元旦天亮时所发卖的纸牌，上面印有日本财神惠比须的神像。

指天空，她那天真烂漫的姿态，恍如昨日，如在眼前。现在这个在她面前手持舞扇、翩翩起舞的妹妹还是当年那个妹妹吗？（而且，不管是这个妹妹，还是雪子妹妹，如今都待字闺中，九泉之下的双亲该如何看待这件事呢？）幸子想到这里，不禁流下了眼泪：

“小妹，过了年什么时候回来？”幸子并没有刻意掩饰自己的泪水。

“我初四就回来。”

“那你新年来跳《万岁》舞吧，要记得好好练习，我也练练三味线。”

幸子自从在芦屋安家以来，就再没有了像在大阪时那样来拜年的客人，加上两个妹妹都不在家，所以近年来一到过年就显得有些冷清，无所事事地挨日子。虽然对于夫妻两人来说，偶尔过过这种清静的日子倒也不错，但是悦子感到很是寂寞，期待二姨和小姨回来。

幸子在元旦中午过后，拿起三味线，用手弹着“万岁”曲，这样反复练习了三天，练到后来，她一弹到“金缕、织锦、丝绸、绉绸，啥都有”时，悦子就会跟着唱“咚咚叮叮，咚咚叮”。

十六

妙子这次租借了神户鲤川路的一个画廊举办了为期三天的个人作品展，也得益于在阪神地区交际很广的幸子在暗中活动，大部分作品在第一天就预售出去了。第三天傍晚，幸子带着雪子、悦子来帮忙收拾会场，收拾妥当后走在街上的时候，幸子说：“小悦，今天晚上叫你小姨请客，你小姨是大财主啦。”

“是呀是呀。”雪子跟着帮腔说，“去哪里好呢？小悦，你想吃西餐还是中国菜？”

“可是钱还没到手呢。”妙子想装糊涂又装不到家，笑着说道。

“没关系的，小妹，钱我先帮你垫上。”幸子知道，就算把各种费用都扣除掉，妙子还是有不少钱入账呢，存心想让她请吃饭。妙子跟幸子不一样，她是现代派精打细算的女子，虽然不像井谷谈到的侄女那样锱铢必较，但遇上这种场合，也不会一被鼓动就乖乖掏出钱包里的钞票来。

“那就去东雅楼吧，那里最便宜。”

“真抠门啊！请我们去东方饭店吃烤肉吧。”

东雅楼位于南京町[1]，是一家广东风味的小饭店，店堂里面也卖熟牛肉和熟猪肉。她们四个人走进那家饭店的时候，一个站在前台结账的年轻西洋女人和她们打招呼：“晚上好！”

“啊，卡塔琳娜小姐，没想到能在这里遇见您。我给您做下介绍。”妙子说，“这就是我之前说过的那位俄国朋友。这位是我二姐，这位是我三姐。”

“哦，是吗？我叫卡塔琳娜·基里连科。我今天去展览会了。妙子小姐的人偶都卖得很好，恭喜您！”

“小姨，那个洋人是谁？”悦子在那个女人离开之后问道。

“她是你小姨的弟子。”幸子说道，“我经常在电车上遇见她。”

“看起来挺招人喜欢的吧？”

“那个西洋人喜欢吃中国菜？”

“她是在上海长大的，对中国菜颇为精通。她说一般西洋人不去的腌臜铺子里的中国菜比较好吃，这里是神户中国菜最好吃的地方。”

“她是俄国人吗？怎么看上去不像俄国人。”雪子说。

“嗯。她在上海英国人创建的学校里读过书，在英国人开办的医院里当过护士，曾经和英国人结过婚，还有个孩子。”

“真的？她多大年纪了？”

“她有多大呢？不知道比我大，还是比我小。”

---

① 南京町：神户的唐人街。

妙子说，白俄基里连科一家住在夙川的松涛公寓附近，在上下楼只有四个房间的一栋小型住宅里，老母亲、哥哥跟她生活在一起。以前，妙子和基里连科只是在路上遇到点头致意而已。有一天，基里连科突然来到妙子的办公室，说想和妙子学做人偶，特别是日式的人偶，请妙子收她为徒。妙子答应后，她当即就称妙子为“老师”。妙子很难为情，面带笑容地让她改称“妙子小姐”。这是大约一个月以前的事情，从那以后两个人就亲近起来了。最近妙子去松涛公寓时，也会顺便去她家坐坐。

“‘我经常在电车里遇见您的两位姐姐，已经很面熟，她们实在是太漂亮了，我十分倾慕她们。请务必介绍一下。’前几天基里连科就求我介绍你们认识了。”

“他们靠什么生活?”

“她哥哥是做毛织品贸易的，但从家庭状况来看，好像并不太富裕。卡塔琳娜说她和那个英国丈夫离婚时得到一笔钱，她靠这笔钱生活，并不依赖她哥哥。她的衣着也很漂亮。”

桌子上摆着悦子爱吃的炸虾卷和鸽子蛋汤、幸子爱吃的烤鸭（把烤鸭皮、蘸了大酱的葱丝卷在薄饼里吃），这些菜肴都盛在锡器里，满满的一桌子。她们边吃边谈论基里连科一家的事情。

从照片上看，卡塔琳娜的孩子是个四五岁左右的女孩，由她爸爸抚养，如今已经回英国去了。卡塔琳娜为什么要学习制作日本人偶呢?究竟是出于个人兴趣还是盘算着以后凭借这门手艺谋生呢?那就不得而知了。不过，作为一个外国人，她手很巧，头脑也很灵活，对日本和服的款式、颜色等的配合领悟得也很快。她是在上海长大的，因为革命时期家里人分散了，她被外祖母带到了上海，她哥哥则被母亲带到了日本，还在日本的中学就读过，多少有些汉字知识。因为这个原因，她崇拜英国，她哥哥和母亲却崇拜日本。走进她家里，就见楼下的一个房间里挂着天皇和皇后的照片，另一个房间里挂着尼古拉二世和皇后的肖像。哥哥基里连科的日语自然很好，卡塔琳娜虽然来日本没多久，但日语也讲得相当纯熟了。最让人感到滑稽难懂的是那位老妈妈的日本话，妙子也感到很是头疼。

“那位老太太说的日本话实在没法听，前几天她原本想说‘对不起您’，因为发音古怪，语速又快，结果说成了‘您的家乡细（是）哪里’，使我慌忙回答‘我是大阪人’。”

妙子很会模仿别人，不管是模仿谁，她都能博得大家一笑。她模仿“这位基里连科家老太太的姿态和腔调”实在太可笑了，就算是幸子她们从来没见过这位西洋老太太，也完全能根据她的模仿想象出来，忍不住捧腹大笑。

“不过，那位老太太是帝俄时代的法学士，是个很了不起的老太太呢。她说：‘我日语不好，但我会说法语和德语。’”

“过去可能很有钱吧，那位老太太多大年纪了？”

“已经六十多岁了，但一点儿也不显老，很有精神。”

过了两三天，妙子带着那位老太太的故事回来了，逗得两个姐姐直笑。妙子那天去神户元町买东西回来，在尤海姆咖啡馆里喝茶。老太太领着卡塔琳娜进来了。她告诉妙子，她们要去新天地[①]俱乐部屋顶上的滑冰场滑冰，还说如果妙子有空的话，热情邀请妙子和她们同去。妙子从来没有滑过冰，她们说可以教她，没多长时间就能学会。妙子对这种运动竞技是很有自信的，于是就和她们一起去了。在大约一个小时的练习中，妙子大致掌握了滑冰的技巧。老太太大加赞扬道：“您滑得很好，说您细（是）第一次滑冰，我还真不相信。”妙子感到吃惊的是，老太太一踏上冰场，就英姿飒爽地滑起来了，那气势超越壮年人之上。不愧是以往好好锻炼过的，她腰身挺直，滑得稳稳当当的，还不时来一些高难度动作，使在场的日本人都为之瞠目结舌。

---

① 新天地：日本神户的繁华地带，位于神户市兵库区湊川公园以南。

有一次，妙子深夜才回到家里，说在卡塔琳娜家里吃的晚饭，又说俄国人惊人地能吃，先是端出冷盘，然后又上了几盘热菜，肉和蔬菜都很有分量，面包也各种形状，种类繁多。妙子只吃了些冷盘的菜，就已经吃得很饱了。尽管妙子一再说已经吃不下了，主人还是说“您怎么不吃了?”“这个怎么样?”“那个怎么样?”基里连科他们大吃特吃，其间还大口喝着日本酒、啤酒和伏特加。哥哥基里连科这样吃喝也倒罢了，卡塔琳娜也是又吃又喝的，就连老太太也像她的儿女那样大快朵颐。过了一会儿，已经到九点钟了，妙子打算回家去，可他们说她还不能回去，又拿出扑克牌来，妙子又陪着他们玩了一个小时。十点多钟的时候，又端出夜宵来，妙子光是看就饱了，但主人们却又吃起夜宵喝起酒来。他们把酒倒进喝威士忌用的小玻璃杯里，脖子一仰就喝下去一杯，与其说是在喝酒，不如说是在往喉咙里灌酒。日本酒就不用说了，连伏特加这样的烈性酒也猛喝一通，说是不这样喝就不过瘾，他们的胃口好得实在惊人。菜肴不见得有多可口，但有道汤菜倒是很新奇，用面粉捏成的团子浮在汤汁里，很像中国的馄饨和意大利的饺子。

“他们还委托我说：‘下次要请您的姐夫和姐姐，请务必带他们来。’就应邀去一次怎么样?”妙子接着说道。

那时，卡塔琳娜邀请妙子做她的模特，正热心于制作人偶呢。妙子扮成一个梳着岛田髻[①]、身穿长袖和服、手拿毽子板站立的日本小姑娘。妙子不去夙川时，卡塔琳娜经常到芦屋来接受妙子的指导，自然而然就和全家人都亲近了。有一天，贞之助也认识了，说凭借她的资质大可以去好莱坞碰碰运气。不过，她没有美国人的那种粗野劲头，却有着一种和日本妇女交往久了养成的娴静温柔气质。

---

① 岛田髻：日本女子未婚时或举行婚礼时梳的一种发髻。

纪元节[1]那天的下午，他们要去高座瀑布郊游，路过幸子家门口，就顺便来串门。哥哥基里连科穿着灯笼裤跟在妹妹身后走了进来。他们没有进屋，而是绕到庭院里，坐在露台的椅子上。基里连科和贞之助初次见面，相互寒暄一番，喝了两三杯鸡尾酒，闲聊半小时左右就告辞了。

"这样一来，我也想见一下那位发音古怪的老太太了。"贞之助开玩笑地说。

"是啊，小妹经常学她的样子给咱们看，没见过面也像是见过了。"幸子也表示赞同，也觉得好笑。

十七

他们开始时并没真想到人家家里去做客，可听妙子说的话之后，他们的好奇心越来越重，再加上对方再三邀请，很难拒绝了，最终还是去了基里连科家。

虽说已经是春天了，但正值汲水节[2]，仍然寒气袭人。对方邀请幸子全家都去，但想到回家会很晚，就没让悦子去，雪子留在家里陪她，只有幸子夫妇和妙子三个人去了。他们在阪急线夙川站下车，往山冈走去，穿过铁道桥之后，向前走了五六百米，走到别墅区的尽头，踏上了田间小路。对面可以看到一座长有松树林的山丘，山脚下有几栋小型新式住宅，两排相对而建，其中最小的那栋就是基里连科的家。那栋房子的白墙壁新粉刷过，看起来就像是童话故事插图中的房子。

---

① 纪元节：日本旧时四大重要节日之一，时间为2月11日，该节日于1950年被废除，如今改称为建国纪念日。

② 汲水节：日本于3月1日至14日期间在奈良东大寺二月堂所举行的修二会的法事，13日举行仪式，汲取堂前若狭井里的井水，作为供奉观音菩萨的香水，收纳在二月堂中。汲水节是关西地区由冬入春时的标志性活动。

卡塔琳娜见他们到来了，马上出来迎接，把他们领到楼下相连两个房间靠里的那间。主人和客人共四个人，围着一个铁炉子坐下来，就再也不能动弹了，狭窄得很。四个人分坐在一条长椅的两端、唯一的一张安乐椅以及一把硬木椅里。他们只要稍稍转转身子就可能碰到火炉的烟囱，动动胳膊肘就有把桌子上的东西打翻在地的危险。楼上大概是母子三人的卧室，楼下除了这两个房间，里面应该还有个厨房。外面那间好像被用作餐厅，和这边的房间差不多大。贞之助他们很担心，那里怎么坐得下六个人？但奇怪的是只有卡塔琳娜，她哥哥基里连科和“细老太太”始终没有露面。比起日本人，西洋人吃晚饭的时间比较晚，他们事先没有问清就餐时间，看来是来得太早了，但窗外已经一片漆黑了，家里仍然静悄悄的，餐厅那里也没有任何动静。

“请看这个，这是我最初尝试做的人偶。”卡塔琳娜从三角搁架下面的格子里拿出一个舞姬人偶。

“啊，这真是您做的吗？”

“是的，但有很多不好的地方，都让妙子小姐给纠正了。”

“姐夫，你看那条腰带的花纹，”妙子小姐说道，“不是我教给她的，是卡塔琳娜小姐自己想到的，自己画出来的。”

人偶腰间系着的那条垂带[①]，她哥哥基里连科或许也提供了参考意见，那是在黑底子上用油性颜料画出来的将棋[②]中桂马、飞车等棋子的图案。

“请看看这个。”卡塔琳娜拿出她在上海时拍摄的影集，“这是我前夫，这是我女儿。”

“小姑娘长得可真像卡塔琳娜小姐，是个美女。”

“您觉得像我？”

---

① 垂带：日本女性系腰带的一种方式，腰带两端长垂，现在京都祇园的舞姬还保有这种系带方式。

② 将棋：又称日本象棋，是一种流行于日本的棋盘游戏。

“特别像。您不想见您的女儿吗?”

“她如今在英国，没办法见到。”

“您知道住在英国什么地方吗?您要是去英国，能见到您的孩子吗?”

“那可就不知道了。我想见她，说不定我会去英国见她的。”卡塔琳娜并没有多愁善感，只是平静地说道。

贞之助、幸子从刚才就感到肚子饿了，彼此看了看手表，又对视了一眼，等对话中断的时候，贞之助问道：“令兄怎么了?今晚不在家吗?”

“我哥哥每天晚上都很晚才回家。”

“令堂呢?”

“我妈妈去神户买东西了。”

“哦，是这样啊……”

“细老太太”大概是去采购饭菜了吧?但后来挂钟敲响了七下，也没见她回来，好像是被狐狸迷住了。妙子也觉得今晚是她将姐姐他们拉来的，该负有责任，也渐渐心焦起来，也顾不得礼貌了，不时朝餐厅里张望。不知卡塔琳娜是不是觉察出来了，她时不时往火炉里添些煤块，因为火炉小，煤块烧得很快。大家不说话就觉得肚子饥饿难耐，总想找些话说但眼见得又没什么话可说了，一时都不开口，只听见火炉里燃烧的煤块噼啪作响。这时，一条德国短毛的杂种猎犬用鼻子拱开房门进来了，选择了火炉边最温暖的地方，将头伸在前腿边，舒舒服服地趴在人们的脚边。

“波利斯!”卡塔琳娜叫了一声，只见它翻眼看了她一眼，在火炉边动也不动。

“波利斯!”贞之助也不气馁地叫道，弯腰摸了摸狗的脊背。这样又过了三十分钟，贞之助脱口说道：“卡塔琳娜小姐……是不是我们弄错了?”

“什么事?”

“对了，小妹，怕是咱们听错了吧?要是这样的话，就给主人添麻烦了……今晚还是先告辞比较好吧。”

“我绝对没听错……”妙子说道，“那个，卡塔琳娜小姐……”

“什么事?”

“那个……还是二姐说吧……我都不知道该怎么说好了。”

“幸子，这种时候，法语能不能帮上忙呢?”

“小妹，卡塔琳娜小姐懂法语吗?”

“不懂，不过她英语讲得挺好的。”

“卡塔琳娜小姐，I……I'm afraid……”贞之助结结巴巴地用英语说道，“you are not expecting us tonight……”[①]

“为什么?”卡塔丽娜瞪大了眼睛，用流利的英语说道，“今晚我们邀请诸位，我一直在恭候诸位到来。”

到了八点钟，卡塔琳娜起身走向厨房，做着各种各样的食物，没多长时间，就将很多菜肴端进了餐厅，然后将三位客人请进去。贞之助他们见桌子上已经放上熏马哈鱼、咸鳀鱼、油焖沙丁鱼、火腿等冷盘，还有苏打饼干、肉饼和各类面包，就好像变戏法一样转眼就摆满了桌子。看到这副光景，贞之助他们才安下心来。卡塔琳娜一个人忙个不停，光红茶就沏了很多次。早就饥饿的三位客人迅速而又不惹眼地吃着，因为菜肴太丰富了，再加上主人殷勤好客，他们很快就吃饱了，时不时将吃剩下的东西偷偷扔给桌子下的波利斯。

这时，外面砰的一声响，波利斯飞快地朝门口跑去了。

“好像是老太太回来了……”妙子小声对两个人说。

走在前面的老太太手里提着买回的五六包零碎东西，快速穿过玄关，走进厨房去了。走在后面的哥哥基里连科领着一位五十来岁的绅士走进餐厅。

“晚上好！我们已经叨扰了。”贞之助说道。

---

① 文中英文译为：恐怕您没料到我们今晚会来。

"请便，请便。"基里连科搓着双手连声招呼道。和一般的西洋人不同，基里连科体格消瘦，羽左卫门[1]一样的脸型，脸颊被依旧料峭的春风吹得通红。他和妹妹用俄语交谈着，日本人只听得懂"妈奇卡、妈奇卡"这个词，大概是俄语中"母亲"的爱称。

"我刚才和妈妈在神户碰见一起回来的。还有这位……"基里连科拍拍绅士的肩膀说，"妙子小姐，您知道这个人吧？我的朋友渥伦斯基先生。"

"是的，我认识……这是我姐夫和姐姐。"

"您叫渥伦斯基？《安娜·卡列尼娜》中有个同名的人。"贞之助说道。

"哦，是的。您记得很对。您读托尔斯泰的书吗？"

"托尔斯泰和陀思妥耶夫斯基的作品，日本人都爱看。"基里连科对渥伦斯基说道。

"小妹，你是怎么知道渥伦斯基先生的呢？"幸子问。

"这位先生，住在附近的夙川公寓里，是出了名喜欢小孩子的人，无论是哪家的孩子，他都疼爱得不得了，是当地有名的'喜欢孩子的俄国人'，所以大家不叫他'渥伦斯基先生'，而是称他为'科多姆斯基[2]的俄国人'。"

"他夫人呢？"

"他没有夫人，好像有过什么伤心的往事吧……"

渥伦斯基确实像个喜欢孩子的人，和蔼可亲，有些懦弱，他那双落寞的眼神里隐含着微笑，眼角有一些皱纹，默默听着别人谈论他。他的身材比基里连科高大，肌肉结实，皮肤被晒成了茶褐色，头发浓密斑白，黑色瞳孔，看上去近乎日本人，还带有一副海员的样子。

---

① 羽左卫门：指的是日本十五代的市村羽左卫门（1874—1945），长相清秀，歌声动听，有"最后真正的歌舞伎演员"的美誉。

② 科多姆斯基：类似于日语中"喜爱小孩"的发音。

“今晚悦子小姐没来吗?”

“是的，那孩子有学校作业要做……”

“那真是太遗憾了。我对渥伦斯基先生说，今晚要让他见一个非常可爱的小姑娘，所以才带他来的。”

“哎呀，真是不好意思……”这时，老太太进屋来打招呼:“我今晚真细（是）太高兴了……妙子小姐的另一位姐姐和那位小姑娘为什么没来呢?”

贞之助和幸子听到她说的怪腔调的日语，再瞧一眼妙子，差点儿笑出来，所以尽量避免和妙子的目光接触，可看到妙子将脸转向别处，竭力装出没事的样子，还是忍不住想笑。

不过，虽说是老太太，却不是一般西洋老妇人那样的肥胖型，她脊背挺拔，脚穿高跟鞋，两条腿纤细优美，走起路来像是轻快的小鹿，甚至可以说粗犷。让人不由得想象她在滑冰场上英姿飒爽的情景来。她笑的时候，让人看出她缺了几颗牙齿，从颈部到肩膀的肌肉有些松弛，脸上也有些许皱纹，不过肤色很白，远看这种皱纹和松弛的肌肉都不太明显，看上去要年轻二十岁左右。

老太太整理了一下桌子，摆上她刚买回来的生牡蛎、咸鳟鱼子、酸黄瓜、猪肉鸡肉肝脏等做成的香肠，还有几种面包，最后又端上酒来。那些酒有伏特加、啤酒，还有装在啤酒杯里的滚烫的日本酒。他们杂七杂八地劝客人喝酒。几个俄国人里，老太太和卡塔琳娜喜欢喝日本酒。正如担心的那样，桌子四周坐不下了，卡塔琳娜靠着没生火的壁炉站着，老太太边张罗，边在人们身后伸出手来，又吃又喝的。因为刀叉等餐具不齐全或不够用，卡塔琳娜有时用手抓着东西吃，偶尔被客人发现，便涨红了脸。贞之助他们竭力装出没有看见的样子。

“你别吃那个牡蛎……”幸子在贞之助耳边悄悄说。虽说是生牡蛎，但却不是经过特别挑选的深海牡蛎，从颜色上看是从附近市场上买来的货色。但俄国人却满不在乎地大快朵颐，从这一点看比日本人要野蛮多了。

“啊！我真的很饱了。”日本客人一边说着，一边趁着主人不注意，将吃剩的东西扔给桌子下面的波利斯。贞之助还喝了很多酒，好像有些醉了，“那张照片是什么？”他指着墙上沙皇尼古拉二世肖像旁边挂着的一幅壮丽的建筑物照片高声问道。

“那是皇村的宫殿，是彼得格勒（这些人绝对不说‘列宁格勒’）附近的沙皇宫殿。”基里连科说道。

“啊，那个是有名的皇村……”

“我们家离皇村的宫殿细（是）很近的，沙皇每天坐马车从宫殿里出来，我们细（是）能看见的，还能听到沙皇说话的声音呢。”

“妈奇卡……”基里连科让他母亲用俄语说，然后他用口语解说，“不是真能听到马车里沙皇说话的声音，而是马车从那么近的地方经过，就好像能听到车里人说话的声音似的。我们家就在那座宫殿的旁边，那是我小时候的事情了，只有些模糊的记忆了。”

“卡塔琳娜小姐呢？”

“我那时还没上小学，什么都不记得了。”

“隔壁房间里悬挂着日本天皇陛下的照片，那是出于一种怎样的心情呢？”

“哦，这细（是）理所当然了。我们是白俄，托天皇陛下的福才能生活。”老太太突然严肃地说。

“白俄都认为，和共产主义斗争到底的是日本。”基里连科接着说，“你们觉得中国会怎么样？那个国家现在要变成共产主义了吧？”

“这个……我们不太了解政事，但让人感到不幸的是，日中关系不好。”

“你们觉得蒋介石怎么样？”渥伦斯基手里一直摆弄着个空酒杯，他一直在静静地听别人讲话，此时他开口了，“对于去年十二月发生的西安事变，您怎么看？张学良把蒋介石俘虏了，又饶他一命，这是为什么呢？”

“不知道，我觉得并不像报纸上写的那么简单。”

贞之助对政治问题，尤其是国际事件很是感兴趣，他也能懂得报纸杂志上发表的那些知识，但无论什么时候，他都站在旁观者的角度，绝不轻易发言表态，以免招致无妄之灾。特别是在那些不知底细的外国人面前，他决定不发表任何意见。但是，对于这些被驱逐出国的流亡者来说，这些问题是一天也不能置之度外的生死问题吧。他们几个俄国人又谈论了一段时间，渥伦斯基似乎对这方面的消息最为了解，而且有一定的主张，其余的人在一旁聆听。他们为了能让贞之助等人也能听懂，尽量说日语，可渥伦斯基在讲到复杂问题时还是会说一些俄语，基里连科就充当翻译。老太太也很健谈，并不只是老老实实听男人们发表议论，也积极参与进来，说得起劲时，她说的日语就更支离破碎了。日本人和俄国人都听不懂。

“妈奇卡，您还是说俄语吧。”基里连科提醒道。

贞之助他们不明白是怎么回事，后来这场议论演变成为老太太和卡塔琳娜之间的争执了。老太太攻击英国的政策和国民性，卡塔琳娜却极力反对。按照卡塔琳娜的说法，她自己虽然是在俄国出生的，却被国家驱逐，去了上海，是受英国人的恩惠长大成人的，英国的学校教给她知识，学费分文未取，从学校毕业后出来当护士，在医院拿工资，这一切都是托英国的福，英国有何不好？老太太觉得卡塔琳娜还年轻，不了解事情的真相。母女俩渐渐争执得面色苍白，幸亏有哥哥和渥伦斯基从中调停，一场争执才冒烟就被平息下去了。

“妈妈和卡塔琳娜常常因为英国的事情争吵，这让我很为难。”基里连科在争执平息之后跟贞之助他们说道。

后来，贞之助他们又坐到隔壁房间闲聊了一阵子，打了会儿扑克牌，没多长时间就又被叫回到餐厅里。可就算是山珍海味，日本客人也吃不下去了，只好扔到桌子底下，让波利斯去享用。只是喝酒除外，贞之助丝毫没有让步，和基里连科、渥伦斯基一决雌雄，应酬到底。

“要多加小心呀！你走路摇摇晃晃的了……”过了十一点钟，他们告辞出来，踏上归途，走在黑黢黢的田间小路上时，幸子提醒贞之助说。

“啊，凉风吹在脸上可真舒服！”

“确实是。我开始时还忐忑不安呢，只有卡塔琳娜在家，等了半天，吃的喝的都没有，肚子却越来越饿……”

“就在这时，那么多东西被端了出来，结果我们成了狼吞虎咽的饿鬼……俄国人怎么那么能吃呢？喝酒是不会输的，吃东西可就要甘拜下风了。”

“不过，咱们应邀去他们家，老太太似乎很高兴。他们住在那么小的房子里，竟然还这么好客！”

“他们这些人过得很寂寞，所以希望和日本人交往吧。”

“姐夫，那个叫渥伦斯基的人……”妙子跟在后面两三步远，在黑暗中说道，“听说有段让人同情的经历呢。他年轻时有个恋人，革命爆发后失去了联系。过了几年，他得知恋人到澳洲去了，就到澳洲去寻找，终于找到了恋人的住所，两个人终于得以相见。可是没过多久，他的恋人就病死了，而他也决定终生不结婚。”

“原来是这样啊，听你这么一说，觉得他确实是这样的人啊。”

“他在澳洲历尽艰辛，还做过矿工，后来做生意赚了钱，据说现在有五十万资产。卡塔琳娜哥哥的生意好像有些是他出资的。”

“咦，哪里的丁香花开了？”幸子说着，沿着别墅区的那条篱笆墙往前走去，闻到一阵丁香花的香气，“唉，距离樱花开还有一个多月呢，我都等不及了。”

“我也细（是）等不及了。”贞之助模仿老太太的腔调说道。

十八

原籍兵库县姬路市竖町二十号

现住神户市滩区青谷四丁目五五九号

野村巳之吉

明治廿六年九月生

学历大正五年东京帝大农科毕业

现任兵库县农林课水产技师

家庭及亲属关系：大正十一年娶田中家次女德子为妻，生一男一女。长女三岁夭折。妻德子于昭和十年患流行性感冒病逝。其后长男于昭和十一年十三岁时去世。父母早已仙逝。有妹妹一人，嫁到太田家，现居东京。

三月份下旬，幸子在女子学校的同学阵场夫人寄来一张四寸照片，照片的衬纸背面有她用钢笔亲自书写的上述内容。幸子在拿到这张照片之前，已经把这件事给忘记了。

那是去年十一月底，雪子和濑越的亲事陷入停顿状态的时候，幸子在大阪樱桥的十字路口遇见了阵场夫人，两人站着聊了二三十分钟，谈到了雪子的事情。阵场夫人说："哦，这么说来，你那个妹妹还没结婚?"幸子就说："如果有合适的对象，还望帮忙介绍下。"两人这样说着，就此分别了。不过那时觉得和濑越的亲事应该能谈妥，幸子这么说多半是出于应酬。但阵场夫人好像对此很上心，她在来信中写道："令妹后来怎样了?我那天一时疏忽，忘了说我丈夫的恩人，也就是现任关西电车公司总经理的滨田丈吉，他有个表弟野村巳之吉，前一年妻子亡故了，如今正准备续弦，滨田交给我们一张野村的照片，热切地委托我们为他表弟寻一门好亲事，我一下子就想到了令妹。我丈夫不太了解野村，既然有滨田做担保，那他应该差不了。我会将野村的照片另外寄上，你们如果有意，可以根据衬纸背面写着的事项进行详细调查，如果觉得合适，请来信告诉我，我随时愿意进行介绍。”信中还说，这种事情本来应该到府上当面求婚的，可又怕强人所难，所以就先写信询问一下。第二天照片就寄来了。

幸子马上就写回信，说照片已经收到了，并表示感谢，但鉴于去年井谷做媒那次的教训，是无论如何也不敢轻易许诺了，所以她在信中写道：“承蒙关心，不胜感激，但要等一两个月以后才能给出答复，因为不久前刚拒绝一门亲事，考虑到舍妹的心情，还是暂时搁置一段时间，再提第二桩比较合适。而且这次要尽可能慎重些，做好充分调查以后如果觉得合适，到时再麻烦您介绍。舍妹的婚事耽误已久，也常去相亲，结果都以失败告终，我这个做姐姐的觉得她实在是太可怜了。”

在将这样一封开诚布公的信寄出去之后，幸子和贞之助商量：“我建议这次咱们自己先从从容容地仔细调查，如果觉得合适再和本家谈，然后再和雪子说。”不过老实说，幸子对这门亲事没多大兴趣，当然，不经过调查还是很难说的。对方的财产，只字未提，只看衬纸背面所写的事项，就可以看出比濑越的条件差好多。第一对方的年龄大贞之助两岁，第二不是初婚，虽说前妻生的孩子都不在了，这方面不用多虑，但在幸子看来，雪子肯定不会看好这门亲事的，因为从相貌上来说，照片上的人看起来显老，让人觉得长得着急了。本人和照片或许会有出入，可为了求婚寄来的照片尚且如此，本人或许比照片上还显老，绝不会显得更年轻。并非要求对方是什么美男子，年龄大过贞之助也无妨，只是等到喝交杯酒的时候，新郎竟然是个老态龙钟的人，不仅雪子可怜，就连为雪子的婚事奔走的幸子夫妇，在面对席上的亲朋好友时，也会觉得脸上没有光彩。要求新郎是个翩翩少年虽然不现实，但怎么着还是希望他是个精力充沛、面色红润、有干劲儿的人吧。想来想去，幸子都对照片上这个人不怎么满意，也就没有立刻去调查，就这样搁置了一个星期。

但是后来幸子想起，前几天收到这个封皮上写着“内有照片”的邮件时，雪子曾经看了一眼，她会不会觉察出什么呢？要是她知道有这件事却不对她讲，反倒显得刻意隐瞒，难免会令她产生误解。濑越那门亲事告吹以后，雪子表面上和往常一样，看不出有一点儿变化，可精神上多少受了创伤，幸子原本不想过早搬出另一门亲事刺激她，可雪子既然已经看见那个邮件了，她怕雪子会猜想照片是哪里寄来的，二姐为什么不明说，要是将自己的良苦用心误解成耍花招，反倒不妙了。于是她想不如一开始就拿出照片来给雪子看，看看当事人怎么说，是什么反应，也不失为一种方法。

一天，幸子要去神户买东西，在二楼的化妆室里换衣服的时候，雪子走了进来。幸子装作突然想起什么似的说：“雪妹，又来一张照片。”不等雪子回答，她马上从衣柜的小抽屉里拿出照片来，递给她看，“照片背面写的也看看。”

雪子默默接过照片，只看了一眼，又看了看背面，问道：“是谁寄来的？”

“雪子，你知道阵场夫人吗？上女子学校时她姓今井。”

“嗯。”

“不记得是哪一天了，我在路上遇见她，谈到了你的婚事，我拜托她帮忙物色对象。她放在心上了，寄来了这张照片。”

“……”

“不用现在马上答复。其实，这次我原本打算先调查清楚再告诉你的，又怕你误会我瞒着不说，还是先给你看看吧。”

雪子把手中的照片放到交错隔板的橱架上，走到廊下，背靠栏杆，呆呆地俯视着庭院。

幸子看着雪子的背影说道：“雪子，你现在什么都不用想，要是不满意的话，就权当没听过这件事。不过人家特地来提亲，我原本打算调查一下的……”

“二姐，”雪子不知道想到了什么，静静地转过身来，面向幸子，嘴角努力挤出一丝微笑，“有人来提亲，就告诉我。对我来说，人家一个个来提亲，总比没人登门要好，才让人感到有奔头……”

“是吗?”

“只是相亲，希望好好调查一番再进行，其他的事情不用为我考虑得太周全。”

“是呀，听你这么说，我再怎么操心都值得了。”幸子穿好衣服，说了声“我出去一会儿，晚饭前回来”，就一个人出去了。

雪子将姐姐换下的衣服挂在衣架上，把腰带和带扣整理好，然后靠着栏杆看着庭院里的景色。

芦屋一带原本大部分是山林和旱田，从大正末年开始才逐渐被开发出来。所以这个院子不是很大，但还是可以窥见以前的山林风貌，长着两三棵参天松树。西北方向，隔着邻家庭院的树丛，可以远远地望见六甲一带的高山和丘陵。雪子偶尔去上本町的本家住四五天，等她回到这里时，会觉得心旷神怡，仿佛获得了重生一般。

此时的她俯视着庭院，看见南边是草地花坛，再往前是一座低矮的假山，挂着白色小花的珍珠梅从假山石缝隙中倒挂在干涸的池子里，有如倒垂的盆景一般；右边的沙滩上开满了樱花和丁香花。幸子最爱樱花，她觉得院子里哪怕只有一棵，也可以足不出户地赏花了，所以两三年前就栽上了。每逢樱花盛开的时节，他们就在樱花树下放上折椅，铺好地毯，全家人一起赏花。可不知道为什么，这棵树长得不算好，每年只稀稀拉拉地开几朵花。但是，丁香花现在却像雪花一样盛开，散发着芳香。紫丁香的西侧是尚未发芽的白檀和梧桐树，白檀南面是一种被法国人称为山梅花的灌木。雪子姐妹的法语老师塚本夫人到日本后，就再也没有见过在法国漫山遍野的山梅花了，后来她在这个庭院里见到这种灌木，觉得非常稀罕，而这也引发了她的乡愁。所以雪子他们开始关心这种灌木，翻出《法和辞典》查看，这种灌木在日本称为萨摩水晶花，是水晶花的一种。这种灌木要在珍珠梅和紫丁香凋谢之后开花，和厢房客厅围墙外边的棠棣花差不多同时开放，现在才抽出几个嫩芽而已。萨摩水晶花的对面是舒尔茨家的后院，中间只隔着一道铁丝网。沿着这道铁丝网栽种的梧桐树下，午后的阳光倾泻在树下的草坪上，悦子和罗斯玛丽正蹲在那里玩过家家呢。雪子倚着楼上的栏杆望过去，能将小床、衣柜、椅子、桌子、洋娃娃等玩具看得清清楚楚，她将两个少女高声说出的话也听得清清楚楚。可她们并不知道雪子在看她们，满心扑在游戏上。

罗斯玛丽左手拿个男娃娃说“这是爸爸”，右手拿个女娃娃说“这是妈妈”，然后将两个娃娃的脸贴在一起，嘴里发出“咂”的一声。雪子起初不知道是什么意思，仔细看过之后，明白了是让两个娃娃亲嘴，那孩子发出“咂”的一声是在模拟亲嘴的声音。接着，罗斯玛丽又从女娃娃的裙子底下拿出一个婴儿娃娃，说：“孩子来了，孩子来了。”雪子知道了，罗斯玛丽说“孩子来了”，是“孩子生出来了”的意思。据说，西洋人通常哄小孩子说婴儿是鹳鸟叼来放到树枝上的，看来罗斯玛丽已经知道婴儿是从肚子里生出来的了。雪子悄悄观察着两个孩子的举动，忍不住露出了微笑。

十九

以前，幸子和贞之助新婚旅行时，在箱根①的旅馆里谈到了喜欢吃什么东西。贞之助问幸子最喜欢吃什么鱼，幸子回答：“鲷鱼呗。”贞之助笑

---

① 箱根：位于神奈川县西南部，距东京90千米，是日本的温泉之乡、疗养胜地。

话了她好久，因为他觉得鲷鱼太过于平凡了。不过幸子觉得，这种鱼不管是形态上还是味道上都最具有日本特色，不爱吃鲷鱼的人简直就不算是日本人。她有这样的观点，是因为她的家乡关西盛产日本最好的鲷鱼，她也为自己家乡成为日本最具代表性的地区而感到自豪。同样，如果有人问她最喜欢什么花，她会毫不犹豫地回答是樱花。

《古今集》中有关樱花的和歌何止千万？古人多是静待花开，惋惜花落，反复吟咏樱花这一事物，才留下这么多以樱花为主题的和歌。少女时代的幸子读这些诗歌时觉得平淡无奇，可是伴随着年龄的增长，她也深深感悟到古人那种盼花、惜花的心境，绝不是附庸风雅。所以每年春天来临，她都会邀请丈夫、女儿和妹妹去京都赏樱花，这几年来从未间断过，不知不觉形成一种习惯。贞之助和悦子为了工作和学习没办法去的时候，幸子、雪子和妙子三姐妹是每年必去的。对于幸子来说，惋惜樱花凋谢的同时，也有惋惜两个妹妹青春不再的意思。每年赏樱花的时候，她嘴上不说，心里却暗忖今年恐怕是最后一次和雪子一起赏樱花了吧。雪子和妙子好像也觉察到了她的这种心情，不过她们不像幸子那样关心花事。可她们内心乐于遵循赏花这个惯例，旁人一眼就能看出来。一过了汲水节，她们就开始盼着樱花开放了，暗中准备赏花时要穿的外褂、要系的腰带，以及要穿的长衬衫。

樱花时节终于到来了，即使有人来信说几号是最佳观赏期，可是为了方便贞之助和悦子，也必须选择星期六和星期日。幸子他们也不能免俗，难免会像古人那样担忧，能不能赶得上盛开期，会不会赶上风雨。芦屋的分家附近也有樱花，坐上阪急的电车，从车窗往外望去，也能看见樱花如云的美景，并不是京都才有。但是对于幸子而言，鲷鱼如果不是明石出产的就不够鲜美，樱花如果不是京都的就是看了也白看。去年春天，贞之助唱起了反调，提出不如偶尔换个地方试试，于是他们去了锦带桥。可幸子回来之后，像丢了什么东西一样，觉得这一年没有见到生机盎然的春天就要过去了，于是她又逼着贞之助去了京都，总算赶上了御室的晚樱。他们通常是星期六下午动身，在南禅寺的瓢亭里早早吃过消夜，看每年必看的都踊[1]，回去途中到祇园看夜樱，当晚就在麸屋町的旅馆里住宿。第二天天一亮，他们去嵯峨和岚山，在中之岛附近的临时茶棚打开便当盒吃饭。下午回到市里，到平安神宫的神苑赏花。按照惯例赏花在这时就结束了，但有时会酌情而定，让两个妹妹和悦子先回芦屋去，贞之助和幸子会在京都多逗留一晚。

她们之所以把最后一天的行程安排在平安神宫赏花，是因为神苑里的樱花是洛中[2]最绚丽最值得欣赏的樱花。在圆山公园的垂枝樱已经老去而开出来的花一年比一年黯淡的今天，除了神苑的樱花外，还有什么地方的樱花能够代表京洛的春色呢？他们每年都在第二天的下午，从嵯峨一带赏完樱花回到市里，在春日的日暮时分，选择这样一个最让人依恋的黄昏，拖着游玩了半天而略显疲惫的脚步，在神苑的樱花树下徘徊。在池畔、在桥头、在回廊的檐下，几乎只要是有樱花的地方，他们都停下脚步，流连、欣赏、赞叹，表达无限的依恋之情。回到芦屋之后，直到第二年春天来临，这一年里，只要一闭上眼睛，这些樱花的颜色和枝条的姿态就都浮现出来。

今年幸子他们挑选了四月中旬的星期六和星期日出门到京都去赏樱花。悦子穿的这身印花绸子的长袖和服，一年只穿几次，去年赏花时穿的衣裳今年已经变小了，她平时就穿不惯和服，如今让她穿不合身的和服就更显得拘束了。这天又特别给她施了淡淡的妆，容颜变了样，走起路来还要提防漆皮木屐脱落。在瓢亭的狭小茶室里时，悦子穿西装的习惯就暴露出来了，跪坐不好，无意中敞开了衣服的前襟，膝盖露在了外面。

---

① 都踊：日本京都民间的一种风俗，青年男女七月十五至三十日，跳舞达旦，称为都踊。

② 洛中：日本人将京都比作洛阳，常常用“洛中”“京洛”来代表京都。

“小悦，瞧你像个弁天小僧[①]！”大人们笑着说。

悦子还不太会用筷子，是小孩子那种古怪的拿法。再说穿的是长袖和服，袖子缠紧了手腕，束手束脚的，她连吃饭都不方便。她想夹住八寸盘子里的慈姑，结果那东西从筷子间滑落到地上，沿着走廊滚到了院子里，在青苔上滚个不停。悦子和大人们都放声大笑，这是今年赏花闹出来的第一件滑稽事。

第二天早上，他们先到广泽池[②]的池畔去，在一棵枝叶临水的樱花树下面，幸子、悦子、雪子和妙子四个人依次站立，贞之助用莱卡相机为她们拍照，背景是遍照寺山。对于这棵樱花树，还有段回忆呢。某一年春天，他们来到广泽池畔时，一位手持相机的绅士要给她们拍照，拍了几张之后，绅士向她们表示感谢，并且说如果拍得好的话，一定会寄上照片，还当场抄写了她们的地址。十天之后，那人果然寄来了一张拍得非常好的照片，照片拍摄的是幸子和悦子伫立在樱花树下凝视湖面的背影。这张照片以泛起涟漪的湖水为背景，将母女俩望着水面出神的姿态，甚至是樱花飘落在悦子衣袖上的风情，以及她们惜春的心情都毫不掩饰地呈现出来了。从那以后，她们每年赏花都会来到广泽池畔，忘不了在那棵樱花树下凝视湖面，并拍摄这个姿势的照片。幸子还记得池畔那条道路旁边有株好看的山茶花，每年都能开出红彤彤的花朵，她也要流连一番。

他们又登上大泽池的堤岸游览，然后走过大觉寺、清凉寺、天龙寺的门前，今年又来到渡月桥。此时正是京都游人如织的时节，又增添了一种异国情调，人群中有很多身穿艳丽单色民族服装的朝鲜妇女。走过渡月

① 弁天小僧：全名弁天小僧菊之助，是个风度翩翩的貌美青年，喜好身着女式和服实施骗盗。河竹默阿弥所创作的歌舞伎剧《青砥稿花红彩画》中就写到了他，他男扮女装在浜松屋骗得一百两钱，被人识破了，他撩开后襟和别人大吵。

② 广泽池：位于京都市的嵯峨，方圆一千米都是赏花赏月的名胜景点。

桥，就见河滩的樱花树下，有三三五五的朝鲜妇女在蹲着吃午饭，其中也有醉醺醺的女子。幸子他们去年在大悲阁，前年在桥头的三轩家打开便当盒用餐，今年选择了供奉着以十三朝拜闻名的虚空藏菩萨[①]的法轮寺所处的山上。之后再次走过渡月桥，踏上了天龙寺北面竹林掩映的一条小路。“小悦，这里是麻雀的住处！”[②] 他们一面说着，一面朝野宫走去。下午起风了，突然有点儿冷。后来，走到厌离庵的庵室时，入口处的樱花经风一吹，飘飘洒洒地落在姐妹们的衣袂上。接着，他们又走到清凉寺的门前，从释迦堂前的车站坐上爱宕电车回到岚山。他们第三次来到渡月桥的桥北头，稍事休息后，乘坐一辆出租车前往平安神宫。

进入神宫大门，迎面是太极殿，从西边回廊步入神宫，就会看见好几棵红垂樱——据说在海外也有盛名的樱花。这一年那些花会开得怎样呢？每年都担心是不是太晚了。年复一年，穿过回廊的时候，她们的心会莫名地激动。今年也抱着同样的心情，仰望傍晚天空中的红色云朵，大家异口同声地发出惊叹声，也就是在一瞬间，他们两天来赏花的欢欣达到了顶点。这瞬间的欢欣，正是他们从去年暮春以来一年的漫长等待啊。他们都觉得如释重负，有幸赶上了樱花开得最娇艳的时候，在心满意足的同时，也期望来年春天也能欣赏到这样的国色天香。只是幸子心里暗忖，等到明年赏花时，雪子说不定已经出嫁了，花落自有花开日，可雪子的青春却即将逝去了，她的处女时代说不定是最后一年了。自己固然会寂寞，但是为了雪子着想，还是希望那一日能早些时候到来吧。说实话，幸子前年和去年伫立在这株樱花树下的时候就有过这样的感慨，每次都从心里默念但愿这是最后一次和这个妹妹一起赏樱花了，可今年又能这样站在这株樱花树下看雪子，实在是不可思议，想到这里，幸子就觉得雪子可怜，都不忍心

---

① 虚空藏菩萨：在日本京都，家长会在每年的阴历三月十三日（现为阳历四月十三日）带领十三岁的少男少女盛装朝拜法轮寺的虚空藏菩萨。

② 日本传说《舌切崖》中写麻雀住在矮竹丛里。

直视她的脸了。

樱花树的尽头是几株刚发芽的枫树和橡树，还有被修剪成圆形的马醉木。贞之助让三姐妹和悦子走在前面，他拿着莱卡相机跟在后边：走到白虎池畔菖蒲丛生的地方时，或是苍龙池卧龙桥石上人影倒映水中时，从栖凤池西侧的小松山走向通道时，四人并立在繁花似锦的樱花树下时，总的来说，凡是能拍照的地方，他都会拍下了她们的倩影。和往年一样，也会有很多不相识的人在上述那些地方为她们拍照，懂礼节的人会事先征得她们的许可，不懂礼节的人会瞅准机会擅自按下快门。她们对于去年在什么地方做了什么事情，哪怕是一些微不足道的小事都记得清清楚楚，走到那个地方时会按照回忆再做一次。比如在栖凤池东侧的茶室里饮茶，倚着楼阁的栏杆扔麸子喂锦鲤。

“啊，妈妈，快看新娘子。”悦子突然叫道。

幸子抬起头来，发现是一对刚刚举行完神前婚礼仪式的新人从斋宫走出来了，正准备上汽车，两边挤满了看热闹的人。从这里望去，只能看到汽车玻璃窗里蒙着白色盖头、穿着礼服的新娘的背影。其实他们在这里已经不止一次遇到新婚夫妇了。每次遇到这种场合，幸子都会感到受到巨大冲击，急匆匆地走开。雪子和妙子却意外的平静，有时还会混在看热闹的人群中等新娘子从斋宫里出来，然后向幸子详细讲述新娘子的长相和衣着。

当晚，贞之助和幸子两个人在京都又住了一晚。第二天，夫妇俩去了幸子父亲全盛时代在高尾寺内修建的尼姑庵不动院，和院主老尼追忆父亲生前的往事，度过了半天清闲的日子。这里可是赏红叶的胜地，但是现在时节未到，树上还是一片青绿，只有院子的水管旁边有棵花梨树，树上才有一个花骨朵。他们一边欣赏尼姑庵的风景，一边津津有味地品尝着山泉水，一杯又一杯地贪喝着，直到太阳要落山时，他们才走了两公里的坡路到了山脚下。回去的路上，他们经过御室的仁和寺，知道那里的复瓣樱尚未开放，但幸子说就算是在樱花树下休息一下，吃点花椒芽酱烤豆腐串也好啊，就这样一直拖到天黑，他们只好在京都再住一晚，这是个屡试不爽的经验。所以最后扔下嵯峨、八濑大原、清水等几个樱花胜地，贞之助怀着深深的遗憾，赶到七条车站时，已经是那天下午的五点多钟了。

过了两三天，幸子在贞之助去了事务所之后，到他的书斋里收拾屋子，发现丈夫的桌子上有一张写坏了的信笺，信笺的空白处用铅笔写着这样的和歌：

四月某日于嵯峨

佳丽着盛装，
京畿嵯峨花开时，
赏樱人如织。

在女子学校时代，幸子自己也曾有段时间热衷于和歌创作，最近在她丈夫的影响下，也经常把想到的东西写在笔记本上来自娱自乐。现在读到这首诗，顿时来了兴致，把前几天在平安神宫赏花时吟咏而未加整理的诗句思索一番，写了出来：

平安神宫见落花

逝去的春光，
与凋谢的花朵，
袖中暗藏。

她用铅笔把这两句写在她丈夫那两句诗后面的空白处，像原来那样放在桌子上。不知道贞之助傍晚回来后注意到没有，他什么话也没说，幸子也把这件事忘记了。不过，第二天早晨她去书斋收拾时，发现那张信笺还和昨天那样摊放在桌子上，可在她所写那几句诗的后面，又多了几句，贞之助大概是为她修改的：

纵是赏花时，
也将飞红暗藏，
留住春踪迹。

二十

“你要适可而止，像你那么拼命地干，会累垮的。”

“这样啊，可干起来就放不下手。”

今天是星期天，贞之助原本想再次邀请幸子去上个月刚去赏过樱花的京都踏青，可幸子从早上就不舒服，总觉得身体懒洋洋的，他只好作罢，下午就在院子里埋头薅草。

当初买下这处宅院时，院子里是没有草坪的。原来的业主说就算种上草也长不起来，贞之助没有听从这个忠告，硬是让人铺上草坪。在他的精心照料下，好不容易才长成现在这个样子，但和人家的草坪比起来长势不好，也绿得晚。贞之助因为自己首推的责任，比别人多投入一倍的精力来修整草坪。他发现矮草长势不好的一个原因是春天刚发芽的时候，麻雀就来啄食嫩芽。所以每年早春的时候，贞之助都会严防麻雀，看见麻雀飞来，就扔石子儿赶走。他还要求全家人把驱赶麻雀当成工作来做，所以他的小姨子们经常打趣说：“看，姐夫扔石子儿的季节又来了。”遇到像今天这样风和日丽的天气，他就会戴上遮阳帽，穿上束脚裤子，拔去草坪上繁殖的荠菜和车前草，或是推着一台割草机，咔嚓、咔嚓地修剪草坪。

“悦子她爸，蜜蜂，蜜蜂，大蜜蜂！”

“在哪儿呢?”

“喏，朝你那边飞过去了。”

露台上已经像往年一样搭建起了遮阳用的芦棚。幸子坐在芦棚下的一张带皮的白桦圆木做成的椅子上，一只蜜蜂从她的肩头掠过，绕着摆在江西瓷墩上的芍药花盆嗡嗡地飞了两三圈，又朝着盛开着红白色花朵的平户百合那边去了。贞之助埋头薅草，沿着铁丝网渐渐地钻进枝繁叶茂的大明竹和橡树的树荫中去了。从她这里越过一片平户百合望去，只能看见她丈夫遮阳帽的帽檐。

“比起蜜蜂，蚊子更厉害，戴着手套都给叮了。”

“别再干了。”

“你身子不舒服，怎么出来了?”

“躺在床上觉得很累，不如坐着舒服点儿。”

“怎么个累法?”

“头发沉……想吐……手脚没劲儿……好像要生大病。”

“说什么呢，你就是太敏感!”突然，贞之助叹气，大声说着，“唉!算了，不干了。”竹叶沙沙作响，他站起身来，扔下手里挖车前草用的小铲子，摘下手套，用他那被蚊子叮咬过的手背擦了擦额头的汗水，使劲伸直了腰，身子向后仰了仰，拧开花坛旁边的水龙头，洗了洗手。

“有没有驱蚊油?”他挠着红肿的手背走到露台上。

“春倌，去拿驱蚊油来。”幸子朝着屋里高声喊道。

贞之助再次走到院子里去了，这回是去摘花圃里枯萎的百合花。这里的平户百合四五天前开得正盛，现在枯萎了六成左右，又难看又脏，特别是那些枯萎的白花脏得像黄纸屑一样。他一个个掐掉了，后来又耐心地掐去了残留的胡须状的雄蕊。

“等一下！驱蚊油拿来了!”幸子说道。

“哦。”他答应了一声，又侍弄一会儿，“让她们打扫一下这里吧。”

贞之助这才走到妻子面前，在接过驱蚊油时，瞧着妻子的眼睛突然叫道，“哎呀!”

“怎么了?”

“你到亮的地方来一下。”太阳就要落山了，芦棚里显得昏暗下来，贞之助把幸子领到露台边上，让她站在落日的余晖里。

“哎，你的眼睛怎么变黄了?”

“变黄了?”

“嗯，眼白发黄。”

“那是不是得了黄疸?”

“可能是吧，你吃过什么油腻的东西吗?”

“昨天不是吃的牛排吗?”

“那就是了。”

“嗯嗯，这就明白了……我说怎么老是恶心想吐呢，准是得了黄疸。”

幸子刚才听见丈夫惊叫，不由得心惊，但要是得了黄疸，她反倒不那么担心了，一下子放下心来。说起来好像有些滑稽，她此时流露出一种欣喜的神色。

“来，让我看看。”贞之助将自己的额头贴着妻子的额头，说道，“不怎么发烫。把病拖严重了就糟了，你还是躺着去吧。无论如何都得让栉田医生来诊断一下。”他把幸子送到二楼，随后就给栉田医生打去了电话。

栉田医生在芦屋川车站附近设有诊所，他因为诊断准确、医术高明而备受当地人欢迎。他总是东奔西走出诊，经常到了晚上十一点钟还没有吃晚饭，能请到他看病是很不容易的。因为务必要请他出诊，所以贞之助就打电话给一位叫内桥的老护士请托一番。就算是这样，如果不是什么重病，通常也很难指望他能在指定的时间到来，有时甚至会爽约，所以打电话时要把病情说得严重些才行。这天也是等得过了十点钟，仍然不见栉田医生的身影。“栉田医生今天怕是要爽约了。”两口子这样猜测。快到十一点钟的时候，门外终于响起汽车停车的声音。

“没错，是黄疸!”栉田医生说道。

“昨天吃了牛排，挺大块的。”

“这就是病因所在了，好东西吃太多了……每天喝点蚬子酱汤就会好的。”他说话就是这么爽快，也因为他太忙了，所以总是粗略诊察一番，就一阵风似的走了。

从第二天开始，幸子就开始了病室生活，时而卧床，时而起来，不太难受，也没有明显好转。一个原因是当时处于入梅前的时节，不下雨也不放晴，天气异常闷热，就算不是梅雨季节，也让人热得无处可去。幸子已经两三天没有洗澡了，她将沾满臭汗的睡衣换下来，让阿春拿着洒上酒精的热毛巾给她搓背。

这时，悦子从外面走进来了，开口问道：“妈妈，壁龛里供奉的是什么花?”

“罂粟花。”

“我怕那种花。”

“为什么呢?”

“我一看见那个花，就感觉要被它吸进去似的。”

“真的呀?”

小孩子说话往往能一语中的。这几天，幸子待在这个病室里，总觉得脑袋受了重压似的不舒服，明知道作怪的东西就在眼前，可就是觉察不出来，现在被悦子一下子说中了。看来，壁龛里的罂粟花确实是一个原因。这种花开在田野里很美，可若是孤零零地插在花瓶里摆在壁龛中，不知道为什么，却让人看着有些害怕，“就感觉要被它吸进去似的”，这句话说得可真贴切啊。

“真的，我也有这样的感觉，不过大人反而讲不出这样的话来。”雪子很认同悦子说的这句话，赶紧将罂粟花换下来，将配有燕子花和山丹花的花盆放了进去。可就是面对着这盆花，幸子也感到郁闷，索性就什么花也不摆，让她丈夫挂一幅清爽的和歌立轴，虽是时令早了些，还是选择了一幅香川景树[①]创作的和歌《岭上骤雨》挂在了壁龛里：

骤雨洒落爱宕峰，
葱茏岭下清泷河，
如今想应浑。

或许是病室里的这种陈设起到一些效果吧，幸子第二天就感觉心情舒畅多了。下午三点多钟，门铃响起，接着似乎传来客人的脚步声。这时，阿春上楼来说："丹生夫人来了，同来的还有两位太太，一位姓下妻，一位姓相良。"

幸子和丹生夫人已经很久未曾见面了，丹生夫人曾经两次来拜访，幸子都没在家，无缘得见。如果来拜访的是丹生夫人一个人，那么是可以请她到病室里来的，可幸子和那位下妻夫人不怎么亲密，特别是那位相良夫人，她更是连名字都没听说过，一时之间不知道怎么应付才好。这种情况下，让雪子代替她去会客是再好不过的，可雪子是不会愿意去应酬不熟识的人的。如果以生病为借口将客人拒之门外，那就太对不起空跑几趟的丹生夫人了，而且幸子身处病室，本来就觉得百无聊赖，于是就让阿春先去致歉，说自己身体不适，在家养病，衣冠不整，让阿春先把客人请进楼下的客厅里。她随即急匆匆地坐到梳妆台前，在久没梳洗的脸上敷了一层粉，换上件清爽的单衣，走下楼去，而此时客人已经等了足足半个小时了。

① 香川景树（1768—1843）：日本江户时代晚期的歌人，桂圆派之祖，主张朴素而真诚地表现各种感情，以优美、平民的歌风振兴了关西歌坛。著有《桂圆一枝》《古今集正义》。

“让我来介绍，这位是相良夫人。”丹生夫人指着一位身穿地道美式服装、一看就知道是从国外归来的夫人说道，“她是我女子学校时代的同学，她先生在轮船公司上班，他们一直住在洛杉矶。”

“初次见面。”幸子寒暄着，立刻就后悔自己会见这些客人了。她最初也曾经犹豫自己这副生病的憔悴模样适不适合会见初次见面的客人，竟没料到是这样一位时髦的夫人。

“您生病了？觉得哪里不舒服？”

“得了黄疸，您看，我的眼睛发黄吧？”

“可不是，真的很黄。”

“您一定很不舒服吧？”下妻夫人问道。

“是的……不过今天好多了。”

“真是对不起，在这种时候来打扰您。丹生夫人，这就怪你不机灵了，咱们在门口告辞就好了。”

“哎呀！怎么能怪我呢，你可真坏。莳冈夫人，实际情况是相良夫人昨天突然到来，她不了解关西，让我给她当导游，我问她想到哪里看看，她说她想认识一位阪神地区具有代表性的夫人。”

“哎呀，您所说的代表性，是代表哪方面呢？”

“您这么问倒把我难住了，总之是代表各方面吧，我考虑了半天，最终选择了您。”

“别开玩笑了！”

“正因为这样，既然被选中了，我想您就算是有些不舒服，也一定会克服一下接待我们的。啊，还有……”丹生夫人解开进屋时放在琴凳上的包袱，拿出两盒又大又红的西红柿来，说道，“这是相良夫人送的。”

“哎呀！好漂亮啊！这西红柿是哪里出产的？”

“是相良夫人家里种的，从哪里也买不到这么好的西红柿呀。”

“可不是嘛。冒昧问一句，相良夫人现居何处？”

“北镰仓。不过，我从去年回来，只有一两个月系（是）在家里住的。”

相良夫人说的“系”和俄国老太太说的“细”一样，是奇怪的语调，幸子自己是不会模仿人的，要是让善于模仿别人的妙子听听就好了，幸子想到这些，忍不住偷偷笑了。

“那么，您是去哪里旅行了吗？”

“在医院住了段时间。”

“啊，什么病啊？”

“重度神经衰弱。”

“相良夫人得的是富贵病。”下妻夫人插嘴说道，“不过，能在圣路加医院[1]长期住下去也不错吧？”

“因为离海边近，特别凉爽，夏天的时候更好。就是离中央市场近了些，有时候会吹过来腥风，再说本愿寺的钟声也很刺耳。”

“本愿寺都变成那样的建筑[2]了，还敲钟吗？”

“嗬，就系（是）呀！”

“听起来像是汽笛声。”

“还有，教堂的钟也响。”

“唉！”下妻夫人突然叹了口气说，“我要不要去圣路加医院当护士？怎么样？”

“也许会不错吧。”丹生夫人轻描淡写地搪塞道。

幸子早就听说下妻夫人在家里不顺心，感觉她所说的话意味深长。

---

① 圣路加医院：圣路加国际医院，位于东京市京桥区（现为中央区）明石町旧侨民居留地，是一所综合医院，当时以妇科和外科专长。

② 本愿寺：位于东京都中央区三丁目，原寺毁于1923年9月1日关东大地震后的火灾。新寺为建筑史学家尹东忠太设计，外观有别于日本其他寺庙，是用石头钢筋水泥建成的印度式建筑，于1934年竣工。

“话说回来，把饭团夹在腋下就能把黄疸这种病治好啦。”

“啊？你懂的奇闻怪事还真不少。”相良夫人边用打火机点烟，边诧异地看向丹生夫人。

“说是把饭团夹在两边腋下，饭团就会变黄的。”

“那饭团，想想都觉得脏。”说话的是下妻夫人。

“莳冈夫人，您夹过饭团吗？”

“没有，我还是第一次听说这种事情，我知道可以喝蚬子酱汤。”

“反正不是什么费钱的病。”相良夫人说道。

幸子心里盘算着，这三个人会带来那样的礼物，大概是想让主人留她们吃晚饭呢。可是到晚饭时间还剩两个小时左右，和最初估计得相反，幸子实在难以应付这两个小时的时间。幸子无论如何也受不了相良夫人这种言谈举止、服饰风韵都是东京类型的太太。在阪神地区的那些太太们中间，她也不失为能操着一口流利东京话的一位，可在相良夫人面前，她反倒怯场起来。与其说怯场，不如说她觉得讲东京话乏味，所以故意不说东京话反而多讲本地的方言。还有，平时丹生夫人都习惯于和幸子讲大阪话的，今天也许是为了陪客人吧，竟然满口东京腔，仿佛变了一个人，是难以融洽地交谈了。丹生夫人虽然是大阪人，但却是在东京上的女子学校，和东京人交游甚广，东京话自然讲得很好。可是幸子和她交往了半辈子，竟然不知道她的东京话讲得这么好。今天的丹生夫人完全不像往日那么稳重，无论是使眼色的方式、嘴唇的弯曲程度，还是吸烟时食指和中指夹着烟卷的姿势，都和以往有所不同。大概是东京腔首先要从表情和动作开始，否则就不合拍吧，但怎么让人觉得人品都变得低劣了呢？

幸子是个就算平常身体有些不舒服也会打起精神应酬人家的人，可是今天听三个人讲话，情绪焦躁起来，心里觉得厌烦，身体就更显得疲倦，最终脸色也变得难看了。

“喂，丹生夫人，久坐不方便吧，咱们告辞吧。”下妻夫人十分机灵地说着，站起身来。

幸子连强行挽留她们的样子都没有做一下。

二十一

幸子的黄疸不算很重，可是很长时间都没有好转，直到进入梅雨季节才有了起色。有一天，她接到本家姐姐打来的慰问电话，还听到了一个意外的消息，就是这次姐夫将升任东京丸之内支行经理，本家近期将离开上本町，全家搬到东京居住。

“哦，那什么时候走呢?”

“你姐夫下个月要去东京上班，他得先去那里，等他找到房子我们随后过去。不过，孩子们要转学，最晚八月底以前也得走了……”姐姐说着说着，呜咽起来，就是从电话里也能听得很清楚。

“早就知道这个消息了吧?”

“这真是太突然了，连你姐夫都说，事先一点儿都没有听说。”

“下个月就走真是太仓促了。大阪的房子怎么办?”

“怎么办啊，我还没考虑过呢。不管怎么说，是做梦也没想过会搬到东京去呀。”

姐姐总是喜欢在电话里没完没了地长谈，在快要挂断时又讲了起来。她说自生下来一次都没离开过大阪的土地，到三十七岁了却非要离开不可，她倾诉着要背井离乡的痛苦，在那之后的三十分钟里，她还是嘟嘟囔囔地不停诉说着。

按照姐姐的说法，亲戚、丈夫的同事等等，大家都祝贺这次高升，没有一个人能体谅她的心情，就算她偶尔找个人吐露一言半语，都会被认为是不合时宜的旧脑筋，谁都可以付之一笑，谁都没有认真对待她。的确，真的像那些人说的那样，这又不是去遥远的外国，也不是去交通不便的偏僻乡下，而是被调到东京市中心丸之内工作，有幸迁居到天子脚下，有什么感到悲伤的呢？连她自己也这么想，进行一番自我安慰。但是想到要和住惯了的大阪土地告别，她就不由得伤心落泪，连孩子们都笑话她。

听了这话，幸子也觉得太可笑了。虽然如此，但她也不是不能理解姐姐的心情。姐姐这个人，她很早就代替母亲照顾父亲和妹妹们了，后来父亲去世，妹妹们渐渐长大成人的时候，她已经结婚生子，和丈夫一起努力挽回家道中落的悲惨命运，四姐妹中最辛苦的就是她了。另外，她所接受的是最陈旧的教育，她身上至今仍然保留着旧时代千金小姐不轻易抛头露面的气质。现在大阪的中产阶级太太们活到三十七岁了如果仍然没有到过东京，那真是不可思议，可姐姐事实上真没去过东京。本来大阪地区的女人就不像东京的女人那样喜欢到处旅行，幸子和下面两个妹妹的足迹几乎没有跨过京都以东。即便如此，学校的修学旅行或者有其他机会的时候，三个人都有过一两次来东京的经历。然而姐姐很早就被安排做家务，所以没有时间去旅行。再说她觉得哪里都不如大阪，看戏就看雁治郎[①]的，吃饭有播半、鹤屋[②]，这就让她感到心满意足了，不愿意去陌生的地方。所以，即使有机会也让给了妹妹，自己乐于扮演看家者的角色。

姐姐现在住的上本町的房子，也是纯大阪样式的古香古色的建筑。从高围墙门进去，便是带有棂子窗的房屋，从大门的土间到后门，中间穿过中庭，庭院里因为有花草树木遮挡，就算是大白天，屋子里也是昏暗的，只有那擦得锃亮的铁杉柱子在黑暗中闪着亮光。幸子她们不知道那栋房子是什么时候修建的，说不定是一两代以前的祖先修建的别邸或隐居住所，又像是安排子孙分居或是租借给别的亲属居住的。姐妹们原本是住在船场

① 雁治郎：此处指的是第一代中村雁治郎（1860—1935），是日本继承关西歌舞伎精髓的著名男演员。

② 播半、鹤屋：日本大阪地区颇具代表性的高级饭馆，播半在南区的末吉桥，鹤屋在东区的今桥。

的店铺里的，可到了父亲晚年时，盛行住宅和店铺分开的社会风气，就搬到了那所房子里。所以，虽然她们生活在那里的时间并不长，但是在幼年时代，她们在亲戚寄居时曾经来过几次，父亲又是在这里去世的，那所房子有着特殊的回忆。幸子觉出姐姐对大阪的乡土情结，其中对那所房子的执着恐怕占据着相当大的比例。但是当为姐姐的古板恋旧感到可笑不已的幸子，在电话里突然听到这个消息时，还是不免大吃一惊，因为她想，今后连那所房子都去不成了吗？平时，尽管她背地里和雪子、妙子议论过没有比那所房子更光线差、不卫生的坏房子了，不知道大姐一家住在那种房子里的想法，我们只要在那里待上三天，脑袋就会发胀了。但如果突然失去大阪的房子，对于幸子来说，也就失去了故乡的根据地，从而产生一种难以名状的寂寞感。

这么说来，本家的姐夫在放弃世代经营的祖业而去当银行职员的时候，就应该知道有被转到其他地区支行任职的可能，姐姐说不定哪天就要离开这个家的。可无论是大姐本人，还是幸子，以及下面的妹妹，大家都没有想到那个可能性，这就是她们的迂阔之处了。但是有一次，在八九年前，姐夫曾经一度要被调到福冈去担任支行经理，那时辰雄打报告说因为家庭关系不能离开大阪，宁可不加薪也要留在当前的职位上，这个报告获得了批准。此后，银行方面考虑到辰雄世家女婿的身份，似乎默认了只有他可以不被调往外地任职。虽然从来没有得到过明确的批准，但他满心以为可以在大阪永久定居了。因此，这次的事情对姐妹们而言无异于晴天霹雳。其中一个原因是银行高层换人了，方针政策变了；另一个原因是辰雄本人觉得这次虽然离开了大阪，地位也会得到提升。因为对于他来说，同辈们渐渐发迹了，唯独他还是吴下阿蒙，未免太窝囊了；再说后来孩子生得多了，生活费用看涨，由于经济形势变化和其他原因，再也不能像以前那样依赖岳父的遗产过日子了。

幸子很同情因背井离乡而满心酸楚的姐姐，也想去看看那所值得纪念的老宅子，本想尽早去探望姐姐的，可老是有事，磨磨蹭蹭过了两三天时间，姐姐又打电话来，说不知什么时候能回大阪来，这所房子会暂时交给音老头一家看管，稍微收他们一些房租。八月就在眼前了，行李是非得收拾不可了，近些天来她每天都钻在仓库里。父亲去世后，家具器物都堆放在仓库里，对着这些乱七八糟堆得像山一样的东西，她没有一点头绪，不知该从哪里着手。她觉得这些东西中肯定有他们不用而幸子看得上的，所以希望幸子还是去一趟。那个“音老头”名叫金井音吉，是父亲在世的时候在滨寺别墅里的仆人，如今他儿子也娶媳妇了，在南海高岛屋百货公司里工作，他自己也开始享清福了。但两家始终有来往，所以会拜托他们一家看管本家的住宅。

在第二次通电话后，第二天下午幸子就去了上本町。看到中庭对面的仓库的门敞开着，幸子走到左右敞开的两扇门前，“姐姐”，幸子一边喊着一边走了进去。当时正值闷热难耐的梅雨季节，姐姐正蹲在充满霉味的二楼上，头上包裹着头巾全神贯注地收拾东西。姐姐的前后左右堆着五六层高的旧木箱，箱子上贴着“春庆漆胡桃脚食盒二十副”“汤碗二十副”等标签，旁边有个箱盖已经打开的长方形衣箱，里边装满了一个个的小盒子。姐姐解开每只盒子上的绦带，里边有志野窑[①]的点心碟、九谷窑[②]的酒壶等，她仔细检查后又一一放回原处，将要带走的、要存放的、要处理的细分出来。

“姐姐，这个不要了?”每次幸子这样问她的时候，她都心不在焉地“嗯嗯”答应着，仍旧不停手地整理着。幸子无意中看见姐姐从盒子里取出一方端砚，脑海里就浮现出父亲被蒙哄买下这方端砚的情景。父亲是个对书画古董一窍不通的人，却有个习惯，认为只要价钱高的就是真的，因

① 志野窑：日本濑户的陶工烧制的一种陶器，乳白色中间杂红赤色，以出产茶具闻名。

② 九谷窑：位于日本石川县，所出产的彩画瓷器是日本的一种代表性瓷器。

此经常受人哄骗买下一些没有价值的东西。这方端砚是个经常来往的古董商送过来的，开口就要几百元，父亲二话没说就买下来了。幸子那时正好在场，她以孩子幼稚的心灵想：一方端砚值那么多钱吗？不是书法家也不是画家的父亲买那种东西干什么呢？还有一件比这更荒唐的事情呢，父亲在买下这方端砚的同时，还买下两块治印用的鸡血石。父亲打算把那两块鸡血石送给不久要过六十寿辰的能写汉诗的医学博士挚友，而且选好了吉祥词句请人雕刻。哪知道那两块鸡血石被篆刻家给退了回来，说石头有杂质，不适合雕刻。但这是花大价钱买来的，又舍不得丢掉，所以很长时间被塞在一个什么地方，幸子后来还见到过几次。

“姐姐，那两块叫鸡血石的石头呢？”

“嗯……”

“那个怎么处理呀？”

“……”

“喂，姐姐！”

“……”

姐姐把写着“高台寺泥金画文卷箱”字样的小箱子放在膝头上，她把手指使劲插进紧闭的箱盖的缝隙里，正全神贯注地打开它，好像根本没听见幸子说的话。

幸子常看到姐姐这种作风，分秒必争，专心致志地干自己的活，对别人跟她说的话充耳不闻。不知道的人都佩服她是个精明能干的称心家庭主妇。其实，姐姐并不是那种精明的人，一遇到什么事，最初总是茫然失措，不知该怎么应付才好，过了这段时间，她又鬼使神差似的大干起来了。所以呢，让旁人看见的话，会以为她是个奋不顾身、积极能干的妻子，其实她只是兴奋过度、昏头昏脑地蛮干而已。

“姐姐这个人真让人觉得奇怪，在昨天的电话里，她还呜呜地哭着告诉我，说就算流着眼泪向别人诉苦，也没有人理睬她，说幸子你一定要来听我说说话。可是今天去了一看，她一头钻进仓库里专心致志地整理东西，接连叫了几声姐姐，她都没有搭理我。”傍晚时分，幸子回来后和妹妹们这样谈论鹤子。

“大姐就是这样的人。”雪子说道，“你们等着瞧吧，等她松下劲头来，保准又会哭鼻子的。”

隔了一天，鹤子打电话给雪子，让她回去一趟。雪子说：“这回让我去看看她是什么样子吧。”雪子住了一个星期才回来：“行李基本上整理好了，不过姐姐还是那副鬼神附体的模样。”她说完，自己也笑了。

听雪子说，姐姐把她叫去看家，因为姐夫姐姐要回名古屋辰雄的老家辞行。雪子去了之后，夫妻俩第二天也就是星期六下午动身，星期日深夜就回来了。可是从那以后五六天的时间里，姐姐都做些什么呢？她每天都伏在书案前练字。问她为什么要练字，她说这次去名古屋辞行，还拜访了辰雄的一些亲友，因为受到热情款待，必须要给每家写封感谢信才行。虽然有必要练字，但这对姐姐来说是一件大事。特别是辰雄的嫂子——辰雄老家哥哥的妻子，是个字写得很好的女人，别输给她才行，一想到要写感谢信，练字就更有干劲儿了吧。平常给名古屋的嫂子写信的时候，她的书案上都要摆着字典和《尺牍文范》，草书的写法也一丝不苟地查清楚，措辞也反复斟酌，还先打草稿，写一封信就要花一天时间，何况这次又要写五六封信，光是打草稿就不容易完成了，每天都要抓紧练习。有时，她还会把草稿给雪子看，询问这样行不行，有没有纰漏，两个人商榷一番。直到今天雪子出来为止，她才写了一封信。

“总之，如果大姐要去银行董事家辞行，两三天前就开始背诵她所要说的话了。”

“对了，她前几天说去东京这件事太突然了，前些日子还会悲伤得流眼泪，但她已经做好了心理准备，去东京也不在乎了，要去就尽早去，非让亲戚朋友大吃一惊不可。”

“大姐就是这样的人，总是把这样的事情作为生活的意义。”于是，姐妹们你一言我一语，将鹤子笑话了一通。

二十二

辰雄从七月一日开始到丸之内支行上班，六月底先去的东京。他暂时在麻布区的亲戚家里寄居，自己着手找房子的同时，也委托别人寻找合适的房子。不久来信说，在大森找到一栋房子，大致决定住在那里了。还说家人在地藏节结束后，乘坐八月二十九日星期天的夜车去东京。辰雄会在星期六回到大阪，出发当晚在车站和送行的亲友辞别。

姐姐鹤子自从八月以来，就挨家挨户去亲戚和丈夫银行方面的熟人家里辞行，每天拜访一两家，该去的都去过之后，最后转到芦屋分家的幸子家里住上两三天。这与形式上的辞行有所不同，这阵子她为了迁居的准备工作而忙得不可开交，“鬼神附体”似的干了这么久，也该休息几天了，而且时隔多年，她们四姐妹难得这样亲密无间地欢聚一堂，可以从容叙说对关西的依依惜别之情，姐姐很珍惜这段时光。所以，这段时间她想把一切都通通忘掉，拜托音老头的老婆看家，结果一身轻松，只让保姆背着三岁的小女儿跟来了。四姐妹就这样同在一个屋檐下，不受时间限制，无忧无虑地聊天，不知道这是多少年以前的事情了。想想看，鹤子到目前为止到芦屋来的次数可谓是屈指可数，就算来了也不过一两个小时，还是趁着做家务的空闲来的。幸子即使到上本町去拜访，也会被本家的孩子给缠住，所以总是没时间静静地交谈。至少这两姐妹结婚以后就没有这样倾心交谈的机会了。所以这次，姐姐和妹妹都很期待那天的到来，可以把她们这十多年来积聚在心头的诸多话题聊个痛快。

但等那天姐姐在芦屋住下时，她竟然是如此疲惫不堪，不是这阵子累的，简直是十多年来做家庭主妇的疲惫一股脑儿冒了出来，她叫来一个按摩师，白天就在二楼的寝室里无拘无束地躺着享受按摩。幸子想到姐姐不太熟悉神户，原本打算带她去东方饭店或唐人街的中餐馆吃饭的，结果姐姐推辞说，你带我去那种地方还不如这样悠闲自在地待在家里舒服，就算没有山珍海味，给我吃茶泡饭就行了。她哪里都不愿意去，天气炎热也是一个原因。前后三天时间，她们根本没好好聊过天，就这样无所事事地过去了。

鹤子回去后又过了几天，离出发的日子只剩下两三天了。一天，去世父亲的一个妹妹，姐妹们称为“富永姑妈”的老太太突然来了。幸子从没见过这个姑母，但她冒着如此酷暑从大阪到芦屋来，一定是有什么事情，而且幸子已经大致猜到她的来意了。果然，和幸子猜测的一样，她是为了雪子和妙子的事情来的。姑母说：“因为本家在大阪，两个妹妹在两边轮流住也很好，但今后就不能那样了，她们两姐妹既然是属于本家的人，就应该借这个机会和本家一起去东京。这么说来，雪子也没必要做什么准备了，明天就回上本町去，和全家一起动身。妙子是有工作的，需要处理善后，恐怕多少会耽误些时间，不过一两个月以后肯定是要到东京去的。这并不是要阻止她工作，到了东京以后她仍然可以埋头制作人偶，东京反倒是对那种工作更有利。你姐夫也说难得有这样得到社会认可的工作，所以只要妙子的工作态度认真，也允许她在东京再开个工作室。其实，鹤子上次来这里住时就应该和你们商量的，可当时她是来休养的，不想提这么沉重的话题，就什么也没说。后来她对我说：‘要拜托姑母去说这件事，辛苦您老人家了。’所以今天我是来当鹤子的使者的。”

这位姑母说的话，自从听说本家决定去东京的那一天起，就知道总有一天会被提出来的。身为当事人的雪子和妙子，虽然嘴上什么也没说，但内心却感到些许忧郁。这段时间鹤子为了准备搬家而忙得不可开交，姐妹俩不用吩咐也应该回到上本町去帮姐姐的忙，可两个人都尽量避免去本家。尽管如此，雪子还是被叫去住了一个星期左右，妙子却推说忙着人偶制作，埋头在自己的工作室里，很少回到芦屋来，只是比姐姐来时早几天回家歇息了一晚，更是一次也没回大阪过。最重要的是她们俩想在这段时间先发制人，表达她们想留在关西的意愿。

不过，姑母又接着说道："这些话只能在你这里说说，为什么雪子和小妹不愿意回本家呢？我听说她们和辰雄的关系闹得很僵，可辰雄姑爷绝对不是雪子小姐她们想象中的那种人，他并不讨厌两个小姨子，只是出身于名古屋世家，思想比较古板。所以像这次搬家，如果她们姐妹俩没到本家来，而是留在大阪，这会让辰雄在社会上觉得不体面的，说得不好听点儿，这似乎关系到他这个姐夫的脸面问题，如果她们姐俩不听劝说，那鹤子小姐势必会夹在中间左右为难了。所以我这次专程来拜托你，因为她们两个只要是幸子你说的话就会听的，你能不能委婉地劝劝她们？我这么说也不是觉得她们两个不回去是幸子小姐的错，这一点请你千万别误解。她们是通情达理的大人了，已经到了可以被称为太太的年纪了，如果她们不愿意回本家去，那么不管别人怎么劝说，都不可能像对付小孩那样轻易拎回去的。但是不管谁劝说，都比不上你劝说奏效，所以我们商量了一下，还是请幸子劝说比较好，请务必答应。"

"今天，雪子和小妹都不在家吗？"最后，姑母用过去的船场时代的方言问道。

"妙子最近一直在忙着制作人偶，是很少回家的……"幸子也被姑母老古董似的方言吸引住了，也不自觉地用方言回答："雪子在家，把她叫来好吗？"

雪子刚才听见姑母在玄关处说话，就不见踪影了，估计是躲到二楼去了。幸子察觉到这一点，就上去看看，果然透过帘子看见她躲在六铺席的寝室里，坐在悦子的床上埋头思考着。

"姑母到底还是来了。"

"……"

“雪妹，你打算怎么办？”

日历上已经入秋了，但这两三天暑气又卷土重来，热得跟盛夏没什么两样。待在热不透风的室内，雪子难得身上穿了一件乔其纱的连衣裙。她知道自己这种弱不禁风的体质是不适合穿西装的，所以她通常在大热天也穿和服，腰带也系得严严实实的。整个夏天里，她大概有十天时间热得实在无可奈何时，才像今天这样穿上西装。虽说如此，她穿这件衣服也只是从中午到傍晚，只穿半天时间，只在家里人面前穿，连贞之助都不让看到。不过，有时贞之助碰巧看到雪子穿这身衣服，他就会明白当天的暑气确实厉害。看到她那包裹在青色乔其纱里的瘦骨嶙峋的肩膀和胳膊，肤色白皙得让人浑身发冷，连淋漓的大汗都瞬间消失了。虽然她本人并不知道，但是在旁人眼中，这种景致确实是一种清凉剂。

“姑母希望你明天回去，和大家一起动身去东京。”

雪子默默地垂着头，像被剥光了衣服的布娃娃一样，袒露的两臂无力地耷拉在两侧，光着的双脚踩在悦子当足球踢的一个大橡皮球上，一只脚热了，就换另一只脚踩着。

“小妹呢？”

“小妹因为工作的关系，不用现在就回去，但随后也非去不可，据说是姐夫的意思。”

“……”

“姑母话说得很委婉，可归根结底是觉得我留着你不放，她是来说服我的。虽然这样有负于你，也请你考虑一下我的处境吧……”

幸子也觉得雪子很可怜，但动不动就被人指摘自己拿雪子当家庭教师用，从而也会产生一种强烈的反抗情绪。本家姐姐有很多个孩子，都是靠自己的双手拉扯大的，分家的妹妹只抚养一个女儿，却照管不了还要找帮手，如果雪子本人也有这样的想法，或多或少怀着施恩的心情，那她就有自己做母亲的自尊心受到伤害的感觉。不错，雪子现在是个得力的帮手，但雪子走了之后，自己不见得管教不了悦子，何况雪子迟早是要出嫁的，她当然不能永远依靠雪子。雪子不在，悦子也会感到寂寞吧。但不管怎样，悦子不是一个完全不懂事的孩子，是能够忍受暂时的寂寞的，是绝不会像雪子单方面顾虑的那样又哭鼻子又撒娇的。自己只是想安慰一下婚事耽误了的妹妹，并不想为了留住雪子而与姐夫对抗，既然本家派人来让雪子回去，那么还是劝说她听从命令吧。再说，好歹让雪子回去一次，让雪子和其他人看看，即使没有雪子，她也能把悦子照顾好，这不失一个妥当的做法。

“这一回，你就看在富永姑妈的面子上，还是回去吧。”

雪子只是默默地听着，因为幸子的语气是如此坚定，她认为除了听命之外别无他法，这从雪子垂头丧气的样子也能够看得出来。

“就算是去了东京，也不是去了就不回来了……不是吗？上次阵场夫人来说媒，搁到现在还没给人家答复呢，如果相亲的话，你到时候是必须回来的。就算不相亲，还会有别的机会的。”

“嗯。”

“那么，我去和姑母说雪妹明天肯定回去，可以吗？”

“嗯。”

“到了这个地步，你就振作起来，去见见姑母吧。”

在雪子稍微化个妆、将乔其纱连衣裙换成单和服的时候，幸子先到客厅去汇报了：“雪子这就下来了。她很懂事，很容易就答应了。姑母见了她，就不用再提这个话题了。”

“是吗？那我算没白跑一趟喽。”姑母听了心情很舒畅。

贞之助就快要回来了，幸子劝姑母从从容容地吃了晚饭再回去，她说：“不了，我还是早点儿回去吧，好让鹤子小姐放心。可惜没见到小妹，幸子小姐就替我好好劝劝吧。”等到太阳西斜时，她就回去了。

到了第二天下午，雪子只向幸子和悦子打了声招呼，说“出去一下”，就走了。她的行李是如此之少，因为住在芦屋时，姐妹三人出客的衣服是根据需要互相换着穿的，她自己的东西也只有几件丝绸单衣和替换的内衣内裤罢了，还有一本没读完的小说，都包在一个小绉绸包袱里，让阿春拎着送到阪急电车站。她这种轻装上路的样子，就好像不过要出去旅行两三天一样。昨天富永姑妈来的时候，悦子正好在舒尔茨家里玩，到晚上才知道这件事，但只是跟她说雪子是暂时去帮忙，不久就会回来的。正如幸子所预料的那样，悦子没有紧紧追着雪子不放。

出发的那天，辰雄夫妇带着以十四岁孩子为首的六个孩子，加上雪子，全家九口人，外加一个女佣和一个保姆，总共十一个人，在大阪火车站乘坐当晚八点半的火车。幸子应该去车站送行的，可她又怕自己去了，说不定会更惹得姐姐鼻涕眼泪地闹笑话，故意回避了，只是贞之助一个人去了。但候车室里早就有人接待了，在聚集了将近一百人的送行人群中，有受过上代人照顾的艺人，新町[①]、北新地[②]的老板娘和老艺伎也混杂其中。即使没有了往日的威风，但依然和往昔名门望族举家迁离故土的场面相称啊。妙子一直躲到最后一天都没有在本家面前露面，等到火车发车前夕，她才跑上站台，在拥挤的人群中和姐夫姐姐简单地告别。

当她正好往回去，从站台向检票口走去的途中，就听见有人从背后呼唤："冒昧问一句，您是莳冈家的小姐吗？"

妙子回头一看，发现是新町的一位名叫阿荣的老艺伎，在当年以舞蹈闻名的。

"是的，我是妙子。"

"妙子小姐，您在府上排行第几？"

"我是最小的妹妹。"

---

① 新町：位于大阪西区的红灯区，由宽永年间（1624—1643）的妓女聚集所形成，与京都的岛原、江户的吉原并称。

② 北新地：位于大阪北区的红灯区。

“是呀，原来是小妹。都长这么大了，从女子学校毕业了吧？”

“是的……”妙子应了一声，笑着敷衍过去。妙子常被人家看成是刚从女子学校毕业的不满二十岁的小姑娘，遇到这种情形，她已经能够老练地应付了。不过，在父亲的全盛时代，这个老艺伎——实际上当时已经是半老徐娘了——经常到船场的家里来拜访，全家人都“阿荣姐、阿荣姐”地亲切叫她。那时，妙子只有十来岁，已经是十六七年前的事情了，从那以后算起来，任谁都能猜到妙子现在根本不那么年轻了。想到这里，妙子心里就觉得很好笑。不过，她自己很清楚的是，今晚她穿戴了特别有少女范儿的帽子和服装。

“您今年多大了？”

“已经不那么年轻了……”

“您还记得我吗？”

“是的，我记得，您是阿荣姐。您到现在一点儿没变啊？”

“哪能不变呢，我已经是老太婆了……小妹怎么不去东京呀？”

“我想暂时留在芦屋的二姐家。”

“是吗？本家的姐夫姐姐走了，您会很寂寞吧？”

妙子走出检票口，向阿荣道别，走了两三步，又被一个绅士叫住了：“那不是妙子小姐吗？好久不见，我是关原。这次莳冈兄荣升，我是来送行的。”

关原是辰雄大学时的同学，在位于高丽桥一带的三菱公司工作。辰雄入赘到莳冈家时，他还是单身，经常到莳冈家玩，与鹤子姐妹都很熟悉。他后来结婚了，被调到伦敦的分公司工作，在英国逗留了五六年，直到两三个月前被调回了大阪总部。妙子虽然早就听说了他最近回国的传闻，但是已经时隔八九年没见面了。

“我刚才就注意到小妹了，”关原立刻就恢复了以前“小妹”的称呼，不再叫“妙子小姐”了。“好久不见了，从上次见到你已经有多少年了？”

“恭喜你这次平安回国。”

“嗯，谢谢。其实我刚才在站台上一眼就认出你是小妹，可是你看起来太年轻了……”

“呵呵！”妙子像刚才敷衍阿荣那样笑了笑。

“对了，和莳冈兄一起上火车的是雪子吗？”

“是的。”

“我都没能好好打招呼。不过……你们两个都很年轻啊。说起来有些失礼，我在国外时想起船场时代的事情，以为这次回来的时候，雪子就不用说了，连小妹恐怕也早就结婚，成为贤妻良母了。可是听莳冈兄说，你们两位尚未出阁呢，我都不相信自己离开日本有五六年之久了，就像做梦一样……说这种话也许不好，可真不可思议。哪知今晚一见，雪子也罢，小妹也罢，两人还都这么年轻，我又吓了一跳，简直不敢相信自己的眼睛。”

“呵呵！”

“不，真的不是客套话，确实如此，你这么年轻啊，还不结婚也没什么大惊小怪的。”

关原很佩服地将妙子从头打量到脚尖：“这么说来，幸子姐今晚也来了？”

“二姐今晚没来，怕分别的时候姐妹们一起哭会闹笑话。”

“哦，原来是这样啊。刚才我向令姐打招呼时，令姐的眼睛也湿润了，她到现在还那么感情丰富呢。”

“哪有到东京去还哭的呢？”

“不，不是那么回事。时隔多年，我又看到日本女性这种久违的真性情的流露，反倒勾起了我的怀旧之感……小妹是留在关西了吗？”

“是的，我……因为这里还有些事情……”

“嗯，对了对了，听说小妹是个艺术家，很了不起呀！”

“得了吧，这种奉承话一定是你从英国学来的。”

妙子想起关原喜欢喝威士忌的事情，可以看出他当晚也多少喝过一些了。当他邀请说“怎么样，到那边喝杯红茶吧”时，妙子巧妙地脱身，朝阪急的方向赶去了。

二十三

拜启

分别之后忙得连写信的时间都没有，好久没有问候，敬请原谅。

出发的那晚，姐姐看到火车开动的那一刻，眼泪一下子夺眶而出，将脸躲在卧铺的帷幕后面。不久，秀雄发高烧并伴随着腹痛，一夜上了多次厕所，弄得大姐和我彻夜未眠。更让人困扰的是，一直指望租住的大森那栋房子，因为房东的关系突然解约了，通知是出发去东京的前一天发出的，事到临头别无他法，只能动身来到东京，暂时寄居在麻布区种田先生家中，现在仍然住在这里。十一个人突然来到人家家里，可以想象会给种田全家带来多大的麻烦。我们一到东京就请医生给秀雄诊治了，据说是急性肠炎，昨天已经有所好转了。住房的事托人多方寻找，终于在涩谷的道玄坂找到了一家，是用来出租的新型建筑，二楼三间，楼下四间，没有庭院，月租五十五元。虽然还没见到这栋房子，但狭窄程度是可以想象的。一大家子人也许住不下，不过考虑到不想再给种田先生添麻烦，哪怕过些天再换，也要先暂且住进去，所以决定这个星期天搬到那里去。房子在涩谷区大和田町，听说下个月就能安装电话了。姐夫去丸之内上班了，辉雄去中学上学了，都比较方便，而且听说那个地方对健康很有益处。

匆匆报告至此。

请代为向姐夫贞之助、小悦、小妹问好。

雪子敬上

九月八日

又及：

今天早上凉风袭人，东京已是满目的秋日景象，你们那里如何？请保重身体。

幸子收到这封信的这天早上，关西也在一夜之间变得秋高气爽起来。悦子上学后，她和贞之助面对面坐在餐厅的椅子上看报纸，报纸上刊登着“我军空袭潮州和汕头”的报道。幸子闻到了厨房里煮咖啡飘出的浓郁香气，她突然抬起头来，对贞之助说：“你不觉得今天早上的咖啡特别浓郁吗？”

“嗯。”贞之助答应了一声，他的注意力仍然集中在摊开的报纸上。这时，阿春端着咖啡进来了，托盘上放着雪子的来信。

幸子正想着他们去东京十多天了怎么还没消息传来的时候，就收到这封信了。她当即拆开信，看那潦草的字迹，就知道是抽空匆忙写完的，当即就体会到姐姐和雪子该是繁忙到了何种程度啊。麻布的种田是姐夫的亲哥哥，商工省的官员，幸子等人只是在姐姐当年的结婚典礼上见过他一面，如今连他的模样都记不清了，恐怕连姐姐也不经常见面吧。姐夫上个月就寄居在他家里，这一大家子人也只好暂时住进他家里。姐夫是他的胞弟，自然无所谓，但姐姐和雪子来到陌生的地方，寄居在名古屋男方亲戚的家里，而且对方又是大伯子，那该有多别扭啊。更为麻烦的是，如今孩子又病了，请医生什么的就更不用说了。

“这封信是雪妹寄来的吗？”贞之助把视线从报纸上移开，手里端着咖啡问道。

“我正想着为什么不来信呢，哪知道出麻烦了。”

“到底怎么回事？”

“哎，你看看这个吧。”幸子就把三页信纸递给丈夫。

从那天起又过了五六天，她才收到辰雄迟来的铅印的住所变更通知，上面有调职的致辞，也有对此前众人送行的致谢之语。雪子就再也没有任何消息了。只是星期六那天晚上去东京帮忙搬家兼探病的音老头的儿子庄吉，在星期一早晨回到大阪后，遵从要求到芦屋禀报东京的情况。他当天就赶来拜访，说昨天也就是星期天顺利搬家了，在东京租住的房子比大阪的要简陋得多，门窗、隔扇等质量尤其低劣。楼下四间分别是二铺席、四铺席半、四铺席半、六铺席，楼上三间分别是八铺席、四铺席半、三铺席。但是，因为是“江户间”[①]，所以八铺席差不多是“京间”的六铺席，六铺席只够“京间”的四铺席半，所以说这所房子看起来很寒碜，不过论样式，却是新建的，感觉很敞亮，方向朝南，阳光充足，比上本町那所昏暗的房子看着卫生。还有就是，虽然自己家里没有庭院，但附近有许多漂亮的宅邸和庭院，环境清幽。而且走到道玄坂，就有繁华的商业街，还有好几家电影院。孩子们看到什么都感到新鲜，反而庆幸搬到了东京，秀雄的病也痊愈了，从这周开始就要到附近的小学去上课了，等等。

“雪妹呢?”

“好着呢。秀雄少爷闹肚子时，雪子姑娘护理病人比护士还要得法，太太说佩服得不得了。”

“她在悦子生病时就帮了大忙，我已经料到她会对姐姐大有裨益了。”

“不过，最可怜的是她住在那栋房子里，连个闺房都没有，目前四铺席半大的那间房子既是少爷们的书房，又是雪子姑娘的卧室。姑老爷说，如果不早点儿换个大些的房子，给雪子姑娘一个单间住，那就太委屈她了……”

---

① 江户间：江户（东京旧称）测量房间面积使用的单位，一间为五尺八寸，现在一间为六尺（1.818米），关西地区现在一间仍为六尺五寸或六尺三寸，被称为京间。

这个庄吉比较饶舌，他说到这里，又压低嗓门补充说："雪子姑娘回去了，姑老爷可高兴了，喃，我看得很清楚，他打算这次务必留住她，所以对雪子姑娘特别客气，尽可能不招惹她，一个劲儿讨好她。"

听了庄吉的话，幸子大致能想象出东京的情形来。但雪子还是没什么音信。雪子虽然不像姐姐那么爱写信，但也把写信看成一件郑重的大事，她平时就疏于动笔，再说没有自己的房间，也难以静下心来写东西。幸子想到这里，就和悦子说："小悦，写封信给二姨吧！"悦子在妙子绘制的人偶明信片上写了三言两语寄了出去，可雪子仍旧没有音信。

过了二十号以后，在赏月的那个晚上，贞之助提议说："今晚集体写封信寄出去怎么样？"大家都表示赞同。晚饭后，贞之助、幸子、悦子和妙子聚集在供奉着赏月果品的那个日式房间的廊檐下，让阿春研墨，摊开卷纸写了起来。贞之助写了首和歌，幸子和悦子写的类似于俳句，妙子不擅长这种东西，所以她画了月挂松间的景色，完成了一幅水墨风景画。

庭中松郁郁，静待云流去，展枝揽明月。**贞之助**

皎皎明月下，环顾少一人。**幸子**

今夜月色佳，二姨东京看。**悦子**

接着就是妙子的水墨风景画。幸子的那首俳句，"皎皎明月下"后面那句原本是"独缺汝一人"，悦子的那首原本写成了"二姨，在东京看见，月夜啊"，都经由贞之助做了改动。

最后大家说"春倌也来一首吧"，阿春也立即执笔，出人意料地流利写了出来：

团团中秋月，云中始露脸。**阿春**

阿春所写的字又小又笨拙。然后，幸子取下一根供月用的狗尾巴草，剪下花穗来，放进卷纸信筒里。

二十四

这封信寄出去没多长时间，幸子就收到了雪子的回信，说她满怀欣喜地反复浏览这封信，读得特别入神。记得十五日那天晚上，她独自在二楼赏月，读了来信，就想起在芦屋赏月的事情来了，就好像昨天才发生的事情，历历在目。她感伤地写下这些内容，后来又有一阵子音信全无了。

雪子走后，幸子让阿春铺个铺盖睡在悦子的床下。过了半个月，悦子讨厌阿春了，便让阿花代替。又过了半个月，她又讨厌阿花了，就让干杂活的阿秋代替。之前介绍过，悦子不像其他小孩子那么容易入睡，有睡觉前兴奋地聊个二三十分钟的习惯。女佣们谁也不能陪她聊半个小时，总是比她先睡着。这似乎就是令她焦躁不安的原因，她越焦躁就越睡不着觉，甚至在大半夜暴躁地从走廊跑过来，“哗啦”一声拉开父母寝室的隔扇，“妈妈，悦子都睡不着觉啦！”她一边大声嚷嚷一边哭，“阿春真讨厌，她呼呼睡着了，讨厌！太讨厌了！我要宰了阿春！”

“你这么兴奋反倒睡不着，不用勉强，你要想就算睡不着也没关系，去试试看。”

“可是，现在去睡觉，明天早晨困得起不来……上学不是又要迟到吗？”

“嚷嚷什么，这么大声！安静点！”幸子骂她一顿，陪她到床上，哄她睡觉。可她怎么也睡不着，说着“睡不着、睡不着”，哭了起来，惹得幸子六神无主，又训了她一顿。于是她叫得更大声了。女佣们根本不知道闹了这么大的风波，仍然在呼呼大睡。诸如此类的事情经常发生。

说起来，幸子近来老是觉得心慌，慌得连针都不打了。今年也到了

“缺B”的季节，家里所有人似乎都犯脚气病了，不知道悦子是不是因为这个才焦躁不安。幸子这么想着，用手摸了摸悦子的心脏部位，把把脉，觉得悦子有些心跳过快，所以第二天也顾不得悦子害怕疼痛了，强行给她打了一针维生素B。然后就每隔一天打一次，持续了四五次，结果心悸消失了，脚步也变轻松了，身体疲乏似乎也有所好转，可失眠症却越来越严重了。幸子觉得，这种病没到请人诊治的地步，就和栉田医生打电话商量，得到的建议是每晚临睡前吃一片阿达林[①]试试。但吃一片不起作用，吃多了又睡过头。幸子见她早晨睡得很熟，就让她睡下去，结果她一醒，看见枕边的钟表就哭了起来，叫嚷着：“今天又迟到了，这么晚，我不好意思去上学！”那样的话，为了不迟到，幸子就叫她起来，她又说：“昨晚我根本没睡着”，说完就生气地把被子蒙在头上睡觉，醒来说又迟到了，说着就哭起来。

悦子对女佣的爱憎变化也很大，厌恶起来，屡屡说出“宰了”或“我要宰了你”这种极端的话来。而且，悦子正值发育期，却一直食欲不振，这种倾向越来越明显，一顿只吃一两小碗饭，数量不多，还只爱吃些咸海带、冻豆腐之类老人爱吃的东西，或是勉强吃点儿茶泡饭。她很喜欢母猫铃铃，吃饭的时候就把它唤到脚边，喂猫各种东西吃，稍微有点儿油腻的东西自己不吃，多半喂给了铃铃。可她又有极严重的洁癖，吃饭的时候一会儿喋喋不休地抱怨她的筷子沾到猫了，一会儿抱怨飞上苍蝇了，一会儿抱怨女佣的袖子碰到了，要让人把筷子放到开水里烫两三回才行。侍候她吃饭的用人知道她这个毛病，开饭前就准备一大壶热水放在餐桌上。她怕苍蝇怕得厉害，别说叮在食物上了，就是飞到近处，只要让她看见就不吃东西了，说被苍蝇叮过了，或是执拗地缠着周围的人问有没有被苍蝇叮过。还有就是筷子没夹住掉下来的东西，就算是掉在刚洗干净的桌布上，

① 阿达林：别名二乙溴乙酰脲，一种镇静剂。

她也觉得脏兮兮的不吃。

有一次，幸子带着悦子去水道路散步，看见路旁有个爬满蛆虫的死老鼠，已经走出去一二百米远了，悦子像是在问什么可怕的事情似的，一边蹭到她母亲身边一边小声说："妈妈，我踩到那只死老鼠没有？蛆虫沾到和服上没有？"

幸子吃惊地盯着悦子的眼睛看。为什么呢？因为母女俩为了避开那只死老鼠，是特意从五米多远的地方绕过去的，怎么都不该产生这种错觉呀。就算是小学二年级的小姑娘，也有可能患上神经衰弱吗？在那之前，幸子并没太担心，只是嘴上骂她。后来察觉事情的严重性，第二天就把栉田医生请来了。在栉田医生看来，小孩子得神经衰弱也不是什么稀奇事，小悦大概就是得这种病了吧。他觉得没什么大不了的，但还是介绍一位专科医生来看看。他说自己只治脚气病，治疗神经衰弱还是西宫的神经科医生辻博士好，会打电话请他今天来出诊。

傍晚时分，辻博士来了，诊察后和悦子对答了一会儿，最后诊断为神经衰弱，说了一些需要注意的事项：首先要彻底治疗脚气病，就算是吃些消化药也要促进食欲，让学生改正偏食的毛病；让学生根据自己的情绪迟到早退，但也不用异地疗养而荒废了学业，因为上学可以使精神有了寄托，反而不会胡思乱想；不要让病人兴奋，即便病人说了什么怪话，也切勿痛斥，要循循善诱；等等。他说完这些注意事项就告辞了。

雪子不在的结果就是以这样的形式体现在悦子身上的，这很难下定论，幸子也不想这么想。但是每逢遇到实在棘手的事情，她不知道该怎么办才好，有时甚至有想哭的冲动，她就再三思索，要是雪子遭遇类似的情况，一定会耐心说服悦子的。这件事非同一般，只要讲清楚原委，本家也不会对暂时借雪子来帮忙一阵子的事有什么异议吧，就算不向本家开口要人，只要让雪子知道悦子的状态，明摆着她会不等姐夫许可就飞奔回来的。但要让别人以为雪子离开不足两个月，她就缴械投降搬救兵，就算是不那么要强的幸子，心里还是有些抵触的，就再看看情况吧……只要自己还能勉强应付下去……她这样左思右想地挨过了一阵子。

但是贞之助呢？他反而反对让雪子回来。吃饭的时候把筷子放在热水里消毒好几次，不吃掉在桌子上的东西，这都是幸子和雪子的作风，因为在悦子变成这样之前，她们自己就这样做了。贞之助说这种做法不好，会使悦子变成心理脆弱的神经质孩子的，希望她们能改正这个坏习惯，为此大人得首先不做这类事情，哪怕是有点儿冒险，也要吃苍蝇叮过的东西，用实际行动告诉孩子就算这样做也不会生病。“错就错在你们只会强调消毒，没强调生活规律，让她过有规律的生活才是最重要的。”贞之助经常这样提醒幸子，可他的主张却始终未能实现。幸子认为丈夫这种身体健壮、抵抗力强的人不理解她这种用脏筷子都容易生病的人的心情，所以才会产生这样的想法。在贞之助看来，筷子上沾染细菌就传染疾病的情况只有千分之一，如果因为恐惧而采取这种办法，抵抗力就会越来越弱。幸子这边说女孩子的优雅风度重于有规律的生活，贞之助说这种想法是守旧的，就算是在家里，就餐和游戏时间也要有规律，不能放任散漫。幸子讥笑贞之助是个不讲卫生的野蛮人，贞之助说：“你们那种消毒方法根本不合理！只是往筷子上倒热水或茶水，病菌并不会死，而且食物拿到你面前之前，天晓得它在什么地方碰过什么脏东西。你们歪曲了欧美的卫生思想，前不久那些俄国人不是满不在乎地吃生牡蛎吗？”

本来，贞之助对悦子是一向放任自流的，尤其是在女儿的成长问题上，是完全听命于母亲的教育方针的。但是最近随着“卢沟桥事变”的演变，有朝一日可能会让妇女参与后方工作，想到这一点，他就忧心忡忡，如果不把她们养育成刚健的人，她们恐怕什么都不能胜任。有一次，他无意间看见悦子和阿花玩“过家家”的游戏，悦子拿着一个旧注射器，扎在用稻草做芯子的洋娃娃胳膊上。他在想，这是一种多么不健康的游戏啊。他觉得这也是那种卫生教育的余毒，所以就更应该设法改正，这是他认为必须要做的事情。只是，重要的是悦子最听信雪子的话，而雪子的做法又得到了他妻子的支持，如果干涉得不好，很可能会给家里带来不良影响，所以他一直在等待机会，如今雪子走了，从这一点看，贞之助认为是一件好事。因为之前贞之助对雪子的境遇是深表同情的，女儿的教育固然重要，但也要考虑到雪子所遭受的精神打击。要想悦子离开雪子，又不使雪子有自己“碍事”的感觉，实属不易，但这次问题自然而然解决了。只要雪子不在，妻子的事就好办了。因此，他对幸子说：“同情雪妹的心情，我和你是一样的。如果雪子自己想回来，我不反对，但如果是为了悦子把她叫回来，我就不赞同了。确实，她照料悦子很有一套，如果请她回来，目前当然很有帮助。但依我看来，悦子如今神经衰弱的原因，说得远点，也与你和雪妹的教育方法有关。所以，即使忍受一时的困难，也要以此为契机，消除雪子对悦子的影响，然后再慢慢改变原来的教育方法。所以还是暂时不让雪子回来为好。”贞之助就这样把幸子劝住了。

到了十一月份，为了工作上的事情，贞之助要去东京两三天，初次拜访了涩谷的本家。孩子们已经习惯了新的生活，东京话也说得熟练了，已经到了在家里和学校里使用不同方言的程度。辰雄夫妇和雪子都很高兴，大家请他不要因为住的地方狭窄而受拘束，务必要住一晚。可是，这房子太狭窄了，贞之助虽然在筑地那边订了旅馆，不过为了顾全情谊，只好住了一晚。第二天早上，辰雄和楼上的孩子们都出去了，雪子到二楼去收拾的时候，贞之助趁机对鹤子说：“雪妹的情绪好像稳定下来了，还不错嘛。”

“那个啊，看上去好像没什么，不过……”鹤子答道，“刚搬到这边来的时候，雪妹高高兴兴地帮忙做家务，照顾孩子们。她现在也没有改变自己的态度，只是不时地缩在二楼四铺席半的房间里，不经常露面。我上楼一看，她坐在辉雄的桌子旁，有时托着下巴沉思，有时抽搭哭泣。这种情况开始时十天一次，但后来次数越来越频繁了。这种日子她就算来到楼下，也半天不说一句话，甚至在人前就忍不住流下泪来。辰雄和我对雪子都小心翼翼的，想不出因何惹得她伤心了。说到底只能说她怀念关西的生活，犯了思乡病吧。为了让她排解忧愁，我建议她继续学习茶道和书法，可她全然不放在心上。”鹤子又说：“在富永姑妈的巧言劝说下，雪子乖乖地来了，我们真是高兴，可这对雪子而言，竟是如此痛苦和厌恶，如果只是在这里痛苦得想哭的话，我们还有办法可想，可为什么雪子会如此厌恶我们呢？”鹤子说到这里，她自己也哭了：“我们虽然有些怨雪子，但是看到雪子痛苦怀念的样子，真是太可怜了，让人心疼。既然关西这么好，还不如遂了她的愿。尽管辰雄不赞同她长期住在芦屋，但如今这里的房子狭窄，允许她在芦屋住到我们搬到宽敞的房子为止。不行的话，让她住个十来天或是一个星期的时间，这样也能得到些安慰和鼓励啊。不过，话虽如此，如果没有什么合适的借口，那可就不好办了。我都不忍心看雪子现在这副模样，我们比她本人还难受。”

听了这番话，贞之助说道：“这种情形势必会让姐夫姐姐觉得为难，但这件事幸子也有责任，实在是抱歉。”他也只能简单地说些客套话，悦子的病什么的自然也就没说了。但是他回来之后，和幸子谈到东京的事情，被问及雪子的近况，他只能如实相告，将鹤子所说的话毫不隐瞒地说了。

“是吗？我没料到雪子会如此厌恶东京。”

“说到底，是不是不喜欢和姐夫住在一起？”

“有这个可能。”

“对了，是想念悦子吗？”

“这个啊，有各种缘由，雪妹本来就对东京水土不服。”

幸子想起雪子从小就很有忍性，不管有多痛苦都不说，只会暗自低声哭泣。此刻，幸子仿佛看到了妹妹趴在桌子上偷偷哭泣的样子。

二十五

悦子的神经衰弱，除了让她不时服用作为镇静剂的溴化钾之外，还依赖于饮食疗法。幸子发现，即使是油腻的东西，只要是中国菜，悦子就很喜欢吃，这使她得以摄取了一些营养；入冬之后，悦子的脚气病也好了；学校里的老师让她注意恢复健康，不用忧心功课。就这样，由于各种措施有了效果，她的病情逐渐好转，已经没有必要再向雪子求助了。但幸子听了雪子的近况之后，觉得无论如何都要见雪子一面，否则就难以放心。

现在回想起来，富永姑妈前来劝说那天，自己对雪子的做法未免太冷酷了，不应该用那种命令的口吻逼迫她走。既然妙子能得到两三个月的宽限，那自己也该有些人情味儿，多少为雪子争取一些时间，让她能从从容容地告别。可自己竟连这样的机会都没有给她。偏偏在那天，她莫名其妙地赌气，觉得没有雪子她也应付得了，不自觉地采取了无情的态度，但雪子却没有抱怨一句，而是温顺地听从了。如今回想起来觉得雪子真是温顺得可怜……幸子现在明白了，雪子那时心情不错，像去旅行一样只拎了点行李就轻松出门了，是因为轻信了自己随口说出的那句安慰她的话呀：过不了多久就找借口让你回来。雪子信以为真了，事到如今才明白过来。雪子信以为真，为了满足本家的要求，就跟着去东京了，可事后幸子这边却没了动静……但跟随去东京的只有她自己，妙子并没有多大的问题，如今仍然自由自在地留在关西……她自然会产生自己一个人受骗的想法了。

幸子想，如果姐姐有这种想法的话，本家那边就没那么麻烦了，只是她不确定自己丈夫会说些什么。也许会说“还是暂时观望一下比较好”，也许会说“过去四个月了，悦子已经安静下来了，让雪妹住个十天半个月的也无妨”，无论如何，她想到了春天再和丈夫商量商量。

就在正月初十那天，阵场夫人突然来信说：“去年寄去某人照片那件事怎样了？您说不能马上给出答复，要求暂且等待一下，我一直在等您的回复。难道令妹不愿意？如果没有缘分的话，麻烦您将那张照片寄回来吧。如果有几分意思，现在也不迟。不知道您在后来有没有调查对方的情况，大致和照片背面他本人所写的履历一样，没有什么别的可以奉告的。只是有一点履历上没有写，他自己没什么财产，完全靠薪水生活，希望您能理解这一点。令妹或许会不满意这一点吧。对方全面调查了府上的情况，说好像在哪里见过令妹的芳容，说无论等多长时间他都会等待的。对方通过滨田先生热切地提出来，希望我能够促成这段姻缘。如果能让他们见一面的话，我在滨田先生面前也有面子了……”这封信对于幸子而言无疑是“过河有了船”，她写信给鹤子，告诉她有这样一桩亲事，要先听听姐夫和姐姐的意见，并在信中附上了野村巳之吉的照片和阵场夫人的这封信。幸子在信中还说：“阵场夫人好像急于让两人相亲，不过雪妹因为之前的事情，说不先调查清楚不愿意相亲，我们马上着手调查怎么样？想听听姐夫、姐姐的想法。”

过了五六天，姐姐难得寄来了一封长长的回信。

拜复：

新年快乐！给你们拜个晚年！我们在这里人生地不熟的，没感觉到什么新年氛围，春节也好，松之内[①]也罢，都忙忙碌碌地度过了。虽然早就听说东京的冬天难熬，没有一天不刮朔风的，但三九以后那种刺骨的寒冷真是有生以来第一次体会到，今天早晨连毛巾都冻住了，“嘎巴嘎巴”直响，这在大阪是没遇到过的。听说东京的旧市区稍微好一点儿，这一带地势高，离郊外近，所以格外寒冷，家里人一个个都感冒了，连女佣也全都病倒了。只有我

① 松之内：日本人从1月1日至7日会在门前装饰松枝，称此段时间为“松之内”。

和雪子妹妹鼻子堵塞，几天就好了。这里和大阪比起来，灰尘少，空气清新，这也是不争的事实。在这里一件衣服穿十来天也不怎么脏。你姐夫的衬衫在大阪穿三天就脏了，在这里穿四天没问题。

关于雪子的亲事，总是有劳你们操心，真是非常感谢。我收到那封信和照片后就给你姐夫看了，也和他商量了，你姐夫最近的心境发生了变化，不像以前那么啰唆了，大体上会听凭你们处理。他只是认为，四十多岁的农学士还只是个水产技师，今后估计没有加薪的可能了，仕途也会就此停滞了，家里没什么财产，今后的生活不会太轻松吧。但如果本人同意的话，你姐夫是绝不会反对的。相亲这件事，只要她本人愿意，可以安排适当的时机见面。本来应该详细调查后再相亲的，既然对方希望早日见面，那不妨将详细调查推后，你看怎么样呢？贞之助大概已经和你说了吧，对雪子我感到一筹莫展，正想找个机会让她去你们那里一趟呢。昨天我试着探了探她的口风，她只顾眼前，听说要去关西相亲，马上就答应了，今天早晨一下子就变得精神焕发有笑容了。我都弄不懂她是怎样一个人了。

你那边定好日期的话，我这边随时都可以打发她动身。我虽然跟她说相亲结束后四五天就回来，但其实多住些日子也没关系，我会说服你姐夫同意的。

来东京之后还没给你写过一封信呢，一写就写这么多了。天气还很冷，背上犹如浇了凉水一般，握着毛笔的手都要冻僵了。芦屋暖和吧？千万要保重，不要感冒。

向贞之助问好。

鹤子

正月十八日

对于不太熟悉东京的幸子来说，即便跟她讲起涩谷和道玄坂附近，也没有什么切身体会。她只能凭着曾经坐在东京山手线[1]电车上所看到的窗外郊区景色——幽静的山谷、起伏的丘陵、交错的树木这些地形间断断续续出现的房屋远景，以及它们背后寥廓晴朗的天空——进行想象，勾勒出完全不同于大阪的自然景象。虽然只能自己想象，但当她读到“背上犹如浇了凉水一般”和“握着毛笔的手都要冻僵了”这样的句子时，想到万事都因循守旧的本家，在大阪时冬天就几乎没使用过火炉。上本町的家里客厅虽已经装上了电暖炉，但实际上也只是客人来时才用，而且要在寒冷的日子才行，平时家里就只用火盆。幸子正月里去拜新年，和姐姐面对面坐着时总有“背上犹如浇了凉水”的感觉，回来后往往会感冒。按照姐姐的说法，大阪到大正末期才开始普及暖气设备，连极其奢侈的父亲也是在他去世前一年才在起居室里安装了煤气炉。他安装煤气炉只是为了显摆，并不怎么使用。“我们都是从小靠着火盆长大的，不管多寒冷的日子。”鹤子的话没错，幸子和贞之助也是在结婚数年后，搬到如今芦屋的家之后才开始使用火炉的。不过，自从用上火炉之后，没有它还真没办法熬过冬天。回想起小时候只靠一个火盆就能熬过冬天的事，现在都觉得不可思议。然而姐姐搬到东京后还在因循守旧，她想只有身子结实的雪子才忍受得了，如果换作她，早就得肺炎了。

关于决定相亲日期这件事，阵场夫人、野村先生还有滨田先生，联系起来花费了很多时间。因为对方提出尽量在节分[2]前相亲，幸子就在正月二十九日写信到东京，让马上把雪子送来。幸子又想起上次打电话出乱子的事情，拜托丈夫快些在书斋里安装了电话。二十九日才寄出去的信，到三十日下午就收到了大姐寄来的明信片，说最小的两个孩子得了流感，四

① 山手线：东京市内的环行电车线。

② 节分：此处指立春前一天。

岁的梅子很可能会转为肺炎，全家乱成一团。原本是应该请个护士的，但房子狭窄没有可供护士住宿的地方。而且，雪子护理秀雄的时候比护士还尽职，所以就没雇用护士。既然这样，就请阵场夫人暂且等待一下。不久又来信说，梅子转为肺炎了。幸子觉得，这样的话也许十天八天都不能解决问题，于是就向阵场夫人说了实情，申请延期。对方早就说过等多久都没关系，也就不用为此担心了，只是想到雪子被用来当护士使唤，心里就格外怜悯她。

话说回来，就在相亲推迟的这段时间里，原先委托的信用调查所寄来了报告书。根据这份报告，野村先生的职位是高级官三等，年薪三千六百元左右，外加一些奖金，每月大概三百五十元。父亲那一代据说在家乡姬路经营旅馆，如今在家乡也没什么房产。有一个胞妹，嫁给了东京一位姓太田的药剂师。家乡姬路还有两个叔父，一个是古董商兼茶道宗匠，另一个是登记所的司法文书。除此之外，就是在关西电车公司担任总经理的表兄滨田丈吉，这是他唯一值得夸耀的亲戚，也是他的靠山（是阵场夫人的“恩人”。夫人的丈夫以前是滨田家的门卫，是滨田送他上的大学）。报告书记载的内容大致就是这些了。还有就是调查出昭和十年他前妻确实是得流感去世的，正如他本人履历中所写的那样；两个孩子死亡的原因也并非遗传性疾病。

关于他本人的脾气秉性，贞之助向两三方面进行打探，虽然没有什么缺点，但他有一个众人都知晓的怪癖。据在兵库县工作的同事说，野村先生有时会突然自言自语，说的话完全没有意义、不着边际，他总是在以为旁边没有人的情况下说，尽管他本人以为没人听见，其实往往被人家听去了。他的同事们没有不知道这件事的，据说不但他那已然仙逝的前妻知道，就连孩子们也知道他这个毛病，都笑着说爸爸这个人爱说怪话。举个例子吧，有一次，他的一个同事在官署里蹲厕所，正在这时，旁边的隔板里有个人进去了，一会儿就听那边问：“喂，是野村先生吗?”听到那边接连问了两次。那个同事正想回答："不是，我是某某。"这才发觉问话的就是野村本人的声音，心想野村先生又在自言自语了，而且肯定不知道隔壁的隔板里有人，就觉得他很可怜，于是就屏住呼吸不吭声，可等了好久，等得他都不耐烦了，不得不率先离开了厕所，幸好没让对方看见自己的脸。野村先生也知道有人从隔壁出去了，他知道后可能会想"糟了"，但他不知道那个人是谁，以后好像什么事都没发生一样照常工作。他就是这样自言自语，说的都是一些没有意义的废话，不带什么恶意，但终究让人觉得突兀可笑。还有就是他的话虽然是不小心说出来的，但也并非完全没意识，如果旁边有人的话，他就不自言自语了。如果说的是不用担心被人听到的话，他就扯开嗓门说了，偶尔还会吓到他身后的人，在想他是不是发疯了。

他这个也不是那种特别给人带来麻烦或是不快的习惯，也不至于带来什么问题。但选来选去，又何必选这种人做丈夫呢？更重要的是对方那副尊容，从照片上看要比四十六岁老很多，看上去像是五十岁以上的人。幸子认为这是最大的缺点，基本上可以断定雪子是不会满意的，第一次见面就会落选，这是显而易见的。这么说来，这次就不太可能了，这次相亲也没多大劲头。但从表面上来看，这次相亲是雪子到芦屋来的借口，"相亲"这件事也就不得不进行了，这就是幸子夫妇的真实心情。明知道不会有圆满的结果，因此夫妇俩决定对方有怪癖之事就不必告诉雪子了。

二十六

"今日乘坐海鸥号动身，雪子"

悦子从学校回来后，正在妈妈和阿春的帮助下装饰西式房间里摆放人偶的架子，此时期待已久的那份电报被送来了。

一般来说，关西地区的女儿节有推迟一个月的习惯，实际上应该再过一个月才开始的，不过雪子在四五天前来信说，这几天会动身，恰好妙子最近为悦子做了个菊五郎[1]演出《道成寺》的人偶，幸子突发奇想对悦子说："小悦，把这个人偶和女儿节的人偶供奉在一起吧，它们不是也欢迎你阿姨回来吗?"

"为什么，妈妈？女儿节不是在下个月吗?"

"桃花还没开呢，"妙子也说道，"如果不按季节供奉人偶，女孩子就找不到婆家啦。"

"是的，咱们小时候妈妈也常这么说；过了女儿节就要把娃娃收起来，但提前供奉是可以的，过了节还摆着不行。"

"哦，是吗？我不知道这些。"

"记住啊，要不就和学识渊博的小妹不相匹配了。"

家里的这套人偶，是以前悦子过第一个女儿节的时候在京都的九平[2]定做的，搬到芦屋以后，每到节日就把它们供奉在楼下的客厅里。那个房间虽说是西式的，但却是最适合供奉人偶的，所以供奉人偶的架子每年都摆设在那个房间里。幸子为了让时隔半年回来的雪子高兴，提议提前一个月过女儿节，从阳历节日到阴历节日供奉一个月，雪子大概会逗留一个月的时间。她的建议被采纳了，所以阳历三月三日的今天，就开始供奉人偶了。

"喂，小悦，妈妈说对了。"

"真是的，她今天果然回来了。"

"你二姨来过节了。"

"希望有个好兆头。"阿春说。

---

① 菊五郎：此处指的是第六代尾上菊五郎（1885—1949），知名歌舞伎演员。
② 九平：商店名，位于京都市中京区四条大道，是出售人偶的名店。

“这次该嫁人了吧？”

“小悦，你在二姨面前不准说这些话。”

“嗯，嗯，我知道的。”

“知道就好。春倌，你也要小心点儿，别像上次那样。”

“我知道了。”

“事情本来就瞒不住，只要不在人前乱讲就行”

“嗯……”

“我可以给小姨打个电话吗？”悦子兴奋地说。

“我帮您打吧。”阿春道。

“小悦，你自己打吧。”

“嗯。”悦子答应着，跑到电话前，接通了松涛公寓：

“……嗯，是啊，是今天。……小姨你早点儿回来吧……不是燕子号，是海鸥号……阿春去大阪接她……”

幸子一边给大内人偶的皇后头上戴上有璎珞的金冠，听到悦子响亮的声音，就向电话那边喊：“小悦，你跟小姨讲，她要是有空就去接二姨。”

“喂，喂，妈妈说小姨要是有空的话，就去接二姨……嗯，嗯，大阪九点钟左右……小姨你能去吗？……那阿春就不用去了吧？”

妙子很明白幸子让她去大阪车站迎接雪子的用意。去年，富永姑妈来动员雪子跟随本家去东京的时候，讲好两三个月以后也会叫她去东京，可自从到了东京之后，本家一直忙乱不堪，根本就顾不上她了，这件事就搁置下来了，所以她的处境比以前更加自由了。正因为如此，她才觉得自己一个人走运而让雪子触霉头一样，觉得对不起雪子，本来就应该她去迎接雪子。

“用给爸爸打个电话吗？”

“你爸爸不是快回来了嘛，不用打了。”

傍晚回到家的贞之助，觉得一别半年，现在也非常想念雪子。有一段时间他不愿意让她回来，但现在反倒有些内疚了。他体贴地吩咐女佣准备好洗澡水，好让雪子一到家立刻就能去洗澡；他又说晚饭肯定在火车上吃过了，但临睡前还会吃点儿什么，让人拿出两三瓶雪子爱喝的白葡萄酒，亲手抹去酒瓶上的灰尘，仔细检查出产年份。大家都劝悦子早点儿睡觉，明天可以陪二姨，可她根本不听，无论如何都要等着，等到九点钟左右，才叫阿春带她上二楼。没过多久，她听见大门的铃声响了，听见狗跑向大门的声音，叫道："啊，二姨！"又跑下楼来了。

"回来啦！"

"欢迎回来。"

"我回来了。"站在门口土间上的雪子，"唛"的一声喝退了高兴得向她扑过来的约翰尼。和随后提着衣箱进来的精力充沛的妙子相比，雪子旅途劳顿，脸色要憔悴得多。

"给我的礼物在哪里？"悦子早就自己打开手提箱，开始翻看起来，发现一束千代纸和一盒手帕。

"听说小悦近来在收集手帕。"

"嗯，谢谢。"

"还有件东西，你往下找找看。"

"啊，啊，是这个吧？"悦子说着，拿出一个包装纸包着的盒子，纸上写着"银座阿波屋"字样，盒子里装着一双红色漆皮草履。

"哎呀，真漂亮！穿的东西还是东京的好啊……"幸子把它拿在手里看了又看，"这个要好好收起来，下个月赏樱花的时候穿。"

"嗯，多谢你，二姨。"

"怎么，悦子焦急等待的就是礼物吗？"

"好了，好了，这些都拿去二楼吧。"

"今晚我要和二姨一块睡。"

"我知道。"幸子示意道，"二姨现在要去洗澡了，你先去和阿春睡。"

“你要快点儿来呀，二姨。”

雪子洗完澡时已经快十二点了。时隔多日，贞之助和三姐妹聚在客厅里，边听着火炉里的木柴噼噼剥剥地响，边围着那张放着奶酪和白葡萄酒的桌子，喝酒聊天。

“这里暖和多了……刚才在芦屋站下车，我就觉得和东京不同。”

“关西的汲水节已经开始了。”

“差得那么远吗?”

“当然差得远了。首先是，东京的风吹到皮肤上没有这么柔和，东京的朔风出了名的厉害。两三天前，我去高岛屋买东西，回来时走在外壕线的大街上，突然一阵风把我手里的纸包给刮跑了，我赶紧追，可那个纸包骨碌碌往前滚，我怎么追也追不上。不一会儿，和服的下摆又让风给卷起来了，我还得用一只手拉着和服的下摆。东京的朔风可真是名不虚传!”

“不过，去年我去涩谷时，发现孩子们学东京话学得倒是挺快的。十一月份搬到东京，才不过两三个月时间，本家的孩子们就能说一口纯正的东京话了，而且越小的孩子越厉害。”

“姐姐那么大岁数怕是学不好吧?”幸子说道。

“是啊。首先是姐姐根本就不想学。上次在公交车上，姐姐说大阪话，惹得别的乘客都盯着她看，我怪难为情的，姐姐脸皮真厚，就算知道别人盯着她看，还是满不在乎地说大阪话，还有人称赞‘大阪话听着也不错嘛’。”

雪子说这句“大阪话听着也不错嘛”，是用东京话说的，她学得可真像啊。

“上了年纪的女人脸皮都厚。我认识一个大阪堂岛的艺伎，是个四十多的老艺伎了。她说她在东京坐电车的时候，故意用大阪口音大声说：‘下车!’她这么一叫，公交车保准为她停下来。”

“辉雄说不愿意和他妈一起出去，因为他妈说大阪话。”

“孩子可能都这样。”

“姐姐还觉得是到东京旅游吗？”妙子问道。

“嗯。和在大阪的时候不同，做什么事都无所谓，没有人批评指摘，也轻松多了。再说东京这个地方尊重女性，女性不受风气习俗束缚，就拿穿衣服来说吧，穿适合自己的就行，这一点也比大阪好。”

也许是葡萄酒的缘故吧，雪子像孩子那么活泼高兴，也变得很健谈。尽管她嘴上没说，不过，时隔半年又能回到关西这片土地的喜悦——在芦屋的客厅里和幸子、妙子他们深夜叙谈的喜悦——是掩饰不住的。

“差不多该睡觉了吧。”贞之助这样提议，可见大家谈得起劲，他就起身去又添了几根劈柴。

“过些日子也带我去趟东京吧，不过涩谷的住宅太狭窄了。到底什么时候换房子呢？”

“这个嘛……不像在找房子。”

“这样的话，房子就不打算换了吗？”

“是的，去年还说房子这么狭窄实在不像话，得换个房子才行，可今年就很少提这话了，似乎姐夫和姐姐都改变想法了。”

雪子说完这话，又说出一件意外的事情。这是她自己观察到的，不是从姐夫和姐姐嘴里听来的。他们夫妻俩原本不愿意离开大阪，可是最终下定决心去东京的动机，是姐夫想要发迹。使他生出这种欲望的原因是，这个八口之家靠着父亲的遗产已经过不下去了，说得夸张些，他们已经觉得生活困难了。初到东京时还抱怨房子狭窄，住过一阵心境就发生了变化，觉得这样住下去也并不是不能忍受。最重要的大概是被五十五元一个月的房租给打动了吧。姐夫和姐姐虽然不是向谁解释，但他们经常念叨这房子小是小，不过房租便宜极了。在这么说的过程中，不知不觉就被低廉的房租给俘虏了，想要定居下来，不想再搬家了。住在大阪的时候还要注意维护家族名望，讲究排场，到了东京之后没人知道“莳冈”什么的，与其追求虚荣，还不如用心去增加财产，即使转向这种实利主义也不足为奇。证据是，姐夫现在身为支行经理，薪水增加了，经济上自然也宽裕了，可如果用大阪时代的眼光来衡量，他变得反倒吝啬了。姐姐领会了姐夫的意思，节俭到了极点，每天厨房里购买的东西也都明显节俭了。要给六个孩子做饭，买一样菜都动脑筋的话，就和不动脑筋有很大区别。说得难听些，连家常的菜单也和大阪时代不同了，土豆烧牛肉啦，咖喱饭啦，菜肉酱汤啦，尽量做一种，少量的材料，可是大家都能吃饱。就说牛肉之类的东西，难得吃一次火锅，只有薄薄的一两片漂在上面可吃。即便如此，偶尔孩子们先吃完了，大人们另外做几个菜，雪子这时才能够陪着姐夫悠闲地享用一顿饭。东京的鲷鱼虽然不好，可也只有在这种时候才能吃到生鱼片。其实，与其说是为了姐夫，不如说是他们夫妇俩顾虑到经常让雪子陪着孩子们吃大锅饭太可怜了。

“看到姐姐他们的样子，我觉得是这么回事……总之，等着瞧吧，那所房子是不会搬了。”

“哦，是这样啊。去了东京以后，姐姐他们的人生观发生了改变？”幸子说。

“雪妹的观察也许是正确的。”贞之助说道，“以迁居东京为契机，摒弃过去那种虚荣心，大行勤俭储蓄主义。姐夫这么考虑也不是没有道理，说给谁听都是件好事。那个家，狭窄是狭窄，但只要忍耐一下就可以对付过去。”

“可是，如果是这样的话和我讲清楚就好了，到现在还时不时跟别人解释说‘雪子连个房间都没有，真不方便’，岂不可笑？”

“唉，人怎么可能说变就变呢，多少还得装装门面嘛。”

“我以后非去那么狭窄的地方不可吗？”妙子问起了自己最关心的问题。

“不知道……小妹要是去的话，睡觉的地方都没有……”

“这么说，眼下应该可以不去吧。”

“对了，他们好像忘记小妹的事了。”

“喂，睡吧。”壁炉架上的时钟敲到两点半，贞之助仿佛吃了一惊，站了起来：“雪子，你今天也累了。”

“本想和你商量一下相亲的事情，算了，还是明天再说吧。”

雪子没理会幸子说的话，先上了二楼，然后进了卧室一看，悦子枕边的那张桌子上摆满了刚才送给她那些礼物，就连那个阿波屋草履盒子都在，悦子已经睡着了。雪子凝视着悦子在台灯的光影里安详的睡脸，回到这个家的喜悦再次涌上她的心头。阿春躺在悦子那张床和她的铺位之间的地板上，早就睡得很沉了。

“春倌！春倌！”雪子摇晃了两三下，才把阿春叫起来，等她下楼之后，自己这才就寝。

二十七

阵场夫人来信说，相亲的地点和时间会另行通知，但八日那天是吉日，希望能定在那一天。幸子本打算按照这个安排才把雪子叫来的，但因为五日夜里发生了意外事件，只好请求延期了。因为当天早晨，幸子和两三个早就约好的朋友一起去有马温泉，探望一位在那里疗养的太太。本来乘电车去就好了，她们却乘公共汽车越过六甲山，前往有马去了。不过是乘坐神有电车[1]回家的。那天夜里，幸子上床后不久，突然见红了，疼痛难忍。栉田医生被请来检查，出人意料地说可能是要流产。烦请他把

① 神有电车：神户有马电气铁道的简称，从神户市内的湊川到兵库县的有马温泉。

产科医生请来了一看，和栉田医生的诊断一致。第二天早晨就流产了。

贞之助在幸子夜里开始难受的时候，就卷起自己的铺盖，一直在枕边侍候。第二天，在做流产的善后处理时，他才稍微离开了一下。妻子的疼痛缓解之后，他也没去上班，一整天都守候在病室里。他把两肘支在圆火盆的边缘，两个手掌搭在火筷子的头上，低着头，动也不动地坐着，一天什么也没做，只是安静地坐着。他有时感到妻子满含泪水地朝自己看来，便稍微别过脸去："哎，算了吧……"他安慰地说，"……掉了也没办法了。"

"你能原谅我吗?"

"什么?"

"是我不小心。"

"怎么会有那种事呢。我反倒觉得将来有希望了。"

听他这么说，妻子眼里的泪珠夺眶而出，顺着脸颊淌了下来。

"话虽这么说，太可惜了……"

"别再说了……一定还会有的……"

夫妻俩一天之中重复了好几次这样的问答。贞之助望着妻子那惨白的脸，自己也掩饰不住失望的神色。

说老实话，幸子最近连续两个月都没来月经，她也不是没有预感，只是悦子出生已经将近十年了，医生曾经说她不做手术的话也许不会再生育了，所以觉得不太可能，疏忽大意坏了事。不过，她知道丈夫想要个儿子，就算不像大姐家那样儿女满堂，但只有一个女孩子的话，也会感到寂寞，要是怀孕的话真是求之不得，所以为了保险起见，打算到第三个月找医生看看。昨天同伴提议翻越六甲山的时候，她当时就想是不是应该保重下身体，但又觉得自己是痴心妄想，就打消了这个念头。她觉得没有必要反对大家所期待的计划。换句话说，她疏忽大意是情有可原的，也不应该完全责备她。但栉田医生也说她做了一件可惜的事情。幸子后悔为什么这种时候去有马呢？为什么那么不小心要坐公共汽车呢？她不由得流下悔恨的眼泪来。丈夫安慰她说："我原本已经死心了，以为你不会再怀孕，现在证明你能够怀孕，我不但不悲观，反而为将来充满希望而高兴呢。"她看出丈夫嘴上这么说，心里也感到非常失望，可丈夫越这样温柔地安慰她，她就越觉得对不起他，怎么说也是自己的过失——而且是无法否认的大过失。

第二天丈夫振作起来，变得快活起来，像往常一样去事务所了。幸子一个人在二楼躺着，知道就算是后悔也没有办法，可仍然不免钻牛角尖。原本是喜事临门，可偏偏遇到这样的事情，虽然她竭力不让孩子和女佣看见，但当她一个人的时候，不知不觉就会流下泪来……如果自己不那么疏忽大意的话，孩子十一月份就该出生了，到了明年的今天，孩子一逗弄都会笑了……这次一定会是个男孩吧？这样的话，丈夫自然不用说，悦子该多高兴呀……如果自己当时完全没意识到，也就罢了，可自己当时已经有预感了，为什么还要乘坐公共汽车去呢？就算当时没找到借口，就说自己随后独自去不就行了？何况要找多少借口都能找到，为什么不那样做呢？千不该，万不该，自己不该那么疏忽大意。如果能有幸像丈夫说的那样再次怀孕就好了，否则恐怕不管过多少年，自己总会想："唉，要是那个孩子活着的话，现在该有这么大了。"老是这样想，永远都不会忘记了。这大概会成为一生难以治愈的悔恨，变成附骨之疽吧。幸子又一次强烈谴责自己，悔恨自己对丈夫以及失去的胎儿所犯的无法弥补的过错，不知不觉就又热泪盈眶了。

因为一再向阵场夫人提出延期，本来应该有人去当面解释才行，可一来贞之助没见过阵场夫人，二来人家总是由夫人担当交涉任务，身为主人的阵场仙太郎还没有出面过，所以在六日晚上，贞之助代替幸子给阵场夫人写了一封信："再次延期，实在难以启齿，但是很不凑巧，内人感冒发烧了，希望能再次延迟八日的约定，但为了慎重起见，仍想补充一句，延期完全因为这个，万望不要误解。内人感冒也并不算严重，请再等一个星期就会有所好转。”

信是以快件的形式寄出去的，可不知对方是怎么理解的，阵场夫人在七日下午突然来访，说是探视病情，如果可以的话很想见夫人一面。幸子听到传话，让女佣将她请进病室来。幸子觉得，让对方看到自己确实卧病在床，对方也会放心了，不再误会了。和脾气秉性一样的老朋友一见面，幸子渐渐觉得亲切起来，索性把真实病情讲出来了。她说：“因为正在谈婚论嫁，信上才那样写的，可我觉得用不着隐瞒你……”接着，她简要说了五日夜里那件意外，又诉说了自己的悲痛心情，然后叮嘱说，“这件事只对你说，请你向男方家妥善说辞。事情就是这样，衷心希望对方不要见怪。如果恢复得好，医生说一个星期以后就可以外出走动了。正因为这样，请你再定一个日期吧。”“真是太可惜了！你家先生该多失望啊。”阵场夫人这样说着，看到幸子的眼睛湿润了，慌忙改变话题说：“如果一个星期就可以了，那定在十五日怎么样？我今天早晨收到快件，到这里来之前已经和对方商量好了。这个月从十五日到二十四日是‘彼岸’[1]，想要避开这段日子，八日以后除了十五日以外就没有合适的日子了。如果十五日不行的话，那就要推到下个月去了。现在正好有一个星期的时间，所以就定在十五日吧。实际上，是滨田先生委托我来说这件事的。”幸子当然不会依着自己的性子行事了，再说医生也是这么说的，到时候稍微勉强些也不至于出不了门。所以也用不着和丈夫商量，她大致答应了，把阵场夫人打发回去了。

幸子从那以后还算顺利，但到十四日还有少量出血，几乎是卧床不起。贞之助一开始就说：“你这么约定，不要紧吧？”虽然很危险，但在

---

① 彼岸：春分、秋分加上前后三天共七天，寺庙会举行名为“彼岸会”的法会，信徒会去寺庙参拜、听僧人说法、扫墓等事。

这样重要的宴席上是不能有纰漏的。庆幸阵场夫妇知道实情，如果好好和阵场先生解释一番，不让幸子参加，贞之助一个人陪同雪子去，也未尝不是一个办法。不过，如果幸子缺席的话，双方见面就缺少介绍人了。雪子很担心地说："不用为了我的事情硬挺着，再请求延期好了，如果是因为这个告吹就算了吧，在这种时候发生这样的事情，也是没有缘分。"听雪子这么一讲，幸子对妹妹的同情心——不久前因为自己的悲伤而淡忘了——一下子高涨起来。到目前为止，雪子的亲事总是波折不断，运气不佳。如果说这次也预料到了未免显得可笑，可就在大家担心会发生什么事时，先是本家的外甥女得病耽搁了时间，外甥女的病刚好幸子又流产了。撞上这种不吉利的事情，幸子心里未免有些恐惧，觉得就连自己也卷进妹妹的厄运中去了。可雪子本人似乎一点儿也不在乎，叫人看了更加心生怜悯。

十四日的早晨，贞之助要去事务所时，还坚持不让幸子参加，而幸子却无论如何都要出席，两人僵持不下。三点左右，阵场夫人打电话来询问："您的身体这几天怎样了？"幸子忍不住答道："嗯，大体上好了。"对方马上追问："那么，明天可以吗？下午五点钟，在东方饭店的候客厅会面，这是野村先生决定的，就这样吧。不过东方饭店只是聚一聚，简单地喝杯茶，然后到别的饭店去吃晚餐，还没定好去哪个饭店。虽说是相亲，其实是一场不拘形式的小型聚会，等明天见面后再商量去哪里用餐就行。野村方面只有他一个人，我们夫妇代表滨田先生陪同他去，您那边三个人的话，一共是六个人。"幸子听阵场夫人说这番话时，已经决定第二天出席了。当对方最后追问"那么，就这么办了"时，幸子拦住她的话头，再三请求说："我虽然差不多痊愈了，不过，明天是我第一次外出，而且出血还没完全止住，虽然实在难以说出口，但能否请您多费点心，明天尽量不要走路，就算是短距离也要坐出租车，如果能谅解这一点的话，就没什么大碍了。"

接这个电话的时候，雪子不在家，为了明天的事情，到井谷的美容院做头发去了。等她回到家听到幸子的转述，别的她都答应，但是对在东方饭店见面这件事表示为难。因为之前和濑越相亲也是在东方饭店，如今还在同一个地方相亲，倒不是怕兆头不好什么的，而是不愿意让那些记得当时情景的男女服务员用“瞧，那位小姐又来相亲了”的眼神看待她，那会令人感到不快的。刚才幸子听到这个提议时，就想到雪子会不会提出异议呢，现在雪子讲出来了，她知道不换地方雪子会不高兴的，于是就到丈夫的书斋里给阵场夫人打电话，向她说明了缘由，请她考虑更换东方饭店这个见面地点。等了两个小时左右，对方打来回电：“和野村先生商量过了，如果东方饭店不行的话，眼下找不到合适的地方，那就直接去饭店吧。至于去哪家饭店，我们这边决定的话又恐怕你们觉得不合适。如果你们有好方案，请告知我们。说句冒昧的话，东方饭店只是见面的地方，如果雪子小姐肯将就一下的话，那就再好不过了，不知道可行吗？……我看雪子小姐倒也不必那么在意……”幸子见贞之助正好回来了，和丈夫商量了一下，觉得还是尊重雪子的意见为妙，因此打电话请求对方体谅这边坚持的苦衷，要求对方让步；对方说会好好考虑的，第二天早晨再打电话来。十五日早晨打电话来问：“东亚饭店怎么样？”这才最后把地点决定下来。

二十八

已经过了汲水节，但那天的天气比以往冷得多，虽然没有风，但天空阴沉沉的，仿佛要下雪的样子。贞之助一起床就问幸子出血止住没有。下午他很早就回家了，又问：“出血没有？如果觉得不舒服，现在就回绝人家吧，我一个人去也可以。”幸子每次被这样问，总是说觉得还不错，出血量也逐渐减少了，但实际上从昨天下午开始好几次走到书斋打电话，走动多了，出血量反倒增多了。而且，由于长时间不洗澡，只把脸和脖子简单洗了一下，坐到梳妆台前一看，一副苍白贫血的脸色，连她自己都觉得太憔悴了。她转念一想，在不久前陪同妹妹相亲时，她曾经被井谷提醒一定要打扮得素净些，如今这种憔悴的样子不正合适吗？

阵场夫人在饭店门口等候着，一看到幸子夫妇簇拥着雪子走进来，立刻跑过去打招呼："幸子，让我介绍一下，这是我先生。"说着，就回头向丈夫招了招手，叫他过来。

她丈夫仙太郎拘谨地站在她身后两三步远的地方，对贞之助说："初次见面，我是阵场，内人一向承蒙关照。"

"哪里，彼此彼此……这次又承蒙您夫人的特别关照，非常感谢。特别是今天又提出种种要求，实在抱歉……"

"我说，幸子夫人……"阵场夫人这时小声说道，"野村先生在那边，我现在就来介绍一下。我们只是在总经理家见过一两次面，并不是很熟，关于他本人的情况，我什么都不知道，所以希望你们直接向他本人提问题。"

阵场在一旁默默听完他夫人的这番悄悄话，伸出一只手，彬彬有礼地微微弯着腰，对贞之助说："那么，请到那边去吧。"

没等介绍，幸子夫妇就看到一个曾经在照片上见过的绅士独自坐在候客厅的椅子上。对方把烟头扔进烟灰碟子里，急忙压灭火星，然后就站了起来。他长得出乎意料地魁梧、结实。可正如幸子所担心的那样，这个人比照片上还要显老，虽然没有秃头，但是多半头发已经白了，稀疏卷曲，脏兮兮、乱蓬蓬的，脸上有很多小皱纹，不管怎么看，也有五十四五岁的样子。虽说野村实际年龄只比贞之助大两岁，可看上去大十岁还不止。和雪子就更没法比了，雪子看上去比实际年龄小七八岁，至多不过二十四五岁的样子，两个人看起来像父女俩。幸子觉得，把一个妹妹带到这种地方来相亲，就已经对不起她了。

双方做过介绍，六个人围着桌子闲谈，可是话不投机，大家不时陷入沉默。因为野村这个人让人很难接近，担任陪客的阵场夫妇又对野村非常客气，因此很是拘谨。阵场大概因为这个人是他恩人滨田的表弟，自然而然地表现出了这种态度，可即便如此，也未免显得太过卑微了。如果是平时，贞之助夫妇在这种场合很有一套应付冷场的本领，但今天幸子的情绪低落，贞之助也受妻子心情的影响，变得多少有些阴郁。

“野村先生在县政府主要从事哪些工作呢?”

听了这个问题，野村介绍自己的工作主要是指导和视察兵库县的香鱼增产情况，还谈到了县里哪里的香鱼鲜美，比如龙野和泷野的香鱼等等。在这期间，阵场夫人一度把幸子拉到旁边，站着说了几句话，又回到野村身边悄悄耳语，然后跑去电话室打电话，又一次叫来幸子，似乎在接洽什么。阵场夫人回到座位上后，幸子又把贞之助叫到一旁去了。

“怎么了?”

她说：“那个，关于会餐地点的事，你知道山手的中国餐馆北京楼吗?”

“不知道。”

“野村先生经常去那里，他希望在那里会餐。吃什么菜无妨，但我今天坐椅子会感觉不舒服，想要个日式房间。北京楼是中国人开的，据说有一两个日式房间，刚才阵场夫人打电话预约了，您看这样可以吗?”

“只要你还好，我去哪里都可以。……你别来回走动，安静地坐会儿。”

“可人家叫我去呢……”幸子说完话就去了洗手间，过了大约二十分钟才出来，脸色更加苍白了。

这时，见阵场夫人又在喊幸子，贞之助忍不住了，站起身说：“我去吧。”

“内人身体尚未痊愈……您有什么事情，就请对我说吧。”他对阵场夫人说道。

“啊，这样啊。是这么回事，现在有两辆出租车，一辆野村先生、雪子小姐和我坐，另一辆您两位以及我先生坐，您看行吗?”

“这个嘛……是野村先生希望的吗?”

“不，不是的。是我临时想到这么安排的。”

“那……”

贞之助不由得感到不快，竭力隐忍着不表现出来。今天幸子不顾身体上的不适，多少冒着危险前来，这一点昨天就告诉她了，刚才还暗示过，阵场夫妇听了，却连半句慰问和同情的话都没有，这使得贞之助很是不满。不过，今天阵场夫人可能为了图个吉利，也许是故意回避这件事。但不管怎么说，暗地里慰问一下幸子总是可以的吧，这夫妇俩也未免太不通情达理了。贞之助转念一想，阵场夫妇或许怀有这样想法——心情：相亲这件事，到现在已经好几次被拖来拖去了，幸子既然到这里来了，有点儿牺牲也是应该的。何况不是为了别人，是为了幸子自己的妹妹。阵场夫妇觉得自己只是好心帮忙，如果是这样，姐姐为了给妹妹相亲而忍受身体的疼痛又算什么呢？难道还要人家对自己感恩，那岂不是颠倒过来了吗？贞之助认为这也许是自己的偏颇之处，这对夫妇是不是也抱着和井谷相同的想法——他们在给一个因迟迟未嫁而陷入困境的大姑娘说媒，给予恩典的是他们。他们是极有可能拥有这种想法的。幸子说，那个叫阵场的男人是滨田丈吉担任总经理的关西电车公司里的电力课长，为了向总经理表示忠诚，为了一味迎合野村的意思，不知不觉就对别的事情不放在心上了。这种解释或许是最中肯的解释。于是，要求野村和雪子同坐一辆车，到底是出于忠诚才想到的主意，还是出于野村的授意，那就不得而知了。不过，不管怎么说，现在有点儿不合常理，贞之助感到自己被愚弄了。

“怎么样？如果雪子小姐不反对的话……”

“这个嘛，以雪子这样的性格，是不会说出当面反对的话的。如果一切顺利的话，这样的机会今后多得是，所以……”

“啊，是的。”阵场夫人说着，看出贞之助的脸色，皱着鼻子苦笑了一下。

“……再说，他们两个坐在一辆车里，雪子会更害羞的，一句话不肯说，反而对结果不好……”

“啊，是这样……我只是临时想到，说出来让您参考罢了，那就再说吧。”

然而，让贞之助不痛快的还不止这些。北京楼位于省线的起点元町车站山边的高冈上，所以他问汽车能不能停到酒楼前面，得到的答复是“没问题，不用担心”。可到那里一看，从元町到神户站的高架线北侧有一条公路，从公路到酒楼门口，还要经过几层相当陡峭的石阶，从门口又要爬上二楼的楼梯，幸子在贞之助的帮助下慢慢爬上了楼梯。

此时，早就登上二楼的野村正站在走廊里，眺望大海，对幸子艰难上楼的事视而不见，兴高采烈地说：“怎么样，莳冈先生，这里的景色不错吧？”

“确实不错，这么好的地方让您找到了。”和野村并排站立的阵场先生附和说，“从这里俯视港口，感觉像长崎那样有异国情调。”

“对，对，确实有长崎的情调。”

“我经常去唐人街的中国餐馆，却不知道神户有这样的酒楼。”

“这里离县公署很近，我们经常到这里来，饭菜相当可口。”

“啊，是嘛。说到异国情调，这座建筑像是中国港口城市的建筑式样，颇为别致。中国人经营的餐馆大多俗气，可说到这里的栏杆、栏杆上的雕刻以及房间里的装饰，却都很有特色，也很有趣。”

“港口好像停着一艘军舰……”幸子此刻无奈地打起精神应酬道，“是哪国的军舰呢?”

这时，在楼下账房交涉的阵场夫人带着为难的表情慌慌张张地爬上楼来。

“幸子姐，真是对不起，酒楼方面说日式房间客满了，请我们在中式房间将就一下……先前打电话时他们满口答应，说保证给咱们留日式房间的。不管怎么说，这里的服务员都是中国人，我叮嘱了好几次，他们竟然没听懂……”

贞之助刚才上二楼的时候，就看见面向走廊那间中式房间已经准备好了，觉得有些奇怪，如果是服务员听错了的话，当然不能苛责阵场夫人，可如果接电话的是一个不靠谱的服务员，为什么不再设法核实一下呢。这只能让人觉察出阵场夫人不够体恤幸子。而且不管是她丈夫阵场，还是野村，对于酒楼违背约定这件事没有辩解一声，只是一个劲地赞赏这地方的景色好。

“那你就在这里忍耐一下吧。”阵场夫人不容幸子拒绝，双手握住幸子的手，像小孩子索要东西的那种神情。

“哦哦，这个房间也不错。真的，野村先生让我们知道了这个好地方……”幸子看出丈夫比自己还不痛快，就对丈夫说，“能不能带悦子和小妹她们来这里一次?”

“嗯，看到港口的船，孩子也许会高兴。”贞之助一脸闷闷不乐地说。

众人围坐在一张圆桌旁，野村和雪子面对面坐着。在冷菜、日本酒、绍兴酒上桌后，晚餐开始了。阵场谈到了最近报纸上很热门的德奥同盟，接着又转移到奥地利总理许士尼格辞职和希特勒总统进入维也纳的话题上，莳冈这方只是偶尔插几句话，差不多就只有野村和阵场在一唱一和。幸子虽然尽可能装出若无其事的样子，不过她在东亚饭店查看过一次，来到这里入席前又查看过一次，发现今晚从家里出来后出血量明显增加了。这自然和身体突然活动过多有关系，而且正如她所担心的那样，坐在高而硬的餐椅上不舒服。她忍耐着心中的不快，又担心会出差错，心情一下子就郁结起来，又没什么办法。贞之助越想越生气，他分明看出妻子在竭力忍耐，如果自己再板着脸的话，势必会增加她的负担，结果他也借着酒力多说些话，尽量不使席上冷场。

“对了，幸子姐，你能喝几杯吗?”说完，阵场夫人在给男人们斟酒时，顺手把酒壶送到幸子面前。

“我今天喝不了酒……雪子，你稍微喝点吧。”

“那么，雪子小姐，请!”

“如果要喝的话，我就喝这个吧。”雪子说着，抿了一口加了冰糖的绍兴酒。

她知道姐姐和姐夫兴致索然，野村又不断从对面直勾勾地盯着她看，所以她更不好意思抬头，瘦削的双肩越发像个纸人偶一样缩成一团。但野村随着酒力发作，话也越说越多，可能是因为眼前面对着雪子这个人，太过兴奋所引起的吧。他似乎觉得自己是滨田丈吉的亲戚这件事值得炫耀，滨田这个名字不知道说了多少遍。阵场也是“总经理、总经理”地喋喋不休，说了一段滨田的传闻，暗示滨田是如何庇护野村这位表弟的。

令贞之助感到惊诧的是，不知野村在什么时候把莳冈家族的事情调查得一清二楚，雪子自己的事情自不必说，雪子的姐妹、已故父亲的事、本家姐夫姐姐的事、妙子的“新闻事件”等等。当贞之助说“有什么疑问尽管提出来”时，野村问了很多细节的问题。从问答的过程可知，为了了解雪子的情况，他进行了多方调查。或许是因为有滨田做后台，调查的人手很齐备吧。从野村的口气中得知，井谷的美容院、栉田医生的诊所、塚本的法国太太那里、雪子以前的钢琴老师那里肯定也派人去调查过了。和濑越的亲事缘何没有成功，甚至连雪子在大阪拍 X 光片的事他都知道。贞之助想，肯定是从井谷那里听到的消息，除此之外没有别的途径（这样说来，井谷曾经对幸子说:“某个方面曾经派人来了解雪子小姐的情况，说的都是些没有妨碍的话。”幸子想起雪子脸上的色斑，发现雪子这次回来之后，脸上的色斑完全消失了，所以幸子今天就放心了。虽然觉得井谷不至于连这件事也说出来，但这时难免有些提心吊胆）。

此时，贞之助担起了应对之责，发现野村这个人相当神经质，这样看来，这个人有自言自语的怪癖也不奇怪了。而且，从刚才的情形来看，野村似乎完全没能领会女方的心思，一心以为这桩亲事能够成功，寻根究底地盘问细节，他那兴高采烈的样子，和在东亚饭店见面时判若两人。

贞之助他们的意思是适可而止地结束这次聚会，尽快回家。然而，在临回去时又发生了一件让人为难的事情。原本说好，回大阪的阵场夫妇先开车送贞之助他们去芦屋，然后他们自己坐阪急电车回家。汽车来了，出去一看，只来了一辆。阵场夫人说：“野村先生住在青谷，是同一个方向，虽然多绕些路，请让他也坐同一辆车吧。”穿过新国道直线回家与绕道青谷，距离上是有很大差距的，而且青谷的路也不好走，起伏不平，颠簸得厉害，这是明摆着的。贞之助在汽车里，想到他们一再不知道体恤人，就愤懑不已。汽车一遇到急转弯，贞之助就心惊肉跳，不知道妻子会颠簸成什么样子。三个男人坐在前面，他又不便每次都回头去看。汽车行驶到青谷附近时，野村突然提出：“诸位就此下车，请到我家喝杯咖啡，怎么样？”他实在是太热心了，对方再三推辞也听不进去。他一再说：“虽然寒舍简陋，但视野远在北京楼之上，坐在客厅里能将港口的景色一览无余，这一点很令我骄傲。请进去坐坐，看看鄙人的生活状况再走吧。”阵场夫妇从旁边帮腔说：“承蒙野村先生诚挚邀请，无论如何请进去坐坐吧。据说野村先生家里除了一个老婆子和一个小使女外，没有别人，不用有所顾虑，也可以看看居住条件，作为参考。”贞之助心想，不管怎么说也是缘分，在征求雪子的想法以前，也不适宜采取什么破坏行动；不知道这桩亲事结果如何，但说不定将来会有求于人，不顾及阵场夫妇的面子也不妥当；这些人虽然不机灵，但还是很亲切的。他本来就不知该如何是好，这时幸子开口打断了他的思绪："那咱们就稍微叨扰一下吧。"贞之助也就屈从了。

但是从这里下车到野村家去，要爬二三十丈狭窄陡峭的坡路。野村非常激动，像小孩子一样高兴，来到能望见大海的客厅，赶紧命人打开客厅的遮雨窗，领众人参观他的书斋，随后领众人参观了所有房间，连厨房都没放过。那是一栋租来的简陋的平房，只有六个房间。野村把众人拉到设有佛龛的六铺席餐厅，里边供奉着他前妻以及两个孩子的照片。阵场一进入房间，马上就奉承说："这真是个眺望海景的好地方，就像您说的那样，远在北京楼之上！"可是那个房间建在高高的石崖边上，站在走廊的一侧，身体好像悬在石崖外边似的，让人感觉很不安稳。贞之助他们觉得，如果是自己的话，这种房子是无论如何也不能安心住下去的。

匆匆喝完咖啡之后，他们坐上等候在那里的汽车离开了。

"今晚野村先生很高兴不是吗?"汽车出发后，阵场说道。

"的确，野村先生从没像今天这样滔滔不绝地说过话，毕竟有年轻漂亮的人在身边啊!"阵场夫人附和道，"幸子姐，野村先生的心意我早就知道了，就看你们的了。虽然没有财产确实是个缺点，但是有滨田先生做后台，不管发生什么事，都不会让他生活困难的。关于这一点，是否需要滨田先生做出更明确的保证呢?"

"不必了，谢谢您。真是有劳您了。容我们再商量商量，听了本家的意见之后再说吧……"贞之助中肯地回答说。但即便如此，在下了车之后，还是觉得有些对不起阵场夫妇，"今晚我们真是太失礼了。"他重复说了两三次。

二十九

隔了一天，十七号早晨来到芦屋拜访的阵场夫人，听说幸子因前天带病外出又躺下了，这次她觉得实在不好意思，在幸子枕边谈了半个小时才回去。阵场夫人说：“我是受野村先生之托来府上拜访的。在看过他家之后，我想你们应该能想象到野村先生的生活状况了。因为是单身，才会待在那种地方，娶妻了就不同了，会找个像样的地方搬过去。尤其是雪子小姐如果肯下嫁的话，他说会献出他全部的爱。虽然他生活并不富裕，但至少不会让雪子小姐感到拮据的。实际上，我是拜访过滨田先生才来府上的，滨田先生说既然野村这么执着，希望我能尽力撮合这桩亲事。他还说野村没有财产，下嫁的人会很可怜，所以他会想办法，这件事就交给他来办。他说虽然现在难以做出具体保证，但他说既然有他在，就绝不会让对方受苦的。”阵场夫人又说：“既然有滨田先生许下诺言，总该相信了吧。野村先生这个人，虽然不具风采，一副令人生畏的表情，不过心地非常善良柔和。传闻他对前妻相当疼爱，在前妻弥留之际照顾得体贴入微，让人为之动容。前天晚上去他家，不是看见餐厅里还摆放着他前妻的照片吗？当然，若要挑毛病那也太多了，但身为女人，能深得丈夫疼爱是最大的幸福，所以请务必好好考虑，尽早回信。”

幸子事先就为拒绝这桩亲事埋下了伏笔，说道：“雪子这边一切听凭我们决定，她这边虽然不麻烦，但不知道本家会说什么，我们只是起到代理作用。野村先生的身世调查等等一切都是本家进行的。”这样就把责任推给了本家，免得雪子受埋怨。幸子就这样将阵场夫人打发回去了。

随后几天，幸子仍觉得身体不舒服，就听从医生劝告，保持绝对安静，所以没有机会立刻征求雪子的意见。从见面那天起的第五天早晨，幸子抓住病室里只有她们姐妹俩的机会，试探着问：“雪子，那个人怎么样?”

“嗯。”雪子答应一声，就没有下文了。

幸子就把阵场夫人来拜访时说的那些话转达给雪子，“唉，对方说得动听，但雪妹看起来这么年轻，那个人看起来很老，该怎么办呢？……”幸子边说边观察雪子的脸色。

“不过，嫁给那个人，我想什么事都会按照我说的去做，让我由着性子生活。”雪子突然冒出这么一句。

雪子所说的“让我由着性子生活”，幸子不问也明白，她想说的是想来芦屋的时候随时就可以来。嫁到普通人家也许难以做到，但如果嫁给那个老头儿的话，有些任性好像也无妨。雪子这句话也许是为了安慰她才这样说的吧。怀着这种打算结婚，娶她的人大概是不会接受的。但那个老头儿看样子也许会答应：“没关系，嫁给我吧。”可一旦嫁过去，就不会那么轻易让她出来了。从雪子的性格看，没准日后会被那个老头儿的爱情给束缚住，说不定会很快将芦屋这边忘记的，如果往后有了一儿半女，那就更不用说了。想到那个人对因为婚姻延误而陷入困境的妹妹怀有如此殷切的期望，从某种意义上说应该心怀感激，如此嫌弃人家似乎有点儿过意不去，于是就问：

“真要这么说啊，倒也可以考虑。雪妹这么说，也不见得不好……”

在幸子渐渐谈到正题、正想问个究竟时，雪子却说：“……不过，如果讨好过了头，我也吃不消……”她笑着转移话题，就不再接这个话茬儿了。

第二天，幸子卧床给东京方面写了封信，向他们报告相亲的经过，姐姐没有任何回复。春分这段时间，幸子是在病室里躺一会儿又坐一会儿这样度过的。

某个早晨，她被春天晴朗的天色所吸引，就在病室的走廊里铺上坐垫，坐下来晒太阳，无意间看到从楼下露台朝草坪走去的雪子的身影，想马上叫她，后来发现她是刚送悦子上学回来，想在院子里度过一个安静的上午。隔着玻璃窗默默地看过去，就见她绕着花坛转了一圈儿，仔细查看池边的紫丁香和珍珠梅的枝丫，抱起跑到她面前的铃铃，蹲在修剪得圆圆的栀子树下。从楼上往下望去，只见她一次次低头用面颊去亲小猫，虽然看不出她脸上的表情，但完全能看出她的心事。恐怕雪子预感到迟早会被召回东京去，而在暗自留恋这个庭院的春色吧？也许她在祈祷自己能在这里多待些时日，看紫丁香和珍珠梅盛开吧。虽然大姐没说让她什么时候回去，她却整天惴惴不安地担心着今天会来信，明天会来信的。她一心想在这里多待些时日，连旁人都看得出来。幸子知道这位内向的妹妹其实很喜欢外出，原本打算等自己能外出走动时就陪她去看电影喝茶的，可雪子等不及了，每逢天气好的时候，她就邀请妙子陪她去神户，没事也去元町一带逛逛回来，好像不这样做就不能安心。而且她会打电话给松涛公寓的妙子，找个合适的地方见面，然后兴冲冲地出去，好像全然不顾相亲的事情。

经常被雪子拉出去的妙子，有时会来到幸子的枕前，说最近工作很忙，下午最宝贵的时间如此频繁地陪着雪子出去是不可能的。有一次，她来向幸子汇报："昨天发生一件可笑的事。"事情经过如下：

"昨天傍晚，我和雪姐在元町散步，到铃兰店买西式点心。雪姐突然慌了手脚，说：'怎么办啊，小妹？……来了！'我问她：'你说来了，谁来了？'她慌慌张张地说：'啊，来了！来了！'我感到莫名其妙，不知道她说什么。一个在里边喝咖啡的陌生老绅士走过来，向雪姐打招呼，说：'怎么样，如果没有妨碍，请到那边喝杯茶，耽误您十五分钟行吗？'雪姐慌作一团，面色通红地说：'那个……那个……'连句整话都说不出来。那个老绅士这样问了两三次后，终于打消了念头，说：'啊，太失礼了。'客气地鞠了一躬走了。雪姐说：'小妹，赶快，赶快！'她急忙让店员包好点心，跑出店门。‘那个人是谁呀？’我问她。她说：‘那个人啊，上次见面的那个。’我这才明白那个人是和她相过亲的野村。”

“雪姐怎么能这么慌张呢？好好地回绝人家不就行了，她却一味地‘那个……那个……’，急得团团转。”

“雪子在这种时候不知道该怎么办，都这个岁数了，还跟十七八的小姑娘一样。”

幸子就开口问妙子：“你问她什么没有？雪子认为那个人怎么样？说了什么？”妙子说：“我问过她是怎么想的，她说：‘婚姻大事全凭大姐二姐做主，她们让我嫁给谁我就嫁给谁。但就是这位不行，也许我说这话太过放肆，麻烦你转告二姐一定要回绝这桩亲事。’”妙子说：“我昨天是第一次见到野村，大吃一惊，觉得他比传闻的看起来还老。雪姐厌恶那个老头儿是理所当然的，她拒绝这桩亲事也一定是这个原因。不过，雪姐对那个男人的长相和风采没说什么，倒是说相亲那晚被硬拉到他家去了，看见佛龛里摆放着他死去妻子和孩子们的照片，非常不高兴。雪姐的意思是，虽然明知嫁过去是做填房，看他把死去妻子和孩子们的照片摆放在那里，心里仍然不舒服。他如今是单身，供奉亡妻和孩子们的照片，为逝去的人祈求冥福，这种心情是可以理解的；可邀请相亲对象去家里，也用不着将那种东西摆在明面上吧，他不但没有急忙收起来，还故意把她领到佛龛前去看，岂不荒唐！光看这件事，就能看出他不是个很能了解女人细腻心理的男人。从雪姐的口气里，格外厌恶他这一点。”

过了两三天后，幸子渐渐能出门了。一天吃过午饭后，她梳妆打扮一番，对雪子说：“既然这样，我去阵场夫人那里回绝人家了。”

“嗯。”

“那件事，不久前，小妹和我说了。”

“嗯。”

幸子早就想好了，就说本家不赞同，委婉地拒绝了。回到家里，她只对雪子说圆满解决了，没说详情，雪子也没问什么。

到了盂兰盆节，阵场夫人把北京楼的账单寄来了，说冒昧得很，希望分担一半的账款。所以立即给她汇了钱，这桩亲事就此打住了。

以上种种情况，幸子都在信里向本家做了报告，可本家仍然音信全无。幸子慢慢开导雪子："雪妹已经来一个月了，把你留得太长了，以后要是来不了反倒麻烦，就算为了以后还能来，也要回去一趟。"不过，在四月三日的女儿节，每年都要举办茶会招待悦子的同学，那个时候，雪子总是亲手做馅饼和三明治。因为已经成了惯例，所以雪子本人也说过了节就回去。不过，过完节之后，听说再过三四天就是观赏祇园夜樱的最佳时期了。

"二姨，赏完花再回去吧，在那之前一定不要回去。好不好，二姨？"悦子一遍遍这样说。

关于挽留雪子这件事，贞之助这次很是热心。他说："难得现在回来，不看京都的樱花就回去，雪子妹妹难免觉得遗憾。再说，每年的赏樱花活动缺少一个重要成员，也未免煞风景。"其实贞之助别有用心：妻子上次流产后就变得特别多愁善感，偶尔夫妻俩独处时，提起胎儿就会流泪，为此贞之助很伤脑筋，所以和妹妹们一起赏花的话，也许能稍微缓解一下她的愁闷。

去东京的日子原本定在九日、十日，也就是周六周日这两天。雪子在那之前一点儿也不提走还是不走，一直在磨磨蹭蹭，结果到了星期六早上，她和幸子、妙子来到化妆室，开始装扮。化完妆后，雪子将从东京带过来的手提箱打开，拿出放在最底层的那个纸包，解开带子一看，没想到里边出现的竟是准备赏樱花穿的和服。

"我说呢，雪姐把赏樱花穿的和服都带来了。"妙子绕到幸子身后，一边系着太鼓结，趁着雪子出去的间隙，觉得可笑似的说道。

"你别看雪子不声不响的，什么事都得按照她的主张去做才行。"幸子说，“你看着吧，一旦有了丈夫，她一定会让丈夫听她摆布的。”

在京都，贞之助发现即使是在赏樱花的时候，幸子在人山人海中看到怀抱婴儿的人，眼睛也会不由自主地湿润起来，弄得他不知如何是好。所以他们夫妇今年没在京都多做停留，星期天晚上就和大家一起回家了。过了两三天，到了四月中旬，雪子就动身回东京去了。

中　卷

一

幸子自从去年得了黄疸，就养成了时常照镜子留意眼白颜色的习惯。从那之后过了一年，今年院子里的平户百合过了盛开期，已经到了枯萎的时节。一天，她百无聊赖，像往年一样来到搭建了芦棚的露台上，闲坐在白桦木椅子上，欣赏着傍晚时分庭院的初夏景色。忽然，她想起去年丈夫发现她眼白泛黄正是这个时候，就走下露台，像丈夫当时那样把枯萎了的平户百合一朵一朵掐掉。丈夫不喜欢看这种花残败的样子，他一个小时以后该回来了，幸子要把院子收拾干净，好让他高兴。可是过了三十分钟左右，她听见身后传来木屐声，就见阿春一脸意外地拿着名片，沿着垫脚石走了过来。

“这位先生求见太太。”

幸子一看，是奥畑的名片。前年春天，这个青年虽然曾经来过这里一次，但平时并不准他来往，而且在女佣面前连他的名字都不提。但从阿春的神情来看，她显然知道那次“新闻事件”，也察觉到了这个青年和妙子的关系，因而起了猜疑。

“我这就去，请到客厅里吧。”幸子的手沾了花蜜黏糊糊的，就去洗手间将花蜜洗掉，又到二楼略施粉黛，然后来到客厅。

“让您久等了。”

奥畑上身穿一件一看就知道是英国纯手工制造的近乎纯白的毛料上衣，下身穿着一条灰色法兰绒裤子，看见幸子走进客厅，有点儿装腔作势地快速从椅子上站起来，摆出一副“立正”姿势。较妙子大三四岁的奥畑，今年大概三十一二岁了，上次见面时还留有几分少年的影子，这一两年里似乎胖了很多，逐渐变成绅士型的体态。但是，他笑着窥视幸子的脸色，稍稍挺着下巴像是倾诉什么的带着鼻音说话的样子，还残留着“船场少爷”的甜腻味儿。

“好久不见……总想来拜访您，可是没得到您的许可，不知该不该造次……到府上门前来过两三次，不过没敢进来……”

“唉，真是抱歉，为什么不进来呢？”

“我胆子小……”奥畑好像一下子心安了，皮笑肉不笑地答道。

虽然不知道奥畑那边是怎么想的，但是幸子对他的感情，和上次他来访时相比多少有些不同。最近她经常听丈夫说，奥畑家的启少爷已经不是那种纯真的青年了。贞之助出于应酬的关系，有很多机会涉足花街柳巷，经常在这些地方打听到奥畑的情况。贞之助说：“奥畑不仅经常在宗右卫门町一带出没[①]，还有了相好的艺伎。不知小妹是否知道启少爷是这样的人。如果小妹现在还打算在雪子订婚以后与启少爷结婚，而启少爷也准备履行约定的话，你是不是该提醒她注意呢？启少爷有这样的行径如果是因为他和小妹的婚事得不到认可，等得不耐烦就自暴自弃的话，还是情有可原的，不过他所谓的‘纯真的爱情’可就成为虚伪的幌子了。首先在非常时期[②]，应该说他行为不检点。如果他不改正的话，就连我们这些素来暗中同情他们的人，也不能为了促成他们结合效劳了。”贞之助暗自为这件事烦忧，幸子也因为这个曾经旁敲侧击地询问过妙子。可是妙子说：“奥畑家从父辈起就开始涉足花街柳巷了，启的哥哥和伯父也爱逛窑子，不只是启一个人这样。还有就是，正如贞之助姐夫所预料的那样，启少爷是因为和我的婚事不顺利才去那种地方消愁解闷的。我还是第一次听说他有相好的艺伎，但这恐怕是谣言，如果有真凭实据就另当别论了，否则我是不会相信的。不过，在这种战争时局下是免不了要受不谨慎的指责

---

① 宗右卫门町：位于大阪中央区的高级娼妓区，相当于东京的新桥和赤坂一带。

② 非常时期：第二次世界大战时日本法西斯化，于1938年4月颁布了《国民精神总动员法》，要求国民忍受困厄，振奋士气，其中的“非常时期”一词广为流行。

的，也有可能招来误解，我会劝说他以后别去妓院的。他对我言听计从，定然不会再去了。”妙子沉着冷静，并没有为此觉得奥畑不好，表示奥畑的那些行径她之前就知道，不必大惊小怪。幸子也对此觉得自愧不如。贞之助说既然小妹这么信任启少爷，咱们就没必要多管闲事了。可话是这么说，毕竟放心不下，后来一有机会，就向那方面的女人打听情况。不知道是不是妙子忠告的结果，最近在花街柳巷没有再听到关于启少爷的传言，所以贞之助很是高兴。直到半个月前的某一天，晚上十点钟左右，在从梅田新道送客户去大阪火车站的途中，贞之助无意间在前车灯光中捕捉到了奥畑的身影，喝得醉醺醺步履蹒跚的奥畑正被一个女招待搀扶着走，因此贞之助认为他最近是来这里偷偷享乐了。幸子当晚从丈夫那里听说了这件事，但被丈夫叮咛什么都别和妙子说，所以才没和妙子讲。现在面对着这个青年，或许是心理作用吧，觉得对方脸上的表情和说话的方式都缺乏诚意，不由得对丈夫说的那句“我最近对那个人实在没什么好感”的话产生了同感。

“……雪子啊……是呀是呀，承蒙很多人关心，说媒的始终不断。”

幸子认为奥畑老是询问雪子的亲事，大概是间接催促早点儿解决他自身的问题，反正是为了这个目的来的，他现在可能会说出这件事，但如果是这样，又该怎么回答呢？上次她始终单纯地抱着只听不表态的态度，并没有给对方什么许诺，如今她丈夫的想法和以前不一样了，她说话时就更应该注意了。他们夫妇俩并不想妨碍这两人结婚，但他们已经不愿意让人觉得他们是这两人恋情的理解者和同情者了，所以说话时务必要注意，至少不能让他产生这样的误解。幸子心里正暗自盘算着，奥畑突然改变了一下姿势，用拇指把烟嘴上的烟灰弹到烟灰缸里，说道：

“事实上，我今天是为了小妹，才不得不来拜访姐姐的。”他依然称呼幸子为“姐姐”。

“啊，什么事呀？”

“……我想姐姐知道，小妹最近去玉置德子的学校学习西装裁剪了。这倒也罢了，并且因为这个越来越不热衷人偶制作了，她最近几乎就没做这方面的工作。我不知道她是怎么想的，就问了她。她说她已经厌倦做人偶了，打算进一步学习裁剪，将来就专门从事那个行业；现在因为接了很多订货，又有徒弟，不能一下子就停下来，但她想逐渐把这个摊子让给弟子，自己转向裁剪方面。她还说要征得姐姐们的同意，让她去法国学习一年半载的，从那里得到个专业文凭回来……”

“是吗？小妹这样对你说的吗？”

幸子听说过妙子在利用制作人偶的闲余时间学习裁剪，可奥畑所说的这番话，她还是第一次听到。

“是呀，小妹的事情我无权干涉，可难得小妹凭借着自己的力量做出了那样的贡献，社会上也认可了小妹这门独创的技艺，现在怎么能停下来不干呢？如果只是停止制作人偶，我还能够理解，可要是学习裁剪，我就不能理解了。她给出来的理由，其中一个是，人偶这种东西，不管做得有多好，都只是一时流行，很快就会为世人所厌倦，变得无人问津的。裁剪是门实用性的手艺，无论什么时候需求都不会减少的。话虽这么说，但一个名门闺秀怎么能靠这个赚钱呢？马上就要结婚的人了，还用得着寻求自食其力的法子吗？就算我没什么志气，难道会让妙子在金钱上拮据吗？所以，我希望她不要做职业女性那种事情。当然了，小妹心灵手巧，不愿意无所事事，她这种心情我是能理解的。但如果不是为了赚钱，而是出于爱好从事艺术方面的工作，那多有品位，名声多好啊。制作人偶是大家闺秀或者太太们的业余爱好，被谁问起来也没什么好丢脸的，但我希望她放弃裁剪。我跟她说我敢保证这也许不仅仅是我个人的意见，本家和您这边肯定也和我持同样的看法，不信你就去商量一下试试……”

奥畑平时是个说话慢条斯理的人，好显示他纨绔子弟的身份，让人见了他那个样子就觉得很不舒服，但他今天看起来很激动，说话的语速比往常快多了。

“谢谢您好意提醒我。但无论如何，这种事情要是不问妙子的话……”

“请您务必问问她。我提出这种要求未免冒失了些，但要是妙子真有这种打算的话，能否请姐姐劝她放弃这种打算呢？还有出国的事情，我不反对她去法国，如果她是去学有意义的东西，去一趟也无妨。说句失礼的话，费用我全包了，我也可以跟着去。但要是为了学习裁剪而出国，那无论如何我都不会赞成的，我想你们应该也不会答应这种事吧，所以万望姐姐能加以劝阻。小妹如若想出国的话，结婚以后再去也不晚嘛，这样对我来说也比较合适……”

幸子实际上如果不向妙子问清楚，是很难理解妙子说那些话的用意所在的。再说这个青年说起话来以妙子的未婚夫自居，他这种说话方式不仅让人反感，而且让人觉得可笑。看来，奥畑满心以为他拜托幸子这件事，幸子会很同情他，也会推心置腹地和他商量，兴许还会把贞之助介绍给他，所以他才瞄准这个时间来的。“拜托的事情”讲完之后，他仍旧不打算告辞，还在试探幸子的心意。幸子尽量避开重点进行敷衍，说的都是些客套话，诸如“小妹的事情承蒙提醒我多加注意”等等。

这时，她听到外面传来皮鞋走路的声音，似乎是丈夫回来了，慌忙跑到玄关，边开门边说：“喂！启少爷来了。”

“有什么事吗？”贞之助站在土间，听妻子简短地在耳边低语，说：“这样的话，我就没必要和他见面了。”

“我也觉得没这个必要。”

“你随便敷衍几句，让他回去吧。”

可奥畑在那之后又磨蹭了半个小时，始终没见贞之助出来，这才毕恭毕敬地客套一番，起身告辞了。

“招待不周，太失礼了……”幸子送他出去时只是这么说着，至于丈夫没出来见他的事情，她没做任何解释。

二

如果奥畑说的话属实，那就让人难以接受了。妙子说自己近来工作繁忙，早上大概和贞之助、悦子前后出门，晚上总是最晚回家，三天里就有一天在外面吃了晚饭回来。当晚，幸子没找到和她谈话的机会，第二天早晨在贞之助和悦子出去之后、妙子随后也要外出的时候，幸子叫住她："等一下，我有件事想问你。"说着，就把她带进了客厅。

妙子没有否认奥畑告诉姐姐的事情，诸如她想以裁剪取代人偶制作，以及打算到法国短期学习等等。但细细追问下来，幸子得知小妹的这些想法都有其充足的理由，可以说是她深思熟虑之后的结果。对人偶制作感到厌倦的原因是，她自己已经长大成人了。比起做少女时代幼稚的工作，她更想做些对社会有意义的事情。因为她自己在天赋、爱好、掌握的技术等方面的便利条件，她觉得学习裁剪是最合适的。为什么呢？因为她老早就对西装感兴趣，缝纫机也运用自如，参考《时尚》和《时装艺苑》等外国杂志，自己的衣服就不用说了，就连幸子和悦子的衣服也都是她缝制的。就算是学习，也不是从头开始的，所以进步很快，有了将来能成为独当一面能手的自信。对于奥畑认为制作人偶是艺术而西装裁剪是不入流职业的看法，她一笑了之。她说她不贪图艺术家的虚名，说西装裁剪不入流也没关系，启少爷这么说，是因为对时局认识不足。现在已经不是制作那种哄小孩子的人偶就自我陶醉的时代了，就算是女性，如果不做些和现实生活息息相关的工作，难道不感到羞耻吗？幸子听她这么说，觉得没有任何反驳的余地。她在揣测：妙子竟然有这样的想法，是不是骨子里包含着对奥畑这个青年的爱憎呢？也就是说，她与奥畑之间因为被报纸报道过的关系，也有对姐夫、姐姐们和社会的傲气，才不能轻易抛弃他，嘴上不服输，是不是实际上已经对这个青年绝望了，在等待时机解除婚约呢？她想学习西装裁剪，是觉得除了自立之外没有别的选择，在未雨绸缪吧。奥畑因为不明白妙子的深意，才不理解“名门闺秀”为什么要赚钱，还想成为职业女性，幸子是这样揣测的。这么解释的话，就能理解妙子想去法国的用意了。妙子固然也有学习西装裁剪的想法，更主要的目的是趁着出国的机会离开奥畑，如果他跟着去就麻烦了，她恐怕会找个借口一个人去的。

不过，细谈下去，幸子这个猜测似乎只猜对了一半，其余的好像偏颇了。幸子希望妙子最好能不用他人劝说就自觉地与奥畑断绝往来，而且相信她有这种分辨力，所以幸子尽量不说使她感到不愉快的话，只是一点点拐弯抹角地打听，不知道那是真心话还是逞强，但综合妙子所说的这些话的表层意思，就能得出这样的结论，妙子眼下不打算离开奥畑，还准备在不久的将来与他结婚。

妙子告诉她：“我比谁都清楚，奥畑是个典型的船场少爷，是个身无长处、没有出息的男人。事到如今，这件事已经用不着姐夫和姐姐提醒我了。距今八九年前，在我最初爱上启的时候，我还是个欠考虑的小姑娘，不知道启是个这么没出息的人。但是所谓的恋爱，不是单凭对方有没有出息就决定的。至少我不会因为功利理由而摒弃初恋情人，只是觉得爱上一个没有出息的人也是因缘际会，我并不后悔。我担心的只是和启结婚以后的生活问题。目前，启是奥畑股份有限公司的董事，据说结婚以后还能从他兄长那里分到他应得的动产和不动产，但是他一向把社会上的事想得太过单纯，一向高枕无忧。可我总觉得他这个人将来会身无分文。就算是现在，启也绝对过着入不敷出的生活，每个月在茶楼、服装店和杂货店的开支就相当大，总是缠着他妈要私房钱来弥补亏空。他妈在世时还好说，万一他妈有个三长两短，他大哥定然不会任由他挥霍无度的。不管奥畑家有多少资产，启是家里的三儿子，换成哥哥当家做主时，就别指望能分到很多份额了。尤其是他大哥不太赞成他和我结婚，那就更不用抱多大的希望了。即便能分到一笔可观的财产，像他这种喜欢买股票，容易受人诓骗的性格，说不定最终会被自己兄弟们抛弃，到头来混得会连饭都吃不上。我总担心他会落得这样的下场，到时候会被人家在背后指指点点：‘看见那个人没？倒霉吧。’所以我打算生活上完全不依赖他，谋得一个既能自立又能长期供养他的职业。我打算从开始就不依赖启过日子，这就是我想靠西装裁剪自力更生的动机之一啊。”

另外，幸子大致听出她早就抱定不去东京本家的决心了。但是这件事，本家的姐夫、姐姐连雪子一个人都应付不了，眼下似乎没有让妙子去东京的打算了，这是不久前雪子也提到过的。如今本家就是想让妙子去东京，妙子恐怕也不会答应的。妙子听说了姐夫移居到东京以后变得更加吝啬的事，就说：“我自己多少有了些积蓄，制作人偶也有收入，我每个月的生活费可以减少了。本家的五六个孩子都快长大了，又必须照顾雪姐，投入的经费是相当多的。我想减轻姐夫和姐姐的负担，打算不久的将来就可以完全不要补贴，只请姐夫和姐姐务必答应我明年去法国学习，把父亲委托他们保管的我的嫁妆钱拿出全部或一半来，给我当作出国的费用。我不知道父亲为我寄存了多少钱，估计够我在巴黎待上一年半载并购买往返船票的，所以务必请他们拿出来，就算是因为出国把那笔嫁妆钱花得一文不剩我也绝无怨言。我所说的想法和计划，就算不是现在，也请二姐在适当的时候转告给本家，好求得他们的谅解。为了这件事，我亲自去东京一次和他们谈谈也行。”至于奥畑说出国的费用他全包了这样的话，她根本就没当回事。她说：“启经常说我出国的费用他全包了，如今的启有没有这样的实力，我比他当事人都清楚，或许他是打算哀求他妈妈掏那笔钱。我可不愿意在婚前接受这种恩惠，就算是在结婚以后，启的财产我都分文不碰，我的钱他也休想染指。我打算用自己的钱独自出国，还会说服启少爷老老实实地等我回来，别再到二姐这里来说讨人嫌的话，请千万不要介意。”

贞之助说：“如果小妹已经考虑得这么周全，那咱们最好不要多嘴了，但咱们需要弄清楚小妹的决心到底认真可靠到什么程度，等咱们看出来确实不用为她担心了，再帮她向本家积极沟通好了。”

这件事就此告一段落，妙子也依然过着忙碌的生活。奥畑说妙子近来不太热衷制作人偶，可她自己并不承认这一点。她说虽然不想制作人偶了，但因为有很多人来订货，她自己也想多积攒些钱，加上生活费用大，她最近比以前更努力工作了。不过，对她自己来说，早晚都要停止这项工作，那就趁现在多制作些优秀作品出来，所以干劲儿十足。在这期间，她每天不仅要抽出一两个小时到本山村野寄的玉置德子女士创建的西装裁剪学院学习，而且还在学习山村舞。

她学习舞蹈也不是单凭兴趣，而是似乎有种野心，将来还要沿袭师父的艺名，成为舞蹈领域的一代宗师。那个时候，她大致每周去第二代山村作的传习所练习一次舞蹈。山村作是第四代市川鹭十郎的孙女，人称“鹭作师傅”。大阪有两三家传授山村舞的世家，这家被认为是传授最纯粹古风舞蹈的传习所。她的传习所开设在岛之内叠屋町小胡同里的艺伎馆的二楼上。由于处于这样的地点，来学习的人大部分是烟花女子，只有少数几个外行人，大家闺秀更是屈指可数。妙子总是提着一个装着舞扇、和服的小型皮包来到这里，到传习所的角落里换上和服，在等待轮到自己上场练习的时候，她就混在艺伎们中间，看师姐师妹们练习舞蹈，和熟识的艺伎、舞伎攀谈。想到妙子的实际年龄，她这种举动也没什么好奇怪的。不过，包括师傅在内的所有人都以为她只有二十来岁，觉得她是个既老成又机灵的小姐，反倒弄得她不好意思了。到那里学习的弟子们，无论是内行还是外行，都感叹近来上方的舞蹈有逐渐被东京舞蹈压倒的趋势，长此下去，乡土艺术会逐渐衰微的。为了弘扬这种传统艺术，对山村舞寄托厚望的人有很多，特别热心的支持者们还组建了所谓的“乡土会”，每个月到神杉律师的遗孀家里集会一次。妙子也加入了乡土会，她自己也经常在会场上翩翩起舞。

贞之助和幸子也曾在妙子跳舞的时候带着雪子和悦子去观看过，自然也和乡土会的人交情颇深。因为这种关系，妙子今年四月底受乡土会干事的委托，请求借芦屋的住宅作为六月份的会场。实际上，从去年七月份以来，乡土会就因为顾虑到时局而暂时中止了活动。近来，有人说像这类研究性质的普通集会，只要自己谨慎些，在这个时候举办也不会有什么问题。还有人说每次集会都打扰神杉家，也出现了换个地方举行的意见。幸子她们也喜欢山村舞，答复说虽然没有神杉府上那样齐全的设备，但如果大家不介意，我们愿意提供房间供集会之用。神杉家有现成的木质舞台，但是从大阪到芦屋搬来搬去很麻烦。莳冈家准备把楼下两间相连的西式房间的家具搬出去，在餐厅后面围起一道金屏风作为舞台，将客厅作为观众席，来宾就坐在地毯上观看，而后台设在楼上那个八铺席的房间里。集会定于六月的第一个星期日，也就是六月五日那天的下午一点到五点。妙子当天会表演《雪》舞。因为这个，进入五月后，妙子每个星期去传习所练习两三次。尤其是五月二十日以后的那个星期，山村作师傅每天都亲自到芦屋来指导。时年五十八岁的师傅本来就是蒲柳之身，再加上有肾病这样的老毛病，平时很少外出传授技艺，更何况是在初夏的骄阳之下，从大阪南部坐阪急的电车前来，算是破格的好意了。究其原因，一是妙子是地地道道的大姑娘，却混在艺伎们中间钻研舞技，她这种学习热情打动了山村作师傅；二是师傅意识到要想挽回山村舞的颓势，像往常那样因循守旧是不行的。但是这样一来，最初因为传习所的关系而放弃的悦子也说想学习舞蹈了。“悦子小姐想学习舞蹈，那我每个月到府上教她十次好了。”在能言善辩的山村作师傅的怂恿下，悦子趁此入门学习舞蹈。

山村作师傅来的时间一天一个样，一般是在她临走前约好第二天几点来，可她从来没准时来过，有时相差一两个小时，天气不好时可能就不来了。百忙中提前赶回家等待指导的妙子已经习以为常了，最后索性让家里人等师傅到了之后再打电话给她，她便趁着悦子练习舞蹈时从夙川赶回来。但抱病的师傅远道而来颇为不易。她先要在客厅里休息一会儿，和幸子聊二三十分钟的家常，然后慢腾腾地在那间铺着地板并将桌椅都搬到一旁的餐厅里教授舞蹈。她一边哼着三弦伴唱一边做示范，有时上气不接下气，看起来很痛苦；有时脸色苍白浮肿，据说是昨夜老毛病犯了。就算是这样，她还是强打起精神来说："我这身子靠舞蹈支撑着呢。"也不怎么为自己的疾病感到烦恼。不过，不知道她是谦虚还是真心这么想，她自称"我不擅长说话"，其实她是个很会说话的人，特别擅长模仿别人，就连闲聊的时候也会把幸子她们逗得乐不可支。大概是这位师傅的祖父第四代市川鹭十郎传授给她的才能吧。这么说来，和娇小的身材不成比例的是，山村作师傅的脸又大又长，一眼就能看出她有着明治时期俳优的血统。如果这种人出生在古代，剃掉眉毛，染黑牙齿[①]，穿上拖地长裙，那该多相称呀。她模仿别人的时候，那张大脸千变万化，像是戴着面具一般，可以把她想要模仿的人的表情活灵活现地表现出来。

悦子从学校回来之后，就换上每年赏樱花的时候才难得穿上身的那套和服，穿着不太合脚的大布袜子，系上一条千堆雪腰带，手里拿着画着梅兰竹菊图案的山村流派的舞扇，跟着师傅合着《十日戎》[②] 的宣传短歌练习舞蹈。那首歌的开头是：

弥生御室樱花三月开，
幕后三味线鼓乐起，
赏花仕女两相看。

① 染黑牙齿：日本从奈良时代到明治初期，上流社会妇女以齿黑为美，这是日本流传时间最久的化妆方法之一。

② 戎神是日本七大福神中的财神，日本每年1月10日会祭拜戎神，以大阪的今宫戎神祭最为闻名。小说此处指宣传今宫戎神祭的短歌，旋律独特，用三味线进行伴奏。

因为是昼长夜短时节，悦子完毕而轮到妙子的《雪》舞登场的时候，庭院里还很亮堂，迟开的平户百合如火如荼，和碧绿的草坪相映成趣。

邻院舒尔茨家的孩子罗斯玛丽和弗里茨，以前几乎每天都很开心地等候悦子回来，在这里的客厅玩耍。如今他们最好的娱乐场所和玩伴被抢走了，于是他们好奇地从露台窥视着，望着悦子她们跳舞的手势，最后连哥哥彼得也来观看了。

一天，弗里茨终于来到排练场，学着幸子她们叫师傅：

“希傅!”

“唉——”山村作师傅搞笑地拉长声音回答道。

罗斯玛丽也觉得有趣，喊道：“希傅!”

“唉——”

“希傅!”

“唉——”师傅一本正经地“唉——”“唉——”答应着，和这对碧眼少男少女周旋。

三

“小姨，照相的问能不能让他进来。”

为了给今天的集会讨喜，悦子那段“弥生御室樱花三月开”的舞蹈被安排在了第一个。她表演结束没有卸妆就来到楼上作为后台的八铺席房间。

“请他进来吧。”妙子已经穿好表演《雪》舞的服装，因为怕摔倒，右手扶着床柱子，站着让阿春帮她穿布袜子，她听到悦子叫她，梳着岛田发髻的头一动没动，只是将视线转向悦子答道。尽管悦子知道这位常年穿西装的年轻阿姨为了这次集会，十天前就开始梳日式发髻，穿上了和服，但看到她今天的变化，仍然惊诧不已。妙子身穿的那件衣裳，原本是本家鹤子姐姐当年结婚时三件套礼服中最里面的那件。妙子心想，今天这个集会人数不多，就算是人多，战争期间举行这类集会，也必须小心从事，没有必要做新舞衣。和幸子探讨时，她想起本家姐姐这套衣裳保存在上本町本家的仓库里，就给借来了。那套礼服是她们父亲在全盛时代定做的，底样由三位画家在衣料上画下日本三景[①]染制而成，最外面那件是黑底上画严岛，中间那件是红底上画松岛，最里面那件是白底上画天桥立。这些衣裳，只是在十六七年前，也就是大正末年大姐结婚时穿过一次，所以几乎和新衣裳一样整洁。妙子穿了这件出自已故画家金森观阳[②]手笔的天桥立景色衣裳，搭配一条黑缎腰带，或许是化妆的缘故，平时那种大小姐的气韵消失了，看上去倒像是一个身材高挑、风姿绰约的妇人。经过这样一番纯日式的装扮，她的脸庞和幸子更像了，丰满的脸颊有穿西装时没有的雍容大气。

"照相的……"悦子对着一个站在楼梯上伸头朝着二楼走廊上的妙子张望的二十七八岁的青年说道，"……请上楼来吧。"

"小悦，叫'照相的'可不好，你应该叫'板仓先生'。"

趁着妙子这么说的空当儿，板仓说了声"打扰了"，就走上楼来。"小妹，就这样别动。"板仓说着，在门边屈膝举起莱卡相机，前后左右接连拍了五六张照片。

楼下的会场上，在悦子之后，接着演出了《黑发》《取桶》《大佛》几个节目，第五个节目是一个叫袭名作幸的姑娘表演的《江户特产》。现在是休息时间，招待来宾喝茶，吃什锦四喜饭。在被安排当作观众席的客厅里，因为没有邀请外人参观，所以大约有二三十人，都是今天表演者的家属。只有罗斯玛丽和弗里茨除外，他们坐在最前排，一直跪坐在垫子

---

① 日本三景：是日本三个著名的观光景点，分别是位于广岛县廿日市的严岛、宫城县宫城郡松岛町的松岛、京都府宫津市的天桥立。

② 金森观阳（1883—1932），又名赖次郎，日本活跃于明治末年到昭和初年的画家。

上，有时伸伸腿儿，有时会盘会儿腿，但他们从最初的悦子的舞蹈开始，一直看完了所有演出节目。在外面的露台上，还有希尔达·舒尔茨夫人。她从孩子们那里听说了今天的活动，就说一定要来观看。在悦子开始跳舞时，弗里茨去告诉她，她就从院子里走出来了。主人请她进屋子观看，她说觉得这里比较好，就把藤椅搬到露台上，从那里朝舞台那边看。

“弗里茨，你今天可真老实啊！”身穿绣着家徽和服的山村作师傅从舞台的金屏风后面走出来，对弗里茨说道。

“真规矩啊，这是哪国的孩子啊？”坐在观众席上的神杉遗孀问道。

“这里的悦子姑娘的朋友，是德国人，和我的关系很好，总是‘希傅’‘希傅’地叫我。”

“是吗？这么认真观看，很让人佩服。”

“是啊，挺有礼貌地规规矩矩地坐着呢。”有人说道。

“嗯。德国小姑娘，你叫什么名字？”山村作师傅把罗斯玛丽的名字忘记了，“你和弗里茨那么坐着，腿不疼吗？要是腿疼的话，就把腿伸开吧。”即使这么说，罗斯玛丽和弗里茨今天仍然像变了个人一样，绷着脸，一声不吭地坐在那里。

“舒尔茨太太，您吃这个吗？”贞之助见舒尔茨夫人膝上放着一盘什锦四喜饭，笨拙地用筷子夹着，便说，“您大概没法吃这种东西吧？如果给您添麻烦了，就不要吃好了。”

“喂，有什么舒尔茨太太能吃的东西吗？”贞之助对着在观众席上敬茶的阿花说，“不是有蛋糕什么的吗？把寿司撤掉，去换别的东西来吧。”

“不，我吃……”

“真的吗，太太？您要吃这个吗？”

“是的，我喜欢吃这个……”

“是吗，您喜欢这个吗？喂喂，给太太拿汤匙来。”

舒尔茨夫人似乎真的很喜欢吃四喜饭，她从阿花手里接过汤匙，把盘子里的东西吃得一粒不剩。

休息时间过后就轮到妙子的《雪》舞了，贞之助从刚才开始就一刻没得闲，楼上楼下跑了好几次，一会儿在楼下应酬客人，一会儿到后台看看。

“喂，时间差不多了。”

“我已经准备好了。”

在八铺席的房间里，幸子、悦子、板仓摄影师和坐在椅子上的妙子，四个人吃着什锦四喜饭。妙子为了不弄脏衣服，就在膝盖上摊开一条餐巾，原本就稍厚的嘴唇如今变成了“O”形，她每次夹一点点饭团送进嘴里，还让阿春捧着茶碗，自己吃一口饭，喝一口茶。

“悦子她爸，你也吃点儿怎么样？”幸子问道。

“我刚才在楼下吃过了……小妹吃这么多好吗？虽然听说过‘饿着肚子打不了仗’这样的话，但跳舞时吃得太饱不难受吗？”

“她连午饭都吃不好，摇摇晃晃地跳起舞来，会摔倒在台上的。”

“听说文乐[①]的艺人在演出完毕前是不吃东西的，跳舞虽然和义太夫[②]不一样，但还是少吃点比较好。”

“姐夫，我没吃那么多东西。为了不碰掉口红，一点点送进嘴里的，看起来就像吃了很多似的。”

“我从刚才开始就在看小妹吃四喜饭的样子，真是佩服啊。”板仓说道。

“为什么？”

“还问为什么，你就像金鱼吞麸子一样，把嘴张得圆圆的，看上去很不受用，但还是吃得很好。”

---

① 文乐：人形净琉璃，日本一种传统的由三味线伴奏的说唱木偶剧综合艺术。

② 义太夫：义太夫节的简称，是江户时代前期，大阪的竹本义太夫创立的一种净琉璃形式。

“什么呀，你专门瞧别人的嘴巴。”

“不过，真是那样，小姨。”悦子放声大笑。

“是别人教我这样吃东西的。”

“谁教给你的?”

“是来师傅家里的艺伎们。艺伎们涂了口红，总是注意不让唾液沾到嘴唇，吃东西时也不碰嘴唇，必须用筷子将食物送进嘴里。她们从当舞伎开始就练习吃高野豆腐了，要说为什么的话，高野豆腐是最吸汁的东西，用那个练习，能不沾到口红就算合格了。”

“哦，你知道的真不少啊。”

“板仓君今天是来看舞蹈的吗?”贞之助问。

“是的，舞蹈自然要看，不过我是来摄影的。”

“今天的照片也要印明信片吗?”

“不印明信片。小妹梳日本发型跳舞的样子可不容易见到，这次摄影是要留作纪念的。”

“今天照相，是板仓先生免费赠送的。”妙子说道。

板仓开了一家标榜艺术摄影的小照相馆，位于阪神国道田中车站稍北的地方，挂着“板仓摄影馆”的招牌。这个男人原本做过奥畑商店的学徒，中学没毕业就去了美国，在洛杉矶学习了五六年的摄影技术，其实据说他想在好莱坞担任电影摄影师但没有获得机会。回国以后不久，就在如今这个地方开设了照相馆。奥畑商店的主人、启的兄长曾经拿出一些钱来资助他，还给他介绍客户，多加庇护，启少爷也给他捧场。就在这时，妙子为了宣传自己的作品而雇用摄影师，经过启少爷的介绍而委托给了他。从此，妙子的作品照片，不论是宣传用的小册子，还是明信片，都是板仓一手包办的。板仓得到妙子的工作订单，还为自己做了广告，因为他知道妙子和启少爷的关系，所以他和妙子说话的口气和对启少爷说话时一样，在旁人看来像主仆似的。他和贞之助他们能成为朋友，也是因为他和妙子的这层关系。他在美国学得了一套见缝就钻、无孔不入的圆滑本领，所以现在也同样钻进了这个家庭，对女佣们也毫无疑问地讨好巴结，还开玩笑说会马上拜托夫人将春倌许配给他。

“既然是免费的，那给我们也拍一张怎么样?”

“行啊，让我拍喽。大家围着小妹站成一排。”

“怎么站呢?”

“请老爷和夫人站在小妹椅子后面……对了，对了。悦子小姐请站在小妹右边。”

“把春倌也拍进去。”幸子说道。

“那么，春倌就在左边。”

“东京的二姨要是在这里多好啊。”悦子突然感叹道。

“真是啊。”幸子也说，“要是以后二姨知道了，她该有多遗憾啊。”

“妈妈，你为什么没叫二姨来?不是从上个月开始就知道今天这个集会了吗?”

“不是不想叫她来，她四月份刚回去呀。”

正看着取景器的板仓，突然看见幸子的眼睛微微湿润了，吃惊地抬起头来。贞之助也同时觉察到了这一点，可是为什么妻子的表情会有如此急剧的变化呢?从三月份那次流产以来，她形成了想起胎儿就流泪的习惯，每每让人平白受惊。但现在的情形似乎不是为了这个，还有点儿让人摸不着头脑。会不会是看到坐在椅子上的妙子今天这样的装束，遥想到本家姐姐穿着这身和服举行婚礼的往日，感慨万千而落泪呢?如果不是这样的话，就是想到妙子何时才能穿上嫁衣出嫁，或许是想到在妙子前面还有雪子就不免悲从中来?贞之助认为妻子流泪，说不定是由上述全部因素造成的。但是想目睹妙子今天姿容的，除了雪子之外，想必还有一个人吧，贞之助委实可怜那个青年。他猜想板仓或许是受了启少爷的吩咐来照相的。

“里勇姐，”妙子拍完照后，招呼对面屋角一个正在镜子前化妆的艺伎，那人看上去二十三四岁，会在《雪》舞后演出《茶音头》[①]，“对不起，我有件事要拜托您。”

“什么事呀?”

“请您到那间房里去一趟行吗?”

今天演出的人中有四五个人是行家，是以教授舞蹈为职业并承袭了艺名的妇女及两位艺伎，其中的里勇是来自宗右卫门町的艺伎，是深受师傅疼爱的山村流舞者。

“我没穿曳地长裙跳过舞，老是担心跳不好，请您到那边教我怎么拖下摆好吗?”妙子说完，站到里勇身边，对着她耳语几句。

“我也没什么把握呀。”

妙子没等里勇说完，就说：“就拜托您了，教一下吧。”拉着她到走廊另一边去了。

楼下的乐工好像已经就位了，传来胡琴和三弦的和声。

妙子和里勇拉紧纸门，在起居室里待了二十分钟左右。

“小妹，老爷让您快点儿。”去迎接她的板仓喊道。

“嗯，已经好了。”妙子边说边打开了纸门，然后说，“板仓先生，请帮我提着下摆。”在板仓提起和服下摆的时候，她走下楼来。

贞之助、幸子、悦子都跟在妙子后面，一个接一个地往下走。

舞蹈一开始，贞之助就悄悄走进观众席，拍了拍拼命抬头注视着舞台上的妙子的德国少年的肩膀：“弗里茨，你知道是谁吗?”

弗里茨仍旧是那副严肃认真的面孔，回头瞟了一眼贞之助，点点头，但又立刻朝舞台看去了。

---

① 《茶音头》：又称《茶之汤音头》，地呗。三味线部分作曲为京都的菊冈检校，筝编曲为八重崎检校，作词为横井也有，旋律明快，颇为知名。

四

那次集会过后一个月，也就是七月五日那天早晨发生了一件事。

从今年五月以来，降雨量就比往年充沛得多，进入梅雨时节以后更是雨水不断。进入七月，三日那天又下起雨来，四日下了整整一天，五日黎明开始又突降倾盆大雨，看那阵势不知道什么时候才会停止。但是，谁也没料到，就在一两个小时以后，阪神地区发生了一场史无前例的损失严重的洪灾①。因为谁也没想到会引发洪灾，所以芦屋的家，七点钟左右先是悦子像往常一样被阿春带着上学去了，由于雨具带得齐全，所以并没怎么担心，冒着倾盆大雨就去了。悦子的学校在沿着阪神国道往南走三四百米，比阪神电车的线路还往南，靠近芦屋川西岸。如果换作平常，阿春平安送过国道就会返回来，但今天下大雨，她就把悦子一直送到学校，回来的时候大概八点半了。途中她见雨下得太惊人了，又见自卫团的青年东奔西走地防洪，因此就绕道去芦屋川大堤上察看水势的增长情况。她回来报告说：“业平桥一带水势凶猛，就快要没到桥面了。”但谁也没料到会有那么严重的事情发生。阿春回到家一二十分钟后，妙子穿着翠绿色防水绸雨衣和橡胶长靴，也准备出门去了。幸子劝阻她说：“下这么大的雨不要出门去了。”可是今天妙子不是去夙川，而是去本山村野寄的裁剪学院，所以她开玩笑说：“这点儿雨没什么，发洪水反而更有意思。”说着便出去了，幸子也没有再阻拦她。只有贞之助在等着雨稍微小一点儿再出去，正当他在书斋里磨磨蹭蹭地翻阅资料的时候，忽然听到了刺耳的警报声。

这时雨下得很猛烈。贞之助一看，书斋东南角梅树下是庭院里最低洼

---

① 阪神洪灾，1938 年 7 月 3 日至 5 日，大阪和神户地区降雨量超过六百毫米，河水泛滥，冲垮堤坝，受灾严重。

的地方，下点儿雨就积水，如今已经形成一个小池子了，除此之外没有任何异常之处。而且这里距离芦屋川西岸有七八百米，所以没意识到危险。但是悦子所上的小学比这里更靠近芦屋川，如果河水决堤的话，会在哪里决堤呢？那所小学会受到波及吗？这是他首先想到的问题，可是为了不使幸子担忧，他故作镇定，隔了一段时间后，他往正房的方向跑去（从书斋到正房仅有五六步之遥，不过他淋得浑身湿透了）。“现在拉警报是怎么回事?”幸子问。“这个嘛，虽然不知道为什么，但估计没什么大不了的。我想出去看看。”他边说边在灰白条纹棉单衣外面罩上雨衣，向大门方向走去。

这时，面色苍白、腰部以下满是泥水的阿春从后门跑了进来，喊道：“不得了啦!”她说自己看见了洪水暴涨，很担忧小学校的情况，所以听见警报声响起就飞奔出去了。洪水从山脚朝海里流，从北向南，滔滔不息。她试着在激流中往东走，开始时才没过小腿肚，可才走两三步，就连膝盖都没过了，人差点儿被冲倒。就在这时，有人在屋顶上狠狠地高声喝道：“喂！喂！这样的洪水，你去哪里？女人家可别胡来!”阿春还以为是谁呢，一看，虽然那个人穿着自卫团的服装，但她认出那个人是常记蔬菜店的少东家。阿春说：“我说是谁呀，您不是常记蔬菜店的少东家吗?”对方也发现是熟人，说道：“春倌，你要去哪里呀？难道你感觉不到这水不同往常吗？你疯了吗？再往前走男人也过不去，河岸边的房子冲垮了，人也淹死了，可不得了!”阿春追问下去，得知好像是芦屋川、高座川上游出现了山崩。洪水冲下来的房屋、砂土、岩石和树木被阪急电车线路北侧的那座桥拦住了，堆积在一起，堵塞了河道，洪水向两岸泛滥，堤坝下的道路上污浊的河水肆虐，有些地方深达一丈左右，很多受灾的人家在楼上呼救。最让阿春担忧的小学，那一带怎么样呢？对方答道：“虽然不太清楚情况，但好像国道往上被破坏得很严重，下游那边也许好一点。据说东岸灾情严重，西岸没有东岸那么严重。”阿春听他这么说，心里没底，想无论如何也要去学校看看。“不行，不论你怎么绕，都得蹚水走，而且越往东走水越深。只是水深倒好了，因为水流湍急，随时有被冲倒的危险。上游有大木材、石块之类的东西冲下来，要是被那些东西砸到就完蛋了，弄不好会被冲到大海里去的。自卫团成员可以拉着绳子拼死过去，你一个娘们，穿这身行头，怎么能好好地过去呢。”阿春说：“没办法，我只好先回去了。”

贞之助马上给小学打电话，可是已经打不通了。“好吧，”他对幸子说，“那我自己去一趟。”他不记得幸子是怎么回答的了，只记得他临走出玄关的时候，幸子眼泪汪汪地注视着他，一下子扑上去紧紧抱住了他。他脱下和服，换上最不好的西服，穿上橡胶长筒靴，披上雨衣，戴上防水帽，就出了家门。

走了五十米，贞之助回头一看，发现阿春尾随着他来了。阿春先前穿的那件连衣裙溅得浑身是泥，淋成了落汤鸡回来了。这次，她穿了身和服，撩起后襟，露出了红内裙。贞之助厉声吼道：“别跟着我，回去！”她说：“是，我就送您一段路。”她边说边追了上来，“老爷，走那边不行，要走这边才行。”她没往东走，而是一直往南走。贞之助也跟着往国道走，然后往南迂回，到了阪神电车线北一两里的地方，但如果想成功到达小学，还需要从那里往东横穿过去。幸好那一带水很浅，只有橡胶长筒靴那么深，越过阪神电车线到了旧国道跟前，发现这里的水居然更浅。这时，前方渐渐出现了小学的房舍，学生们从二楼的窗户探出头来。“啊，学校没事，真是太好了！”贞之助忽然听见背后有人兴奋地自言自语，他发现是阿春跟来了。贞之助原本是跟着阿春走的，他记不起是从哪里超过阿春的了。水流湍急，他必须一步一个脚印地走，水灌进了长筒靴里，举步维艰，走路得小心翼翼的。比贞之助长得矮小的阿春，她的红内裙差不多全部浸在泥水里，打不了雨伞就把伞当成手杖用，为了不被大水冲倒，她沿途扶着电线杆和人家的围墙，一路尾随着过来。她自言自语是有名的，就算去看电影什么的，也会说“太好了！”“啊，那个人怎么回事啊？”或赞叹或惊诧或鼓掌，所以别人都说受不了跟阿春一起去电影院。但现在她却在如此洪流中犯了这个毛病，想到这里，贞之助就觉得很好笑。

幸子在丈夫出去之后，自己也变得没法再忍耐下去了，趁着雨下得略微小一点儿的时候走到门前看看，刚好看到芦屋川车站前的出租汽车站的司机开车经过，就打了招呼，首先询问了小学的情况。司机说，虽然他没有亲眼见到，但那所小学应该是最安全的，那条路上有几处涨水了，但那所小学所处的位置很高，应该不会被水淹没，所以回答说大概没问题吧。幸子听了司机的话，稍微松了一口气。司机接着又说道：“芦屋川虽然洪水泛滥得厉害，但据传闻住吉川更是洪水肆虐，电车无论是阪急、省线还是国道都不通了。虽然不知道详细情况，但我询问了从西边步行来的人，从这里到省线的本山站附近，洪水没涨到那个程度，只要顺着铁轨走，不蹚水就能过去。但是从那里往西就成了一片浑浊的汪洋大海，波涛从山那边一个接一个汹涌而来，将各种各样的东西冲向下游；有人趴在草垫上，有人抓着树枝喊救命，随着洪流而去，可别人无计可施。听了司机的话，这回轮到幸子担忧妙子的安危了。妙子常去的本山村野寄的那个西装裁剪学院，在国道旁边的甲南女子学校前面的公共汽车站稍北的地方，距离住吉川岸边只有两三百米。司机说那无论如何都处在洪流的汪洋之中了。幸子说妙子去西装裁剪学院时会走着到达津知国道，从那里坐公共汽车去。司机说：“这么说来，我刚才碰到府上的小妹了，正往国道那边走，穿了件翠绿色的雨衣。那时候出发，估计到达目的地不久山洪就爆发了。和小学相比，野寄那边更让人担忧啊。”幸子听了，不由得慌慌张张地跑进门内，扯着嗓子喊：

“春倌！”

阿春跟在老爷后面出去之后还没回来。幸子顿时像孩子一样咧着嘴哭了起来。

阿秋和阿花默默地看着幸子哭泣，弄得幸子有些难为情。幸子从客厅逃到露台上，边哭边走到庭院里的草坪上。

脸色铁青的舒尔茨夫人从铁丝网那边探过头来，“太太”，她问道，“您丈夫怎么了？悦子的学校怎么样？”

“我丈夫现在去接悦子了，悦子的学校大概没问题。太太，您丈夫呢？”

“我丈夫去神户接彼得和罗斯玛丽去了。我很担心。”

舒尔茨家的三个孩子里面，弗里茨年纪尚小，还没有上学。彼得和罗斯玛丽都进入了位于神户山手的德国俱乐部附属的德国小学。他们的父亲舒尔茨也在神户工作，以前经常看到父子三人一起出门，“卢沟桥事变”后，生意日益惨淡，父亲时常不出门，最近只有两个孩子每天早晨一起出门。今天早晨父亲也在家，因为担心两个孩子的安全，想去神户看看，刚才出去了。当然，他是在不知道洪水涨到什么程度也不知道电车不通的情况下出门的。他夫人为他担忧不已，但愿途中没有什么差池才好。舒尔茨夫人的日语讲得不像孩子们那么好，所以她和别人用日语对话显得很吃力。幸子夹杂着半生不熟的英语和她沟通，不断安慰她，好让她放心。

“您先生一定会平安归来的，而且这场洪水只在芦屋和住吉一带，神户没有受到侵袭，我深信彼得少爷和露米小姐保准没事，您就放心吧。”在反复安抚之后，幸子道了声“那么回头见”，就回客厅去了。

不久之后，贞之助、阿春带着悦子从刚才敞开的大门走进来了。

悦子所在的小学完全免于水灾，只是学校外围被水淹了，而且水势每时每刻都在上涨，所以停课了，让学生们全都集中到二楼的教室里，接着那些担忧孩子安危来接他们的家长们来了，校方把孩子一一交给了他们。悦子本人一点儿也没受到惊吓，反倒想着家里怎么样了。就在这时，父亲和阿春从家里赶来接她了。悦子等人走得比较早，在贞之助之后陆续有很多人来接孩子。

贞之助向校长和老师表示慰问和感谢后，拉着悦子的手，大致按照原路返回家去，那时他才觉得阿春陪同他前来始终是有用的。阿春在学校的走廊里看到悦子平安无事，叫了声“小姐”，不顾自己穿的和服上沾满泥巴，扑上去紧紧抱住悦子，将周围的人吓了一跳。回家时她冲在最前头，护着贞之助往前走。因为比起来的时候，山洪涨了一两寸，水势也变强了，虽然是极短的一段路，但有时贞之助不得不背着悦子前行。可是背着人极为难行，要是没有阿春冲在前头挡着激流，在她的庇护下前行，就会因为危险而寸步难行。走在最前面的阿春艰难前行，水深的地方甚至淹到她的腰部。洪水自北向南，他们走的路线自东向西，有两三个地方要穿过十字路口，走那些地方时最为紧张。有一处拉起了绳索，他们可以抓紧绳子蹚水过去；有一处是靠着防洪自卫团成员的帮助过去的；但另一处则没什么便利条件了，主仆两人相互搀扶，靠着阿春手里那把雨伞的支撑好不容易才过去了。

即便如此，幸子也没时间为悦子的平安高兴，也没时间感谢丈夫和阿春，在听丈夫说这些话的时候，她迫不及待地说：“悦子她爹，小妹……”幸子又一次哭了起来。

五

贞之助从小学校往返一次，通常也就三十分钟左右，可那天却耗费了一个多小时。这段时间里，渐渐传来了有关住吉川洪水肆虐的消息：从国道田中站以西全成了大河，浊流汹涌，所以野寄、横屋和青木等地受灾最为严重；国道南侧的甲南市场、高尔夫球场已经被淹没了，和大海连成一片，人畜死伤、房屋倒塌冲走不计其数。幸子等人约略知道了以上种种情况，总之，幸子听到的都是让人悲观的消息。

不过，贞之助在东京居住时曾经经历了关东大地震[1]，知道这种时候的传闻难免会被夸大，他就引用那个例子来宽慰幸子——当时的她已经不对妙子幸存抱多大希望了。他说："只要沿着铁路走就能到达本山站，能走多远我就走多远，要亲眼去看个究竟。如果水势真像传闻那样，我就是去了也无济于事，但我总觉得不会像传闻那么严重。大地震的时候我就知道，在天灾人祸的时候，人们死亡的概率很小，别人以为在劫难逃了却往往能幸免于难。现在就哭哭啼啼的未免为时过早，你平心静气地等我回来就是了。还有，就算我回来晚了也别担心，我是不会莽撞冒险的，觉得走不过去就会折返回来的。"贞之助说完，命人准备一些饭团充饥，还在口袋里放了少量的白兰地酒和两三种药物，想到刚才因为穿橡胶长筒靴而吃了苦头，就改穿短筒雨靴和灯笼裤，再次出门了。

沿着铁路去野寄，大概有七八里路，喜欢散步的贞之助很熟悉那一带的地形，他也经常在西装裁剪学院的校舍前经过。不过，还让他感到有希望的是那个学院所处的位置：从铁道省线的本山站以西走千余米，就在南边，隔了条马路是甲南女子学校，从那个女子学校稍微往西不远，以铁道线为起点往南直走一百米左右，就是那个裁剪学院。因此，如果能沿着铁道一直走到那所女子学校附近，也有可能到达学院，即便不能走到，也能探明那栋建筑的受灾程度。

贞之助一出家门，阿春又鲁莽地追来了。"不，这次你可不能跟着来，只剩幸子和悦子在家，我不放心，所以拜托你好好看家吧。"他严厉地吩咐一声，就把她赶了回去。于是，他从家往北走了五十米就上了轨道，随后几百米间全然不见洪水，只是树林边缘两侧的田地都被水淹没了，有两三尺深的积水。走出树林来到田边，他发现水反而只流到铁道北侧，南侧

① 关东大地震：日本关东地区曾在1923年9月1日发生大地震，造成了巨大的灾难，死亡和失踪的人数共计14万余人。

和平日里一样。但是，随着向本山站靠近，南侧逐渐有积水了。不过，铁轨上是安全的，贞之助走过去并没有感到特别的危险和困难。有时会碰到三两个结伴而行的甲南高等学校的学生，叫住他们打探消息。“这一带没什么，从本山站往前走就可怕了，再稍微往前走段路，就能看见前边汪洋一片了。”无论是谁，都是这样回答的。贞之助和他们说，他打算到距离这里最近的甲南女子学校西边去。“那一带恐怕是受灾最严重的地方，我们从学校里跑出来的时候，水还在上涨，现在说不定西侧的铁轨已经被淹没了。”不久后，贞之助走到本山站一看，这边的水势非常大。他打算暂时歇歇脚，从铁轨走进车站。车站前的道路已经泡在水里了，积水不断往车站里灌。车站的入口处堆放着沙袋和草席子，车站工作人员和学生用扫帚把从缝隙里灌进来的水清扫出去。贞之助若是在这附近徘徊，自己也得帮着清扫，所以他吸了根烟，冒着一阵更为猛烈的暴雨，再次走在了铁轨上。

山洪全是黄浊的泥水，类似于扬子江里的水。在黄色的泥水中，还夹杂着像豆沙馅的黑色的黏糊糊的东西。贞之助不知不觉走到水中去了，他不禁“哎呀”一声，吃了一惊，觉察到他散步时走过的田中[①]一带的小河已泛滥了，河水漫上了架设其上的铁桥。过了铁桥走没多久，铁轨上又没水了，可两边的水位却涨了很多。贞之助停下脚步眺望前方，瞬间领悟了甲南高等学校的学生们所说的“汪洋一片”，正是现在他眼前这个景象啊！用“雄伟”“壮观”这类词语来形容这种景象似乎不合适，但实际上给人的最初印象是颇为吓人的，与其说令人望而生畏，不如说令人茫然而迷恋。原本这一带是六甲山朝大阪湾方向慢慢倾斜的南坡，有田园，有松林，有小河，其间点缀着些古朴的农舍和红屋顶的洋房。如果是往常，这里地势高旷、空气干爽、景色明丽，是阪神地区一个适宜散步的地方。可

① 田中：地名。

这里如今却变成让人联想到扬子江和黄河的洪水泛滥的地方了。与普通洪水不同的是，这是从六甲山深处溢出来的山洪，掀起雪白浪花的怒涛卷起飞沫，后浪拍打着前浪，看起来就像沸腾的开水一样。确实，巨浪翻腾的时候不是河流，而是海洋了——乌黑而混浊的土用波[1]涌来时的泥海。贞之助站着的铁轨，就好像向泥海中延伸的码头，有的地方已经快要沉没了，地基的沙土已经被冲刷掉了，只有枕木和铁轨像梯子一样浮在水面上。贞之助发现脚边有两只小螃蟹摇摇晃晃地爬着，大概是因为小河泛滥，所以逃到铁轨上来了吧。如果这种情况下只有他一个人走，说不定他会就此折回去的。可是在这里，他碰到了甲南高等学校的学生，于是便和他们结伴而行。今天早晨，他们才上学一两个小时就发生了这样的乱子，只好停课，蹚过洪水逃到冈本车站，见阪急电车已经不通车，就又到铁道省线的本山站来，哪知道省线也不能走了，所以在车站休息一段时间（刚才在车站帮忙扫水的就是他们）。水位渐渐涨了起来，因为感到不安，所以他们分成返回神户方向和返回大阪方向两组人，决定沿着铁轨步行回家去。这伙人都是朝气蓬勃的青少年们，也没觉得有什么危险，其中一个人跌落水中时，因为觉得可笑而大声喊叫起来。贞之助紧紧跟在他们后面，从一根枕木跳到另一根枕木上，艰难地走完了这段铁道，但脚下是让人感到头晕目眩的滚滚洪流。由于受到水声和雨声干扰，他们直到这时候才听见有人呼喊："喂—喂—"他们抬头一看，就在前方五十米左右的地方，有一列火车抛锚了，同一所学校的学生们从车窗里探出头来，呼唤这边的人。

"你们打算去哪里？住吉川已经很危险了，听说那里洪水特别大，已经过不去了，还是到车厢里来吧。"贞之助也没办法，只好和他们一起上了火车。

---

① 土用波：日本指立秋前十八天里无风而起的大浪。

那是下行快车的三等车厢，除了甲南的学生以外，还有很多人在避难。其中有几家朝鲜人聚在一起，大概是被洪水冲毁了房屋，好不容易逃到这里来的；还有一个带了女佣的面带病容的老太太，不久就嘴里念起佛来；一个背着绸缎看起来像商人的汉子身上穿着麻布衬衣和短裤，瑟瑟发抖地把他那沾满泥巴的绸缎包袱放到一旁，将湿了的单衣和毛线围腰挂在座椅背上晾着。也许是有同伴加入的关系，那些学生更精神抖擞地谈论起来。有人从兜里拿出太妃糖，和朋友们分享；有人脱下长筒靴倒放着，倒出里面的泥沙和污水；有人脱下袜子，盯着自己泡得发白的脚丫子看；有人在拧湿透了的制服和衬衣，光着膀子擦拭身体；有人因为制服湿了不便就座而站立着。他们轮流察看窗外，“瞧！有屋顶漂过来了！”“榻榻米漂过来了！”“木材！”“自行车！”“哎，汽车漂过来了！”等等，吵吵嚷嚷的。

“喂，有条狗！”其中一个人说，“要不要救它？”

“什么？那不是一条死了的狗吗？”

“不对不对，活着呢，在那铁轨上……”

那是一条中等大小的杂种狗，浑身是泥，正缩在雨打不着的车轮下哆嗦呢。两三个学生边喊着“救它上来”，边下车去把它拉了上来。那只狗一进入车厢，就使劲摇了摇脑袋，将身上的水抖掉，然后走到救它的那个少年跟前，乖乖地伏下身子，用受惊后满是恐惧的目光仰视那个少年。有人将一块太妃糖放到它鼻子前，可它只是闻了闻，根本不想吃。

贞之助被雨水淋湿了衣服，身子发冷，便脱下雨衣和上衣，挂在座椅背上，喝了一两杯白兰地后，点燃一支香烟。手表的指针已经指向一点，但肚子一点儿都不饿，所以不想打开便当盒。他从座位上望向远山，正好看到本山第二小学的校舍被水淹没了，一楼南侧的窗户，像巨大的闸门一样敞开着，浊流从中汩汩而出。从这里能看到那个小学校，那么列车所停的位置就在甲南女子学校的西南方，大约有五十米的距离。所以换成平时的话，几分钟也就到裁剪学院了。

在这种情况下，车厢里的学生们也渐渐失去了先前的那种劲头，不约而同地严肃起来，因为实际情况变得越来越让人笑不出来，就算是血气方刚的小伙子也难以否认。贞之助探头一看，原本自己和学生们一起来的那条路——从本山车站到这个列车之间的铁轨已经完全被淹没了，只剩下列车所停的地方像孤岛一样残留着，但这里说不定什么时候也会被洪水淹没的，弄不好铁轨下的地基也会被冲垮的。这一带路轨的路基大概有六七尺高，但现在正一点点被淹没。汹涌的浊流迎面冲击着路基，就像波涛撞击礁石一样水花四溅，溅到车厢里。大家赶紧关上窗户。窗外的浊流到处冲撞翻腾，卷起漩涡，冒着白沫。

这时，邮递员突然从前边的车厢逃到这个车厢，接着又有十五六个避难的人跟来了，紧接着列车员也来了，他说：

“诸位，请到后面的车厢去，洪水已经涨到前面的铁轨上了。”

大家有的忙着提行李，有的怀抱起晾着的衣服，有的提着长筒靴，急忙转移到后面的车厢去了。

“列车员，卧铺可以用吗？”其中有人这样问道。原来这是个三等卧铺车厢。

“没关系吧，在这种困难的时候……”

有些学生试着躺在床上，可毕竟不安心，很多人又爬起来望着窗外。水声轰鸣，就算是在车厢里，耳朵也快被震聋了。前边提到过的那个老太太此时又虔诚地念起佛来，还夹杂着朝鲜孩子突然发出的哭声。

“啊，水已经涨到铁轨上了。”

听到有人这么一说，大家都站起来朝北面的窗户走去。洪水虽说还没有蔓延到这条下行铁轨，但是已经蔓延到路基边缘，相邻的上行铁轨也快要浸水了。

“列车员，这里没问题吧？”一位像是住在阪神地区的大约三十岁的太太说道。

“怎么说呢……要是能逃往更安全的地方，还是逃出去好……”

贞之助呆呆地望着一辆拖车在洪流中旋转着漂流而去。他走出家门时明明说自己不会做鲁莽冒险的事情，看到有危险就折返回去的。虽然陷入这样的困境，却没有想到所谓的“死亡”。他认为没什么大不了的，自己毕竟不是女人和小孩，到了紧要关头总会想出办法逃出去的。这时，他突然想起妙子去的西装学院的校舍大部分是平房，心里非常不安。这么说的话，他刚才还觉得妻子那时候过分担忧有些违背常识，现在想来是出于骨肉之亲的一种预感。此时，他脑海中清晰浮现出妙子在一个月前即六月五日跳《雪》舞时的曼妙舞姿。那天全家人都围着妙子拍照时，妻子却毫无缘由地流泪了，等等，他把这些情景一一回忆起来。事到如今妙子说不定正爬上屋顶呼救呢，自己已经来到和她近在咫尺的地方，难道就没有一点儿办法吗？自己难道就守在这里什么也不做吗？既然来到这里，就算冒点儿风险也要想方设法带着妙子回去，否则该如何向妻子交代呢？这时，妻子那张充满感激的笑脸和刚才那张绝望哭泣的脸交替浮现在他眼前。

但是，他心里想着这些事情，眼睛却注视着窗外。这时发生了一件让人喜出望外的事情：不知不觉间，铁轨南侧的洪水渐渐退下去了，露出了砂土；与此相反，铁轨北侧的洪水还在继续上涨，波浪越过了上行铁轨，朝着这边涌来。

“这边的洪水退了！”一个学生喊道。

“啊，是真的。喂，这样咱们走吧。”

“去甲南女子学校吧。”

学生们最先跳下车，大多数人拿着提包或者背着包袱跟在后面。贞之助也是其中的一个，他拼命向路基下面跑去。这时，巨浪从北侧向列车袭来，发出惊人的声响，像瀑布一样从头顶倾泻下来。一根大木头突然打横着冲了过来。他好不容易从浊流中逃出来，来到退水的地方，冷不防双脚深深陷入泥沙之中，一直没到膝盖，他一拔脚，一只靴子就掉在泥沙里了。“扑哧—扑哧—”他迈腿走了五六步，又有一段大约六尺宽的激流。前面蹚水的人数次差点儿被水冲倒，趺趺撞撞才蹚过去。湍急的水势远不是背着悦子蹚水那次可以比拟的。中途，他有两三次以为自己就要被冲走了，觉得自己不行了，好不容易才跋涉到了对面，又“扑哧—”一声陷入了齐腰深的泥沙中，他慌忙抱住一根电线杆才得以爬了上来。甲南女子学校的后门就在眼前三四丈远的地方，除了往里跑别无他法。不过，在这三四丈路之间还有一股激流，门近在咫尺却不容易到达。这时门打开了，有人向他伸出了像耙子一样的东西。贞之助攥住它，好歹才被住拖进门去。

六

那天，雨势真正开始减弱是下午一点多钟，但水势一点儿也没有减弱的样子，直到下午三点钟左右，雨才完全停下来，天空放晴，水势才一点点退下去了。

幸子见阳光照射过来，走到露台的芦棚下张望，只见庭院里雨后葱绿的草坪上，飞舞着两只白色蝴蝶，紫丁香和檀香树之间的杂草丛中积了些水，有鸽子飞到那里悠闲地觅食，这里丝毫没有山洪肆虐的痕迹。但和其他受灾区一样，这里的电、煤气和自来水也都停了，不过这里除了自来水，还有水井，饮用水和其他用水都不受影响。幸子料到丈夫他们回来时会满身泥浆，早就命人烧好了洗澡水等候。悦子被阿春叫着一起去察看附近的灾情，家里一时间鸦雀无声。只听见隔壁邻居的男仆和女佣一个又一个来到后门口讨水，因为马达停了，时不时听见他们将吊桶“扑通”扔进井里打水的声音，也能听见他们和阿秋、阿美谈论受灾情况。

四点左右，在上本町老宅看家的音老头的儿子庄吉从大阪来拜访，他是众亲友中最早赶到芦屋探望的。在南海的高岛屋百货店工作的庄吉，因为大阪那边没什么灾情，他做梦也没想到阪神一带会有这么大的灾难，直到正午时分号外出来，才得知住吉川和芦屋川沿岸受灾严重，下午就向店里请假急匆匆赶来，直到现在才赶到。途中，他先后换了阪神电车、国道电车或阪国公共汽车等，有时恳求货车或出租汽车搭载他一程，在没有运载工具的地方就步行或涉水，他的背囊里装满了食物，沾满泥巴的西服裤子卷到了膝盖，手里提着鞋子，是光脚走来的。他说："我看到业平桥附近的惨状，心想不知府上会成什么样子，心里觉得不安，不过来到这条街一看，这里竟然出奇的平静。"他向幸子慰问一通。这时悦子回来了，平时表情丰富，爱饶舌的庄吉故意装作鼻子不通气地说："啊，小姐挺好的呀。"然后，庄吉终于意识到什么似的说，"有什么我能效劳的吗？您尽管吩咐。老爷和小妹怎样了？"幸子就把今天早晨令她担忧不已的事情又详细地说了一遍。但是，幸子现在比今天早晨更加惴惴不安了，因为她从那以后又听到很多不好的消息，例如住吉川上游从白鹤美术馆①到野村公馆那一带深达几十丈的沟壑被泥沙和大岩石掩埋了；架设在住吉川上的国道大桥堆积了数吨重的大石头和磨光了树皮的大树，阻碍了交通；大桥南面两三百米处低于马路的甲南公寓前，许多尸体从上游漂到那里，这些尸体全身沾满泥沙，分不清面貌；神户市内的灾情也相当严重，因为洪水灌入阪神电车的地下线，似乎淹死不少乘客。这些传闻中肯定有臆测和夸张的成分，但在这些传闻中，最令幸子揪心的是甲南公寓前漂来尸体的事情。因为，妙子去的西装裁剪学院正好与那里隔着一条国道，位于国道北面五十米处。公寓前漂来那么多尸体，这表明位于公寓正北面的野寄也应该有很多尸体吧。

幸子这个不祥的推测，结合刚才和悦子一起回来的阿春的报告，是更

---

① 白鹤美术馆：日本名酒"白鹤"酿造家嘉纳治兵卫（鹤翁）在1934年所设立，展出其所收集的东洋美术品，该美术馆位于神户市东滩区的住吉町。

加确定了。阿春和幸子的心思是一样的，所以一开始逢人就打探野寄的受灾状况。那些人都说住吉川东岸那一带受灾最严重，其他地方的水势已经大为减弱，唯独那里没有水势减弱的迹象，个别之处的水位已经达到一丈余深。

幸子深信她丈夫并不是那种鲁莽行事之辈，出门时也说过绝不会冒险的，所以她并不特别担心丈夫的安危。可是，随着时间推移，她不仅担心妙子，连她丈夫也担心起来了。野寄的灾情那么严重的话，他是不可能过去的，中途会折返回来，但他到现在都没回来，这是怎么回事呢？他是不是一心想往前再走一些，不知不觉走进危险区域，被洪水卷走了呢？又或者是，她丈夫虽然行事谨慎，但是他打定主意总是不肯放弃，会想方设法抵达目的地，这条路走不通就走另外一条路，从各个方向尝试看看，或是暂时待在某个地方等待洪水减退。就算抵达目的地成功解救出妙子，也要蹚水走回去，费时间是理所当然的，即使到了六七点钟回家也没什么可奇怪的。幸子想到从最好到最坏的所有情形，但她往往觉得坏情形最有可能发生。庄吉说："不会有那种事情的。不过，既然您这么担心，请让我去看看吧。"幸子不知道庄吉会不会碰巧遇到她丈夫，但她想这多少也能让人宽心，就答道："那就辛苦你了……"说着，她就将马上准备出门的庄吉送到后门。那时已经是 5 点钟左右了。

这栋住宅的前门和后门对着不同的街道，幸子送走庄吉后，想顺便活动活动腿脚，从后门走到前门，今天因为电铃没办法用了，所以大门一直敞开着，幸子走进玄关，直接往院子方向走去。

"太太，"这时，舒尔茨夫人从铁丝网那边探出头来，"悦子的学校没问题，您放心吧。"

"谢谢您。悦子总算平安回家了，但让我担忧的是小妹的安危，我丈夫现在接她去了……"

幸子于是就把刚才对庄吉说的话，用舒尔茨夫人能听明白的语言复述了一遍。

“哦，是吗？”舒尔茨夫人皱着眉头，“您的担忧，我能理解，也很同情您。”

“多谢。那么，您先生呢？”

“我丈夫还没回来，我非常担心。”

“那么，他真去神户了吗？”

“我是这么想的，可神户也发洪水了，滩也好，六甲也好，大石川也罢，这些地方到处都是水！不知道我丈夫、彼得、罗斯玛丽他们怎么样了……不知道他们在哪里……我非常非常担心……”

这位夫人的丈夫舒尔茨先生身材魁梧，一看就是个值得信赖的男子汉，也是个理性的德国人，就算遇到多少有些麻烦的洪水，幸子认为也不至于出什么问题。彼得和罗斯玛丽所在的学校也处于神户地势较高的地方，所以恐怕没遇到水灾，只是被洪水阻断了回家的路途罢了。但舒尔茨夫人难免胡思乱想，不管幸子如何宽慰她，她怎么也听不进去，只是说：“不，我听说神户灾情严重，死很多人。”看着那张满是泪痕的脸，幸子也有切身体会，最后不知道该怎么劝慰才好，“一定没事的，衷心祝愿您全家平安无事……”她只能笨嘴拙舌地重复这些客套话。

就在她为安慰舒尔茨夫人而苦恼的时候，约翰尼朝着大门蹿了过去，像是来人了。莫不是丈夫他们回来了？幸子的心不由得怦怦直跳。可是，就见一个戴着巴拿马草帽穿着藏青色西装的人影，从花木丛那边向玄关走去。

“是哪位呀？”幸子见阿春从露台走到院子里，就迎上去问道。

“是奥畑先生。”

“哦……”幸子看起来有点儿狼狈，她没料到今天奥畑会来探望。虽然不由得想不通，不过他来探望也是理所应当的。但话说回来，该怎么应付他呢？其实自从上次的事情后，幸子就打算今后他再来拜访也不请他进屋了，在门口会见一下就打发他回去，她丈夫也是这么叮嘱她的。但在今天这种情形下，对方说不定会请求在这里等待小妹的消息，一味地拒绝别人未免不近人情。老实说，今天倒是该让奥畑等着，让他看到妙子平安无事地回来，和他们一起高兴。

“奥畑先生问小妹在不在家，我说小妹还没回来呢，他说如果这样的话，请求见太太一面……”阿春说道。

他和妙子的前因后果，是对除了幸子以外的家人都保守秘密的，奥畑明明是知道这一点的。可这个平素惯于装模作样、从容不迫的奥畑，今天竟然焦急得一反常态，对传话的女佣说出这种话来，幸子不仅觉得今天可以原谅他，甚至觉得纵然行为有失检点，反倒博得了一些好感。

“请客人进来吧。”

幸子趁机对仍旧探出头来站在铁丝网前的舒尔茨夫人说：“家里来客人了……”道歉后便上楼去了。从今天早晨开始哭了好几次，眼睛都哭肿了，需要粉饰下。

冰箱已经失去效用了，只能让人拿着在井里冷却过的麦茶招待客人。幸子让客人等了一会儿才走进客厅。奥畑又像上次那样站起身来，摆出一副立正的姿势。他身上穿的那条笔挺的藏青哔叽裤子，折痕笔直，几乎没有溅上什么泥，这和刚才满身是泥的庄吉形成天壤之别。据奥畑说，他一听说阪神电车从大阪到青木那段路通车了，就乘电车来到芦屋站，从车站到这里只走了大约一里路，中途还没有退水的地方也只有一点，脱下鞋子卷起裤脚就走过来了。

“本该早点儿来问候您，不过，我不知道出了号外，是刚刚才听说的。今天是小妹去西装裁剪学院学习的日子，但愿她没出门才好……”

老实说，幸子今天请奥畑进来也有她的想法。她想今天这种情形下，奥畑或许是最能理解自己忧虑的人，向他倾吐一下，也能稍微缓解一下自己坐立不安、殷切盼望丈夫和小妹平安归来的心情。可是隔着桌子坐下来，她又觉得不适合过于坦率。虽然奥畑想知道妙子消息的心情不假，可他担忧的表情以及说话的方式总让人觉得有些做作。这使得幸子当即产生了戒心：他该不是想趁这个机会打入这个家庭吧？在对答中，幸子尽量不带感情地向奥畑介绍了下面这些情况：妙子到达目的地后不久就发生洪水了，而且西装裁剪学院附近的灾情尤为严重，让人很是担忧妙子的安危；因为过于担忧，她拜托丈夫无论如何都要去打探一下消息。他大概是今天上午十一点钟出去的，一个小时以前从上本町来探望的庄吉也去那里了，可到现在谁都没回来，她越来越担心，等等。果不其然，奥畑吞吞吐吐地说："让我在这里等一会儿可以吗？"幸子爽快地答应了："那么，请随意休息下吧。"打了招呼后，她就上了二楼。

听说客人要等很长时间，幸子便提议送些什么给他看，她让人送去两三种新出版的杂志，沏上红茶，自己则没有再下楼。她虽然没下去，但因为想起悦子对客人抱有好奇心，有时会从走廊里往客厅偷看，于是站在楼梯口喊道："小悦，你过来一下！"

悦子到了二楼，她训斥道："小悦，你这个习惯可不好，家里来了客人，你为什么往客厅偷看？"

"我没偷看。"

"撒谎！妈妈明明看到了。你不觉得这样对客人失礼吗？"

悦子涨红了脸，眼睛上翻，低下头，她又想下楼去。

"不许下楼，就留在二楼吧。"

"为什么？"

"在二楼做作业吧，小悦的学校明天该上课了。"

幸子硬让悦子进入那个六铺席房间，把教科书和练习簿放在她面前，又在桌子下面点上蚊香，然后走到八铺席房间的走廊下，眺望着丈夫他们回家时会走的那条街。突然，从邻居家传来洪亮的喊声："喂！"幸子朝那边望去，只见舒尔茨高举着手臂喊着："希尔达！希尔达！"他一边喊着夫人的名字，一边从正门向后院走去，他后面还跟着彼得和罗斯玛丽。他夫人在后院里做着什么，才高声答应了一声“哎”，就被舒尔茨先生突然抱住，接连吻了几下。虽然太阳已经落山了，可院子里仍然很明亮，幸子从梧桐和檀香树树叶间的缝隙里，看到了西洋电影中常见的那种拥抱镜头。夫妻俩分开后，接下来轮到彼得和罗斯玛丽一个接一个扑进了妈妈怀里。依靠着栏杆蹲着的幸子悄悄地从走廊躲到拉门里面。舒尔茨夫人似乎没注意到这一幕被人看见了，她放开罗斯玛丽，高兴地从篱笆里探出头来：

“太太！”她一边环视着庭院，一边用兴奋的声音喊道，“太太，我丈夫回来了，彼得和罗斯玛丽也回来了。”

“啊，真是太好了。”幸子不由自主地从拉门后面跑出来，站在栏杆那里。同时，正在隔壁房间学习的悦子也扔下铅笔，跑到窗户边上：

“彼得，露米……”

“万岁！”

“万岁！”

当三个孩子楼上楼下挥手致意时，舒尔茨和他妻子也挥舞着手臂。

“太太，”这回幸子从二楼高声说道，“您先生去神户了吗？”

“我先生在去神户途中遇到了彼得和露米，他们三个就一起回来了。”

“啊，是在路上遇到的呀，真是太好了……彼得，”舒尔茨夫人的日语让人听着着实着急，幸子就和彼得攀谈起来，“你和爸爸是在哪里碰到的？”

“在国道德井附近碰到的。”

“啊，你是从神户步行到德井的吗？”

“不是，从三宫到滩有省线电车。”

“哦，电车通到滩了吗？”

“是的，我带着露米从滩走到德井的时候碰到了爸爸。”

“能碰到你爸爸，那可真巧啊！从德井到这里走的是哪条路啊？”

“我们走的是国道，但也经过了其他地方，比如省线的铁轨，走得更多的是山地和没有路的地方。”

“那可不得了，洪水还有很多没退吗？”

“不是很多……稍微有些地方……东一片西一片的……”

彼得说的情况，如果追问下去，就会发现有解释不通的地方，比如某处是怎么走过来的，哪里的洪水未退，途中的状况如何等等，这些事情他都讲得不太清楚。不过，像罗斯玛丽这样年幼的小姑娘都能够平安走过来，又觉得这三人的衣服没有拖泥带水的，他们走到这里并没有遇到多大的危险和困难。如果是这样的话，幸子就对丈夫和妹妹至今未归越加怀疑起来。连这样的小男孩、小女孩用半天时间都从神户走回家了，她丈夫和小妹也应该回来了，却至今都没回来，不能不让人怀疑出了乱子，而且很可能发生在妙子身上，因此，无论是丈夫，还是庄吉，说不定都是为了搜寻和搭救妙子而花费了大把的时间。

“太太，您先生和妹妹怎样，还没回来吗？”

“还没回来呢。舒尔茨先生和孩子们都回来了，不知他们为什么还不回来，我真担心啊！”幸子说着说着，声音不由得哽咽了。

被梧桐树叶遮住半边脸的舒尔茨夫人照例啧啧咋舌。

“太太，”这时阿春走上楼来，两手伏在门槛上说，“奥畑先生说他要去野宿看看，让我来禀报太太。”

七

幸子到了楼下时，奥畑已经站在玄关的土间里了，他手中拄着一根白蜡木手杖，手杖上镶的饰件闪着金光。

“我听见您刚才在楼上所说的话了，那两个洋人孩子都已经回家了，小妹为什么还不回来呢？”

“是呀，我也是这么想的。”

“不管怎么说，也太晚了，我想去看看，也许还会回来打搅的……”

“那就太感谢了，不过天色渐渐暗下来了，还是在这里等等吧……”

“话是这么说，可我实在坐不住了，与其坐在这里等着，还是早点儿去一趟吧。”

“啊，是这样啊……”幸子现在的情况是，只要关心小妹的人，她都心存感激，不由得当着这个青年的面流下了眼泪。

“那么我走了……姐姐也不要担心……”

“谢谢你，你也小心点儿……”她自己也走下土间，“请问，你拿手电筒了吗?”

“我有。”奥畑从台阶上拿起巴拿马草帽，慌慌张张地从里边掏出两样东西，迅速把其中一样塞进口袋里，另一样是手电筒，塞进口袋里的是莱卡或康太斯相机，也许他为在这种情况下还带着这种玩意儿感到难为情了吧。

奥畑走后，幸子暂时靠在门柱上，凝视着苍茫的暮色，可丈夫他们依然没有回来的迹象，她只好回到客厅，为了稳定一下烦躁不安的情绪，她点燃蜡烛，坐在椅子上。阿春进来了，战战兢兢地说晚饭准备好了。幸子意识到晚饭时间已经过去了，可她实在没有食欲，就说：“让悦子先吃吧。”阿春去二楼询问，马上就下来说：“小姐也说等会儿再吃。”平时一个人在二楼就感到寂寞的悦子，今天做完作业仍然老实地待在房间里，真让人觉得不可思议。悦子也知道这种时候缠着妈妈准会挨骂，所以不到妈妈身边去。幸子就这样坐了二三十分钟，又变得不安起来，不知她想到了什么，上了二楼，没和悦子打招呼，悄悄走进妙子的房间，点燃蜡烛，不自觉地走过去，开始端详朝南面挂着的镜框里的四张照片。

这是上个月五日的乡土会时板仓拍下的妙子《雪》舞的照片。那天妙子跳舞时，板仓始终把镜头对着她，拍下很多照片。那天傍晚她卸妆之前，板仓又请她站在金屏风前摆出各种姿势，拍了好几张。收在这个镜框里的，都是后来在板仓的特别要求下拍摄的，是妙子亲自从板仓送来的大量照片中挑选出来的四张，并让他放大成四开相纸大小。板仓拍照的时候忙得不亦乐乎，在光线、效果等方面花费很大心思。不过，令人佩服的是，板仓好像在观看舞蹈时尤为用心，在要求妙子摆出姿势时，他时而说“小妹，这不是对应‘衾寒枕冷’那句歌词吗?”时而说“展示‘枕上独听霰雪声’那句歌词的舞姿吧。”诸如此类，他记住了歌词和舞姿，还自己展示舞姿给人看。因此，这四张照片可谓板仓的杰作。现在一看，当时妙子漫不经心的举止神态和言语，幸子竟然都莫名地回想起来了。妙子那天是第一次在公开场合表演《雪》舞，但跳得相当出色。不仅幸子有这种感觉，连山村作师傅都对她赞赏有加。那当然得益于师傅每天远道而来精心指导，也离不开妙子从小学过舞蹈，生来有艺术天分。这么说也许会被看成是吹捧自己妹妹，但幸子确实是这么想的。幸子这个人，不管遇到什么事情只要一激动，马上就会掉眼泪，那天她看着妙子飞舞，不禁为妙子精湛的舞技所感染，流下泪水。今天她面对这四张照片，不禁涌起和上次同样的心情。

在这四张照片里，她特别喜欢“心随夜半钟声远”这句歌词后面演奏过门的时候妙子摆出的舞姿——她将张开的伞置于身后，双膝支撑着弯下的身体，上身左倾，双手拢袖，侧耳倾听钟声渐渐消逝在遥远的雪空中。幸子曾经多次看见妙子在练习时合着师傅嘴里哼出的三味线节拍，跳出这个舞姿。等到公开演出那天，在服装和发饰的烘托下，表演要比练习时精彩好几倍。幸子自己也说不出为何自己如此喜欢妙子的这个舞姿，也许从这个舞姿中能看到平素里洋气十足的妙子所缺乏的那种动人的风韵吧。在幸子看来，妙子是她们四姐妹中特殊的一个，是个活泼进取、想干什么就去干的新女性，她的这种作风有时候甚至让人觉得可恨。但是看她的舞姿，她发现妙子也有日本传统女性的娴静气质，生发出一种不同以往的怜爱之情。再说她头上梳了从未梳过的传统发髻，面部施了旧式妆容，容貌为之一变，以往那种年轻和活泼的劲头消失了，呈现出和她的实际年龄相称的端庄持重之美，幸子对这个也有一种好感。

但是，现在回想起来，大概一个月前，这个妹妹打扮得如此漂亮而且拍下这样的照片，总有一种不祥的预感，似乎绝非偶然。如此说来，那天贞之助、幸子、悦子围着妙子拍照，会不会变成一张纪念照呢？幸子记得那时自己看见妹妹穿着姐姐的嫁衣，就不由得感伤落泪。她曾经满心期待这个妹妹有朝一日能盛装出嫁，难道这个愿望终成泡影，这样照片中的身姿竟成了她最后的盛装吗？幸子竭力打消这个念头，她越盯着镜框中的那张照片就越觉得毛骨悚然，于是，就将视线转移到壁龛旁边交错搁板的木架上去，那里摆着妙子新近制作的《羽毛小侍女》[①] 的人偶。两三年前，第六代尾上菊五郎在大阪歌舞伎剧场表演《游方僧》[②] 时，妙子去观看过多次。这个人偶虽然面相上不怎么像那位演员，但在身段等方面却巧妙捕捉到了那位演员的特点，由此看来，妙子曾经仔细观看过那位演员的舞蹈。真的，这个妹妹不管做什么都这么灵巧……也许是在姐妹中出生最晚的缘故吧，她的成长过程最为艰难，比任何人都世故，反而把幸子本人和雪子当成小妹妹来看待。幸子意识到自己过于怜惜雪子，对这个妹妹则多少有些疏远，这是不好的。今后对她要和对雪子一样。当然，她不会有什么大碍，只要她平安回来，自己就说服丈夫同意她去法国，甚至成全她和

---

① 《羽毛小侍女》：歌舞伎舞蹈《春昔由缘英》的别称，濑川如皋作词，第一代杵屋正次郎作曲，天明五年（1785）在江户首演。该舞蹈有关于侍奉高级妓女的小侍女天真无邪对打羽毛毽子、踢毽子等动作的表现。第六代尾上菊五郎在昭和六年所饰演的小侍女受到好评，开幕时有肩上扛着毽子板从布帘后面伸出头来亮相的造型。

② 《游方僧》：清元节（净琉璃的一个派别，以曲调清婉、民众性见长）的剧目。该剧目原为第二代樱田治助作词、第二代杵屋正次郎作曲的歌舞伎舞蹈《七枚续花之姿绘》中的一段，被第六代菊五郎在昭和六年（1931）改编为清元节重新进行演出。

奥畑的婚事。

天色已晚，在停电的夜晚，夜色变得更为幽暗，远处传来蛙声，显得更为幽静。院子里的树叶缝隙间透过一线亮光，幸子走到檐廊一看，原来是舒尔茨家的餐厅里点起了蜡烛。舒尔茨在高声说话，间杂着彼得和罗斯玛丽的声音。他们一家现在正聚在一起吃饭，父亲、儿子和女儿正向母亲讲述当天的历险故事。幸子凭借摇曳的烛光，可以推测出邻居家幸福享用晚餐的情景，又不安起来。这时，她听见约翰尼从草坪跑出去的声音。

"我回来了！"玄关那边传来庄吉兴奋的声音。

"妈妈！"隔壁房间的悦子大声喊道。

"啊，可回来了。"幸子也说道。随即两人都跑下了楼梯。

玄关很暗，看不清楚，不过在庄吉说"我回来了"之后，接着就听见丈夫的声音："回来了！"

"小妹呢？"

"小妹也回来了。"丈夫马上这样答道。可是妙子没有回答，幸子终究不放心，问道："怎么了，小妹？怎么了？"

就在幸子探头看向土间的时候，阿春在她后面举起了烛台。在摇曳的烛光中，幸子约略看出了土间里的三个人，终于看见妙子了。妙子与今天早晨外出时判若两人，身上穿着一件绵绸单衣，大大的眼睛直愣愣地看着这边。

"二姐……"妙子刚激动地颤声叫出这句，紧张的情绪顿时松懈下来，喘着气哭了起来，身子像倒下去一样低头伏在了木板台阶上。

"你怎么了？受伤了吗？"

"没受伤，"又是丈夫回答的，"虽然遇到了麻烦，但多亏有板仓搭救。"

"板仓？"幸子看了看三人的身后，并没有看到板仓。

"啊，帮我提桶水来吧。"贞之助浑身是泥，雨靴不见了，光脚踩着木屐，木屐上、脚上、小腿上都是泥。

八

关于妙子遇险的经过，那天晚上由她本人以及贞之助轮番对幸子讲了，现在把这件事的梗概记述如下：

那天早晨，在阿春把悦子送到学校回家后没多久，也就是八点四十五分左右，妙子出了家门，像往常一样从国道的津知车站坐上公共汽车。那时虽然下着大暴雨，但公共汽车是行驶的，她一如既往地在甲南女子学校前下车，走几步路就跨进了西装裁剪学院的大门，那时大概是九点钟。说是学院，也不过就是管理散漫的私塾，再加上天气如此恶劣，外界纷纷传言要发山洪，因此缺席的人很多，来的人也安不下心来，于是决定停课一天。其他人都回去了，只有妙子被玉置院长留下来喝咖啡，到另一栋房子，也就是玉置女士的住宅里聊天。玉置院长较妙子大七八岁，丈夫是个工学士，在住友轧铜厂里担任工程师，夫妻俩有个上小学的儿子，她自己也是神户某百货公司的女式西装部的顾问，同时开办了这个西装裁剪学院。

学院旁边盖了一栋西班牙式的漂亮平房住宅，学院的校舍和庭院相接，中间有个小门相通。妙子名义上是玉置的学生，却颇受玉置宠爱，经常受邀去她家里做客。当时妙子在客厅里，请玉置女士介绍法国的有关情况，好作为留学的参考。玉置院长有到巴黎进修数年的经历，她建议妙子无论如何都要去一趟法国，她自己会尽微薄之力引荐的。她边说边点燃酒精炉煮咖啡。这段时间暴雨吓人地倾泻而下，妙子道：“唉，怎么办呢？这样我就回不去了……”玉置安慰道：“没关系的，等雨小了我也要出去，再稍微坐一会儿吧。”两人正在聊天，就听一声“我回来了”，玉置十岁的儿子阿弘大口喘着粗气跑了进来。母亲问：“哎呀，你说学校怎么了？”他答道：“今天才上了一小时就不上课了，说是发洪水路上就危险了，就放学回家了。”“要发洪水吗?”女士追问道。阿弘说:“你说什么呢?我刚才回来的时候后面就有水不断追上来,为了不被追上,我拼命跑。”在阿弘说的时候,就听“哗”的一声,泥水奔进了院子里,转眼就要漫上地板了。于是,妙子和玉置慌忙关上门。这时,对面的走廊传来了潮水般的喧嚣声,水从阿弘跑进来的那个房门涌进室内。

门从里面关上的话马上就会被冲开的,于是三个人用身体顶住房门,但不管怎样,洪水还是“咚咚”地撞击着房门,好像非要撞破房门似的。他们就齐心协力,把桌子和椅子都搬来顶房门。阿弘盘着腿坐在一把紧靠在房门内侧的安乐椅上,也拼命抵抗。没多久,阿弘大声笑了起来。因为房门突然开了,安乐椅连同坐在上面的阿弘浮在水面上。“啊,糟了,别把唱片弄湿喽。”玉置说着,立即从柜子里拿出唱片,想放在高处,可没有搁板什么的,就堆在已经泡在水里的钢琴上面。她们忙乱一阵后,发现房间里的水已经淹到了腹部,三张一套的桌子啦,煮咖啡的玻璃杯啦,砂糖罐啦,康乃馨啦,各种各样的东西在室内东一个西一个地漂浮起来。“喂,妙子小姐,那个人偶没问题吧?”玉置很不放心壁炉架子上放置的那个妙子制作的法兰西人偶。妙子答道:“应该没关系吧,不会发那么大洪水的。”实际上,那时候他们三个人还在大闹,说说笑笑的。阿弘发现自己的书包被水冲走,伸手去抓,结果被漂来的收音机磕到了头,疼得他“哎哟”大叫一声,玉置、妙子,连同捂着头的阿弘都笑得合不拢嘴。这样闹腾了大约半个小时,他们三个不知从什么时候不约而同变得神色严肃而沉默了。妙子回忆说,洪水一瞬间就淹到胸口了,妙子紧紧攥住窗帘紧靠墙上。大概是让窗帘碰到了,一个镜框从头上掉了下来,漂到了她眼前,是玉置女士珍藏的岸田刘生[①]的《丽子像》。玉置女士和妙子都恨恨地

① 岸田刘生(1891—1929),出生于东京,擅长西洋画,参加过白马会、木炭画会,创建草土社,代表作品有《丽子像》《村女》等,也著有《初期亲笔浮世绘》等。

眼看着那个镜框浮浮沉沉地朝房间的一角漂去，别无他法。“小弘，不要紧吧？”玉置女士说话的语气都和先前完全不同了。“嗯。”那少年应了一声，身子都站不住了，就爬到了钢琴上。

妙子想起小时候看过的西洋侦探片里的一个场景：侦探突然掉进了一个地下室，那是个像箱子一样四面密封的房间，水不停地往里边涌，侦探的身体一寸一寸地沉入水中。那时他们三个人的位置分散着，阿弘在东边的钢琴上，妙子在西边的窗帘边，玉置女士原本用来堵门的桌子又被冲回房间中央，于是爬到那张桌子上面。妙子也感到自己有些站不住了，她边攥住窗帘，边用脚摸索可能成为支撑的东西，正好碰到三张一套桌子中的一张，于是就将它横着放倒，站了上去（她后来才知道，那时的水是浓厚的泥水，大部分是砂土，所以起到了黏着的作用。洪水退去之后一看，桌椅等物品被埋在砂土里难以移动，很多房间也因为灌满砂土而免于流失或倒塌）。他们不是没考虑逃到屋外的方法，也许可以考虑打破窗户，但是妙子往窗户外面一看（那是上下对拉的双重窗，刚才雨打进来时关上了，只在上半部分留了一两寸的空隙），室外的水位已经和室内差不多高了，和室内的水渐渐像沼泽一样沉淀下来相反，窗外的水如同汹涌的激流。而且，窗外除了四五尺处有一个遮挡西晒用的藤棚外，就是草坪，没有高大的树木和建筑物。如果逃出窗外，要能游到藤棚那里爬上藤棚才行，但显而易见的是，在抵达藤棚之前就会被洪流卷走的。阿弘站在钢琴上，伸出手摸天花板。确实，如果能打破天花板爬到屋顶上去，这无疑是最好的办法。不过，凭借少年和两个女人的力量是无论如何也办不到的。“不知道阿兼怎么样了，妈妈？”阿弘突然问道。“刚才好像在女佣房里，不知道怎样了。”玉置女士这样答道。“怎么一点儿声音也没有？”阿弘又说道。可是玉置女士没有回答。三个人无言地看着把他们隔开的水面，这时水位又上涨了，距离天花板只有三四尺的样子。妙子把横放的桌子重新竖起来，然后站在上面（桌子被泥埋住变得很重，桌子腿陷在泥里了，重新竖起来的时候很费劲），她两手牢牢抓住窗帘顶部的金属窗帘杆，只是头从水面露出来。站在房间中央桌子上的玉置女士的情况也差不多，她头顶刚好有个用三根粗链条吊着的硬铝合金材质的金枝形吊灯，每次站不稳就抓住它。

“妈妈，我会死吗？”阿弘说。见玉置女士没答话，阿弘再次问道：“我要死了吧？我会死吗？”

“哪儿会死呢，这种事情……”玉置女士似乎说了什么，可她只是含糊不清地动动嘴，恐怕她自己也不知道说什么好。

妙子看着头露在水面上的玉置女士，觉得濒临死亡的人的表情大概就是这样吧，自己现在的表情准是和对方一样。她还懂得了人濒临死亡而无从得救时会出乎意料地平静下来，恐惧也就消失了。

妙子以为处于这种状态有三四个小时那么漫长，但实际上一个小时也不到。前文讲到玻璃窗的上端打开了一两寸，浊流正从那里涌进房间来，所以她一只手紧紧抓着窗帘，一只手拼命想关闭那扇窗户。就在这时，不，其实是此前不久，他们所在的那个房间的屋顶上传来脚步声，似乎有人在来回走动。这时，有个人影敏捷地从屋顶上跳到了藤棚上，妙子还没缓过神来，就见那个人影朝藤棚的最东边，也就是朝着最靠近妙子往外张望的那个窗户的地方走来了。那人抓住藤棚边缘，身子下入浊流里。不用说，他全身泡在水里，随时有被浊流卷走的危险，他的手抓住藤棚不放，将身子扭向窗户，和妙子打个照面，瞥了一眼窗内的妙子，接着在准备什么。妙子起初不明白对方的意图，后来才明白他一手抓着藤棚，一手穿过激流，想设法够到窗户。妙子这时才认出这位身穿皮夹克、头戴飞行员皮帽、只露出眼睛一眨一眨的男人是摄影师板仓！

听说板仓在美国时经常穿这件皮夹克，不过妙子从未见他穿过，他的脸又被飞行帽遮住了，妙子做梦也没想到他会在这种时候、这种境地出现。再说暴雨和激流弄得周围白茫茫一片，更重要的是妙子脑袋昏昏沉沉的，一时间没认出板仓，等她认出来时，不禁大叫了声："啊，板仓先生！"她与其说是在叫板仓，不如说是在告诉玉置女士和阿弘，有人来搭救他们来了，好给他们打气。接着她使出浑身力气拉开被水压紧的窗子，她原本是把窗户往上推的，如今反倒要往下拉好能钻出去。她好不容易才拉开能钻出一个人身体那么宽，看到板仓的手伸了过来，便探出上身，用右手抓住板仓的手。此时，她的身体受到激流的猛烈冲击，她的左手还紧紧攥着窗户上的金属挂钩，但眼看就攥不住了。"放开你那只手，"板仓开口说道，"我抓住你这只手，你放开你那只手！"妙子只好听天由命了。一瞬间，板仓的手和妙子的手就像锁链那样绷紧了，仿佛要被冲到下游去，但下一瞬间，板仓一把拉过妙子的身体（事后板仓也承认，是使出了出乎自己意料的死劲儿才把她拉住的）。板仓又对她说："像我这样抓住这里。"妙子按照他说的伸出双手抓住藤棚的边缘，但这比在室内的时候危险多了，眼看就要被洪水冲走了。"不行了，我快被洪水冲走了！""忍耐一段时间，紧紧抓住别放手！"板仓边说边和激流搏斗，挣扎着爬上藤架，然后扒开藤蔓，在藤架顶部开了个洞，从那里伸出双手，把妙子拉到了藤架上。

妙子最先想到的是自己得救了，虽然保不齐洪水会马上涨到藤棚上，但从这里可以逃到屋顶上去，无论遇到何种情况，板仓总会设法搭救她的。妙子先前都是在室内挣扎，根本无从想象外界的变化。此时她站在藤棚的顶端，才清楚地看到仅仅一两个小时外界所发生的变化。她当时所看到的场景，和贞之助走过田中小河上的铁桥，立在省线铁轨上所看到的"汪洋一片"的场景恐怕是相同的。只是贞之助从东边眺望那片海的时候，妙子正站在那片海的正中央，环视着四周汹涌的怒涛。她刚才还以为得救了，可此刻看到惊涛骇浪的威势，顿时觉得得救是暂时的，最后说不定还是难逃一死，自己和板仓该怎么逃出这洪水的包围呢？但眼下她又开始担心玉置女士和阿弘，"老师和阿弘还在屋子里呢，你想办法救救他们吧。"

妙子正不停催促的时候，有个东西“咚”地撞到藤棚上，藤棚晃了晃，那是根漂过来的木头。板仓说了声“好了”，又下到水里，开始用原木在藤棚和对面的窗户间搭桥。他将原木的一端推入窗内，而另一端，妙子帮着用藤蔓绑在藤棚的柱子上。搭好桥后，板仓从桥上走到对面，爬进窗户，去了之后很长时间都没见到他。后来才知道，他在窗旁将窗帘扯成长条，编成绳子，他把绳子朝着离窗户比较近的玉置女士扔去，玉置女士接住它，又扔给站在钢琴上的儿子阿弘。板仓让两个人抓住绳子，先把他们拉到窗边，接着把阿弘拉到藤棚边，抱到藤棚上。然后，他又回到窗边，用相同的办法将玉置女士救了出来。

板仓的救援活动好像花费了相当长时间，但似乎又没那么长，他事后回想也弄不清楚究竟用了多长时间。当时，板仓戴着他从美国购买的让他引以为傲的自动防水手表，说就是泡在水里也没关系，可不知那表从什么时候开始失效了。板仓总算救出了三个人，他们在藤棚上或站或坐短暂停留的时间里，雨下得更为猛烈，水也还在上涨。藤棚也觉得危险，于是他们又踩着原木桥，逃到了屋顶上（除了那根原木，又漂来两三根木材，像筏子一样堆在一起，非常有用）。转移到那个屋顶上之后，妙子才有时间询问板仓，好解除自己心头的疑团：如此危急的情况下，板仓为什么会突然从天而降？

板仓回答，他从那天早晨就有当天要发洪水的预感。另外还有一点是，板仓早在今年春天就听一位老人说过，阪神一带每隔六七十年就会发一次山洪，史上有这样的记录，而今年恰好是那一年。连日的暴雨使他忧心忡忡。到了今天早晨，附近果然不安起来，有传言说住吉川的堤防快要决堤了，自卫团的成员在巡逻，弄得他坐立不安，不能一直待着，他自己要去观察一下，走到了住吉川附近。他在住吉川两岸察看，意识到要发生大事，沿着水道往回走，走到野寄时遇上了山洪。即使是这样，即使他预料到会发洪水，那他为什么会早有准备，穿上皮夹克出门，还在野寄附近溜达，这些仍是让人感到费解的地方。他知道今天是妙子去西装裁剪学院学习的日子，难道他早晨出家门时就抱定了这样的想法：万一妙子身处险境，他要第一个赶去营救她？问题的症结就在这里了，现在暂且不去研究它。妙子在藤棚上听到的解释是，当他被洪水追得东躲西逃的时候，偶然想起小妹今天要去西装裁剪学院，就是排除万难也要救援不可，就不顾一切在浊流中赶来了。关于他到学院前殊死搏斗的情形，妙子后来听到了详细内容，但在此处就没必要赘述了。只是，他也和贞之助一样，先上了铁轨，再向甲南女子学校的方向赶来的，但他比贞之助早了一两个小时，所以能勉强蹚过洪流。但按照他自己的说法，他曾经三次被洪水冲倒，险些丢掉性命。当时除了他以外，没有一个人跳入激流中去，这话应该所言非虚。然后，他好不容易来到学院的校舍，此时山洪达到顶点。他在校舍的屋顶上茫然失措，忽然注意到，玉置女士住宅那边女佣房间的屋顶上有人频频挥手，这就是女佣阿兼。阿兼发现板仓注意到她了，就指了指客厅的窗户，竖起三根手指，然后在空中用片假名写“妙子”的名字。板仓凭借这个，知道窗户里有三个人，三人中的一个是妙子。一眨眼工夫，他再次跳入激流中，一会儿被水冲走，一会儿被卷进水中，他不停拼命划水，终于成功游到藤棚边上。不用说，这最后的殊死搏斗相当冒险，是豁出性命才赢得的这份功劳。

九

板仓在进行上述救援工作的时候，正好是贞之助躲在列车里避难的那段时间。贞之助好不容易逃进了甲南女子学校，被收容在二楼指定为普通灾民临时休息处的一个房间里，一直休息到下午三点钟。不久，雨终于停了，洪水也开始退了，他马上向只有一段距离的西装裁剪学院走去。然而，那天的路并不像平日那般好走，洪水虽说退了，但泥沙还在，堆积如山，有些地方的泥沙甚至堆到了屋檐下，简直有如冰封雪裹的北方城镇的景色。更为糟糕的是，走在这些泥沙上，就像走在吃人的沼泽上，稍不留神就会被吞噬掉。贞之助也曾陷进去一次，等他拔出脚来，皮鞋只剩下一只了，于是，他索性将剩下的那只也脱掉了，只穿着一双袜子趺趺撞撞地前行。平时一两分钟就可以走到的路程，他这次足足走了二三十分钟。

走近一看，西装裁剪学院所在的地方已经面目全非了。学院的大门大部分被淹没了，只有门柱的头儿稍微露在外面，平房的校舍掩埋在泥沙下，也只剩下石板瓦屋顶了。贞之助曾设想妙子她们会到屋顶上避难，但屋顶上一个人影也没有。学生们到底怎样了？是幸运地逃出来了，还是被冲走了，抑或是被掩埋在泥沙下了？他失望地穿过校舍南边（那一带的泥沙也相当危险，每走一步路，泥沙都要陷到大腿部分）以前那里是花坛和草坪，往玉置女士的住宅方向走去。藤棚剩下藤蔓缠绕的顶部还露在外面，旁边有两三根漂来的木头堆叠在一起，无法搬动。但这时出乎他意料的是，妙子、板仓、玉置女士、阿弘，另外还有女佣阿兼，他们聚集在住宅的红瓦顶上。

板仓对贞之助说了自己救出三个人的过程，然后解释说："洪水已经退成这样了，原本想送小妹回芦屋的，一是小妹非常疲劳，二是我走后，玉置女士和少爷会感到不安，所以决定暂时休息一下，再看看情况。"实际上，不是有过这种遭遇的人是不会理解的，虽然事后想起来觉得很可笑，但当时玉置女士、妙子和阿弘被严重的恐惧症缠身，尽管天色放晴，眼看着洪水退去，但他们仍然不相信自己已经安全了，全身仍然战栗不止。板仓早就催促过妙子："老爷和太太都很担心，应该早点儿回府，我送您回去。"妙子自己也是这么想的，何况地面上的沙土已经堆得和屋檐一样高，走下去应该没问题，可不知为什么，妙子总是觉得那里有危险等着她，没勇气走下去。而且玉置女士也说："妙子小姐、板仓先生走了的话，我们怎么办才好呢？虽然我丈夫会赶来，但如果他今天回不来，天又黑了，我们也许就要在屋顶上过夜了。”阿弘、阿兼也请求板仓再待一会儿。这时，贞之助来了。贞之助爬上屋顶，反倒松了口气，筋疲力尽的身体一歇下来，一时间连站起来的力气都没有了，仰面躺了一个多小时，望着渐渐放晴的天空。大概四点半钟（贞之助的手表也坏了），在御影町居住的玉置家的亲戚派来慰问玉置和阿弘的男佣来了。贞之助、板仓趁此机会护送妙子踏上归途。妙子的体力还没有恢复，神志也没恢复多少，一直需要贞之助和板仓搀扶或背着走。住吉川的主河道已经干涸了，取而代之的是东面的一条新住吉川，横亘在国道的甲南女子学校前和田中一带之间，向前流淌。因此，要越过那里是相当困难的。他们到达那条河的中游的时候，和从东面涉水过来的庄吉相遇了，合为一行四个人。

到田中时，“我家就在附近，到我家去休息一下吧?”板仓说，“其实我也很担心自己家成什么样了。”贞之助虽急于赶回家去，可看到妙子这个样子，为了让她得到休息，在板仓的家里又歇息了一个小时。单身的板仓和妹妹一起生活，二楼是摄影室和工作室，楼下是住宅。进门一看，他家的房子也被水淹了一尺左右，损失也相当大。他邀请贞之助等人到二楼的摄影室，从泥水中捞出几瓶汽水来招待他们。这段时间妙子脱下被泥水浸湿的薄纱西装，擦干肢体，在板仓的提醒下，穿上了他妹妹的绵绸单衣。贞之助到现在为止仍然光着脚，从那里出来时借了板仓的萨摩木屐穿上了。板仓不顾贞之助“有庄吉陪伴，没问题了”的劝阻，坚持把他们送到田中附近才折回去。

幸子满心期待，说不定在哪里走岔路和妙子没碰上的奥畑还会来探望一次，可那天晚上他始终没出现，直到第二天早晨，也只是让板仓代为探望。昨天晚上板仓护送妙子回家后，过了一段时间，启少爷到他家来了。奥畑对他说：“我今天晚上到芦屋的莳冈家等小妹，可等到很晚都没见她回来，就打算到那边接她，沿着国道走，不知不觉走到这里来了。我想去野寄看看，可是天已经黑了，从这里往前走大路都变成了河，蹚水过去也够呛，心想不如向你打探一下消息。”板仓答道：“请放心好了。”板仓就讲述了从早晨开始的来龙去脉。启说：“那我就直接回大阪了，可不去次芦屋又不好，就拜托你明天早晨去转告他们，说我从你这里得知小妹平安无事，就没有再去探望，直接回大阪了。另外，还拜托你代为去问候小妹，看看她今天情况如何，虽然没有受伤，看看她有没有感冒。”板仓按照他的原话做了转达。

妙子今天早上已经好了，她和幸子一同来到客厅，再次向板仓行礼致谢，两个人你一言我一语回顾了那一两个小时的危险经历。特别是逃到那个屋顶上，两个小时左右的时间，妙子只穿着一件夏装，淋在瓢泼大雨里，却连感冒都没得，连她自己都觉得不可思议。板仓说那种时候紧张得要命，反倒什么事也没有。板仓谈完就起身告辞了。可毕竟妙子在和洪水搏斗的时候拼尽了体力，从第二天开始就浑身关节疼痛，右边腋下疼得尤为厉害，她担心是不是得了肋膜炎，幸好没几天就好了。只是两三天后又下了一场小雷阵雨，妙子听到哗哗的雨声，就觉得心惊肉跳。妙子有生以来第一次害怕下雨，恐怕是那次洪灾所形成的恐惧还潜藏在心中的缘故吧。几天后的夜里，又下起雨来，会不会发洪水呢？因为怀着这种担忧，她一夜没睡。

十

阪神一带的民众看了第二天的报纸，才知道了这次灾害的全貌，再次感到震惊。芦屋的幸子家在那之后的四五天里，每天都有络绎不绝的访客前来探视慰问，幸子为接待他们而忙碌。后来，随着电话、电灯、煤气、自来水等各种设备的恢复，这种忙乱也渐渐平息了。然而，由于“卢沟桥事变”，人手和卡车不足，到处堆积的泥沙得不到及时清除，烈日当空，行人在白茫茫的尘土中来往，这犹如那年大地震后东京街头情景的重现。阪急的芦屋川车站等地，由于以前的站台被沙土掩埋，只能在沙堆上设置临时站台，在桥上架设了更高的桥，供电车行驶。阪急的那顶桥和国道的业平桥之间，河床几乎和两岸的道路一般高了，稍微下点儿雨就有泛滥成灾的危险，一天也不能拖延。所以大量的建筑工人被派来挖掘搬运，但就像蚂蚁搬糖山那样艰难，竣工的日子遥遥无期。堤坝上的松树被沙尘弄脏了，而且，从水灾过后就连日晴朗，所以尘土弥漫，弄得芦屋这个有名的高级住宅往日的风貌荡然无存。

大约隔了两个半月，雪子才从东京回来，正赶上这样一个尘土弥漫的夏日。在水灾发生当天，东京的晚报上就刊登了这篇报道，但是不知道详细情形，所以涩谷家非常担心。从报纸上看，住吉川和芦屋川沿岸的灾情最为严重，而见了甲南小学有学生遇难的消息，雪子最想知道的是悦子的情况。第二天，贞之助从大阪的事务所打来电话，鹤子和雪子接的电话，把想问的事情都问了一遍。那时雪子很担心，打算第二天动身去芦屋看看，看样子是在征求贞之助的意见。贞之助答道："你想来当然没问题，只是这里已经安全了，你不用特意从东京赶来探望，何况大阪以西的铁路尚未恢复通车。"说完就挂断了电话。

但是那天晚上，和幸子聊到东京的时候，贞之助说："雪妹想来芦屋，我劝她别来，但听她的口气，是想以探望为借口回来。"果然，几天后，幸子就收到一封来信，信中写她想和九死一生的小妹见一面，也想看看记忆深刻的芦屋被糟蹋成什么样子了，不看看实际情况，总觉得心里不舒服，说不定这几天就会突然回去的，等等。

因为事先已经通知了，所以那天她故意不打电报，乘坐燕子号快车从东京回来，然后在大阪转乘电车，在阪神的芦屋站下了车，因为正好遇到一辆出租车，六点钟不到就抵达幸子姐姐家了。

"您回来啦!"

雪子把手提箱交给阿春，就这样走进客厅，见家里很是安静，问道："二姐在家吗?"

阿春一边把电风扇的风向转向雪子，一边说："是的，不过刚去舒尔茨先生家了。"

"小悦呢?"

"小姐和小妹，今天大家都被邀请到舒尔茨先生家喝茶去了。不过也是时候回来了，我去请她们回来吧。"

"不用了，你别管了。"

"就算是这样，我还是去说一声吧。小姐知道您今天可能回来，早就盼望着呢。"

"不用，不用，你别管了，阿春。"

舒尔茨家的后院传来孩子们的声音，阿春想去叫他们，被雪子阻止了。雪子独自走到露台的苇棚下，坐在白桦木椅子上。

刚才来这里的路上，从车窗往外看，业平桥一带的惨状超乎她的想象，让她觉得心惊肉跳。但看看这里的景色，依然是往日的感觉，一草一木都没有损失。正好是傍晚，风停了，热固然热，但静止的树木更显得青翠，草坪也葱茏得惹人喜爱。今年春天她去东京时，紫丁香和珍珠梅正争妍斗艳，萨摩水晶花和重瓣黄刺梅也吐露花苞，即将开放。现在雾岛杜鹃花和平谷百合花也谢了，只剩一两朵盛开的栀子花在散发着香气。此外，与舒尔茨家搭界的那些楝树和梧桐，枝叶繁茂，把他家那座两层楼的洋房遮蔽了一半。

在铁丝网的另一侧，孩子们正在玩电车游戏。虽然看不见人影，却能听见彼得模仿列车员的口吻说：

"下一站是御影，下一站是御影。诸位乘客，这趟电车从御影到芦屋不会停车。住吉、鱼崎、青木、深江的乘客请在该站换车。"他说的完全是阪神电车列车员的腔调，一点儿也不像西洋小孩在模仿。

“露米小姐，那咱们去京都吧。”这次是悦子的声音。

罗斯玛丽高声说：“好啊，去东京。”

“不是东京，是京都！”罗斯玛丽好像不知道京都这个地名，不管悦子怎么说“京都”，她还是说“东京”。

悦子急躁地说：“不，露米小姐，是京都！”

“咱们去东京吧。”

“不，到东京的话要停一百站。”

“是啊，那明后天应该到了吧？”

“你说什么，露米？”

“明后天能到东京。”

“明后天”这种发音，有罗斯玛丽舌头绕不过来的缘故，说惯了“后天”这个词的悦子突然听到这种发音，大概没听懂吧。

“你说什么呀，露米，没有这样的日语。”

“悦子小姐，这棵树用日语怎么说？”就在这时，梧桐的叶子突然发出沙沙的响声，彼得一边这样说着，一边开始攀爬。这棵梧桐树的树枝伸向边界的另一边，所以孩子们总是从舒尔茨家那边，踩着铁丝网攀树枝爬到树干上。

“就是梧桐。”

“是梧桐桐吗？”

“不是梧桐桐，是梧桐。”

“梧桐桐。”

“梧桐！”

“梧桐桐。”

不知彼得是在开玩笑还是真的说不好，怎么着都说“梧桐桐”而不是“梧桐”。

悦子气恼地说：“不是桐桐，是桐一遍！”

雪子认为“桐一遍”很好笑，忍不住扑哧笑了。[①]

十一

舒尔茨家的孩子们和悦子没多长时间就放暑假了，每天都在一起玩耍。他们早晚凉快时就在庭院的梧桐和楝树附近，玩电车或爬树游戏，中午在家里玩，只有女孩子的时候就玩“过家家”，有彼得和弗里茨加入的时候就玩战争游戏。客厅里的长椅和安乐椅太过沉重，四个人合力移到另一边，或排成排，或堆叠起来，当成堡垒和据点，用模拟气枪来攻击。彼得是军官，发出号令，其他人就发起攻击。这时候的德国小孩，就连弗里茨这样的幼童也一定会说敌人是“弗兰克拉依希，弗兰克拉依希”。起初，幸子她们不知道是怎么回事，贞之助说那是德语“法兰西”的意思，她们才进一步认识到德国是如何进行家庭教育的。但是在莳冈家，为了这个游戏，孩子们总是把客厅的家具弄得乱七八糟的，着实添了不少麻烦。来了不速之客，女佣们就得先把客人请到玄关，然后全体行动把这些“堡垒”和“据点”收拾起来。

有一次，舒尔茨夫人偶然从露台看到房间里的模样，吓了一大跳，问道：“彼得和弗里茨经常来你家这样胡闹吗？”幸子无奈地承认，夫人苦笑着走了。这之后舒尔茨夫人有没有批评她的孩子我们不得而知。但他们那种无法无天的行为并没有收敛。

包括幸子在内的三姐妹，把西式房间腾出来给孩子们玩，白天就大多待在餐厅西边的六铺席的日式房间里。这间房隔着走廊，和浴室相对，是用来脱衣服和放置待洗衣物的地方。这间房的南面是庭院，不过屋檐深，

---

① 日语中“桐”与“義理”的读音一样，“桐一遍”和日本俗语“義理一遍”（走过场）的读音一样，这使得雪子忍不住笑了。

屋子里总是暗暗的，活像软禁游客的暗室[1]。但是，因为那间房晒不着阳光，西墙上又开了一个低矮的扫出窗[2]，就算是白天也有凉飕飕的风吹进来，被认为是家里最凉快的房间。姐妹三人争相来到那扇窗前，躺在席子上，熬过下午最热的两三个小时。

她们每到夏末溽暑时节就食欲不振，因为缺少维生素 B 而苦夏。原本就瘦的雪子变得更瘦了。她从六月份开始患脚气病，至今没有治好，原本想借着慰问水灾的机会换个地方疗养一下，哪承想到这里之后反倒病情恶化了，全靠姐姐和妹妹给她打维生素 B 针剂。幸子和妙子也或多或少有这个病，所以相互打针成了姐妹们每天的功课。幸子早就穿上了露背连衣裙，到了七月二十五六日，连不爱穿西装的雪子，也无奈地给她那纸绳编成的人偶一样的瘦身子裹上了乔其纱的西装。三个人里最活跃的妙子，她还没有完全从水灾的冲击之下恢复过来，今年夏天她不如往常那样有精神。西装裁剪学院遭受水灾后就一直没有开学，但夙川的松涛公寓幸免于难，按说没有妨碍人偶制作，但这段时间她好像心情不太好，很少去工作室。

板仓在那之后经常来拜访。受灾之后，没有顾客去他那里拍照，买卖暂时停顿下来，所以他去灾区拍摄受灾情况，说想制作一本水灾纪念册。只要天气好，他就每天穿着短裤，提着莱卡相机到处转，晒得通红的脸上淌着汗水，说不定什么时候就突然跑来，先绕到后门大声喊着："春倌，拿水来，拿水来。"阿春往杯子里放几块冰，倒水给他。他一口气将冰水喝完，仔细拍拍沾满灰尘的上衣和裤子，然后从厨房来到幸子她们所在的那个六铺席房间，摆一会儿龙门阵才回去。所谈内容大多是视察各地灾情方面的，譬如今天去了布引，或是去了六甲山、越木岩、有马温泉、箕

① 原文为"行灯部屋"，是妓院里软禁交不出嫖娼费用的嫖客的暗室。

② 扫出窗：日式房间里设置的低矮的窗户，用来扫出室内的尘土。

面，有时拿来冲洗的照片给她们看，穿插着他独特的观察和感想。

有时他高声嚷嚷着：“太太，不去洗海水澡吗?”他边走进房间边催促，“快起来，快起来，天天这么躺着对身体可没什么好处。”

幸子她们也不表态。他就说：“到芦屋的海边没多远，去游游泳脚气病就好了。”他恨不得一把将她们拉起来，还做主让阿春把太太和小姐们的泳衣拿出来，雇好出租车，拉上三姐妹和悦子去游泳。幸子有时也想和悦子去游泳，但又嫌麻烦，就板仓跟着悦子去。这样，随着双方越来越亲近，板仓说话越来越不见外，也粗鲁了，有时还随意打开壁橱乱看，做出让人看不过眼的举动。但只要有什么事情拜托他去办，他二话不说就去办，委实难得，说话也很风趣，这些是他可取的地方。

有一天，三个人躺在六铺席的房间里，像往常一样享受着从扫出窗口吹来的凉风，有只蜜蜂从庭院里飞了进来，先在幸子头顶嗡嗡地飞了一圈儿。

“二姐，是蜜蜂吗?”

妙子这样一说，幸子慌忙爬起来，可是蜜蜂却从雪子头上飞到妙子头上，然后又飞到幸子那边，在三个人头顶上盘旋。半裸身子的三个人，在那个房间里来回奔逃。那只蜜蜂好像缠住她们不放似的，她们逃到哪里就追到哪里。三个人吓得哇哇大叫，逃到走廊里，那只蜜蜂也追到了走廊里。三个人从走廊逃到了餐厅，又从餐厅逃到了客厅。

悦子正在和罗斯玛丽玩“过家家”，吓了一跳，问道：“什么事呀，妈妈?”话音才落，那只蜜蜂又飞来了，撞到了玻璃窗上。

“啊！蜜蜂！蜜蜂!”

连罗斯玛丽和悦子也来凑热闹，五个人就像在和蜜蜂捉迷藏一样，一边“喔、喔”地叫嚷，一边在房间里逃窜。

是她们的喧闹慌乱刺激得蜜蜂乱窜，还是蜜蜂原本就有这种习性，眼看着就要朝庭院飞去了，却又折回来追人。五个人又从餐厅穿过走廊逃进六铺席的房间。

就这样在家里乱哄哄地折腾的时候，“怎么回事，这么热闹?”从后门进来的板仓，从厨房和走廊边界的暖帘间探出头来，看来他今天也打算去海边，穿着浴衣，戴着泳帽，脖子上缠着毛巾。

“春倌，怎么回事?”

“是被蜜蜂撵的。”

“嗯，够精彩的!”板仓说话的时候，五个人一字排开，像是练习跑步似的，紧握着双拳跑了过去。

“今天啊，可真够呛。”

“蜜蜂！蜜蜂！板仓先生，快抓住它吧。”幸子一边大喊着，一边马不停蹄地跑过去。她们龇牙咧嘴，眼睛发亮，面部痉挛，表情严肃。板仓立刻脱下泳帽，啪啪扇了几下，就把那只蜜蜂从客厅赶到院子里去了。

“哎呀，吓坏我了，多执着的蜜蜂呀。”

“什么呀，蜜蜂才被吓坏了呢。”

“这可不是闹着玩的，我刚才真被吓坏了。”雪子还喘着气，脸色煞白地勉强笑着说。透过她那件薄薄的乔其纱西装，能看到她那颗因脚气病而容易悸动的心脏突突直跳。

十二

进入八月没多久，一个同样学习山村舞的人寄给妙子一张明信片，告诉她山村作师傅因为肾病恶化，住进附近的一家医院了。

教习所按惯例每年七八月份休假，今年六月份举行乡土会时，师傅的健康状况不佳，所以决定将假期延续到九月份。妙子很在意师傅的身体，好久没去问候她，主要是因为师傅住在天下茶屋一带，从阪急线的芦屋车站坐电车去，由北向南穿过整个大阪，从难波又要坐南海电车。平时练习就在岛之内的教习所，妙子还一次都没去过师傅家。这时候突然接到这样的通知，并且说师傅从肾病演变成了尿毒症，可见病情是相当严重了。

“不知道师傅情况怎样了，小妹明天能去探望吗？过几天我也要去……”

幸子担心师傅这次发病的原因说不定是今年五六月份，她每天从远处赶来芦屋指导妙子和悦子学舞蹈，劳累过度而造成的。那个时候，幸子就注意到师傅的脸苍白浮肿，指导练习时上气不接下气，虽然她说她本人的健康是靠舞蹈来维持的，但实际上得肾病的人最忌讳过度劳累。幸子本想婉言辞退她在家里的授课的，又怕挫伤女儿和妹妹的积极性，再加上师傅自己比谁都要上心，终究没好意思说出口。现在她颇为后悔当初没有阻止。幸子自己近日会去探望，在接到明信片的第二天，就派妹妹先去探望一下。

妙子原本说趁上午凉快的时候出门，但她把时间浪费在了商量该带什么礼品去探望病人上，结果还是中午顶着大太阳出门了。下午五点钟左右，她气喘吁吁地回来了，说大阪那一带热到何种程度。她走进六铺席的房间，把被汗水粘在身上的衣服像剥皮一样从头到脚脱下来，只穿了条大裤衩，赤身裸体地躲进了盥洗室。过了一会儿，她头上卷一条湿毛巾，腰上裹一条大浴巾出来了，拿出一件宽大的单和服披上，腰带都没系，说了声“抱歉”，从两个姐姐面前过去，坐在电风扇旁边，敞着衣领，让风吹着胸部，这才开始说起山村师傅的病情。

师傅虽然老是说最后身体不舒服，上个月也并不特别严重。平日里，师傅不太愿意给弟子发放承袭她艺名的许可证，但七月三十日那天，她许可某位小姐承袭她的艺名，仪式是在自己家里举行的。那时，师傅不顾天气炎热，规规整整地穿上带有家徽的礼服，祭拜前代师傅的遗像，在遗像前按照她祖母流传下来的方式庄严地举办了酒宴。次日，也就是七月三十一日那天，去那位小姐家道贺时，她的脸色就不太好。据说在八月一日那天就病倒了。

南海电车的沿线和阪神的不同，树木极少，房屋密集，妙子找到那家医院时已经全身湿透了，而且师傅住的那间病房朝西，暑气蒸人。在一个徒弟的陪护下，师傅安静地躺在床上。师傅的水肿并不那么严重，脸也不像想象的那么浮肿。妙子毕恭毕敬地跪在她枕头旁问候，可她似乎没有知觉的样子。据陪护的人说，有时也会恢复意识，但一般处于持续昏迷状态，还不时说胡话，都是与舞蹈有关的事情。妙子坐了三十分钟，告辞出来。那个徒弟将她送到走廊里，讲到医生说这次恐怕不行了。妙子见到师傅的病容时，就已经察觉出来了。妙子冒着酷暑、喘着气、淌着汗赶回来，她想自己偶尔一天往返一趟就如此麻烦，就更能深切体会师傅每天拖着病体往返的辛苦了。

幸子听了之后，次日就让妙子陪着她又去探望了病人。然而，过了五六天，就收到了师傅病逝的讣告。她们姐妹俩去吊唁，这才有机会拜访已故师傅的家。师傅是大阪历史悠久的正宗山村舞的唯一传人，她的先人以前住在南地的九郎右卫门町，所以叫九山村。令人惊讶的是，这位第二代传人的住所竟然是一个萧条的大杂院。这简直可以用落魄来形容了，尽管人们只认为逝者过着拮据的生活。原因是逝者忠于艺术良知，极其憎恶摒弃传统舞蹈动作的流弊，不肯顺应时代潮流，换句话说，她是个不擅长处世的人。听人讲，第一代鹭作师傅曾经是南地演舞场的师傅，负责编排芦边舞[①]动作。第一代师傅去世后，听说有人请第二代师傅去花街柳巷传授舞蹈，被她以“恕难从命”拒绝了。当时，藤间[②]和若柳[③]等流派的浮华舞

① 芦边舞：南地是大阪市南区道顿堀一带的红灯区，该地的演舞场每年四月份举行的艺伎舞蹈公演，被称为芦边舞。

② 藤间：第一代藤间勘兵卫（？—1769）在江户时代创建的舞蹈流派，在歌舞伎领域得到主要发展。

③ 若柳：第一代若柳寿童（1845—1917）离开师傅花柳寿辅所创立的舞蹈流派，在红灯区得到主要发展。

蹈盛行，如果她担任了花街柳巷的舞蹈师傅，势必会受到那些主事人的种种干涉，这是逝者不愿意看到的。逝者这种狷介性格是处世的大忌，所以她的弟子人数不多。她自幼失去父母，由祖母一手带大。据说艺伎时代有个主顾给她赎身落籍了，但是她没有固定的丈夫，没有孩子，家庭条件也很差。她去世后一个吊丧的亲属也没有。

在阿部野[①]举行葬礼那天，是个秋老虎肆虐的日子，只有一小群人参加，他们几乎都留下来，并将她的遗体送往相邻的火葬场。在等待遗体火化的过程中，大家说了很多缅怀故人的话：师傅不喜欢乘坐交通工具，害怕乘坐汽车和船只；但因为信仰深重，每个月二十六日都会去参拜阪急沿线的清荒神[②]；她说要巡回参拜一百二十八个神社，并且每个月都去参拜住吉、生玉、高津三个神社及其附属神社；到节分[③]时她会去上町的各个寺院参拜地藏菩萨，并献上供饼，自己多少岁就献上多少个供饼；师傅很热心地传授舞蹈，每遇到关键点，总是悉心地指导，比如传授《汐汲》[④]的“何人赠君黄杨梳，速汲潮水桶中留”等处的时候，她总是不厌其烦地进行解说，她还说“一轮明月，两个月影”，要想象水桶里还有一个月影，再比如唱《铁轮》[⑤]中“事到如今应悔恨，让你知道何滋味”时，应该做出用铁锤敲击钉子的姿势，而且要弯下腰，眼神专注；万事因循守旧的师傅，近来看到传统舞蹈日趋没落，不能再坐以待毙了，她萌生了有机会就到东京去的想法；她本人没想到会死，还说六十岁生日时要借南地的演舞

---

① 阿部野：大阪地名，从天王寺以南到住吉区，文中指位于这一地区的火葬场。

② 清荒神：兵库县宝塚市蓬莱山清澄寺的别称。宇多天皇于宽平八年（896）修建了清澄寺。传说三宝荒神曾经在清澄寺的落成法会上现身，所以祭祀清荒神。

③ 节分：立春、立夏、立秋、立冬前一天。

④ 《汐汲》：歌舞伎舞蹈曲，长呗，取材谣曲《松风》，第二代樱田治助作词，第二代杵屋正次郎作曲，文化八年（1811）首次演出。该曲表现出海女穿戴过世情人在原行平遗留下来的衣帽，因怀念他而起舞的情景。

⑤ 《铁轮》：地呗，取材谣曲《铁轮》，讲述了被抛弃的妇人为了报仇，头戴铁轮，到贵船神社参拜，得到神托成为鬼控诉怨恨的故事。

场举行盛大的集会；等等。妙子是新入门的弟子，近来才和师傅熟络了，所以她和幸子就安静地听别人谈论。师傅特别青睐妙子，妙子也曾想有朝一日能承袭师傅的艺名，现在这个愿望落空了。

十三

“妈妈，舒尔茨先生要回德国了。”某天，被叫到舒尔茨家玩到傍晚的悦子，回来时说道。

因为是孩子的话，幸子觉得有点儿不靠谱，第二天早晨在庭院的边界遇到舒尔茨夫人时，问道：“昨天听悦子说您先生要回国去，是真的吗?”

夫人回答：“嗯，是真的。”

据夫人讲，自从日本发动全面战争以后，她丈夫的生意就完全做不成了，神户的店铺今年几乎停业了。原本以为战争很快就会结束，所以一直等到现在，但不知道要等到何年何月。她丈夫经过反复思量，决定回德国去。她又继续说：“我丈夫原来在马尼拉做生意，是两三年前到神户来的，难得在东洋打下了根基，在这个时候回国，几年的努力就化为泡影了，未免遗憾，而且我和孩子们为有你们这样的好邻居而感到无比荣幸。要和你们分开，我也很痛苦，孩子们更是难舍难分。”

按照他们的计划，父亲舒尔茨先生和长子彼得这个月先出发，经由美国回德国。夫人带着罗斯玛丽和弗里茨，下个月暂时去马尼拉，在妹妹家待一段时间，然后再回欧洲去。因为妹妹的家属这次也要回国，而她妹妹正在国内养病，她要收拾好妹妹的家，打包好行李，把妹妹的三个孩子，连同自己的孩子一道带回国。因此，夫人和罗斯玛丽还有二十天左右的时间，但舒尔茨先生和彼得已经预订了八月下旬从横滨起航的加拿大女皇号的客轮船票。真是太突然了。

莳冈方面，悦子从七月底开始又生病了，虽然不像去年那么严重，但也患了轻微的神经衰弱和脚气病，总是食欲不振并且失眠。幸子想趁病情不那么严重时带她去东京请专家看看。悦子没去过东京，平常总是怀着艳羡的心情说学校的同班同学中，谁和谁参拜了皇宫前的二重桥，如果带她去看看，会让她非常开心的。而且幸子也没去过涩谷的本家，这也是一个好机会。幸子、雪子和悦子三个人原本准备进八月就动身，因为师傅病情恶化的事拖延了，不知道这个月能不能去。但是，幸子心想，如果彼得父子这几天从横滨上船，顺便送他们也不错。因为他们出发这天是地藏王菩萨生日，她不得不代表本家姐姐去上本町的寺庙施舍饿鬼。没办法，她们在十七日那天为彼得举行了送别茶会，款待彼得、罗斯玛丽和弗里茨。隔一天便是十九日，舒尔茨家为孩子们举办了话别茶会，邀请的是彼得和罗斯玛丽的朋友。在受邀请的人中，悦子是唯一的日本孩子，其余的都是德国的小朋友。

第二天下午，彼得一个人来莳冈家辞别，和莳冈家的人一一握手。他说："我和爸爸明天早上从三宫出发去横滨，经由美国回到德国，大概九月上旬就能到达。我们住在德国的汉堡，请有机会一定来汉堡。"客套话说过后，他又说："经过美国时，我想买些礼物送给你，你想要什么东西，悦子？"悦子和妈妈商量过后，决定拜托他买双鞋子。彼得说："那就请悦子把你的鞋子脱了，借给我用一下。"说完，他就将鞋子借了一只回去，不一会儿又拿着纸、铅笔和尺子回来了，因为他妈妈说借鞋子不如量量悦子的脚，他是来测量的。他摊开纸，抬起悦子的脚放在上面，按照妈妈所说的，描了脚形和尺寸回去了。

二十二日早晨，悦子由雪子带着来到三宫车站，为舒尔茨父子送行。那天晚上，全家围坐在餐桌前谈论舒尔茨父子俩的事情。讲到今天早晨，彼得十分不舍，反复和悦子说："你要去东京吗？如果去东京的话，能不能到船上来看我？预定二十四日晚上开船，咱们是可以见上一面的。"直到火车开动时他还这样说着，很是可怜。幸子说："这样的话，你就到横滨见见彼得吧。妈妈得过了二十四日才能去呢，你和二姨乘坐明天晚上的火车，后天早晨抵达横滨，下车后就到船上去看望他，可以吗？妈妈大概二十六日动身，你先由他们带着去东京玩，在涩谷等我。”大家觉得可行，事情就这样迅速决定下来了。

“怎么样，雪子，明天晚上能动身吗？”

“有很多东西要买呢……”

“明天一天之内能买好吗？”

“啊，火车开得太晚了，小悦会困的……后天早晨早点儿动身也来得及。”

幸子能感觉到雪子即使在这里多住一天也好的心情，她若无其事地说：“倒也无妨，那就后天走好了。”

“不是才来几天嘛，怎么这么快就走？”妙子略带戏谑地说道。

“我想多住些日子，但是为了小悦和彼得，没办法呀。”

雪子七月份出来时，打算在这里住两个月左右，但后天就动身的话，着实出乎她的意料，这也让她感到沮丧。不过，这次有悦子和她一起去，随后幸子也会来，自己不会饱尝独自回东京的孤寂滋味了。可幸子母女不会待多久，在悦子开学前就要赶回去，到时自己又必须留在东京了。雪子想到自己愿意在芦屋居住，固然有愿意和二姐一家一起生活的缘故，但更为重要的是对关西这片土地的眷恋；她厌恶东京也有原因，一是和姐夫合不来，另外也因为她不服关东的水土。

幸子察觉到这一点，所以第二天也故意不过问，一切由着雪子和悦子她们自己决定。雪子在家磨磨蹭蹭了一上午，看到悦子一味想动身，到了下午她一个人慌慌张张收拾好衣服，让妙子给她打了一针，没对任何人说什么，就带着阿春不知道去哪里了。傍晚六点过后，她们拎着很多纸包回来了，看包装纸就知道是在神户大丸和元町一带的商店里买的。

“买这个来了。”

雪子从腰带里取出两张第二天早晨的“富士特快券”。这趟特快列车早晨七点从大阪出发，下午三点前到横滨，所以三点多一点就能赶到码头。这样一来，至少有两三个小时的时间可以见面。于是就这样迅速决定下来，立刻动手收拾行装，还派人去通知了舒尔茨太太。

雪子看到悦子兴奋得不肯睡觉，就催促说：“明天一早就得坐火车，快去睡觉吧。”她强迫悦子上了二楼，然后收拾自己的衣服和手提箱。收拾完毕，她发现贞之助还在书斋里翻看东西，于是拉着姐姐和妹妹在客厅里聊天，一直聊到十二点多。

这时，妙子无所顾忌地说：“雪姐，该睡了吧。”她打了一个大大的哈欠。这个妹妹是三姐妹中最不讲礼节的一个，和雪子形成了鲜明的对照，暑天时尤其如此。就好比今天晚上洗完澡，她只穿了件浴衣，腰带都没系，时不时露出胸口，一边摇着蒲扇纳凉一边说话。

“你想睡就先去睡吧。”

“雪姐，你不睡觉吗?”

“我今天可能走了太多的路，好像太疲劳了，一点儿也不想睡。”

“再打一针吗?”

“还是明天早晨动身的时候打比较好。”

“这次真对不起啊，雪妹……”幸子看着雪子脸上的斑点，那块消退已久的色斑如今又隐约出现了，说道，“希望年内能有机会让雪妹再来一趟，明年是你的厄年[①]呀。”

舒尔茨父子是从三宫站出发的，但雪子和悦子为了能稍微晚一点儿，决定从大阪上车。尽管如此，为了赶上火车，六点钟必须赶上省线电车。幸子原本打算送她们到大门口，不过舒尔茨夫人要带着两个孩子将她们送

① 厄年：日本称女性的19岁、33岁、37岁为厄年，前一年称为前厄，后一年称为后厄，均为坎坷之年。

到芦屋车站，因此第二天早晨，不但幸子和妙子两姐妹去了，就连阿春也跟着去了。

“我昨天晚上给船上发了电报，告诉他们火车到达的时间。”等电车的时候，舒尔茨夫人说道。

“彼得一定会在甲板上等我们吧？”

“嗯，我想会的。悦子小姐，你对他真好，谢谢你。”她说完，又用德语命令罗斯玛丽和弗里茨说，“你们要对悦子小姐说‘谢谢’。”

幸子她们只听懂了“谢谢”这个词。

“那么，妈妈，你要早点儿来呀。”

“嗯，二十六日或二十七日我一定去。”

“一定来呀。”

“一定。”

“悦子姐姐早点儿回来呀！”罗斯玛丽追着开动的电车，用德语说道。“再见！”

“再见！”悦子挥着手，用她不知什么时候学会的这句德语回答道。

十四

决定二十七日早晨乘坐海鸥号去东京的幸子，在头天晚上整理行李时，发现要带去涩谷的土特产和各种各样的东西就有大小三个提包，自己一个人不方便拿，觉得不如趁这个机会带阿春到东京逛逛。贞之助的生活起居，有妙子在家照顾，所以不必担心。带阿春去也有很多便利之处。她想等到悦子快开学时，说不定能让阿春先护送悦子回家，自己在东京多待一些时日呢。因为很久没去东京了，所以想悠闲地待一段日子，看看戏什么的再回来。幸子心里是这样打算的。

“啊，春倌也来了。”悦子随同雪子和本家的长子辉雄来到东京站迎接，看见阿春跟在妈妈身后走下车来，不禁欢呼雀跃。在出租车上，“那是丸大厦，那对面就是宫城。”此时，她已经是前辈了，喋喋不休地说着。

虽然只有短短几天时间，幸子看出悦子的气色好多了，两颊也稍微丰满些了。

“小悦，今天看富士山看得真清楚啊。是吧，春倌？”

“真是，从上到下一丝云彩也没有。”

“前几天来的时候天有点儿阴，看不见山顶。”

“啊，这样啊，要是这样的话，我阿春的运气还真好。”阿春只有在和悦子说话时，才称自己为“阿春”。

当汽车开到皇宫的护城河时，悦子见辉雄摘下帽子致意，就说：“你看，阿春，那就是二重桥。”

雪子说：“前几天我们经过这里的时候，还下车行了最敬礼。”

“嗯嗯，是的，妈妈。”

“什么时候的事？”

“前几天，就是二十四日那天，舒尔茨先生、彼得、二姨和我，我们在那里列队行了最敬礼。”

“哎呀，舒尔茨他们来二重桥了？”

“是二姨带他们来的。”

“有那么多时间吗？”

“时间确实紧迫，老是看手表，心里焦急。”

二十四日那天，雪子和悦子匆匆忙忙赶到码头时，舒尔茨父子正在甲板上焦急地等待着。雪子问出发的时间，他们说晚上七点钟。雪子提议道：“这么说距离开船还有将近四个小时呢，我原本想邀请你们去新大观西餐馆喝茶的，可现在去喝茶太早了，索性去东京吧，乘电车往返大约一个小时，还剩下三个小时的时间。如果乘汽车的话，可以到丸之内转一圈儿，游览一番。”不用说彼得，就连他父亲舒尔茨先生也没去过东京。然而，舒尔茨先生显得有些踌躇，接连问了两三次："那样行吗？没问题吗？"才答应去。四个人很快就达成一致，乘车赶到横滨樱木町坐上电车，到有乐町下车，先到帝国饭店喝了茶，四点半离开饭店，租了辆出租车，预定了一小时的行程。他们先到二重桥前，下车行最敬礼，然后到陆军省、帝国议会大厦、首相官邸、海军省、司法省、日比谷公园、帝国剧场、丸大厦等地方，或在车上眺望，或下车稍作停留，走马观花地转了一圈儿。五点半赶到了东京站。雪子和悦子打算随他们去横滨，送他们登船，但由于舒尔茨先生再三辞谢，雪子又顾及悦子从那天清晨起就一直没有休息，要是回去太晚的话会累坏她的，所以就遵从对方的建议，在东京车站告别了。

"彼得高兴吗？"

"他惊叹东京很漂亮。是吧，小悦？"

"嗯，他说多宏伟的建筑啊，东张西望，看个不停。"

"他爸爸熟悉欧洲，但他除了马尼拉、神户和大阪，没去过其他地方。"

"看他的表情，好像很赞赏东京。"

"小悦是不是也这样想的？"

"我是日本人啊，没到之前我就知道了。"

"不管怎么说，只有我一个人熟悉东京，所以费了九牛二虎之力给他们讲解。"

"二姨，你是用日语讲解的吗？"辉雄问道。

"这个嘛，我先讲解给彼得听，彼得再给他爸爸翻译。可是，帝国议会大厦呀，首相官邸呀，这些话彼得听不懂，所以有些地方需要用英语讲解。"

"帝国议会大厦和首相官邸这样的英语，二姨也会讲吗？"辉雄说的是口音纯正的东京话。

“日语中掺杂着几句英语。我还记得‘帝国议会大厦’这个词的英语，但‘首相官邸’这个词不会，就用日语解说为‘这里是近卫首相[①]住的地方’。”

“我也说德语了。”悦子说道。

“是说‘再见’了吧？”

“嗯，在东京车站分开的时候说了好几遍。”

“舒尔茨先生也一再用英语辞谢。”

幸子想象着平日里沉默寡言、拘谨畏缩的雪子，身穿印花绸的和服，拉着穿洋装的悦子的手，陪同着外国绅士和少年，参观帝国饭店的休息厅、丸之内的官厅街以及高楼林立的商业街的情景，该是怎样奇异呀。还有陪着孩子的舒尔茨先生，忍受着语言不通的不便，因为顾及时间而不断地看表，默默地被拉着东奔西走，他那副模样傻得该是多么可笑，想想也真够难为他的。

“妈妈，你参观过那个美术馆吗？”汽车行驶到明治神宫外苑前面时，悦子问道。

“有啊，你可别把妈妈当成乡下人。”

幸子嘴上这么说，然而她也并不是那么熟悉东京。她还是在十七八岁，也就是少女时代时，随父亲来过东京一两次，在筑地采女町的旅馆里住了一段时间。那时候她确实看过很多地方，但那已经是大正十二年大地震以前的事情了。复兴后的东京，她也只是在去箱根新婚旅行回来时，在帝国饭店住过两三晚。这么一想，悦子出生后的九年时间里，她一次也没来过东京。她刚才还嘲笑悦子和彼得，其实她自己在列车从新桥站开到东京终点站之间，目睹高架电车线两旁耸立的高层建筑时，不禁闪现好久没

---

① 近卫首相：指的是近卫文麿（1891—1945），曾任日本首相，在任期内发动了侵华战争，并于日本战败投降后畏罪自杀。

有目睹帝都容颜的念头，也多少有些兴奋。大阪最近扩建了御堂[1]，从中之岛[2]到船场，近代建筑陆续拔地而起。从朝日大厦十层的阿拉斯加餐厅俯瞰，景色确实壮观，可怎么说也比不上东京。幸子上次见到的是复兴不久的帝都，心中无从想象它后来发展的情况。从这条高架线上眺望，似乎与她认识的东京判若两样了。眺望车窗外迎来又退去的巍然街道，以及从街道缝隙中闪过的帝国议会大厦的尖顶塔，深感时光飞逝。已经过了九年，这期间不仅是帝都发生了巨大变化，连她自己及周边也有各种各样的变化。

但是说实话，她并不那么喜欢东京。祥云缭绕的千代田城[3]巍然屹立，可东京的魅力在哪里呢？以皇城的松柏为中心的丸之内一带，保留了江户时代原有的筑城规模——有雄伟的高层建筑群，以及翠色掩映下的皇宫和护城河。那确实是京都和大阪都没有的景色，也是看过多少次都不会觉得厌倦的景色，但除此之外，也就没有什么吸引人的地方了。从银座到日本桥一带的街道固然好，不过，好像空气总是干巴巴的，幸子她们并不认为那里是安居的乐土。她尤为厌恶东京郊区的荒凉景象，今天沿着青山的大道向涩谷进发，尽管是夏日的黄昏时分，总觉得有些寒意，仿佛来到了一个遥远又陌生的地方。她不记得以前是否来过东京这一带，但眼前所见的城市的样子，和京都、大阪、神户等地完全不同，更像是到了更北边的北海道和满洲等新开辟地。虽说是郊区，但这一带已经是大东京的一部分了，从涩谷车站到道玄坂的两侧，店铺林立，形成了繁华的商业区。不过，幸子认为这里不够湿润，连行人的表情都显得异常冷漠。幸子不禁想到自己所居住的芦屋，那里阳光明媚、土地湿润、空气柔和，走在京都大街上，就算是偶然走到一个陌生的地方，也

---

① 御堂：日本地名。

② 中之岛：日本地名。

③ 千代田城：日本江户城的别名。

会有一种似曾相识的亲切感，想和那里的人攀谈。可每次来东京，总觉得这片土地与自己无缘。幸子怎么都无法相信，自己的亲姐姐，一个土生土长的大阪人，如今就住在这个城市的这个区域里……幸子像是在梦里一样走在完全陌生的街道上，来到母亲或是姐姐居住的地方，心里嘀咕着母亲和姐姐怎么住在这么讨厌的地方啊……幸子的心境就近乎这样。她佩服姐姐竟然能在这样的城市生活下来，实际上，在她抵达姐姐家之前，她都不敢相信这是真的。

汽车在要开到道玄坂的尽头时，拐进了左边幽静的住宅区。这时，突然有两三个孩子朝着汽车跑来了，为首的是一个十岁左右的孩子。

“姨妈，姨妈。”

“姨妈，姨妈。”

“妈妈在家等您呢。”

“我们家就在那儿。”

“危险，危险，再往边上靠点儿。”雪子在缓慢行驶的车里说道。

“啊，他们都是姐姐的孩子吧？最大的那个是哲雄吗？”

“是秀雄。”辉雄答道，“他们分别是秀雄、芳雄、正雄。”

“都长大了，如果他们不说大阪话，我都不知道是谁家的孩子。”

“他们都说东京话，为了向姨妈表示欢迎，才说的大阪话。”

十五

涩谷姐姐一家的生活状况，虽然经常从雪子那里听到，但今天放眼望去，所有房间都乱糟糟的，连插脚的地方都没有，这是幸子想象不到的。房子是新盖的，还算敞亮，但是柱子细，地板低劣，一看就是简陋的出租房。孩子们跑下楼梯时，整个房子都会跟着震动。隔扇和拉窗到处都是破的，这些新的廉价门窗也都褪了色，让人觉得惨不忍睹。幸子不喜欢上本町本家那种格局老旧、光线昏暗的房子，但比起涩谷的房子来，还是老房子住着安逸。大阪的老屋光线昏暗，但坐在茶水间里，能透过中庭的树木看到仓库门前，那情景至今仍浮现在眼前，让人感到怀念。涩谷这所房子，除了墙边屋角留些空地可以放置花盆之外，根本没有称得上庭院的地方。

姐姐说楼下孩子们很吵，特地将家里接待客人的那个房间——二楼的八铺席房间腾了出来。幸子先把旅行箱搬进房间，看见壁龛里挂着从大阪带来的栖凤[1]所画的香鱼画轴。已故的父亲曾有段时间收集栖凤的作品，后来整理财物时大部分都出手了，这是仅剩的一两幅中的一幅。画轴前的八条腿红漆供桌、栏间挂着的赖春水[2]的书法字幅、靠墙放着的泥金画棚架，以及棚架上摆放着的钟，这些东西陈设在上本町本家的情景，像幻影一样再次浮现在幸子眼前。姐姐特意从大阪带来这些东西，也许是把它们作为往昔荣华的纪念品放在身边观看，也许是为了装饰这过于寒酸的客厅。但是，不管怎么说，这些东西不仅不能起到抬高这个房间身价的作用，反倒是有相反的效果。在这样摆设的映衬下，这个房子更显得质量低劣了。把已故父亲遗留下来的心爱之物摆放在东京郊区这样的地方，实在是太奇怪了，仿佛象征着姐姐的处境。

“难为你把那么多东西都摆下了，姐姐。”

“确实是。行李送到这里的时候，想到要放这么多东西，我也发愁。后来总算都放下了。房子再狭窄，家里的东西想塞总是能塞下的。”

那个傍晚，鹤子领着幸子到二楼，姐妹俩就那样坐下来聊家常。聊天过程中，孩子们已经上楼来了，搂住两人的脖子不放。鹤子感到无可奈

---

① 栖凤（1864—1942）：竹内栖凤，日本京都人，与横山大观齐名的画界泰斗，在传统画法中融入了西洋画法，开创了日本画创作的新境界。

② 赖春水（1746—1816）：日本江户末期的朱子学者，在广岛藩学问所任职，诗文和书法水平都不错。

何，连声呵斥："这大热天的，快下楼去，姨妈的衣服都让你们揉皱了。"转而继续和幸子聊天。

"啊，正雄，你到楼下去，跟阿久说，快把冷饮给姨妈送上来。喂，正雄，听妈妈的话。"说着，姐姐把四岁的梅子抱在膝上说："芳雄，你去楼下把团扇拿来。秀雄，你是哥哥，做哥哥的先下去。妈妈和你们姨妈好不容易见一面，有很多话要说，你们这样缠着不放，我们怎么聊天？"

"秀雄几岁了？"

"我九岁了。"

"九岁就长这么高。刚才在门口见到你，我还以为是哲雄呢。"

"个子长得高，但老是缠在妈妈身边，一点儿也没有做哥哥的样子，哲雄快上中学了，功课比较紧，也不这么调皮……"

"只有阿久一个女佣吗？"

"嗯，前些时候还有个美代，说要回大阪去，我觉得梅子已经会走路了，不需要保姆了，就让她回去了。"

幸子原本以为大姐会在家务的拖累下变得憔悴不堪，没想到她的发型比以前更漂亮，衣着也很整洁，不得不佩服姐姐不管什么情况下都不忘打扮自己。她要照顾六个子女，最大的十五岁，接下来的是十二岁、九岁、七岁、六岁、四岁，还要服侍丈夫，却只雇用了一个女佣。总以为她会因无暇打扮，变得衣衫不整、蓬头垢面，看上去应该比实际年龄要老上十岁八岁，但今年已经三十八岁的人，看上去竟比实际年龄年轻五六岁，不愧是这些姐妹中的姐姐。莳冈家的四姐妹中，大姐和三女儿雪子长得像母亲，二女儿幸子和小女儿妙子长得像父亲。母亲是京都人，所以大姐和雪子都有京都女子风韵，只是姐姐的轮廓要比雪子大些。从幸子往下，身高依次降低，大姐比幸子要高，她和矮小的姐夫走在一起，显得会比姐夫高。而且，姐姐体态丰腴，即便是有京都女子风韵，也没有雪子那样瘦得可怜的感觉。大姐结婚时，幸子已是二十一岁的大姑娘，得以参加了婚礼。幸子至今都不会忘记，姐姐当时的绝世容颜和风韵。大姐眉清目秀，鹅蛋脸，一头秀发和平安朝时代的人那样站立时长得可以拖到地上，梳成光亮的岛田髻，真是仪表堂堂，美丽又端庄。幸子那时就想，如果给这样的美人穿上十二单衣[①]，该是何等模样？当时幸子她们听说，姐夫在家乡和公司里名声大振，都说姐夫被一个绝世佳人招到家中做赘婿了。姐妹们私下议论说，出现这样的传闻是理所当然的。到现在大姐结婚已经十五六年了，生了六个孩子，生活也渐渐不像以前那般轻松，含辛茹苦，虽然已经没有了当年的光彩，但因为有这样的身高和丰姿，到现在也还能保持得这么年轻。幸子这么想着，贪看着姐姐雪白光润尚未松弛的胸口，此时在姐姐怀抱中的梅子正用手啪啪地拍着那里。

幸子出门时，贞之助叮嘱说："带着孩子住在涩谷太麻烦姐姐了，住个一两晚，然后就住到筑地的滨屋怎么样？我抽空打个电话或写信给滨屋的老板娘，拜托一下她准备房间。"

可是，幸子心想，如果和丈夫一起去倒罢了，但是和悦子两个人去住旅馆就不愿意了。再说好久没和姐姐天南海北地聊天了，还是觉得住在姐姐家里方便些。她这次带着阿春来，就是为了母女俩在这里打扰时，能够让阿春稍微在厨房帮一些忙。过了两天，她又觉得还是应该听丈夫的话。姐姐说孩子们平常不这么吵闹，现在是暑假期间，他们成天在家里才闹得这么厉害。过两三天开学了，白天就会安静下来。但芳雄以下的三个孩子还没上学，所以姐姐好像没有闲着的时候，只要抽空到二楼来说会儿话，三个孩子就马上赶上来，缠着不走。孩子们不听话时，妈妈抓起来就打屁股，这样一来闹得更凶，哭声震耳欲聋，这样的事情每天都有一两次。幸子知道姐姐早在大阪时就动手打孩子，而且如果不这么做的话，做母亲的

① 十二单衣：日本从平安时代到镰仓时代，为了彰显华贵，贵族女子竞相穿多层的单衣，少则五层七层，多则十二层二十层。

实在照管不过来那么多孩子。因为这样，姐妹俩也没有时间轻轻松松地交谈。悦子也在两三天的时间里由雪子带着参观了靖国神社、泉岳寺等名胜古迹，但正值暑热，也不能老是往外跑，不久就觉得无聊了。幸子原本以为悦子没尝过与兄弟姐妹相处的滋味，会对比自己小的孩子感到好奇，趁这个机会和姨妹亲近起来，这也是她不选择住旅馆的一个原因。可梅子这个孩子老爱缠着妈妈，都不搭理雪子，悦子就更拿她没办法了。悦子就开始在妈妈耳边说："学校就快开学了，再不早点儿回家的话，露米小姐也要去马尼拉了……"再说，悦子自己从来没被揍过，姨妈每次责打孩子，她就畏惧地偷偷看她姨妈的脸。幸子担心，四姐妹中最温和的姐姐，会因为打孩子这件事而被悦子认为不好，甚至还担心对她的神经衰弱产生不良的影响。所以，幸子认为，最好还是让阿春带着悦子先回去。但让她感到为难的是，栉田医生所介绍的东京帝大的杉浦博士目前正在旅行，九月上旬才能回京，需要等待，如果这样的话，带着悦子来东京的目的就难以达成了。

幸子想了想，如果逗留时间很长的话，也许搬到旅馆比较好。她虽然没去过滨屋，但那里的老板娘原来是大阪播半酒家的女招待，和已故的父亲颇为熟识，也是幸子少女时代就认识的人，所以不算是去住陌生的旅馆。听丈夫说，那里原本是一家供客人招艺伎陪酒的酒馆，后来改成旅馆，房间数量少，旅客多半是大阪人，听说女佣也有很多说大阪话的，住在那里就跟住在家里一样，感觉不到是住在东京。幸子想索性就住到那里去算了，不过想到姐姐用心款待她，也不好开口。姐夫说在家里不能好好吃顿晚饭，想领着他们到闻名东京的道玄坂二叶西餐厅用餐，后来鉴于悦子爱吃中国菜，他便把自己的孩子也带了去，到道玄坂一带的北京亭中餐馆举办了一个小型宴会。姐夫素来喜欢请客，虽说近来变得俭朴了，但到了这些地方仍然恢复了常态，或许是他至今还秉持为小姨子效劳的脾气，特地巴结讨好她们。幸子不确定到底是何种原因。从姐夫的立场来看，或许担心会有与小姨子们不合的评论，才用这种方式来补救吧。姐夫说："幸子她们只知道播半、鹤屋这些一流酒家，其实道玄坂一带有很多专门为花街柳巷服务的小酒家，做出来的菜比东京一流酒家做出来的还好吃，经常有人带着太太和小姐去光顾。不吃不知道，你们就跟着我去试试吧。"说完，便让大姐在家，自己拉着幸子、雪子轻松愉悦地到附近的小店吃好吃的东西。

幸子想到很久以前，这个姐夫刚入赘的时候，她和妹妹们串通起来刁难他，姐姐知道这些事情后还哭过鼻子。但是，这次亲眼看到了姐夫软弱善良的一面，以及他比姐姐更体贴人的一面。幸子觉得，再也不能像做姑娘时那样刁难人家了，此番来东京只能住在这里，等杉浦博士给悦子看完病就早点儿回关西去。这样想着，终于整个八月都住在涩谷了。

十六

这是九月一日晚发生的事情。

那天晚上，六个孩子和悦子吃完晚饭后，姐姐、姐夫和幸子、雪子在家里用餐。那天正好是地震纪念日[①]，他们从地震的话题谈到了山洪暴发，妙子遇险的经过，以及年轻摄影师板仓奋力救援的事。幸子说："我运气好，没遇到什么意外，这些都是后来听小妹说的……"她先交代一番，然后就详细叙述了当时的情况。她那句开场白一语成谶，就在那一夜，大正以来多年未遇的猛烈台风席卷了关东地区。对幸子而言，她经历了有生以来从未经历过的恐怖的两三个小时。

在风灾极少的关西长大的幸子，从来没见过如此可怕的风，所以特别惊恐。其实在四五年前，大概是昭和九年的秋天，关西也曾经历一次台

① 地震纪念日：日本关东大地震发生于1923年9月1日。

风，大阪天王寺的宝塔被刮倒了，京都东山上的树木也被风刮了个精光，这是幸子知道的，她记得当时也就恐慌了二三十分钟。芦屋一带没有什么大的损失，所以当她从报纸上看到天王寺的宝塔被风刮倒的消息时，还感到意外，竟然有这么猛烈的风。但那次的台风根本没法和这次东京的台风相比。实际上，正因为幸子记得那种程度的台风把五层宝塔刮倒了，觉得涩谷的这种房子实在不能抗衡此次台风，所以才格外恐惧。另外，那天晚上的风势确实很强，住的又是涩谷的廉价房子，更让她觉得风势是实际上的五倍甚至是十倍。

台风开始的时候，孩子们还没上床睡觉，大概是晚上八点钟。风刮得最为猛烈的时候，大概是十点钟吧。幸子、悦子和雪子三个人已经在二楼那个八铺席房间睡下了。因为房子摇晃得厉害，悦子紧紧搂住妈妈，说“二姨也到这里来”，把雪子也拉到妈妈床上，她夹在两个人中间，一手搂住一个脖子不放。起初，每次悦子惊呼“我害怕”的时候，幸子和雪子都哄她：“别怕，风就快要停了，放心吧。”到后来，悦子把她们搂得更紧，而她们也同样紧紧搂着悦子，三个人脸贴脸地抱成一团。

二楼的八铺席房间隔壁是个三铺席房间，隔着走廊是个四铺席半大小的房间，辉雄、哲雄就睡在这个房间里。辉雄起床朝八铺席的房间看了看，说：“姨妈，到楼下去吧！到下面去更安全些，咱们下去吧。楼下好像也乱成一团了。”因为停电了，屋里一片漆黑，看不见辉雄的脸，幸子只听见他不同往常的声音。幸子为了不让悦子害怕才没说出口，每当狂风刮得这栋房子直摇晃时，心里就想：“这下完了！”吓得冷汗直冒。听了辉雄的话，她马上喊道：“雪妹、小悦，咱们下去吧。”三个人跟着辉雄朝楼下走。但是，走到半路的时候，一阵风把房子吹得摇摇晃晃，以为这下房子准要倒了。她感觉吱吱作响又薄又软的杉木板做成的扶梯，夹在像风帆一样鼓起的两道板壁中间，眼看就要倒塌下来了。柱子和墙壁间的缝隙扩大了，狂风卷着沙尘从缝隙里灌进来。幸子感到自己的身体像是受到了墙壁的夹击，趺趺撞撞地跑下楼来，险些没把辉雄撞倒。

在二楼的时候，只听见风的呻吟声，以及树叶、树枝、白铁皮、招牌之类的东西在空中乱飞发出的声音。但来到楼下，还听见“我怕！我怕！”的哭喊声。从秀雄往下的四个孩子，聚集在父母住的六铺席的房间里，围在父母周围。幸子等人来到那里刚坐下，芳雄和正雄就叫了一声“姨妈”，偎依过来，抱住幸子的肩膀不放了。悦子没办法，只能抱住雪子。姐姐两手将梅子搂在怀里，她的衣袖却被秀雄抓在手里（秀雄惊恐的样子很奇怪，风停时就使劲拽着他妈妈的衣袖，竖着耳朵听，等听到风从远处呼啸而来时，就慌忙放下妈妈的衣袖，用低沉嘶哑的声音说：“好可怕啊！”双手捂住耳朵，瞪大眼睛，脸扎在榻榻米上）。就这样，四个大人和七个孩子蹲坐在一个房间里，看上去像是恐怖的群像。但是，除了姐夫辰雄以外，鹤子、幸子、雪子三个人全都默默做好了房子倒塌下来就同归于尽的思想准备。确实是，如果风刮得再猛烈持久一些，那栋房子铁定就垮了。为什么这么说呢？幸子刚跑下楼梯的时候，有一半是因为自己恐惧，曾经有过这样的猜测。事实上，幸子跑进这个六铺席房间后，目睹了每当有风呼呼刮来的时候，这栋房子的墙壁和柱子间就会出现一两寸宽的裂缝。此外，房间里只有一支手电筒照亮，在那昏暗的灯光下一看，一两寸的裂缝瞬间仿佛有五寸到一尺宽。老实说，说裂缝有一两寸宽并没有夸张。风停后，裂缝就合拢了，风一刮来就又裂开了，而且一次比一次开裂得严重。幸子还记得丹后峰山的那场地震，大阪上本町的老宅也摇晃得厉害，但地震只是瞬间的事儿，不像台风持续这么长时间。她还是第一次见到墙壁让风刮得裂开了又合拢，合拢了又裂开呢。

在大家吓得战战兢兢时，竭力表现得镇定自若的辰雄，看到那堵墙的样子也感到不安，说道：“也许只有这里的房子才这么摇晃，邻居的房子建得结实些，应该不会有这种事吧？”他这么一说，辉雄接着说道：“去找小泉先生吧，他那所房子很坚固，又是平房。爸爸，咱们就去小泉先生家避避风头吧。待在这里，房子倒了被压到就倒霉了……”“房子倒不至于会垮掉，不过到他家去避避也许比较安全吧。但是把睡着的人叫醒也不太好吧……”辰雄在旁边犹豫不决。鹤子说：“在这种情况下，不能讲这种话。这么大的风，小泉先生家肯定起来了。”听她这么说，大家都赞成去避难。

小泉住在隔壁的房子里，从后门出去走几步路就能够到他家的后门。小泉先生是个退休的官吏，老夫妇俩和一个儿子一起过活。辉雄这次转学的学校正是他家儿子读书的学校，因为是同学的关系，得到过他们的照顾。辰雄和辉雄到他家做客过两三次。在女佣房间里的阿春和阿久正在商量什么，这时她们走出来了，阿春说：“这样的话，就让我和阿久先去小泉先生家看看吧，也许能征得他们同意呢。”阿春全然不知小泉先生家在哪里，不过，她有做好这种事的自信，她打算由阿久领着她到小泉先生家里去，剩下的事情就由她来拜托好了。她转头对阿久说：“好了，就这么办吧。喂，阿久，趁现在风停了咱们去试试吧。”别人还没说可不可以，阿春就这么决定了。鹤子、幸子说：“受伤了可不行，小心别让风刮跑喽。”阿春全当没听见，催促阿久从后门出去，不久又回来了，说道：“人家说没问题，请快过去吧。嗯，快去避难吧。辉雄少爷说得没错，这么大的风，他家的房子纹丝不动，让人不敢相信。”阿春说完，转向悦子说，“小姐，我来背你吧。连我阿春都被风刮得后退了两次，只好爬着去的。各种东西满天飞，为了不受伤，要顶个棉被才行。”辰雄说：“你们去吧，我留下来看家。”他这么说完，就坐下不动了。

辉雄、哲雄、幸子、雪子、悦子、阿春先去避难了。鹤子不想丢下丈夫，正犹豫该怎么办的时候，阿春一个人回来了。她对正雄说：“少爷，咱们走吧。”马上背着正雄走了。不久，她又回来要背芳雄走。鹤子终于忍不住了，自己抱着梅子，让阿久背着芳雄，也去邻居家避难了。在这期间，阿春的活动量是惊人的，她第二次回来时，不知道谁家的晒台突然倒在路上，差点儿没把她压在底下。她一看到阿久背着芳雄，就马上说：“秀雄少爷，过来我背你。”鹤子说：“这孩子大了，用不着背了。”她不听劝，背起吓傻了的秀雄就走。

就这样，连阿久也逃到小泉先生家里来了。过了大约半个小时，不知道辰雄是怎么想的，一脸不高兴地从后门走了进来，说：“我也来府上打扰了。”在那之后，又刮过一阵大风，屋外狂风怒号。来到小泉这边一看，柱子和墙壁都很坚固，根本不用担心房子会倒塌。房屋质量的好坏，在安全感方面竟然有如此大的区别，可真让人不可思议。莳冈全家一直待到第二天早晨四点钟左右，等风渐渐停止了，才回到那所让人讨厌的烂房子里去，走进房子里时仍然不免胆战心惊。

十七

台风过后，第二天早晨突然天晴了，秋高气爽。昨晚可怕的记忆，像是梦魇一般深深印在幸子的脑子里，没办法忘记。最重要的是看到吓坏了的悦子那副神经紧张的样子，认为如今不能再犹豫了，上午就急忙给丈夫在大阪的会计事务所挂电话，托他向筑地的滨屋预订房间，如果可以的话，她想今天就住到那里去。傍晚时分，滨屋打来电话说：“适才接到贵府老爷从大阪打来的电话，已经为您准备好房间了。”幸子于是说：“姐姐，我们去旅馆吃晚饭，阿春就留在这里三四天，也请姐姐去旅馆玩。”她匆匆说完，就去筑地了。

雪子和阿春将她们母女俩送到旅馆，大家打算去银座散步吃西餐。旅馆老板娘给她们出主意：“这样的话，请到尾张町的一家罗马尼亚西餐厅试试看。”她们就去了那里，连同阿春也陪着吃了一顿晚餐，回来路上逛了夜市，在服部街的拐角处与雪子、阿春道别。幸子和悦子走回滨屋，已经是九点多了。把丈夫留在家里，和女儿悦子两个人住在旅馆里，对幸子来说是生平第一次。夜深人静时，昨晚恐怖的情景再次袭上心头，于是试着吃了阿达林，抿了一点儿随身携带的当药用的白兰地，不过，怎么也不能入睡，直到黎明时听到电车的声音时仍然没能睡着。悦子也是如此，频繁地嚷着“睡不着，睡不着”，还撒娇说，“妈妈，我明天就回家，不用杉浦博士诊断了，这样的话，只会使神经衰弱更严重，不如早点儿回去见露米小姐……”可到了早晨，她又呼呼睡着了，还打着鼾声。大概到了七点钟，幸子认为反正也睡不着，为了不惊醒悦子，悄悄起身，拿了报纸，来到走廊里，坐在藤椅上看报纸，从那里能够远眺筑地川。

当时世界的舆论集中在亚洲和欧洲发生的两大事件上——一件是日军攻占汉口，一件是捷克的苏台德问题。幸子想知道它们的发展趋势，每天都急于读晨报。但来到东京后，读不到《大阪朝日新闻》和《大阪每日新闻》，只能读一些并不熟悉的当地报纸。因为总觉得没什么亲切感，看一会儿就厌烦了，于是就心不在焉地眺望着两岸的行人。

以前做姑娘的时候，她和父亲住过的采女町的旅馆就在河对面，就在那条从这里望去仍然能够望见歌舞伎剧场屋顶的小巷里，所以她对这一带并不陌生，多少有些怀念，和道玄坂是不一样的。但是那时候东京剧场演舞场之类的还没修建，河畔的景色也和现在有很大不同。再说她父亲带她来时都是三月休假的时候，从来没有在九月上旬到过东京。如今她站在这里，就算身处在城市中央，仍然感到吹在身上的风冷冷的，让人感到秋意很浓了。在阪神一带就不会有这样的感觉，是因为东京的秋天比关西的秋天来得早吗？抑或是台风后的暂时现象，炎热还会再次袭来的？还是因为旅途中的风和故乡的风相比更令人感到沁人心脾吗？不管怎么说，从现在到让杉浦博士诊察为止还有四五天呢，但该怎么度过这段时间才好呢？实际上，幸子认为到了九月份菊五郎会登台演出，想趁机带着悦子观看。悦子喜欢舞蹈，所以一定会喜欢看歌舞伎演出的，而且说不定等她成人的时候，歌舞伎传统已经衰亡了，应趁现在让她去见识一下。幸子想起自己小时候由父亲带着去看雁治郎的演出，才有了这样的念头。不过，从报纸上看，九月还没有一流的歌舞伎演出。这么说来，除了每天晚上在银座散步之外，没有什么特别想去的地方。如此想来，不禁动了乡情，倒不是因为小悦说了什么，却想把诊察推到下次去办，想当天就动身。她转念一想，自己偶尔来东京住个把星期，就如此想念关西，住进道玄坂那个家的雪子为了想回芦屋去而哭鼻子的那种心情，就完全可以理解了。

阿春十点左右打来电话说："这里的太太说要去旅馆看您，我会陪着她去。老爷来信了，我会带去的。还需要带什么东西吗？"幸子说："没有什么要带的。麻烦你转告姐姐，希望能早点儿过来吃午饭。"说完就把电话挂了。幸子打算把悦子托付给阿春，然后好久没有一起吃饭的姐妹俩从容地共进午餐，去哪里好呢？最后，幸子想起姐姐喜欢吃鳗鱼，而很久以前，父亲经常带着她到蒟蒻岛的大黑屋鳗鱼店，就向旅馆老板娘打听那家店还有没有。"小满津倒是听说过，大黑屋嘛，可就不清楚了。"老板娘翻开电话簿，又说道，"啊，有，果然有大黑屋。"幸子拜托她打电话预订了房间。等姐姐一到，她就吩咐小悦和阿春一起去三越百货公司看看，她和姐姐去了大黑屋。

"趁着雪子把梅子叫到二楼的空当，我赶紧换身衣服出来了。现在肯定够雪妹受的。不过既然出来了，今天就慢慢吃吧。"她边遥望从餐厅外绕过的河流边说，"这里和大阪很像，东京也有这样的地方啊！"

"真像大阪啊，我当姑娘的时候来东京，爸爸总是带我来这里。"

"这里叫蒟蒻岛，这里是个岛屿吗？"

"谁知道呢，以前好像没有这种沿河而建的房间。不过，地方肯定是在这里。"幸子这么说着，也望向纸门外面。和父亲来这里的时候，这条河岸街只有一边有房子，如今沿河都有房子了，大黑屋将马路夹在中间，从对面的主屋往沿河的餐厅送菜。比起以前，现在这个房间的景色更近似大阪。这是因为餐厅建在河流拐弯处的石崖上，另有两条河流朝着这个拐弯处汇集而来，好像画了个十字。坐在拉窗里，让人想起坐在大阪四座桥的牡蛎船[①]所看到的景色。这里的河流十字交叉，虽然没架起四座桥，却也有三座桥。早在江户时代就有这附近的市面了，在地震前和大阪的长堀相似，有古老街道所共有的宁谧感觉，但如今住宅、桥梁和道路全部翻新了，来往的人却不多，总觉得有新开辟街区的味道。

“您要来些汽水吗?”

“嗯，这个……”幸子看着姐姐的脸说，“怎么样，姐姐?”

“汽水就可以，中午嘛。”

“喝点啤酒总可以吧?”

“除非你替我喝半瓶……”

幸子知道姐姐在四姐妹中酒量最大。姐姐真的很爱喝酒，有时特别馋酒，日本酒是她的首选，啤酒也不怎么讨厌。

“姐姐近来舒舒服服喝酒的时候不多吧?”

“也不是，每天晚上陪你姐夫喝一点儿，客人来的时候也喝一点儿。”

“什么样的客人?”

“麻布的大伯要是来的话，一定会喝酒的。在那样简陋的房子里，在孩子们的喧哗中，他竟然说喝得很过瘾。”

“姐姐不辛苦吗?”

“不过孩子们在一桌吃饭，我只管敬敬酒就行，一点儿也不费事。下酒菜不用我一一吩咐，阿久就会安排得妥妥帖帖的。”

“那姑娘现在真能干。”

“刚开始时和我一样，因为不喜欢东京而每天哭哭啼啼的，口口声声说‘让我回去，让我回去吧’，不过最近不说这话了。我必须留下她，直

---

① 牡蛎船：大阪市南区与西区的边界，西横堀川和长堀川的十字交界，各自架有上系桥、岩屋桥、下系桥、吉野屋桥，河边有牡蛎船，冬天里供应牡蛎菜肴，在江户时代就享有盛名。

到她出嫁为止。”

“她和阿春，谁的年龄大?”

“阿春多大了?”

“二十岁啦。”

“那样的话，她们两个同岁喽。幸子，阿春这姑娘一定要留下来。”

“那姑娘从十五岁来我家，到现在已经快六年了，让她到别处去，也不会去的。但是，她实际上徒有虚表，也没你们想象得那么好。”

“嗯，我也听雪子说过。可你看她前天晚上的功劳不小。那么大的台风，我们家的阿久吓得惊慌失措，跟你们家的阿春相比差远了。你姐夫看了也感到吃惊，感叹真是个了不起的姑娘。”

“嗯，她在那种时候确实很热情，很有人情味，也够机灵，在上次闹水灾的时候也是这样的。”

在姐姐点的中串烤鳗鱼以及幸子点的排筏鳗鱼尚未上桌这段时间里，幸子一直在说阿春的缺点，权当是下酒菜。

自己的女佣被他人夸赞，做主人的也有面子，绝不会感到不快，也用不着宣扬人家的缺点，所以幸子听到这种说法时，通常都是不加否定地听着。再说像阿春这样获得外界好评的女佣也很少见。最重要的是阿春善于交际，办事圆滑，慷慨大方，自己的东西也好，主人的东西也好，都可以毫不吝惜地送给别人，所以那些出入的商人和手艺人总是“阿春姐、阿春姐”地叫她。连同悦子的老师，幸子的那些太太朋友们，都特意捎口信说阿春是个让人佩服的女佣，经常弄得幸子无话可说。只有阿春的继母最了解幸子的心情，她时常从尼崎的家里来拜望，再三拜托说：“不管别人说什么，府上能拿这样一个难对付又添麻烦的姑娘当女佣，我永远不会忘了您的恩情的。为了这孩子，我到现在不知道哭过多少次了，我完全知道太太有多为难。您要是辞掉她的话，没有哪家会用她那号人的，所以就算给您添麻烦，也希望您能忍耐着使唤她，不给工钱都行。您该骂就骂没关系，那孩子稍微娇惯一点儿都不行，从早训到晚都不为过。”阿春的继母就是这样一再拜托幸子才回去的。

幸子最初见到阿春，是洗衣店的老板领着她找到幸子说：“这个姑娘十五岁，名叫阿春，请您留下来使唤吧。”幸子见她长得俊俏可爱，想试用看看，可是没到一个月，就渐渐意识到用了一个够呛的姑娘。她继母说她是个“难对付的人”绝非谦虚之词。最让全家人头疼的是这个姑娘不爱干净。刚试用的时候就清楚地看到她手脚黑乎乎的了，不久就发现她这样绝非境遇使然，而是她特别不喜欢洗澡和洗衣服，是因为懒惰造成的。幸子为了改掉她这个坏习惯，不知道费了多少口舌，可稍微不注意，就又不行了。别的用人忙完一天的事都赶紧洗澡，只有她一到晚上就在女佣房里倒头就睡，连睡衣都没换就睡着了。她连贴身的衣裤都懒得洗，穿了好几天仍然毫不介意地穿在身上。为了能让她讲卫生，幸子甚至让人看着她，强迫她脱了衣服去洗澡，时不时检查她的行李，发现里边有脏衣服就统统抖搂出来，当面督促她洗干净。如果不这样就不行，这可比教导自己女儿还费事。幸子还在其次，那些女佣们是最直接的受害者，她们首先叫苦连天。有的说：“自从春倌来了之后，女佣房里的壁橱里堆满了脏东西，她自己是无论如何不洗的，我们想帮她洗，把那些脏东西拉出来一看，把我们吓了一跳，里边竟然有太太的内裤！她这个人嫌麻烦懒得洗衣服，把太太的衣服都穿了。”有的说：“一到她身边就臭得不得了，不只身上臭，她还经常买零食吃，偷嘴吃，许是吃坏了胃，呼出来的臭味让人没法忍受，晚上一起睡觉的时候最遭罪。”有的说：“她身上的虱子都爬到我身上来了。”这样的抱怨不断，幸子把原因归咎于当事人，几次打发她回尼崎去。但她父母轮流来赔礼道歉，也不管幸子同意不同意，扔下她就走。听说，她在尼崎的家里还有两个弟妹，只有她是前妻留下的遗孤，资质不高，在学校的成绩也远不如弟弟妹妹。做父亲的对后妻有顾虑，做继母的对丈夫也多心，阿春留在家里，风波就不会停止。她父母又是磕头又是作揖地恳求幸子："事情就是这样，求求您把她留下来使唤吧，留到她该嫁人的年纪。"她继母满腹牢骚，对幸子说："那孩子在邻居那里名声很好，连弟弟妹妹都站在她那边，动不动就让人误以为我这个后妈虐待她。要是我说这孩子有这个坏毛病，连她父亲都不相信，在旁边庇护那个孩子，让我很受委屈。"她继母接着说，"太太，您一定理解我的心情。"听她继母这样讲，幸子反倒同情起她继母的尴尬处境了。

"她那个邋遢劲儿，你看她那些衣服的穿法就知道了。其他女佣都笑话她：'春倌，你那里都露出来了。'但她到现在还这样，根本没改。她生性这样，用几句话斥责是不行的。"

"是吗？她的脸很干净呀。"

"她就紧张那张脸，背着人涂脂抹粉的。我们的润肤膏和口红，她有时候还偷着用呢。"

"这个孩子可真怪。"

"你们家阿久不用你吩咐也能变着花样地做好饭菜，可阿春在我们家干了六年，没有我的指导，做不出一个像样的菜来。到吃饭的点儿我空着肚子回家，问她做饭没有，她总是回答还没做呢。"

"是这样啊。她说话倒是伶牙俐齿的。"

"人倒是不笨，但她只喜欢待人接物，讨厌做其他的事。打扫房间，是每天都应干的事，要是没有我们监督，她马上就甩手不干了。早晨不催促她起床，她就躺着不动，晚上依然是穿着衣服倒头就睡……"

在这样的谈话中，幸子想起很多事情，半开玩笑地继续说着。阿春嘴馋，经常偷吃东西，从厨房到餐厅，糖煮栗子少个一两颗是常事；她在厨房时嘴里常常嚼着东西，如果突然被叫到，就会噎得直翻白眼，慌了手脚，转过身去答应，这样的事情时有发生；晚上让她按摩，结果揉不到一刻钟，就伏在幸子身上打盹儿，慢慢厚颜无耻地伸开腿躺下去，最后倒在幸子的被褥上睡着了；开着煤气炉睡觉；忘记关掉电熨斗而烧焦衣服，好几次差点儿酿成火灾。所以这种时候就决心打发她回去，却经不住她父母好说歹说，又把她留下来了。让她出去办点儿事，她总是到处磨洋工，一去就是大半天。

“真的，这种人要是现在嫁出去的话，不知道会怎样呢。”

“我也是这么想的，可这种人一旦嫁出去生了孩子，就不会这样了。不说了，就留着吧，不是也有可取的地方吗？”

“是呀，她在我们家六年了，差不多和我女儿一样。她固然也有自私的地方，却没有后娘带大的孩子的那种乖僻性格，她为人直爽，重情重义，尽管让人觉得棘手，但也不会让人憎恨。这个孩子很有人缘。”

十八

从大黑屋返回到滨屋的房间后，姐姐一直待到傍晚才回家。但是自从那天晚上救了孩子后，姐姐就十分喜欢阿春，作为酬谢，提议趁着这个机会让阿春和阿久去日光游玩一次。其实，姐姐为了挽留想要返回大阪的阿久，曾经答应会让她去日光游玩一次，这个是她留在东京的附加条件。但是因为找不到合适的同伴，一直拖到现在都没去成。正好趁着这个好时机，让阿春陪着她去。姐姐说：“我也没去过日光，不过，听说乘坐从浅草出来的东武电车，下车就有公共汽车接送，从东照宫到华严瀑布，再到中禅寺湖，一天就能回来了。你姐夫说务必让阿春去游玩一趟，费用由我们承担。”

幸子虽然觉得这样太便宜阿春了，但还是让她去了。如果不让她去的话，阿久也不能去了，那就太可怜了。再说阿春好像听说了内情，高兴坏了，如果不让她去的话，岂不成了自己的过错？于是就听凭姐姐安排了。

第三天早晨，姐姐在电话里说：“我昨晚跟她们说了去日光的事情，两个人兴奋得一宿没睡，今天一大早就出发了。我给足了她们旅费，做了当天回不来的准备。不过，今晚七八点钟就能回来了。雪妹说现在要去你那里。”幸子心想：等雪子来了之后，三个人一块去看美术院的院展和二科展[1]吧。她边想边放下了话筒。

这时，女佣从隔扇的缝隙塞进一封快信来。悦子一脸诧异地捡起那封信，翻看信封背面，默默地将那封信放在妈妈依靠着的桌子上。幸子拿到手里一看，长方形的西式信封上写着“滨屋旅馆莳冈幸子女士亲展”，明显不是丈夫的笔迹。幸子感到很是奇怪，除了自己丈夫之外，又有谁会写信到东京这个旅馆里来呢？她看向信封背面，发现发信人是“大阪市天王寺茶臼山町二十三号奥畑启三郎”。

她躲开悦子好奇的目光，急忙拆开信封，取出三张折成四折的西式信笺，正反面都写得满满的，因为是硬质信笺，展开时发出了有声电影的场景里才听到的清脆响声。

这封信的内容实在出人意料，她读到的全文如下：

拜启

请原谅我突然给您写信，失礼了。我知道姐姐看了这封信会大吃一惊，但我不能放弃这个机会。

我一直想给姐姐写一封信，但因为害怕中途被小妹截获，所以耽搁下来了。今天在夙川和小妹见面了，我听说正在东京的姐姐，目前和悦子住在筑地的滨屋。我朋友去东京时就住在滨屋，所以我知道那里的地址。现在，我知道这封信一定会送达姐姐手上，也顾不上失礼了，急忙写信给您。

我想尽可能写简单些，先讲讲我心中的疑虑。现在看来，这

① 院展和二科展：院展是日本美术院展览会，二科展是民间美术团体“二科会”的展览，时至今日，东京都美术馆仍会在每年秋季举行这样的展览。

完全是我一个人的疑虑。不过，近来小妹和板仓之间似乎有些暧昧。这当然是精神上的，至于更近一步的关系，为了小妹的名誉考虑，我连想都不愿意想。不过，至少两人之间有恋爱的苗头了。

我意识到这件事是在那次水灾之后。事后回想当时的情况，觉得那时板仓跑去救小妹的事情很是蹊跷。在那种情况下，板仓为何会抛下自己的家和妹妹，冒着生命危险去救小妹？我不认为这是单纯的好意。依我说，他知道那时候小妹去了西装裁剪学院的事，也知道小妹和玉置女士关系很好的事。这些都不好理解。这难道不是说他以前也多次出入西装裁剪学院，在那里和小妹会合或取得联系吗？我就这事进行了调查，也有证据，但这里暂且不写，如果有必要的话，我自当奉告。请姐姐不妨从别的方面加以调查，或许会发现许多意想不到的事情。

我有了这种怀疑之后，就把小妹和板仓都质问过一遍，他们两人都坚决否认有这样的事。但奇怪的是，我把这件事说出来后，小妹开始回避和我见面，也很少去夙川。我打电话到芦屋，不知是不是真的，接电话的总是阿春，总说小妹不在家。板仓也是，总说自从那次水灾以来，他只看见过小妹一两次，今后一定注意，不会再让我产生疑虑的。但我还是认真地设法调查。自从那次水灾以来，他不是几乎每天都去芦屋的府上吗？不是还和小妹一起去游泳吗？我用某种方法一一了解到事实，他想隐瞒也不行。板仓或许被看成我和小妹之间的联络员，不过我从未吩咐他做这种事情。如果他有必要见小妹，也只是接洽摄影这种事，但我最近禁止他给小妹拍那些人偶的工作了，所以已经没有这种事了。尽管如此，他近来越来越频繁出入府上，而且小妹根本不来夙川。在尊夫妇的监督下也未尝不可，但不幸的是，您和悦子姑娘以及阿春去了东京，而姐夫早出晚归，在这种情况下会发生怎样的事情呢？简直让人不敢想象（姐姐肯定不知道，您外出的这段时间里，板仓每天都去府上）。小妹可靠持重，应该不会有什么问题，板仓可就不同了。他曾经漂洋过海去美国，什么事情都做得出来。姐姐你也知道，他有些手腕，只要有机会，什么家庭都能钻进去纠缠不清的。向人借钱呀，欺骗女人呀，这是早有定评的。我在他做学徒时就认识他，也对他了解得很清楚。

我和小妹的婚事，有很多需要您帮助的地方，不过这些容后再论，当前首要的问题是使板仓远离小妹。即便是小妹打算和我解除婚约（小妹自己说没有这种打算），可一旦有她和板仓那种人谈恋爱的传闻，小妹就会身败名裂的。我想小妹是莳冈家的千金，是绝不会嫁给板仓的。板仓最初是由我介绍给小妹的，我觉得我有责任向您这位监护人说出我的疑虑，好让您加以防范。

我想姐姐您有自己的考虑和对策。关于这件事，如果我能帮上忙的话，请您尽管吩咐，我会随时登门拜访的。

最后，我想说的是，请您一定对我写过这样一封信的事保守秘密。如果被小妹知道的话，我认为只会招致更坏的结果，事态绝不会有所好转。

以上，是想让姐姐住在滨屋时收到这封信而匆匆写完的，虽然字迹潦草难辨，务请谅察原委。因为想到什么就写什么，杂乱无章，文笔拙劣，也有失礼的言辞，请多多原谅。

谨呈

莳冈姐妆次

奥畑启三郎敬上

九月三日晚

幸子将两肘支在桌子上，两手捧着那封信，反复看其中的某些段落。为了避开悦子试探的目光，她看完信后当即收进信封里，对折后放进腰带里，然后走到廊檐下，坐在藤椅上。

因为太过意外，她必须先平复一下内心，才能冷静下来，否则就什么事都不能考虑了。她想："就算是这样，这封信上写的东西可靠到哪种程度……按照奥畑的说法，我们也太憨厚了，对这个叫板仓的青年太过大意了。他明明没什么事，却总是来串门，我们竟然没感到奇怪，让他随心所欲，可以说是大意了。不过，究其原因，是我们完全没想到他是怀着这样的目的来的。我们既不知道这个青年的家世，也不知道他的经历，只知道他是奥畑商店的学徒出身。哎，老实说，头脑里最初就觉得这个青年和我们是不同阶级的人。这个青年自己也说过要娶阿春做老婆的，没想到他会对小妹怀着非分之想。难道他说要娶阿春做老婆是他玩弄的计谋？纵然这个青年有这样的想法，小妹也不会答应的。现在即使是读了奥畑这封信，也不能认定小妹会做这种事。尽管小妹曾经犯过错误，但也不至于丢掉自尊心，自暴自弃吧。无论荣衰，小妹毕竟是莳冈家的姑娘，不是吗（幸子想到这里，不禁流下眼泪）？虽说奥畑没什么志向，小妹和他有什么矛盾也是可能的，也是可以原谅的，但万万没想到，小妹竟然会和这个青年扯上关系……小妹对这个青年的态度、说话的方式等，显然是拿他当下等人看待的，对方不也甘心处于仆从地位吗？

"既然这样，这封信的内容就没有多少根据了。信上说调查过了，可若有真凭实据，竟然一个证据也没摆出来，也许只是奥畑捕风捉影罢了。他是为了防患于未然，才故意夸大其词，发出这种警告的。奥畑是用何种方法探听这类事实的，我们无从得知，但从来没有小妹单独和板仓出去游泳这样的'事实'。我再怎么信任小妹，也不会不加管教呀。单独和板仓出去游泳的是悦子，而小妹去的时候，我、雪子和悦子也一起去了。即使是其他时候，小妹和板仓独处的机会也很少。并不是我们有意监视他们两个，而是板仓说话很有趣，所以只要他来，全家就聚集在他周围了，从未发现他们两人有可疑之处。总之，信中所说的大概是奥畑根据左邻右舍不负责任的传言，捕风捉影描述出来的吧……”

幸子尽量这么想，想要打消这个念头，但即便如此，她看到这封信时仍不免心中一动。老实说，虽然她认定板仓这种人属于另一个阶级，不可能与莳冈家的小姐有什么瓜葛，但她并非没设想过奥畑信中所提到的这种事。至少幸子隐约意识到，板仓冒着生命危险营救妙子，从此便频繁出入自己家里，他所做事情的背后，也许有什么目的。她又设身处地为妙子着想，在危急时刻得到营救而免受灭顶之灾，这个年轻女子会有多感动，对救命恩人会怀有怎样的感激之心。只是因为“身份差异”的观念先入为主，对这种感恩思想虽有所察觉，但认为是微不足道的事情，没有深入追究，倒不如说不想深入追究更确切些。因此，这封信是自己视而不见或者害怕看见的东西，冷不丁地被奥畑送到自己眼皮底下，使她格外狼狈。

即使不是这样，幸子也归心似箭了，如今手上握着这样一封信，更让她觉得在东京一天也待不下去了。她想，无论如何都要在回家的第一时间查明真相，该用什么方法调查这件事才好呢？该怎么盘问才不会刺激到两个当事人呢？到底要不要和丈夫商量这件事呢？不，不，这件事必须由自己负责到底，不告诉丈夫和雪子，暗中查明真相；如果不幸是事实，为了不给当事人带来麻烦，最好的办法是神不知鬼不觉地断绝他们的关系。这些想法翻来覆去地浮现在幸子的脑海里。不过，当务之急是在自己回家之前，该怎么阻止板仓去芦屋呢？刚才读到信中写的“您外出的这段时间里，板仓每日都到府上去”，这两句话也令幸子胆战心惊。实际上，如果他们两人之间产生了恋爱的苗头，那么现在正是萌芽成长的绝好机会。“您和悦子姑娘以及阿春去了东京，而姐夫早出晚归，在这种情况下会发生怎样的事情呢？简直让人不敢想象”，这几句话最让她头痛。她后悔自己做事太糊涂了：将妙子一个人留在家里，自己带着雪子、悦子，乃至阿春到东京来，这个主意不正是自己想出来的吗？自己简直就是为他们两个人制造了恋爱的温床。遇到这样的机会，即便是没有恋爱苗头也会萌芽的。如果出了差错，该责备的不是他们两个人，而是自己。无论如何，这件事一分钟也耽搁不得，连考虑问题的这个工夫说不定都会出乱子。

幸子感到焦躁不安，如果现在带着悦子回家还需要一两天，如何防止这段时间出事呢？最便捷的方法是现在马上给丈夫打电话，让他禁止妙子与板仓见面。但是，这并不妙，怎么想都觉得不该让丈夫知道这件事。如果迫不得已，就只对雪子说，请她今晚动身去监视他们。这个方法比被别人知道要轻松，但如果可以避免的话，还是避免为好。首先是，雪子虽然能够体谅，但是她刚回到涩谷，找什么借口让她再赶回关西去呢？那么，在这种情况下，不如让阿春先回去，这是最自然而且毫无妨碍的方法。当然，对阿春不用实说，如果有阿春在的话，即使不能防止板仓来访，也能起到牵制两人接近的作用。

幸子一想到阿春是个嘴快的姑娘，就犹豫要不要用这最后的计策。让阿春介入其中，两人之间没有任何可疑之处固然好，一旦被阿春发现他们有暧昧行为，难保这个爱嚼舌头的女佣不四处宣扬。即使不是这样，阿春是个素来对这类事情比较上心的人，也许自然而然会想到为什么让她提前回去。幸子也担心这个女人会被妙子他们所收买。阿春这个人不但一团和气，而且还容易受到诱惑，遇到巧舌如簧的板仓，马上就会被笼络住吧。想到这里，幸子认为无论如何也不能把这件事交给别人，只有自己早点儿回去了。因此，她决定今明两天等悦子看完病，再晚也要乘火车回去。

这时，幸子见雪子撑着一把遮阳伞，从歌舞伎剧场那边过了桥，沿着河岸的马路朝这里走来了。幸子缓缓走进房间，为了察看自己的脸色，她坐在套间的梳妆台前，拿起胭脂刷，刷了两三下，突然觉得有点儿不舒服。——为了不让悦子听见，她轻轻拧开身旁化妆包的扣子——从里边拿出一瓶袖珍白兰地酒瓶，拧下瓶盖杯，倒了三分之一杯的酒喝下。

十九

幸子已经没有去展览会的兴趣了，但是参观那种东西的话说不定会暂时忘却忧愁的，于是下午三个人就去了上野。两个展览就看得人筋疲力尽，但为了陪同悦子，也参观了动物园。她们拖着疲软的腿在动物园里匆匆转了一圈儿，回来时已是傍晚六点多了。其实本来打算在外面吃晚饭的，但又想早点回旅馆休息，于是就连雪子也跟着回来了，洗完澡后在房间里吃晚饭。这时，就听门外一声“我回来了”，阿春满头大汗、满脸通红、穿着皱巴巴的明石绸和服也进来了。

她说：“在从日光回来的路上，我和阿久一道在雷门坐的地铁。我想当面向太太道谢，就在尾张町一个人下车来拜访您了。”说完，就拿出三盒日光牌羊羹和一套彩色明信片，说是送给小悦的。

“难为你买了这些礼物，不过，你还是带去涩谷那边吧。”

“是，是，涩谷那边我也买了礼物，让阿久先拿回去了。”

“这真是……买这么多呀……”

“你看到华严瀑布了吗，阿春？”悦子边打开明信片边问。

“是的，从东照宫到华严瀑布，到中禅寺湖……托太太的福，都去看了。”

有一段时间，大家就围绕着日光谈论了起来。阿春说：“富士山也看到了。”因此引发了争论。

“啊，富士山？”

“是的。”

“在哪里看到的？”

“在东武电车里。”

“在东武电车里能看到富士山吗？”

“真的吗，阿春？该不会是一座类似于富士山的别的什么山吧？”

“不，确实是富士山。乘客们都说看见富士山了，不会错的。”

“是吗？那样的话，你是在哪里看到的呢？”

幸子从今天早晨开始就忧心悦子看病的事情，于是就吩咐阿春用桌子上的电话打给杉浦博士家。接电话的人答复说博士正好刚从外地旅行回来，明天（六日）早晨去他家诊察就可以了。原本说博士五日回家，估计会延期两三天的，没想到这么快就回来了。既然如此，就叫阿春通知旅馆的账房帮忙买三张明天晚上的卧铺火车票，最好是连号的。

“二姐明天就要回家吗？”雪子略感惊讶地问。

“要是明天上午能看完病的话，虽然时间仓促些，但下午去买东西，坐晚上的火车回去还是可以的。我也没有特别着急的事，只是悦子的学校已经开学了，也不能老待在这儿闲着，我觉得还是早点儿回家比较好。所以明天上午你和阿春到这里来，我们去杉浦博士家诊察回来，下午大家出去购物。本应该到涩谷辞行的，但实在挤不出时间了，你就代为在姐夫和姐姐面前致歉吧。”说完就吃晚饭，饭后就打发两人回去了。

那是忙乱的一天。早晨先去本乡西片町拜访杉浦博士，接受诊察，再到本乡药局出示处方抓药，然后在赤门前面打了一辆出租车回到滨屋。雪子和阿春已经等在那里了。雪子首先询问诊察的结果。幸子答道：“杉浦博士和辻博士的见解差不多。只是杉浦博士说：‘这样的神经质少男少女，天资聪颖，学习优秀者居多，这些孩子只要教导得法，在某些方面就会超越常人，所以不用太担心。关键是找出孩子在哪些方面优秀，然后将精力集中在这些方面就行了。’他还说以饮食疗法为主。不过，博士开的处方和辻博士开的处方大为不同。”

下午，四个人到池端的道明绳索店、日本桥的三越百货公司、山本的海苔店、尾张町的绸缎庄、平野屋的绸缎庄和西银座的阿波屋等地转了一圈儿。因为暑气残存，虽然有风，但太阳毒辣，她们不得不在三越百货公司的七楼、日耳曼面包房、野鸽咖啡馆等处休息一下，喝些冷饮解渴。阿春负责扛着买来的东西，大包小包遮住了她的身体，只露出一个脑袋来。她今天汗流浃背，在另外三人后面走着。幸子她们三人也各自拎着一两个包裹。她们又来到尾张町，最后在服部的地下室又买了几件东西，当时已经到吃晚饭的时间了。幸子说没时间再去罗马尼亚西餐厅了，于是就来到数寄屋桥边的纽格兰西餐厅。这样一是比回旅馆吃饭更节省时间，二是迁就喜欢吃西餐的雪子。今夜一别，又要有一段时间不能见面了，大家围着餐桌喝点儿生啤酒，权当临别纪念。晚饭后，她们急匆匆回到旅馆，收拾行李，赶到东京车站，和来送行的姐姐在候车室里聊了五分钟，就登上了夜间八点半出发的卧铺车厢。姐姐和雪子也跟着来到站台。趁着悦子下车和雪子说话的空当儿，姐姐趁机走近幸子站立的地方，小声说道："雪子的亲事，那以后没人再来提亲吗?"

"没有……我想这期间还会有吧……"

"今年之内没有结果的话，明年可是她的厄年呀。"

"我也是这么想的，所以才四处托人……"

"再见，二姨。"悦子走到踏板上，挥舞着手中粉色的乔其纱手帕，"二姨，下次什么时候来?"

"不知道什么时候能去……"

"早点儿来呀!"

"嗯。"

"一定啊，二姨。一定早点儿来……"

卧铺是一个上铺两个下铺，铺位相连。幸子让悦子、阿春在相对的两个下铺睡，她自己睡上铺。她爬上铺位，就这样穿着和服躺下了。反正只是伸伸腿而已，明知道睡不着，也就不打算勉强入睡了。但她迷迷糊糊一闭上眼睛，刚才姐姐和雪子含泪注视她的面庞就浮现在她眼前，怎么都挥之不去。从上个月的二十七日到今天，她在东京停留了十一天，但她从未经历过如此心神不定、惊恐不安的旅行。开始住在姐姐家里被孩子们吵得焦头烂额，随后又被台风吓得失魂落魄，狼狈地逃到滨屋，还没完全静下心来呢，又收到奥畑这封堪比炸弹的来信。让人感觉舒心的日子也只有和姐姐一起去大黑屋的那天而已。不过，悦子接受了博士的诊察，总算是完成了来东京最重要的任务，可是，难得来东京一次，最终连一场戏都没看成。然后从昨天到今天，冒着烈日在东京街头上风尘仆仆地东奔西走，真是让人感到头晕眼花的两天。要不是在旅途中，是完全不可能在这么短的时间里跑那么多地方的，光是想想就让她疲惫不堪了。她好像被人从高处扔出来一般，与其说是躺下，还不如说是被打倒在床上。她不但睡不着，而且越来越清醒。她想喝些白兰地或许能迷迷糊糊地打个盹儿，但她连起来拿酒瓶的力气也没有了。在她那不休不眠的脑子里，挥之不去的是亟待她回家解决的棘手事件——从昨天开始就一直悬而未决的问题，化为种种疑问和忧虑，此消彼长。那封信写的确有其事吗？如果是事实，那该怎么处理呢？悦子不会感到奇怪吧？她没有对雪子说奥畑来信的事吧？……

二十

悦子回来后只休息了一天，第二天就开学了。幸子这两三天越来越疲乏，于是就开始了做按摩和呼呼大睡的生活，无聊时就独自坐在露台的椅子上，观看庭院的景色。

这里的庭院，也许反映了女主人喜欢春花胜过秋色的爱好吧。如今假山后面开着一株瘦弱的芙蓉花，与舒尔茨家的边界处有一丛白荻花在随风摇曳，除此之外，现在也没有特别引人注目的点缀了。夏天枝繁叶茂的檀香和梧桐懒洋洋地舒展着枝丫，草坪犹如铺开的深绿色的地毯。这些景色和她前些天动身去东京的时候没什么两样，只是阳光多少有些变弱，缓慢流淌的清凉之气中，不知从何处飘来桂花香，让人感觉到秋天悄悄来临了。覆盖在露台上的芦棚，最近也要拆除了。幸子一边想着这些，一边眷恋地看着自己熟悉的庭院。真的，偶尔出去旅行是必要的，虽然只是离家十余天，但不知是不是不习惯旅行的缘故，感觉好像一个月没回家了，一旦回到家中，那种久别归家的喜悦便涌上心头。此外，她又想起雪子逗留期间，经常一个人眷恋不舍地在庭院中伫立徘徊的情景。这样看来，不单是雪子眷恋关西，自己也是土生土长的关西人，可以想见对关西土地爱得多么深切了。虽然这个庭院没有特别的风景，但是站在这里，闻着含有松树香味的空气，远眺六甲方向的群山，仰望澄净的晴空，就感觉没有比阪神一带更适于居住的宁静之地了。东京那种人声嘈杂、尘土飞扬的都市是多么令人生厌呀。雪子的口头禅是："东京的风和这里的风相比，给人的感觉都不一样。"确实这样呀。幸子认为自己不用迁居到别处去，和姐姐、雪子相比是何等幸福啊！她沉浸在这样的感想中，觉得无比愉悦。

有一次，她拉着阿春说："春倌，你还顺便去看了日光，这是好事。可我在东京没遇到什么好事，还是觉得在自己家里最好。"

妙子从这段时间起重新开始暑期中搁置的制作人偶的工作，在幸子去东京那些日子她闭门不出，从幸子回来第二天起她就每天去夙川了。妙子说："西装裁剪学院还不知道什么时候开学，山村作师傅又去世了，眼下除了制作人偶外也没有别的工作可干，我想趁这个机会学习早就想学的法语。""那就把塚本太太请到家里来吧。自从雪子不学之后，我也不学了。"幸子说，"如今小妹要学法语，我也可以奉陪。"妙子笑着说："我是从头开始学，咱们俩不适合一起学，而且法国人收费高。"

妙子不在家时，板仓也来过一次，声称听闻太太回家了，特来问候一下。他在露台上陪幸子聊了二三十分钟，然后到厨房里听阿春讲述了游览日光的事情后就回去了。

其实，幸子一方面等待着疲劳的恢复，另一方面也等待着恰当的时机。奇怪的是，她从东京带回来的有待解决的疑虑，一天天地淡薄下去。

那天早晨在滨屋的客房里看那封信时的震惊，第二天继续纠缠她的忧虑，钻进卧铺里也梦魇一样折磨她一夜的那些问题——那些当时觉得亟待解决、一天也等不了的问题，在回到家迎来明媚清晨的那一瞬间，那种紧张就不可思议地渐渐放松下来了，觉得不用那么慌乱了。说到底，如果问题是涉及雪子的品行的话，不管谁说出什么话，幸子都不会理睬的，会认为是毫无根据的中伤。但是，妙子以前有过那样一件事，她的为人之道和自己、雪子都不一样，露骨地说，妙子有些地方无法让人完全信任她。正因为这样，那封信才会使幸子狼狈不堪。可幸子回到家后，发现妙子的态度没有任何变化，一脸轻松的表情。她觉得这个妹妹不会做那种亏心事，甚至觉得自己当时那么狼狈不堪未免可笑。现在回想起来，在东京期间，她可能也感染了悦子的神经衰弱。实际上如果置身于东京那种烦躁的环境中，神经早晚会出问题。当时的担心是病态，现在的判断才是正确的吧。

回来后过了一周的某一天，幸子抓住一个机会和妙子说了这件事。当时，幸子的心情已经轻松多了。

那天妙子早早地从夙川回来，走进二楼自己的卧室，拿出刚从工作室带回的人偶作品，放在桌子上端详。这个人偶是个中年妇人，身穿一身黑底白碎花和服，脚穿一双木屐，蹲在石灯笼底下，正在侧耳倾听着什么。这个作品名为《虫声》，表现的是中年妇人入神倾听虫鸣的情景。这是妙子早就精心设计的作品。

"呀，做得真好！"这时，幸子边说边走进房间来。

"嗯，这个还不错。"

"确实是，是最近的杰作？不做妙龄少女，却做一个中年妇人，构思巧妙，传达出寂寞之感……"她又评论了两三句，停了会儿，才继续说道，"小妹，其实我在东京时收到一封奇怪的信。"

"谁寄的？"妙子的目光仍然没离开那个人偶，毫不在意地问道。

"启少爷寄给我的。"

“哦。”听到幸子这么说，妙子才转过身来面向姐姐。

“就是这个。”幸子边从怀里拿出那封信，边说，“小妹，你能猜出这封信里写的是什么吗?”

“大致知道，不就是板仓的事吗?”

“是啊，你看看吧。”

妙子在这种场合也面不改色，从容不迫，镇定自若，别人根本看不透她的心思。就见她不慌不忙地把信纸摊在桌子上，连眉毛都没动一下，将信纸一页一页地从正面到反面仔细看完了。

“无聊！前段时间他就恐吓我说，要把这些事情告诉二姐。”

“这对于我来说简直是晴天霹雳，吓得我六神无主。”

“这种事，你别理睬他就行了。”

“信上写着不要把写信的事告诉小妹，不过我觉得，和谁商量也不如和你商量来得直接。我问你，这事是真的吗?”

“启少爷自己出轨，反倒疑心别人!”

“可是小妹，你怎么看板仓呢?”

“那种人，我没当回事儿。虽然和启说的意思不一样，不过我很感激板仓。把救命恩人往坏处想，我良心上会过不去。”

“我理解，我想准是这样的。”

妙子说，奥畑怀疑她和板仓之间的关系，信上写着“是在那次水灾之后”，但实际上在那以前就开始了。奥畑对她很客气，不过对板仓说了些讨厌的话。这是她最近才知道的。起初，板仓还以为是因为自己能自由出入芦屋的莳冈家，而奥畑却没有这种自由，不禁怒火中烧，心生嫉妒，像个小孩子似的乱发脾气，就不怎么在意。自从水灾以来，奥畑说话变得越来越恶毒，也疑心妙子了。奥畑还告诉妙子：“这些话只问问你，板仓不知道，你不用跟那家伙说。”妙子觉得，实际上非常要面子的奥畑大概不会对板仓说这种事，她也没必要直接与板仓商量。板仓呢，也没把他被责备的事告诉妙子。因为这件事，妙子跟奥畑吵了一架，故意不接奥畑的电话，也故意不给奥畑见面的机会。不过，只是最近觉得奥畑是真心担忧，又可怜起他来，就如信上所说，就在本月三日，在时隔多日后见了一面（每次她和奥畑见面，都是在往返工作室的途中约在某处见面。奥畑的信中说“今天在夙川和小妹见面了”，可怎么说的呢？在哪里相见的呢？妙子并没有详细说明。幸子问起时，妙子说在那附近的松林边散步边聊天，然后就分手了）。那时，奥畑说有很多证据，就像那封信里写的那些东西来质问妙子，想将妙子逼入绝境，并要求她与板仓绝交。妙子说没有和自己救命恩人绝交的道理，拒绝了奥畑的要求，只是答应以后尽量不见面，不让板仓去芦屋拜访，也完全断绝工作上的来往（委托拍摄宣传照片），等等。为了履行这个约定，必须向板仓讲明理由，所以她自己决定把这件事告诉板仓，一谈起来，才知道板仓也被奥畑封了口，被迫答应不将奥畑的怀疑告诉妙子。妙子说，从许下那个承诺以后，即本月三日以后，自己就一次也没见过板仓，板仓也不来找她，只是二姐回家后，他觉得自己突然断绝来往，会让人感到奇怪，所以前几天来问候了，但也是特意趁她不在家的时候来的。

可是，纵然妙子这边没问题，板仓对妙子是怎么想的呢？奥畑怀疑妙子没有理由，但是怀疑板仓是不无道理的。按照奥畑的说法，妙子不必对板仓的救助心存感激。要说为什么，因为板仓的英雄行为从一开始就是有目的的。那个狡猾的家伙，如果不是存心想攫取巨大报酬，是不会甘心冒那种危险的。虽然他表示那天早晨他早就打扮妥当在那一带转悠，但这件事本身就说明他的行动完全是有计划的。对这种不知分寸有野心的家伙，有什么理由感谢呢？首先，他自己存心要抢夺旧东家的恋人，就是忘恩负义。可是，板仓极力否认。他和妙子讲：“启少爷的话完全是误解。我救助你，因为你是启少爷的恋人。正因为我不忘昔日老东家的恩情，才会舍命尽忠。本以为已经尽到本分了，却被人家这样讲，实在是难以忍受。我也有常识，知道小妹不会嫁给我这样的人。”

既然如此，妙子该如何判断两个人的辩白呢？妙子说：“老实讲，我能隐约察觉到板仓的真实心意，板仓也很机灵，他不会把那种企图流露出来。他冒着生命危险救我，大概不只是单纯地对旧东家报恩和尽忠吧，不管他是否意识到这一点，说他报效启，还不如说他报效我。但即使是这样，也没什么差别，只要他不超过限度，我就权当不知道好了。像他这种能干又勤恳为我办事的人，能利用就尽量利用，对方也因为被利用而感到光荣，所以让他这么想就好了。我是怀着这种想法和他来往的。”妙子又说：“启少爷气量小，爱嫉妒，我不想被误会，所以和板仓说好了，今后尽量少来往，但不是绝交。现在启也消除了疑虑，安下心来了。恐怕现在已经后悔给二姐写这样一封信了。”她又说：“像板仓那种人，爱把我怎么想就怎么想吧。倒是启，真是可笑。”

“要是有小妹这样的心胸就没什么问题了，不过，启少爷还做不到吧。”

妙子最近在幸子面前无所顾忌，从腰带间拿出白鳖甲烟盒，从里边取出一根香烟来。这种香烟是时下昂贵的舶来品，带金嘴儿。她用打火机把那根香烟点燃，吸了起来，把厚嘴唇噘得圆圆的，一个一个地吐着白烟圈儿，陷入短暂的沉思中。

“那么，我出国的事……”她侧脸对着幸子说，“二姐，我不知道你考虑过没有。”

“嗯，我也考虑过这件事。”

“在东京，你没提这件事吗？”

“和姐姐聊东聊西的时候，我差点儿脱口而出，可想到涉及钱的问题，必须巧妙提出来才行，这次就什么也没说。要说就让你二姐夫去说吧。”

“二姐夫是怎么说的？”

“他说，如果小妹意志坚定、态度认真的话，他去说说也可以。不过，他很担心欧洲会爆发战争。”

“会吗？”

“不知道，不过，他说不如观望一下形势再做决定。”

“这样也行。不过，玉置老师最近要动身了。她说如果要去的话，就带我一块去。”

其实，幸子也是这样想的——妙子出国是最好的办法。这样不仅可以避开板仓，也可以暂时避开奥畑。但从报纸上看也知道，欧洲风云变幻，把一个妹妹孤身送往国外，委实让人放心不下，本家也断然不会同意，所以一直踌躇不决。但是，如果与玉置女士同行的话，就有重新考虑的余地了。

妙子说，玉置女士也不打算长期留在国外。玉置女士第一次去法国是很久以前的事情了，有机会的话想再去研究一下服装的最新流行趋势。因为这次水灾，学院的房舍不得不重建，所以她决定利用这段时间出门，大概半年左右就回来了。她说：“按说妙子小姐最好去法国学习一两年的，如果你对独自留在法国有所顾虑，那就和我一起回来，半年有半年的收获，我再帮你疏通一下，给你弄个文凭应该没问题。不过，从目前的情况来看，明年正月动身，大概七八月份回来，时间不长，在这期间不大可能发生战争，真要爆发战争就听天由命，两个人在一起胆子也壮些。再说我在德国和英国都有熟人，在紧急关头，不愁没有避难的地方。”

妙子好不容易有个好时机，希望自己也能多少冒点儿风险跟她去一趟。

“因为板仓的事情，启少爷也赞成我出国了。”

“我同意你去，不过不知道你二姐夫会说什么，你去和他商量一下。”

“拜托你让姐夫务必赞成，也拜托一定要说服本家。”

“明年正月去的话，也用不着这么急啊。”

“还是早点儿为好。不过，姐夫下次什么时候去东京？”

“今年之内还会再去一两次吧。你先学习法语吧。”幸子说道。

二十一

在那个月的十五日，舒尔茨夫人带着罗斯玛丽、弗里茨乘坐柯立芝总统号客轮前往马尼拉。罗斯玛丽因为悦子在东京的时间超乎了她的想象，她每天都去纠缠妙子或女佣们，“小姐还没回来吗？为什么不早点儿回来？”悦子回家后，她每天焦急地等待悦子从学校回来，剩下的几天，两个人一天不落地黏在一起。

悦子放学把书包往客厅一扔，就跑到那个铁丝网的篱笆下面了，夹杂着德语喊：“露米小姐，你快来！”

这时，罗斯玛丽立刻就出现了，她跳过篱笆来到这边的庭院里，光着脚在草坪上跳绳。还有弗里茨、幸子、妙子等人，有时他们也参加。

“一、二、三、四……”，悦子用德语数着，她能从一数到三十，还会用德语说“快！快！”“露米小姐，请！”“还不行！”，以及其他不少简单的德语。

一天，在两家边界树木繁茂的地方，罗斯玛丽用日语说道：“悦子小姐，再见！”

“再见！”悦子用德语说，“到了汉堡，一定要给我写信呀。”

“悦子小姐也要给我写信呀！”

“嗯，一定会给你写信的，一定！请代我向彼得哥哥问好。”

“悦子小姐……”

“露米小姐，弗里茨……”

他们相互呼唤的声音刚停止，突然听见罗斯玛丽和弗里茨用德语合唱起来：“德意志雄踞世界之冠……”

幸子走到露台上一看，就见罗斯玛丽和她年幼的弟弟爬到梧桐树上恰当的高度，站在树枝上挥舞着手帕，悦子在树下回答，像是在表演客轮起航的情景。

幸子也迅速跑到梧桐树下面，“露米，弗里茨……”边说边像在码头送行似的挥舞手帕。

“悦子妈妈，再见！”

“再见！祝愿露米小姐一路平安！你一定要再来日本呀。”

“悦子妈妈，悦子，来汉堡吧。”

“是的，我们会去的，等悦子长大了一定去！祝露米身体健康！”幸子这么说着，明知道是陪孩子玩的游戏，可仍然不禁眼眶发热。

舒尔茨夫人对孩子的教育是有规律又严格的，平常罗斯玛丽到悦子家玩，到了一定时间，她就在篱笆那边喊：“露米——”然而，在这十天的时间里，她好像特别体谅这对年幼孩子的依依不舍之情似的，没有像往常那样一到时间就严厉地叫罗斯玛丽回去。所以直到太阳落山的时候，她们两人还像往常一样在客厅里玩耍，给裸体的人偶穿上各式各样的衣服。最后，她们把铃铃也抱来，给它套上人偶的衣服。有时两个人轮流弹钢琴。

“悦子小姐，请再给我一个。”罗斯玛丽经常这么说。实际上，那是“请再弹一曲”的意思。

因为丈夫舒尔茨动身的时间太仓促，所以后面的行李整理、家当的处理等一切杂务都由舒尔茨夫人一个人负责，每天都忙得不可开交。幸子从自家楼上能看见舒尔茨夫人忙碌的样子。这么说来，自从这家德国人搬到隔壁以来，幸子虽然不是有意窥视，但早晚从二楼的檐廊上往庭院方向看去，自然就能看见那家人的后门，能将舒尔茨夫人和阿妈们的操作以及厨房内的情形看得清清楚楚。令人感到惊叹的是，那家人厨房的器具无论什么时候都摆放得井井有条。以烧菜用的烤盘和料理台为中心，周围是铝水壶和平底锅，由大到小按次序放在固定的位置，每件炊具都和武器一样擦得锃亮。而且洗衣服、打扫房间、烧洗澡水、准备饭食等，每天都像点卯一样准时进行。幸子家的人每天看邻居家干什么活，就知道是什么时间，连表都没必要看。

阿妈们是两个年轻的日本女人。有一次，这家的阿妈和幸子家发生了一次小风波。事情发生在前面两个阿妈身上。在幸子看来，她们都是不辞劳苦、忠厚老实的人。不过，大概是因为舒尔茨夫人用人太苛刻，所以她们早就心怀不满了吧。她们老是说："我们家太太带头安排家务，一分钟也不浪费，刚干完一个活儿马上就得干别的活儿。比起受雇于别的日本家庭，我们确实能得到更多的佣金，也教给我们各种家务知识，但我们成天连喘气的时间都没有。我们太太是个了不起的家庭主妇，让人佩服，但被她这样使唤，我们实在受不了。"

在某个早晨，幸子家的粗使女佣阿秋打扫完自家围墙外之后，顺便把对方墙外也给打扫了，而这件差事是舒尔茨的阿妈们每天必干的。阿秋想平常总是麻烦她们帮忙打扫，自己也偶尔扫扫好回报人家。但这件事不巧让舒尔茨夫人看见了，她觉得自己家女佣的活计让别人家女佣干了成何体统？于是就狠狠骂了阿妈们一顿。阿妈们也不甘示弱："不是我们偷懒让阿秋干的，是阿秋出于好意帮忙扫的，也只是今天早晨这么一次，如果不好的话，下次不让她扫就是了。"但也许是语言不通的原因，舒尔茨夫人说什么都不肯原谅她们。她们说："那我们不干了。"舒尔茨夫人说："好，请你们走吧！"一件小事竟然闹到这么糟糕的地步。幸子从阿秋那里听说了事情的经过，想来劝解，结果阿妈们反倒强硬起来，说道："不，谢谢您。这事和您家没关系，请您不要说什么了。其实不只是今天的事，我们平常累死累活，可我们太太一点儿不领情，动不动就说'你们脑子笨'，我们实在比不上这位太太聪明，可我们多忠实顶用，等她雇了别人就明白了。这位太太要是认识到自己错了也就算了，不然，我们正好趁着这个机会离开这里。"舒尔茨夫人最终还是没有挽留她们，那两个阿妈都走了。不久之后，现在的阿妈们就来了。但是前面两个阿妈的愤慨之词是有道理的，论头脑灵活和工作效率，她们都是出类拔萃的。所以舒尔茨夫人后来向幸子吐露心声："辞退她们，是我错了。"从这件事情上能够清楚见识到这位夫人的主妇风范。

但即便如此，她也并非一味严厉、恪守规矩，也有慈爱温情的一面。在那次水灾的时候，她听说从附近的派出所逃来两三个浑身泥泞的避难者，立刻派人给他们送去衬衫和内衣，还热心动员阿妈们说："你们要是有什么单衣，就送给他们吧。"她担心丈夫和孩子们的安危，连悦子的事也担心，她苍白的脸上带着泪痕。傍晚得知丈夫和孩子们平安归来，她发疯似的欢呼着跑出去迎接，从这些事情也能看出她的为人。幸子至今仍清楚记得透过檀香树叶缝隙看见她兴奋地和丈夫紧紧相拥的情景，让人不得不佩服她的热情。人们一般都说德国妇女了不起，但不见得都有舒尔茨夫人这么好吧，像她这样出色的人实属难得。何其有幸，能和这样的人成为邻居，可惜和她的交往过于短暂。一般的西洋人家都不太愿意和日本邻居交往，但舒尔茨家在这方面做得很周全，搬来时就送给各家精美的金字塔蛋糕作为进见礼，因此才能够这样融洽相处。幸子回想起来，觉得不仅是孩子们默契相处，自己也应该敞开心扉和她更亲密地交往，请教些做料理和点心的方法就好了，如今觉得很是可惜。

因为舒尔茨夫人是这样的人，所以除了幸子他们之外，还有不少依依惜别的邻居。在她家出入的商人中，有人因为她以极其低廉的价格出让缝纫机、电冰箱之类的东西而分外高兴。她还把不必要的家具物品廉价卖给熟人以及有来往的人。她将没人要的东西全都卖给了家具店，仅剩下些餐具，放在野餐用的篮子里。

"我们家已经什么都没有了，我们上船前，就用野餐篮子里的刀叉吃饭。"舒尔茨夫人笑着说道。

听说夫人打算在回国后布置一间日式房间，房间里装饰日本的纪念品，邻居们就纷纷赠送给她日式的书画和古董。幸子也把从祖父母那里继承下来的外面绣有御所车[1]的帛纱包袱皮送给了她。悦子也给了罗斯玛丽一张上次跳舞时的照片，照片上的她身穿一件绣着花斗笠的粉红色绉绸舞衣。

在上船的前一晚，罗斯玛丽得到特别允许，在悦子的卧室里住了一晚。那天晚上两人闹翻了天。悦子把自己的床空出来给罗斯玛丽睡，她自己睡在雪子的草垫子上，但两个人根本不好好睡觉。贞之助被她们的喊声和在走廊上的奔跑声吵得根本睡不着。

“真闹啊!”他边说边用被子蒙住了头，可是她们越闹越厉害。最后，他蓦地抬起头来，打开床头灯，“喂，已经半夜两点啦。”

“怎么，已经这么晚了!”幸子也惊诧地说。

“不能太兴奋，会被舒尔茨夫人骂的。”

“就今天一晚上了，由她们去吧，舒尔茨夫人也会谅解的……”

正这么说着，“鬼呀……”突然传来这样的喊叫声，接着传来向他们卧室跑来的脚步声。

“爸爸!”悦子在纸门外喊道，“爸爸!‘鬼’用德语怎么说?”

“悦子她爹，‘鬼’用德语怎么说？要是知道的话，就告诉她吧。”

“Gespenster!”贞之助还记得几年前学过这种独特的语言，连自己都觉得不可思议，忍不住高声喊了出来。

“‘鬼’用德语说叫Gespenster。”

“Gespenster,”悦子念了一遍，说道，“露米小姐，我是Gespenster……”

“啊！我也是Gespenster……”

那之后就更乱了。

“鬼啊……”

---

① 御所车：是在京都御所（即天皇，皇子等的住所）的周边由贵族使用的乘车工具，牛车的别称。是既古典又优雅的图案的代表。

"Gespenster!"

她们两个你呼我喊地在整个二楼疯跑，终于来到贞之助夫妇的卧室外，罗斯玛丽率先闯了进来。一看，两个人头上都蒙着床单，装扮成"无常"的样子。她们一个说"鬼"，一个说"Gespenster"，边说边哈哈大笑，绕着床转了两三圈，又往走廊里去了。直到凌晨三点左右，她们才回到自己的卧室。果然不出所料，两个人都兴奋过度，根本睡不着。罗斯玛丽也许是想家了，要回到她妈妈那里去。贞之助夫妇轮流起来安慰她，终于在快天亮时将她们哄睡着了。

悦子在罗斯玛丽出发当天，由妈妈和妙子带着，捧着花束去码头送行。因为船晚上七点多起航，所以来送行的孩子们比较少。罗斯玛丽的德国朋友只有一个叫英格的少女，悦子经常在舒尔茨家举办的茶会上见到她，背地里叫她"菜豆"，因为她的名字和日语"菜豆"的发音相似。悦子是唯一的日本女孩子。舒尔茨夫人一家三口白天就登船了。悦子她们早早吃过晚饭出门，从阪神电车的三宫站乘坐出租车赶去，经过海关的时候，突然看见装饰着彩灯的柯立芝总统号犹如不夜城似的矗立在码头。幸子她们马上去了舒尔茨夫人所在的船舱。船舱的墙壁、天花板、窗帘、床铺都是白色带绿的，床上摆满了各种各样的花束，光彩夺目。

舒尔茨夫人让罗斯玛丽领着悦子去船上参观。罗斯玛丽接到命令，就带着悦子各处游览。悦子想到还有十四五分钟就要开船了，焦急不堪，只记得那艘船豪华漂亮，上下了好几次扶梯。等她回到船舱时，看见舒尔茨夫人和妈妈正眼含热泪道别。直到响起即将起航的锣声，幸子她们才走下船来。

"啊，真漂亮！就像是移动的百货公司。"当那艘船驶离码头时，身穿白罩衫的妙子在秋天夜晚海风的吹拂下缩着肩膀赞叹道。此后，在灯光的辉映下，就见长时间站立在甲板上的舒尔茨夫人及其两个孩子的身影越来越小，直到最后分不清谁是谁了，还能听见罗斯玛丽呼唤悦子的声音不时从暗黑的海面上传来。

二十二

一九三八年九月三十日于马尼拉

亲爱的莳冈夫人：

这个月是日本台风较多的月份，我一直惦记着您全家的安全。我想你们在过去几个月之间已经遭受了很多灾难，希望不要再遇到这样的事情了。国道和芦屋附近堆积的岩石和砂土已经被清除了吧？交通也恢复了吧？人们又重新安居乐业了吧？我们以前租住的房子应该已经租出去了，你们又有了好邻居吧？我常常回想起那个可爱的庭院，以及孩子们在安静的街道上骑自行车的情景。他们确实度过了愉快的时光。他们在府上有很多有趣的体验！我再次感谢您给予孩子们的种种关怀。他们经常谈论起您一家人，有时特别想念您和悦子小姐。彼得从船上寄信来说，令妹和悦子小姐与他们一起游览东京，度过了非常愉快的时光。那真是一件好事，非常感谢。前几天我收到一封电报，他们已经平安抵达了汉堡，如今寄居在我妹妹那里。我妹妹有三个孩子，彼得成了第四个孩子。

我们在当地是大家族，有八个孩子，而我就像笼子里唯一的母鸡带着一群小鸡。有时孩子们会相互打架，但大多数时间能和睦地玩耍。罗斯玛丽是孩子中最年长的，也懂事些了。我们每天下午都骑着自行车去逛步行街，在那里吃冰激凌。

祝各位安康，请代为向您先生、令妹，还有可爱的悦子小姐问好。等欧洲的总体局势稳定下来之后，期待诸位能来德国，到我家做客。现在欧洲到处都剑拔弩张，但任何国家的人民都不喜欢战争，战争也许最终不会打起来吧。我深信希特勒会处理捷克这个热门问题的。

祝您健康。请不要忘记我对您的敬爱。

希尔达敬上

与此同时，我为您寄去了一小包菲律宾刺绣，希望您能喜欢。

舒尔茨夫人的这封信是用英文写的，是十月十日前后送到幸子那里的。附白[①]里写到的那个小包刺绣邮件，在两三天后也送来了，里边是一件极好的手工缝制的桌布。幸子想在那之后回信，可写了让谁帮着翻译好呢？丈夫嫌麻烦，推辞说请她见谅。因为找不到合适的人选，不知不觉就拖延下来了。

某天傍晚，她去芦屋川的堤坝上散步，中途遇见了德国人亨宁格的日本太太，这个德国人是由舒尔茨夫人介绍认识的。幸子忽然想起那封信的事情来，就和她商量。对方满口答应说："这件事不算什么，我翻译不好，不过我女儿德文和英文都能写，就让我女儿来翻译吧。"幸子不知道该怎么往遥远的国外寄信，就又暂时搁下了。终于有一天，她自己写了封信，又让悦子写了封，一起送到亨宁格太太那里去了。

没过多久，悦子收到一个从纽约寄来的包裹，解开包裹一看，是彼得信守诺言，在回国经由美国途中给悦子买的一双皮鞋。但是不知是怎么回事，当时明明测量了悦子脚的尺寸的，可收到的鞋太小了，悦子根本穿不进去。但这是一双漂亮的上等漆皮鞋，适合出门穿，悦子不想放弃，穿了好几次，好不容易穿进去了，不过紧绷绷的受不了。

"好可惜呀，大点儿倒没关系……"

---

① 附白：正文后附带的说明。

“这个彼得，怎么弄错了？说不定是尺寸量得太合脚吧。”悦子说道。

“小悦的脚可能比那时候大了。孩子的鞋要买大一点儿，要是当时记得提醒他一下就好了。要是他妈妈一起去买的话，也会注意这个问题的。”

“真是可惜啊！”

“算了吧，你打算这样试多少次？”幸子见悦子还想穿上试试，就笑着阻止她说。

对于这份难得的礼物，不知道该怎么回复才好，终究连封感谢信都没写。

这段时间，妙子想在出国之前把接到的各方制作人偶的订单全部做出来，所以每天都去夙川松涛公寓的工作室。除此之外，她还到西洋画画家别所猪之助的太太那里学习法语对话，这位太太曾经在巴黎生活过六年，是玉置女士介绍给她的。妙子每周去三次，每个月的学费才十元，可以说相当便宜。所以妙子几乎每天白天都不在家。

悦子一放学回家，就会走到铁丝网旁，透过铁丝网怀念地望着人去楼空的舒尔茨家的庭院，如今那里只有丛生的杂草和啾啾的虫鸣。她过去因为邻近有好朋友，不大和学校的同学一起玩，渐渐疏远了，现在似乎不胜寂寥，打算慢慢结交新朋友，却难以一下子找到合得来的人。她常常说不知道那栋空房子以后会不会有像露米那样的孩子住进来。可这栋房子是专门为租给外国人建造的，日本人不租，西洋人因为出现了世界大战的兆头，如今很多人都像舒尔茨家那样撤离东亚回自己国家了，所以这栋房子暂时是不会被租出去的。

幸子无聊得以练字或教阿春弹古琴打发时间。在写给雪子的信中，她有一段这样写道：“不光是悦子觉得寂寞无聊，不知怎么回事，我也觉得这个秋天有些许伤感。从前总是喜爱春天，今年感到秋天的凄凉寂寞也别有一番情趣。或许是年龄的关系吧……”

说到底，今年从春天雪子相亲之后，六月举办舞会，接着就是那场大水灾、妙子遇险、山村作师傅病逝、舒尔茨家回国、东京行、关东大风暴、奥畑来信卷起阴云……事情一件接一件，层出不穷，到现在一下子趋于平静了，或许正是因为这样，她才会感到空落落的，没什么劲头吧。

幸子觉得自己的生活，无论是内在还是外在都是和两个妹妹紧密联系在一起的。幸运的是，她家庭美满，夫妻和睦，尽管悦子是个多少有些劳神的孩子，毕竟就只有她一个，一家三口原本是可以风平浪静地过日子的。但到现在为止，家里发生的种种变化都是两个妹妹引起的。即便如此，她并不觉得厌烦两个妹妹，反倒高兴她们给家里增添了色彩，活跃了气氛。为什么这么说呢？因为她比任何人都像已故父亲的豪迈性格，她最讨厌家里冷清寂寞，总是希望家里热热闹闹、充满青春气息地过日子。因此，妹妹们不喜欢在本家，而是喜欢长期住在二姐这里。顾及姐姐夫妇的面子，她从不怂恿两个妹妹这样做，但心里是欢迎的。她觉得本家孩子一堆，与其让两个妹妹去那里生活，不如住在房子大且人口少的自己身边。贞之助在这件事上对本家有所顾虑，不过他也理解妻子的性情，爽快地接受两个小姨子住在家里的事情。就因为这样，她和两个妹妹的关系有点儿不寻常，不能用一般姐妹关系来衡量。相对于贞之助和悦子，她为雪子和妙子操心的时间更多，连她自己都有点儿惊讶。老实说，这两个妹妹对她来说，既是不比悦子差的可爱姑娘，又是亲密无间的朋友。而如今自己独自在家，才发现自己没有真正的朋友，除了形式上的交际以外，很少和趣味相投的太太们来往。这实在是不可思议，但再想想，正因为有了两个妹妹，就没有再交朋友的必要了。所以就像悦子失去了罗斯玛丽一样，她脸上浮现了寂寥之色。

贞之助早就看出妻子无精打采的样子。十月底的一天，他边翻看报纸上的文娱栏边说："喂，下个月第六代菊五郎会来大阪。"又说，"咱们去看第五天的演出怎么样？听说这次要演《镜狮子》，不知道小妹能不能去？"妙子十一月上旬也特别忙，说自己要在别的日子去，所以那天夫妻俩带着悦子去了。幸子弥补了九月份在东京没能看到歌舞伎的遗憾，也完成了让悦子看菊五郎作品的心愿。那天晚上，在《镜狮子》演完的幕间休息期间，幸子站在走廊上突然掉下了眼泪，悦子没有注意到，贞之助却注意到了。他虽知道妻子多愁善感，仍是感到奇怪。

“怎么了?”他悄悄把妻子拉到角落里问道，见她还在簌簌掉眼泪。

“你忘了？……那次小产是三月份今天的事呀。要是不出那事，到这个月就正好十个月了……”幸子说着，用指尖拂去了挂在睫毛上的泪珠。

二十三

妙子说玉置女士的出发时间是正月，可是十一月上旬已经过去了，妙子焦急不安，拐弯抹角地问幸子：“贞之助姐夫什么时候去东京?”贞之助平素大概每两个月就有去东京办事的机会，但最近一段时间却没有这样的机会。不过，看《镜狮子》演出的几天后，预定两三天后去东京。

贞之助每次出门的时候都很仓促，这次也是动身前一天的下午，为了其他事情从大阪的事务所给幸子打电话时顺便讲的。有必要考虑一下让丈夫怎么和姐姐、姐夫说，所以她就打电话给工作室的妙子，让她马上回家。

妙子想去法国学习，好成为一个独立的西装裁剪师，这个愿望中还有一个隐情，那就是将来和奥畑结婚后，可能会有自己养活奥畑的情况发生。基于这种设想，从逻辑上而言，首先要本家认可她和奥畑结婚这个前提条件。这样事情就麻烦了，短短一两个月时间根本来不及操办婚事，而负责传达意见的贞之助也不愿意背负这个沉重的使命。即使是妙子，只要求能马上出国就行了，也不愿意让事情变复杂，所以这个时候最好不提结婚的事。如果是这样的话，传话的人该怎么开口呢？幸子认为可以这么说：自己因为恋爱问题，连报纸上都刊登了，虽然不是自轻自贱，但恐怕难以嫁到豪门贵族家，所以想成为一个职业女性。话虽如此，如果有好姻缘也会嫁过去的，不过有一技之长的话，条件多少有利些。留学回国时如果能带一纸文凭回来，也会让那些认为她是不良少女的人重新审视她，这有利于恢复名誉，所以请姐夫姐姐务必答应。至于动用的出国费用，今后即使结婚，也不再要嫁妆了。这些主要是幸子的提案，妙子也没有异议。她说："二姐觉得哪种说法好，就拜托二姐夫怎么去说好了。"

那晚幸子请求丈夫完成这个使命时，又添加了自己的几点意见。幸子认为最好让妙子远离板仓、奥畑，她热切地盼望妙子出国，虽然妙子有自己的出国理由。幸子从未向任何人说起过妙子和板仓的事情，就算是对丈夫也没说过，所以她拜托丈夫附带着向本家说一下奥畑的问题，就是奥畑最近为了结婚问题来过芦屋一两次，请求谅解；幸子见了他，觉得他虽然表面上装得诚恳，但已不复往日的纯真；贞之助私下调查了，他经常出入花街柳巷和茶楼酒馆，诸如此类的事情表明这个青年没有多大的前途了。目前妙子想向着学习西装裁剪技术的方向发展是好的，希望本家成全她出国的愿望。妙子已经二十八岁了，不会像当年那样鲁莽行事了。不过，毕竟犯过一次错误，还是让她暂时远离奥畑比较安全。按照幸子的想法，只是请本家拿出妙子名下的嫁妆，本家应该不会心疼，但凡是消极保守的本家，是不会轻易答应女孩子出国留学的，所以让贞之助不妨吓唬一下本家，要是再闹出私奔的事情就不得了了。

贞之助因此特地在东京多待了一天，选在三日下午两点钟的时候去了涩谷，那是因为他觉得姐姐比姐夫好说话。姐姐听了，说道：

"意思我听明白了，但我不能做主，要征求辰雄的意见，之后再给幸子妹妹回信。要是小妹很着急，我会快点儿回信的。妹妹们的事情总是让你操心，实在抱歉。"

当然，这件事不是马上就能得到答复的，贞之助带着姐姐的这几句话回来了。幸子知道姐姐性子慢，也知道姐夫是个优柔寡断的人，料定不会马上回信，但过了十多天也没有任何消息，竟到了十一月下旬。幸子对贞之助说："你写信催催看。"贞之助却推托说："我已经开了头，后面的事情我就不管了。"幸子不得已，亲自写信给姐姐："小妹的事究竟怎么办？如果去的话，那明年正月就得动身啊。"仍然没回信。于是幸子对小妹说："事到如今，你亲自去趟东京吧，这样快些。"于是妙子决定两三天之内动身去东京。渐渐到了十一月三十日，终于收到如下这封信。

幸子妹妹：

那之后一直没有联系你，你还好吧？我听贞之助妹夫说小悦的神经衰弱已经痊愈了，我就放心了。今年只剩下一点点了，我将在东京迎来第二个新年。又到了可怕的严冬，想到这个，我就觉得毛骨悚然。麻布的嫂子说，适应东京的寒冷需要三年时间，听说她搬来东京时就连续三年得感冒。这样看来，你住在芦屋这种地方真的太幸福了。

前几天，有劳贞之助妹夫百忙之中来访，非常感谢。妹妹们的事情总是让你们操心，真是过意不去。知道应该早做回复的，但还要像往常一样每天照料孩子们，被逼得没时间静下心来写信，所以耽误了。也可以说难得你们特地来征求意见，而你姐夫的意见却和你们的相悖，使我很难下笔，这样拖了一天又一天。请原谅我，万勿见怪。

你姐夫反对的理由概括来说就是，小妹根本用不着一直为那次"新闻事件"感到自卑。那件事已经有八九年了，早就一笔勾销了。如果因为这件事就担心嫁不出去或者想成为职业女性，那就太乖僻了。这样夸自己的亲人未免有些可笑，但无论是容貌也好，教养也好，才能也好，小妹都很不错，我敢保证小妹会成为一个好媳妇的，千万别抱着那种乖僻的想法。由于这个原因让我们把存着的钱交出来，我们也很为难。因为没有以小妹的名义存过钱，除了留有一部分钱为小妹将来举行婚姻的花费，没有合理用途就随便给她的钱是没有的。你姐夫绝对不赞成她成为职业女性，他希望小妹将来有个好姻缘，成为一个贤妻良母。如果作为业余爱好的话，你姐夫希望她还是制作人偶，觉得她搞西装裁剪不太好。

启少爷的事情，现在还不到必须说赞成或是反对的时候，就当完全没有那回事儿。但是，小妹已经长大成人，我们也不能像以前那样约束她了，有幸子你们在旁边监督，日常交际不妨宽容些。倒是她有成为职业女性的想法，希望提高警惕。

对为此事奔波的贞之助妹夫说声抱歉，不过事已至此，请你务必和小妹好好解释一下。小妹如此彷徨是因为结婚晚了，想到这一点，就更为雪子的婚事着急了。真希望雪子的亲事能早日有个着落，但今年终究还是虚度过去了。

想写的东西还有很多，今天就此搁笔吧。请代为向贞之助妹夫、小悦、小妹以及大家问好。

鹤子

十一月二十八日

“你怎么看这封信?”那天晚上，幸子在告诉妙子之前，先把信拿给贞之助看。

“关于钱的问题，小妹的想法和本家的说法好像多少有些不一样，不是吗?”

“问题就在这里。”

“你听说的情况到底是怎样的?”

“让你这么一问，我也说不清谁说的是真谁说的是假了。我听爸爸说过，有些钱交给姐夫保管……这件事先不跟小妹说好吗?”

“不，这么重要的事情，还是早点儿让她知道比较好，免得引起误会。”

“对了，你是怎么说启少爷的事情的？他近来不太守规矩了，你说清楚了没有？”

“嗯，我把咱们知道的情况大致说了，不过姐姐似乎不太愿意提奥畑的事，就没有细谈，只是说眼下尽可能少让他们来往为好。我自然不能说不赞成他们结婚，我打算等姐姐问起来的时候再说，但一提到这个话题，她就回避……”

“信上说启少爷的事情就当完全没有那回事儿，但姐姐他们实际上希望小妹和启少爷结婚吧？”

“大概是，我也有这样的感觉。”

“早知道这样的话，就应该先提出结婚的问题。”

“怎么办？再说了，要是结婚的话，就没有必要再出国了。”

“这倒也是。”

“总之，这么麻烦的事就让小妹直接去交涉好了，我就免了吧。”贞之助说道。

幸子最初犹豫要不要把姐姐夫妇的意思原原本本传达给妙子，因为和雪子比起来，妙子一直以来更为厌恶本家，但丈夫的意思是最好不要隐瞒，所以她第二天就把那封信给妙子看了。果然不出所料，妙子说：“我已经不是小孩子了，决定自己前途的事不用听凭大姐他们指使，我自己的事我比谁都清楚，做个职业女性有什么不好呢？姐夫他们还是摆脱不了家世和门第那种老观念，觉得家里出一个女裁剪师太不光彩了，这完全是一种落后的遭人耻笑的偏见！这样的话，我会去东京光明正大地说出我的信念，说服他们摒弃错误思想。”说到钱的问题，妙子就更气愤了，她觉得大姐不能听凭姐夫强词夺理。她过去抨击过姐夫，但从未批评过大姐，但这次却将矛头指向了大姐。她说：“的确，那笔钱名义上也许不属于我，但富永姑母曾经说有笔钱保管在姐夫那里，将来是给我用的，大姐不也那样说过吗？如今他们却说这种含糊其词的话，真是岂有此理！本家一个劲儿地添孩子，生活费用增加了，姐夫也不知从什么时候开始改变了心意。大姐怎能这样毫不在乎地跟着他瞎说呢？好吧，既然本家这么说，我也铁了心了，一定要回那笔钱来给他们看看。”妙子气愤地流着眼泪说。

幸子极力安抚她，累得直出汗。“也许是你二姐夫嘴笨，你也不要一个劲儿地往坏处想。你说的话我都理解，可你也要考虑一下我们的处境。你去直接和他们协商也可以，到时说话能不能温和些呢？你要是去和本家吵架的话，到时我们就难办了。我们站在你这边，但不支持你去和本家吵架。”如此这般，幸子可以说是费尽了口舌。妙子当时气愤至极，只是借此发泄一通，到底没有勇气去和本家吵架，两三天以后就渐渐平静下来，又恢复成往日沉着冷静的样子了，而且从那以后就不再提这件事了。幸子虽然松了口气，但心里还是很担心。

大概是十二月中旬吧，有一天下午，妙子突然提早回家来了。

“我不学法语了。”

“是吗？”幸子不痛不痒地应道。

“也不出国了。”

“是吗？……你好不容易下定的决心。不过，既然本家那么说了，你还是不去为好。”

“我不会因为本家说什么改主意的，是玉置老师不去了。”

“啊，为什么呢？”

“从正月开始，西装裁剪学院就要开学了。这样一来，就没时间出国了。”

玉置女士之所以要去法国，是因为要翻修野寄的西装裁剪学院，正好可以利用这段时间。不过，后来调查受灾情况才知道原先的校舍几乎全不能用了，需要重新建造才行。但是，在人手、材料不足以及经济和时间上有困难的情况下，这是个难办的工程。玉置女士正多方筹措的时候，幸亏阪急电车六甲站附近有个洋房要便宜出售，不用改建就能直接当作校舍，于是就买了下来。买到这样的房子之后，马上就想重新经营学院。还有就是，她丈夫担心欧洲发生战乱，劝她不要出国了。据说，这是某位最近从欧洲回国的武官给出的说法：从九月底慕尼黑会议以来，德国与英法的关系表面上有所好转，但双方并未达成真正的谅解，因为英国尚未做好战争准备，为了使德国大意，暂时做出妥协罢了。德国也看穿了英国的意图，将计就计，所以不久就会爆发战争的。基于上述种种原因，玉置女士放弃了她的出国计划。妙子说："玉置女士不出国了，没办法，我也只好放弃了，但不管本家说什么，我是不会放弃当裁剪师的愿望的。如果西装裁剪学院从正月开学，我会去学习的。"通过这次的事，她更深切体会到，必须尽快独立生活，彻底拒绝本家的生活补贴。所以从这点来说，也要抓紧时间掌握一门技术。

"你这么做不打紧，但你不放弃学习裁剪的话，我们不好向本家交代呀。"

"二姐假装不知道就行了。"

"这样做行吗?"

"我现在表面上还制作人偶，你跟本家说好像不学西装裁剪了。"

"他们知道就麻烦了。"

幸子觉得妙子急于自立，以及不惜翻脸也要向本家索取那笔存款，其中似乎隐藏着某种危险思想，像这样的话，总觉得自己会夹在两者之间备受困扰。所以，那天无论妙子说什么，她只是说"难办啊"。

二十四

妙子想要拥有职业女性的实力和资格，真正的理由究竟是什么呢？如果真如她本人所说，现在还希望和奥畑结婚的话，那就自相矛盾了。她借口说和启这种没有志向的人结婚，需要做好有一天会由她来养活丈夫的准备。但要是奥畑这种什么都不缺的小老板都吃不上饭，那可真是“万一”了。借这种站不住脚的理由去学习裁剪，去出国，总觉得不自然。她应该祈祷和心爱的人早日组建新家庭才对。因为妙子早熟老练，为人谨慎，所以在结婚前为长远的将来做好准备，这是可以理解的。但即便如此，还是有让人无法释然的地方。这样想来，幸子觉得妙子的本意就是嫌弃奥畑，想体面地和他解除婚约，而出国是第一步，成为职业女性是与奥畑断绝关系后的处世手段。这样的猜疑再次加深了。

关于板仓之事的怀疑，其实也有无法释然的地方。自从上次来访之后，板仓就再也没有来拜访过，也没打电话和写信，但妙子一天大部分时间都在外边，也不是没有通过别的方式联系的可能。那之后板仓完全没有露面，反倒让人觉得有些不寻常，怀疑他们是不是在暗中交往。幸子的这种猜疑是极其模糊的，也是毫无依据的，却日渐加深，有时甚至觉得他们一定是这样。

在幸子看来，妙子的外表、人品、表情、体态乃至言谈，从今年春天开始都渐渐发生了变化。这也成了让人产生这种怀疑的理由之一。原本妙子是四姐妹中进退举措最为得体的一个，说得好听就是现代女性。但这种倾向最近发生了奇怪的变化，她开始有粗俗下流的言谈举止，毫不在乎地在别人面前袒露自己的身体，就算是女佣在场的情况下，也经常松松垮垮地披着一件浴衣，坐在电风扇前吹风，洗完澡后是一副大杂院老板娘的做派。她有时坐着坐着就侧身躺下了，有时还敞着下身盘腿而坐。她不遵守长幼秩序，经常吃东西抢在姐姐们前面，走路抢在前面走，坐座位抢在首位。家里来客人时或外出时，幸子往往是提心吊胆的。今年四月去南禅寺的瓢亭时，妙子抢先走进餐室，坐在雪子上首，吃饭时也是第一个动筷子的。事后幸子悄悄对雪子说：“再也不好意思和小妹一起去饭店吃饭了。”

夏天去北野剧场时，雪子为每个人沏茶，妙子只在旁边看着，只顾自己默默喝茶。这种不礼貌的行为以前就有过，不过，到最近更多也更刺眼了。

前些天的一个晚上，幸子走过厨房前的走廊，无意间发现那里的拉门半开着，从烧洗澡水的灶门通向浴室的那个便门也敞开了五六寸，从门缝能看到浴桶里的妙子双肩以上的部分。

“喂！春倌，把浴室的门关上。”幸子命令道。

阿春正要去关门，就听妙子在浴桶里高喊：“不行，不行，门不能关。”

“哎呀，要开着吗?”

“是啊，我为了收听广播特意将它打开的。”

听妙子这么一说，幸子才察觉到客厅里的收音机此刻正在播放音乐节目。她把从客厅到浴室的所有拉门都打开一点，自己泡在浴桶里，边洗澡边听音乐。

还有，那是今年八月份的一天，小槌屋绸缎庄的小老板送定制的衣服过来，在餐厅里准备下午茶点心的幸子，暂时让妙子到客厅去接待，自己在隔壁房间听见了两个人的谈话。

“姑娘长胖了，穿上单衣，裤子会让人家割破的[①]。”

“裤子不会被割破，但后面会跟着一大串人的。”妙子答道。

“肯定这样。”小老板哈哈大笑。

幸子听着觉得恶心。她早就发现妙子说话越来越粗俗，但没想到她能说出这种话来。小槌屋的小老板平时在太太、小姐这些主顾跟前是不这么说话的，因为他不是个说话这么随便的人。幸子不禁设想，妙子应该是在什么地方有失检点，才使对方说话变得如此轻佻。妙子制作人偶，学习舞

① 20世纪30年代，日本东京与大阪的报纸上经常报道，一些流氓在拥挤的公共汽车上蓄意割破妇女的衣裙，以满足自身的变态心理。此处就指这种现象。

蹈，又学习西装裁剪，涉猎范围本来就广，她比四姐妹中的任何人都更能接触到社会各阶层，自然也就更了解下情。妙子在姐妹中年纪最小，却最懂人情世故，为此多少有些自负，动不动就把幸子和雪子当成不懂事的闺房小姐看待。对于这种作风，幸子她们以前视作滑稽之举，一笑了之。这样一来，幸子也觉得不能放任不管了。幸子并不像本家姐姐那样保守，也不打算被旧式的思想束缚。尽管如此，幸子还是为自己的姐妹中竟然出了一个如此谈吐的姑娘而感到不快。妙子的这种倾向是有人对她产生了特定的影响。想到这里，幸子就觉得板仓的说话方式、看待问题的方法，以及其他言谈举止上的不雅之处，都和妙子有相通的地方。

但是从另一方面来看，四姐妹中只有妙子成了异类，也有正当的理由，不能光责怪她本人。为什么这么说呢？四姐妹中数她年纪最小，唯独她没有充分享受到亡父全盛时代的恩惠。她们的母亲在妙子上小学时去世了，她只模模糊糊地记着母亲的面容。父亲是个喜欢奢华的人，对女儿们来说也是如此。唯独妙子没有享受到让她铭记于心的恩泽。尽管比妙子大不了几岁，但不同的是，雪子有很多关于父亲的回忆，经常说那时父亲为她做了这为她做了那。可是妙子的年纪实在太小了，就算父亲为她做过什么，她也没有真正体会到。要是能继续学习舞蹈就好了，可惜在母亲去世一两年后停止学习了。她只记得父亲常常说："妙子这丫头脸漆黑，就数她邋遢。"父亲晚年的时候，妙子还在上女子中学，不施粉黛，穿衣服也不辨男女，的确是个邋遢的女孩子。那时的她只想快点儿毕业，那样自己也能穿上盛装出去风光了。但是没等到她如愿以偿，父亲就去世了，而莳冈家的荣华也就此结束了。之后不久，她就和奥畑出了那桩"新闻事件"。

所以让雪子讲起来，发生那件事也是因为妙子得到的父母的关爱少，等双亲过世后，也没能和姐夫好好相处，过着不如意的家庭生活，加上少女多愁善感的心绪，不能归罪于任何人，只能归罪于环境。她说："学校的成绩之类的，和我们比起来，小妹的成绩稍微好些，数学是全班最优秀的。”但是那件事给妙子的经历打上了一种烙印，这也确实让她的性格变得更为乖僻了。即使在今天，她在本家姐夫那里也没有得到和雪子同等的待遇。姐夫很久以前就将她视为家里的异类了，尽管姐夫和雪子也相处不好，可是也对雪子表示了亲情，却把妙子看成一个吃闲饭的，不知不觉间这种差别就体现在每个月的零花钱和服饰等方面了。雪子无论什么时候出嫁，衣柜里早就塞满了嫁妆，却没为妙子置办过什么昂贵的服饰。妙子现在所持有的值钱之物，要么是她自己赚钱买的，要么是二姐买给她的。本家说，妙子有额外收入，如果和雪子享受同等待遇，反而不公平。妙子自己也说，我不缺钱花，就给雪姐吧。事实上现在妙子需要本家负担的还不及雪子的一半。虽说妙子每个月有相当高的收入，还能有些储蓄，但她要购买新潮的西装，其他装饰品也极尽奢华，幸子每每佩服她能安排得如此巧妙（幸子也曾怀疑她那些项链和戒指来自奥畑贵金属商店的陈列柜）。妙子在四姐妹中对金钱的可贵有最为深刻的体会，因为她深受家道中落时期悲惨境地的影响。在这一点上，在父亲全盛时期长大的幸子是最差劲的。

幸子想这个异类妹妹迟早还要惹出什么事来，怕自己和夫君被牵连进去，如果可以的话，就交给本家吧。可是，妙子本人当然不同意，估计本家现在也不愿意收了。实际上，像这次他们听了贞之助的话，本该表态说我们不放心妙子留在芦屋，就把她送到我们身边来监督吧，但他们始终不说这种话。姐夫为了面子，不愿意两个小姨子老是住在分家，那是以前的事情了，如今已经不那样想了，这其中显然牵涉了经济问题。在本家眼里，妙子已经是半独立的人了，所以每个月只贴补她几个零花钱就行了。幸子察觉到了这一点，不免为妙子感到不快，虽然事情很麻烦，但也不能置之不理。思虑再三，幸子还是觉得有必要把心中积存的疑问向妙子当面问清楚。

过了新年正月初七，妙子故意不告诉幸子自己重新去西装裁剪学院学习了，但其实幸子早就看出来了。某个早晨在妙子想要外出时，幸子问道：“玉置女士的学院已经开学了吗?”

妙子说：“嗯。”她走到玄关，正要穿鞋。

“小妹，过来，我有话跟你说。”幸子把她叫到客厅，对坐在火炉旁。

“有关于学裁剪的事情，其实还有其他一些事情，必须当面问清楚。我今天就不客气地说出心里话，也希望你告诉我真相，不要隐瞒。”

“……”妙子那抹了胭脂的脸在火光的映衬下容光焕发，她默不作声，注视着熊熊燃烧的柴火。

“那么，我就从启少爷的事开始说吧，到现在你真的还想和他结婚吗?”

一开始，妙子无论幸子怎么问，都只是默不作声地沉思着，当幸子把所有疑问一遍又一遍盘问时，她终于热泪盈眶，突然拿出一方手帕掩面哽咽起来：“我被启骗了！二姐有一次不是说启好像有个相好的艺伎吗?”

“嗯，嗯，是你姐夫从南地的妓院里打听来的。”

“那个人确实有那种事……”

随后，妙子回答了一连串的问题，说出了如下的话。

她在去年五月从幸子那里听到这件事的时候，表面上否认，说那不过是谣言，但实际上从那时候起已经成问题了。奥畑早就有逛妓院的事了，他跟妙子说：“这也是和你的婚事得不到许可才去散散心的，请你原谅我。我只不过是叫了些艺伎喝喝酒，绝对不会做玷污节操的事，请你相信我。”妙子谅解他这种程度的放荡。正如妙子那时所说，启家族的人，无论是兄弟辈还是叔伯辈，都是些浪荡子弟，妙子自己的父亲也是个耽于声色的人，她从小就亲眼看到并熟知的，所以她拿启也没办法，只要他能守住节操，妙子也不打算说什么了。哪知道奥畑撒的是弥天大谎，无意中一个接一个都被戳穿了，他完全是在欺骗人。一个接一个指的是除了宗右卫门町的艺伎之外，他也和某个舞女有染，还生了孩子。奥畑知道自己的事情被戳穿了，就花言巧语地赔罪。他说："和舞女来往是以前的事了，现在断了，说到孩子，其实也不知道是谁的，我就是个背黑锅的，已经完全断绝父子关系了。宗右卫门町的事确实是我对不起你，我发誓今后会断绝关系。"看到他当时轻浮的态度，以及拿撒谎骗人不当回事的样子，妙子觉得无论如何都不能再相信这个无耻之徒了。舞女母子那方面，他还拿出与她们脱离关系的赡养费证书给妙子看，应该不是假的；艺伎那方面，他说已经断绝关系了，但没有真凭实据，也不知道真假。不知道他除了这些，还有没有别的苟且之事。尽管这样，奥畑还表示要和小妹结婚的愿望丝毫没有改变，自己献给小妹的爱情也不是逢场作戏所能比的。可妙子总觉得自己也不过是他一时取乐的玩物，老实说，她从这个时候起就开始厌恶奥畑了。她只是怕世人（包括姐姐们在内）指责："看到没有？你相信那男人说的话，到头来被骗了吧？"所以才难以下定决心和奥畑解除婚约，但还是想和他分开一段时间，好好考虑考虑。由此可见，就如幸子料想的那样，出国只是她想到的一种手段，而志愿当裁剪师也是她为自食其力所做的准备。

就在妙子为了和奥畑的婚事暗自苦恼的时候，发生了那次水灾事件。水灾事件以前，板仓这个人在妙子眼里至多是个忠实的奴仆，但在水灾事件之后，妙子对板仓的看法完全变了。妙子说："二姐和雪姐也许会认为我是个感情用事的女人，那是因为你们没有亲身遭受过灭顶之灾，无法体会到连万分之一获救希望都没有的人捡条命的那种感激之情。启诽谤板仓那天的行动是别有目的，就算别有目的又怎样？人家毕竟是豁出性命来救我的，说风凉话的启当时又干了什么呢？别说豁出性命了，就连一点儿情真意切的举动都没有。"妙子对奥畑彻底死心就是从那时候开始的。要说为什么，幸子知道得很清楚。那天，奥畑直到阪神电车恢复了才来芦屋，说是担心妙子的安危，要去看看情况再来，结果走到国道的田中时，因为一点点洪水就徘徊不前了，最后到板仓家听说小妹没事了，就直接回大阪去了。那天傍晚，当他出现在板仓家里时，头上戴着巴拿马草帽，身上穿着潇洒的藏青色西服，手里拿着白蜡木手杖和康泰斯相机，他在这种时候竟是这副打扮，该有多欠揍啊！他连田中那点儿积水都没蹚过去，也许是怕弄湿他笔挺的西服裤子吧。这和贞之助、板仓、庄吉那些为了救她而弄得满身泥泞的人相比，不是差异太大了吗？妙子知道奥畑爱修饰门面，也并非苛求他弄上一身泥巴不可，但从他的所作所为来看，岂不是连普通人的人情味都没有？如果奥畑真的庆幸妙子能平安回家，就理应再来芦屋一次，亲眼见过妙子之后再回去。他自己说随后还会来的，幸子也觉得他在回大阪之前会再来一次，也满心期待他能来，但只要确认平安无事，情理上就说得过去了吗？在这种关键时刻才能明白一个人的真正价值呀！妙子说，如果奥畑只是有挥霍浪费、拈花惹草、胸无大志这类缺点，她还会看在往日缘分上加以忍耐的，但他竟然薄情到不愿意为了未来妻子去弄脏一条裤子，就让她彻底绝望了。

二十五

妙子说到这里，脸上始终挂着泪痕，还不时擤鼻涕，但她说话比较冷静，条理清晰，事无巨细。之后谈到和板仓的交往时话就渐渐变少了，要幸子费许多口舌，她才回答个是或者不是。因为这个，幸子不得不靠自己的想象来填补她话里的空白，所以以下这些话里有幸子的补充和解释。

在妙子眼里，板仓在各个方面都和奥畑形成了鲜明的对比，所以妙子对板仓的感情与日俱增。尽管妙子平时经常讥笑本家，但她也有家世和门第之类的观念，所以才会觉得和板仓这样的人结合有可笑之处，也不是没有克制的念头，但反抗自己头脑中旧观念的心情更加强烈了。妙子无论在何种情况下都不失冷静，所以就是爱上板仓也不是盲目的。特别是在和奥畑交往受骗之后，她已经在反省了，反复考虑过长远未来和利害得失之后，她认定只有和板仓结婚才能使自己幸福。

幸子虽然对板仓和妙子的关系做过种种猜测，但没想到妙子竟然想和板仓结婚，当她听到妙子的坦白时，惊讶不已。

妙子完全了解板仓是学徒出身，没受过什么教育，是冈山县的佃农子弟，这个青年也具有去过美国的人共有的粗野缺点。妙子是把这些利弊得失通盘比较后才下定这个决心的。依照她的说法，板仓虽然是那样的男人，但是和奥畑这样的纨绔子弟比起来，人格上不知要高出几等。他拥有无比坚韧的肉体，拥有紧要关头赴汤蹈火的勇气，更为重要的是他拥有养活自己和他妹妹的技能。他和那个靠母亲、兄长养活仍过着豪奢生活的人不同，他赤手空拳跑到美国去，没有得到任何人资助，全靠自己苦学，掌握了一项技能，而且在需要相当头脑的艺术摄影领域独当一面。他虽然没受过正规教育，但却有着超过一般人的理智和感觉，根据妙子自己的审查，至少比拥有关西大学毕业文凭的奥畑更有头脑。她已经丝毫不受显赫的家世、祖传的财产以及徒有文凭的学历等东西的诱惑了，看看奥畑就知道了，这些东西是毫无价值的。她更倾向于实利主义，做她丈夫的人要有强健的身体，要有稳定的职业，要真心实意爱自己，甚至甘愿为她奉献生命，只要符合这三个条件，别的一概不计较。然而板仓不仅具备这样的条件，他乡下还有三个哥哥，没有供养父母兄弟的责任（现在住在他家的妹妹，是来帮他料理家务和照看买卖的，一找到婆家就会回去）。也就是说，板仓是个真正的单身汉，可以不用顾忌任何人地疼爱她，这对于妙子来说，比做世家大族的阔太太还要舒坦啊。

敏感的板仓早就对妙子的这种心情心领神会，在言谈举止上露骨地表白过，但妙子没有明确地向他表达过自己的心意。直到去年九月上旬，幸子去东京期间，被奥畑察觉到两人的关系，两人才不得不有所收敛。就在他们商量这件事时，妙子才首次说出自己的心声。从结果上来看，奥畑的干涉反而使两人更接近了。板仓听妙子说的话不仅仅是恋爱表白而是求婚的时候，还以为自己听错了话。也许是他故意装出感动至极的样子吧，要不然就是他没料到天底下竟有这样的好事。他说："我做梦也没想过这种事，太突然了，该怎么回答好呢？请容我考虑两三天吧。"他接着说："对我来说，还有什么好不好的呢。不过，为了以后不后悔，小妹再仔细考虑考虑怎么样？"他又说："要是结了婚，奥畑家我自然是不能去了，小妹也会被本家和分家抛弃，我们还将受到社会各方面的误解和破坏。我有勇气斗争下去，可小妹您能忍受得了吗？"他又说："肯定会有人指责我花言巧语勾引莳冈家的小姐，攀上门好亲事，这世上的人怎么非议我没关系，我最怕启少爷也这么想。"他又变了语气说："不过，启少爷的误解是无论如何也消除不了的，他爱怎么想就怎么想吧。说实话，奥畑家确实是我的东家，不过真正给予我照顾的是上一代的老太爷、现在的老爷（启三郎的哥哥）和老太太（启三郎的母亲）。启少爷只是老东家的少爷，并没有直接给予我什么恩惠。但换个角度讲，我要是和小妹结婚的话，启少爷会气愤，可老太太和老爷恐怕会认为我做了件好事。因为老太太和老爷大概至今也不赞成小妹和启少爷的婚事，只不过启少爷自己不承认罢了，据我看是这样的。"就这样，他虽一再犹豫不决，但最后还是答应了妙子。

两人商量决定，私定终身的事情对谁也不讲，要绝对保密，首要问题是解除和奥畑的婚约，不能操之过急，要慢慢使奥畑明白，尽可能让他主动放弃。最好的办法是妙子出国。两个人晚两三年结婚也无妨，到那时说不定要承受来自各方面的经济压力，所以从现在开始就要做好与之对抗的准备，准备之一就是妙子专心学好西装裁剪技术。

他们本来打算实行的，可没过多久就不知所措了，由于本家的反对和玉置女士计划的改变，妙子出国的计划不可能实施了。妙子认为奥畑纠缠不放的原因之一就是在和板仓赌气，自己在日本没那么容易和奥畑断绝关系，去了巴黎以后，写封信给奥畑，请他别再纠缠自己，奥畑最后也会死心的。可出国行不通了，奥畑大概会误解她是因为板仓的存在才不去的，会更加纠缠不放的。而且，如果她远在异国他乡，和板仓就是一年半载不见面也能忍受，但两人近在咫尺，她不能忍受有奥畑纠缠而又不能和板仓见面的生活，简直度日如年。最近，两人的想法逐渐倾向于，出不了国也是没办法的事，但长此以往恐怕瞒不过奥畑和世人的耳目，不如索性抱定不惜和各方面摩擦的宗旨，尽早结婚。只是眼下妙子和板仓还都没有做好经济上的准备。另外，他们自己虽然能忍受任何社会上的制裁，却担心连累到雪子，使她更难以嫁出去，那样实在对不起她，所以无论如何也要等到雪子的亲事有着落了再说。这就是他们踌躇不前的实情。

“那么……小妹和板仓只是口头约定，然后就什么都没有了吗?”

“嗯。”

“确实是这样吗?”

“嗯，除此之外，什么都没有。”

“既然这样，就再考虑一下履行婚约的事吧。”

“……”

“唉，小妹要是干出这种事来，我还有什么脸面去面对本家和世人啊……”幸子突然觉得眼前裂开了一个洞，她激动过度，连说话的声音都颤抖了。妙子这时候反倒坦然自若。

二十六

在那之后的两三天里，每天早上丈夫和悦子出去之后，幸子就把妙子叫进来，试探一下妙子的决心，可妙子坚若磐石，丝毫没有改变。

幸子说：“要和奥畑断绝关系，不管本家怎么说，我们都是赞成的，也可以让你二姐夫去把话挑明，让启少爷别再纠缠了。学习西装裁剪这件事，虽然现在不便公然支持，但至少可以睁一只眼闭一只眼。你想成为职业女性，我们也不反对。保存在本家的那笔钱，马上取出来有困难，如果将来有正当用途，会找个适当时机替你出面的，把那笔钱交给你。唯独和板仓结婚这件事，你还是放弃吧。”虽然幸子说尽好话，可妙子的口气是：“我们原本打算尽早结婚的，是为了雪姐才等待的，这是我们能做出的最大让步，请您谅解，希望雪姐能够早日谈婚论嫁。”幸子还说：“身份、阶级什么的姑且不说，板仓这个人，我怎么都信不过。他从学徒转而成为照相馆老板，和启这样的少爷不同，但也正因如此，说得不好听些，我总觉得他世故圆滑。小妹说他有头脑，但据我们和他交谈的情况来看，他喜欢把无聊的事吹得天花乱坠，头脑简单身份低级，没趣味也没教养。这样看来，他那个水平的摄影技术，不是有点职业才能和技巧就能做到吗？你也许看不到那个人的缺点，但务必认真考虑一下。据我看，与生活水平相差悬殊的人结婚，是不可能白头偕老的。老实说，像你这么有头脑的人，我真弄不懂你怎么想找这种低等人做丈夫。嫁给这种人你很快就会因为入不敷出而后悔的。跟这种咋咋呼呼的人在一起有趣是有趣，可相处一两个小时就受不了了。”

但妙子说：“他从小当学徒，又移居美国，是个闯江湖的人，也许多少有些圆滑，这是境遇使然，也是无可奈何的事。但他为人淳朴正直，不是那种狡猾刻薄的人。他有自吹自擂的毛病，这是事实，所以才会让人讨厌。但这不正说明他有天真烂漫的孩子气吗？什么教养不足啦，身份低级啦，这是我所知道的，您就不要介意了。没有高雅的趣味或是不懂什么大道理也可以，咋咋呼呼、粗枝大叶的人也无妨，低自己一等的人反而容易对付，不用操心。你说我们不般配，板仓却为能娶我感到特别光彩，不仅是本人，就连他在田中的妹妹、在乡下的父母兄嫂都说：‘这样的大家闺秀能嫁到咱们家来，全家人都有面子。’高兴得眼泪直流。我去田中他家里，板仓逮着他妹妹说：‘像你这种身份的人，哪配站着和小姐打招呼呢，要是换作从前，你得在屋外匍匐着身子请安哩。’他们兄妹俩都把我尊若上宾。”讲到最后，妙子竟然对自己的恋爱经过津津乐道了。幸子听她这么说，就犹如看到板仓在向人吹嘘："我娶莳冈家的小姐当媳妇了!"板仓得意扬扬的样子顿时映入眼帘。不是说暂时保密的吗？但板仓已经把这件事传到乡下去了，一想到这里，幸子就越发不高兴了。

尽管如此，妙子说上次的"新闻事件"连累了雪子，所以这次到雪子结缘为止，她是不会轻举妄动的。这样一来，事情就还没到马上不可收拾的地步，多少让幸子安心一些。她担心现在对妙子施压，反倒会激起妙子的反抗。反正雪子的亲事最快也要半年左右，她打算在这期间耐心劝导妙子，慢慢做工作，改变妙子的心境。幸子觉得眼下就依着妙子的意思，尽量不惹怒她，没有别的办法。不过，这样雪子的处境就太可怜了。从雪子的角度来看，她肯定会觉得妙子是为了自己延迟结婚的，而不愿意领妙子的恩情。要说为什么，本来她错过婚期，虽说还有别的原因，可一想到"新闻事件"溅到她身上的唾沫星子，就没有对妙子感恩的道理。雪子也许会说，自己不急于结婚，也不怨恨妙子和奥畑那次恋爱事件影响了自己的婚事，她大概会说自己的命运不会受这种无聊事件的影响和左右，小妹也不用在意我，先结婚就好了。妙子也没有让雪子感恩的念头，可是对于雪子的婚事迟迟得不到解决，她等得已经麻木了，这是事实。就拿那次"新闻事件"来说，如果那时雪子已经订婚了，或是有订婚的苗头，妙子就算再幼稚，也不愿意采取那种非常手段。总而言之，这对姐妹因为关系好，绝不至于吵起来，但仔细观察，雪子和妙子之间隐藏着尖锐的利害冲突。

幸子自从去年九月被奥畑的信吓得大惊以后，对谁也没有透露妙子和板仓的事。这件事藏在她心头，就像个大包袱，太沉重了。今天一看，幸子总以为自己是妙子的理解者和同情者，支持她制作人偶，为她租下夙川公寓，默认她与奥畑交往，发生什么事都会为她出面与本家交涉，千方百计维护她，如今她却恩将仇报。对于妙子这种做法，幸子怎会不感到愤懑？但是另一方面，幸子觉得自己站在中间掌舵，事情才到这个程度就过去了，没有更加恶化，否则也许又会发生什么轰动世界的事情来。但这只是她这么想，世人和本家的姐姐、姐夫就未必这么看了。最让幸子害怕的是，每次给雪子提亲的时候，信用调查所都要调查身世，搞不好妙子最近的行迹将被公之于众。说实话，幸子也不知道妙子是如何在奥畑和板仓之间斡旋的，但不难想象，他们之间说不定干了许多见不得人的勾当，从而引起别人的误解。本来谁都清楚雪子是莳冈家最纯洁的，即使接受调查，也没有别人可以说长道短的弱点，只是妙子这个异类妹妹太惹人注意，调查的人不调查雪子本人，反倒把调查重点放在疑问颇多的妙子身上。她的事情家里人不知道或者包庇，没想到外界却知道得很清楚。这样看来，尽管幸子多方拜托人为雪子做媒，但从去年春天以来就没有提亲的，莫不是因为妙子的名声太坏，这次也妨碍了雪子的亲事？如果是这样，为了雪子也不能对妙子放任不管了。而且，这种传言让人家在背地里来回传也就罢了，如果绕来绕去传到本家耳朵里去，自己势必会受到责备，这是件痛苦的事情。到时贞之助和雪子或许也会责备她，发生这种事情为什么不告诉他们，为什么不和他们商量。幸子认为要想使妙子回心转意，单凭她个人的力量没什么把握，倒不如自己、贞之助、雪子三个人轮番上阵开导妙子，也许能奏效。

“嗯，那到底是什么时候的事情啊？”

这是正月二十日过后的某个傍晚，贞之助正在书斋里翻看新出版的杂志，见幸子心事重重地进来坐下，就诧异地抬起头来。她随后就说出了这件事。

“他们两人私定终身了，据说是去年我到东京去那段时间，当时我和小悦以及阿春都不在，板仓每天都有机会到家里来……”

“那我也有责任喽？”

“没那种事，你一点儿也没察觉到吗？”

“我一点儿也没察觉到。不过，听你这么说，发水灾之前他们就似乎很合得来。”

“那个男人对谁都是那种作风，不光是对咱们家小妹呀。”

“这么说也对。”

“发水灾的时候怎么样？”

“那时候实在是太尽善尽美了，没有像他那么亲切周到的男人。让人佩服得不得了，小妹打心眼里高兴。”

“那么，为什么像小妹这样的人，不明白那个男人低级呢，真是不可思议啊。我一指出来，她就生气了，说板仓这里好那里也好，替他辩护，傻瓜透顶。……小妹毕竟是大家闺秀，心地善良，被人哄得团团转。”

“不，小妹是经过深思熟虑的。即使是低级的，只要身体健壮，能吃苦，靠得住就行了，实利主义嘛。”

“她自己也说采取的是实利主义。”

“那么，这不也是一种信念吗？”

“你说什么？你想妙子和那种男人结婚吗？”

“倒也不是，如果要和奥畑结婚的话，那还是和板仓比较好。”

“我正相反。”

夫妻俩聊到这里，才发现彼此意见大不一样。幸子不满奥畑，是从受贞之助的影响开始的，现在确实不对他抱什么好感。但是和板仓相比，反倒觉得奥畑实在太可怜了。他是浪荡公子出身，没有志向也是事实，一看就知道是个轻薄的恶少。但是，他毕竟和妙子是青梅竹马，生在船场世家，和妙子属于同一阶层，从这点而言，好歹是一个圈子里的人。让他和妙子结婚的话，不管将来有多么困难的事情发生，眼下总能保住面子。如果妙子和板仓自由结婚的话，很明显会招致世人的嘲笑。所以，如果把和奥畑结婚这件事分开来考虑的话，这绝对不是好事，但如今出现板仓的问题，为了防止妙子和板仓结婚，倒不如选择前者。这是幸子的意见。

贞之助在这一点上是进步的，他认为奥畑除了门第上赢过板仓以外，其他地方没有比板仓强的。作为结婚条件，正如小妹所说的那样，爱情、健康和自食其力这三点比什么都重要。如果已经证明板仓在这三方面都合格，就不必拘泥于门第和教养了。不过，贞之助并不那么喜欢板仓，只不过将他和奥畑比起来，宁可选择板仓罢了，所以也知道本家是绝不会同意这门亲事的，也没有主动和本家斡旋的好意。不过，贞之助说："小妹这个人从性格上讲，从过去的经历上讲，都不适合采取传统方式结婚，她这个人天生是要自己找个相爱的对象自由结婚的。而且对小妹来说，自由结婚比传统形式的结婚更有利。小妹自己也知道这一点，既然是她自己主张的，不如咱们别干涉了。这要是雪妹的话，咱们就不能让她经受社会上的惊涛骇浪，必须要照顾好才行，按适当的顺序寻找良缘，就必须得计较血统啦，财产之类的事情啦。不过，小妹不同，就算没人理睬她，她也能独立生活下去。"贞之助持的是消极的态度。他对幸子说："你征求我的意见，我只能这么回答。但这些话我只跟你说，你千万不能说给本家或是小妹听，跟他们说就麻烦了。在这个问题上，我要做个彻头彻尾的局外人。"

"为什么？"幸子质问道。

"小妹的性格很复杂，有些我不理解的地方……"贞之助闪烁其词地说。

"是啊，我站在她这边，宁愿自己被误解也会尽一切努力帮她，结果反倒让她给卖了……"

"唉，话是这么说，不过她倒是挺有个性的，也蛮有意思的。"

"那样的话，早点儿告诉我就好了，偏偏作弄人，想起这些我就生气……这次气坏我了……"幸子哭的时候就像个顽皮的孩子，气得满脸通红，委屈得眼泪直流。

贞之助看着妻子，猜想她小时候和姐妹们争吵时也应该是这副表情，不禁生出怜爱之情。

二十七

自从上次分别后，幸子眼前经常浮现出雪子在东京寂寞地打发日子的模样。与不顾别人感受和想法，一向我行我素的妙子相反，雪子完全没有自主行动能力。去年九月，本家的姐姐在东京站和她分手时，再三叮嘱她要给雪子物色对象。今年是雪子的厄年，原本想无论如何在去年解决雪子的婚事的，结果这个愿望落空了；又想在今年春分之前实现这个愿望的，结果现在离春分还有一个星期。如果像自己推测的那样，确实是妙子名声不佳妨碍了雪子的婚事，那自己也负有一半责任，考虑到这些，幸子就更觉得对不起雪子了。幸子对妙子抱有不满，一想到最能理解她的人应该是雪子，就想把她叫回来诉苦，又顾虑妙子的新恋情可能会对雪子造成心理影响，也考虑到雪子知道的话会尴尬，于是就忍着没叫她回来。可考虑到如果隐瞒下去，让雪子从别的途径知道这件事反倒尴尬，再被贞之助这么一说，可供商量的人就只剩一个雪子了，因此幸子想编个理由把雪子叫回来。凑巧的是，已故师傅的追悼舞会将于次月下旬在大阪三越百货公司八楼的大厅举行。

追悼山村作师傅

——山村流舞会

时间：昭和十四年二月二十一日（下午一点开始）

地点：高丽桥三越百货公司八楼大厅

演出节目：《手炉》（供奠节目）《菜叶》《黑发》《研钵》《八岛》《江户土产》《铁轮》《雪》《芋头》《蛎鹬》《八景》《茶舞》《因缘月》《取桶》（演出次序有不同，演员姓名及节目表当日呈发）

会费：免收（当日无招待券者谢绝入场）

报名期限：二月十九日截止，限会员及家属参加，有意参加者请用往返明信片报名，以复信明信片作为招待券回信

主办单位：山村作门下乡土会

赞助单位：大阪同人会

幸子在二月初就把这份乡土会印刷的请帖装进信封里，寄给了本家的姐姐和雪子，也给她们两人写了信。幸子给姐姐写的信较为简短，大致为："分别后想让雪妹再来芦屋一趟，心里一直期待有这样的机会，但是去年直到终了也没人来说亲，今年已经到了春分时节，看来亲事方面还是没有消息。不过，我已经很久没有见过雪妹了，雪妹也差不多该想念我们了，所以，如果没什么妨碍的话，能不能让她来芦屋住些日子呢？有张山村流舞会的请帖，同信附上。小妹也参加演出，她说一定要让雪子来看看……"

幸子写给雪子的信较为详细些，信的内容是："这次是以追悼山村作师傅为名举办的舞会，因为顾虑到时局，这样的活动越来越难举办了，所以何不趁现在有机会来看一次呢？自从上次那个舞会以来，小妹就没怎么练舞，这次突然举办这个舞会，她原本推辞了，后来想到今后一段时间没有跳舞的机会，再说又是追悼已故师傅的，就又答应了。如果错失这个机会，你以后也许就再也看不到小妹跳舞了。小妹没时间准备新节目，她在抓紧练习去年表演过的《雪》舞。上次表演穿的那套衣裳是不能再穿了，幸好我去年在小槌屋染制的那件碎花纹衣服她穿着正合身，决定好了穿那个。指导小妹练习的是已故师傅的高徒，在大阪新町有个教习所，名叫鹭作以年。小妹最近每天都去新町练习，回到家后还让我伴奏再练习一遍。其间，她还要去工作室干活，依然相当活跃。我每天给她伴奏也忙得很，用三味线弹奏《雪》这首曲子没什么感觉，就改成用古琴伴奏了。为小妹忙这些，倒也不会埋怨她，但近来我没少为她操心，信中不便详谈，但雪

子你要来的话，我有很多事情想听听你的意见。悦子也说了，去年举办舞会时你不在，这次无论如何也要让你来看看。”

但是鹤子也好，雪子也好，都没有任何回复。因此，幸子他们谈论着，也许雪子会像之前那样突然到来。在纪元节那天傍晚，妙子说今天要穿好舞衣，拽着长裙跳一次试试看，就在客厅里练习起来。

“啊，二姨！”悦子第一个听到门铃声，急忙跑了出去。

“您请进吧，大家都在这儿呢。”阿春也紧接着出去，打开了客厅的门。

雪子进来一看，里面只剩下一张长椅，桌子和扶手椅都被搬走了，地毯也被卷起来堆放在一旁，妙子正持伞立于屋子中央，头上梳着压扁的岛田髻，扎着一条粉红色发带，身穿幸子信中所提到的那件衣裳——葡萄紫色的底子上印着沾雪的蜡梅和山茶花。幸子在房间的角落里，坐在地板上铺着的垫子上，面前横放着一张六尺长的泥金光琳菊[1]古琴。

“我还以为节目已经开始了呢……”雪子先向贞之助微微点头致意，当时贞之助上穿大岛绸夹袍，底襟下露出长棉毛裤，正坐在长椅上看妙子练舞呢，“老远就听到琴声了……”

“给你写信也不回复，我正想该怎么办呢。”幸子那戴了象牙指甲的手按在琴弦上，抬头望着大约半年未见的雪子。这个腼腆又喜欢热闹的妹妹因为旅途劳顿，面色有些苍白，不过进门看到这副场景，眼睛突然一亮。

“二姨是乘坐燕子号来的吗？”悦子问道。

雪子没有答复她，而是问妙子：“你那个岛田髻是假发吧？”

“嗯，今天好不容易才做完的。”

“小妹，你今天戴的这个太适合你了。”

“我也想梳个这样的发髻戴上，这个是我和小妹一起设计的。”

---

① 光琳菊：一种菊花纹样，为江户时期著名泥金画师尾形光琳所创。

“要是合适的话，也可以借给雪姐。”

“嫁人的时候戴吧？”

“那得多滑稽呀，我这脑袋可用不了假发。”幸子说了句玩笑话，雪子笑着答道。雪子的头发本就长得浓密，看上去不觉得，可戴不了假发。

“雪子今天来得正是时候，”贞之助说，“今天小妹做成了假发，说要穿上舞衣跳一次试试看。再者就是二十一日是星期二，我也不知道能不能去看，今天想看她正式跳一次《雪》舞。”

“悦子二十一日也去不了，太遗憾了。”

“真是的，为什么不星期天举办呢？”

“或许是因为时局关系，不想太过惹人注意吧。”

“那么，二姐……”妙子撑开伞，右手举着伞柄说，“请从刚才那个地方再弹一遍吧。”

“就从头儿再跳一次吧。”听贞之助这么说，悦子也说：“是呀，小姨，你再从头儿跳一次给二姨看看。”

“连续跳两次，我会累倒的。”

“得啦，你就当是练习，再从头儿跳一次吧。”幸子也说，“……不过，我坐在地板上，冷得受不了了。”

“太太，给您点个手炉吧，把它放在腰部就不冷了。”阿春说。

“那就点个吧。”

“我要在这段时间休息一下。”妙子将伞放到壁龛里，一边拎起衣襟，一边走到长椅旁边，和贞之助并排坐着，然后说，“对不起，请给我根烟。”她向贞之助要了一根德国牌子的香烟，点燃了。

“我去洗个脸。”雪子出去洗脸了。

“遇到这种场合，雪妹总是笑嘻嘻的。”幸子说，“悦子她爸，今天雪子也来了，小妹接连跳了几遍舞，晚上你得请客呀。”

“是让我犒劳她们吗？”

“是啊，你有这样的义务，今天晚上就打算让你请客的，所以家里什么也没准备。”

“哇，怎么都要让姐夫破费一顿。”

“吃什么好呢？小妹，是去与兵吃四喜饭，还是去东方饭店吃烤肉？”

“我吃什么都行，问问雪姐吧。”

“她去东京那么久，应该想吃新鲜的鲷鱼吧。”

“为了雪妹，那就带上一瓶白葡萄酒去与兵吧。”贞之助说道。

“有姐夫犒劳，那我得拼命跳喽。”

看见阿春拿来了手炉，妙子把沾了口红的吸了一半的烟放在烟灰缸边上，随手拎起了衣襟。

二十八

贞之助原本说这个月因忙于给某个公司清算账目，二十一日可能看不了演出，但那天上午他从事务所打电话给幸子，说他想看小妹表演的《雪》舞，让幸子在《雪》舞开始前打电话通知他。下午大约两点半，幸子打电话给他，说现在去正合适。他刚要出门，有客人来了，谈了大约半个小时。这时，阿春又打电话来了，催促说：“再不快来就赶不上了。”他赶忙打发走客人。从堺大道今桥的事务所去会场只有几步之遥，他连帽子都没戴就跑进了电梯，走出电梯穿过电车道，奔向对面的三越百货公司，来到八楼大厅的会场一看，舞台上的妙子已经翩翩起舞了。

幸子说，今天的与会者除了乡土会的会员以外，还有大阪同人会的会员以及该会机关刊物的读者，不对外公开，所以来的人不会很多。不过，因为这种活动近来极少举行，好像找关系弄到招待券的人有很多，几乎座无虚席，还有一大群人在后边站着看。贞之助也没时间找座位，只好站在后面，从人们肩膀之间的空隙望向舞台。突然，他注意到距离他五六尺远的地方，有个人站在观众的最后一排，正将莱卡相机对准舞台方向，脸压在取景器上，那个人是板仓无疑了。贞之助吓了一跳，在对方发现自己之前慌忙逃到远处，不时窥探一下，就见板仓竖起外套的衣领，遮住脸，很少把头抬起来，不断地拍摄妙子。但是，他本人为了避开众人的视线，故意穿了件外套，殊不知那件外套是他在洛杉矶时穿的，是电影演员们喜好的华丽样式，反而引人注目。

妙子曾在去年演过一次《雪》舞，所以这次演出没出什么差错，但不管怎么说这一年来放松了练习，只是在大约一个月以前决定参加这次舞会后才开始加紧练习的，何况乡土会以前是在神杉家日式客厅的音响舞台上，或是在芦屋幸子家的西式客厅里举办舞会，而这次是在设有观众席的正式舞台上演出，这对妙子而言是破天荒的第一次，她总觉得会场空间太大，自己镇不住场子，而这也是没办法的事情。妙子本人老早就担心这一点，想借助伴奏为舞蹈增色，今天她特地请幸子的古琴师傅菊冈检校的女儿来给她弹三味线。即便如此，她也完全没紧张或者怯场。贞之助在旁边观察，发现妙子不失沉着冷静的秉性，始终从容不迫地翩翩起舞，根本不像只练了一个月舞就登上如此盛大场面的人。不知道其他观众会做何感想，但对贞之助来说，妙子那种旁若无人、根本不将毁誉褒贬放在心上的气派，不禁让人觉得她有些可恨了。但转念一想，她今年已经是二十九岁的老姑娘了，要是艺伎的话也是个老艺伎了，有那么大的胆量也就不足为奇了。他还记得去年舞会的时候，平时看上去年轻十多岁的妙子，在那天却暴露了真实年龄。如此看来，日本德川时期的服装，通常会使女人显老吧。不过这种情况也仅限于妙子，一个原因是她平时喜欢穿活泼的西装，相比之下，典雅的和服就使她显老；另一个原因是她在舞蹈的时候所表现出来的那种从容不迫的胆量。

台上的《雪》舞刚刚结束，贞之助就看见板仓急忙夹着莱卡相机快步朝走廊走去。不过，板仓的身影刚从门口消失，就见观众席里的一位绅士飞快冲了出去，就像要追赶那个华丽外套的背影似的，用身体“咚”的一声撞开门冲了出去。这是一瞬间的事情，贞之助看得目瞪口呆，但接下来的瞬间，他察觉到那个绅士是奥畑，也马上走向了走廊。

“……为什么给小妹拍照？……不是讲好了不拍吗？”

奥畑本想大声斥责，但是注意到周边情况，压低了嗓音质问道。板仓虽然气得火冒三丈，但是任凭奥畑责骂，低着头老老实实听着。

“相机给我……”

说完这句，奥畑就像便衣搜查行人那样，在板仓身上搜查起来，解开板仓的上衣扣子，伸手摸进他的上衣口袋，迅速拽出那个莱卡相机，正要往自己口袋里塞，不知想到了什么，又拿了出来，哆哆嗦嗦地把镜头部分拉得满满的，然后“啪嗒”一声把相机可劲儿摔在水泥地上，头也不回地走了。这是转瞬之间的事情，等在场的人注意到的时候，已经不见了奥畑的身影。板仓捡起那个相机，垂头丧气地走了。当时板仓一动不动地站在那里，低着头，在老东家的少爷面前完全抬不起头来，眼睁睁看着那个他平时看得比生命还重要的相机在地上翻滚，却只能忍耐着，没有施展他引以为傲的体力和腕力。

贞之助到后台向众人打过招呼，又慰劳妙子一番，就回事务所去了。当时他没说什么，但是那天夜里，等悦子和小姨子们都睡了之后，他就把白天看到的那一幕对妻子讲了。在他看来，板仓或是主动或是受小妹委托去的，目的是拍摄《雪》舞的舞台实况，他是算准时间偷偷溜进会场的，等目的达到正想匆匆离开之际，被躲在观众席里的奥畑逮个正着。不知道奥畑是什么时候进入会场的，但他料到板仓会来，一直四下里张望，很快就发现了板仓。表演《雪》舞的那段时间里，在贞之助从远处观察板仓的同时，奥畑也在某个角落里监视板仓，所以在板仓退场时抓住了他。从当时的情形来判断，事情的前后经过大体如此。不过，当他在一旁看到这幕短剧时，奥畑和板仓两人是都没注意到他？还是注意到他了，因为难为情而假装没看到呢？他可就不清楚了。

幸子说："其实，我也担心奥畑今天会来看演出，要是他在会场上和我打招呼，那可就麻烦了。我也问过小妹，小妹说没通知启少爷今天有舞会，他应该不知道这件事儿。再说除了星期天，他每天下午都得在店里上两三个小时班，不能随便出来。我觉得，报纸的文娱栏曾经报道过这个舞会，虽然只有两三行消息，可说不定奥畑看到了。他看到这则消息，当然能联想到小妹有节目，说不定就会从什么地方搞到招待券来观看。在《雪》舞之前，我仔细观察过观众席，确实没有看到他。尤其是雪子一直坐在观众席里，也很少去后台，只要奥畑来了她就能看到，看到就会给我们通风报信的，可她什么也没说，可见奥畑是和你前后脚进入会场的。不是这样的话，那就是他早就盘算好了，为了不让咱们发现，躲在暗处观察。还有板仓来拍照的事，不知小妹知不知晓，反正我和雪子是不知道的，就更不知道那幕闹剧了。幸亏后台的人都不知道这件事，要是知道了，那就太没面子了。"

"是啊，因为板仓忍让事情才没有闹大。不过，两个大男人为了小妹在众目睽睽之下打架，实在让人看不下去。在这件事闹到天翻地覆之前，还是想办法解决为妙。"

"要是这样的话，就请你分担一下吧。"

"分担一下可以，不过我觉得这事不应该我来出面。雪妹知道板仓的事吗？"

"我把雪子叫来，就是想找她商量一下，还没说呢。"

幸子本想等这次舞会结束后，再把妙子和板仓的事情说给雪子听的。在夫妻这番谈话两三天后的一个早晨，妙子跟幸子说："想为这次舞姿拍照留念，要再借一下那件衣裳。"说着，她把那件衣裳折好，包进包裹里，连同假发盒以及上次用的那把伞，都放进汽车里，出去了。

家里只剩下幸子和雪子两人了。"小妹一定是带着那些东西到板仓那里拍照了。”从这样的事情说起，幸子就把去年九月在东京收到奥畑那封令她大惊的警告信，直至最近这次舞会在走廊里发生的那幕闹剧，都一五一十地跟雪子讲了。

“那么，那个莱卡相机摔坏了？”雪子听完后，先问了这样的话。

“这个嘛，我也不知道。你姐夫说相机摔在水泥地上了，至少镜头出问题了。”

“胶卷估计也报废了，要重新拍吗？”

“嗯，也许是吧。”幸子看出雪子在平静地听她刚才讲的话，又接着说道，“我也觉得这次被小妹给出卖了，真让人生气啊。说来话长，不光是我，包括你在内，谁像小妹这样因为各种事情给别人添麻烦呀。”

“我倒没什么……”

“那是不可能的。从上次“新闻事件”开始，她给咱们添了多少麻烦呀……我这么说你可能不高兴，小妹这件事给你的亲事带来多大妨碍呀……咱们平时向着她护着她，可她竟然连和咱们商量都不商量，就和板仓那种人私定终身……”

“你跟姐夫说过吗？”

“嗯，不管怎么说，这件事都没法憋在一个人心里呀。”

“那他是怎么说的？”

“他不是没有自己的意见，但这件事他想做个局外人。”

“为什么啊？”

“他说他不了解小妹的性格……也就是说，他信不过小妹，不想介入这件事……不过，这话也只是在这里说说，你姐夫的真实想法是：小妹这种人用不着别人管她，如果她想和板仓结婚的话，那就随她去好了，让她爱干什么就干什么吧，因为她这个人适合独立生活，这样对她反倒好些。你姐夫的想法和我不一样，我们两个人谈不拢。”

“我去和小妹好好谈一次？”

“你必须这么做，除了你我轮流劝她改变主意之外，没有别的办法。不过，她本人也说等你结了婚以后再说……”

“要是再找个合适的对象的话，小妹先结婚也没关系。”

“板仓这种人也太低级了吧?”

“小妹也有些低级趣味，不是吗?”

“也许吧。”

“像板仓这样的妹夫，我可不愿意有。”

幸子料到了雪子一定会和自己持相同意见，但没想到从这位一向谨慎的妹妹的话语中可知，她的反对态度比自己还要强硬。比起板仓来，她更愿意选择奥畑，姐妹俩在这方面的观点是一致的。雪子说：“我无论如何都会努力说服小妹和启少爷结婚的。”

二十九

雪子回来之后，芦屋的家里又渐渐恢复了往日的热闹景象。雪子平时沉默寡言，安静得让人不知道她在不在屋里，家里多这么个人，按理说不会变得特别热闹，可如今却变了样。可见，她娴静的性格中，也有爽朗的一面。三姐妹聚在同一屋檐下，家里就有了生气，缺了一人，就有失和谐。

再说原先舒尔茨家租住的那栋房子，自从他家搬走后就一直空着，如今终于有人搬进来了，到了晚上，就会从厨房的玻璃窗透出融融的灯光来。听说户主是瑞士人，在名古屋的一家公司里担任顾问，经常不在家，在家的是他那个西洋打扮、长得像菲律宾人或中国人的年轻太太，有个供使唤的阿妈。因为没有孩子，总是静悄悄的，不像舒尔茨家在的时候那么热闹。就算是这样，自从篱笆那边荒废得像凶宅的洋房有人住进去之后，到底和之前有了很大不同。悦子希望再来一个罗斯玛丽那样的孩子，这下子失望了。但是，她已经交了好几个同班的朋友，少女毕竟是少女，举行茶会或者庆祝生日的时候，就相互邀请，组成了一个小社交圈子。

妙子依旧很忙碌，比起在家的时间，在外面的时间更多，有时候三天就只有一天在家里吃晚饭。贞之助看出她有意不在家里吃晚饭，是已经厌烦了幸子、雪子苦口婆心的劝说。他暗暗担心这次妙子和两个姐姐是否会产生感情上的疏离，尤其是与雪子的关系。

某天傍晚回家的他，因为没看见幸子，就拉开浴室对面那个六铺席房间的纸门寻找，看见雪子坐在檐廊下，竖起膝盖，正让妙子给她剪脚指甲呢。

“幸子呢?”他问道。

“二姐去桑山先生家了，就快回来了。”妙子答道。

趁着妙子答话，雪子立刻把脚背放进下摆里，调整好姿势。妙子蹲着身子，帮她把散落在那里的白晃晃的指甲屑拾起来。贞之助只看了一眼，又把纸门拉上了。这一瞬间，姐妹俩融洽的情景久久留在他的脑海里，使他重新认识到，就算存在意见差异，但她们的姐妹关系是融洽的。

进入三月不久的某个夜里，贞之助已经就寝了，突然感到妻子的泪水流到了他脸上，睁开眼睛，在黑暗中，听到妻子在低声呜咽。

贞之助问：“怎么了?”

“今晚啊……今晚正好是一周年忌日啊……”幸子一边说着，一边更抽抽搭搭地哭起来。

“把那件事忘掉吧，老是说也没什么用。”

贞之助吮吸着妻子脸上不断溢出的眼泪。在睡觉前还高高兴兴的妻子，半夜突然说出这样的话来，让他很是惊讶。经妻子这么一说，贞之助想起去年阵场夫妇将雪子介绍给一个叫野村的人相亲，正是这个月的事情，今天大概就是流产一周年的日子。贞之助自己已经忘记了，但直到现在妻子心中还藏着深深的悲伤。这也不能怪她，但老是这么突然发作就让人感到纳闷了。去年去京都岚山赏花的时候，秋天去大阪歌舞伎剧场看

《镜狮子》，在渡月桥上，以及在剧场的走廊里，他都看到过妻子突然落泪的情景，随后又没什么事了。这次也和以前一样，到天亮的时候，幸子就好像忘记了半夜哭过似的。

基里连科的妹妹卡塔琳娜乘坐豪华轮船沙恩霍斯特号去了德国，也是这个月里的事情。贞之助等人前年被邀请到他们夙川的家中做客，原本说过要回请他们，但就那样过去了。除了有时在电车里遇到外，和他家没什么往来，只是经常从妙子那里听说那位老太太、基里连科兄妹、渥伦斯基等人的消息。后来，卡塔琳娜似乎不那么热衷于制作人偶了，不过也不是说完全放弃了，过了一段时间她会突然来到妙子的工作室，拿出新作品请妙子批评指导，在两三年时间里她的技术有了很大进步。但不知从什么时候开始，她有了个叫鲁道夫的德国“相好”，和他的交往好像很投机，就不像以前那么热衷于制作人偶了，妙子认为她热情减退是因为交了新朋友。鲁道夫是德国某公司神户分店的年轻职员。妙子是在元町街头，经由卡塔琳娜介绍认识他的，在那之后，就经常看见他们两人一起散步。鲁道夫有德意志人面孔，与其说是美男子，不如说是个质朴刚健、高大魁梧的男人。这次卡塔琳娜决定去德国，据说是和鲁道夫相识后喜欢上了德国，在鲁道夫的安排下，投靠他在柏林的姐姐。但卡塔琳娜的最终目的是去英国，那里生活着她和前夫生下的女儿。之所以去柏林，是因为旅费及其他关系，先暂时去欧洲大陆，把它作为去英国的跳板。

“哦，这样的话，‘汤豆腐[1]’也一起坐船去吗?”

说到“汤豆腐”，是妙子开玩笑给鲁道夫起的绰号，现在连幸子她们都称这个从没见过的男人为“汤豆腐”了。

“‘汤豆腐’还得在日本待一年。卡塔琳娜让他写了封信给他姐姐，她就拿着这封介绍信一个人去了德国。”

---

① 汤豆腐：日语“汤豆腐”的发音与“鲁道夫”谐音。

“这样的话，卡塔琳娜去英国领回自己女儿之后，再回到柏林等‘汤豆腐’回国吗?”

“这个……我想大概不会吧。”

“那她和‘汤豆腐’就此分手了吗?”

“大概是吧。”

“也太洒脱了!”

“可能真是这样吧。”那天晚上，贞之助也在餐桌上插嘴说，“他们那本来就不是恋爱，是逢场作戏。”

“他们那些人，只身在日本，相互之间要是不交个朋友，不是很寂寞吗?”妙子辩护道。

“对了，船什么时候出发……”

“后天正午出发。”

“你后天有时间吗?”幸子问贞之助，“……你也去送一下吧，他们请了客，咱们还没还礼呢。”

“到头来，咱们白吃人家一顿。”

“就是呀，还是去送送吧，除了悦子去上学，其他人都去送行。”

“二姨也去吗?”悦子这样问道。

雪子耸耸肩笑着说:“我也去看看沙恩霍斯特号。”

那天，贞之助上午去事务所一个小时，然后直接去神户码头。因为船就快要开了，没时间和卡塔琳娜从容道别。送行的人有老太太、哥哥基里连科、渥伦斯基、幸子三姐妹，还有那位鲁道夫，妙子悄悄告诉姐姐们，那个人就是鲁道夫。此外，还有两三个素不相识的日本人和外国人。船驶出后，贞之助等人边和基里连科一行人交谈，边走出码头。在海滨大道告别的时候，鲁道夫和其他那几个人早就不见踪影了。

“不知道那位老太太多大年纪了，一点儿不显老啊。”贞之助目送着老太太显得特别年轻的背影，看着她迈着鹿一般轻盈的步伐匆匆离去，不由得感叹道。

“那位老太太，还有机会再见到卡塔琳娜吗?”幸子问道，“……看着挺精神，可岁月不饶人呀。”

“可是分别的时候，她一滴眼泪也没流呀。”雪子说。

“的确，反倒是我们这些人在淌眼泪，真难为情呀。”

“一个人跑到眼看就要开战的欧洲去，这样的女儿很了不起，不过肯放她去的老太太也很了不起。他们这种在革命中吃过很多苦头的人，说不定不拿妻离子散当回事儿。”

“想到卡塔琳娜在俄国出生，在上海长大，流亡日本，这次又要从德国到英国去。”

“讨厌英国的老太太，又该心情不好了吧。”

“老太太跟我说：‘我，卡塔琳娜，总（细）吵架。卡塔琳娜走了，我不悲伤，我高兴。’”妙子很久没模仿老太太说话了，这么故技重施，惹得众人在街上捧腹大笑。

三十

“卡塔琳娜是不是比上次见面的时候更有女性魅力了？我刚才见她变这么漂亮，特别吃惊。”贞之助说道。

贞之助他们从海滨大道步行到生田前[①]，走进今天早晨已经预订好位子的与兵寿司店，一边按幸子、贞之助、雪子、妙子的次序坐好，一边继续议论卡塔琳娜。

“也没你说得那么漂亮，是化妆的关系吧，而且她今天打扮得特别精致。”

---

① 生田前：地名。

“自从和‘汤豆腐’成为朋友之后，她就改变了化妆方法，容貌也大为改观了。”妙子接着说，“她本人相当自信，曾经跟我说：‘妙子小姐，等着瞧吧，我到了欧洲就找个有钱的男人结婚。’”

“这么说，她去德国没带多少钱？”

“她在上海当过护士，说缺钱了就去当护士。她这次肯定只带了些零花钱。”

“她今天就和‘汤豆腐’分手了？”

“是这样吧。”

“作为最后的心意，他为她写了封介绍信，让她到自己姐姐那里借宿。‘汤豆腐’总有可取之处吧？他向甲板上的女人挥了两三下手，就转身飘然离开了，比咱们走得还早。”

“真的，日本人可做不到这样。”

“日本人要是模仿的话，会变成‘醋豆腐[①]’的。”

幸子姐妹似乎没听懂贞之助的这句俏皮话。

“什么呀，你这句话好像法国小说里也有。”

“费伦茨·莫尔纳尔[②]写的小说吧？”贞之助问道。

狭小的店内，顺着墙脚并排摆放着椅子，最多能坐十多位客人。除了贞之助等人，还有附近一家证券所的老板带了三名店员，另一头是以花隈[③]的老大姐为首的三个艺伎，店内光是这样就已经很紧凑了，在客人身后与墙壁之间，是一条仅容一人勉强通过的通道。偶尔有人拉开纸门，盯着满人的店内看，恳请老板想办法加个座位。这家店的老板也是常见的寿

---

① 醋豆腐：是贞之助根据鲁道夫的绰号“汤豆腐”想到的，日本人将一知半解、不懂装懂的人称为“醋豆腐”。日本单口相声《醋豆腐》就讲到一个不懂装懂的少爷吃了块又酸又馊的豆腐，被老板欺骗是放了醋。

② 费伦茨·莫尔纳尔（1878—1952），匈牙利剧作家、小说家。

③ 花隈：地名。

司店老板那种类型，拿慢待客人作为卖点，就算是常客也要提前订座，否则就会摆出一副“你看看不就知道有没有座了”的面孔，粗暴地拒绝人。因为这个原因，不熟的客人除非是遇到好机会，要不然根本进不了他的店门。就算是打电话预订座位的老主顾，要是迟到一二十分钟，也会被拒绝，或是被要求去附近溜达个把小时再来。

这里早先的老板，据说曾经是明治时代闻名于东京、两国的已故与兵卫的徒弟，店名“与兵”由此而来。不过他做的寿司与以前两国的与兵卫做的有所不同。这位老板虽然在东京学习过，可是他生长在神户，所以做出来的寿司偏于京阪风味。他用的不是东京式的黄醋，要用白醋。他用的酱油是大豆酿造的关西酱油，而东京式是绝对不用这种酱油的。虾、乌贼、鲍鱼等寿司，他建议撒上盐吃。他做寿司所用的鱼，只要是从眼前的濑户内海捕捞的即可。按照他的说法，没有哪种鱼不能用来做寿司，以前的与兵卫老板也持这样的主张，在这一点上他继承了东京与兵卫的衣钵。他用海鳗鲡、河豚、红鲷鱼、海蛳、牡蛎、生海胆、比目鱼的裙边、赤贝的肠子、生鲸鱼片等捏寿司，而后是香菌、松菌、竹笋、柿子。他不爱用金枪鱼，也根本不用古眼鱼、干贝、玛珂贝、炒鸡蛋这类东西。他做寿司所用的材料大多是经过烹调的，但大虾、鲍鱼一定用活蹦乱跳的，当着客人的面做成寿司。根据寿司种类，他有时候不使用山萮菜，而是将鲜紫苏、秦椒以及花椒煮的小鱼虾等夹在寿司里。

妙子和这位老板很早以前就认识了，或者是最早发现与兵寿司店的顾客之一。经常在外面吃饭的她，特别熟悉神户元町到三宫附近的小餐馆。这家寿司店在搬到这里来之前，在交易所对面的一个小胡同里，店面比现在还小，那时就被她发现了，并介绍给贞之助和幸子等人。妙子说，这位老板就像《新青年》里侦探小说插图里的人物，是个头大身子小的木槌般的畸形人。贞之助等人以前常听妙子形容他，他拒绝客人时说话粗鲁，拿菜刀时表情兴奋，妙子连他的眼神和手势等都详细形容过。等他们到店里见到时，真像妙子模仿的那样可笑。老板先让客人排成一排坐好，问客人从什么寿司捏起，但实际上还是从自己方便的顺序开始。如果第一道寿司做鲷鱼的话，就先取出鲜鱼，切成生鱼片，然后按客人数捏成寿司端上来。然后是车虾，再然后是比目鱼，就这样分门别类地捏寿司。在第二道寿司被端上来的时候，如果客人还没吃完最初的那道，他就不高兴了，有时候会催促说："盘子里还剩两三个没吃完哪。"虽然每天做寿司的原料不同，但做鲷鱼寿司和车虾寿司是他最拿手的，无论何时都不会缺货，而且他第一道捏出来的总是鲷鱼寿司。提出"有没有金枪鱼"这种不知趣问题的客人是绝对不受欢迎的。而且一有不顺心的事，老板就会在寿司中放很多的山萮菜，呛得客人吓一跳或是眼泪直流，他自己则在旁边偷着乐。这是他的一贯作风。

喜欢鲷鱼的幸子，被妙子介绍到这里后，自然被这家寿司店迷住了，成了这里的常客。说到受这家寿司店诱惑的程度，实际上雪子并不亚于幸子。说得夸张些，把她从东京吸引到关西来的众多因素中，与兵的寿司也算得上一个。雪子人在东京，但她心在关西。她最想念的自然是芦屋的家，不过，脑子里的某个角落也不时浮现出与兵的情景，老板的那副尊容，以及他菜刀底下那活蹦乱跳的明石鲷鱼和车虾。雪子原本是"西餐党"，并不是特别喜欢什锦寿司，但在东京住了两三个月，老是被迫吃红肉刺身，明石鲷鱼的味道就从舌尖上涌出来了，洁白鲜美的肉片发出螺钿般的闪光，这时她又仿佛看到了阪急沿线明媚的风光以及芦屋姐姐和外甥女的脸庞。贞之助夫妇也知道雪子在关西乐趣之一就是这家店的寿司，所以雪子在芦屋期间，总会请她到这里吃一两次。贞之助坐在妻子和两个小姨子之间，不时悄悄地给她们斟酒。

"好吃，真好吃……"妙子赞不绝口地吃着。

雪子还想到别人，弯腰和贞之助碰杯时说道："姐夫，这么好吃的东西，要是能让那些人也尝尝就好了。"

“确实是，”幸子也赞成，“把基里连科和老太太都请来就好了。”

“这个，我也想过，可突然来这么多人，能不能坐下是个问题，那些人吃不吃这种东西，也是个问题。”

“您说的是哪里话，”妙子说，“喜欢吃寿司的西洋人多着呢，是不是呀，老板?”

“是呀，他们爱吃。”老板正张开被水泡得发胀的五根手指，把活蹦乱跳的大虾按在砧板上，答道，“经常有西洋人来我们店里。”

“悦子她爸，舒尔茨太太不是吃过什锦四喜饭吗?”

“但那天的什锦四喜饭里没放生鱼片呀!”

“他们也常吃生鱼片。当然了，也有不吃的，金枪鱼就不怎么吃。”

“啊，为什么呀?”证券所老板插嘴道。

“不知道为什么，反正不吃金枪鱼、松鱼之类的东西。”

“喂，姐姐，那位卢茨先生……”年轻的艺伎用神户话小声地跟老艺伎搭话，“就只吃白肉，不吃红肉。”

“嗯，嗯。”老艺伎一边用手掩着嘴，一边用牙签剔牙，对年轻艺伎点了点头，说道，“西洋人大概觉得红肉很恶心，所以不大喜欢吃。”

“确实是这样。”证券所老板附和道。

贞之助也说：“在西洋人看来，在白米饭上放些红啦吧唧看不出原形的生鱼片，实在恶心。”

“我说小妹……”幸子隔着丈夫、雪子，看着妙子说，“如果让基里连科家那位老太太吃这里的寿司，她会说些什么呢?”

“不成啊，不成，不能在这里模仿。”妙子说道。她强忍着，才没有模仿那位老太太说话。

“今天，你们几位去船上了吗?”老板边说边切开虾肉，放在饭团上，再切成五六分宽，分成两份，一份放在妙子和雪子面前，一份放在贞之助和幸子面前。一只去头的大车虾做成一份四喜饭，一个人吃一份就吃不下别的了，所以贞之助他们两人合吃一份。

“嗯，是来送行的，也顺便看看沙恩霍斯特号。”

贞之助拿起食盐瓶，把掺着味精的食盐往颤动的虾肉上一撒，沿着刀缝夹起一片，放入口中。

“说是豪华轮船，但德国船和美国船给人的感觉有很大不同。”幸子说。

“确实。”妙子说道，“比上次那艘柯立芝总统号就差远了。那艘船通体白色，色调明快，德国船涂得色调阴沉沉的，像军舰一样。”

“姑娘，请快吃呀。”老板的老毛病又犯了，他见雪子不动筷子，就催促她快吃。

“雪姐，你在干什么?”

“车虾还在动呢……”雪子来到这里吃东西，必须和其他客人一样快才行，吃得很辛苦。对于这种切成段的虾肉仍在颤动的寿司，老板称为“活的寿司”，雪子对这道寿司的喜爱不亚于鲷鱼，但看着它动总觉得不舒服，所以要等它完全不动了才开始吃。

“就因为会动才值钱呀。”

“快吃吧，吃了也不会变成鬼的。”

“车虾就算变成鬼也不可怕。”证券所老板打趣道。

“吃车虾不可怕，不过，吃青蛙才可怕呢，是吧，雪妹?”

“嘿，有这种事吗?”

“嗯，你不知道，我住在涩谷的时候，姐夫邀请我和雪妹去道玄坂的火锅鸡。鸡倒没什么，最后一道菜是当面宰杀活蛙烤着吃，宰杀青蛙时它‘呱’地叫了声，吓得我们俩的脸色都变了。那天夜里，雪妹的耳朵里总是萦绕着蛙鸣声。”

“啊，别再说了。”雪子说着，又仔细打量了一番，确认“活的寿司”不再颤动了，才拿起筷子。

三十一

四月中旬的一个周末，贞之助和三姐妹以及悦子总共五个人，照例去京都赏花。在回家的电车里，悦子突然发起了高烧。原来，悦子从一个星期前就不知为何开始感到身体疲乏，在京都也没什么精神。但那天晚上回家后，体温将近四十摄氏度了，急忙请栉田医生来诊察。医生说："有猩红热的嫌疑，明天再好好检查吧。"第二天，除了嘴巴周围外，悦子满脸发红，已经没有疑问了，患的就是猩红热。栉田医生说："猩红热的特征是除了嘴唇一圈外，脸像猩猩一样。我建议送悦子去有隔离病房的医院住院治疗。"但悦子非常不愿意住院。虽说猩红热是一种传染病，但成人是不容易感染的，一户人家陆续感染猩红热的病例极少。所以如果家里有隔离病室，不让家人出入，在家里治疗也可以。幸好贞之助那间书斋是与主屋分隔的，尽管贞之助抱怨说他没了书斋很不方便，幸子仍强迫他将书斋改作病室，暂时把书斋搬到主屋去。

四五年前，幸子有一次得了严重的流感，曾经用过那个房间一次。那个房间是由一个六铺席间和一个三铺席间组成的套间，从主屋可以穿木屐过去，还有煤气和电热设备，更为方便的是，在幸子那次生病时安装了自来水，也可以做些简单的饭菜。于是，贞之助就把书桌、小型文卷箱、部分书架等搬到了贞之助夫妇在二楼的八铺席卧室里，把用不到的东西放进了仓库和壁橱里，让悦子和护士搬进了空屋子里，与主屋隔开了。

但是，这样做还不够彻底，病人和护士的饮食等都要主屋送过去，一定要有个联络员才行。将这件事交给在厨房干粗活的女佣是很危险的，目前最适合的人选是阿春，再说她不怕传染，比谁都勇敢，所以高高兴兴地接受了这件差事。可是，让她工作了两三天，虽然她自己不怕传染，但是她进出病室也不消毒，摸过病人的手什么都摸。最初，雪子抱怨说："这就是传播病菌嘛。”最后，换下了阿春，由雪子接任。雪子已经习惯了护理工作，细心谨慎，她不是一味恐惧，护理得无微不至。病室用的餐具完全不假手于女佣，从烧菜做饭、送吃送喝到洗洗涮涮，都由她自己负责。高烧持续一周的时间里，晚上轮流和护士护理病人，每两个小时换一次冰袋，几乎没睡什么觉。

悦子的病情逐渐有所好转，一周后烧也慢慢退下来了。不过这种病症要等到病人浑身的红色小疙瘩收干，疮痂掉落，周身脱层皮才算完全康复，整个过程需要四五十天。雪子原本计划赏花过后就回东京的，这样就暂时走不掉了。她写信给东京，解释缘由，请求将她的换季衣服寄过来，然后就全身心投入护理工作中。尽管承担了这样的苦差事，但在这里生活还是比回东京愉快的。她不让人轻易来病室，就算是幸子也不行，说她是容易感染疾病的体质，让她远离病室。幸子虽说孩子在生病，自己却没有任何辛苦，每天过着百无聊赖的日子。于是雪子就对她说：“别担心，二姐去看看歌舞伎吧。”那是因为，这个月菊五郎又来大阪演出《道成寺》了。幸子喜欢看菊五郎扮演的旦角，尤其爱看《道成寺》。她原本就下定决心无论如何都要抓住这个月的机会的，怎知遇上这种事，她已经对看戏不抱什么希望了，雪子这句话正好说中了她的心事。不过，身为孩子的母亲，这种时候去看戏也未免太不把孩子当回事了。所以，她只能通过听和风[①]《道成寺》的唱片，稍微过过瘾，寄托她对第六代菊五郎的向往之情。幸子说：“我去不了，小妹去看吧。”所以妙子好像独自去看了一次《道成寺》。

病室里的悦子随着病情日渐好转，也渐渐感到无聊了，每日里放留声机听。某天，新搬到原来舒尔茨家租住的那栋房子的瑞士人托人提意见了。这个瑞士人很不好相处，一个月前就曾经因为狗叫打扰得他睡不着觉

① 和风：第四代松永和风（1874—1962），长呗松永流派公认的宗师。

而提意见。他不会自己直接提出来，而是请房东佐藤家代为转达。佐藤家就和幸子家隔着一户人家。关于狗叫那次，是佐藤家的女佣拿着一张写着两三行英文的便条来的，便条内容如下：

亲爱的佐藤先生：

委实对不起，关于邻居家的那条狗得麻烦您一下。那条狗大晚上的叫个没完，害得我每晚都睡不着。请您务必把这个意思转告给邻居，提醒他们注意一下。

这次的便条上写着：

亲爱的佐藤先生：

委实对不起，我想就邻居家开留声机的事叨扰您。近来邻居家每天从早到晚都放留声机，吵得我们不胜其烦。可否请阁下把鄙人的意思转达给邻居，并建议他们想办法解决，那就太感谢了。

佐藤家的女佣总是一副可怜兮兮的表情，说道："波什先生提出了这样的建议，只好送过来给您看看。"然后，她放下便条就走了。

狗叫那件事，是约翰尼就那么叫了一两个晚上，没理睬它就过去了，但这次可不能放任不管。因为悦子的那个病室——平时贞之助的书斋，那栋侧屋的围墙不是铁丝网，而是另外竖起的板墙，围得严严实实的，是为了完全不让人窥见屋内的情形，但距离邻居家很近，所以原来舒尔茨一家在的时候，贞之助常常为彼得和罗斯玛丽的喧闹声所困扰。如果在那里放留声机，当然会使难相处的瑞士人波什先生大动肝火了。

在这里顺便提一下波什先生，正如前面所说，这个人好像在名古屋有工作，从他一次次提意见来看，显然他有时也会在这里逗留。但是，他究竟是一个怎样的人呢？莳冈家没有人见过他的面。 舒尔茨家在的时候，男主人舒尔茨、他夫人以及孩子们经常在露台或后院露面，但换成波什一家后，他妻子只是偶尔出现一下，而波什本人从未出现过。不过，他似乎也有搬把椅子悄悄坐到露台上来的时候，可是如今露台的铁栅栏内侧围了一张四五尺高的木板，刚好挡住坐在椅子上那个人的脑袋。总之，这位波什先生非常害怕被人看见，不管怎么说，他都是一个相当古怪的人。据伊藤家的女佣讲，他病得非常严重，是个神经质的人，每天晚上都在为失眠而苦恼。

不知道是不是这个原因，有一次刑警来到莳冈家，说道："那个自称是瑞士人的外国人来历不明，形迹可疑，请注意一下，万一有什么可疑的举动，立即报告警察。"如此叮嘱一番，然后回去了。男主人国籍不明，常年在外旅行，妻子看起来像中国人混血儿，难免会让人怀疑。那个刑警又说，那个看起来像中国人混血儿的女人不是他的正室，像是同居的姘头，而且国籍不明。日本人看她像中国人，她自己却否认，说是南洋人，却又说不清楚来自南洋哪里。幸子曾经受邀去过她家，走进她的房间一看，满屋子都是紫檀木家具，实际上是中国人，只是隐瞒不说罢了。唯一可以肯定的是，她是兼具东洋魅力和西洋韵味的妖艳女人。以前有个美国电影女演员叫安娜·梅·温，就是法国和中国混血儿，感觉她们两个相像，是符合欧洲人欣赏口味的、有着异国情调的美人。在丈夫外出旅行时，她经常无事可干，就派阿妈过来邀请幸子去她家，或者在路上遇到的时候邀请。可是幸子在听了刑警的话之后，因为害怕受到牵连而不敢接近她。

"小姐生病的时候开留声机不行吗？那个西洋人就不懂该怎么做邻居吗？"阿春生气地说道。

"好了，波什先生是个古怪的人，所以没办法，而且从早到晚开留声机也不合适。”贞之助制止了悦子，之后悦子每天就玩扑克牌。

但雪子对玩扑克牌也提出了意见，因为进入康复期的猩红热病人会脱落许多疮痂，这时候最容易传染病菌，而悦子正处于康复期，要提高警惕才行，玩扑克牌有将病菌传染给别人的危险。经常和悦子玩扑克牌的人是女护士“水户小姐”以及阿春。女护士因为和大船制片厂的女演员水户光子长得很像，所以悦子称她为“水户小姐”。这个护士曾经得过一次猩红热，具有免疫力。阿春说自己就算是被传染上了也不害怕，病人吃剩下的鲷鱼生鱼片，其他女佣连碰都不敢碰，只有她认为是天赐良机，大吃特吃。

最初，雪子还严格要求她们别接近悦子，可一方面是悦子耐不住寂寞，经常喊她们去，另一方面是“水户小姐”说不用这样小心提防，说不会那么容易传染上的，到后来雪子的斥责也变得不那么有效了。最近，阿春整天泡在病室里和悦子玩扑克牌。如果光是玩扑克牌还好，有时候她和“水户小姐”两个人还抓住悦子的手脚，以给她剥疮痂取乐。“小姐，你看，这样剥下来很多呢。”她边说边揭开疮痂的边缘，把它撕下来。就这样，悦子身上的疮痂都让她们给剥干净了。阿春把那些疮痂捡起来，放在手里，回到主屋的厨房，“你们看，小姐身上剥下来这么多疮痂!”向那些粗使女佣们炫耀，弄得她们觉得恶心，最后大家都习惯了，也就不害怕了。

五月上旬，正当悦子的病如风吹般一天天康复的时候，不知道妙子是怎么想的，突然提出来要去东京一趟，说：“我无论如何也要和本家姐夫直接谈一次，好解决钱的问题，不这么做我就安不下心来。我决定不出国了，也不急于结婚，不过我有个小计划，如果能拿到那笔钱的话，就想早点儿拿到，要是姐夫无论如何都不给的话，我就得另做打算。当然了，关于这件事，为了不给二姐和雪姐添麻烦，我准备单独去协商，请不要担心。也不是必须这个月里去办，只是雪姐来这里的时候，我住在那里也方便些，所以才突然有了这个想法。我不想在房子狭窄、孩子又吵吵闹闹的地方久待，没事了，我立刻就回来。我就想看看戏，不过前些日子刚看过《道成寺》，这个月看不看都无所谓。”幸子问她和谁协商，所说的计划是什么。妙子因为最近动不动就会被两个姐姐反对，不肯轻易掏心掏肺地回答问题，只是说打算先找鹤子协商。如果姐姐不同意的话，就算直接和姐夫交涉也在所不惜。至于“计划”是什么，她不愿意多说。不过从她吞吞吐吐的话里，幸子听出她似乎得到了玉置女士的支持，好像有开一家小规模的女式服装店的想法，想用那笔钱作为本金。

幸子想，如果是这样的话，妙子的要求恐怕不会被姐夫接受。因为从姐夫这方面看来，除了经他批准正式结婚以外，他是不会拿钱出来的。这一态度至今没有改变过，更何况他极为反对妙子成为职业女性，这样的计划无疑是会遭到反对的。不过，也不是完全没有商量的余地，这里有一种可能性，那就是妙子直接去和姐夫协商。说到为什么，因为姐夫生来胆小，从年轻时就被幸子她们这些小姨子欺负，尽管他背地里态度强硬，但面对面交涉时他腰杆子就挺不起来了，稍微对他施加压力，他就会屈服。妙子如果稍微恐吓他一下，说不定会有不一样的结果。妙子也是看准了这点，才想到要抱着一丝希望去东京的。姐夫为了不被妙子逮到，将会东躲西藏。可回过头看看，妙子也猴儿精，也许会下决心不管等多久都要逮到他。

幸子猜测，妙子会在这个时候突然决定去东京，是算准了幸子和雪子现在都没法陪她一同去，才故意选这样一个时期的。这么一想，又担心起来了。妙子嘴上说会好好协商，但看情况是不惜和本家断绝关系也要和姐夫直接谈判。因此，幸子和雪子要是在她身边的话，那可就麻烦了。即使这么说，幸子觉得也不会出现过激的事情，不过有时迫于形势，也不是没有超出常规的可能。如果发生这样的事情，姐夫说不定会误以为幸子是为了为难他才让妙子一个人去东京的。说到这里，妙子说要去东京而幸子不陪同去，虽然显示出幸子想尽量不牵涉其中，但也容易让人觉得幸子是存心让姐夫陷入困境选择袖手旁观的。就算可以忍受被姐夫这样误解，要是连姐姐也觉得幸子不阻止小妹而让她到东京无理取闹，因此怀恨在心的话，那幸子在姐姐家就没有立足之地了。如果自己将悦子托付给雪子，将计就计陪同妙子去东京的话，那势必会卷进他们的金钱纷争中去，更让她倍感困扰的是，在这种情况下她该站在哪一边呢？

雪子说，小妹经营服装店的计划，肯定有板仓在背后参与，往坏的方面想，如果这只是向本家要钱的一个借口，只要拿到了钱，那个计划不知道会作何改变呢。是的，别看小妹这个样子，其实她却有分外忠厚老实的一面，恐怕是板仓的意思，被他利用，所以只要她不跟板仓断绝关系，钱最好还是别拿出来为妙。

这也是一种看法。不过在幸子看来，妙子那么有干劲地筹划此事，如果横加阻挠从旁破坏，自己于心不忍。虽然幸子对妙子不听她们劝告，执意要履行和板仓的约定感到不满，但是想到一个年纪轻轻的女孩子，不靠谁的照顾，想赤手空拳地打拼出一个天下来，面对这样有志向的妹妹，她又不愿意站在姐夫一边欺负弱者。幸子觉得不管妙子如何花那笔钱，终究是用来当作独立谋生的资本，而且也有使用自如的能力。如果姐夫那里有这样一笔钱，幸子真想请他拿出来给妙子。可是，和妙子同行去东京的话，就会陷入夹在本家和妙子之间的尴尬境地，如果被姐姐劝说，就不得不违心地站在本家那边了。幸子不愿意那样做，可让她明确站在妙子这边，伸张所谓的“正义”，向姐姐夫妇施压，她又没那个胆量。这是实情。

三十二

雪子原本就反对让妙子一个人去东京，她说：“不管怎么说，二姐都没有不陪同去的道理。小悦的病已经大好了，有我留在这里看家，你就放心去吧，不用急于回来。”不过，妙子听说幸子会陪她同去，露出尴尬的表情。但是幸子说：“我是怕本家有意见才决定同行的，并不是想妨碍你，你采取自由行动吧，找谁协商都行。姐夫和姐姐也许会让我参与协商，但那不是我的本意，我会尽量回避的，如果实在推脱不了，也有可能去应付一下，但会站在维护公平的第三方立场上，尽可能不做不利于小妹的事。”说罢，幸子又给东京方面写信，说出了妙子这次去东京的大致目的。她在信中说：“我会陪同她去，但小妹似乎不愿意我介入此事，我自己也不想和此事扯上关系，所以请直接和小妹谈吧。”

幸子这次也是在筑地的滨屋投宿。妙子为了避免让人误解她和幸子同谋，决定暂时住在涩谷。她们乘坐海鸥号特快离开大阪，到达的那天傍晚，幸子带着妙子去了滨屋，然后给姐姐打电话说：“原本打算送小妹去涩谷的，我今天很累了，就不去啦！小妹一个人不认识路，能不能派辉雄外甥来接她？”姐姐说：“我去接吧，如果还没有吃晚饭，找个地方碰头，三个人一块吃怎么样？就去银座那边吧。”妙子说要去银座的话，她想去远近闻名的新大观西餐馆或者是罗马尼亚西餐厅。在决定好去后者之后，姐姐反倒问幸子了：“我也没去过，在数寄屋桥下车之后怎么走啊？”

即便如此，当两个人洗完澡出门到达罗马尼亚西餐厅时，姐姐已经先到那里等候，并且订好座位了。她说：“今天由我请客。”平常在这种场合，总是由出手阔绰的幸子付账的。今晚姐姐特别殷勤，对妙子说了很多甜言蜜语。她说：“我们始终没忘记小妹，不过，家里的房子太小了，光是安置雪妹一个人都安置不好。本想过些日子把小妹也叫来，怎么也腾不出手来。”说话间，三个人每人喝了一大杯德国啤酒，吃过晚饭后离开了罗马尼亚西餐厅，在初夏夜晚的银座街头向新桥方向走去，幸子把她们送到新桥车站后，才分开。

在妙子进行协商的这两三天内，幸子打算尽量不去本家。她想独自打发这段时间，想起有几个中学时代的同窗好友嫁到了东京，就想去拜访她们。但是第二天早晨她正在房里看报纸时，妙子主动打电话来询问："我现在能去旅馆吗?"幸子问："有什么事情要商量吗?"妙子答道："不是，只是觉得无聊。"幸子又问："谈得怎么样了?""今天早晨大体上和大姐说了，姐姐说这星期姐夫很忙，这件事恐怕要拖到下星期去了。这段时间干等着也没办法，我想到你那里去玩儿。"幸子说："我今天下午约好去拜访青山的朋友，傍晚前都不在旅馆，要等到五六点钟回来。"说完便挂断了电话。

幸子被朋友挽留吃了晚饭，七点过后才回来，正好此时妙子也来了。妙子说今天等到辉雄从学校回来，让他领着去逛了明治神宫，五点左右两人来过这里，可怎么等幸子都不回来，不久肚子也饿了，老板娘问他们要不要在这里吃晚饭，但她没办法忘记昨天晚上喝的德国啤酒的味道，就带着辉雄又去罗马尼亚西餐厅吃了一顿，刚才在尾张町送走了辉雄。

她似乎非常想在滨屋留宿一晚。再仔细一问才知道，涩谷的姐夫姐姐盛情款待妙子，姐夫今天早晨临出门时还跟她说："小妹难得来东京，这次你多住几天再回去。虽然房子狭窄得可怜，但现在雪子不在，还能勉强凑合一下。不巧的是我最近很忙，没办法和你商量，但过五六天就有空了，可以带你到处逛逛。如果今天中午来丸之内的话，可以一起吃个午饭。"他又说："今天我会在丸大厦的售票处买歌舞伎剧场的戏票给你们，两三天内请你、鹤子、幸子三人一起看戏。"姐夫那高兴的样子让人觉得恶心，他还从未像今天这样亲切地和妙子说过话呢。在姐夫和孩子们走了之后，妙子马上把姐姐拉到跟前，花了一个小时来详谈她来东京的目的。姐姐丝毫没有厌烦的表情，始终耐心倾听着。然后，姐姐说："不知道你姐夫是什么意见，商量一下再看吧。不瞒你说，你姐夫所在的银行要和别的银行合并了，这些天你姐夫很忙，晚上也很晚才回来，请稍微等等吧。我想，下个星期可能会和你谈这件事情，那之前就好好玩吧。小妹许久没到东京来了，就让辉雄带你四处逛逛怎么样？幸子一个人也会无聊的，去筑地看看她也行。”虽然不知道会发生什么事，但还是听从姐姐的吩咐等待着。妙子昨天坐火车经过沼津的时候，看到富士山大部分被云遮住了，还开玩笑说什么兆头不好之类的话。这次进京的目的能否达到，她现在也没有把握，而且有很强的警戒心，不能被本家夫妇所笼络。但这夫妻二人对她那罕见的曲意逢迎，似乎也不错，她虽然嘴上说：“如果是在骗我，我可不答应。”但看起来很高兴。

幸子昨天晚上一个人睡在滨屋的二楼，虽然是在旅行，但终究感到寂寞，彻夜难眠。幸子正在发愁这样的孤寂还要持续五六个晚上，没想到妙子就来了，多年没有同床共枕的两姐妹睡在十铺席的客房里。回想起来，从船场时代到妙龄之际，她们多年来都是睡在一个房间里的，这个习惯一直持续到幸子与贞之助结婚的前一晚。不知道那是多久以前的事情了，从上学的时候起，只有姐姐鹤子睡在别的房间里，幸子以下三姐妹睡在二楼的六铺席房间里，不过从未和妙子单独在一起住过，两人中间一般夹着个雪子。因为房间小，有时三个人就睡在两个被窝里。雪子是个睡相很好的人，即使是在炎热夏天的晚上，也将薄棉睡衣盖到胸前，睡得规规矩矩的。如今和妙子同住在旅馆里，幸子就怀念起往日姐妹们同睡在一个屋子里的时光，仿佛看见消瘦的雪子端端正正地躺在她和妙子中间。

第二天早晨，睡醒后，她们就像闺阁时代那样躺在被窝里闲聊。

“小妹，今天干什么?”

“干什么好呢?”

“你有没有想去参观的地方?”

“都说东京如何如何，来了也没有想去参观的地方。”

“咱们还是觉得大阪和京都好呀……昨天晚上在罗马尼亚西餐厅都吃什么了?”

“昨晚的菜单和上一次不一样啊，有维亚纳炸牛排。”

“辉雄高兴吧？”

“我和辉雄吃饭的时候，辉雄学校里的朋友来了，是父母带来的。”

“嗯。”

“辉雄被那个朋友看到后，变得满脸通红，很难为情，连声说“糟了，糟了”。我问他为什么，他说：‘和小姨在一块儿，我就是告诉他你是我姨妈，他也不信……’”

“这倒是真的。”

妙子说：“先是餐厅的服务生摆出一副奇怪的表情问：‘您两位吗？’我让他给我拿杯啤酒，他边答应边不可思议地盯着我看，把我当成了小孩子。”

“小妹穿上这件西装，看上去连辉雄的姐姐都不像，一定是把你当成不良少女了。”

时近中午，涩谷那边打过电话来，说是买到了第二天的戏票，可该怎么消磨今天这一整天的时间呢？于是，姐妹俩下午去银座喝茶，在尾张町租一辆汽车，从靖国神社到永田町，再从三宅坂到日比谷剧场。在汽车穿过日比谷十字路口的时候，妙子望着车窗外的行人，说道：“东京很流行箭状花纹布呀。从日耳曼点心铺到日本剧院，已经有七个人穿了。”

“小妹，你数过吗？”

“你看，那里有一个，那里也有一个。”她说完，过了一会儿不知怎么想的，又说：“中学生两手插在口袋里走路多危险呀！不记得是什么地方，关西有个中学规定制服裤子上不做口袋，也是件好事。”

幸子知道这个妹妹小时候说话就老气横秋，如今觉出她已经到了说话老气横秋的年龄了，就附和道：“确实是。”

三十三

第二天，在歌舞伎剧场最后的压轴戏《口吃的又平》[①] 开幕之前，舞台那边的扩音器不断传来找人的广播，报出各种各样的名字，比如“本所绿町的某某”“青山南町的某某”“西宫的某某”“下关的某某”，末了竟然来了个“菲律宾的某某”。幸子她们感叹不愧是歌舞伎院，不但吸引了日本客人，连南洋的客人也吸引来了。“喂!”妙子说着，一边制止两人一边竖起耳朵听。

“芦屋的莳冈太太”，扩音器确实这样叫着。“兵库县芦屋的莳冈太太”，第三次广播时改成这样了。

“什么事呢? 你出去看看!”听幸子这么说，妙子起身出去了，过了一会儿又回来了，拿起自己座位上的手提包和蕾丝边披肩，“二姐，你来一下。”把幸子带到走廊。

“什么事?”

“现在，滨屋的女佣候在外边呢。”

妙子是这样说的：

听剧场里的人说外边有人求见莳冈太太，她走到正门入口处一看，滨屋的女佣站在楼梯旁边，用大阪话说：“适才府上来电话，想转告一件事情，我给歌舞伎剧场打了好几次电话，怎么都打不通，所以老板娘让我来跑一趟……”

“电话里说了什么?”妙子问。

---

① 《口吃的又平》：近松门左卫门创作的木偶剧净琉璃《倾城反魂香》的别称，后来被转用到歌舞伎剧，因为剧中的主人公浮世又平有口吃，剧名又称为《口吃的又平》。

女佣回答说："电话是老板娘接的，不是我接的。好像说病人的病情严重，听说府上的小姐得了猩红热，不过电话里提到的不是府上小姐，是住进五官科那位，还说小妹最清楚这件事，再三叮嘱不要搞错了。老板娘说太太和小妹都去歌舞伎剧场看戏了，对方让我们马上转达，千万别延误。对方还说要是没有别的事，至少让小妹坐今晚的夜车回去，要是有时间的话，就给家里回个电话。"

"那么，你是说病人是板仓？"幸子在火车上从妙子那里听说板仓做了耳朵手术。

当时妙子说，板仓四五天前因为中耳炎，耳朵里流脓了，到神户中山道附近的矶贝医院的耳鼻喉科治疗，前天并发急性乳突炎，据说必须动手术。昨天板仓住进那家医院做了手术，幸好手术顺利，板仓的精神状态不错，让妙子不要担心他，只管去东京好了。妙子觉得好不容易做好了去东京的准备，而且板仓一向身体健壮，杀也杀不死，根本用不着担心他，所以才决定动身的。

板仓的病情似乎有什么突然变化。按照滨屋女佣的说法，打电话的好像是另一个妹妹，大概是板仓的妹妹或者是谁打电话通知的，雪子接到电话后立刻向东京转达了。乳突炎要动手术，这个不用担心，但手术做晚了细菌会入侵大脑的，这可是件性命攸关的事情。雪子特地打电话来通知，可见病情一定很严重了。

"小妹，你打算怎么办？"

"我现在就回滨屋，马上动身回去。"妙子的脸色没变，一如往常的平静。

"我该怎么办呢？"

"二姐你就看完吧，把姐姐一个人丢下也不好。"

"怎么和姐姐说？"

"你爱怎么说就怎么说吧。"

“小妹，你这次和姐姐说板仓的事情没有?”

“没说。”妙子走到玄关处，披上乳白色蕾丝披肩，“不过，你跟她说也没关系。”她说完就下楼去了。

幸子回到座位的时候，《口吃的又平》这出戏已经开演了。姐姐专注地看着舞台，一句话也没说，这倒合幸子的心意。等到散场时，姐妹俩被熙熙攘攘的人群挤到正门时，姐姐才问道：“小妹呢?”

“刚才有个朋友来找她，像是一起走了。”幸子这样搪塞道，将姐姐送到银座大街，在尾张町分手，回到旅馆去。

旅馆老板娘说：“小妹刚走。”又接着说，“因为接到这样的电话，我叫人先买了张今天晚上的卧铺票。小妹从歌舞伎剧场一回来，说就乘这趟车回去，然后就急忙赶去了。她在临动身前，还给芦屋府上打了电话。详细情况没跟我说，据说电话里也说不清楚，大概是病人做手术时细菌感染，非常痛苦。小妹让我转告您，她乘坐这趟火车直达三宫站，明天早晨直接从车站去医院。还有就是，她有个提包放在涩谷那边，请您帮忙带回去。”老板娘好像察觉到了病人和妙子的关系。

幸子也有一种坐立难安的感觉，往芦屋打了个加急电话给雪子。但雪子说话很难听清楚，完全不知道她说的是什么。这倒不是因为通话距离远，而是因为雪子声音小，她就是拼命扯着喉咙喊，声音也细弱难辨，实在听不清楚。所以大家向来不喜欢和雪子通电话，雪子也知道自己不擅长打电话，一般都是让别人代接电话。但今天是关于板仓的事，不能吩咐阿春，也不能拜托贞之助，无奈只能自己接。幸子觉得雪子说了几句话就变成蚊子声了，比起说话的时间，喊“喂，喂”的时间更长，好不容易才听出来几句。雪子的大意是今天下午四点钟的时候，家里接到一个自称是板仓妹妹的人打来的电话，说板仓因为耳朵动手术住院了，手术顺利，但从昨晚开始病情突然恶化了。幸子问病情恶化是不是脑部感染了。雪子回答说也以为是这样，可是脑部没感染，而是脚出了事。幸子就问脚到底怎么了。雪子说不知道是怎么回事，但据板仓的妹妹讲，病人痛得厉害，稍微碰一下就痛得直跳，不停地扭着身子呻吟。当事人只是不停地喊痛，没要求小妹回去，不过他妹妹觉得那么痛苦不是寻常的病，好像已经不属于耳鼻喉科的范畴了，想请别的医生来诊断，可又不能擅自做主，实在想不出别的办法，才给小妹打电话的。幸子问雪子知道后来的情况吗，雪子答复说小妹刚才打来电话说今晚要回去，我就把这件事打电话告诉了对方，对方说病情越来越恶化，病人像个疯子似的乱折腾，还说给家里发了电报，明天早晨病人的父母大概就到了。幸子说妙子已经动身了，自己留在东京也没意思，明天就动身回去。临挂断电话的时候，幸子又问悦子的情况，雪子告诉她悦子已经完全康复了，不肯在病室里老实待着，一心想到外边去，不容易对付，疮痂也差不多掉光了，只剩脚心那里还残存一点儿。

幸子想到自己也要匆匆动身回去，不知道怎么跟姐姐辞行，思来想去，都找不到借口巧妙地解释这种情况，于是打定主意，索性不做解释了，就算被姐姐猜疑也没有办法。第二天早晨在电话里，幸子说妙子昨天晚上有急事回关西去了，自己今天也要回去了，想在哪里见个面。当幸子提出去涩谷时，鹤子答道："既然这样，我到旅馆看你吧。"没过多久，姐姐就拿着妙子的提包出现在滨屋。姐姐是姐妹中最稳重的，被几个妹妹说成"反应迟钝"，正因为这样，她连妙子有什么急事都没问，也许这个小妹带着一个棘手的问题到来，不等答复就回去了，她自己反倒暗自松了口气呢。她嘴上说待一会儿就回家，却和幸子在旅馆里吃起午饭来。

"小妹最近和启少爷有来往吗？"她突然这样问道。

"嗯，好像偶尔有来往。"

"听说除了启少爷，小妹还有个男朋友？"

"……这种事，你是从哪里听来的？"

"前几天，有人想娶雪妹，来调查过咱们家的底细。不过，这桩亲事已经告吹了，我就没跟雪妹说。"姐姐还说，"是媒人出于好意告诉我们的，我也没跟他详细打听。媒人说：‘听说小妹最近和一个青年关系密切，那人的身份和启少爷的可不一样。您没听到那些奇怪的传闻吗？当然了，那些只是传闻，不过还是稍微注意一下吧。’我觉得，那桩亲事没谈成，雪子本身没问题，是不是让小妹的那些传闻连累的呢？我是信任你和小妹的，那些传闻是不是真的，还有那个青年到底是什么样的人，我不打算问。但说实在话，我和你姐夫如今只希望小妹能嫁给启少爷，等雪子的亲事确定下来，我就想办法跟对方说。所以这次钱的事情，和我之前在信里说过的一样，不准备给小妹。可看小妹那股劲头儿，搞不好又会跟你姐夫吵架，我说会好好考虑再回复她，最好稳住她让她先回去。这段时间我正为用什么法子说服她苦恼呢。”鹤子像是松了口气似的说道。

“确实是，小妹能和启少爷结婚就再好不过了，我和雪妹都是这么认为的，也经常这么劝说小妹。”

也许是幸子这番话听起来像是在辩解，姐姐没有理会，吃饭时只说些自己想说的话。

“叨扰了！”姐姐放下筷子，收拾好随身东西，“那样的话，我就回去了。我今晚可能就不送你了。”说着，她也没休息就回去了。

三十四

第二天幸子回家后，从雪子口中听到的内容大致如下：

前天傍晚时分，女佣禀报说板仓老板的妹妹给雪子小姐打电话来了。那时，雪子不知道板仓正在住院，因为没见过面，也不认识板仓的妹妹，她怀疑是不是打给妙子的。女佣说没错，就是打给雪子小姐的。

雪子出来接电话时，对方说知道妙子去东京了，只是因为她哥哥现在的情况，不得已才打电话来叨扰，实在冒昧，等等。耳朵手术是在妙子出发前一天做的，那天妙子去探病的时候板仓心情很好。可是到了晚上，他开始说腿发痒，给他挠了挠。但从黎明开始就由“痒”变成了“痛”，而且疼痛越来越严重。这种情况持续了三天，病人越来越痛苦，不见好转。尽管病人这样痛苦，但医院的院长说手术的伤口完全愈合了，根本不理睬病人的痛苦申诉，每天上午匆匆换次纱布就出去，到今天整整两天了，放着这个痛苦的病人不管。护士们说是院长做手术失败了，病人真可怜。妹妹在板仓的病情恶化之后，就锁上田中照相馆的门，一直守在病床前。妹妹想找个人商量商量，否则万一出了事自己也有责任。她认为除了让妙子马上回来之外别无他法，于是就给芦屋打电话（这个电话好像是在别处打的，并不是在医院里）。她在电话里哭着说：“我这样冒冒失失给您打电话，说不定以后哥哥会训斥我的。”能够想象得出，雪子像往常那样倾听对方哭诉，自己只是“是，是”地答应着。雪子虽然不认识这个姑娘，但是从妙子那里听说，她是土生土长的乡下姑娘，二十一二岁，还不习惯都市生活，因为担心哥哥的身体，该下多大的决心、鼓起多大的勇气才打来这个电话，通过她的呼吸声和说话的语气就能听出来。雪子答应马上给东京打电话，并且照办了。

昨天，妙子从三宫站直接去了医院，傍晚才回来，过了一个小时左右又出门了。据妙子说，平时那么有忍耐力、从来不诉苦的板仓，竟然那么不争气地连连喊痛，看着就让人觉得恐怖。

今天早晨妙子走进病房时，妹妹走到床边说：“妙子小姐回来了。”病人痛苦地看了看妙子，只顾喊着“好痛！好痛！”那是因为忍耐疼痛要用尽全身的气力，似乎无暇顾及其他的了。病人就这样白天夜里不停地呻吟，不睡觉，也不吃饭。可是，看起来既不肿也没脓，不知道到底是哪里疼。患处似乎是从左腿膝盖到脚尖，翻个身也好，碰一下也好，都会引发剧痛，这时的喊叫声更加撕心裂肺。

雪子问到底是什么原因造成的，耳朵的手术和脚痛有什么关系，妙子也答不上来。院长不但没有给出一个彻底的解释，而且患者病情恶化后，他总是避之唯恐不及。从护士说过的话以及外行人的见识来推测，应该是手术的时候感染了什么恶性细菌，而细菌的毒害似乎往脚的方向转移了。

今天早晨，板仓的父母和嫂子从乡下赶来了，和矶贝院长在病房外的走廊里商量办法，因此矶贝院长不能再置之不理了，下午请来某外科医院的院长会诊，两个人讨论了一会儿，不久那个外科院长就离开了。他刚走，又来了另一位外科医生，他诊察完后，和矶贝院长悄悄计议一番也走了。向护士打听得知，这里的院长自己没什么办法，就把神户最知名的外科医生请来了，认为必须锯掉一条大腿，但医生说那也太迟了。矶贝院长这才慌了手脚，又请了一位外科医生。那个外科医生也束手无策地回去了。

妙子还补充说，从今天早晨看病人的状态，再听他妹妹做了病情汇报，她觉得一刻也不能耽搁了，因为现在不是顾虑院长的时候，需要马上请个信得过的医生来会诊及妥善处理。但毕竟乡下的老人们做事拖沓，徒然地聚在一起商量该怎么办，根本决断不了。妙子知道这样浪费时间会造成无法挽回的结果，但自己和那些人初次见面，不宜说过分的话，即使提些意见，对方也只是说："哦，是这样吗？"没有行动，让人着急。

以上是昨天傍晚的事情，妙子今天早上六点左右又回了一趟家，休息了两个小时左右又出去了。当雪子问她时，她说昨天深夜院长又请来一位叫铃木的外科医生，他说如果家属同意的话，答应给做手术，但是不能保证手术结果。可是板仓的亲人到现在都没下定决心，尤其是他母亲，认为反正救不了了，就别做截肢那种惨不忍睹的事情了，想给病人留个全尸。板仓的妹妹则认为就算救不活，也应该全力以赴。很显然，他妹妹的意见是正确的。话虽如此，可是老人们却怎么也想不通。妙子说："反正已经无力回天了，我已经完全死心了。"另外，板仓的护士对院长似乎很反感，动不动说院长的坏话，不知道有几分可信。她说这位院长是个大酒鬼，再加上年纪大了，又酒精中毒，双手发抖，做手术经常失败，到现在为止，有一两个病人吃过板仓这样的苦头了。

后来妙子把当时的情况告诉栉田医生，栉田医生的说法是，动耳朵手术时引发感染，细菌侵入四肢，这种事情就算是一流专家用心操刀，也难免会发生。医生不是神仙，没办法保证万无一失。如果怀疑手术后出现细菌感染症状，病人会感到身体某个地方有些疼痛，如果不及时请外科医生处理就会贻误治疗时机，那真是争分夺秒。所以矶贝院长就算是手术失败可以原谅，但对呻吟的病人三天置之不理，那就属于玩忽职守了，怠慢也好，不诚恳也好，不亲切也好，这些词都不足以形容他。如果病人的双亲不是缺少见识的乡下人，应该不会和他善罢甘休的，这种医疗事故没闹大并且轻易得到了结，可以说矶贝院长够幸运的。同时，板仓竟然不知道矶贝院长如此靠不住，竟然去他的医院求医，也只能说他本人太不走运了。但是，这些都是后话了。

幸子听雪子把这些事情讲完后，接着问雪子是在哪个房间接的电话，又问电话内容有没有被包括阿春在内的女佣们听见，以及贞之助知不知道，等等。雪子回答说，最初打电话来的时候她和阿春正在侧屋里，就接到侧屋来了。悦子、“水户小姐”以及阿春都听到了，“水户小姐”和阿春吃惊地默默听着，不过悦子不厌其烦地追问板仓怎么了，为什么小姨要回来，真拿她没办法。雪子想，阿春听见了，她多半会跟别的女佣讲，在这种情况下也没办法，但让“水户小姐”听见了可不妙，所以从第二次开始，就到正屋里去打电话了。雪子把电话内容及自己采取的措施都报告给了贞之助姐夫，并得到了他的认可。贞之助也暗自替板仓担心，今天早晨出门时还向妙子打听了详细情况，劝告一定要做外科手术。

“我想和你一块去探望病人……”

“那……先打电话和二姐夫商量下……”

“让我先睡个觉，回头再说吧。”

幸子在夜车上没睡着，为了补觉，到二楼八铺席的房间躺下了。可是，她总觉得心里有事，睡不着觉，就放弃了，下楼洗脸，吩咐厨房早准备午饭，然后打电话给贞之助："板仓生病了，喊小妹回来了，这是迫不得已，我要是也去看他，就好像公开承认两人的关系了，又觉得不合适。但是在水灾时他救了小妹的命，现在明明知道他病危却不去探望，总觉得良心不安。再说了，板仓看起来已经没救了，白搭了他那么健壮的体格，总觉得他有些薄命。"贞之助也说："我觉得也是这样，你去探望一下也没什么……不过，奥畑会不会去呢？这样的话，你还是不去为好。"两人商量的结果是，如果不会被奥畑看见的话，去也可以，但不要待太久，也不要让小妹老守在那里，回来时尽量把她带回来。

接着，幸子又打电话给妙子，问她会不会碰到启少爷。妙子回答说："现在除了父母兄弟之外，谁也没来过，也没通知别人，就算病情再恶化，也没必要通知奥畑。特别是启少爷来了，说不定会导致病人兴奋，所以我反对通知奥畑过来。"她又说："我本来想拜托二姐过来的，因为关于要不要送去外科，还没有商量好，心里很乱。我和他妹妹都竭力主张送去外科，但他父母仍然犹豫不决。要是二姐能来的话，就帮大忙了。"幸子说："那我吃完饭就直接去。"说完挂了电话。

幸子和雪子提早吃午饭。两人商量了一下"水户小姐"的事情。这时要是让她把妙子的事情泄露出去就不太好了，她最近几乎都是陪悦子玩儿，没什么事，所以考虑今天就辞退"水户小姐"。雪子说"水户小姐"自己也提出辞工呢。幸子就对雪子说："虽然显得很突然，雪子你去跟她说一下，请她等我回来，让她吃了晚饭再回去。"这样说定后，幸子吩咐人雇车，十二点钟就直奔医院去了。

到那里一看，那家医院坐落在中山道的电车道往山上大约半里地的狭窄坡道的半中间，是一栋二层建筑，楼上只有三间日式病房而已。板仓住的病房六铺席，窗外紧挨着里面那户人家的晒台，那里横七竖八地晒着很多衣物，使病房里很闷热。已经是穿哔叽[1]单衣的季节，四五个人挤在一个房间里，有的席地而坐，有的坐在椅子上，房间里通风不良，散发着汗臭味儿。病人躺在右手边靠墙的一张铁床上，面对着墙，弓着背。幸子走进病房的时候，听见病人低声而又急促地喊“痛”，几乎一秒也没停过。妙子将她介绍给病人的父母、嫂子和妹妹，相互行礼。妙子介绍完后，双膝跪在枕边，小声道：“米哥，二姐来看你了。”

“痛啊！痛啊！痛啊！”病人仍然背朝外，凝视着墙上某处，这样喊着。幸子站在妙子身后战战兢兢地看着，只见病人右侧朝上的脸并不怎么消瘦，气色也没有想象的那么差。病人身上的毯子只盖到腰部，身上只穿着一件水纱布睡衣，从敞开的衣襟和卷起的袖口看胸部和两个胳膊都没什么异样，还像往常那样健壮，只是耳朵上缠着十字绷带，一条从头顶缠到下颏，一条从额头缠到脑后。

妙子又说了一遍：“米哥！二姐来了。”

幸子第一次听到妙子称呼板仓为“米哥”。妙子在芦屋的家里总是称呼他为“板仓”，幸子、雪子，乃至悦子都在背地里直呼他的姓。他的本名是“板仓勇作”，“米”这种称呼，大概来自他在奥畑商店当学徒时的称呼“米吉”。

“板仓先生，”幸子说道，“你可遭罪了！像你这么坚强的人这样喊痛……”她这样说着，拿出手帕来擤鼻子。

“哥哥，芦屋的太太来了。”妹妹也过来跟他说道。

“啊，快别这么说。”幸子制止她，又问妙子，“不是说痛的是左腿吗？”

“是啊。右耳做了手术，所以右侧朝上躺着，痛的腿压在下面了。”

---

① 哔叽：用精梳毛纱织制的一种素色斜纹毛织物，光洁平整，纹路清晰，质地较厚而软，紧密适中，悬垂性好，以藏青色和黑色居多。

“那多不好呀。”

“不这样的话，就痛得格外厉害。”

病人忍受着剧痛，皮肤粗糙的额头上淌着油汗。有只苍蝇不时地飞到病人脸上，妙子一边答话，一边用手赶苍蝇。突然，病人不喊痛了，说了声“尿！”

“妈妈，哥哥尿尿。”妹妹说道。

靠着对面墙壁坐着的老太太站起身来，走到床边。“对不起，对不起。”然后她弯下腰，把床底下用报纸包着的尿壶拿出来，塞进病人盖着的毛毯里。

“唉，又要受罪了！”

当老太太这么说的时候，病人发疯似的喊道：“好痛啊！好痛啊！”那声音和先前说胡话似的喊痛完全不同。

“痛也没办法，忍耐一下吧。”

“好痛啊，好痛啊，一碰就痛，一碰就……”

“你忍着点儿吧，不这样尿不出来。”

幸子觉得奇怪，不知道板仓究竟被压疼了哪里才会发出这样卑微的声音，又重新打量着病人。病人只是把左腿的位置移动了一尺左右，身体稍稍朝上，就用了两三分钟时间。姿势调整好后，暂时沉默一会儿，调整呼吸，等呼吸平稳后才开始尿尿。这时他长大嘴巴，以幸子从未见过的怯懦眼神直勾勾地看了看周围那些人的脸。

“他吃什么？”幸子对老太太说。

“他一点儿也不吃……”

“只喝柠檬水，这样才有尿的。”

幸子看到病人的一条腿从毛毯间伸出来，并没有什么特别不同的地方，只是隐约看见血管有些肿胀发青，但这也有可能是幸子的心理作用吧。病人为了回到原来的姿势，叫嚷得比先前更厉害了。这次在喊痛的台词里，还夹杂着“哎呀，我想死！让我死吧……”“快杀了我，杀了我吧！”之类的台词。

板仓的父亲是一个沉默寡言、眼神惶恐不安、没有主见的淳朴老头儿；板仓的母亲好像比父亲有主见些，不知道是睡眠不足，还是哭得太多，抑或是患了眼病，她眼睑浮肿下垂，像始终闭着眼似的，看起来是个表情迟钝、呆头呆脑的老太婆。可是，幸子从刚才就发现病人的饮食起居完全由这个母亲管，病人也跟她撒娇，不管她说什么，病人都默默听着。

听妙子说，商量把病人转移到外科的事情之所以停顿，实际上是因为这个老太太没同意。幸子来了之后，一边是父亲和母亲，一边是妙子和妹妹，分成两组，有时走到房间的一角，有时走到外面的走廊，偷偷摸摸地商量。夹在中间负责调解的嫂子，一会儿被叫到这边，一会儿又被叫到那边去了。老夫妇说话太小声了，幸子听不清楚，老太太频频慨叹着什么。老头儿深受感动地侧耳听着。妙子和妹妹在这期间抓住嫂子絮絮叨叨地说着，强调如果不采取外科手术就是眼睁睁地看着病人死，这是父母兄弟的过错，恳求她想办法劝老太太同意。嫂子被两人一说，似乎也觉得很有道理，就到老太太那里费了很多口舌。可是，老太太坚持说反正也是死，不如落个全尸。嫂子强行请求，老太太就反驳说：“做这么残忍的事，你能保证一定能救活他吗？”嫂子又退了过来，劝慰妹妹说：“妈妈不答应，我磨破嘴皮子也不管用，跟老太太讲不通道理。”这次，妹妹自己走到母亲跟前，劝道：“妈妈说什么可怜呀，惨不忍睹呀，光想着眼前难受，不想真正尽到父母的责任。不管救不救得活，为了不留下遗憾，要尽可能地想办法试试，难道这不是我们的责任吗？”她带着哭腔指责老太太冥顽不灵。总之，像这样的事情在幸子面前重复上演着。

“二姐……”妙子最后叫了一声幸子，把她拉到走廊的尽头说道，“乡下人怎么这么磨磨蹭蹭的，真让人吃惊呀。”

“不过，设身处地想想，当妈妈的有这样的态度也不是没有道理吧。”

“反正已经来不及了，我已经死心了。不过，板仓的妹妹托我请二姐去和她妈说说看。她说别看她妈在家人跟前是老顽固，但一到大人物跟前，就人家说什么是什么了。”

“我是大人物吗?”

说实话，幸子觉得外人还是少插嘴为妙，万一结果不理想的话，不知道那位老太太会多怨恨她，而且事情十有八九不会成功，她不想牵扯进这场争论里去。

“……你等着看吧，她说得好，但终究还要按照大家的意思去办，她这么发牢骚，只是一时转不过来弯罢了……”

对于幸子来说，她这次来探病，情理上已经说得过去了，她现在一心只想把妙子带回去，又找不到合适的时机，正在发愁呢。

这时，一个护士上楼来了，正要往病房走去，看到走廊上的妙子，说道：“能来个人吗？院长想和病人亲属见个面……”

妙子进病房去转告这件事时，嫂子和妹妹蹲在病人床头，老夫妇守在病人脚边。起初，两个老人相互推让一番，最后两个人结伴去了。过了一刻钟才回来，老头儿唉声叹气地坐了下来，老太太哭着在老头儿耳边嘟囔着什么。不知院长对他们说了些什么，后来问起当时的情况，才知道院长怕医院里死病人会很麻烦，连哄带骗地说服两位老人，无论如何都要接受外科手术。院长说道：“对令郎耳朵的治疗，我已经尽了最大的努力，消毒也做得很彻底，所以不能认为治疗上有什么闪失。这样看来，令郎腿脚上的病和耳朵的病完全是两码事。你们也看到了，令郎的耳朵已经好了，没必要再住在本院了。本院顾及收留在这里的其他病人，为了以防万一，所以昨天晚上征得铃木医生同意，为令郎做手术。虽说是这样，但由于家属们迟迟下不了决心，浪费了宝贵时间。到现在，我认为说不定已经贻误治疗时机了，你们再磨磨蹭蹭的，要是发生意外，本院概不负责。”他这么说是在推卸责任，说的好像是两位老人犹豫不决贻误治疗时机造成的，为自己设了一道防线。老夫妇唯唯诺诺地听了院长这番话之后，说了声“那就拜托您了”就退出来了。回到病房后，老太太就埋怨老头儿，似乎受院长哄骗全是老头儿的过错。但正如幸子所见，老太太是因为过分悲伤才说那么多怨言，但最后还是让步了，听天由命地把儿子交给了外科。

铃木医院位于上筒井六丁目旧阪急电车终点附近。好不容易办完出院手续，把人抬出去的时候，天都快黑了。当时矶贝院长的做法极其冷酷，事情刚一决定下来，他就像甩掉一个大包袱似的，自己就不露面了，连招呼都不出来打一个。搬运病人的工作全部都是由铃木医院派来的医护人员负责的。在病人亲属聚在一起商量的几个小时里，不知病人知不知道自己的腿就要被锯掉了，他完全变成了一个远离人类的一味呻吟不绝的怪物，然后他的亲属也把自己的儿子、小叔子、哥哥看作这样的怪物，根本不征求他的意见，也不向他说明原委。他们最担心的倒是把他从病房转移到救护车上时，这个怪物会发出怎样凄厉的叫喊。为什么会这么说呢？因为病房外面的走廊和普通住宅的走廊一样，只有三尺宽，楼梯也很狭窄，没有平台，呈螺旋状。由于病情恶化，用担架抬他下楼的时候，势必会对他带来莫大的痛苦，这从连小便都会给病人带来极大痛苦这件事就能看得出来。病人的亲属害怕听到他这种叫喊声，怜悯地看着他。幸子看不下去，对护士说：“能不能请您想个办法呢？”“不用担心，可以注射一针止痛剂再抬出去。”因为是铃木医生的回答，大家都松了一口气。事实上，病人在被注射之后，已经安静了一段时间，由医护人员和母亲共同抬出了医院。

三十五

在板仓的父亲、嫂子、妹妹收拾病房和支付住院费的时候，幸子把妙子叫到暗处，说道：“我这就回去了，小妹也一块回去吧？你姐夫也说过，让我回去时尽可能把你带回去。”但妙子说要等到手术结束后再回去。幸子没办法，只好决定让车先送四个人去铃木医院，然后她再坐那辆车回芦屋。当汽车在医院前面停下的时候，她再次叫住要下车的妙子，劝说道：“这种时候小妹自然想陪在病人身边，可是，病人也好，亲人也好，都对咱们很客气，好像也不需要小妹在场，你能脱身就早脱身吧，当然，这么说也要看当时的情况。最怕外界误会病人和小妹订婚了，请在任何情况下都别忘了，事关莳冈家族的声誉，尤其是对雪子的影响，千万要记得。”她唠唠叨叨地叮嘱一番。

幸子的意思是，如果小妹真能和板仓结婚也就罢了，如果板仓死了的话，最好就不让外人知道他们两人之间的约定。幸子尽可能说得委婉些，但她觉得妙子一定能听懂她的弦外之音。

幸子近来最苦恼的问题是，自己的胞妹就要嫁给一个来历不明的学徒出身的青年为妻，现在竟然要以一种出乎意料的自然方式得到利于自己这方的解决，想到这里，她就暗自庆幸，这种心情想克制都克制不了。想到自己内心深处潜藏着希望人家死的念头，就觉得不快，也觉得自己卑鄙，但这终究是事实。不过，现在抱着这种心情的人不只有她自己，雪子自不必说，贞之助或许也有这种想法，如果启少爷得到这个消息，恐怕最欢呼雀跃的应该是他吧。

“怎么这么晚回来？”已经从事务所回家的贞之助，好像在客厅里等了很久了，他看见幸子回来就这样问道，“中午出门，这么晚回来，我正想往医院打电话呢。”

“想带着小妹一起回家，等着等着就等到这么晚了……”

“小妹一起回来了吗？”

“没有。她说等手术结束了回来，我觉得这也是应该的……”

“要动手术了吗？”

“嗯。我去了之后，商量了很久才决定下来的。现在把病人送到铃木医院去了。”

“动手术有希望治好吗?”

“唉，大概不会吧。”

“真奇怪，他的腿到底怎么了?”

“我不知道。”

“你听说得了什么病?病名是什么?”

“一打听病名，矶贝院长就鬼鬼祟祟地回避了。铃木院长似乎对矶贝有所顾虑，也不肯明明白白地告诉我们。可能是败血症，或者是坏血病。”

幸子听说护士“水户小姐”已经收拾好行装等在那里，于是就和她见面，慰劳她四十天的辛劳，将她打发走了。然后，幸子和丈夫及雪子围坐在一起吃晚饭。但就在这时，铃木医院打来了电话，幸子站起身去接电话。贞之助他们在餐厅听着好像是在和妙子讲电话，而且这个电话打得很长。妙子所谈内容大概是:

手术已经结束了，目前还算稳定。但是有输血的必要，除了老夫妇之外，所有人都接受了血型检查，病人和妹妹都是A型血，妙子是O型血。暂时由妹妹一个人输血就行了，不过还需要一两个输血的人。妙子是O型血，是符合输血条件的，可病人家属不敢要求她做这种事，让妙子感到为难的是，按照妹妹的提议，他们把板仓病危的事告诉了板仓的老同事——奥畑商店的两三个店员，他们不久就会来，而妙子不想再见到那些人。再说，启也可能在得知这个消息后跟着一起来，为了避免和启见面，妙子打算回家一趟。那些店员都是板仓学徒时代的老朋友，于是，妹妹出于寻求供血者的目的，说要通知他们。妙子自己也太累了，希望家里派车去医院接她，她想回家先洗个澡然后再吃饭，也希望家里提前准备下。

“板仓的父母兄弟知道小妹和启少爷的事吗?”贞之助等幸子回到餐桌旁，就压低嗓门问道。

“他的亲人什么也不知道吧。他们要是知道的话，是绝不会同意娶小妹的。”

“难道没和父母说吗？”

“是啊，一定不知道。”雪子也说道，“启少爷的事，板仓是不会告诉父母的。”

“也许只有他妹妹知道。”

“那个奥畑商店的店员们，是不是经常出入板仓在田中的家呢？”

“谁知道呢，从来没听说过有这样的朋友。”

“要是有这么多这样的朋友，小妹和板仓的事就会被公之于众。”

“是的。启少爷说已经设法托人调查清楚了，估计说的就是这些人。”

去接妙子的汽车马上就出发了，妙子却过了一个多小时才回来。听她说汽车在去的路上爆胎了，所以她在医院等了很长时间。可就在这期间，店员们来了，启少爷也来了，妙子很不巧地遇到了众人（妙子说，当时启并不在店里，大概是店员们打电话禀告他的）。妙子竭力避免和启接近，启也因为当时的情况而比较谨慎。只是在妙子临回来时，启悄悄走到她身边假模假样地说：“小妹再多待一会儿不好吗？”不过，他说这话也不失为一种挖苦。当店员们主动要求检查血型的时候，启也说要检查一下他的，让人检查了他的血型，不知道他到底打的什么主意？妙子想，启素来为人轻佻，也许只是随口说说罢了。妙子接受血型检查的原因是嫂嫂、妹妹都接受检查了，自己不接受检查也说不过去，可板仓的父母、嫂嫂和妹妹都一再劝她不必验血。

“腿是从哪里截断的？”幸子问道。刚洗完澡的妙子，穿着睡衣开始吃晚饭，贞之助夫妇和雪子又围在她身边，继续讨论这件事。

“从这里截断的。”妙子从桌子底下伸出腿，在睡衣上边用手掌模仿切断大腿的动作给他们看，又慌慌张张地将腿缩回去了。

“小妹看到了？”

“看到一点儿。”

“这么说，动手术时你在现场?”

“我在手术室旁边的房间里等着。那里是玻璃门窗，能看见动手术。”

“就算能看见，你怎么能看得下去呢?”

“我不想看，觉得害怕，又忍不住看了一眼。板仓的心脏跳动得厉害，胸口一下子鼓起来，又一下子瘪下去。不知道全身麻醉后会不会痛。换作二姐的话，你连这个也看不下去。”

“别讲这个了!”

“我看见这个倒还淡定，不过最后我还是见到了不堪入目的东西……”

“住嘴！快住嘴!”

“就像刚截断的牛腿。”

“别说了，小妹!”雪子斥责道。

“我知道得什么病了，”妙子对贞之助说，“得了脱疽。铃木院长在矶贝医院不肯说，到了自己医院才告诉我们。”

“嗯，如果得了脱疽，会那么痛吗？是什么原因造成的?”

“到底是什么原因，就不知道了。”

这位铃木医院的院长在同行之中名声不佳，这是后来才知道的。当地两位一流外科医生都认为无望而拒绝给病人做手术，他只提出了不保证手术成功这个附加条件就接收了，仔细想想就会觉得奇怪，而这或许就是这位院长名声不佳的原因。妙子当天晚上并没有注意到这一点，只是觉得偌大一栋建筑，住院的病人好像除了板仓以外就没有别人了，冷冷清清，看来是家不景气的医院。而且，那栋建筑以前好像是外国人的宅邸，后来才改造为医院的，让人想起明治时代的旧式洋房。走廊的脚步声在高高的天花板下发出回音，给人空荡荡的凶宅的感觉。事实上，妙子自打踏进这个医院大门的一瞬间，就觉得阴森逼人，不寒而栗。

病人手术后被送进病房，从麻醉中醒来，望着枕头旁边的妙子，“啊，我成瘸子了!”他发出悲痛的声音。住进矶贝医院以来一直呻吟的病人，这时才说出一句正常的话，这是第一次。不仅如此，从这句话可以看出，就算他被看作只会发出呻吟的怪物时，他也意识到自己处于怎样的状态，也很清楚自己身边的人在进行着怎样的商谈。妙子认为不管怎么说，病人已经不再连连喊痛，比先前轻松多了，不由得松了一口气。她想兴许就这样失去一条腿就得救了呢，妙子想象着他康复以后拄着拐杖走路的情景。可实际上，病人仅得到了两三个小时的安宁。

这时，奥畑商店的店员们和启赶来了。妙子大致看了看病情，正好趁机出来。只有板仓的妹妹知道妙子、启和哥哥之间的纠葛，所以她设法让妙子离开。妙子对送到玄关的妹妹说："如果有什么突然变化，随时都可以告诉我。"并且对接她的司机说，"说不定今晚还要麻烦您起来一次……"

妙子一边说累坏了，一边跟三个人说了这么一大通话，然后就去睡觉了。可是，第二天凌晨四点钟，果然不出所料，从医院打来电话，妙子再次被叫去医院了。天刚亮时，幸子好像在睡梦中听到汽车从门前嘎吱嘎吱地驶过去了，"啊，小妹出门了。"她这么想着，又昏昏沉沉地睡着了。不知过了多久，纸门被打开一寸缝隙。

"太太，"阿春的声音传来，"刚才小妹来电话说，板仓先生过世了。"

"现在几点钟？"

"六点半左右吧。"

幸子想再睡一会儿，可怎么都睡不着了。贞之助也听到这个消息了。只有住在别屋里的雪子和悦子，在八点钟起床后才从阿春那里听说了这个消息。

中午时分回来的妙子说，板仓的病情再次恶化，妹妹和店员们轮流给他输了血，但仍然无力回天。板仓的脚虽然不疼了，但是病毒已经从脚部转移到了胸部和头部，病人在可怕的苦闷中毙命。妙子从来没见过临终的人如此痛苦。病人到临终时意识都是清醒的，看着守在他床边的人，和父母、兄弟姐妹、朋友一一告别。感谢启和妙子在他生前给予他的恩德，祝福他们将来幸福；对莳冈家的人，老爷、太太、雪子姑娘、悦子小姐，乃至是春倌，他都一一称名问候。彻夜守候的奥畑商店的店员们因为要上班，直接从医院回商店去了；启和逝者的亲属一起把遗体护送到田中的家里，妙子也跟去了，现在才回来；启少爷仍留在那里，那些亲属们一口一个“少东家”地叫他，他也尽力给予多方关照。决定在今明两个晚上设灵堂守夜，后天在田中的家里举行遗体告别仪式。此时的妙子，因为护理劳累和睡眠不足而显得憔悴，但她举止冷静，一滴眼泪也没流。

守灵守夜，妙子只在第二天晚上去了大约一个小时。她原本是想多待一会儿的，但看到启昨天晚上也来了，而且总找机会想和她说些什么，她就有意回避了。贞之助说不去参加遗体告别仪式不好，但是首先要考虑的是两个小姨子的未来利益，在会场上会与各种各样的人打照面，特别是在那个“新闻事件”以后，在那种场合和奥畑一家打照面不会愉快，所以他决定自己不参加，让幸子在告别仪式以外的时间吊唁了一下。妙子虽然参加了遗体告别仪式，但没有去火葬场。她回来说没想到会有那么多人来，有些人的到场让人大吃一惊，板仓的社交圈是什么时候扩大到这方面的呢，连她都感到意外。那天，启也稍微发挥了些作用，和店员们一起排列在棺椁旁。据说遗骨将由亲属带回家乡的寺庙安葬。他们关闭田中那里的板仓照相馆返乡时，没有到莳冈家辞行，大概是顾虑到不应该再有所交往吧。到“五七”为止，每逢七日妙子就一个人悄悄去故人的家乡，上坟祭拜，连逝者的亲属家都没去就回来了。幸子也隐约知道这件事。

“水户小姐”不在了，雪子和悦子两个人睡在侧屋里很寂寞，晚上就叫阿春来住，不过只住了两个晚上。板仓的遗体告别仪式举行的前一天，悦子终于回到主屋住了。侧屋用福尔马林消毒之后，又成了贞之助的书斋。

这里附带要说的是，在五月下旬各种事情接踵发生的日子里，有封信从西伯利亚寄到了莳冈家。那是从马尼拉回到汉堡的舒尔茨夫人写给幸子的英文信。

亲爱的莳冈夫人：

对您那封亲切的来信，没有早日答复，我感到非常抱歉。但实际上，无论是在马尼拉，还是在航海途中，我都没有空闲写信。我妹妹病了，现在仍在德国，所以，我不得不替她整理行李，而且还得照顾她的三个孩子，连同我自己的两个孩子，要照顾五个孩子。从热那亚到不来梅港，我几乎得不到片刻休息。

我丈夫已经抵达不来梅港，我们为大家平安回国而高兴。我丈夫看起来很有精神，彼得也一样。他和我的亲戚朋友都到汉堡车站迎接我们。我尚未见到年迈的父亲和其他的姐妹。

我们想先找个房子住下，这可是件麻烦的事情。我们看了好几家，终于找到了适合我们的这个。我们现在正在置办家具和厨房用具等，不过，大概两周后就能准备妥当了吧。我们寄出去的大件行李虽然还没到，但我想十天左右就会到的。彼得和弗里茨还在朋友那里借宿。彼得在学校里要做很多作业，让我代为向诸位问好。五月份，我们有朋友要回日本去，就拜托他们带些小礼物送给悦子小姐，请收下那些东西，这是我们对诸位友情的小小表示。我想诸位日后来德国的话，能让诸位看到汉堡，将是我的骄傲，因为这实在是一个很美丽的城市。

罗斯玛丽写了封信给悦子小姐。悦子小姐，您也写信来吧。您不必担心英语错误，我也有很多写错的地方。

请问，佐藤家现在谁住进去了呢？我经常想起那栋可爱的住宅。请代为向佐藤先生问好，也请向您的家人问好。悦子小姐收到彼得从纽约寄去的皮鞋了吗？希望您没有为此而纳税。

希尔达·舒尔茨　谨上

一九三九年五月二日于汉堡

以上是舒尔茨夫人的文字。另外，她又把罗斯玛丽写给悦子的信由德文翻译成了英文，附在了这封信的下一页里：

亲爱的悦子小姐：

我好久没给你写信了，现在给你写这封信。我认识了一个住在冯·布斯坦夫人家里的日本人，他是横滨正金银行的职员。他和他太太带着三个孩子也到这里来了，姓今井。从马尼拉到德国的旅行非常有趣。我们只有一次在苏伊士运河上遇到了沙漠风暴。我的堂兄弟们在热那亚下了船，然后他们的母亲会带他们乘火车回德国。我们乘船去了不来梅港。

在我们住宿的旅馆，我们寝室的窗户下有个乌鸦筑的巢。起初它在巢里下了个蛋，如今正在孵蛋。一天，我看见乌爸爸衔了只苍蝇回来，想把它给乌妈妈，但是乌妈妈也飞走了。乌爸爸非常聪明，把死苍蝇扔在巢里飞走了。乌妈妈马上飞回来，吃掉苍蝇，然后又趴在蛋上了。

我们马上就要有新家了。我们的地址是奥菲尔贝克街十四号，一楼左侧。

亲爱的悦子小姐，请务必再给我写信。向大家问好。

罗斯玛丽

一九三九年五月二日星期二

昨天我们见到了彼得，他也向诸位问好。

下　卷

一

从纪元节那天算起，雪子已经在关西住了四个月了。看起来，雪子这是要扎根关西了，一点儿离开的意思也没有。一进六月，大姐就从东京寄来一封关于亲事的信。这真是一件令人稀罕的事情。之所以这样说，主要有两个原因：一是因为距离上次相亲已经过去两年零三个月了，上一次的说亲对象是前年三月阵场夫人介绍的野村。二是因为近几年为雪子介绍亲事的事情都是幸子张罗的，幸子同意后，才会通知大姐。长房那边自从姐夫吃了一些苦头之后，就不再主动为雪子张罗亲事了，所以，这次长房姐夫主动让大姐写信通知幸子，可以说是一件非常稀罕的事情了。

可是，幸子读完大姐的来信，对大姐提到的那门亲事不太满意，一是亲事不太靠谱儿，二是那确实不是一段令人羡慕的好姻缘。大姐在信中提道：这次做媒的是长房姐夫的姐姐，男方是名古屋的泽崎家的现主人。做媒的姐姐夫家是大地主菅野家。菅野家在大垣[①]，和名古屋的世家泽崎家是世交。泽崎家在当地的名望很高，父辈还有人担任过贵族院的议员。男方家希望能由菅野家姐姐牵线，和雪子相一次亲。

在长房姐夫辰雄的兄弟姐妹中，幸子姐妹最熟悉的就是这位嫁到菅野家的姐姐。幸子记得，应该是在二十岁那年，自己和辰雄、鹤子、雪子，还有妙子，一起到长良川放鱼鹰，在回家的途中还在菅野家留宿过一晚。差不多过了两三年，那位姐姐又邀请他们去大垣做客，他们在菅野家采摘了很多蘑菇。幸子记得很清楚，汽车从大垣出来后，沿着县道跑了二三十

---

① 大垣：大垣是日本本州中部城市，属岐阜县。古城镇，十七世纪上半期以后成为岐阜的大镇和文化中心，交通便利。二十世纪初工业逐渐发展，1918 年设市。工业以纺织、食品、化学、电机等为主，大理石加工很有名，有大垣城旧址等游览地。

分钟，周围越来越荒凉，最后拐进了一条常绿灌木围成的小路，菅野家的庄园就在小路的尽头。除了菅野家，这一片就只有五六家贫困的农户。菅野家从关原战役以来，就住进了这片庄园。一进大门，就是庄园的正屋，屋子后面是一座小花园，再往后是正冲着正屋的庙堂。池子和假山石上长满了苍苔，从那边走过去，就是后院的菜圃。他们那次去的时候是秋天，栗树上结满了栗子，正好赶上吃栗子。庄园里种着很多蔬菜，所以做出来的菜肴特别鲜美，特别是酱汤里的芋子和炖藕。

辰雄的姐夫已经去世，现在辰雄的姐姐独自居住在庄园里，日子比较清闲，所以当她知道幸子下面的大妹妹雪子还没有结婚的时候，就表示一定要帮忙介绍一段好姻缘。幸子也早就知道菅野家的姐姐有这个想法，所以幸子明白这次的亲事就是这位姐姐张罗的。但是大姐鹤子的信写得太简单了，既没有写明泽崎的为人，也没有写明泽崎对这门亲事的看法，只是在信中说："菅野家姐姐想让泽崎先生和雪子小姐见了面，所以希望我们把雪子送到大垣去。泽崎家是家财万贯的大户人家，莳冈家现在已经没落，门第相差太过悬殊，这门亲事看起来甚至有些可笑。不过男方之前结过婚，这次相亲是因为太太去世，想要续弦，再加上男方已经调查过莳冈家的情况，也派专人到大阪和神户仔细调查了雪子妹妹的性格和样貌。所以，就算两家家世悬殊，但男方提出了相亲的要求，没准这门亲事就能成功呢。无论如何，现在菅野家姐姐已经来信提出了这门亲事，我们总不能辜负她的一片好意，如果我们直接拒绝，你姐夫夹在中间会很为难。菅野家姐姐的意思是，现在直接让雪子妹妹到大垣去和泽崎先生见面，之后再向我们介绍泽崎先生的情况。我们现在的确是不了解男方的情况，不过你也别想太多，只要让雪子妹妹去大垣和男方见一面就可以了。而且，雪子妹妹已经在你那里住了很长一段时间了，我本来就打算把她叫回来，她正好要回东京，现在只要在路上稍微绕一下，去大垣见个面就可以了，你觉得怎么样？菅野家姐姐没有指定谁陪雪子妹妹去见面，你姐夫没时间，我倒是有时间，不过我还是觉得你去比较合适。……这次只是去见一面，也不是什么正式的相亲，所以就麻烦你带着雪子妹妹去大垣一趟了，就当作轻松愉快地出门游玩一趟。”

幸子看完信，觉得大姐鹤子说得真是轻松，可是雪子答不答应还不一定呢，所以她看完信，就把信悄悄给了贞之助。贞之助和幸子一样，认为这样对男方毫不了解，就安排见面的举动太草率，一点儿也不符合鹤子的做事风格。生活在大阪的人们虽然也听说过名古屋的泽崎家的名声，并不是对男方家一无所知，但是对方刚刚提出见面，自家毫不调查男方情况，就把自己家的女儿送去和对方见面，不免太过轻率，这样的做法肯定会让自家遭到轻视，也会被旁人指责。尤其对方还是有钱的名门大户，这样的做法格外显得女方家没有见识。即使不考虑上述那些理由，雪子之前也说过，每次相亲都是自家提出不同意，所以以后相亲之前，一定要调查清楚男方情况。长房的大姐按说应该很清楚这件事。

第二天，贞之助找到两三个认识泽崎家的朋友，尽可能地打听清了泽崎家现主人的情况，下班回家后对幸子说：“我觉得这门亲事有点儿蹊跷。我找人打听到，泽崎家的现主人今年四十四五岁，原配是华族出身，不过两三年前去世了，两人有两三个孩子。家世出色，父亲是贵族院议员，而他本人也很优秀，早年毕业于早稻田大学商科，家庭经济条件也很优越，属于名古屋一代的富豪。不过，大家知道的都是这些外部条件，至于男方的人品和性格等细节问题，我打听的人都不是很清楚。”无论如何，一个能娶到华族出身的妻子的财主，居然愿意娶一个没落家族的女子当妻子，就算只是续弦，也让人觉得很不可思议。这种情况下，很容易让人怀疑，男方是因为有什么缺陷，所以才娶不到门当户对的女子。不过，菅野家姐姐应该也不会故意给雪子介绍这样的人家。

还有一种可能，泽崎家也是一户注重外貌，想要迎娶一位有深闺小姐样子的纯日本式女子的人家，所以花重金请人帮忙物色这样的女子，就在这时候听说了雪子的名声，因为一时兴起才提出见面。

也有可能是想要找一位愿意照顾孩子的女子。正好听说雪子住在姐姐家，照顾外甥女比姐姐还周到，外甥女也特别喜欢姨母，连外人也忍不住夸赞雪子，推想这样的女子肯定会喜欢前妻的孩子，所以，尽管家世不强，也愿意娶这样的女子。

上述的两条，可能就是泽崎家主人提出和雪子见一面的原因。但是，主要原因应该是第一条，那就是听说莳冈家的女儿长相出挑，有一股日本传统女人的气质，十分好奇这到底是一个怎样的女子，想着就算见一面也不会对自己有什么影响，就提出了见面。长房们不调查清楚男方的情况，就同意让雪子去大垣见面，由此看来，辰雄太过顺从他的姐姐们，姐姐们提出的事情都不敢反驳。辰雄本身就是种田家最小的孩子，从小就听从家中兄长们的教育，后来又入赘到了莳冈家，更是抬不起头来。菅野家姐姐又是辰雄的长姐，对辰雄来说，她既是姐姐，又是母亲，所以当菅野家姐姐提出让雪子相亲的事情时，辰雄就像接到了一份命令，根本不敢提出异议。鹤子想到了雪子妹妹不一定愿意这门亲事，所以在信中提出："无论如何，希望幸子妹妹能说服雪子妹妹去见一面，就当给姐夫辰雄一个台阶下，至于将来亲事成不成，就不是我们能操控的了。虽然这门亲事听起来有些荒谬，成功的可能微乎其微，但是缘分这种事，谁能说得清呢？我们不妨给他们一些机会，反正对雪子妹妹来说也没有什么损失。"

幸子收到姐姐鹤子的信，没有回复。没过多久，幸子又收到了菅野家姐姐的来信。菅野家姐姐在信中说："收到辰雄的来信，才知道雪子妹妹现在住在你那里。来回传话太麻烦，我还是希望能和你们直接讨论这件事。相信这件事的大致情况，鹤子小姐已经和你们说过了，你们也不用太担心，不用把相亲看得多重。我们很长时间没有见过了，这次主要是想让你们趁这次机会过来玩一圈儿。真诚地希望幸子小姐能带着雪子小姐、妙子小姐和悦子姑娘来家里做客，说起来，我还没有见过悦子姑娘呢。乡下的景色基本上没有变化，十几年来都是这个样子。不过下个星期，就是捉萤火虫的时节了，虽然我们这里不是欣赏萤火虫的胜地，不过到时候附近庄稼地里的小河边上就会飞满萤火虫，那个场面还是十分令人震撼的。捉萤火虫活动，和之前的赏枫叶、采蘑菇有很大的不同，我想你们肯定会喜欢。适合捉萤火虫的季节很短，从下个礼拜开始，没几天就结束了，而且和天气也有很大的关系，如果连续几天都是大晴天就不太合适，下雨也不合适，最好的情况是前一天下雨，第二天捉萤火虫。这样算下来，我觉得你们最好是下个星期六从大垣出发，天黑前到这里，这样我们第二天就可以去捉萤火虫了。星期六、星期天游玩两天，也不会影响星期一的工作、学业。等你们到了这里，我们就可以趁机会安排雪子小姐和泽崎先生见一次面。现在还没有确定要安排他们在哪里见面。泽崎先生可能会来家里做客，这样的话，我们就安排他们在舍间见一面，估计花不了多长时间，大约半个小时，最多一个小时，也就够了。虽然我现在说得很多，不过到时候，泽崎先生也不一定会过来。那也无所谓，反正我写信，主要是想邀请你们来大垣捉萤火虫。”

菅野家姐姐直接写信给幸子催促相亲的事情，估计也是东京长房一家的意思。鹤子的信里虽然说什么“差距悬殊、荒唐可笑、不太可能”，但是心里可不是这样想的，姐姐、姐夫恨不得梦想成真，成就这桩姻缘。但是，最近很少有人来给雪子介绍亲事，所以幸子不太愿意直截了当地拒绝了这门亲事。其实这件事和四五年前那件事很像。当时，提出和雪子相亲的那家男方也是出自地方的豪门巨族，这边也很积极准备相亲事宜，结果后来一调查，发现男方家中发生了让人难堪的乱伦事件，大家都很震惊，也很尴尬。贞之助害怕这次的相亲重蹈覆辙。所以，贞之助一直在抱怨，说虽然菅野家姐姐给雪子介绍相亲是出于好意，但不经过女方同意，也不给女方时间进行调查，就打着邀请做客的名义，擅自安排两方见面，实在是太失礼了。虽然贞之助的语气很气愤，但是他心里明白，这也算是个机会，毕竟已经有很长一段时间没有人给雪子介绍亲事了。两三年前，向雪子提亲的人快要把门槛儿踢破了，幸子怎么也不会想到，现在连一个提亲的人也没有了。幸子想这肯定是因为当初，自己太过在意排场格式，总想着给雪子找一份门当户对的亲事，所以把前来提亲的人一个一个都拒绝了。还有一个原因，就是妙子当初的事或多或少影响到了雪子妹妹的名声。幸子每次想到这些事，就感到很惭愧，觉得这样的结果，和自己脱不了关系。

前一段时间，幸子悲观地认为，人们已经不再同情莳冈家了，以后也不会再有人向雪子妹妹提亲了。就在这个时候，菅野家姐姐给雪子妹妹介绍了一门亲事。虽然幸子知道这门亲事很不靠谱儿，几乎没有成功的可能，但是如果自己家直接拒绝掉，恐怕会招致对方的不满。如果答应这次相亲，就算这门亲事最后没有结果，也可能以此为契机，吸引别的人前来提亲。要是直接拒绝了这门亲事，没准今后很长一段时间，都不会有人来提亲了。而且今年又是雪子的灾难年。幸子觉得姐姐鹤子、姐夫辰雄太过看重自己，竟然还抱有亲事成功的想法，但是更鄙视姐姐姐夫看低自己，竟然把和泽崎家结亲当作“梦想”。幸子知道丈夫贞之助提醒自己对泽崎家怀有警惕之心是好意，但是幸子很奇怪自己真的要保持警惕吗？自己虽然不清楚泽崎家到底是多么富有，但对方毕竟是找人续弦，而且还和前妻有两三个孩子，就算莳冈家没落，好歹也是世代名门，不至于那么配不上对方吧！旁人怎么会觉得雪子妹妹和对方结亲是滑稽可笑的呢？贞之助听完幸子的想法，也觉得有道理，觉得这样贬低自家，既对不起已故的岳父，也对不起雪子妹妹。

经过一整晚的考虑，幸子夫妻俩还是决定和雪子说一下这件事，然后让雪子自己做决定。第二天，幸子就把信的事，简明扼要地和雪子说了一下，然后委婉地询问雪子的意见，没想到雪子的脸上并没有出现厌恶的表情。雪子的态度还是和往常一样含糊不明，既不说愿意，也没有拒绝。但是，幸子还是从雪子“嗯”“啊”的回应中，感受到了雪子的态度。幸子感到心高气傲的雪子妹妹态度已经发生变化了，她开始在心里感到焦躁不安，所以对于亲事，也已经不像过去那样使劲挑剔了。而且，为了让雪子妹妹答应这次见面，幸子使劲琢磨用语，尽量不说那些可能伤害到雪子妹妹自尊心的话，所以在雪子妹妹看来，这门亲事并没有什么不合适或者荒谬的地方，更想不到这次见面可能只是泽崎家的一个玩笑了。要是放在过去，雪子听说男方家里还有和前妻的孩子，总要问一下孩子的成绩、岁数这些情况，但是这次，雪子什么都没有问，反而宽慰幸子说：“正好大姐写信希望我回东京，就麻烦大家陪我去一趟大垣，在那里，我们还可以一起捉萤火虫，其实也挺好的。”贞之助听说雪子妹妹答应去大垣相亲，感叹说：“看来，雪子妹妹还是想嫁到有钱人家去啊。”

于是，幸子给菅野家姐姐回了一封信，写道：“收到您的邀请，我们一家人都很开心，决定前去府上拜访，希望不要给您添太多麻烦。至于见面的事情，我已经询问过雪子妹妹的意见了，她也很乐意和泽崎先生见一面。这次，我会带着雪子、妙子、悦子前去拜访。不过，我有个不情之请，悦子前一阵生病，所以一直没有去上学，本来打算下周复学，为了上学方便，希望您能把聚会的时间改为星期五和星期六。另外，我们告诉悦子这次去大垣，是专门去捉萤火虫的，希望您能对相亲的事情保密。”幸子的计划是：星期五她们一行四人到达菅野家，星期六一起去常磐馆，星期天下午幸子、妙子和悦子把雪子送到蒲郡，然后雪子独自一人返回东京，幸子带着妙子和悦子回到芦屋，所以幸子提出提前一天去大垣。

二

夏天本来就很热，再加上坐火车，更是酷热难忍，幸子很想穿西服，但是想到此次出门主要是为了给雪子妹妹相亲，所以只能耐着性子系着一条筒状博多腰带。幸子看着妙子穿着一件简易西服，衣服样子和悦子的儿童服装一样简单，内心十分羡慕。雪子说眼下时局很紧张，不愿意打扮得很特别，害怕太过引人注目，本来打算把相亲用的衣裳装到皮包里带过去。但是，双方沟通得不太细致周全，雪子担心自己到站的时候，男方已经在站台等候了，所以还是决定好好打扮一下，在服装打扮上格外用心。贞之助打算把她们送到大阪，在国营电车上，贞之助盯着对面的雪子看了好久，像发现新大陆似的凑到幸子耳边感叹道：

“雪子看着真年轻呀！”

的确没有人会认为雪子已经是三十三岁的人了。雪子的脸盘儿偏长，眉宇间显得有些忧郁，但是经过妆容的修饰，确实是非常清秀耐看。雪子穿着一件金线乔其纱和服，和服的袖子二尺多宽，里面是一件淡雅脱俗的紫色内衬，上面画着疏疏落落的特大竹篮孔图案，中间点缀着一撮一撮的胡枝子和瞿麦，还有波浪花纹。在所有的衣服里，这件衣服最能衬托出雪子的气质。这次相亲确定下来以后，雪子特意给东京大姐挂了电话，让大姐把衣服放在客车上寄过来。

“是很年轻啊！”幸子学着丈夫的口气说，“雪子妹妹今年三十三了，一般来说，这个年纪的人，谁也不会再穿颜色这么鲜艳的衣裳了。”

坐在对面的雪子似乎觉察到他们夫妇俩在谈论自己的“年轻”，所以一直低着头。唯一不太完美的就是雪子眼眶上的褐斑。那块褐斑之前都是呈周期性变化，每月月经前后颜色就会变得比较深。去年八月份的时候，彼得准备回国，雪子带着悦子去横滨给他们送行，在去横滨的前一天晚上，幸子发现雪子眼眶上的那个褐斑又开始显现了，而且从此以后，褐斑颜色有时候浅有时候深，却再也没有完全消退过。虽然印记颜色比较浅的时候，不知道的人根本不会知道褐斑的存在，就算有人注意到，也只会看出有一块很浅的印记。但是，最近褐斑颜色的变化完全没有规律可循了，深浅好像和月经经期没有什么关系。因此，贞之助也担心相亲会受到这块褐斑的影响，对幸子说：“如果打针有用，我们不如劝雪子妹妹试试。”幸子很心动，也准备请专家给雪子诊治一下。但是，两年前在大阪的时候，医生看过雪子的褐斑，就说：“想要完全治疗这块斑，雪子小姐就要连续打针。不过，这也不是什么病，你们也不用太过担心，结婚后，这块斑自然就会痊愈。”

平时看多了，就会习惯雪子眼眶上有一块斑，除了自己家人担心这块斑对雪子相亲有影响，外人根本不会在意这个小瑕疵。尤其是雪子本人，从来不担心这块斑，所以大家也就顺其自然了。但是，一旦遇上需要化妆的时候，白粉会衬得那块斑特别明显，尤其是从侧面逆着光线看过去，那块斑就像体温计上的水银柱那样清楚。今天早上，贞之助看见雪子在化妆室打扮，突然就想到这一点，现在坐在电车上，看见坐在对面的雪子，更加确定了自己的想法，无论如何，对方肯定会发现雪子脸上这块褐斑的。幸子虽然没有亲口询问，但一看就知道丈夫在担心些什么。幸子夫妻俩本来就不太看好这次相亲，现在看到这块斑，认为这门亲事更加没指望，但是在雪子面前，又不能表现得很沮丧，只能在内心相互安慰。

虽然告诉悦子，这次到大垣去，是受邀带她去捉萤火虫，但悦子似乎知道这次出行另有目的，到了大阪，换上火车后，悦子问幸子：“妈妈，你为什么不穿西服？”

“妈妈本来也想穿西服，但是到别人家做客，出于礼貌，所以穿了和服。”

悦子不太明白：“穿西服哪里不礼貌？”

“很简单啊，在乡下，上岁数的人，很在意客人的穿着，认为如果不穿和服就是不够礼貌。”

“我猜今天还会有别的事情吧。”

“能有什么事？我们今天就是去捉萤火虫的啊。”

“只是捉萤火虫而已，妈妈和二姨打扮这么漂亮干什么？”

妙子看悦子一副追究到底的样子，赶紧出来打圆场，“悦子，你记得我们看过的捉萤火虫的图画吗？图画里千金小姐们都是穿着这样的长袖和服，手里拿着团扇，带着丫鬟们，在水池边上，或者在小桥上扑打萤火虫。”妙子一边描述，一边用手比画扑萤火虫的动作。“穿着颜色鲜艳的绸子和服，迈着优雅的步伐，这样捉萤火虫才有氛围啊。”

“如果真的是这样，小姨你怎么不穿和服。”

“因为小姨没有合适的和服啊，我的和服都不太适合今天这样的场景。所以，今天你二姨就是千金小姐，小姨我就是摩登丫鬟。”

前两天，妙子刚去冈山烧过三七，现在看起来又有精神了，还有精力给悦子讲故事，逗得悦子和两个姐姐直笑，一会儿又不知道从哪儿掏出来糖点心和雪糕片，分给大家吃。这样看来，那件事并没有给她造成很严重的心理创伤。

“二姨，你看，那是三上山。”

这是悦子第二次到京都以东的地方来。她趴在窗口，目不转睛地盯着窗外的景色。悦子看着外面的江景，回想起去年的事情，那时候自己跟着雪子进京，雪子指着远处的风景，告诉她这是濑田大桥，那是三上山，还有安土佐和山的旧城址。火车从能登川车站开出没多久，乘客们就听见轰隆一声响，接着火车就停下来了。乘客们把头探出窗户，看见周围都是庄稼地，谁也不知道这是哪儿。再往前方看，发现路轨稍微有点儿弯曲，不过还是看不出来到底发生了什么。正好碰见几个下车检查车厢底部的职工，乘客们赶紧问出了什么事故，但是职工们只是含糊地应答了一声“不太清楚”就离开了。不知道是职工们没有检查出问题，还是故意隐瞒着不愿意对乘客讲。乘客们以为火车就算停下，一会儿也就开走了，可没想到火车一直都停在原地不动，后面开来的火车没办法，也只能停下，然后从车上下来几位列车员检查车辆，还有几个列车员朝能登川车站方向跑去。

“妈妈，这是怎么了?”

“我也不太清楚。”

“是不是火车压住了什么东西?”

“看着不像是因为这个原因。”

“那就应该赶紧开车啊，为什么要一直停在这里?”

“是的啊，实在是不该一直在这里停着。”

刚才，火车突然停下，幸子的第一反应是火车轧死人了，她吓了一大跳。幸亏不是轧死人了，在相亲的日子遇上这样的事，实在不是一个好兆头。幸子很少坐火车出门旅行，如果是在偏僻乡村的支线上或者在私营铁道线上，火车突然停车，她可以理解。但是，她们这次乘坐的火车一直在国营铁道的主要干线上行驶，却无缘无故停了半个多小时，她实在感觉有些莫名其妙。尤其，火车是先慢慢减速，最后自然而然地轰隆一声停住的，并不是遇见事故突然一下子停下来，这样看来，这次停车仿佛是在故意搅和今天的相亲，真是令人哭笑不得。平常，凡是碰上雪子相亲或者说亲的日子，总要发生一些奇怪或者不吉利的事情，幸子想到今天也不会那么顺利，一直在担心。结果从出家门一直到登上火车，一直都很顺利，幸子觉得终于可以松一口气的时候，火车就突然停下了。想到这一连串的事情，幸子都觉得自己的脸色不由得阴沉起来。

“别那么心急，反正我们是出来玩的，不如趁火车停下来休息的时候，咱们吃点儿东西吧。”妙子用一副轻松的口气说，“火车这样停着，我们就可以慢慢享受美食了。”

“没错，我们就趁火车停的这会儿工夫，把准备的东西吃掉吧。”幸子打起精神，附和妙子说， “天气太热了，那些东西不赶快吃掉，就会坏了。”

妙子趁幸子说话的工夫，已经站起来，把提篮和包裹从行李架上拿下来了。

“小妹，鸡蛋卷是不是快坏了？”

“鸡肉三明治比鸡蛋卷还容易坏，我们还是先吃这个吧。”

“小妹的胃口真好，你不是一直在吃东西吗？怎么现在还能吃下去三明治？”从雪子的语气里可以听出来，雪子一点儿也没有体会到姐姐幸子和妹妹妙子是在宽慰她。大概又过了十五六分钟，有一辆机车从远处开过来了，原先停下的那列车终于在机车的牵引下，轰隆轰隆地开走了。

三

上次来大垣的时候，还是大正十四年，那时幸子和贞之助只是订婚，还没有正式结婚，二十三岁的幸子和十九岁的雪子、十五岁的妙子结伴在大垣采蘑菇，那也是幸子闺阁时代的最后一个秋天。回去之后，只过了两三个月，幸子就和贞之助举行了婚礼。大垣本地人说话有乡音，常常把“愿意”说成“嗲呀”，把“牌”说成“碑”，上次来的时候，菅野家的老人还健在，他这人说起话来乡音尤其浓重。所以每次他说话的时候，幸子三姐妹总是觉得特别好笑，但是出于礼貌，只能拼命忍着，三姐妹你看我，我看你，互相用眼神示意。直到他说出“祖先的位碑”时，三姐妹知道他想说的是“祖先的位牌”，因此再也忍不住了大笑起来。这件事弄得辰雄姐夫哭笑不得，所以她们到现在都还记得很清楚。

好多描写关原战役的军事小说里都提到过地方的武士菅野。辰雄虽然仅仅是菅野家的亲戚，那也足够骄傲了，所以一旦有机会，就会带着妻子鹤子和小姨子们到大垣，为有这样一门亲戚而感到十分自豪，神气十足地介绍附近的古战场和不破关的遗址。姐夫辰雄第一次带大家来的时候，正赶上盛夏，天气本来就热，大家还挤在一辆破汽车里，更是酷热难耐。汽车在坑洼不平的小路上驶过，扬起一阵尘土，等到抵达庄园的时候，大家都已经疲惫不堪。姐夫辰雄第二次带大家出来玩的时候，还是带大家到一样的地方转悠，看同样的景色，弄得众人兴致全无，却又没有什么办法。不知道别人是什么想法，反正幸子一直以自己是传统的大阪人感到自豪，从小喜欢的是丰太阁和淀君[1]，根本就不关心什么关原战役。

她们第二次来做客的时候，正好碰上菅野家的侧屋客厅刚建好，菅野家这时候邀请她们前来，还有一部分是庆祝新居落成的意思。已故的菅野老人给新屋起名“烂柯亭”，打算用新屋招待留宿的客人们，平时也可以用来睡午觉、下围棋。新房总共盖了两间屋子，大一点儿的一间是八铺席，另一间比较小，是一个六铺席的套间，通过一条之字形的长廊和正屋连在一起。这栋新建的房子在设计时采用了一些茶室的建筑风格，总体来说很雅致。除此之外，有些地方还保留了地方武士住宅的风格，所以这栋房子虽然清雅，但是并不庸俗，反而有一种落落大方的感觉。总之，让人觉得特别舒畅。这次，菅野家姐姐又一次邀请她们到“烂柯亭”歇息。再次走进这里，幸子姐妹发现，十几年的时光让这间屋子多了一份和谐与宁静。

“欢迎欢迎，你们能来，我真是太高兴了！”

菅野家姐姐带着她的儿媳和孙儿们过来的时候，幸子四人正坐在八铺席的那间屋子里欣赏院里的花花草草。幸子这是第一次见到菅野家姐姐的儿媳妇。菅野家姐姐的儿子在大垣的一家银行里工作，妻子名叫常子，生有一儿一女。这次，儿媳抱着还在吃奶的小女儿胜子，跟着婆婆来见客，儿子惣助怕生，所以一直跟在她身后。双方久别重逢，叙旧花了不少时间。菅野家姐姐先是热情地向幸子她们介绍自己的儿媳妇、孙子、孙女，然后就开始不停地夸赞雪子姐妹几个“长得年轻”。菅野家姐姐说：“刚才

---

① 丰太阁和淀君：指丰臣秀吉及其侧室淀君。丰臣秀吉（1537—1598），原名木下藤吉郎、羽柴秀吉，是日本战国时代、安土桃山时代大名、天下人，著名政治家，继室町幕府之后，首次以“天下人”的称号统一日本的“战国三杰”之一，大阪城由其建立。

听见汽车停车声，我就赶紧去门口迎接你们。当时，第一个下车的是妙子，不过我还以为那是悦子小姑娘呢，再加上我的眼神不太好，等到幸子和雪子从车上下来，我想这肯定是妙子和雪子，直到看见多出来个小姑娘，我也只是有些奇怪幸子小姐怎么没有来，完全没有意识到自己认错人了。一直到刚刚，我走进“烂柯亭”和你们说话，才明白自己是认错人了。”

菅野家姐姐的儿媳常子也附和着婆婆，说：“我早就听说过各位，这次终于见到面了。虽然之前已经知道各位的年龄，但是当时你们从车上下来，我根本就没有办法根据年龄分辨各位。恕我直言，我听说雪子表姑比我还要大个一两岁……”菅野家姐姐赶紧接过话茬儿，说：“常子今年三十一岁了。”菅野家姐姐的儿子和儿媳妇已经结婚好几年了，连孩子也已经生了两个，所以看上去自然是有些显老。今天为了迎接客人，她还特意打扮了一番，但是和雪子一比较，看起来反而要比雪子大十岁八岁。菅野家姐姐又说：“不过，最显年轻的还是妙子小姐，我记得妙子小姐第一次来大垣的时候，也只比悦子姑娘稍大一点儿。第二次来，大概是大正十四年，那时候也就是一个十五六岁的小姑娘。”她一边眨巴着眼睛一边继续说：“我今天看见妙子小姐的时候，完全没办法想象我们上次见面已经是十几年前的事情了。我一开始把妙子小姐错认成悦子姑娘，一部分是因为我太马虎了，最主要的还是因为妙子小姐太年轻了。无论现在怎么仔细看，妙子小姐也就大了一两岁的模样，完全就是一个十七八岁的大姑娘啊。”菅野家姐姐越说越认真，简直就像是在怀疑她自己的眼睛。

下午茶的时候，本来说吃点心，主人家却端来了大碗凉面。吃完面后，菅野家姐姐邀请幸子单独到上房屋里商量事情。菅野家姐姐讲了七八分钟话，幸子就忍受不了了，她坐在屋子里十分后悔今天带着妹妹来这里做客。幸子对于雪子亲事最关心的就是男方的人品操行，但是菅野家姐姐对男方的人品操行却一无所知，这真是太令幸子意外了。更过分的是，菅野家姐姐竟然没有亲自见过泽崎。按照她的说法，泽崎家和菅野家过去都是封建藩士，所以来往结交都很亲密。菅野家老人生前和泽崎父子的关系都很好。只不过是在老人去世以后，她们家就不怎么和泽崎家来往了。两家人的交情往来是上一代人的事情，所以她并不清楚。在她的记忆中，她从来没有见过泽崎本人，更没有通过信，这次是因为相亲的事情才开始和他接触。但是，两家是世交，所以会有很多共同的亲戚，共同来往的朋友也不少，菅野家姐姐这次就是从他们那里听说泽崎的妻子两三年前去世了，最近泽崎正在寻找合适的女子续弦，之前已经有人给他提过两三家亲事了，不过一处也没有成功。泽崎今年四十多岁，而且还要养育和前妻的几个孩子，可是他却想娶个没有结过婚的女子，最好才二十多岁的。菅野家姐姐听到这些消息，一下子就想到了雪子小姐。雪子小姐虽然年龄比泽崎先生想的大一些，但大体上是符合要求的，所以她就写信给弟弟辰雄，想让雪子小姐来试试看，没准能成功呢。按说，相亲这种大事应该按照规矩请个大媒，媒人也要仔细挑选，菅野家姐姐害怕因为找媒人而耽误了好机会，所以就赶紧写信给泽崎，告诉他自家亲戚中有这样一位符合要求的姑娘，问他有没有见面的想法。菅野家姐姐知道这样的做法有些草率、突兀，可觉得总比错过机会要好。但是，信寄出后，一直没有回音。菅野家姐姐估计对方大概不太满意这门亲事。谁知，两个月后，竟然收到了回信。菅野家姐姐估计对方是利用这几个月的时间调查了一下女方的情况。

菅野家姐姐讲完事情的缘由之后，递给了幸子一封信，说："这就是泽崎先生寄来的那封信。"信上写道：

> 烂柯亭伯父健在的时候，父亲和烂柯亭先生就很要好。我也早就听说过您的名号，但是一直都没去拜访，真是太失礼了。
>
> 前段时间收到您的来信，字里行间都能感觉到您的深情厚谊，我实在是不知道该怎么回报您。本来我早就该给您回信，但是最近实在是太忙了，所以一直拖到现在，真的很抱歉。劳烦您

的惦念，我也非常期待和您家小姐的见面。晚辈周末（星期六及星期日）都有时间，如果方便的话，希望您能在见面前两三天通知晚辈，晚辈也好有所准备。另：如果有其他具体的细节，麻烦您电话告知晚辈。

泽崎用筒形卷纸回信，信的内容很短，虽然采用了文言格式，但是字体和文笔都不出彩，甚至可以说是很平凡。幸子看完信，受到了很大的打击，实在是不知道该做出什么样的反应。按说，泽崎家和菅野家都是世家大族，应该更注重礼仪传统，可是现在这样的行为做法，简直连普通人家都比不上，这算是怎么回事呢？菅野家姐姐要给莳冈家介绍亲事，可是事前都不商量一下，尤其是她自己都从未见过男方，就完全按照自己的想法，擅自写信给男方安排双方见面。这种事哪里是一位上岁数的人该做的，简直就是在开玩笑。幸子原来并不知道菅野家姐姐做事竟然这么鲁莽，不过也可能是因为年纪大了，所以做事更加随心所欲了。菅野家姐姐本来长相就比较严厉，看样子就知道是一个直来直去的人，因此长房姐夫特别敬畏这位姐姐也就不奇怪了。另外，泽崎家竟然接受了菅野家姐姐的邀请，看来也是有些缺乏礼仪常识，不过，他这样做应该是不想对菅野家失礼。

幸子内心十分不满，但一直在忍耐，不希望自己的脸色太难看。菅野家姐姐却像辩解似的说："我这个人脾气比较急，做事喜欢直来直去，最讨厌的就是世俗的那些条条框框，所以我就直接安排双方见面了。我觉得双方一见面，就知道合不合适了。如果感觉合适，那其他的都是小事，到时候再调查男方的情况也来得及。不过，泽崎家是名门大户，我从来没有听说过他们家或者他本人有什么不好的消息传出来，估计不会有什么大缺点。如果还有什么疑问或者好奇的地方，可以等我们见到泽崎先生后，当面询问，这样一来就省事多了。"话虽是这样说，但是菅野家姐姐连男方到底有几个孩子，是男孩还是女孩都没有打听清楚，实在是有些过分了。

这位姐姐竟然对自己的做法感到挺骄傲，眉飞色舞地对幸子说：“我一接到您的回信，就赶紧给泽崎先生去了电话，和泽崎先生约定明天上午十一点左右见面。我想，到时候就由我们两个人陪同雪子小姐见面。家里也没有什么待客的好东西，所以我打算明天让常子下厨烧几个菜，大家一起吃顿午饭。这样的话，捉萤火虫的事，就安排在今天晚上。明天就让我的孩子带着妙子小姐和悦子姑娘去参观关原以及其他古迹，午饭就让他们在外面吃吧。等他们回来估计就两点钟了，那时候我们这边的见面也就结束了。”接着她又说：“缘分这种东西谁能说得准呢。我只记得今年是雪子小姐的灾难年，可是没想到她竟然长得这么年轻，早知如此，我就算是跟对方说雪子小姐今年二十四五岁，他们也会相信，这样一来，雪子小姐就连年龄也符合对方的要求了。”

幸子此时很想找个巧妙的借口，推说这次只捉萤火虫，把相亲的事往后推延。说实话，幸子这次只凭借一封信，就带着雪子妹妹到大垣来相亲，完全是出于对菅野家姐姐的信任，认为事情既然进展到这一步，菅野家姐姐肯定做了全面的准备。但是，听完上面的那一番话，幸子觉得泽崎家和菅野家，都太不尊重雪子妹妹了，完全没有把她当回事。如果是雪子妹妹本人听到这些话，肯定会特别生气，就算是贞之助听到，也会非常愤慨。幸子没法想象泽崎家到底是多么看不起女方，才会连媒人都不请，就径直地写封信要求相亲。幸子甚至可以想象出来泽崎家答应相亲时那副满不在乎、毫不严肃的样子。

如果是贞之助在场，就可以提出推迟相亲，说明自家需要时间调查男方情况，然后需要请一位媒人按照礼仪格式提出相亲，这样的要求相信任谁都能理解。可是，今天在场的毕竟是幸子，她身为一位女子，实在是不好意思反驳正在兴头上的菅野家姐姐。而且幸子还要考虑到姐夫辰雄的处境。因此，幸子只能恭维地说一句：“那就拜托您了。”然后听从她的安排。只不过，这样一来，就要苦了雪子了。

幸子一回到“烂柯亭”，就用眼神示意雪子今天不用相亲。然后，一边动手解身上的腰带，一边对雪子说：“雪子妹妹，要是嫌热，你也去换件衣服吧。”幸子无意间发出一声失望的叹息，为了不让雪子妹妹起疑，只能装作感叹天太热了。回想起菅野家姐姐的那些话，幸子感觉有些透不过气来，所以她不准备把这些话说给雪子和妙子听，她只想赶紧把今天的事情忘掉。明天的事明天再去担心，今天只管开心地去捉萤火虫就好了。幸子是个乐观的人，遇见事情总是想得很开，绝不会生闷气。话虽这样说，但是一看到蒙在鼓里的雪子，她就感觉很难受。为了排解心中的怨气，她把脱下的衣裳挂在衣架上，换上了波拉呢单衣和腰带。

“妈妈不穿那件和服去捉萤火虫了吗?”

“不穿了，我出了好多汗，所以换一件衣服。”幸子一边答话，一边把衣服挂到长衣架上。

四

这天夜里，幸子翻来覆去睡不着觉，可能是因为不习惯新环境，还有一个更重要的原因，就是疲劳过度。今天早上起了个大早，天气这么热，还在汽车火车上坐了大半天，晚上又跟孩子们在黑漆漆的田埂上跑来跑去，估计跑了得有七八里地，不过，以后再想起今天捉萤火虫的场景，应该还是会很怀念的。关于捉萤火虫这件事，幸子只记得一个木偶场景——木偶人深雪和驹泽在楼船上说悄悄话。那是在文乐座[①]上演的《牵牛花日记》里的宇治川的场景。所以，一直以来，幸子也认为捉萤火虫就该穿着印花长袖绸衣服，手里拿着团扇，四处追赶扑打流萤，就像妙子描绘的场景一样优雅、有风情。但事实是，她们每个人都穿着细洋布单衣。出发去

---

① 文乐座：木偶戏剧院，位于大阪的繁华街区。

捉萤火虫之前，菅野家姐姐对她们说："晚上外面特别黑，你们在田埂上走来走去，有时候还得从草里穿过去，很容易把衣服弄脏的，我给你们准备了比较耐脏的衣服，请换上吧。"虽然菅野家姐姐给每个人准备的衣服花纹都和她们很配，但实在是看不出这衣服是特意为她们准备的，还是平常就准备着随时可以穿的浴衣。妙子笑笑说："看来我们就不能像图画里那样捉萤火虫了。"其实，天越黑，越适合捉萤火虫，在这么黑的情况下，实在没必要再计较服饰的精美雅致了。

幸子她们出门的时候，还能模模糊糊看清周围人的样子，等到她们到达了萤火虫比较多的小河边的时候，天色一下子就暗下来了。说是小河，其实也就是一个小河沟，比田垄大不了多少。河岸的两边长满了狗尾草，又高又密，把河面遮得严严实实。一开始，她们还能分辨出百米之外有一座小桥，据说萤火虫讨厌人声和光亮，所以来捉萤火虫的人，一般都不开手电，等到走近的时候，说话也放轻了声音。直到他们走到河边，也没看见萤火虫的踪迹。在昏黄的天色中，有人轻声说："萤火虫今天估计是不会出现了。""怎么会，现在已经飞出来好多了，你们来我这边吧。"于是，大家跟在那个人身后，钻进了河边的草丛。他们躲在草丛里，看着太阳的余晖完全消散，然后就看见萤火虫从草丛中冒出来，沿着狗尾草低垂的弧线飞向河面。放眼望去，河岸两侧的杂草中，河面上，到处都是飞舞的萤火虫。其实萤火虫早就飞出来了，只不过它们一直贴着水面在飞动，再加上岸边的杂草太高，人们的视线一直专注在河边摇摆的杂草上，所以他们一开始没有发现。现在天色逐渐变暗，人们一转眼，就发现了星星点点在草缝中飞舞的身影，在远处的河岸上，出现了几条忽明忽暗的萤火光带。这个场景是整个晚上最让幸子心动的场景，所以到现在，幸子一闭眼，满脑袋都是那个画面，就算在梦中，这个画面都久久不能散去。这次能看到这样的场景，也算是不虚此行。如果说赏樱花是一幅安静美好的画面，那捉萤火虫就像是一首动人心弦的乐曲，虽然不像赏樱花那么优美，但它就像是充满童趣的童话世界，让人心动。如果那个画面能用古琴或者钢琴演奏出来就好了……

夜已经很深了，幸子躺在床上，自己一个人闭着眼冥想。她想到小河边，萤火虫飞来飞去，整个夜晚河面上都闪烁着好多条萤火光带，她的灵魂仿佛离开了身体，飞到了河面上，飞入了萤群中，飞到了画面里，既浪漫又新奇……小河特别长，抬眼望去，竟然看不到尽头。她们沿着岸边追逐萤火虫，有时越过河面上的小桥，跑到对岸，接着扑萤，一晚上，她们来来回回不停地过桥，还要相互提醒着："小心掉到河里。"这天晚上充当向导的是孩子的父亲、菅野家姐姐的儿子耕助。田野里有很多蛇，那些蛇的眼睛也会发出荧光，所以他一路上都在提醒大家小心。跟着一起来的，还有菅野家姐姐的孙子——六岁的惣助，惣助对附近的地形很熟悉，即使当时黑漆漆的一片，也能在田垄上飞快地跑来跑去。耕助怕孩子惣助出乱子，不时地大声呼喊："惣助，惣助，小心点儿。"当时，到处都是萤火虫，大家被萤火虫吸引着，再加上随心所欲地聊天，如果不是大家相互惦记着，不停地呼唤，估计早就走丢了。妙子是三姐妹中最年轻的，也是最活泼，身体最灵巧的，只要是小孩子喜欢的玩意儿，妙子都很喜欢，所以只要有这样的情况，总是妙子带着悦子玩儿。因此，走着走着，幸子周围就只剩下雪子了，还有风声和悦子、妙子的呼喊声。

"妈妈，妈妈，你到哪去了？"悦子在河对岸大声呼唤幸子。

"我在这儿呢。"

"二姨和你在一起吗？"

"对，二姨也在这儿。"

"悦子特别棒，已经抓到二十只萤火虫了。"妙子听见幸子的声音，也赶紧插话。

"你们小心，不要掉到河里。"

耕助来的路上，一直在拔路边的杂草，他把杂草绑成草束，看起来就像是举着一把扫帚，大家都好奇这是要做什么，他解释说这是用来罗萤火虫的。耕助告诉他们说："江州的守山一带和岐阜县郊外是最适合捉萤火虫的地方，那个地方很出名，但是不允许随便捕捉，最好的萤火虫都是由当地人捉到献给权贵们的。大垣虽然不是最好的捕萤地点，不过好歹没有人管，想捉多少就捉多少。"耕助和惣助胆子很大，甚至举着手里的草束，下到水里去捉萤火虫了，所以，这天夜里，收获最大的是耕助，其次就是惣助。耕助一直专注着扑萤，并没有提及什么时候回家，因此，幸子她们提议说："起风了，而且风有点儿大，我们准备回去吧。"结果，耕助告诉她们，现在正在回家的路上，只不过不是来的时候走的那条路。虽然在往回走，但是走了很久都没有走到，由此可知，她们今天晚上不知不觉走了很远。每个人都举着装有萤火虫的罐子，幸子和雪子就把萤火虫藏在袖筒里，走着走着，就有人兴奋地喊着："哎呀！到家啦。"抬头一看，果然已经回到菅野家庄园的后门口了。

晚上，幸子的脑袋里一直乱糟糟的，今天晚上的扑萤场景就像那些萤火虫一样在她的脑海里乱飞。幸子以为自己是在做梦，就睁开眼睛，她头顶上那盏小电灯还亮着，门檐上悬挂着的那块匾额映进幸子的眼睛里。牌匾上"烂柯亭"三个字是奎堂伯[①]亲笔题写，扣着"御赐鸠杖"的印信。幸子并不知道奎堂伯是谁，所以一直在研究"烂柯亭"三个字。忽然间，黑乎乎的隔壁套间里闪过一个亮晶晶的东西，幸子仔细一看，刚刚飞过去的是一只萤火虫。回来后，他们就把大部分萤火虫都放飞了，有一些转来转去，飞进了屋里。不过，刚刚睡觉前，她们就把屋里的萤火虫都赶出来了，然后关上了木板套窗。现在这只不知道是藏在哪里了，竟然没有被发

① 奎堂伯：清浦奎吾，（1850年2月14日—1942年11月5日），日本第23任内阁总理大臣（首相）。出生于熊本县。清浦奎吾历任司法官、贵族院议员、司法大臣、农商务大臣、枢密院议长等职务。1924年出任日本首相，但由于其阁员均由贵族院议员出任，因而招致护宪派人士的强烈批评，上任仅五个月便辞职，他出任首相的时代也正是大正民主风气最盛的时代。

现，不过现在这只萤火虫被蚊香熏得东躲西逃，已经累得没有力气了，落到了屋里的长衣架子上，停留的地方正好是幸子挂在那里的衣服。幸子看着它在友禅花纹上爬来爬去，一会儿就钻进了袖筒。萤火虫发出的光透过青灰色的绉绸，显得神秘又浪漫。不远处，无釉的狸形陶器香炉散发出一缕青烟，蚊香熏晕了萤火虫，也熏得幸子喉咙痛。于是，幸子就起身灭了蚊香，顺便走过去用手纸包住那只萤火虫，从百叶窗缝里放了出去。从窗缝里看出去，院子里黑漆漆的，刚才还飞舞在树丛里和水池边的萤火虫都飞走了，估计是飞回小河边去了。幸子盖上被子，还是睡不踏实，躺在床上听雪子、妙子和悦子的鼻息声。这是间八铺席的屋子，沿着壁龛铺了四床被子，这边是幸子和妙子，那边是雪子和悦子。幸子听着雪子少有的鼾声，觉得均匀又柔细，以为早已熟睡的妙子不改睡眠姿势，只是平静地问："二姐，你还没睡吗？"

"嗯，没睡呢，我睡不着。"

"我也是。"

"小妹，你怎么也没睡？"

"我一换地方就睡不着。"

"雪子妹妹睡得可真香，我都听见打呼了。"

"我也听见了。不过，雪姐打呼噜的声音和猫似的。"

"没错，'铃铃'打呼噜就是这个样子。"

"她可真行，明天就要相亲了，今天晚上还睡得这么踏实。"

幸子想起在睡觉方面，妙子要比雪子神经质。从外表上看，雪子应该比较敏感，但实际上，妙子睡觉更容易惊醒，有一点儿动静她就醒了。反而是雪子一点儿也不在乎这些事情，累的时候，就算是坐在火车的椅子上，她也能倒头就睡。

"那个人是明天到这里来吗？"

"没错，约的时间是明天上午十一点，然后一起吃午饭。"

“那我做什么?”

“不用担心，我和菅野家姐姐在家里陪着雪子妹妹见面。明天，耕助会陪着你和小悦去参观关原。”

“雪姐知道这件事情吗?”

“我刚刚跟她说了一声。”

悦子一天都跟在幸子身边，所以幸子一直没有机会告诉雪子明天见面的事情。一直到刚刚捉萤火虫的时候，幸子和雪子落单，幸子才找到机会告诉雪子明天见面的事情。谁知雪子只是“嗯”了一声，什么也没有问，然后就跟着姐姐在黑夜里走路。那种情况下，幸子也不知道该说些什么了，所以也就没有再说话。就像妙子说得那样，雪子今晚还能睡得打呼噜，想来也不会很担忧明天见面的事情。

“雪子相亲的次数太多了，可能已经习以为常了。”

“你说得对。不过，她也太不在乎了。”

五

第二天上午，幸子让悦子跟着妙子出去玩，对悦子说：“关原很好玩，之前来大垣的时候，你小姨还小，所以这次来还想去看看，小悦和小姨一起去看看吧，妈妈和你二姨已经去玩过好多次了，这次就不去了，我们在家里等你们。”如果是往常，悦子肯定要缠着雪子一起去，但是今天听了妈妈的话，悦子似乎也感觉到了今天肯定有别的事情，所以就乖乖答应了。于是，悦子就跟着妙子和耕助、惣助，还有携带饭盒的老仆坐上了开往关原的汽车。悦子走后，幸子就开始帮着雪子打扮，“烂柯亭”里那间六铺席的套间就成了暂时的化妆室。过了一会儿，常子从长廊走过来，对雪子和幸子说：“客人到了。”

幸子姐妹两个被领进了正房最里面的客厅。这间客厅有十二铺席那么大，这间屋子一看就有年头了，窗户是书院式的，廊檐处厚实的地板黝黑发亮，再往外就是专门为这间客厅建造的花园。庭院里有一棵岁数很大的枫树，对面家庙的屋脊通过枫树的嫩叶透过来，开满石榴花的树旁是洗手水钵，那智黑石[①]一直从这里铺到了池塘边。幸子不禁对着眼前的景色出神，她总觉得眼前的景色有些眼熟，果然，她想起二十年前，自己第一次到菅野家来的场景，当时，菅野家还没有建造“烂柯亭”，自己就跟着大姐夫妇一起住在这里。说来也奇怪，幸子基本上把别的事情都忘光了，但是唯独记得水钵附近的木贼草。走廊前面的木贼草长得特别茂盛，青色的木贼草繁衍得很快，用不了多久，就长成了一大片，很是壮观，也正是这个场景，一直让幸子记到现在。

泽崎作为客人正在和菅野家姐姐行初次见面的礼，等到幸子姐妹两个走进客厅后，菅野家姐姐就向泽崎介绍了幸子姐妹，然后大家就按次序坐下了。泽崎背靠着壁龛，坐在正位；侧面是幸子和雪子，她们背靠着侧面的纸门，面向院子；菅野家姐姐坐在泽崎对面，末席的位置上。壁龛的铜花瓶里插着一只未生流[②]挠枝的蜘蛛抱蛋[③]，泽崎落座以前，正面向壁龛跪坐着欣赏立轴上的书法。幸子和雪子趁机看向他。他个子不高，身材挺瘦，脸色不太好看，就像患了腺病似的，看起来就像菅野家姐姐说的那样，四十四五岁的样子。不过他的言语谈吐，行为做派，一点儿也不像是个大财主。他身上穿了件富士绸的衬衫，但是洗得已经发黄了，条纹丝袜

---

① 那智黑石：一种粘板岩，出产于三重县熊野市色神川町，常用于制作围棋子或砚台。日本蛤贝围棋黑子则为日本特产那智黑石打磨而成。

② 未生流：未生流又称美笑流，插花流派之一，由江户末期的未生斋一甫创立。发展至今，未生流已成为日本花道的主要流派之一，致力于花道知识的普及工作，派内又相继出现了斋家未生派、庵家未生派、院家未生派等。其作品的特点是明快、简洁。

③ 蜘蛛抱蛋：隶属于天门冬科、蜘蛛抱蛋属，别名箬叶、一叶兰等，多年生长常绿宿根性草本植物。蜘蛛抱蛋原产于中国台湾、日本和越南；在中国大陆南部多地有逸生，并常见于栽培中。

子的花纹也被洗平了，只有那套茶色的西服还像个样，不过边上也都磨坏了。他坐在打扮精致的幸子姐妹面前，显得特别粗陋，这说明他平时生活很节俭，但是也从侧面说明他确实不重视今天的相亲。

立轴上那首诗很难懂，也不知道泽崎是不是真的读明白了，反正当他转过来坐到座位上的时候，感叹道："立轴上星岩[①]的这首诗写得真是不错！听说您府上有很多关于星岩先生的藏品。"

"呵呵。"菅野家姐姐似乎很喜欢听这样的奉承话，一听到这样的赞美，就非常高兴。她礼貌地微笑着说："据说亡夫的祖父，曾师事过星岩先生。"

然后他们就一直在交流这些事情，菅野家姐姐向泽崎介绍了自家的藏品，有梁川红兰[②]亲笔题写的扇面和屏风；有声名赫赫的江马细香[③]的墨迹。细香家曾经是大垣藩的侍医，和菅野家也有一些交情，所以菅野家还保存着细香父亲兰斋的信札。为了表示亲密，泽崎还穿插着讲述了细香和赖山阳恋爱的事情，山阳在美浓[④]游玩时的趣事，还有《湘梦遗稿》里面的内容，等等。

"我先生很喜欢细香题词的墨竹图，所以收藏了很多，而且经常拿出来给客人们欣赏，还要顺带讲述一下细香的生平，听得多了，我也就熟记

---

① 星岩：梁川星岩（1789—1858），江户后期儒者、汉诗人。1789 年出生于美浓国安八郡（今天的岐阜县大垣市）。1807 年游学江户，就学于山本北山的奚疑塾，后一度返回故乡，1810 年再次回到奚疑塾，与江湖诗社的诗人交往甚多，自接触到葛西因是的《通俗唐诗解》后，就对唐诗产生较大兴趣。1817 年在故乡闲居时，与他人共同组织白鸥诗社。1822 年与妻子红兰游历日本西部，历时五年，此间的诗作收入《西征集》（4 卷）中，诗名鹊起，被誉为"日本的李白"。

② 梁川红兰：江户川时代的女性汉诗人，是梁川星岩的夫人。

③ 江马细香：江户川时代的女性汉诗人，是赖山阳的女弟子。

④ 美浓：地名。美浓国，属东山道，俗称浓州。古称三野、御野。岐阜县南部。其代表风土有不破关、养老瀑布、南宫大社、郡上踊、真桑文乐、寝物语之里、阿弥陀瀑布等。

于心了。”莒野家姐姐为了表示自己并不是一无所知，也一直在随声附和。

“原来是这样。据我了解叔父的爱好可以说是特别广泛的。叔父经常叫我来‘烂柯亭’，我还陪他下过几次围棋，欣赏欣赏书画，我一直对叔父说我来做客太打扰了。”

“如果可以的话，我真想陪您去‘烂柯亭’转转，但是不巧，莳冈家的几位小姐现在正住在那里。”幸子姐妹一直坐在旁边沉默不语，菅野家姐姐越说越兴奋，直到这时才顾上招呼一下幸子姐妹。

“这个客厅也挺好的。只不过，相比之下，‘烂柯亭’那边的屋子更安静，可能是因为没有和正屋通着，真的是挺好的。在我看来，那里比任何旅馆的单幢房子都适合居住。”幸子终于等到了说话的机会，赶紧插话。

“呵呵。”菅野家姐姐又笑了，“您说得真好，我也是这个意思。如果您愿意的话，那就留下多住几天吧。我先生晚年的时候比较喜欢清静，所以经常住在‘烂柯亭’，不怎么出来。”

“不过，我想请问一下，‘烂柯亭’里的‘烂柯’是有什么特殊含义吗?”

“这件事，泽崎先生肯定要比我更了解……”菅野家姐姐说这句话就有些考问的意思了。

“呃，这个……”泽崎的表情很微妙，愣了一下子，然后又一副无所谓的样子说，“据说，晋朝有一名樵夫，名叫王质，非常喜欢下棋，有一次他进山打柴，碰到两个童子正在下棋，等到这局棋结束，他发现自己的斧把儿都烂掉了，是不是这样?”看得出来，他很不高兴。

“这……”泽崎皱着眉，抿着嘴，脸色也越来越难看。说到现在，菅野家姐姐没有再追问下去，只是笑了笑，不过在这种情况下，她的笑声总让人觉得她话外有音，场面一下子很尴尬，谁也不知道该怎么缓和这种气氛。

“饭菜准备好了，准备得比较简陋，请见谅。”还好常子出现了，她是来请大家用餐的。常子坐到泽崎的面前，拿起桌上的青九谷瓷酒瓶，敬酒。

一开始说今天只是吃一些家常便饭，但是往桌上一看，就能发现饭菜都是从馆子里预订的。这么热的天气里，幸子还是更愿意吃自己家新鲜蔬菜做的饭菜，小城市里的饭馆统一制定的饭菜既不精致也没特色。等到她用筷子夹起一块生鲷鱼片尝了尝，果然就像她想的那样，一点儿也不好吃。幸子对鲷鱼的味道特别挑剔，那块生鱼片放在嘴里实在是难以下咽，她赶紧喝了一口酒，把那块肉咽下去了，然后就再也没有动过筷子。幸子看着桌上的饭菜，只相中了一盘盐烤香鱼。刚才听见菅野家姐姐道谢，好像就是因为泽崎带了一条冰镇香鱼作为礼物。菅野家姐姐让人拿去把鱼烤熟，然后端上了餐桌。这道菜应该和饭馆做的饭菜味道不一样。于是，幸子对雪子说："雪子妹妹，你尝一尝香鱼。"

幸子觉得刚才的尴尬场面都是因为自己提的问题。幸子一直想找机会弥补一下自己的冒失，但是泽崎看起来并不太好亲近，所以她只能和自己的妹妹雪子搭话。从刚才开始，雪子就一直低着头坐在那里没有说话，现在听见姐姐幸子的话，也只是轻轻点点头，说"好"。

"雪子小姐喜欢吃香鱼吗？"菅野家姐姐问道。

"是的。"雪子还是只应了一声。幸子接过话茬儿，说："我也很喜欢吃香鱼，不过妹妹比我更喜欢。"

"这样啊！这真是太好了。乡下的饭菜比较简陋，估计你们都吃不习惯，我生怕你们不舒心，还好泽崎先生送来了香鱼，这可真是太好了。"

"在我们这样的乡下，新鲜的香鱼可真的是不好找啊。"常子插嘴说，"您从城里把鱼拿过来就够累了，何况您带来的鱼还镇了许多冰。不过，这鱼这么好吃，是从哪儿捉来的？"

"这是长良川的鱼，昨天晚上我打电话托人帮忙捉一条鱼，然后让人家今天在岐阜站送到火车上。"看起来，泽崎的心情没有那么差了。

“实在是太麻烦您了。”菅野家姐姐又一次表达了谢意。

“托您的福，我们才能吃到这么好的香鱼。”幸子接话说。

渐渐地，他们的谈话内容一直从香鱼谈到了岐阜县境内的名胜古迹，又说到了日本的莱茵河，还有下吕温泉和养老瀑布，甚至还讲到了她们昨天晚上去捉萤火虫的事情……在他们你一言我一语的交谈中，气氛逐渐开始融洽。但是，每个人心里都不像刚开始那样充满激情，好像他们这样来来往往只是为了避免再次出现冷场。

幸子自认为酒量还可以，在她看来这种情况下主人如果稍微劝劝酒，氛围就会比较缓和，但是现在在这个十二铺席大的大客厅里，只稀稀拉拉地坐了四个人，而且还只有一位男士，常子想不到那些事情也是情有可原。而且现在又是大夏天的午间，实在是不适合劝酒。菅野家姐姐和雪子倒的第一杯酒已经冷了，但是一口也没有动，幸子倒是把酒喝了，只不过是为了咽下那口鱼肉。常子只想着给泽崎倒酒，仿佛完全看不见幸子的酒杯已经空了，也许她认为不用顾及给女人倒酒。至于泽崎，一直在推辞，劝过三次，他才勉为其难地接受一次，也不知道他是还在为刚才的事情生气，还是因为酒量有限，总之到现在他才喝了两三杯酒。菅野家姐姐一直劝泽崎放松点儿，他却一直并着双腿端正地跪坐在哪里，还说自己这样就挺舒服的。

“请问，您是经常去大阪、神户那些地方吗?”

“没错，神户虽不怎么去，至于大阪，我一年总要去一两次。”

就算现在和这位“百万富翁”坐在同一张桌子上吃饭，幸子也想不明白泽崎为什么要同意和雪子的相亲，他到底有什么目的，难道他真的有什么缺陷。可是，从今天见到泽崎开始，幸子就在观察，从语言谈吐到行为做派，都表现得很正常啊。如果要说奇怪，那就是他面对难题的态度了，如果别人问的问题他不知道，直接说不知道就好了，这样闹情绪，也太可笑了，这不一下子就暴露出他大少爷的本性了吗?想到这里，幸子又发现泽崎眉毛下边的那些青筋很明显，在鼻梁两旁尤其明显，这个特征说明他的肝火很旺。还有一点，幸子觉得泽崎做事战战兢兢的，好像在隐藏些什么，看东西的角度也有些女性化，很消极，这些也许都是幸子的心理在作祟。不过，有一点，幸子很在意，那就是她发现泽崎对雪子并不感兴趣。一开始，泽崎在和菅野家姐姐聊天的时候，还看过雪子几次，那眼神就像要从雪子脸上找到什么东西，但是后来，他就再也没有看过雪子了。

菅野家姐姐和常子一直在试图把话题引到泽崎和雪子身上，但是泽崎只是碍于情面和雪子说上一两句话，然后马上就把话题引向别人。这样的结果和雪子一直不太积极有关系，但更重要的原因是泽崎对雪子并不感兴趣。如果要说原因，大概是因为雪子脸上的那块褐斑。幸子从昨天就开始担心雪子眼眶上那块隐约可见的褐斑，本来还期待着今天这块斑颜色能变得浅一点儿，没想到今天褐斑的颜色更深了。

雪子本人倒是对那块褐斑毫不在乎。今天早上上妆的时候，还是按照往常的样子打很多粉。只不过坐在一旁帮忙的幸子看不过去了，她对雪子说："雪子妹妹，少打一点儿粉吧，你画得太白了。"然后不动声色地把她脸上的香粉擦掉，接着试图用胭脂遮住眼眶上的褐斑，但是想尽办法，也没有盖住那块褐斑。从走进客厅，幸子就一直提心吊胆的，生怕那块褐斑被发现了。从菅野家婆媳两人的态度上看不出她们有没有发现这个问题。雪子正好被安排坐在直冲着阳光的位置，而且还恰好是把左边脸展现给泽崎。雪子并不认为自己脸上的那块褐斑是缺点，所以态度很坦然，行为也大方得体，完全不会胆怯和惭愧。这样的态度使得当时的场面也没有那么尴尬。可是，在幸子看来，那块褐斑现在比昨天在电车上还要引人注目，如果是她，肯定没办法安心地坐在这儿聊天吃饭。

"请原谅我的冒昧无礼，我该告辞了，上火车的时间到了。"刚吃完午饭，泽崎就一副急匆匆的样子，准备离开。

直到现在，幸子悬着的心终于放下来了。

六

“您这趟专程过来，可是不容易呢，不如休息一晚再回去。而且明天是周日，正好可以去我们刚才聊过的养老瀑布玩一天。”

幸子辞谢了菅野家姐姐的挽留，预定了三点零九分的上行车。等到悦子他们回来，就赶紧收拾东西，赶到车站的时候，时间正好。如此一来，她们五点半左右就能赶到蒲郡了。虽然是星期六的下午，但是二等车厢里却没什么乘客，幸子四个人正好坐满了对面的两排座位。一坐下，积攒了两天的疲惫一下子就冒上来了，大家连说话的力气都没了，更不用说玩闹了。那会儿快要到梅雨季节了，所以天空阴沉沉的，车厢里也是又闷又热，潮乎乎的。幸子和雪子靠在座位上打盹儿，妙子和悦子各自翻看着一本杂志。

安静的车厢突然响起了妙子的喊声：“不好了，小悦，你的萤火虫跑出来了。”然后，就站起身来，把装萤火虫的罐子摘下来放在了小悦的腿上。昨天晚上，菅野家的老仆人特意为悦子做了一个罐子，他把罐头筒的底去掉，把萤火虫放进罐里，然后用纱布把两端蒙上。今天下午，悦子一直小心翼翼地捧着她的罐子，上了火车之后，就把罐子挂到了火车的挂钩上，谁知纱布的带子竟然松了，有一两只萤火虫顺着缝隙爬出来了。

罐头是用马口铁做的，又光又滑，悦子系了很多次也没有成功。

“好啦，好啦，我来吧。”妙子看到悦子系得这么费劲，就把罐子拿过来放在自己腿上。只见蒙在纱布里的萤火虫大白天里在阴暗处仍然一闪一闪地发出青光。妙子说：“小悦，你看里面是不是有别的东西。”

悦子朝罐子里看了一眼，说：“小姨，里面好像有蜘蛛唉。”

“还真的是唉。”

两个人正讨论里面是什么的时候，就看见蜘蛛跟在萤火虫后面爬出来了，虽然蜘蛛小得跟米粒一样大，那也够吓人的。

“哎呀，怎么办？怎么办？”妙子吓得站起身来，赶紧把手里的罐头筒扔到座位上，悦子也跟着站了起来，她们闹出的动静吵醒了幸子和雪子。

“小妹，你们这是干什么？”

“蜘蛛，蜘蛛，有蜘蛛！”

终于，罐头瓶里爬出了一只特别大的东西，把幸子和雪子也吓得站了起来了。

“小妹，赶紧把罐子扔了吧。”

妙子听见姐姐的话，就用手拿起罐子，扔到了地板上，“砰”的一声惊出了一只藏在罐子里的蝗虫。蝗虫飞出来，在地板上蹦了几下，然后就朝车厢另一头飞去了。

“唉，只是可惜了那些萤火虫……”悦子盯着地上的罐子，语气很郁闷。

“没关系，我可以帮你把罐子里那些蜘蛛挑出来，不过，可以借我一个发卡吗？或者是别的什么工具。”坐在斜对面位置上的旅客看到了整个事情的经过。那位男旅客看起来已经五十多岁了，穿着一身和服，好像是位当地居民。

幸子看见他捡起了地板上的罐头瓶，就递给了他一个发卡。他拿着发卡仔细地挑选着罐子里的蜘蛛，捉住后，就扔在地板上，然后用木屐踩死。发卡带出了一些草，不过还好，萤火虫没有逃出来。

“小姐，罐子里的萤火虫已经死了一大半了。”男旅客挑完蜘蛛后，仔细地把纱巾系好，然后看了看罐子四周，说，“最好把罐子拿到盥洗室去，往里面洒上一点儿水。”

“小悦，萤火虫有毒，洒完水要仔细洗洗手。”

“妈妈，萤火虫把我的手都弄臭了。”悦子说完，又闻了闻自己的手，说，“应该说是一股子青草的味道。”

“小姐，死萤火虫也不要扔，那个东西留着可以用来做药。”

“死的萤火虫能用来做什么药?”妙子问。

“把萤火虫晒干，然后混着米饭粒涂在伤口上，可以治疗烫伤和碰伤。”

“这样真的有用吗?”

“我也只是听说的，还没有试过。”

走了好久，火车才到了尾张一之宫，这是幸子她们第一次坐慢车走这条路。无论大站还是小站，这辆车都要停，让坐这趟车的人感觉烦躁不安，岐阜到名古屋那段距离也仿佛长得令人看不到尽头。因此，没一会儿，幸子和雪子又开始打盹儿了。

“妈妈，我们到名古屋了。二姨，你快看，已经能看见房子了。”悦子正准备把她们叫醒，听见旅客们上车声的幸子和雪子一下子就醒了。可是，火车从名古屋站出发没多久，幸子和雪子姐妹俩又睡着了。等火车走到大府附近的时候，窗外就开始下雨了，幸子姐妹俩睡得特别熟，还是妙子站起来关上了车窗。不过，窗户一关上，车厢里就变得特别闷热，车厢里的乘客们也开始打盹儿……

深夜的歌声
暗淡忧伤
宽阔寂寥……

幸子姐妹醒来的时候，就听见有人在唱歌。唱歌的是一位陆军军官，他就端坐在幸子一行的斜对面、过道那边的前四排座位上，面容严肃地唱着莫扎特的小夜曲。不过幸子姐妹并没有找到唱歌的人，只是听见歌声在车厢里回荡，就像是留声机播放的音乐。幸子姐妹循着歌声看到了那位军官，但是从她们的位置只能看到他穿军服的背影和部分侧脸，看起来也就二十多岁，所以她们还能从歌声里听出来一些羞涩。其实，幸子她们从大垣上车的时候就看到这位军官了，不过那会儿就没看见正脸，只是注意到了他的背影。刚才，她们这边因为萤火虫的事情闹得乱哄哄的，基本上吸引了整个车厢的眼光，相信那位军官也注意到她们了。这会儿，车厢安静下来，大家都昏昏欲睡。他唱歌估计是为了消遣时光，驱除睡意，但是一想到后面那几位漂亮的女子可能在听他唱歌，就不太好意思了。这首歌唱完，他就羞涩地低下了头。可是没过一会儿，他又唱起舒伯特的《野玫瑰》。

野玫瑰

纯洁无瑕

娇艳欲滴

少年盼花开

一遍一遍

百看不厌……

这几首歌都是德国电影《未完成交响曲》中的插曲，幸子姐妹听过很多次，也都会唱，她们本来不打算唱，最终却忍不住随着军官的歌声轻声哼唱，以至于后来，声音越来越大，和军官的歌声合上了拍子。然后她们就发现军官从脸到脖子根都红透了，情绪也越来越激动，歌声越来越高亢。本来军官和幸子她们隔着很远，不太容易交流，但在这种情况下，反而能让彼此有一种安全感，能放声歌唱。一曲完毕，车厢又恢复了平静。这时候，军官也羞涩地低下了头，没有再唱新歌。火车一到冈崎站，他就慌忙地逃下了车。

“我们连那位军官长什么样子都没看见。”妙子有些遗憾地说。

这是幸子她们第一次到蒲郡来。这次特意到这里来，是为了看一看贞之助推荐的那家常磐馆。贞之助每个月都要去名古屋一两次，这家旅馆他提及过好多次，说有机会一定带她们过来玩，还说悦子肯定会喜欢这里。尽管他承诺过很多次，但总是会发生一些事情把行程打乱。幸子她们这次出门之前，贞之助对她们说："本来打算去名古屋的时候，带你们过去玩一趟，可惜总是不凑巧，一直没有去成。这次，你们要去大垣，回来的时候可以去看看。虽然时间上有一些紧张，但是从星期六晚上到星期天下午也有半天的时间，应该是够了。"贞之助不仅是说说而已，还打电话预订了常磐馆的房间。

往常，幸子都是由贞之助陪着出门。直到去年，幸子独自坐车去了一次东京，现在胆子已经变大了，就算自己出门也没问题。这次，幸子知道终于可以到蒲郡去了，特别开心，出发的时候就像小孩子一样期待旅程。现在，她们终于到了常磐馆，她更加感谢丈夫为她们安排的旅程。这次相亲的经历实在是太差劲了，幸子作为一个旁观者都觉得特别气愤，更不用说是雪子这位当事人了。如果在这种情况下，让雪子独自一人坐上回东京的火车，幸子实在是于心不忍，如果那样，这估计会成为幸子挥之不去的噩梦。还好丈夫安排了这次旅行，虽然今天的相亲不愉快，但起码可以过一个美妙的旅馆之夜。晚上，幸子控制自己不去回想今天在菅野家发生的事情，再加上看到雪子、妙子和悦子都很享受这一夜的旅馆生活，觉得总算是松了一口气。更幸运的是，第二天早晨她们起床的时候，雨已经停了，天气十分晴朗。贞之助猜得没错，悦子的确很喜欢这家旅馆，不管是设备、娱乐场还是海边的景色都非常吸引她。对于幸子来说，最高兴的就是看到雪子心情舒畅，似乎一点儿也没有受到昨天相亲的影响，这样一来，也不枉特意到蒲郡跑一圈儿。按照计划，她们下午两点多就到了蒲郡火车站，幸子她们坐的车是下行车，而雪子要坐上行车去东京。

下行车发车时间比较早，雪子把幸子、妙子和悦子送上了车，过了十几分钟，就登上了开往东京的慢车。雪子早就料到自己一个人坐长途慢车会很无聊，但是坐快车太麻烦了，首先要拜托旅馆代买快车票，然后还要在丰桥换车，还不如直接乘坐直达东京的慢车。上车以后，雪子就从包里取出了一本小说。她很喜欢那本法朗士[①]的短篇小说集，但现在一点儿都看不进去。没一会儿，她就把书放到一边，开始靠着窗户发呆。她知道自己为什么难过：一方面是因为这两天来回奔波太过劳累，上午在旅馆玩闹也浪费了很多精力；另一方面是因为这次回到东京，又要在那边待上几个月的时间，一想到这个心里就很难过，尤其是自己这次在芦屋住了这么久，还以为自己可以不用再到东京去了；还有一点就是，刚刚还和大家在一起说说笑笑，现在一下子就只剩下自己一个人，显得特别冷清寂寞。刚才在车站的时候，悦子还对自己开玩笑说："二姨，我们今天一起回家吧，你别去东京了。"自己还轻描淡写地说："不用多久，我就回去了。"但是，她自己知道，这次一去，不知道什么时候能再回到芦屋。

二等车厢里的人比昨天还少，四个人的座位上只坐了雪子自己。雪子盘腿坐在座位上，本来想靠着座椅休息一会儿，但是她的左肩特别疼，完全没办法扭头，所以睡得并不安稳，稍微打个盹儿就被惊醒了，大概迷糊了三四十分钟，雪子就完全清醒了。这时候，火车已经开过了辨天岛。其实，雪子是被吓醒了，刚才，她发现坐在对面四五排远的那个男人一直在看她打盹儿。等到雪子把脚放下来，穿上了木屐，端端正正地坐在座位上，那个男人就扭过头去假装在看风景。可是过了一会儿，雪子觉得那个男人又在看自己。一开始，雪子只是觉得那个男人很没有礼貌，过了一会

---

① 阿纳托尔·法朗士（1844—1924），法国作家、文学评论家、社会活动家。本名蒂波·法朗索瓦，生于巴黎一书商家。"法朗士"是他父亲法朗索瓦的缩写，又因他爱祖国法兰西，故以祖国的名字作为自己的笔名。1873 年出版第一本诗集《金色诗篇》，此后以写文学批评文章成名；1881 年出版《波纳尔之罪》，在文坛上声名大噪。

儿，她想到那个人一直盯着自己肯定是有什么事情。又过了一会儿，雪子觉得那个男人看着有些眼熟。那个人穿着灰底白条纹的西装，翻领衬衫，应该还戴着一顶雪白的巴拿马帽，不过现在帽子放在行李架上，他皮肤黝黑，头发梳得很光很亮贴在头上，不过又矮又瘦，像个四十多岁的乡下绅士。雪子看着他把遮阳伞夹到两腿之间，手交叠着放在伞柄上，一会儿用手背垫着下巴颏，一会儿又背靠座位仰着，就是想不起来这是谁。雪子觉得对方在看自己，就扭头看过去，结果就看到对方慌忙避开了自己的眼神儿，一会儿，对方又扭过来看雪子，雪子也躲开了对方。双方都在偷偷互相打量对方。

雪子仔细回想了一下，那个人是从丰桥站上的车，但是自己好像不认识丰桥附近的人。突然间，“三枝”这个名字从她的脑海里闪过。十多年前，大姐夫给她介绍过一门亲事，男方就是三枝。十多年前的三枝还是丰桥市名列前茅的富户，这个男人大概就是当初那个三枝了。那个时候，大姐夫特别热心地撮合他们俩，可是雪子总觉得他长得一副乡下绅士的样子，所以不太愿意，坚持拒绝了。没想到，时隔十年再次相遇，他还是那副样子。其实，那个人长得并不难看，只是面相有些显老，十年前和现在并没有什么区别，如果非要说有什么变化，那就是更土气了。也正是这份土气，让雪子这么多年后，还能从众多相亲对象中认出他的脸。估计雪子想起这位相亲对象的时候，对方也想起了这件往事，所以一下子就慌张地把脸扭过去了。那个人似乎还要再确认一遍似的，趁雪子不注意的时候，又偷看了雪子几次。

如果那个人真的是三枝，那他绝对会记得雪子。他曾经热烈追求过雪子，除了相亲见面还特意到本町老家拜访过几次，甚至向雪子提出过结婚的请求。因此，雪子认不清那个人情有可原，但那个人肯定会记得雪子。而且那个人一直盯着雪子看，应该不是因为雪子比十年前老很多，无法确定，而是应该在疑惑，已经过去十年时间了，雪子为什么还这么年轻貌美，不管是长相还是穿着打扮，都像是个大姑娘。雪子虽然希望对方盯着自己看的原因是后者，不过一直这样被人盯着，实在不是一件令人舒服的事情。

雪子在想，如果让对方知道了这十多年来自己一直在相亲，昨天还特意出门去相亲，现在是相亲完正要回家的事情，自己肯定会感觉特别难堪。前两天因为相亲的事情，雪子总是穿着颜色鲜艳的和服，今天并没有什么特殊的安排，所以雪子就画了一个简单的妆容，身上穿了一件比较素静的印花和服，而且雪子知道自己只要坐火车，脸色就会特别憔悴，所以她一直想找个机会去打扮一下。但是去盥洗室必然从那个人面前经过，雪子觉得自己站起来就仿佛是输了，所以她一直没有动身，连偷偷从手提包里取出化妆盒都不愿意。她一直在琢磨那个人到底要去哪里，不过有一点她可以确定，对方肯定不会坐着这趟慢车去东京。火车开进藤枝站时，那个人站起身来取下行李架上的巴拿马帽子戴在头上，然后下车之前还肆无忌惮地看了雪子一眼。

那个男人下车之后，当年相亲的画面就开始不断地在雪子脑海里闪现。昭和二年，也许是昭和三年，二十出头的雪子第一次相亲就碰到了那个男人。当时，姐夫热心地向雪子介绍男方的情况，说："三枝家是丰桥市屈指可数的富庶人家，那位还是三枝家的未来当家人，按理来说，雪子妹妹应该没有什么不满意的啊。现在我们莳冈家已经比不上过去了，如果能和三枝家结成亲家，说是高攀也不为过。"可是雪子就是不喜欢那个男人。就算姐夫说出"事情已经进展到这个程度，如果现在雪子妹妹还说不行，我实在是下不来台"这样的话，雪子也毫不动摇。在雪子看来，那个人看起来一点儿灵气也没有，整个人土气又笨拙。更重要的是，雪子听说那个人中学辍学是因为成绩太差，而不是传言中的因病辍学。雪子觉得自己如果一辈子都要待在丰桥那种小地方，就算是当上了有钱人家的太太，生活也不会开心。幸子一想到以后雪子要过这样的日子，就特别理解雪子，所以面对这门亲事，幸子的态度比雪子还要坚决："一想到雪子妹妹要嫁到乡下去，就觉得好可怜。"

不管是雪子还是幸子，当时确实是存心和大姐夫作对。那时候，父亲刚刚去世，一向在家低眉顺眼的大姐夫一下子就威风起来了，她们姐妹两个都感到很反感。这个时候，正好碰见给雪子相亲这件事，姐夫以为只要他拿出兄长的风范，就能让雪子乖乖听话。这样的做法，不仅得罪了雪子，还惹恼了幸子和妙子。因此，三姐妹抱起团来和姐夫作对。姐夫辰雄生气的事情是：自己一开始征求雪子意见时，雪子的态度一直是模棱两可，既不答应也不拒绝，等事情发展到无可挽回的地步，才断然拒绝，导致自己进退两难。

雪子其实早就知道给这门亲事做媒的是姐夫辰雄银行里的上司，她故意拖着这件事，就是为了为难姐夫。当姐夫责怪她时，她就借口说身为女子，总不好直接说出拒绝的话，但是自己早就在言语、行为上表达了自己不愿意的想法。雪子认为自己跟那位三枝家的继承人本来就没有缘分，他因为相亲的这件事卷进自家的家庭纷争，只能说是因为他运气不好。

从那以后，雪子就彻底把那个人给忘了，这些年来也没有听说过关于他的消息。他是不是已经成了三枝家的主人，继承了百万财产，娶了某个女人，当了几个孩子的父亲，这些事雪子一点儿也不在乎，她只知道，如果自己当初真的嫁给了那个人，成为乡下绅士的妻子，绝对不会感到幸福，雪子并不是逞强才这样说。而是她今天在这趟慢车上看见那个人，想到如果自己当初嫁给他，就要过上天天乘坐慢车在东海道线的偏僻车站之间奔走的生活，还有什么幸福可言？雪子感叹道：还好自己没有嫁给他。

那天晚上十点多，雪子终于回到了位于道玄坂的家。今天在火车上遇见三枝的事情，她既没有告诉姐姐，更没有告诉姐夫。

七

那天，同样在火车上思绪万千的还有幸子。前天晚上，幸子睡觉时，眼前一直在闪现捉萤火虫的场面，虽然只在蒲郡停留了半天，但是游玩的乐趣也让人印象深刻。不过，现在坐在火车上，幸子脑袋里全是雪子的样子：一个是送她们登上火车后，雪子孤零零一个人站在月台上的样子，一个是她脸上那块颜色明显的褐斑。再就是这次不愉快的相亲经历。十多年来，雪子见过无数个相亲对象，就连幸子也跟着参加了不少这样的场合，像这次这样的简单相亲，也有过五六次了，但是从来没有像这次这么自卑过。之前相亲的时候，幸子觉得自家条件比较优越，在对方面前总是很自信，对方也是一直在期待得到女方的青睐。一向都是女方表示“不同意”而使对方“落选”。但是这一次，从一开始，女方就处于劣势。按理来说，当时收到来信，就应该明确拒绝这次相亲，可是自家选择了让步。后来到了大垣，听到菅野家姐姐的解释，更应该坚决拒绝，自家又一次做了让步。如果说，自己是因为顾及姐姐、姐夫的面子，才不好意思拒绝，可是在相亲的席上，自己战战兢兢的紧张心理实在是无从解释。以前，幸子陪雪子去相亲时，总是很自豪，甚至想在别人面前炫耀一下自己有这么好的妹妹，但是昨天，自己竟然害怕男方嫌弃自家妹妹，一想到昨天自己和妹妹竟然成了被“主考官”泽崎考查的“应考生”，幸子就觉得她和雪子受到了从未受过的羞辱。除此之外，雪子脸上那块褐斑尽管不影响大局，但总归是个缺陷。幸子虽然不太期待这次的相亲结果，但是想到今后还是要相亲的，所以认为现在最重要的事情就是早日帮雪子治好脸上的褐斑。可是，那块褐斑真的能治好吗？雪子的亲事本来就不顺利，现在又有了这块褐斑，会不会更加不顺利？昨天相亲时，虽然是因为光线和位置等不利因素，才让那块褐斑显得特别突兀，但不可否认的是，以后自家面对雪子的亲事时，再也不能那么抱有优越感了。恐怕下次相亲的时候，当看着对方肆无忌惮地打量妹妹，还是会像昨天那样提心吊胆。

妙子也看出幸子这么沉闷不仅仅是因为劳累，她沉思了片刻，于是就趁着悦子去盥洗室给萤火虫洒水的时候，问："昨天的相亲怎么样？"

幸子懒得说话，过了一两分钟突然蹦出一句："草草地就结束了。"

"到底什么情况啊？"

"怎么说呢……都是因为来的路上，火车抛锚了！"

幸子的话没头没尾，说完就沉默了，妙子看见幸子不想说，也没有再继续追问。

晚上，幸子向丈夫贞之助大致讲述了一下昨天相亲的事情，只不过没有详说那些让人不高兴的事情。她怕讲出来，她和丈夫会忍不住再生一顿闲气。贞之助提出："既然咱们知道人家肯定会拒绝，不如我们早一步表达不愿意；我们可不能让那样的人看不起。"话虽如此，但是贞之助和幸子都明白，菅野家和长房是绝对不会做这样的事情的。尽管幸子满心怨气，但在她心里还存在着一丝侥幸："万一泽崎愿意呢。"可是，幸子和贞之助还没有想出什么对策，菅野家姐姐的信接踵而至。信的内容如下：

莳冈幸子夫人：

敬启者，承蒙您前几日远道而来，寒舍地处乡下，穷乡僻壤，如果有招待不周的地方，还请您见谅。秋天适合采摘蘑菇，诚邀您今年秋天再次前来做客。

我今天收到了泽崎先生的来信，我把信附在后面，请您过目。这次相亲没有结果，都是因为我这个媒人没有尽到力，还请您原谅。

不过，犬子曾经委托名古屋的朋友打听过对方的消息，昨天也收到了回信。根据打听到的消息来看就算是对方愿意结亲，您家那边也不一定愿意。这样看来，这门亲事是真的没有缘分，就算不成也没什么可惜的。我现在最过意不去的就是劳烦您和各位小姐跑了一遭。

最后，请代我向雪子小姐问好。

菅野安　谨上

六月十三日

下面是附在后面的泽崎的信。

菅野安夫人：

敬启者，现在正是梅雨季节，谨祝阖府吉祥如意，日益繁盛。

前天到府上做客，多谢您的款待。

关于相亲的事情，商量过后，都认为我与莳冈女士实在是缘分不够。对方那边就麻烦您转告了。因为害怕耽误您的时间，所以就赶紧写信向您说明情况。

再次感谢您的关照。

泽崎熙拜上

六月十二日

这样两封措辞做作的信，不管从哪个角度看，贞之助夫妇都不免再生一番气。首先，这是他们第一次收到“辞谢”的来信，是第一次被相亲对象宣告“不合格”，第一次成为“失败者”。尽管他们早就做好了失败的心理准备，但从一开始相亲的安排到现在泽崎和菅野家姐姐那两封信的措辞都让他们夫妇俩很气愤。虽然现在再说这些话已经没什么意义了，但还是忍不住指责泽崎太过失礼，首先就是他那封信。

前几天，幸子在菅野家姐姐家见过泽崎寄来的那封信，那时用的还是毛笔和卷筒纸，可是今天这封信用的却是格子纸，让人感觉很敷衍。尤其信中还写什么“商量过后”，幸子早就知道那个人肯定当天就打定主意要拒绝了，直到这两天才写过信来，估计也是不好意思直接拒绝。还有一点，泽崎这封信既然是写给菅野家姐姐的，为什么要用这样做作的措辞呢？直接表达清楚自己的想法不好吗？只说了一句“无缘”，这是什么理由？这个理由连菅野家姐姐都无法理解。不管是对于千里迢迢去相亲的莳冈家，还是对于菅野家，他这样的做法都显得很无礼。还有那句“都认为”，这个“都”是指谁呢？联系那句“商量过后”，应该是想说家人、亲戚、朋友们的想法吧。因为大家都说没有缘分，就提出拒绝，或者是自己想拒绝，还把事情推到别人身上，无论从哪一点看，都不应该是一位百万富翁该做出来的事。总之，这封信让人看着很生气。

再说菅野家姐姐，为什么要把这封信寄过来呢？如果没有这封信，就算泽崎说了很过分的话，幸子她们看不到，也就不会生气，何况这封信本来就不是写给女方的。菅野家姐姐本人可能觉得这封信没什么，但是作为年长的妇人，面对这样的情况，她应该知道把信藏起来，然后找一个冠冕堂皇的理由告知女方这门亲事不成，尽可能地维护女方的感情和自尊心。可是现在呢？现在这种情况，还说什么“根据打听到的消息来看就算是对方愿意结亲，您家那边也不一定愿意。这样看来，这门亲事是真的没有缘分，就算不成也没什么可惜的。”有什么意义呢？

通过这件事，贞之助夫妇得出结论：菅野家姐姐虽然是位名号不小的富豪太太，但思想太简单，心思太粗糙，一点儿也不体察都市人的细微情绪。相信这样的人介绍的亲事，绝对是自己的失误。这样一来，这件事就是长房姐夫的责任了。贞之助夫妇的想法是：他们并不了解菅野家姐姐，但是他们相信长房姐夫，所以当姐夫提出这门亲事的时候，他们就答应了。菅野家姐姐是长房姐夫的大姐，按说长房姐夫应该很了解她的做事风格。既然姐夫答应了这门亲事，就该提前调查一下男方情况，看看这门亲事的可能性。一开始，大姐写信说如果拒绝了菅野家姐姐的好意，会让姐夫夹在中间为难，所以希望雪子妹妹能去和对方见一面，不用在意亲事结果。雪子既然为了姐夫答应了这次相亲，姐夫是不是也应该为雪子多考虑一些，起码提前写信问一下菅野家姐姐是不是调查过男方。长房姐夫只把自己当个传话筒，这也太不负责了吧！

到头来，这次相亲，只让贞之助、幸子和雪子感到自讨没趣，其他一无所获。如果非要说这次相亲的意义，那就是保全了长房姐夫的颜面。贞之助觉得这件事倒不会给自己和幸子带来什么影响，他只是害怕这件事会影响姐夫和雪子之间的关系。不过还好，只有贞之助和幸子看过这封信，住在长房家的雪子还不知道信的事。贞之助建议幸子过一段时间，再告诉雪子相亲的事情。半个月后，幸子在给鹤子的信中写道："菅野家姐姐来信，那门亲事似乎进行得不太顺利。希望姐姐婉转地告诉雪子妹妹，要是不知道怎么说，那就先别告诉她。"

八

半个多月后，到了七月上旬，贞之助因为有事，在东京待了两三天。回到家后，对幸子说："那次相亲以后，我一直担心雪子妹妹的情况。这次去东京，我就抽了半天的工夫，到涩谷去了一趟。没见到姐夫，大姐和雪子妹妹都很好。我趁雪子妹妹去厨房给我做冰糕的工夫，和大姐聊了一会儿，不过我没有提上次相亲的事情。一开始，我打算问一下菅野家姐姐有没有来信解释一下对方拒绝亲事的事情，但是大姐似乎不想提这件事，所以一直在说今年是母亲二十三周年的死忌，下下个月大家都得去大阪。我也不清楚到底是没有来信，还是不愿意把信里的事情告诉我们。我看雪子妹妹心情还不错，没有像我们担心的那样，估计是因为马上又可以回关西了。”

“大姐说：‘母亲祥月忌辰[①]是九月二十五日，打算提前一天，也就是二十四日，在善庆寺做佛事，这样的话我和辰雄星期六就得去大阪。如果带着六个孩子都去，那就太麻烦了，还不知道到时候会带谁去，估计就不带辉雄了，还有几个上学的，也就别去了，正雄和梅子必须得带着。不过谁留下照顾他们呢？按理说，雪子妹妹是最合适的人，但是母亲的死忌佛事，雪子妹妹又不好缺席。别的人都不合适，这样一来，只能让阿久看家了。就两三天的时间，应该没什么问题。但是，我们一下过去六个人，该住哪里呢？如果住到一家去，就太麻烦人家了。还是分到两家住宿吧，我可能去二妹家。’”贞之助重复完大姐的话，忍不住感叹一句：“两个月以后的事情，大姐现在就开始操心了。”

幸子本来就计划着过几天写信到东京去，打听一下今年母亲二十三周年忌辰准备怎么办。幸子特意去问，是因为上次昭和十二年十二月父亲十三周年死忌的时候，辰雄没有来大阪，只在道玄坂附近一座和善庆寺同属净土宗的寺院里举办了一次简单的佛事。那年秋天，长房刚刚搬到东京，一家人正在忙搬家的事情，如果再让他们特意回大阪来做佛事，确实是有些为难。所以姐夫给各位大阪亲友写信说：“亡父这次的忌辰佛事就在东京举办，如果各位能够前来参加，我不胜感激。但是这样太劳烦各位了，所以大家不过来也没事，只是希望大家在当天能够到附近的善庆寺上炷香就好了。”连信寄来的，还有一只春庆漆香盘。幸子理解长房姐夫这样做肯定有自己的原因，但是更多的是为了省钱。如果在大阪做佛事，就必须做得体面排场，这样的话花费肯定会很大。父亲生前喜欢找艺人捧场，所以直到他三周年忌辰时，还有很多演员和艺伎前来参加，当时在心斋桥播半摆的开斋宴会上，还有春团治演出的相声前来助兴，场面十分盛大，让

① 祥月忌辰：指与故人去世的月日相同的月日。

人忍不住回想起莳冈家过去的荣华。

那次大典开销巨大，让辰雄吃了很多苦头，所以等到昭和六年父亲七周年忌辰时，他只发请帖邀请了至亲好友，但是有的人还记得父亲的忌辰，有的是听说了忌辰的事情，反正来的人很多。这种情形下，原本打算在寺院里一切从简的计划就不可行了，最后还是在播半办了酒席。有人很高兴，说："故人生前就喜欢排场摆阔，多花些钱为亡父做一场体面的佛事，也是体现你们的孝心。"辰雄可不同意，当时就说："话虽如此，但是什么事都要符合自己的身份，莳冈家已经今非昔比，佛事这些事应该更加节俭才对。现在家里条件比不上从前了，我相信父亲在九泉之下也能够体谅我的做法。"当时长房列举了好长一段理由，所以十三周年忌辰，长房有意没有在大阪做佛事。

有些上岁数的亲戚指责辰雄这种做法，说什么"从东京回大阪做佛事不是应该的吗？就算长房最近越来越节俭，但是为父亲做佛事这种事和别的事又不一样，花点儿钱怎么了？"这样的指责，让鹤子夹在中间很为难。不过，辰雄还在为自己辩解，说："等到十七周年忌辰的时候，我们去大阪好好准备一下，把礼数都补齐就行了。"由于有这样的先例，让幸子不禁担心母亲今年的佛事，生怕长房还安排在东京举行，如果真的如此，亲戚们说闲话还在其次，自己姐妹们都要有意见了。

鹤子结婚的时候，母亲已经去世了，所以辰雄姐夫和母亲自然没有什么感情。但是对于幸子来说，她对母亲的感情不同于对父亲。大正十四年十二月，父亲突发脑溢血去世，虽然说五十四岁去世也算短命吧，但是大正六年，母亲去世时才三十七岁，可以说是正值盛年。今年，幸子已经三十七岁了，和母亲去世时同龄，而鹤子姐姐比当时的母亲还大两岁。在幸子的记忆中，当年的母亲比现在的大姐和自己好看多了。当然，这和当时周围环境以及母亲的病情有很大关系，在十五岁的幸子眼里，母亲永远是美丽动人的。一般来说，患肺病的人在病情恶化时，面容都会比较憔悴，变得又丑又瘦。但是母亲直到去世时都还很清秀，脸色并没有变黑，只是白得透明；虽然身形消瘦，但手脚都还很有光泽。

生下妙子后没多久，母亲就患上了肺病。一开始，母亲住在滨寺疗养，后来搬到须磨，最后因为海边不适合疗养，又搬进了箕面的一栋小房子。在海边疗养的时候，母亲只允许幸子每个月去看望她一两次，而且每次去，没待多久，母亲就让她赶紧离开。所以，即使回到家里，幸子脑海里也都是母亲的音容笑貌和海边的波涛声、林间的松涛声。渐渐地，由于这个缘故，只要听见大海的声音，幸子就想到母亲，她把母亲理想化了。等搬到箕面以后，母亲知道自己的时间不多了，就允许她们比以前多来看望几次。母亲去世那天的清晨，幸子收到消息就赶往箕面，等赶到那里不多久，母亲就去世了。那天秋雨打在房间的玻璃窗上，给玻璃糊上了一层白雾。窗外的小院一直能连到小溪。那天，秋雨把本就飘落的荻花打得零零碎碎。溪水越涨越高，急流声比雨声还大，河水冲着石头相互撞击，震耳欲聋。村子里的人生怕山洪暴发，都很忐忑躁动。幸子姐妹几个守在母亲的枕旁，一直在担心如果山洪暴发怎么办。母亲就在这样紧张的气氛中，无声无息地走了。母亲宁静安详的面容让她们忘记了恐惧，忘记了悲痛，更生出一种纯洁的感情。当时，幸子她们不仅为母亲去世难过，还有惋惜那种美好事物离开世间的悲痛之情。尽管幸子她们早就有心理准备，知道母亲大概熬不过今年秋天，但是如果母亲去世时，遗容不是那么美好，悲痛也许会更难以忍受，甚至将留下长久的暗淡回忆。

父亲年轻时，是个放荡不羁的人，直到二十九岁才娶了母亲，对于父亲来说，这算是晚婚了，但是母亲当时才二十岁，足足比父亲小九岁。据家中的长辈说，父亲性格豪放，挥霍无度。和父亲的性格相反，出身京都商家的母亲是个标准的“京美人”，不管是容貌，还是言行举止都很优雅。这样性情相反的一对男女，正好互补，可以说十分般配。婚后，父亲一度告别了那种放荡的日子，和母亲过起了和睦温馨的家庭生活，成了人人羡慕的夫妻。

但是这些事对幸子来说太遥远了。在她的记忆中，父亲只是一个抛家弃子，整年不回家，在外面寻欢作乐的男人。可是母亲仍然全心全意地照顾父亲的生活，毫无怨言。母亲离家疗养后，父亲更加肆无忌惮，甚至发展到一掷千金的程度。相比于大阪，父亲更多的时间是在京都冶游。幸子小的时候，父亲经常带着她去京都祇园的娼楼去看歌舞，还因此认识了几个和父亲相熟的艺伎。现在回想起来，幸子觉得父亲还是喜欢京美人那样的女子。

相比于妙子，幸子更喜欢雪子，虽然说幸子能够列举出很多理由，但最主要的理由是雪子是四姐妹中最像母亲的人。前面已经提过了，四姐妹中，幸子和妙子像父亲，鹤子和雪子像母亲。母亲出生于明治时代，身材娇小可爱，手脚纤细。四姐妹中最矮的妙子也要比不足五尺的母亲高。鹤子虽然长相有京都女子的气质，但是身材高大，没有母亲那种弱不禁风的美感。雪子比妙子高五六分，她的身材虽然不像母亲，但是她身上有一股气质和母亲很像，更是继承了母亲性情、容貌中的各种优点，好像连母亲身上的那股幽香都继承了。

七、八两个月，幸子都没有收到东京的来信，仅有的一些消息还是她从丈夫贞之助那里得来的。直到九月中旬，东京那边才寄来佛事的正式通知。再过两年才是父亲的十七周年死忌，但是，长房竟然在信中提到将把父亲的佛事提前两年，和母亲二十三周年死忌的佛事同时举办，这个决定太令幸子意外了。贞之助也是刚知道这件事。当初，贞之助到东京看望长房，大姐只是提到了今年母亲二十三周年死忌的事情，并没有提及父亲的十七周年死忌。先不管大姐，估计姐夫当时就已经有这种想法了。并不能说姐夫这样的做法完全不对，毕竟也有过双方死忌合并举办的先例。但是，前些年姐夫因为把岳父的佛事办得太过简陋而受过指责，那时他还说要在父亲十七年死忌好好准备，补足礼节。不过，今时不同往日，在如今的局势下，将就着合并举办，也说得过去。既然打算合并举办，就应该提前和那些爱说长道短的亲戚商量一下，争取得到他们的理解，现在这样自己擅自决定，临到事前才通知别人，实在是不太妥当。

通知如下：

> 兹定于九月二十四日（星期日）举办先父十七周年、先母二十三周年忌辰的佛事，请于当天上午十时光临下寺町善庆寺为盼。

通知都到了好几天了，大姐才打来电话解释佛事的事情。她在电话中说："这也是才决定的。前一阵，贞之助妹夫来看望我们的时候，我还说了母亲死忌的事情，那时候还没想到要合并办。你姐夫早就说过现在政府提倡国民精神总动员，这个时候不适合大肆做佛事，所以他提过提前举办父亲的忌辰。不过那时候只是说说，谁也没有当真，所以前一阵准备的通知书上也只说了母亲忌辰的事情。可是欧洲战争爆发之后，你姐夫的想法就变了，他说'从日华事变到现在，战争已经持续三年了，日本说不定也要卷入世界大战中去了，那时候就真的大难临头了，这种形势下，我们必须要紧缩开支了。'所以，我们才决定把双亲的忌辰合并到一起举办。这次佛事规模不是很大，因此通知书我们没有请人印刷，而是亲笔书写的。由于计划是临时改变的，来不及和各位亲戚沟通，就请银行里的年轻人赶紧重新写了一份新通知寄给大家。不过，我觉得大家都会理解的，应该不会再和上次一样指责你姐夫了。这次我也支持你姐夫的想法。"

大姐先解释了一番合并办佛事的事情，然后说："二十二日那天，我和雪子妹妹带着正雄和梅子先回大阪，晚上住在你那里。你姐夫带着辉雄乘坐星期六晚上的车，星期天早晨到达大阪，然后当天晚上再坐夜车回东京，就不打扰别人了。这两年，我都没有回过大阪，这次以后，又不知道什么时候能再回来，家里有阿久看着，我也不用担心，所以我打算在你那里多住几天，不过最多住到二十六日。”幸子问举办佛事那天中午的饭菜怎么安排，大姐回答说：“我们已经打电话安排好了，庄吉会提前到高津的八百丹饭店点菜，到时候我们就在寺院的客厅用餐，他办事应该没什么问题，但是还得麻烦你再叮嘱一下寺院和八百丹饭店那边。那天用餐的人估计有三十四五位，不过饭菜需要订四十人的，还要给每个人准备一两合酒。可以请善庆寺的大嫂[①]和女孩们帮我们烫酒，不过席面上的招待就只能靠我们自己了。”

大姐很少打电话来，不过只要打电话，就要连续打上两三次[②]才能说完。她说本来还想让雪子妹妹和妙子妹妹一起来招待客人的，但是考虑到她们两个人都还没结婚，实在不合适。然后她又和幸子商量应该给亲戚们带些什么礼物。

“那么，后天再见吧。”最后，还是幸子找了个空当儿结束了这次通话。

九

挂了电话，幸子满脑子都是大姐那句话：“佛事那天，我本来还打算让雪子和妙子一起去前面帮忙，可是一想到她们俩到现在还没有婆家，就让她们在这种场合抛头露面，我这个做姐姐的都觉得不合适。”在幸子看来，有这种想法的肯定不止大姐一个，没准姐夫懒得做佛事也和这件事有

① 日本佛教是北传佛教之一，从西域三十六国传入唐朝，再经唐朝传入日本，已有1400余年的历史。日本据统计约有75000座寺院、30万尊以上的佛像。世界最古老的木造寺院法隆寺，以及最古老的佛典古文书都保留在日本。日本的和尚可以娶妻生子。

② 当时日本打长途电话每次限定五分钟。

关系。幸子知道姐夫、姐姐巴不得给她们找个婆家，最起码今年得把雪子的亲事定下来。这些年，好多比雪子岁数小的妹妹都结婚了，甚至有些都能带着孩子来参加佛事了，可是三十三岁的雪子还被人叫作“姑娘”。昭和六年父亲七周年忌辰时，好多人称赞二十五岁的雪子“看起来一点儿也不像那么大岁数的人”，可是在姐姐、姐夫听来，这些话就像在讽刺雪子还没有婆家。到了今年，估计这样的话会更刺耳。不用说，雪子同那个时候相比，年轻依旧，看不出多大变化。虽然亲戚中的大多数姑娘都已经结了婚，雪子还没有婆家，但是雪子并没有因为这样就感到自卑。也正是因为这样，人们才更加可怜雪子，觉得她这样完美的姑娘一直孤零零的一个人，实在是让人想不通，就连九泉之下的父母也没有办法安心，最后把这一切都归结到长房没有尽到家长的责任。所以，幸子觉得这里面也有自己的一半责任，她也能感受到姐姐、姐夫的苦衷。不过相比于雪子婆家的事情，现在发生了一件更令幸子担心的事情，那就是妙子的感情生活。因此，当知道离开两年的大姐要来大阪时，幸子感觉有些惘然无措。

板仓刚刚去世那几天，妙子就像丢了魂儿一样，做什么都提不起精神。可是过了两周，妙子又振作起来了。妙子自己解释，自己为了这场恋爱，下定了和一切社会压迫势力抗争到底的决心，可是这场恋爱还没有开始，就夭折了，所以感到茫然无措。不过妙子本来就是一个乐观的人，遇见事情也懂得开导自己，因此很快就重新振作，回到西服学院学习去了。不管妙子内心的真实想法是怎样的，反正在外人看来，妙子又成了那个活泼、积极的妙子。幸子很佩服妙子，忍不住对贞之助说：“我总以为小妹这次吃了这么大的苦头，会消沉下去，可是没想到她又振作起来了，我真是太佩服她了。不过小妹原本就是一个敢想敢做的人，我们是比不上了。”

好像是七月中旬的一天，幸子和桑山夫人结伴去神户与兵四喜饭铺吃午饭，店里的人告诉幸子，妙子小姐刚刚打电话预约了晚上六点钟的两人位。那天，妙子一大早就出门了，幸子既不知道妙子是用哪里的电话打来订餐的，也不知道晚上和她一起用餐的人是谁。店里的人还告诉幸子，妙子最近到店里来吃过两次饭，每次都是和同一个男人一起来。幸子听了这个消息很吃惊，很想仔细询问一下那个男人的体貌特征，但是碍于桑山夫人在场，只是敷衍地应了一声。幸子很想知道那个人是谁，但是又怕知道他是谁。那天吃完饭后，幸子就和桑山夫人分手了，她独自一人走到新市场看了一场电影，其实那部电影她之前看过，是一部法国电影《望乡》。电影散场的时候已经是下午五点半了，幸子站在电影院门口，她想如果自己现在去“与兵”附近等着，一会儿就能看见和妙子吃饭的人是谁。虽然有这样的想法，但幸子还是没有去，等了一会儿，她就回家了。

大概一个月后，八月下旬的一天，菊五郎来神户演出，贞之助和幸子带着悦子、阿春去松竹剧场看戏（那时候，妙子经常一个人活动，有时候幸子约她一起出门看戏、看电影，妙子总是推脱，说自己很想看，但实在是有事，这次就不一起了），他们坐出租车到多闻大街，在八丁目的电车轨道那下车，贞之助和悦子走在前面，他们刚刚通过新市场的十字路口，信号灯就变成红灯了，幸子和阿春就站在路口等着。这时候一辆从楠公前方向过来的汽车从她们面前驶过。盛夏的大白天里，视野很清晰，所以幸子看得很清楚，车里坐的正是奥畑和妙子。不过他们两个正坐在车里说话，应该是没有看见路边的幸子和阿春。

“阿春，刚才看到的事情不许告诉老爷，也不能讲给小悦听。”幸子说完就闭上了嘴。阿春看见幸子的脸色都变了，赶紧认真地应了一声“是”，然后低着头跟着幸子往前走。幸子为了平复一下剧烈的心跳，看着走在前面的贞之助和悦子，特意放慢脚步和他们拉开距离。幸子遇见这种情况，总是紧张得手指冰凉，她不知不觉地握住阿春的手，如果沉默不语，反而憋得慌，所以忍不住对阿春说：

“阿春你应该知道妙子姑娘的事情吧。最近，她总是往外跑，一点儿也不愿意待在家里……”

“是。”阿春只敢答应了一声。

“没关系，你知道什么就说什么。刚刚那个人往家里打过电话吗?”

“我不太清楚，不过……”阿春犹犹豫豫的，过了一会儿，补充说，“我前几天在西宫那边碰见过他几次。”

“你说的是刚刚那个人吗?”

“对。……我还碰见过妙子姑娘。”

幸子当时没有追问下去。但是，等到第一场野崎村演完后，幸子趁着幕间休息要和阿春一起去洗手间，又在走廊里开始追问这件事。阿春告诉幸子，自己的父亲一直住在尼崎，上个月父亲因为做痔疮手术在西宫一家痔科医院住院，当时自己请假是去给父亲陪床。那段时间，自己每天在尼崎和医院之间奔波。医院挨着西宫惠比须神社，所以总是乘坐公共汽车从国道札场到尼崎，自己三次碰见奥畑，都是在这条路上。

第一次是她刚要上车，奥畑从车子里下来，两人擦肩而过。第二次和第三次都是在公共汽车站候车的时候遇见的。奥畑乘坐开往神户的车，而阿春乘坐开往野田的车。两班车的行驶方向相反，车站的位置也在马路的两侧。阿春需要从南边往北一直穿过国道，走到靠山的一侧去乘车，奥畑乘坐的公共汽车在滨海站停靠，他得由北往南，从近山侧的汽车站后面的“盂坡”穿过来（阿春说的“盂坡”是一句老方言。现在只有部分关西人还在用这个词。“盂坡”一般指的是比较短小的隧道，相当于我们现在说的旱桥。这个词本身是一个荷兰单词“盂布”，但是很少有人能够发出这个词的正确读音，大部分京都大阪地区的人说出来的音调都是阿春这样的土音。阪神国道西宫市札场北侧的电车电线和火车行驶的高架路基，基本上都是呈东西走向。为了方便人们通行，就在路基下方开设了一些供行人通行的孔道。这些孔道比旱桥还小，刚刚能让人站直身子。穿过这些孔道，人们就能到达候车的公共汽车站）。

阿春第一次碰到奥畑的时候，正在犹豫该不该和他打招呼，奥畑就摘了帽子，冲着她笑了一下。阿春看见这种情况，才朝他鞠了一躬。第二次见面是在等车的时候。他们两个等了很久，公共汽车也没有来，奥畑本来在马路对面等车，不知道他是怎么想的，竟然穿过马路，一脸无所谓的样子问阿春："阿春，又碰见你了，你到这里有什么事啊？"阿春告诉他自己是来给父亲陪床的，说一了会儿话以后，奥畑笑嘻嘻地对阿春说："既然这样，你肯定会经常过来，我家就在旱桥那边，离得不远，下次欢迎你来我家做客。"他一边说，一边抬手指向"盂坡"那边，"那边有一棵松树，你应该是见过，我家就挨着松树那边，你到那里就知道了，一定来啊。"这时候开往野田的车到站了，阿春看他好像还想说些什么，赶紧跟他说了句"不好意思"就赶紧上车了（阿春转述事情的时候，总是喜欢模仿当时说话人的语气和表情，所以听她说话的人，总是能身临其境）。

这三次，阿春是在下午五点钟左右碰见奥畑独自乘车的。阿春还在公共汽车站碰见过一次妙子，也是下午五点多。那天，阿春正在车站等车，突然有人从身后拍了一下她的肩膀叫了声"阿春"。阿春听见妙子的声音，不留神说了一句："您这是去哪了？"说完，连忙闭上了嘴。阿春看见妙子从她身后冒出来，猜测妙子肯定是从"盂坡"钻过来的。妙子问她："阿春，你父亲身体怎么样了？你什么时候回家啊？"然后还笑嘻嘻地问她："听启说，你们碰到过好几次。"阿春很慌张，还没想好该怎么回答妙子的问题，就听见妙子说："你赶紧回家吧。"然后就见妙子穿过马路，坐上了开往神户的汽车。至于妙子是直接回家，还是去了别的地方，阿春就不知道了。

这些都是阿春在剧场的走廊里告诉幸子的。但是，幸子总是觉得阿春有所隐瞒。第三天早上，妙子出门后，幸子就安排阿照陪着小悦练琴，然后就把阿春叫到会客室里接着盘问。一开始，阿春就说了一句："别的我就不知道了。"结果又说了下面这些话。

“我一直以为那位先生住在大阪，所以当他告诉我，他家就在附近的时候，我还挺吃惊的。后来，我还特意钻过‘孟坡’去那边看了一下。松树附近真的有一栋洋房门口挂着‘奥畑’的门牌。他家是那种红瓦白墙的文化住宅式洋楼，楼前围着一圈低矮的冬青篱笆，门口的门牌很新，应该是刚搬过去。我去的时候都晚上六点半了，天已经暗下来了，所以二楼都开着灯。窗户都开着，我在门外还听见了屋里留声机放的唱片，就是丹妮儿·丹柳演出的《晓归》中的主题歌。除了那位先生，我还听见了女子的声音。不过留声机声音太大了，我没听清他们在说什么。我本来打算过几天再去一次，看看到底是什么情况。可是没过两天，我父亲就出院了，然后我就回了芦屋，所以那间房子我只去过一次。不管是我跟那位先生的对话，还是妙子小姐的事情，都是在车站偶然碰见的，他们和我说话的事情，也没有让我保密，所以我以为这些事情太太都知道。如果您真的知道，我不说好像是在刻意隐瞒什么。可是如果您不知道，我告诉您，好像是我在搬弄是非，多嘴多舌。因此我一直在犹豫该不该把这件事告诉您。反正妙子姑娘最近经常到那里去，如果需要的话，我可以再去那附近问问邻居，多了解一些情况。”

那天，幸子突然看见他们两个坐在一起，一时感觉有些惊讶。但事后仔细一想，虽然因为板仓那件事让妙子很看不起奥畑，但他们并没有真正断绝往来。何况现在板仓已经去世了，他们一起逛街吃饭，都是很正常的，没有必要大惊小怪。只不过，板仓刚去世那几天，有一天，幸子看到报纸上有一则奥畑母亲去世的讣告，就对妙子说：“启的母亲去世了。”妙子本来想偷偷观察妙子听到消息后的反应，谁知道，妙子只是敷衍了一声“嗯”。幸子又问：“他母亲病了多久了？”妙子好像根本就不关心，只是“呃……”完全回答不出来。幸子接着问道：“你们最近见过面吗？”这次妙子没有回答，只是从鼻子里发出了一声“嗯”。这下子，幸子知道妙子是真的讨厌奥畑，甚至有一段时间妙子连“启”的“启”字都不愿提。

就算是这样，幸子都没有听妙子说过从此和奥畑断绝往来的话。幸子一直在担心，妙子还会再找一个像板仓这样的对象。相比于再让妙子找一个不靠谱的对象，幸子宁愿让妙子和奥畑重归于好。这样既保全了面子，家世也比较般配。

妙子和奥畑很有可能已经和好了，但是仅凭阿春这些话就下定论，未免为时过早。长房和幸子他们都能理解妙子和奥畑的恋情。如果真的重修旧好，妙子实在没有必要隐瞒，只怕是妙子抹不开面子去说这些话，毕竟她曾经表现得很厌恶奥畑。幸子猜测妙子没准就是打算借阿春的口告诉自己这个消息，让自己有个心理准备。过了几天，幸子趁吃完早饭，等到餐厅只剩下自己和妙子的时候，装作漫不经心地说："我们去看菊五郎演出那天，小妹是不是坐车从新市场过了?"

"对啊。"妙子点头答应。

"那是也去'与兵'了吗?"

"对。"

"启怎么搬到西宫去住了?"

"他哥哥把他从大阪的家里撵出来了。"

"发生了什么?"

"我也不太清楚。"

"他母亲不是刚去世吗?"

"是的，好像和这件事也有关系。"

虽然是幸子一直在问，但总归是从妙子那里得到一些信息：目前奥畑和他的老乳母租住在西宫那边，房租一个月四十五块钱。

"小妹，你和启什么时候又开始交往的?"

"板仓七七那天，正好和他碰见。"

板仓去世后做七，妙子每次都去。上个月上旬，妙子一大早去冈山为板仓做七七，上完坟，打算坐火车回家，走到车站，就看见奥畑站在车站正面的进口处。他对妙子说："我知道你今天会过来上坟，所以特意在这里等你。"妙子没有办法，只能和他坐一辆车从冈山返回三宫。这是板仓去世后，妙子第一次和奥畑来往。奥畑告诉妙子：自己因为母亲去世知道了世态炎凉，后来又被哥哥撵出家门，真的很后悔。不过妙子说自己才不会相信他的这些花言巧语，也不会改变对他的看法，自己重新和他来往，完全是出于同情，现在奥畑已经被家里人抛弃，自己不忍心看着他孤零零的，但这绝对不是爱情。

十

通过早上的谈话，幸子能够感觉到，妙子自己不愿意提这些事，也不愿意让别人问得太多，所以从此以后，幸子不再打听这些事。既然现在已经知道了事情的原委，那有些事就变得不一样了。既然两个人没有重归于好，那前一阵子她经常在外面待到半夜才回家，到底是去哪里了？她在家吃住，可总是自己一个人单独行动，这怎么能行？还有，妙子最近回家后基本上都没有洗过澡，但是看起来一点也不邋遢，应该是在外面洗过了。妙子这个人在装扮上一向舍得花钱，但是自从认识了板仓以后，就认识到有必要攒一些积蓄，所以就算烫头发也要找一家实惠的美容院。但是，她最近穿的服饰都很讲究、妆容也很精致，就连手表、戒指、手提包、烟盒和打火机等也全都换成了新的，看起来应该是花了不少钱。妙子之前用的一直是板仓生前喜爱的那台莱卡照相机。那部照相机有些来历，不过之前在三越百货公司八楼被奥畑摔坏了，板仓修好后，一直还在用着，直到给板仓做完五七后，板仓的家属把那台相机送给了妙子做纪念品。现在，妙子手里的相机换成了一台崭新的铬钢莱卡相机。一开始，幸子以为板仓去世给妙子的打击太大，让她对人生有了新的看法，决定放弃积攒钱财的想法，没有节制地随便花起钱来，现在看来，事情好像不是这个样子。妙子已经很久不做布娃娃了，听她说，不久前她把夙川的工作室转让给徒弟了，西服学院也不怎么去。这些疑问幸子只能藏在自己心里，然后偷偷观察妙子的动作。但是现在，妙子公然地和奥畑来往，还明目张胆地在外面闲逛，没准哪一天就被贞之助看见了。贞之助本来就不太喜欢奥畑，如果知道妙子又开始和他来往，肯定会不高兴。幸子就找了一个机会，把这些事情告诉了贞之助，果然，贞之助有很大的意见。听完这些话，脸色都变了。

过了两三天，贞之助把幸子叫到书斋里，对幸子说："前几天，你告诉我奥畑被他哥哥从家里赶出来了，我觉得事情肯定没那么简单，就找人打听了一下。据说是他哥哥发现了启串通店里的店员偷店里的东西。其实这种事情也不是第一次了，之前都是他母亲出面向他哥哥求情，他哥哥才没有深究。这次他又偷东西，他哥哥肯定不能再原谅他了，再加上现在他们的母亲不在了，他哥哥就打算控告他，还是家里人求情，才放过了他。这不，等到他母亲五七的丧事一过，他哥哥就把他撵出来了。"

贞之助接着说："也不明白小妹到底知不知道启为什么被赶出来？原来，我们不清楚启的人品，你和长房姐姐、姐夫同意他们交往也情有可原。但是，现在我们已经知道事情的真相了，我觉得你们应该重新考虑一下这件事。尤其是姐夫，他如果知道这件事，肯定不会再愿意让他们来往了。过去，你和大姐恨不得他们两个人马上结婚，所以尽管姐夫表面上对他们两个的事情保持中立，但其实内心里是赞成的。如果你们放弃让他们结婚的想法，姐夫肯定不愿意再让他们继续来往了。除非启能够得到他哥哥的原谅，奥畑家能接受启回家，也愿意正式接受妙子当他们家的媳妇，否则就算你们觉得让小妹嫁给启，比嫁给一个完全不了解底细的人要强，姐夫也绝不会同意这门亲事。现在这种情况，妙子妹妹和他交往一点儿好处也没有。过去，启有他母亲和哥哥监督，总归做不出什么大的错事，可是现在呢？他被家里赶出来自己一个人在外面住，估计花起钱来，更加挥霍无度，也许他还在为没人约束暗自得意呢，就算他出来的时候，带了一些钱，也经不住这样挥霍啊！没准小妹花的也是他的钱呢！我也不愿意怀疑小妹所说的对启不是爱情，但这也不能说是同情啊，没准实际情况更坏。如果到现在，我们还放纵小妹，万一哪一天，他们两个人真的住到一起，那就说什么都晚了。就算还没有到同居那一步，如果让启的哥哥知道小妹整天和启待在西宫那边的房子里，我们的脸面往哪里搁呢？到时候别人不光会把小妹当作浪荡女子，连我们这些监护人也会被人在背后指责。过去，我从来没有插手过小妹的事情，这次我也不打算干预。不过，如果小妹还不改正的话，我可就要告诉长房姐姐、姐夫了。就算他们不明确表态，至少能当作他们默许了。否则，我们实在是没有办法向长房交代。”

贞之助义正词严地说了这么多，其实是因为他最近去茨木的俱乐部打高尔夫球的时候，总是碰见奥畑的长兄，每次碰见都会感觉很尴尬。

“不过，你觉得长房会默许吗？”

“估计是不会。”

“那可怎么办啊？”

“估计得让小妹和对方断绝关系。”

“要是真的能划清关系就好了。就怕到时候他们会背着我们偷偷交往。”

“如果小妹是我的亲妹妹或者亲女儿，她不听话，我就直接把她撵出家门了。”

“要是把她赶出去了，她不更有机会跑去见启了？”

幸子早就已经满眼泪花了。丈夫说：“小妹已经二十九岁了，她完全能够为自己的行为负责，我们不能总妄想着让她按照我们的心意生活。我们不妨就让她出去，如果她真的选择和启住到一起，我们也没办法。如果我们要是连这个也操心，那就有的累了。”虽然幸子觉得丈夫说得有道理，但是如果连自己家里的人都抛弃了妙子，把妙子撵出家门，对社会、对奥畑家人倒是交代过去了，但事情就会发展成最不想见到的样子。而且过去，不管遇见什么样的事情，自己都会在长房面前袒护妙子，现在因为这点儿事，就抛弃她，还要给妙子打上“逐出家门”的烙印，实在是不舍得。丈夫未免把妙子做的事情想得太严重了，小妹也不是无可救药的人啊。无论怎么说，小妹都是个大家闺秀，本质上还是个纯真善良的姑娘。母亲去世的时候，妙子还小，虽然有些力不从心，但这么多年以来，自己一直想让妙子感受到母亲的关怀。现在，马上就要为母亲做佛事了，自己怎么能够把妙子赶出去呢?

“我不是要把妙子赶出去。”贞之助看见妻子眼里都是泪花，一下子慌了手脚，赶紧解释，“我只是说假设，嗯，我就是说说而已……”

“这件事就交给我吧。等大姐来了，我就跟大姐说一下，这件事她自己知道就行了。”

按照幸子的想法，到时候告不告诉大姐还要看情况，反正，二十四号佛事结束之前，这件事不能告诉大姐。二十二号晚上，大姐她们到了芦屋。那天晚上，幸子悄悄地把这件事告诉了雪子，她想听听雪子的意见。雪子说：“他们两人重新走到一起，这是件好事啊。你们不用把启的事想得太严重。说到底，他拿的是自家东西，没有去骗别人。启毕竟是奥畑家的人，他哥哥没准只是想借机教育他一下，过一段时间，就把他接回去了。现在，他们愿意交往，就放着他们去吧。只要没有明目张胆地做些什么，我们就当不知道。不过，千万不能把这件事告诉大姐，如果大姐知道了，姐夫肯定也就知道了。”

幸子虽然对这次佛事的安排很不满意，但是又不愿意为这件事伤了与长房的和气，所以她打算在这次佛事之后好好和姐妹们聚一下，既弥补了做佛事的遗憾，又能慰劳一下阔别很久的大姐。幸子准备把聚会安排到二十六号中午，佛事也结束几天了，估计到时候大家都会有时间。到时候在父母生前都熟悉的播半摆一桌宴席，只邀请她们姐妹四个，富永姑母和她的女儿染子。然后邀请菊冈检校和她的女儿德子一起演出助兴。那天，就请德子伴奏，妙子跳“手炉”舞；检校演奏三弦，幸子演奏古琴，两人合奏“残月”。为了那天的表演，幸子提前半个月就开始在家练习古琴，妙子也开始去大阪的作稻师傅那里练舞。

二十三号，大姐一大早就带着梅子上街了，说是要买什么东西去看望亲友，一直到晚上吃完晚饭才回家。

二十四日，早上八点半大姐、正雄、梅子、贞之助夫妇、悦子、雪子、妙子和阿春就出了家门。女士们都穿着印着家徽的礼服，大姐的是黑纺绸的，幸子、雪子、妙子三姐妹都是紫色绉绸的，只不过在颜色深浅上略有差别，阿春的是紫黑色捻线绸的。基里连科在夙川车站当这一行人登上电车的时候，一下子就看到了这副场景。他穿着短裤、露着毛茸茸的腿，一直走到贞之助面前，用手抓着棚顶的吊环，躬身问道：“各位这是要去哪？全家都一起行动了。”

“今天是我岳母的死忌，我们要去佛寺烧香。”

“啊，令堂什么时候去世的？”

“已经有二十三年了。”妙子说。

“基里连科先生，卡塔琳娜小姐最近来信了吗？”幸子问道。

“来了来了，我把这件事忘了。卡塔琳娜的信前几天就到了，她还在信上问诸位好呢。她现在在英国。”

“她不是去柏林了吗？”

“是的，但是她没在柏林停留多久就去英国了，而且见到了她的女儿。”

“这真是太棒了。她现在在英国做什么工作？”

“她在伦敦的一家保险公司当公司经理的秘书。”

“这么说，她现在和女儿一起生活？”贞之助问道。

“不是，还没有呢。她还没有把女儿要回来，现在正在为了这件事打官司呢。”

“这样啊，这可真是……”

“您下次给她写信时，请代我们向她问好。”

“不过，现在正在打仗呢，信寄出去要走好久才能收到。”

“老太太很担心她吧？”妙子说，“听说伦敦可能会有空袭呢。”

“你们可不用担心她，我妹妹的胆子可大着呢。”基里连科用大阪方言说着。

很多前来参加佛事的人，都觉得这次佛事后面的宴会，相比于在播半举办的宴席，简直太寒酸了。不过，四十多个人把善庆寺的三大间穿堂占的七七八八，显得倒也不是很冷清。到场的除了各位亲戚，还有一些经常来往的人，有木匠师傅塚田、守着上本町老宅的音老头的儿子庄吉，还有两三个船场时代的伙计。本来，席面上那些应酬招待的事情应该由鹤子姐妹几个来做，但是几个表姐妹们、阿春还有庄吉的妻子都把活儿抢着干了，反而是四姐妹没有怎么干活儿。院子里那些荻花长得又高又大，不过这个季节也快凋谢了，幸子看着那些花，不禁回想起母亲去世前住得那个箕面的院子。男客们基本上都在议论欧洲战争，女客们虽然照例夸赞“雪子姑娘”和妙子的年轻，但是不敢说得太多，生怕刺激到辰雄，让他听着难受。不过，一个姓户祭的老店员喝多了，醉倒在屋角里，扯着嘶哑的嗓子，一点儿也不顾及地追问：“听说雪子姑娘还没有结婚，这是怎么回事啊？”他话音一落，屋子里一下陷入了寂静。

“反正已经错过了合适的年龄，正好不用着急了，可以慢慢挑个合适的人。”妙子镇静的声音打破了安静。

“那这也太慢了吧？”

“你懂什么！不是有这样一句老话叫‘从现在开始也不晚’。”

四周传来女士们的笑声。雪子也忍俊不禁地听着。辰雄干脆装作没听见。

坐在户祭对面的琢田，一开始穿着一件国防服[1]外套，这时，他脱掉上衣，穿着件衬衫大声问：“户祭君，户祭君。听说你最近做股票生意发了财啦，是不是有这回事？”塚田脸长得黝黑，一说话，嘴里的金牙闪闪发光。

“没有的事。不过，我正琢磨着捞一大把。”

“有什么可靠的消息吗？”

“我这个月要去华北了。不瞒你说，我妹妹本来在天津的跳舞厅当舞女，结果被军部看中，现在当了军方的间谍。”

“真厉害啊。”

“现在，她嫁给了个支那浪人[2]，可有钱了。经常往家里寄钱，一寄就是一两千元。”

“哎呀！我怎么就没有个这么有本事的妹妹啊。”

“我妹妹告诉我不要一直傻乎乎地在国内待着，说天津有很多赚钱的地方，让我去那里跟着她一起干。”

“那你带上我吧。木匠这些活儿不干不干的吧。”

“只要能赚钱，让我干什么都行，就算是当妓院老板，我也愿意。”

“对啊对啊，连这点儿勇气都没有，那怎么能行呢！”塚田说完，又拉住阿春，“阿春，给我把酒倒满啊。”

有时候，木匠师傅在芦屋家里干活，会得到一些赏酒，只要喝多了，他总是拉着阿春告白：“阿春，嫁给我吧。只要你答应，我马上把家里的老婆休了。我可没跟你开玩笑，全是真心话。”阿春总是很有礼貌地应付

---

① 国防服：军服样式的草绿色服装。

② 支那浪人：支那是近代日本侵略者对中国的蔑称。中日甲午战争清政府失败后，“支那”一词在日本开始带上了战胜者对于失败者的轻蔑的色彩。支那浪人指流浪在中国的日本无业游民，用于贬低某些人。

他，还哈哈笑着不在意，所以他总是逗弄阿春。不过，阿春今天也喝多了，看着差不多了，就借口去厨房取酒，逃走了。

“阿春，阿春。”阿春只当没听见塚田的喊声，又怕他真的追过来，就走出厨房，藏到后院杂草丛里去了。她把粉盒从黑缎子腰带中间掏出来，用香粉遮了一下脸上的酒色。然后悄悄地看了看四周，确定没人过来，才从烟盒里取出了一支光牌香烟，那个珐琅香烟盒还是经常来芦屋卖东西的杂货店老板偷偷送给她的。她点着香烟，匆匆吸了半支，就赶紧掐灭了，放回烟盒里，然后回到厨房帮忙去了。

十一

大姐说她最晚二十六日就必须要回东京了，所以那天中午参加完聚会，大姐没有再回芦屋。幸子她们只陪大姐在心斋桥附近逛了一个小时，感受了一下大阪市区的繁华气氛，就把大姐送到梅田火车站了。

“大姐一时半会儿是不会再回来了吧?”

“下个月东京有菊五郎的演出，幸子妹妹可以到东京来找我。”大姐伸着头对幸子说。大姐她们这次坐三等车厢出门，虽然大姐自己说带着孩子，二等三等一个样，就算买了卧铺也睡不成，但是幸子知道，大姐这是为了节省车费。

“上个月菊五郎来神户松竹戏院，我们都去看了。不过他只演了一出‘保名’，‘延寿大夫’什么的都没演，就更不用说在东京、大阪演出的那些节目了。”

“听说他下个月会演‘长良川放鱼鹰’，而且到时候用的可是真鱼鹰。”

“这样演出倒是挺有新意的。不过，我更喜欢看他跳舞。

“你说到跳舞，我就想起小妹了。富永姑母对小妹的评价可高了，说什么妙子姑娘的舞姿真是世上少有。”

“雪子姨妈不上车吗？”正雄一口东京腔调问道。

“……”雪子站在幸子身后，混在送行的人中间，她听见正雄说话，笑呵呵地回答了些什么，可是车铃盖住了她的声音，谁也没有听清。幸子早就猜透了雪子的心思，她这回陪着大姐一起来芦屋，根本就没打算回去。大姐离开的时候没有叫她，她也什么都不说，自然而然地就留了下来。

关于妙子的事情，幸子听了雪子的意见，没有告诉大姐。在妙子看来，二姐似乎不再关注这些事，也不再约束自己，就越来越明目张胆，经常往西宫跑。不仅白天去，晚上也经常留在那边用晚饭，每当这时候，贞之助的脸色就会特别难看，幸子常常为此提心吊胆的。这时候，贞之助、幸子、雪子就好像约定好了似的，谁都不提“妙子”，越是这种心照不宣，就越尴尬。有时候悦子问起“小姨”，幸子和雪子就会告诉她，妙子最近工作很忙，所以经常加班到很晚才回家，可是悦子似乎并不相信这个理由，虽然没有人教过悦子，但吃饭的时候，悦子也不再提起“小姨”了，大家都担心这件事会影响到悦子。幸子经常提醒妙子要低调些，顾及一下贞之助和悦子的看法，妙子每次都敷衍地答应两声“嗯、嗯”，然后收敛两天，又开始经常晚归。

直到有一天，贞之助终于受不了了。晚上，他问幸子：“小妹的事，你告诉大姐了吗？她怎么说？

“我是想跟她说的，但是一直都没有合适的机会。”

“怎么回事？”幸子从来没有听过贞之助这种责备地语气。

“是这样的。那天大姐她们一来，我就把这件事告诉雪子了，她建议我还是不要告诉大姐了……”

“雪子妹妹为什么不让告诉大姐？”

“雪子妹妹也觉得启太可怜了，她觉得还是要给启和妙子一个机会。”

“不是什么事都值得可怜的。你知不知道，这样做既对妙子不好，也会影响给雪子说亲事。”贞之助脸色很不好，说完这些就不说话了。幸子不知道贞之助打算如何处理这件事。

到了十月中旬，贞之助在东京待了几天。回来后，幸子问丈夫：“你去涩谷看望大姐她们了吗?”

“去了。妙子的事，我也告诉大姐了。大姐没说什么，只是说这件事她要好好想一想。”幸子看大姐没有表态，也就没有深问。谁知道，才到月底，就收到了大姐的来信。信中写道：

幸子妹妹：

上个月我们回大阪去，全靠你的照顾。你还特意在播半安排聚会，使我深深感受到了故乡的温暖，过得非常愉快。

回东京以后，一直忙着处理家里的事情，一直没有顾上写信表示感谢。今天迫不得已给你写这样一封不愉快的信，但是这事又必须让你知道，所以无可奈何才执笔。

前几天，贞之助妹夫到家里来做客，跟我讲了一些有关小妹的事情，说实话，我真的挺吃惊的。从有关板仓的事情，到最近启被奥畑家撵出来的事情，贞之助妹夫全都告诉我了，我越听越感觉意外。

过去，我也听过一些小妹的事情，知道她做事大胆不羁，但是总觉得小妹身边有幸子妹妹你监督着，总不至于让她成为随心所欲的放荡女子，谁知道事情并不是我想的那样。我总是管教小妹，就是怕她变成这个样子。可是我每次准备教育小妹的时候，你总是插手庇护她。现在，我真是为自己有个这样的亲妹妹感到羞耻，真是家门不幸。听说雪子妹妹也站在你们那边，和你们一起瞒着我。不管是雪子妹妹，还是小妹，不惜让你姐夫丢脸也不回长房来，这次又做出这种丑事，她们究竟想干什么！在我看来，你们这样做，根本就是故意让你们姐夫难堪。可能是我们有做得不好的地方……这些话说出来，可能是有些过分，但是这些话我又不得不说，如果有冒犯的地方，还请你见谅。

至于小妹的事情，我们一开始是打算让她和启结婚，但是事情既然发展成现在的样子，结婚就算了。不过，如果将来奥畑家要是能重新接纳启，结婚的事也不是完全不行。但是，现在绝对不能再让小妹到启那里去了。现在不让小妹去找启，完全是为了小妹好，如果将来他们两个真的准备结婚，现在去找启，只会给奥畑家留下一个不愉快的印象。你姐夫觉得，既然决定了要让他们两个断绝往来，那就不能再听信小妹的话，最好的办法就是现在把小妹送到东京来。你也知道我这里的环境比不上芦屋，房子小，生活水平也不太好，可能要受点儿委屈，但是现在可不是考虑这些的时候，这些道理你都要和小妹讲清楚，务必把她送过来。你姐夫说："当初刚搬来的时候，嫌弃屋子小，一直没有把妙子妹妹接过来，现在想想，这些事情可能都是因此引起的。这次就让雪子妹妹和妙子妹妹一起过来吧，房子虽然小，但是大家挤挤也能住下。"

幸子妹妹你这次千万不能纵容小妹。我和你姐夫都觉得，就算小妹实在不愿意来东京，你也不要再收留她了。你姐夫说："希望幸子妹妹这次和我们站到一边，态度坚决一些。我们这次是真的下定决心了，绝对不能磨磨蹭蹭的。月底之前，请幸子妹妹决定好是把妙子妹妹送到东京，还是宣布和莳冈家断绝关系。我们等着回信。"话虽是这样说，但是怎么能做出断绝关系这种事呢。我们还是希望你和雪子妹妹好好劝说一下小妹，好好地把事情解决掉。

我们等着你的来信。

鹤子

十月二十五日

“雪子妹妹，大姐写信来了，你看看。”幸子红着眼圈，把大姐的信递给了雪子。“我从没见过大姐语气这么强硬过，大姐在信里好生埋怨，连你也在内呢。”

“要我说，肯定是姐夫的意思。”

“就算是姐夫的想法，我真没想到大姐竟然会能做出来这种事。”

“我看大姐在信里说什么‘不管是雪子妹妹，还是小妹，不惜让你姐夫丢面子也不回长房来。’，这件事已经过去这么久了，我不知道大姐为什么还要提。说实话，大姐一家搬到东京后，姐夫根本就没真心想过要接我们过去住。”

“别说接过去，我看姐夫就差明明白白地说出来：‘来一个雪子妹妹就算了，小妹可别来，来了可就麻烦了。’”

“不说别的，就说那房子，如果我和小妹都过去了，哪里住得下？”

“按照大姐的说法，小妹做出这么不守规矩的事情全是我的责任。但是，我觉得小妹绝对不是能够听人摆布的那种人，起码有我在旁边监督着，小妹做事不至于太过分。虽然大姐觉得小妹变成这样都是因为我，但是如果没有我，说不定现在小妹真的成了浪荡女子了。我夹在中间，既要照顾长房的想法，又要顾及小妹的感受，真的是费了不少苦心。”

“大姐他们想得太简单了，以为妹妹如果行为放纵，把她撵出去就完了，这样事情根本就解决不了。”

“你现在打算怎么办？在我看来，小妹是绝对不会听安排去东京的？”

“这种事情根本不用问她。”

“那怎么办呢？”

“要不就把这件事放一放，不管它?”

“估计是不行，这次你贞之助姐夫好像也站在长房那边。”

无论如何，幸子决定先找妙子谈一下，雪子表示自己也想参加这次谈话。所以，第二天早晨，幸子和雪子就来到了妙子的房间，关上房门谈了起来。

“小妹，你去东京大姐那里住一阵怎么样？也不用待很长时间。”

幸子一提出这个建议，妙子就把头摇得像拨浪鼓一样：“不，不，我可不去，打死我也不愿意去长房那里。”

“这样的话，我怎么和大姐说呢?”

“随你怎样说好了。”

“但是，你贞之助姐夫这次很支持长房那边，估计是糊弄不过去了。”

“既然这样，那我就搬出去吧，我可以自己住到公寓去。”

“小妹，你会搬去和启住到一起吗?”

“绝对不会。来往没问题，但是住到一起绝对不行。”

“为什么这么说?”

妙子回答不出来，只好说是怕被别人误解。按照她的想法：自己和启交往，仅仅是出于同情，可是别人总是以为我爱他。但是在幸子她们看来，妙子这样说完全是打肿脸充胖子。不过，妙子的想法倒是不错，这个形势下，让她从家里搬出去住，面子上也说得过去。

“小妹，你真的确定要去住公寓吗？如果你确定的话，只能让你受委屈了。”幸子把事情解决，一下子松了口气。

“如果你搬去公寓住，我会经常去看你。”雪子说道。幸子一听，也说：“其实这件事也不是什么严重的事情，所以如果别人问起，你就说是因为别的原因，需要在公寓住一阵，千万不要告诉他们是和家里断绝联系了。白天你也可以到家里来，只要躲着点儿你贞之助姐夫和悦子就行了。我们也经常让阿春去看你。”

说着说着，幸子和雪子就开始流泪，只有妙子脸上没有什么表情，冷静地问："行李怎么办?"

"西服柜那类东西太显眼了，还是搬走比较好，至于一些贵重的东西，就留在家里吧。不过，你打算搬到哪里去呢?"

"我还没考虑好。"

"松涛公寓怎么样?"

"我不想住在夙川。我今天就去找房子，然后定下来。"

两个姐姐离开后，妙子坐在窗前，双手托着脸看着窗外的天。不知不觉间两行热泪沿着她的脸颊掉落下来。

十二

妙子在国道公共汽车本山村停车站北面的甲麓庄租了一间公寓。按照阿春的说法，那栋公寓才开业没多久，周围都是荒地，生活设施都没有配备上，一切都很简陋。妙子搬出去三天后，幸子和雪子结伴去神户，往公寓打电话邀请妙子一起吃中午饭，结果公寓那边说妙子不在。然后她们问阿春是怎么回事，阿春告诉她们如果想找妙子姑娘，一定要一大早就打电话，别的时候基本找不到了她。一开始，幸子期待着没准妙子哪一天就回家来了，结果过了好几天，妙子都没有回来，甚至连个电话都没有。

贞之助也许是真的相信幸子、雪子已经和妙子断绝了关系，也可能对她们暗中联系的事情睁一只眼闭一只眼，反正从表面上看来，他对把妙子赶出去这件事比较满意。

当悦子问到"小姨去哪里了?"的时候，大家的说辞都是"小姨最近工作比较忙，所以在甲麓庄公寓租了一间工作室，吃住都在那里。"悦子虽然有疑问，但也只能假装相信了。过去，妙子就经常出去不回家，所以对于幸子和雪子来说，生活好像没有什么变化。但是大家都知道，自己家人之间的关系好像破了一个大窟窿，其实这个窟窿早在这件事之前就存在了。只是她们一想到自己的妹妹做出了一些见不得人的事情，就觉得很郁闷。为了排解心中的苦闷，姐妹两个经常结伴去神户看电影，差不多两天就要去一次，有时候还会一天看两场，而且不问新旧。一个月的时间，她们看了《阿里巴巴进城》《早春》《美丽的青春》《布鲁格剧场》，还看了《少年之街》《苏伊士》等。她们总想着走在马路上没准能碰到妙子，但是从来没有碰见过。妙子很久没有联系她们，幸子她们就派阿春去公寓探望妙子，阿春回来说："我到公寓的时候，妙子姑娘还没有起床，不过，妙子姑娘看着很有精神。我说太太和雪子姑娘都很惦念她，请她有时间回家一趟。"妙子姑娘笑着说："我过两天就回去，告诉她们不用担心了。"

十二月份的时候，电影院上映了一部法国电影《没有铁窗的监狱》，幸子和雪子已经期待这部影片很久了，所以一上映，她们两人就去看了，结果当天回来，幸子就得了重感冒，那几天只好留在家里休息。

二十三日上午，已经离家两个月的妙子终于回家了，她回来打包了一皮包过年的衣服，然后和幸子她们聊了一个小时，就准备离开了，走之前，妙子说自己等过了初七再来拜年。十二月二十四日，悦子就读的那所学校就开始放假。结果幸子她们从初七一直等到正月十五，才等到妙子。妙子上午来了以后，喝了一些小豆粥，直到下午才回公寓，没有像上次那么匆忙。幸子从年前患了感冒，害怕再次着凉，就一直在家休息。雪子一直想出门去看电影，但是实在不愿自己一个人去。虽说雪子岁数已经不小了，但是很害怕和生人相处，出门买点儿东西，也要找人陪着。之前，雪子出门去学习书法和茶道，还要让幸子陪着她去书法老师和茶道师傅家里。幸子觉得自己总这样陪着她不太合适，所以三次里面，总有一次让她单独一个人去。从去年以来，幸子觉得消除雪子脸上那块褐色斑实在是迫在眉睫的事了，就带雪子去大阪医科大学皮肤科看病，按照医院的建议，雪子每隔一天就要去栉田医师那里打一次女性荷尔蒙和维生素 C 针剂。悦子每星期需要上两次钢琴课，雪子还要负责悦子课后的钢琴练习。这些就是雪子近来每天要做的事情。

每当剩下幸子一个人在家的时候，她就弹一会儿钢琴解闷。如果不想弹了，就到楼上那间八铺席的屋子里练字，有时候还会教一教阿春弹古琴。前年秋天，幸子有时间就会教阿春弹古琴，一开始学的是一些简单的曲子，有《女儿节上供奉珍藏的公主》，还有《四季的花》等，那些都是大阪七八岁小姑娘开始学琴时弹的曲子，现在阿春已经学习了《黑发》和《万岁》。阿春宁愿当女佣也不愿意读书，但是却很喜欢技艺。只要说今天教她弹琴，她就赶紧把那些家务事做好。阿春还跟着妙子学会了《雪》和《黑发》的身段，她还学会了很多舞蹈方法。这次，幸子教给她的是《鹤唳》，“……是撒谎呢、咚锵，还是真心呢……”这句歌词她总是弹不好，每次到这个地方，琴声总是比唱词快一点儿，“撒谎呢”还没来得及唱，曲子就谈完了。这个地方，阿春练了两三天都没有练好，反而是悦子记住曲子，学会哼唱了。

“阿春，我终于报仇了。”悦子可高兴了。平常她练钢琴的时候，有些地方连阿春都会哼唱了，可是她总也弹不好。悦子对此很恼火，所以现在阿春学不会了，悦子就开始说这句话。

月底的时候，妙子又来了一次。妙子来的时候，都快到中午了，那天，幸子正一个人坐在会客室里听广播，妙子走进来，开口就问：“雪姐呢?”然后拉了一把椅子坐在了火炉旁边。

“刚出门，去栉田医生那里去了。”

“雪姐是去打针了吗?”

“嗯……”幸子本来在收听时令菜的做法，不知道从什么时候，电台开始播放谣曲了。因此就说：“小妹，把收音机关了吧。”

“姐，你看那里!”妙子冲着姐姐脚边抬了抬下巴。刚刚那只猫“铃铃”才从外面走进来，现在正靠着火炉，趴在姐姐脚边闭着眼打盹儿，看上去自在又安详。让妙子一提醒，幸子发现收音机里的歌谣演奏到鼓声的时候，“铃铃”的耳朵就会抖动一下，不过看起来它并不是故意的，这个耸动完全是反射反应。

“这只耳朵是怎么回事呀……”

“真的好奇怪!”

两个人一边听着歌谣，一边好奇地观察猫耳朵随着鼓声的耸动。妙子一直等到谣曲播完，才立起身把收音机关掉。

“打针对雪姐脸上那块褐斑有用吗?”

“这个东西得打一段时间才能看到效果，千万不能着急。”

“大概需要多长时间呢?”

“大夫没说，只是说要坚持打下去。”

“难道只有结婚才能治好那块褐斑吗?”

“不是，栉田医生说打针也能治好。”

“照我说，我觉得光打针未必能把那块褐斑完全清除。”妙子突然换了话题，“对了，卡塔琳娜结婚了。”

“哦? 她给你写信了吗?”

“没有，我昨天恰好在元町碰到了基里连科，他喊着“妙子小姐、妙子小姐”从我身后追过来，告诉我前两天卡塔琳娜来信，信里说她结婚了。”

“结婚对象的谁啊?”

“就是她工作的那家保险公司的经理。”

“还真让她做到了。”

“她给基里连科寄信的时候，还附了一张照片，是那个保险公司经理的房子，他们现在就住在里面。她丈夫还说让她妈妈和哥哥赶紧到英国去，到时候大家就住在一起，至于旅费随时可以寄来。从照片上看，那栋房子还挺大的，看起来那个豪华宅邸就和城堡一样。”

“她还真找到一位有本事的大人物啊。那个经理肯定是个老大爷，没准走起路来都会晃晃悠悠的。”

“还真不是。那个经理才三十五岁，而且还是第一次结婚。”

“真的吗?”

“卡塔琳娜原来就说：‘等我到了欧洲，一定要找个有钱的人结婚，你们就等着吧。’这回，她可是达到目的了。”

“她什么时候从日本出发的，我记得她离开还不到一年啊?”

“你没记错，她去年三月底走的。”

“这么一算，她才去了不到十个月。”

“那到英国也不过半年的时间。”

“这么短时间就找到了这么一位优秀的对象，可真厉害啊，果然长得好看就是容易找对象。”

“卡塔琳娜这样的美人可不少见。让你这么一说，好像英国那没有美人似的。”

“基里连科和那位老奶奶会答应去英国吗?”

“估计是不会。老奶奶说：‘咱们没本事，也过得不好，待在日本，没有人知道我们的底细，咱们可不能去英国给女儿丢人。’”

“是吗?原来西洋人也会有这样的心理啊。”

“对了，还有一件事，卡塔琳娜已经和她前夫协商好了，她马上就能把女儿领回来了……”

妙子这次回家并没有什么特别的事，她在房间里和幸子聊了一会卡塔琳娜的事情，就准备走了。幸子劝她等一会儿，说雪子马上就回来，中午一起在家吃完午饭再走。但是妙子说她已经和奥畑约好了，一会儿要见面，下次见面再一起吃饭吧。然后又坐了大概半个小时，就走了。

妙子走后，幸子面对着火炉，开始思考妙子带来的消息。妙子的确有必要过来说一下卡塔琳娜结婚的事情。发生在卡塔琳娜身上的事情就像电影里的情节：年轻富有的经理爱上了新雇用的女秘书，然后结为夫妻。没想到这样的情节真的会在现实生活中发生。就像小妹说的那样，卡塔琳娜的容貌美丽，但绝不是倾国倾城的大美人，而且也没有什么过人的本领，可是却交上了这样的好运，难道说这样的好事经常在西洋发生吗？不管怎样，一位年轻富有、住在大豪宅里的单身保险公司经理，三十五岁时第一次结婚竟然娶了一位出身不明、才认识半年的女职员，而且周围还没有什么亲戚朋友，如果是一位日本人，就算这位女士再漂亮，也绝对不会做出这样的事情……

听说英国人很保守，但是他们在婚姻这件事情上就特别开明。当时，卡塔琳娜宣称自己要嫁给一个大财主，让大家都等着看。幸子认为这个姑娘还年轻，不了解社会形势才会这样想，所以只当她是在做白日梦。但是，她却特别认真地对待自己的梦想，在她看来，应该是确认自己可以凭借自己的美貌嫁给一个有钱人的，因此才离开日本远赴欧洲的吧！卡塔琳娜只是一个被迫逃亡的白俄姑娘，自己姐妹却都是大阪的大家闺秀，把她们放到一起比较，看起来不太合适，但是像卡塔琳娜这样的姑娘都成功了，自己姐妹们为什么却那么不争气呢？

妙子是四姐妹中胆子最大、最敢于尝试的人，人们常说妙子是四姐妹中的“变种”，可是，在现在这种情况下还是会受外界言论影响，不能抛弃一切，去追寻自己的爱情。反而是比妙子还小的卡塔琳娜，抛开她妈妈、哥哥和家庭，勇敢地走向外面的世界，凭着自己的勇敢与闯劲儿过上了新的生活。卡塔琳娜的生活并不值得羡慕，起码雪子妹妹背后有两个姐姐、两个姐夫给他撑腰，生活要比卡塔琳娜强多了，可是，这么好的条件，雪子还没有找到合适的婆家，雪子未免也太无能了。雪子妹妹太老实了，这样的人就算是照着卡塔琳娜学习，也做不出这样的事情，但这也正是她的魅力所在。但是，这样就显得我们这些站在雪子背后的人很无能，面对卡塔琳娜这位白俄姑娘，就算她取笑我们说：“你们都做了些什么啊?”我们也毫无反驳之力。

幸子想起去年和大姐在大阪火车站分别的时候，大姐一直在叹气，还趴到她耳边，小声说:“现在，就算是一位离异的人来求婚，我也愿意把雪子妹妹嫁给他。只要能让她结婚，无论是谁，我都答应。”这时大门的门铃响了，好像是雪子回来了，估计一会儿她就会进会客室来了。幸子赶紧低下头，脸朝向火苗，抬起手擦干了眼角的泪水。

十三

又过了两个星期，幸子去理发店理发，她和雪子一直在井谷的美发店理发，井谷也一直惦记着雪子的亲事。进了店里，井谷开口问:“太太您知道大阪的丹生夫人吗?”

“井谷老板娘是怎么认识她的呢?”幸子很奇怪。

“前几天我去参加一位朋友出征的欢送会，会场上经朋友介绍认识的，后来一交流，才知道那是您的朋友，所以我们就提起了府上各位。丹生太太说，她和您是好朋友，只不过总是不凑巧，所以已经很久没见了。她说上次见您还是三四年前，那时候她和几位朋友一起去芦屋府上拜访，不巧的是当时您患了黄疸，正卧病在床。”

“没错，那时她们的确来看过我。不过，那次会面好像让丹生太太很不愉快，她应该很生我的气。”经井谷这么一说，幸子回想起好像确实是有过这样一件事。当时，丹生夫人、下妻夫人和一位没记住名字的太太一起来芦屋拜访，幸子只记得那位太太刚从美国回来，衣着时髦打扮洋气，但是说起话来有一股奇怪的东京口音，不过实在是不记得她的名字了。那天，幸子虽然接待了他们，但是因为生着病，所以有些怠慢，草草见了一面就送她们离开了。可能这次经历让丹生太太很不愉快，反正从此以后，她没有再到芦屋来过。

“没有啊。丹生太太还向我询问雪子小姐的情况呢。她说‘也不知道那位妹妹现在什么情况，如果还没有结婚的话，我这里倒是有一门合适的人家。也是说到这里，我才想起来这件事，要是雪子小姐见到男方，肯定很满意。”井谷又把话题扯到雪子的亲事上去了。“不过，我这是第一次见到丹生太太，也不知道她说的‘理想人物’到底是个什么样的人。不过，您既然和她认识，所以我还是相信那位男士挺不错的，所以，我当时就请求丹生太太帮雪子小姐撮合一下这门亲事。听说那位先生是医学博士，原配夫人去世了，现在带着一个十三四岁的女儿生活，没有别的累赘。虽然说那位先生是位医生，但是他现在除了当医生，还担任了道修町某制药公司的董事。我听着男方的条件还算不错，就和丹生夫人说：‘如果有需要我帮忙的地方，您尽管开口，亲事那边就麻烦您费力说和了。莳冈太太不会再像以前一样提出那么苛刻的条件了，但还是请您尽快把这件事确定下来。’丹生夫人说：‘这样的话，我就先去男方那边问问意见。’我赶紧劝她：‘双方的条件我们肯定是要调查的，但还是先安排两人见一次面，然后再说后面的事情。’丹生夫人说：‘这样也行。就算男方有什么想法，我也能说服他，所以男方这边见面没什么问题。莳冈小姐那边就拜托你了。等事情确定下来，我们就在大阪订间餐厅，吃个便饭，这两天应该就能确定下来，到时候，我们电话联系。’我也向她保证说：‘没问题，我相信莳冈太太知道这件事肯定会很高兴。’我们就这样当场把这件事定下来了。分手前，她还嘱咐我一定要和您说些好话，她就等着听您这边的好消息了。估计这两天她就会来电话，到时候我再去府上拜访。”

那天在理发店，幸子只从井谷那里听了个大概。在幸子看来，丹生夫人和井谷都是急性子的人，而且干事很有激情，这件事肯定会有人负责到底。不出所料，第三天上午十点钟左右，幸子就收到了井谷的来电。井谷说：“上次我告诉你关于雪子姑娘相亲的那件事，刚才丹生夫人来电话了，她说今天下午就安排雪子他们在岛内的日本餐馆‘吉兆’见面，让我六点钟左右陪同雪子小姐过去，只是简单地吃一顿便饭，让雪子姑娘不用很紧张，您觉得怎么样？还有一件事，丹生夫人说今天的晚餐雪子小姐一个人就可以了，如果您家里那边想要陪着一起来的话，就请您先生陪着，麻烦您回避一下。因为太太您太漂亮了，就像开屏的孔雀一样引人注目，丹生太太怕您来了，会把雪子小姐比下去。这也是我的想法，您还是听从丹生太太的建议吧。虽然在电话里讨论相亲的这些事情有些失礼，但是前几天我已经把这件事的原委告诉过您了，还希望您能答应这次邀请，现在那边还等着我的回信……”幸子听着井谷的语气，感觉她好像很着急，似乎想让幸子马上给出答复。幸子回答说：“请稍等一两个小时吧。”说完就把电话挂断了。

挂了电话，幸子询问雪子的意见：“雪子妹妹，你觉得这件事怎么样？反正我是看不惯这种当天通知相亲的事情，也太草率、太心急了。但是，井谷老板娘是一个特别热心的人，上次那场相亲没有成功，井谷老板娘就一直惦记着这件事，希望能给你找门好亲事，我们应该好好谢谢人家。再说，我和丹生太太也认识很久了，她很清楚我们家的情况，我想既然能让她觉得很满意，男方应该不是什么不靠谱的人。”

雪子听了幸子的话，说：“但是，这些情况都是井谷老板娘三句两句说的，仅凭这些话我们就去相亲，感觉有些不太靠谱，不如我们直接给丹生太太打电话，仔细询问一下对方情况。”然后，幸子就直接把电话打到了丹生夫人那里，详细地询问了对方的情况。

据丹生夫人说，对方的名字叫桥寺福三郎，是静冈县人。他上面还有两个哥哥，都是医学博士。他本人曾经在德国留过学。现在和女儿租住在大阪天王寺区乌辻，家里还雇了一个供使唤的老妈子。他的女儿和去世的母亲长得很像，漂亮又单纯，现在在夕阳丘女中读书。桥寺家在家乡是名门世家，有不少产业，再加上兄弟几个都很优秀，所以他本人除了东亚制药公司的董事工资，还能分配到一些家产，收入一定很可观，生活比较富裕。本人一表人才、英俊潇洒，别人都评价他是个美男子。这样一听，男方的条件真的十分优越。不过再问到对方的年龄和孩子的情况，丹生太太就不是很清楚了，只说对方大概是四十五六岁，女儿应该是在女中读二年级，至于还有没有其他孩子、父母是否健在就都回答不出来了。再仔细追问，才得知原来丹生夫人只是认识他已故的太太，那时候丹生太太去参加蜡染讲习会，和他太太聊得比较投缘，所以成了趣味相同的朋友。丹生夫人还说她没怎么去过桥寺家，更没有见过桥寺福三郎几次。满打满算也就只见过四次，第一次是桥寺夫人生前的时候，第二次是桥寺夫人入殓时，后来还在桥寺夫人周年忌辰见过一次，第四次就是昨天去他家说亲的时候。她劝桥寺先生说："您不能老是这样沉浸在过去的日子里，一直这样苦苦地思念已故的太太也不是个事，您就听我的，出去走走，我给您介绍的这位姑娘美丽又可爱。"桥寺说："那一切就拜托您了，请多多关照。"所以，请莳冈小姐无论如何也要答应这次邀请。丹生夫人平常和关西人说话时就说大阪话，和东京人交流时就是东京口音，不知道是不是因为她最近总是说东京话，上次见面就是这样，今天说起话来更像是东京人，说个没完。

"丹生太太，您可真是太厉害了！"幸子受丹生太太的影响，也开始说东京话了，"听说你不让我陪着雪子去见面。"

"这可不是我说的，那都是井谷老板娘的话，我只是表示了一下赞同而已。话都是井谷老板娘说的，如果惹得你不高兴，那你就去找她吧。"丹生夫人接着说，"对了，还有一件事，我前些日子遇见阵场先生的太太了。阵场太太说她曾经也给雪子姑娘介绍过亲事。"

"阵场太太都说什么了？"幸子听见这句话，吓了一跳，慌忙追问。

"嗯，她啊……"丹生夫人有些犹豫，思考了好一会儿才说，"她说自己的确是想介绍一门亲事，可是直接就被你拒绝了。"

"阵场夫人是不是很生气？"

“应该是吧。但是，缘分这种事都是天注定的，两个人没有缘分，你再生气又有什么用呢？生一肚子气，难道亲事就能说成了？我就绝对不会说出这样的话的，双方见了面，如果没有相中，那就干脆说清楚，用不着不好意思。所以这次相亲你们完全不用担心，放轻松，来见个面就是了。……不管怎样，请你好好和雪子小姐讲一下，请她一定出席今天晚上的见面。如果连见也不见就直接拒绝，那我可是要生气的……”丹生太太还是不放心，又嘱咐说：“酒席我已经订好了，桥寺先生那边由我去邀请，我们会准时到达约定地点的。您也不用再给我打电话了，我们就恭候雪子小姐的光临……”

幸子觉得今天刚提出相亲，就要求见面，未免有些太过草率。但是如果忽略这点，今天直接让雪子和对方见面也不是不行。雪子平常不愿意自己一个人出门，所以以前也有过贞之助陪着她出门的先例，只要贞之助有时间，完全可以让他陪着雪子去见面。但问题是，幸子不愿意就这么轻易地答应让雪子去相亲，就算最后总归要答应丹生夫人的建议，至少不能今天就去见面，起码要找个借口拖上两三天。总之，就是想摆摆架子。不过话说回来，丹生夫人给雪子妹妹介绍亲事，完全是出于热心，如果不顺从地接受她的好意，怕是会伤了她们之间的感情。丹生夫人刚刚还在讲阵场夫人生气的事情，这件事让幸子很受触动，所以她今天做事总是要考虑很多。前年春天，幸子以长房不同意为借口拒绝了野村的求婚，当时她以为自己足够婉转了，没想到还是得罪了介绍人。当然，站在阵场夫人的立场上，理应感到很生气，就连幸子本人都为自己的行为感到愧疚，一直担心阵场夫人会生气。这次从丹生夫人那里听到这样的消息，内心更是不安。不过丹生夫人为什么要提起这件事呢？丹生夫人虽然平时话就很多，但是应该不会特意去提一件不相干的事情啊。她提起这件事，可能就不仅仅是简单地聊天了，很可能还含有某些威胁的意思……

“雪子妹妹，你打算怎么办？”

“……”

“不如去见一面?”

“二姐和我一起去吗?”

“我挺想陪着你的，但是人家都已经明说了，我还是回避一些的好，有井谷老板娘陪着你一起去，不可以吗?”

“我们两个人去……”

“没关系，也可以让你贞之助姐夫陪着你一起去……”幸子看雪子的脸色不太愿意，就赶紧提出来了，“只要他有空，就让他陪着你去。我们给事务所打个电话问一下，好吗?”

“嗯。”

幸子看到雪子点头，赶紧给大阪的会计师事务所挂了个加急电话。

十四

贞之助听说井谷和雪子分别从自家出发，约定五点半钟在事务所汇合，所以他在电话里不停地嘱托：“分别来也可以，但是请井谷一定要准时，雪子妹妹也要准时来，最好比井谷早半个小时。”但是贞之助等到了五点一刻雪子还没有来，就有些坐立难安了。因为他平时和妻子还有雪子出门的时候，她们总是会磨磨蹭蹭的，自己是习惯了，但是井谷可是个急性子的人，他怕井谷等得时间长了，会着急得受不了。他虽然知道这个时间雪子应该已经出发了，但是为了慎重，还是准备往家里打了一个电话。电话还没有接通，就有人推门进来了，贞之助抬头一看，进门的是井谷和雪子。

“哎呀，你们两位一块儿来，真是太好了，我正准备往家里打个电话问问呢……”

“其实我下午特意去府上了，邀请雪子小姐一起来事务所。”井谷说，

“现在时间已经有些晚了，我们马上就出发吧，汽车已经在外面等着了。”

贞之助已经从幸子的电话里了解了今天这次相亲见面的事情。他只是听说过丹生太太的名字，但是不记得她的样子了，也不记得他们之间是否见过面，所以他现在感觉云里雾里的。在前往餐厅的路上，他一直在向井谷打听一会儿见面的事情，问男方到底是个什么情况。可是井谷说她也不清楚，具体的情况还得问丹生夫人。

“那么丹生夫人和您又是什么关系呢?”贞之助问。

“我们也是最近才认识的。今天是我们第二次见面。”贞之助听了这样的回答，更加摸不着头脑了。等到了“吉兆”餐厅一看，那位丹生夫人和桥寺先生已经到了。井谷走到餐桌面前，说：“不好意思，我们来晚了，让你们久等了。”贞之助在旁边听着，觉得井谷说这是第二次和丹生夫人见面，可是这打招呼的方式也太亲密了。

“没有，我们也是才到。不过，还真是佩服，你们准点到达的。”

“我这边倒是没事，一般都能准时到。我怕雪子小姐那边有什么问题，所以今天特意去家里邀请她一起过来。”

“这间餐馆好找吗?”

“好找，贞之助先生正好知道这间餐厅。”

“啊！您好啊！真是好久不见！不知道您还记得我吗?我们之前见过一次。”贞之助想起自己之前在家里的会客室见过这位夫人，“多谢您对内人的关照。”

“你太客气了。我也好久没见过您夫人了。我上次去家里拜访的时候，您夫人生了黄疸，正卧病在床。”

“这样啊，那有三四年的时间了。”

“对啊，一晃都三四年了。当时一起去府上拜访的还有另外两位夫人，我们去了非把您夫人从床上拉起来接见客人，没准她以为是家里来了女绑匪呢。”

“还真是个女绑匪。”桥寺穿着一身棕色西服，规规矩矩地站在旁边等着，好不容易插进话来，开始做自我介绍，“您好，我是桥寺，初次见面，请多多关照……”然后和丹生太太交换了个眼神儿，“这位太太还真是位女绑匪。她和我说‘今天不管有什么事，一定要一起去吃晚饭’，我到现在还迷迷糊糊的呢。”

“桥寺先生，你也是的，都已经来了，还说这些话做什么呢?”

“说得是。”井谷跟着附和，“都已经来了，就不要辩解了。男人要有些魄力，你这样说让我们觉得很难为情啊。”

“真是对不起。”桥寺挠挠头说，“看来今天不太好过啊。”

“你这是说得什么话，好像我们欺负你似的。这些话都是为了你好啊，你这样天天闷在家里怀念故去的太太，很伤害身体的。你应该经常出来看看，这个社会上还有很多优秀的女人啊。”

贞之助听见这些话，感觉有些忐忑，一直在偷偷观察雪子的脸色，不过，雪子好像已经习惯这种相亲的场面了，所以一直面带微笑在旁边沉默。

“好了好了，都少说些话吧。快请坐吧。我坐这里，桥寺先生请坐到那边吧。”

“哎呀，现在可是有两位女绑匪呢。看来我必须要乖乖听话了。”

贞之助看桥寺这个样子，觉得他应该和自己一样，是被强拉出来见面的。他本人应该还没有从夫人去世的事情里走出来，更没有做好重新结婚的打算。结果，突然跳出来一位关系一般的丹生太太，连思考的时间都不给，就非要拉着他出来吃饭，所以他一直表现出一副难为情的样子，说什么“怎么办”“太意外了”，但是他的语气和表情都比较和蔼，所以听的人并不会产生反感。只交谈了一会儿，贞之助就发现这位桥寺先生其实十分圆滑，有很丰富的社交经验和社交本领。他递给贞之助的名片上写着“医学博士”，还写着“东亚制药公司常务董事”，就连他自己也调侃说：

“不当医生，反倒做起医药公司的掌柜。”他待人接物面面俱到，完全就是一副实业家的样子，根本看不出医生的派头。听说他今年已经四十五六岁了，但是脸上、双手又白又胖，一点儿也看不出有这么大岁数了。总归来说，他是一个相貌堂堂的绅士。虽然长相很出色，但因为面容比较丰腴，所以并不会让人感觉轻佻，总而言之，和往常的相亲对象相比，这个人的风度可以算得上是非常出色的了。酒量虽然不太大，甚至赶不上贞之助，但酒品还是不错的，只要给他斟酒，就绝对不会推辞。本来像今天这种不太相熟的人聚会，很容易出现冷场的情况，但是因为有像“女绑匪”一样的两位女士，还有一位善于交际的男人，这次见面竟然相谈甚欢。

“不怕各位笑话，我还真没有来过这家餐厅，今天的晚饭真是太丰盛了。”贞之助喝得满面红光，“现在这个局势下，粮食蔬菜越来越少了，这家餐厅竟然可以提供这么丰盛的饭菜。平时也会这么丰盛吗?”

“当然不会。今天饭菜这么丰盛，完全是看在丹生夫人的面子上，店家特意准备的。”

“可不是。我家丈夫经常来这家餐厅，算是贡献不小，所以点几个饭菜还是没有问题的。今天选这家餐厅，完全是因为它的名字‘吉兆’，希望讨个好彩头。”

“‘吉兆’这两个字虽然是这么写，但是发音却是‘吉求’。”贞之助说，“不过，关东人应该不了解这个说法。大阪倒是有一种叫作‘吉求’的东西，不知道井谷老板娘清楚不清楚?”

“嗯……这个我确实是不知道。”

“‘吉求’？……”桥寺歪着头，表示出一脸疑惑，说，“我也没有听说过。”

“我倒是知道这样东西。”丹生夫人说，“每年正月初十祭财神的时候，就会有人把纸金币、账簿、钱匣子系在竹竿上拿到西宫和今宫庙会上去卖。您说的‘吉求’，是不是那些东西?”

“没错，就是您讲的那些。”

“对啊，那些东西就和招财进宝树一样，都是讨个吉利。”

“没错，就是那种东西。‘祭财神要带……’”丹生夫人说着说着开始哼唱起来了，哼得就是那首祭财神的歌，“……有包装袋、小碗和钱夹子，还有那纸金币、钱盒以及高帽子……”她一边唱一边伸出手指数着唱到的东西，“然后再用竹竿挑起这些东西。莳冈先生，您刚刚说得‘在大阪写作‘吉兆’，但方言读作‘吉求’的东西’，是这个吧？”

“没错，没错。我真是没想到太太您竟然这么了解大阪，连‘吉求’这个读音都这么清楚，太让我吃惊了。”

“不能被表面的样子骗了。别看我现在这副样子，我可是生在大阪的呀。”

“原来是这样，太太您？”

“所以这点儿东西我还是懂的。不过话又说回来，现在的大阪人好像也不太用这种旧式的读法。我看这家餐馆里的人就把这个词念‘吉兆’啊。”

“我有个问题，想向您请教一下，刚才您唱的祭财神歌的时候，提到了葩煎袋，那又是个什么东西？”

“葩煎袋？那就是包装袋吧？‘有包装袋、小碗和钱夹子’……”

“不对，应该是葩煎袋。”

“葩煎袋是什么？真的有这样东西吗？”

“是不是指装葩煎的袋子？”桥寺说出自己的想法。“葩煎，指的应该是江米花，一开始，我也不知道这个东西的汉字怎样写，我猜这个名字应该是从炒江米的声音里来得，噼噼啪啪的，所以才把这个东西叫作葩煎的吧。关东人三月节的时候会用这个东西做炒豆……”

“桥寺先生了解的东西可真多。”

接下来的聊天就是围绕关东和关西在风俗、语言方面的区别展开了，丹生夫人说自己就像是个两栖动物，在大阪出生，却在东京长大，现在又回到了大阪，所以说起这方面的事情来，简直是得心应手，既能用东京话和井谷交流，也能和贞之助用大阪话畅谈。井谷老板娘也不甘落后，她曾经在美国学习过一年的美容术，说起了她的“海外见闻”。桥寺则讲述了一些他在德国的事情，比如参观拜耳制药公司。他介绍说那家公司规模庞大，工厂里面的电影院大得犹如道顿堀的松竹座。井谷总是寻找时机，将话题引到桥寺的个人情况，有时候问他的女儿，有时候说到他的家乡，有时候还会谈及再婚的问题。

“令爱对这件事有什么意见吗?”

“我女儿倒是没说什么。主要是我自己还没有这方面的想法……”

“所以啊，您应该考虑一下了。您难道准备就这样一个人过下去吗?”

“那倒不是，总还是要找的，只不过是……唉……这话我也不知道该怎么说……总之就是我现在好像没有做好组织新家庭的心理准备。”

“这是什么道理呢?”

“并不是什么道理，只是我自己内心的一个想法，不过如果有像太太这样热心的人在旁边帮助的话，我应该也会找一位合适的妻子吧。”

“那么，就请您放心地把这些事交给我们吧。”

“不，您这么说，我也挺为难的……”

“看看，桥寺先生真是滑溜儿的像条鲇鱼！您赶快下定决心，赶紧组织一个新家庭吧，这样您已故的太太在九泉之下也就放心了。”

“我这样做并不是因为顾及去世的太太。”

“我说丹生太太，我看桥寺先生是那种如果不把饭菜端到桌子上摆在他面前，他绝对不会举筷子的人。所以说啊，我们不用管他怎么想的，只管给他安排好就是了。”

“你说得对，这真是个不错的办法，到那个时候，可就容不得他拒绝了。”

贞之助和雪子坐在旁边，看着丹生太太和井谷老板娘像两个女绑匪一样，把桥寺安排得妥妥当当，桥寺却一句话也说不出来的样子，忍不住发笑。就像丹生夫人说的那样，今天完全是放轻松来参加这次聚会的，丝毫没有把它当作相亲晚宴。但是，桥寺先生看起来一点儿结婚的想法也没有，把这样的人硬拉到这里吃饭，还当着贞之助和雪子的面谈论再婚的事情，的确是女绑匪才能干出来的事情。贞之助坐在座位上，觉得把这样的谈话放到餐桌上实在是把自己和雪子放在了一个十分尴尬的地方，不过最令他惊讶的是雪子妹妹胆子怎么这么大，不仅不因为这样的谈话感到羞涩与慌张，反而一副事不关己的样子，笑嘻嘻地坐在一旁看热闹。虽然说在这样的场合下，坦然、平静的态度比羞涩慌张的样子合适多了。但是，如果是原来，雪子肯定早就羞得满面通红，满眼泪花了，说不定都跑出去了。虽说雪子年纪变大了，但依旧是一副纯真的样子，她这样的态度说不定是因为一次又一次的相亲练就的，脸皮变厚了，胆子也变大了。就算不是这个原因，她这三十四年也应该见过很多事情了，有这样的表现也不足为奇。平常，贞之助看着雪子年轻的外貌和小姐样子的打扮，一直以为她还小，直到今天，才意识到其实她内心已经成熟很多了。

先不说这些，现在要弄清的就是桥寺到底在想些什么。如果真的像他所说的那样“还没做好要再结婚的准备”，就算是丹生夫人劝说要给他介绍一位雪子这样的小姐，见一面也没有什么损害，他也不应该出现在这里。现在这种情况，不也说明他有些结婚的想法吗？刚才，他一直说什么“不愿意”，表示自己是被迫来的，其实有几分装腔作势，没准他打着“如果雪子合适，就和她结婚”的主意呢。他到这里来，也不一定是“完全轻松”的。丹生夫人说得没错，他这个人待人处世太过圆滑，让人摸不准，从表面上，根本就看不出来他对雪子的想法。今天晚上，大家都聊得很开心，只有雪子，一开始就被“女绑匪”的言行吓唬住了，所以没怎么说话。虽然人家一直在给她和桥寺找话题，但是她一直不愿意张口。桥寺应付那两位“女绑匪”就已经很为难了，所以只是出于客气和雪子打了几次招呼，就没有再说什么。正是因为这样，所以大家都看不出来现在到底是个什么局势。直到散场，贞之助也不知道对方的态度，不知道是到此结束了，还是以后还有机会见面，所以告别时只能敷衍几句。

井谷、贞之助和雪子一起乘坐电车返回大阪，一路上井谷一直向贞之助解释说：“这件事你们就不用担心了，放心地交给我和丹生夫人吧，这门亲事肯定没问题。既然今天晚上桥寺先生出席了这次晚餐，那就容不得他拒绝了。照我说啊，桥寺先生对雪子小姐很有好感的。”

十五

当天晚上，贞之助就把晚上的事情告诉了幸子。贞之助对桥寺的印象不错，可以用一百分来评价这个人，确实是个理想的对象。但是，关于再结婚这件事，并不是像丹生夫人和井谷说的那样，已经考虑成熟了，桥寺本人表示自己还需要再考虑一下，所以我们还是等一段时间吧。这回我们可不能就这么轻易相信她们两个了。自从发生去年那些事，贞之助夫妻两人在雪子婚姻的事情上变得特别谨慎，所以关于昨天的见面只谈了这些。

第二天傍晚，井谷到家里来了。她说上午的时候丹生太太打电话来问雪子小姐的态度，还有对桥寺的印象。幸子想到昨天晚上和丈夫的谈话，回答说：“对方的条件好像很优秀，我们还不知道那位先生是什么想法……”井谷听到这话，赶紧说：“没事，这个您就不用担心了。丹生太太上午打电话和我说：‘桥寺先生问我说那位小姐的性格怎么样，是不是很内向很忧郁，我个人比较喜欢开朗、比较富态的人。’不过我告诉他了，雪子小姐其实性格很好，这只是刚认识雪子小姐的错觉，请她好好和桥寺先生解释一下。要我说，雪子小姐的性格最多是内向，哪里能说是忧郁呢。雪子小姐本身性格就比较文静，看起来可能有些忧郁，但是一相处，就会发现，雪子小姐可是个摩登女郎呢，不管是兴趣爱好，还是别的方面，都很欧化、时髦而且性格很开朗。在我看来，雪子小姐雍容华贵又开朗，可以说是桥寺先生理想结婚对象的不二人选。如果还心存疑问，那就亲自交往试试。雪子小姐爱好弹钢琴，喜欢吃西餐，就连电影也喜欢看西方电影，还会说英语和法语，这些事情难道还不足以说明她是一位时髦开明的小姐吗？如果非要用她喜欢穿和服来反驳，那是因为那些颜色鲜艳的长袖子友禅绸衣最适合她，这恰恰可以说明雪子小姐的性格里也有雍容华丽的一面，如果开始交往，这些事就都能了解清楚了。如果一位女士从第一次见面就滔滔不绝，那怎么能说是个大家闺秀呢。'我说了好几通电话，才把雪子小姐的情况说完，我把我了解的事情都告诉丹生太太了。"井谷说完，还提出一个要求，"不过，雪子小姐的性格也不能太安静了，这样会让别人误解，最后只能是自己吃亏。下次见面的时候，还是要大着胆子和人家交流几句，这样才比较合适啊。估计用不了多久，我们就要再见面了，还请雪子小姐提前做好准备，尽可能给对方一个开朗的印象。"她说完就回去了。

其实，幸子一直为雪子眼眶上的那块褐斑感到提心吊胆的，生怕给别人留下不好的印象，庆幸的是，见面的时候，那块褐斑颜色已经很浅了，现在终于松了一口气。不过，这次真的会成功吗？井谷的话也不能全信。第二天，下午三点钟左右，井谷突然来电话说："我现在就在大阪，一会儿会和丹生太太、桥寺先生去家里拜访，大概一小时后到。"

"现在就到家里来吗？"幸子急忙问。

"对的。桥寺先生今天比较忙，只能腾出二三十分钟的时间，这么一会儿时间再去别的地方安排见面也不太合适，正好他想看一下府上的情况，就准备去府上拜访了。"井谷解释。

"到我们家里来，这可……"幸子说话犹犹豫豫的。

"今天的行程是突然定下的，前后也就待上二三十分钟，所以请您不用特意准备些什么。看起来，桥寺先生好不容易动了心，要是今天拒绝了，这件事可能就真的完了，您一定要答应啊。”井谷全然不理睬幸子的难处，口气十分生硬。

幸子也不知道雪子到底是怎么想的，就回头问雪子：“雪子妹妹，这可怎么办？小悦还在家呢，早知道就让阿春把她送到神户去了……”

“没关系。她们两个估计已经知道这件事了。”雪子答应得特别痛快，幸子觉得从没见过这样的雪子。所以，幸子又回过头去，对电话那头的井谷说：“既然您都这样说了，那么我就恭候光临了。”挂了电话，幸子就赶紧打电话通知丈夫，希望贞之助能赶在他们之前到家。

贞之助赶在客人来之前就回到家了。他告诉幸子：“井谷老板娘也给我打电话了，她说：‘桥寺先生希望能感受一下家庭的气氛，所以冒昧到府上去拜访一下。’没想到雪子妹妹竟然答应得这么痛快，如此看来，雪子妹妹在这种事情的心境发生了很大的变化啊，我真是太高兴了。”话还没说完，客人就到了，贞之助和雪子邀请他们在会客室坐下。井谷悄悄一个人走到走廊上，把幸子叫出来，问道：“妙子姑娘今天在家吗？”幸子心里有些忐忑，回答说：“真是不巧，她今天刚好有事，出门了。”“没关系，不知道悦子姑娘在不在，如果在，就请一起出来见见面吧。桥寺先生本来想带着女儿一起过来的，不过今天实在是太匆忙了，所以不太方便。下次，肯定会把小姑娘一起带来，正好能够和悦子姑娘交个朋友。如果两位小姑娘能成为好朋友，那真是再好不过了。这样的话，桥寺先生就更加动心了，那个时候，这门亲事肯定不成问题。”贞之助也说：“雪子妹妹今天也很痛快、大方，这种时候可不常有，不如抓紧机会，让悦子出来和他们见见面，听听她的意见。”于是就由贞之助夫妇和雪子、悦子一起接待来客。

桥寺还是那天那样一副无可奈何的态度，一直说自己是被强拉来的，实在是没办法拒绝丹生夫人和井谷这两位“女绑匪”。他说：“这样突然登门拜访实在是失礼了，不过这不是我的想法，我也没有办法，是这两位“女绑匪”非要带着我到府上来。”他还反复解释说：“我只是一个拿工资干活的小职员，我们家庭差距太大了，我实在配不上府上的小姐。”他这样的说辞把贞之助他们弄得云里雾里，实在不知道他打算干什么。

往常，这种情况，雪子总是一脸不情愿，她今天并没有抗拒，只不过天生害羞的性格一下子还改不过来。尽管井谷已经提前做了嘱咐，雪子那天的表现，虽然不是犹豫不决，但也不是很爽快。贞之助意识到这点，就让她把相册取来，里面是他们每年去京都赏樱花的照片，幸子在旁边给客人们讲解照片的趣事，雪子和悦子就在旁边偶尔补充两句。幸子一边讲解，一边想：如果妙子在家，肯定能讲出几个笑话活跃一下气氛。幸子想：没准贞之助、雪子和悦子也抱有这样的想法。本来说他们坐上二三十分钟就离开的，可是都一个小时了，他们也没有离开的意思。桥寺抬手看了一下手表，说：“时间不早了，我们就不打扰了，告辞。”，说完就站起身来准备离开，丹生夫人和井谷也跟着站了起来。幸子挽留两位女客说：“你们两个有没有时间再坐一会儿?”幸子知道井谷性子急，也很忙，就又劝丹生夫人说：“丹生姐，我们好久没见了，你不如多待一会儿，就是我没做什么准备，找不出什么好东西招待您。”

“既然这样，我就不客气了。不知道晚上给我准备了什么好菜?”

“好菜可说不上，就是些茶泡饭罢了……”

“茶泡饭也不错啊。”丹生夫人单独留下来等着用晚餐。

晚上，贞之助夫妇和丹生夫人三人一桌吃饭，顺便讨论一下今天见面的事情。雪子和悦子单独吃饭，特意回避。幸子这是第一次见到桥寺，但是幸子觉得桥寺非常不错，她和贞之助都对桥寺的印象很好，觉得他人品很优秀，虽然并没有正面询问雪子的意见，但是能从雪子的态度上看出来她起码不讨厌桥寺。丹生夫人又把后来打听到的桥寺的收入、家世以及性格情况告诉幸子夫妻两人，他们都很满意，真心希望这门亲事能有个好结果。但是，桥寺的态度让他们两人感觉情况不太乐观。不过，丹生夫人却劝他们说："桥寺做出那副情不得已的样子，都是为了掩饰他的难为情，他本身对雪子小姐很有好感，只不过是我们催逼得太紧，不得不这么做。不过说实话，他和他故去的夫人是自由恋爱走到一起的，现在夫人去世，多少还是要顾及亡妻的面子，还要考虑女儿的想法。就算准备再次结婚，也要装作被逼无奈，被人家逼着，不得已才结婚的。他自己犹犹豫豫地下不了决心，所以希望有人能在背后推他一把，帮他拿个主意。要是他真的没有结婚的想法，怎么会任凭别人把他拉出来两次呢。就说今天下午，他满嘴说着'就这样登门拜访，实在是太失礼了'，却还是来了，就说明他心里其实很在意雪子姑娘。"丹生夫人的话似乎很有道理，她接着说："桥寺先生很在意他的女儿，如果他女儿也喜欢雪子小姐的话，这门亲事肯定就没问题了。所以说，下次见面的时候，请一定带悦子小姐出席，争取让两位小姑娘成为好朋友。"丹生夫人说完这些话，就离开了。

丹生夫人离开以后，幸子对贞之助说："这几年大家给雪子妹妹介绍了不少相亲对象，桥寺可以说是最合适的人。地位、身份既不太高也不是很低，家庭条件也属于中等水平，无论是哪一方面都符合我们的要求。如果这次错过了，估计再也碰不上这么合适的对象了。按照丹生夫人的说法，对方这副装腔作势的态度，是为了等待女方主动推动这件事，那我们就按照他的想法主动一些也没什么不好的。"幸子虽然说了这些话，但还是准备听丈夫的安排。贞之助也赞成主动推动这件事，但却不知道该从何处下手，他也没有什么好的办法，只是说："这件事最重要的就是雪子妹妹的态度，如果她一副消极的态度，我们无论做什么，都是白费。其实，今天下午的见面，只要她表现得再积极一点儿，事情就好办多了。这件事我们还是要好好考虑一下。"

第二天，贞之助一早就出门上班了，他想到道修町就在事务所附近，自己完全可以找个合适的借口去制药公司拜访一下桥寺。正好想到昨天幸子还在饭桌上抱怨，因为最近打仗的缘故，过去家里常用的德国进口维生素 B 和磺胺现在都不好买到了。桥寺对幸子说：“这个好说，我们公司生产的普莱米尔磺胺药片和维生素 B 的效果绝对不像一般国产药品那样有副作用，疗效也和进口药品差不多，你完全可以试一试，如果需要，我马上给您邮寄过来。”

“这真是太好了。您不用邮寄了，我每天要去大阪上班，可以到您公司去取。”

“那我就等着您来了，如果您来之前，能提前打电话通知我一下，那就更好了。”

贞之助昨天说这些话也只是客气一下，并没有真的想过要去拿药，不过既然说了，今天借着拿药的机会去公司拜访他，也不会显得很突兀。拿定主意后，贞之助就提前下班往制造公司去了。贞之助沿着堺市那条路往西走了一百米左右，就看到了位于道修町大街北边的那家制药公司了。贞之助一下子就认出了那家制药公司，是因为周围都是一些老店，房子全都是仓库的样子，只有那一栋是现代化的钢筋混凝土建筑。桥寺从公司里走出来，寒暄了几句，没等贞之助开口，就嘱咐一位学徒工样子的人去把那几样药品每样拿几盒，装好了送过来，然后对贞之助说：“真是不好意思，这里太简陋了，都没有办法招待您，您稍等我一下，我们找个地方坐一会儿。”说完，他就转身走回公司了，贞之助看他和店员简单交代了一下，就又出来了，连大衣和帽子也没拿，前后用了不到五分钟。虽说桥寺是个董事，但不管是他做事的态度，还是店员对他的态度，不知道的人还以为他是店里的负责人呢。桥寺把装满药品的袋子交给贞之助，还说：“如果有需要，随时都可以过来。”贞之助准备把钱给他，他却怎么也不肯要。

“真是不好意思，给您添麻烦了，那么我就不打扰您了。”贞之助不知如何是好，只好赶紧道谢。

“您太客气了。我也没什么事，不如陪您找个地方坐坐。”贞之助想着桥寺大概有什么话要对自己说，而且自己本来就打算和他聊一聊，这可是个好机会，于是就和他一起向附近的一座茶室走去。

贞之助已经在大阪工作很久了，本以为自己对大阪很熟悉，却没想到市区里竟然有这样的胡同和茶馆。茶馆在一家二层的居民小楼里，一楼是小饭馆，二楼是茶馆。从二楼茶馆的窗户看出去，四周都是人家的屋顶，再往远处看去，就是一栋栋的高楼大厦，坐在茶馆里，有一种坐在船场正中心的错觉。这间茶馆似乎是为了道修町的商人们、特别是药厂老板和掌柜接待客人特意建造的，人们可以在这里简单吃顿午饭或晚饭，或者是像贞之助和桥寺这样坐在一起说几句话。桥寺解释说："地方有些简陋，但是我吃完饭以后还有些工作需要处理，所以只能在这里招待您了，请您见谅。"贞之助本来只是想听听桥寺要和他说些什么，突然听到一起吃饭的消息，他感到有一些猝不及防。

这家馆子菜色一般，样式也比较少，酒水也不太充足，再加上现在还没有到用晚饭的时间，贞之助感觉桥寺似乎很忙，所以很快就放下了碗筷。从见面到吃完饭，总共还不到两个小时，连天色都还亮着。桥寺并没有按照贞之助猜想的那样，说一些特别的话，下午的谈话全都是一些毫无意义的应酬场面话。唯一有用的就是桥寺回答贞之助问题的那些话，他说："我当时出国留学原本是想攻读内科科目，所以在德国学的是关于胃镜的技术。进这家制药公司完全是偶然。放弃医生专业，当一名医药公司的员工也是因为一些特殊的原因。这家公司虽然有经理，但是他从来没有上过班，那些工作也一直是由我在负责。大家都把我当成做医药买卖的生意人，所以每次我去外地推销新药，介绍新药疗效的时候，大家才意识到我是个医生，双方都会感到很尴尬。"贞之助向桥寺询问了一些情况，但是桥寺回答的时候好像特意回避莳冈家和雪子，所以贞之助也没有办法强硬地逼迫他说些什么。一直到店家把水果呈上来，贞之助才鼓起勇气，在谈论别的话题时，看似不经意地提起两句关于雪子的事情，大意就是雪子妹妹表面上看着内向，但其实性格很开朗。贞之助生怕桥寺以为自己在替雪子辩解，所以也不好多说什么。

十六

第二天，幸子就接到了丹生夫人的来电，丹生夫人已经知道了昨天贞之助和桥寺见面的事情，她看起来很乐观，对幸子说："听说昨天您先生去公司拜访桥寺先生了，照我说，早就应该这样做了，很多事还是你们直接接触比较好，你们可要保持这种积极的态度啊。之前，你们把事情都委托给别人，很容易被人误解为清高，如果能让别人感受到你们的态度，事情进展可就顺利多了。现在，桥已经搭好了，我和井谷老板娘的任务就算完成了，接下来的事我们就不管了，一切都靠你们自己了。我觉得这门亲事肯定没问题，你们可要尽力去争取啊，希望早日听到你们的好消息。"幸子听见丹生夫人的"祝贺你们"，觉得有些哭笑不得。幸子和贞之助一直觉得，现在的情况远没有丹生夫人说的那样乐观，更没有发展到值得恭喜的地步。

刚挂断丹生夫人的电话，栉田医生就到家里来了。栉田医生也是大阪大学的毕业生，虽然和桥寺不是同期，但总归是一个学校的，所以前一阵，幸子拜托他调查桥寺的情况。栉田医生今天出完诊，就顺便到家里来了，准备向幸子汇报一下他查到的情况。栉田工作很忙，因此，他连大衣也没脱，就站在会客室讲了一下大概，然后把大衣口袋里一张纸掏出来，递给幸子说："事情大概就是这样，具体的都在纸上，您可以看一下，在我看来，这个人真的不错，值得考虑一下。我还有事，就先告辞了。"说完，就离开了。那些信息是栉田医生一位同学的好友写的，这位好友也是桥寺的好友，和桥寺很亲密，很了解桥寺，所以纸上的信息写得详细又全面。纸上不仅写了桥寺本人和他家乡这些基本情况，还写明了桥寺女儿的性格，说小姑娘性格温柔恬静，在学校名声很好。这些内容和贞之助之前打听到的信息出入不大，也算是验证了之前的调查。

贞之助对幸子说："桥寺这个人真的很不错，雪子妹妹能遇上这样的人真是好命，我们得加把劲，把这门亲事定下来。"贞之助准备给桥寺写一封信，虽然知道这样做会很失礼，但形势严峻，不得不这样做，他用卷纸给桥寺写了一封信，足足有五六尺长。信的内容大概是说：

> 我深知今天给您写这封信有些失礼。只不过前一阵见面，有好些话不好意思说出口，所以导致了很多误会，但是为了妻妹的事情，我不得不冒昧给您写这封信。妻妹的性子并非您见到的那样，希望您看完这封信后，能好好考虑一下。
>
> 我想说的并不是别的事情，只是想解释一下为什么妻妹到了这个时候还没有结婚。首先，我敢保证绝对没有您担心的品质和身体健康方面的问题。妻妹到现在还没有结婚，都是因为周围亲戚们的成见。亲族们都不是名门，却太过注重门第等级，总是将一些良缘拒之门外。相信丹生太太和井谷老板娘已经和你说过这些事情了，事情就是她们说的那样，和妻妹一点儿关系也没有。因为一而再，再而三地拒绝，招致了外界反感，最终导致没有人再上门求亲，这就是实际情况。如果您不相信的话，可以找人调查一番，希望能消除您心中的疑虑。雪子妹妹的不幸全是家里的亲戚造成的，她本人一身清白，绝对没有半点儿瑕疵。我这样说，不免有袒护自己妻妹的嫌疑，但是如果单看雪子妹妹本人的脑力、学力、性格及才艺，绝对都是中上等。最让我敬佩的是她对小孩子的耐心与爱护。我女儿今年十一岁了，不管是学校的课业，还是钢琴练习，都是雪子妹妹在指导，所以我女儿对雪子妹妹比她妈妈还亲。这些情况，您都可以请人调查，看看是否

属实。

还有一点，就是您提到雪子妹妹性格阴郁的问题，上次见面已经解释过了，绝对不是您想的那样，还希望您不要在意。我敢保证，雪子妹妹就是您期盼的人，如果雪子妹妹能和阁下结为夫妻，起码能让令嫒感到幸福。

我如此评价自己的妻妹，可能会招致您的反感，但是请您理解一下我的心情，我是为了您和雪子妹妹的幸福着想。

最后，请您原谅我的冒昧。

贞之助读书的时候，作文经常被评为优秀，文言文水平也很高，写一篇陈情的文章算不得什么难事，为了显得郑重，他特意选用文言文来写这封信。虽说讲清事情很容易，但措辞语气却不太好掌握，语气轻浮，会显得骄傲自大，太过谦虚，又容易被人拿捏，为了做到不卑不亢，他着实费了一番心思，直到第三次才定稿。第一次写完，贞之助觉得自己的语气太过生硬，于是作废重写，第二封信又显得太过卑微，也不太满意。第三封信寄出去后，贞之助又开始后悔，觉得自己实在不应该寄这封信。如果桥寺真的没有结婚的打算，根本不会因为一封信而动摇。如果他有和雪子妹妹继续交往下去的想法，这封信反而会让桥寺轻看了雪子妹妹，甚至会引起厌恶。现在只要静观其变就好了。

贞之助写信时，并没有指望桥寺会回信，但等了两三天，真的一点儿消息都没有他就有点儿着急了。过了一个多星期，贞之助都没有等到消息。星期天的上午，贞之助借口散步，瞒着幸子坐上了去梅田的阪急电车，下车后换乘出租汽车，嘱咐司机将他送到乌过。出门前，贞之助特意记下了桥寺家的地址，但是他并没有做好上门拜访的准备，这次外出也只是打算不经意地从他家门前路过一下，然后在周围转转，了解一下他家的情况。才到桥寺家附近的路口，贞之助就从出租车上下来了，他沿着马路一直走，边走边看路边人家门口的名牌。春天早就到了，但是直到今天，贞之助才感到一丝春天的气息，连走起路来也变得很轻快，带着春天的生机，他觉得这是一个很好的兆头。按照井谷老板娘和丹生太太的说法，桥寺家的房子是租来的，但是房子一点儿也不破旧，反而是一栋坐北朝南的二层小楼。房子看起来是新盖的，院子里栽了一棵松树，四周是木板围墙。除了桥寺家，周围还有三四栋这样的房子。桥寺的夫人已经去世，他独自一人带着女儿生活，住在这么大的房子里，很宽敞了。贞之助站在门口，看着阳光透过二楼半开的玻璃拉门洒在栏杆上，突然觉得自己应该进门拜访一下，这一趟也不算白来。于是他走进院子，摁响了门口的电铃。

开门的是桥寺家的女佣。贞之助告明来意之后，那位五十岁左右的女佣领着贞之助走向二楼的会客厅。才走到一半，贞之助就听到从楼下传来的“啊哟”声，扭头一看，桥寺正站在扶梯口看他。桥寺身披睡衣，外面罩了一件漂亮的锦袍，立在扶梯口招呼他。

“真是不好意思，今天早上睡了一会儿懒觉，请您稍等一下，我马上就过来……”桥寺看了一下身上的睡衣，赶紧说道。

“请便！请便！……您不用着急……都是我没提前打招呼就过来了，真是打扰您了。”

桥寺向贞之助鞠了一躬，就赶紧进屋了。贞之助看桥寺并没有因为自己的到来感到不愉快，一下子就松了一口气。桥寺一直没有回信，贞之助一直在猜测他看到这封信之后的反应，这下总算是放心了。从桥寺刚才的态度来看，那封信还不至于引起他的反感。桥寺出来之前，贞之助一直在打量这间房子。他现在在的这间屋子有八铺席那么大，应该是间会客室。屋里陈设简单、整齐，壁龛有六尺宽，里面放了一组什锦架，除此之外，还有立轴、小陈设品、匾额、对折屏风、花梨木桌子、成套卷烟盘等，纸槅扇和草垫也干干净净的，仿佛一直有女主人在负责收拾似的。这些地方既能够看出来桥寺的个人喜好，也能让人联想到他去世妻子的品格。刚才在门外仰视的时候，贞之助就猜想这间房子采光肯定很好，进屋一看，果然不错，甚至比想象的还要敞亮。屋子里摆放的纸槅扇白底子上点缀着云母泡桐花纹，阳光经过折槅扇的反射，照亮了屋子的各个角落，贞之助看着自己吐出的烟气在空中团成一个圆圈慢慢上升。如果说贞之助在进门时还为自己的不请自来感到有些忐忑，现在只觉得真是值得，能够看出桥寺的态度，是他这次出行最大的收获。

“不好意思，让您久等了。”桥寺再上来时已经换上了一身笔挺的藏青色西装，“这边请，坐在这里比较暖和。”他把贞之助请到靠窗临街的藤椅上。贞之助本来打算等见过桥寺之后，就赶紧离开，生怕桥寺误会自己是打听那封信的消息的，但是坐在藤椅上沐浴着阳光实在是太舒服了，再加上桥寺非常健谈，一来二往地就过去了一个多小时。他们聊的都是一些无关紧要的客套话，贞之助假装不经意地提起那封信，说自己真是太不礼貌了，桥寺若无其事地回答说：“您言重了，那封信让我感到很亲切。”说完又把话题扯到别的地方去了。贞之助觉得自己说得挺多了，就起身和桥寺告辞。桥寺挽留他说自己一会儿要带女儿去朝日会馆看电影，邀请贞之助稍后一起走。贞之助本来就想见一见他的女儿，这正是个好机会，所以就很爽快地答应了，“这真是太巧了，那我们一起出发吧。”

那个时候，在大街上已经很难拦到出租车了，桥寺把电话打到车行，雇了一辆派克车来接他们。他们出发的时候已经快到午饭时间了，桥寺请车子停在中之岛朝日大厦拐角处，对贞之助说：“我可以送您去阪急电车站，不过如果您有时间的话，不妨一起吃一顿午饭。”贞之助看出桥寺是想邀请自己去“阿拉斯加”用餐，但是一想到上次也是让人家请客吃饭，就不好意思再去打扰人家。不过，他又想趁今天的机会去和桥寺的女儿多接触一会儿，加深一下两家人的感情，今天这样的机会可不好再遇到。于是就答应了桥寺的邀请。他们在餐桌上又聊了一个多小时。因为桥寺女儿的缘故，这次他们说的都是一些电影、歌舞伎剧这些女孩子感兴趣的话题，贞之助觉得无聊，但还是陪他们说了一些关于美国演员、日本演员还有女子中学这样的内容。桥寺的女儿今年十四岁，虽然只比悦子大三岁，但是贞之助觉得她说话比悦子沉稳老练多了。桥寺的女儿和他长得一点儿也不像，估计是随了母亲，她虽然穿着女子中学的制服，脸上也干干净净的，没有抹脂粉一类的东西，但是长脸蛋、高鼻梁、嘴角端庄、轮廓清晰，已经完全是一副大人的模样了。从这点可看出，她母亲应该特别漂亮。面对这么像妻子的女儿，怪不得桥寺一直放不下去世的妻子。

吃完饭，贞之助对桥寺说："今天这顿饭就让我来请吧。"桥寺不答应，说："这怎么能行，是我邀请您一起用餐的，怎么能让您破费。"贞之助趁机说："今天是我冒昧打扰了。为了让我不那么惭愧，就请您赏光下周到我们那做客吧，下周日您带着令爱一起到神户来，我好好陪您转转。"直到桥寺答应自己的邀请，贞之助才离开。"下周日的约会"是贞之助今天带给幸子最好的礼物。

十七

"你的脸皮也变厚了。"幸子表面上在取笑贞之助去找桥寺的事情，但其实内心特别高兴。如果是在过去，幸子听到这样的消息，不仅不会高兴，反而还会责备丈夫没有远见。但是现在，在面对雪子的婚姻问题的时候，就连丈夫也改变了态度，甚至还能厚着脸皮去替雪子争取，幸子为自己夫妻两人的心态转变感到惊讶。现在，贞之助把一切都安排好了，幸子只用等着下周日的到来就好了。过了两天，丹生夫人打来电话问幸子说："听说你先生见到桥寺家的小姐了，这是个好兆头，看来好事不远了，恭喜恭喜。听说，你们两家人约好了周末见面，快好好准备吧，希望早日听到你们的好消息。我还是要提醒一下，希望雪子小姐能表现得积极一些，改变一下给人的第一印象。"这些事情，丹生太太肯定是通过桥寺知道的，这样看来，他倒也不是对这门亲事毫无兴趣。

桥寺父女按照约定，周日上午十点钟到达芦屋，在家里待了大概有一两个小时。关于中午吃饭的餐厅，他们考虑了中国菜馆、东方饭店的西餐厅，还有日本式中国菜的“宝家”等。最终把用餐地点定在了菊水餐馆。他们觉得如果从浏览神户的意义上，还是菊水餐馆最有特色。他们两家人从芦屋打车到了神户。一直到两点钟才开始用午餐，结束的时候已经四点钟了。然后，从元町走着前往三宫町，一边游览一边聊天，中间在“尤海姆”稍稍休息了一会儿。等到把桥寺父女送上阪急电车之后，贞之助一家四个人又返回阪急会馆，看了一部美国电影《秃鹰》。这天见面的目的只是双方家属认识一下，相处得自然不会很融洽。

第二天下午，雪子正一个人在楼上练字，阿春上楼来说：“有电话。”

“找谁的？”

“电话那头说是请雪子姑娘接电话。”

“谁打来的？”

“桥寺先生打来的。”

听阿春这样一讲，雪子很慌张。她放下笔站了起来，但是并没有立即下楼去接电话，反而在楼梯口走来走去，脸色通红。

“二姐呢？”

“好像是出去了……”

“去哪里了？”

“可能是出去发信了。刚刚才出门，要不要去把她叫回来？”

“去，快去把二姐叫回来！”

“是。”阿春急忙飞奔出去。

幸子平时自己出门发信，发完信就在大堤上散步，活动一下身体。阿春走到第一个拐角的地方，就看见了她。

“太太！雪子姑娘……叫您回去。”阿春气喘吁吁地说。

“什么事呀?”幸子很好奇为什么阿春这么慌张。

“桥寺先生来电话了。”

“桥寺先生来电话了?”幸子完全没想到会是桥寺来电话了，所以一听也吓了一跳，“桥寺先生是找我吗?”

“不是。他请雪子姑娘接电话。是雪子姑娘叫我来找太太回去。”

“雪子妹妹有没有接电话?”

“这个我就不知道了。雪子姑娘听见桥寺先生找她，就一直在楼梯口转来转去，我出来的时候，她还在转圈儿……”

“找她的电话，她不自己去接，反而让你来叫我，这算怎么回事！雪子妹妹真有意思。”

幸子感觉情况不太乐观。家里人都知道雪子不爱打电话，所以从来不会打电话给她。就算是有人打电话找她，通常也是由其他人代接，除非是特别重要的大事，她才会不情愿地接一下。虽然过去这样做，并没有人说什么，但是今天的情况却不一样。今天打电话找她的是桥寺。虽然不清楚他为什么打过电话来，但可以确定的是，他清清楚楚地说明请雪子小姐接电话，本来就该雪子亲自去接，就算雪子不接。也不应该让别人去，那样就太不妥当了。除了家里的几个姐妹，外人应该想象不到一个三十岁的女子竟然因为害羞拒接电话，希望桥寺不会因为雪子拒接电话的事情认为自己受到了侮辱。也不知道雪子最后到底会不会去接电话，最糟糕的是，雪子让人家等了很久才去接电话，然后说话还像平常那样犹犹豫豫的。如果真是这样，那还不如干脆不接。雪子性格向来倔强，没准她到现在还在等着幸子回家替她接电话呢。幸子心想：也不知道电话是不是已经挂断了，如果还没有挂断，自己应该说些什么呢?怎么道歉才不失礼呢?这个电话还是需要雪子自己亲自接，总之不能再让人家等着了。这个电话没准就是决定这门亲事成功的关键。桥寺这个人机敏又通透，应该不会在意这点儿小事。要是自己当时在家就好了，那样的话，肯定会让雪子自己去接电话，可偏偏桥寺打来电话的时候，自己出门了，来回耽误了好几分钟，真是让人感觉烦躁。

幸子匆忙赶到家，发现电话已经挂断了，雪子也没在电话旁边。

“雪子妹妹呢？”幸子看见做粗活的阿秋正在和面做下午的点心，就开口问她。

“雪子姑娘刚才来过了……现在可能是已经上楼了。”

“雪子妹妹刚才是接电话了吗？”

“是的。”

“她下了楼，直接就接电话了吗？”

“那倒不是，她一直在等太太，可是您好久都没回来，雪子姑娘就接了。”

“通话时间有多久？”

“就说了一小会儿……差不多有一分钟吧。”

“什么时候挂断的？”

“您进门之前，刚刚挂断的。”

幸子上了楼，看见雪子正靠在练字的桌子上，低头看自己手里的字帖。

“桥寺先生打电话来有什么事？”

“他约我今天下午四点半，在阪急电车梅田站见面，问我有没有时间。”

“这样啊，他是不是打算约你去散步？”

“好像是，他问我有没有时间和他一起去心斋桥附近转转，然后一起找个地方吃顿饭……”

“你是怎么回答他的？”

“……”

“你答应去了吗？”

“没答应。”雪子含含糊糊地回答。

“为什么?”

“……”

“一起去散散步，然后吃个饭不是挺好吗?为什么没有答应?”

幸子是雪子的亲姐姐，非常了解雪子的性格，知道和一位男子单独吃饭散步这种事，她是绝对不会答应的，更何况这个男人还是只见过几次面的相亲对象。一开始，幸子就知道雪子不会答应桥寺的要求，所以当真的听到这样的话，她也没有很生气，反而觉得这才符合雪子的性格和做事风格。在幸子看来，雪子拒绝和一位了解不深的男人散步、吃饭，并不是什么大事，只是贞之助为了这件事，已经厚着脸皮做了很多委曲求全的事，事情发展到这样的地步，实在不知道该怎么和他交代。雪子如果能替周围人考虑一下，总该表现得积极一点儿，就算不自己主动，也该给别人一些面子。现在，桥寺打电话来约她出去，已经是十分主动了，竟然遭受了这么冷漠的对待，肯定会很沮丧。

“那么，你明确拒绝他了吗?”

“没有，我只推说有点儿不方便……”

如果想要拒绝别人，总要找一个冠冕堂皇的理由，让双方都说得过去。但是雪子向来不会客套，所以桥寺肯定能从雪子极不自然的借口中听出来她是在故意拒绝。幸子想到这里，更加懊悔了，眼里一下就涌出了泪水。看着内向的雪子，幸子更加生气，所以她不耐烦地转身下楼，穿过露台走到院子里去了。

幸子知道现在最好的挽回措施，就是赶紧让雪子给桥寺打电话赔礼道歉，然后约好下午一起出门，但是雪子绝对不会因为自己的劝说就答应这件事，如果说得急了，只能是大吵一架，然后不欢而散。幸子给桥寺打电话也不是不可以，不过就算找的借口再完美，桥寺也不一定会相信，如果对方真的不在意，提出将约会改到明天，那该怎么回复人家呢?雪子并不是今天不愿意出门，而是永远不会答应，除非两个人真的到了知心达意的程度。既然如此，今天的事不如到此为止，明天幸子只需要去找丹生夫人，告诉她雪子今天拒绝并不是因为故意躲避桥寺，而是出于大小姐娇生惯养的脾气，遇事容易慌张，不善于应对这样的场面，这也正说明雪子的单纯善良。相信桥寺听了丹生夫人的解释，肯定能够谅解雪子。

幸子正在院子里走来走去，盘算着应该怎么处理这件事，就听见阿春在露台上叫她："太太，丹生先生的太太打电话找您。"

幸子一紧张，赶紧跑进厨房准备接电话，转念一想，又把电话转到了书房。

"喂，幸子姐。桥寺先生刚刚给我来电话了，他很生气啊。"听丹生夫人的语气，好像发生了什么重要的大事。丹生太太说话本来就带着一股子东京口音，情绪一激动就更明显了，"桥寺先生开口就说：'我早就说过不喜欢性格阴郁的小姐。你们都劝我说那位小姐有见识、为人大方，还有富态，这些都是从哪里看出来的？总之，我是不满意这门亲事，麻烦你们通知对方，这件事就算了吧。'我赶紧问他到底发生了什么，为什么生那样大的气，他说：'我本来打算和雪子小姐好好谈一谈，互相了解一下，所以打电话到她家，准备约她下午出去散步，顺便吃一顿晚饭。一开始是女佣接的电话，听我说要找雪子小姐，她让我稍等一下。可是好久都没有人过来搭理我，好不容易雪子小姐接了电话，我就说了一下下午见面的事情，问她方不方便。可是她一直在支支吾吾，不答应也不拒绝，还是我一直问她，她才小声地说了一句"不大方便"，声音小得几乎听不见，说完以后，又开始沉默。她这种态度，让我不得不感到很生气。她究竟是把我当作什么人了，也太看不起人了'总之，桥寺先生好像被气得不轻。"丹生夫人一口气就把这件事说完了，最后又补充说，"既然是这样，我看这门亲事就算了吧"。

"真的，真的，太对不起您了。……桥寺先生打电话来的时候我正好出门了，如果我在家，肯定不会让雪子做出这种失礼的事来……”

“跟这些没关系……就算是你不在，可是雪子小姐在家啊，不是吗?”

“是呀，是呀，确实是这样。……真的太抱歉了……闹成这个局面，估计您也没法再在其中说和了。”

“那还用说。”

幸子当时尴尬得恨不得钻到土里去，她完全不知道该怎么应对人家的责问，只能一个劲儿地听着人家埋怨。

“好啦，幸子姐，很抱歉在电话里和您说这些，不过就算见面，这件事也没有办法挽回了，希望您不要在意。”说完，她像要挂电话了。

幸子赶快说：“实在对不起，实在对不起。……这件事是我们不对，您生气也是应该的，我改天一定登门道歉……真是对不起……”幸子完全不知道自己在说什么，只顾着一味道歉。

“算了，幸子姐。您就不要说这些话了，您这样说，反倒让我不知道该怎么办了。”幸子能听出来她很不耐烦，正在想怎么应付的时候，就听丹生夫人说“再见”，然后电话就被挂断了。

幸子一直坐在地上接电话，挂了电话，她干脆用手撑着下巴，趴在放电话的矮桌子上。幸子本来打算等贞之助一回家就把这件事告诉他，但是自己心里还乱乱的，不如等明天心情平静下来，再把这件事告诉他，自己已经这么难过，如果丈夫听到这个消息，肯定会更失望。但是幸子更害怕的是丈夫会因为这件事从此开始厌恶雪子。丈夫一直不喜欢妙子，却很同情雪子，经过这件事，丈夫会不会同时讨厌自己的两个妹妹。妙子还有别的依靠，可是雪子如果被贞之助嫌弃，那可怎么办呢？平时，幸子如果对妙子有什么不满，总是向雪子倾诉，如果对雪子有意见，就和妙子谈心，所以，没有什么苦闷的时候。但是今天发生了这种事情，妙子又不在家，幸子感到心里特别委屈，特别寂寞。

“妈妈。”悦子打开书房的拉门，站在门槛儿上惊讶地看着幸子。悦子放学回家，发现家里出奇地寂静，以为家里出了什么事了。

“妈妈，你怎么了？”她边说边走进屋子，走到幸子身后，探头观察她母亲的脸色。

“哎呀，妈妈，你怎么了？妈妈……妈妈……”

“你二姨呢？”

“二姨在楼上看书。……妈妈，你这是怎么啦？”

“妈妈没事。……你去楼上找二姨吧。”

“妈妈你和我一起去吧。”悦子要拉着幸子一起去。

“好，一起去。”幸子克制住内心的苦闷，和悦子一起走进正屋，她让悦子自己一个人上楼，然后自己走进会客室，坐到钢琴前，打开琴盖开始弹琴。

大概过了一小时，贞之助下班回来了。幸子听见门铃声，就停下练琴，走到门口去迎接贞之助。贞之助夹着公文包走进书房，她也跟着走了进去。

“我跟你说，我们费了这么大的劲，那门亲事还是作废了……”

幸子本来还在犹豫什么时候把这件事告诉丈夫，可是丈夫一进门，她就憋不住气了。贞之助听见幸子的话，脸色一下子就变了，但是一直克制着气愤，只是轻轻地叹了一口气，一直平心静气地听幸子说完事情的经过。幸子看到贞之助一直很平静，她更加懊恼，用以前所未有的语气责备雪子说：“我们为她操了这么多心，她还这么不争气，太不像话了。”

现在再多的责怪也无济于事。不过，现在再回想这件事，桥寺虽然一直在表示自己是被逼迫的，但应该还是对雪子妹妹有意。否则也不会打电话过来，约雪子妹妹出门散步。幸子自从想明白了这一点，就更后悔因为电话这点儿小事把这门亲事弄砸。现在只恨不得捶胸痛哭，不过就算痛哭也没有用了，事情已经过去了。自己为什么恰好那个时间出门呢？如果自己在家，即使不能说服雪子出门赴约，起码可以找一个合适的理由，让她婉拒一下。那样的话，这门亲事也不至于走到这种地步，没准不久两个人就谈婚论嫁了。只要一切按部就班，这样想也不见得是白日做梦，事情肯定会越来越好。谁能想到，自己离家几分钟，电话就打来了，然后就发生了这么大的变故，一件偶然间的小事就决定了一个人的命运……幸子越想越难过，这一切好像全是自己不在家引起的。那个电话早不来晚不来，偏偏就在自己离家的那几分钟打来，这一切仿佛就是雪子命中注定的不幸。

"虽然雪子妹妹的做法让人很生气，但是最可怜的还是雪子妹妹，不是吗?"

"话虽如此，但是这一切最终还是要归结于雪子妹妹的性格不是吗?就算当时电话打来的时候，你在家，事情会有什么不同吗?"

为了安慰幸子，贞之助站在妻子的立场上说："即使你当时在家，雪子妹妹也不一定能说出合适的借口。再说，只要是拒绝，桥寺肯定就会生气，除非雪子妹妹爽快地答应下午和他见面。所以说，这门亲事的失败全是因为雪子妹妹犹豫不定的性格，和你在不在场没有什么必然的关系。否则，就算今天应付过去了，今后也会发生类似的事情，我们总不能一直代替雪子妹妹说话。所以，这门亲事无论如何都不会有好结果的。除非雪子妹妹彻底改变自己的性格，否则无论什么时候，相亲都不会成功，这是命中注定的事情。"

"照你这样说，难道雪子妹妹一辈子都嫁不出去了?"

"倒不是这个意思。我只是说雪子妹妹的性格虽然内向保守，连个电话都不好意思去接，但是总会有合适的男子能够看到雪子妹妹的长处，把她的安静与阴郁看成是温柔与高尚，只有这样的男人，才能有资格做雪子妹妹的丈夫。"

幸子听着丈夫这样安慰自己，自己心里倒是不那么难过了，但是更觉得对不起丈夫，只能告诉自己还是雪子妹妹可怜，才压制住自己一肚子的火气。可是当幸子回到正屋，走进会客室，看见雪子正坐在沙发上，若无其事地逗弄那只趴在她膝上的“铃铃”猫时，她心里的火一下子就冒出来了，连脸都涨红了。幸子压着火气，叫了一声“雪子妹妹”，不客气地甩给她这样两句话：“刚才丹生太太打来电话，说桥寺先生特别生气，把这门亲事拒了。”

“嗯。”雪子照例不以为意地应付了一声。她咕噜咕噜叫着，把手伸到“铃铃”的脖子底下去逗它，好像在掩饰自己的尴尬。

“除了桥寺先生，丹生太太，还有你姐夫贞之助和我也很生气。”幸子本想把这些话一口气说给雪子听，但是最终还是忍回去了。但是，雪子妹妹真的能认识到今天的过错是自身的过错吗？如果能够意识到，起码应该当面和姐夫说声“对不起”啊！转念一想，雪子妹妹这种性格，就算是知道自己错了，也不会当面道歉的。一想到这点，幸子觉得雪子这样的人真可恶。

十八

第二天，井谷老板娘到家里来，详细地给幸子讲述了桥寺那边发生的事情，幸子才明白了桥寺生气的原因。

井谷老板娘说：“不只是丹生夫人，昨天我也收到桥寺先生的电话了。桥寺先生那么温柔、宽厚的绅士，竟然打电话，说那位小姐太瞧不起人了，埋怨我不该给他介绍这样一门亲事，发了好大一通火。我觉得桥寺先生竟然说出这种话，事情肯定非同小可，所以我赶紧到大阪去了一趟，和桥寺先生还有丹生夫人当面谈了一谈。一打听，我十分理解桥寺先生发脾气的原因。其实事情早就有苗头了，前天，桥寺父女应邀来府上玩儿，你们两家人还一起到‘菊水’餐厅聚餐。饭后在元町散步的时候，正好有出征军人送别会的长行列从那里经过，桥寺和雪子小姐被火车挡住，和大家分开了。桥寺看到旁边杂货店的陈列窗，就对雪子小姐说：‘我想买双袜子，能否邀请您陪我去挑选一下?’雪子小姐虽然答应了一声‘好’，但是却一直站在那里不动，面色羞红，一副难为情的样子张望走远的太太小姐们，好像期待有人能拯救一下自己。桥寺先生一下子就生气了，所以自己一个人气哄哄地进商店了。这个小插曲谁都不知道，但是桥寺先生心里已经不高兴了。不过他一直在为雪子小姐找借口，说雪子小姐只是发一发小姐脾气，并不是故意看不起自己。他自己安慰自己，才不那么生气。但是，他还是不放心，所以一直想确认一下雪子小姐到底是怎么想的。正好昨天天气不错，他们公司又休假，就打电话到家里来想约雪子小姐见面谈一谈，没想到竟然发生了这种事情。桥寺先生觉得自己太丢脸了。

“桥寺先生说：‘如果前天的事情，我还能用对方怕羞安慰自己，可是现在又一次发生这种事，除了那位小姐非常讨厌我，我找不到别的解释了。她虽然没有明确说：‘你还不明白我讨厌你吗?’但是说什么‘我不太方便’和那种话有什么区别吗?如果不是讨厌我，她怎么也应该找个合适的借口吧，拒绝得婉转一些。我知道那位小姐的亲人们一直想促成这门亲事，可是这样看来，那位小姐可是一直在搞破坏啊。’他还说：‘丹生夫人、井谷女士和莳冈小姐兄嫂们都对我很好，我能感受到大家的好意，但是那位小姐的态度您也看到了，我想接受各位的好意，可是没有机会。现在不是我想拒绝这门亲事，是人家看不上我，这门亲事就算了吧。’

“昨天我去找桥寺先生和丹生夫人的时候，丹生夫人比桥寺还生气。她说：‘我一直觉得雪子小姐太过内向，面对男性时羞涩得过分了，也不怪人家说她“阴郁”。我还曾经劝过她，稍微注意点儿，一定要改变一下自己的性格，给人家留个开朗的印象，但是她从来没有听进去过。我早就知道雪子小姐是这种性格，但是为什么幸子姐也不在旁边劝一下，任由雪子小姐用那样的态度对待桥寺先生呢?就算雪子小姐是贵族小姐或皇家公主，也不应对人家这么无礼、敷衍，真不知道幸子姐把她的妹妹当成什么厉害人物了。’”井谷说话的语气特别激烈，幸子觉得她可能在借丹生夫人的话表达自己的不满。所以不管她说什么，幸子一直默默听着。但是，井谷老板娘的性格爽快，一般把想说的话说出来，就痛快了，心里的气就消了，随后说什么都没事了。井谷老板娘说完自己想说的话，看到幸子垂头丧气的样子，反而劝慰说："您也不用太担心，不管丹生夫人是怎么想的，反正雪子小姐的事情我是管定了，以后有机会我还是要介绍合适的对象的。"说完这些，她又提到雪子眼睛周围的那块褐斑，说："桥寺先生见了雪子小姐三次，都没有注意到雪子小姐脸上那块褐斑，桥寺小姐回家后说起那位小姐脸上有块褐斑，桥寺先生还很惊讶："是吗？我一直没有注意。"这样看来，您完全不用担心褐斑的事情了，大家都没有看出来呢。"

幸子一直没有把井谷老板娘提到的，前天在神户元町发生的那件事，告诉贞之助。在幸子看来，现在这门亲事已经没有希望了，再多说这些事情已经没有意义了，还有一点就是害怕丈夫会因为这件事更加厌恶雪子。贞之助毕竟有自己的想法，所以他瞒着幸子给桥寺写了一封信。内容如下：

> 事情已经发展成这个样子，按说到此为止就可以了，多说无益。但是我还是想向您解释一下，要不然我真是过意不去。您可能以为这门亲事是我和内人擅作主张，所以雪子妹妹才故意从中破坏。事情绝非像您想象的那样。我可以向您保证，我们是征求过雪子妹妹意见之后，才做这些事情的，雪子妹妹绝对不是厌恶您才做出这样的举动。您肯定会疑问：那为什么雪子小姐还一副敷衍的态度，前两天的电话邀约也是哼哼唧唧地不愿答应。这一切都源于雪子妹妹畏惧异性和怕羞的性格，和厌恶一点儿关系也没有。可能外人无法理解一个过了三十岁的女子怎么做事还这么无礼，但是在我们这些了解她的至亲看来，她一直是这个样子，甚至可以说已经比原来开朗多了。我知道就算我这样说了，很多

人也无法理解，特别是前两天那个电话事件，我真是不知道怎么做才能获得您的原谅。记得我曾经对您说过，雪子妹妹的性格不仅不阴郁，反而有自己独特的发光点，我到现在依然这样认为。话说回来，她也不是小孩子了，连应酬的客气话都说不出来，真的是太笨了，您生气也是理所应当，单从这一方面来看，她就没有资格成为您的妻子，你拒绝了她，也是应该的。尽管可惜，但是我也理解您的决定，我也没法厚着脸皮请您再考虑一下。总而言之，都是家庭环境才让雪子妹妹养成了这种落后时代的性格。我岳母去世得早，后来岳父也去世了，她性格这样，我们脱不了关系。因为这样的关系，我们说起话来自然而然会偏袒她一些，但绝对没有故意对您撒谎，请您不要误会。

最后，我真诚地祝愿您能早日觅得佳偶，也希望雪子妹妹能遇到合适的人，大家都能越来越好。希望有一天我们都能忘记现在的不愉快，成为真正的朋友。能认识您，我真的感到特别荣幸，如果因为这样一件微不足道的小事就断绝往来，那损失就太大了。

这封信寄出去没多久，贞之助就收到桥寺的回信，语气很郑重。内容如下：

接到您的来信，我感到欣喜又惶恐。您说话实在是太谦虚了，我理解令妹绝不是您说得那样落后于时代，而是这么大岁数依然保持着少女的纯真，不被世俗污染，这是极可贵的品质。真正认可、欣赏雪子小姐这种纯真性格的人才有资格成为她的丈夫，也要尽心去重视、爱护这种可贵的品质，保证雪子小姐不受到伤害。要做到这点，必须深刻了解她的性格，还要给予雪子小姐无微不至的照顾。像我这样的俗人怕是没有这种资格了。只考虑这一点，就能想象我们两个人不合适，就算结合在一起，也不会幸福，所以才谢绝了这门亲事。希望您不要误会我拒婚是在表达对令妹的不满。

最后，感谢您全家对我的盛情招待。我真的很羡慕您府上那种和睦温馨的家庭氛围，相信只有您家这种气氛，才能将雪子小姐培养成这样恬静的性格。

桥寺的信也写在卷纸上，虽然没有像贞之助那样用文言文，但是措辞用句让人挑不出什么毛病。

桥寺带着女儿来莳冈家拜访的那天，幸子趁着在神户散步的时候，带着桥寺的女儿去了元町的服饰品商店，为她挑选了一件罩衫，还让店家在罩衫上绣上她的姓名。罩衫送来的时候，亲事已经告吹，幸子觉得特意和人家撇清关系太失礼，就拜托井谷老板娘送了过去。大概过了有半个月，有一天，幸子去井谷的美容院，井谷递给她一个纸盒，说："这是桥寺先生送给太太的，已经在我这里放了好几天了。"幸子回到家，打开盒子，里面是京都襟万商店制作的凸纹薄绸背心，正适合幸子，大小也合身，幸子猜想这准是桥寺为了那件罩衫的回礼，拜托丹生夫人帮忙挑选的。这件事，倒再次让幸子确认桥寺是个体贴周到的绅士。

雪子到底是怎么想得呢？表面上看来，她并没有灰心丧气，也没有对贞之助和幸子表示歉意。从她的举动和言行可以看出来她的想法："我知道姐夫、姐姐都是为了我好，但是我已经竭尽全力了，我天性就是这样，如果做到这种地步，还没有办法，那我也没什么遗憾的。"虽然这里面可能带着逞强和虚张声势，但大体就是这种想法。幸子到最后也没有朝雪子发脾气，随着时间的流逝，两姐妹渐渐地又和好了。虽然生活又归于平静，但是幸子总觉得有一口气憋在心里，一直想等妙子回来，讲给她听。

但是，妙子已经二十多天没有回家。妙子上次回家的时候还是三月上旬，那是桥寺那个“命中注定的电话”打来的第二天，妙子刚到家，幸子就告诉她那门亲事吹了，妙子感觉很失望，待了没一会儿就走了。

说实话，前一段时间，丹生夫人和井谷老板娘聊天的时候总会问起妙子，每当这时候，幸子总是怀疑她们是在装作什么也不知道的样子，故意过来打听消息，因此总是含含糊糊地应付过去。幸子不愿意让外人知道妙子现在已经搬出去单住了，万一将来妙子和奥畑之间出了问题，自己就可以宣称那个妹妹已经和家庭脱离关系了。可是现在，幸子顾不上那么多了，她只想赶紧见到妙子，说一说心里话。

一天早上，幸子和雪子在餐室里聊天，幸子说：“也不知道小妹最近怎么样了？我们该去打个电话关心一下。”就在这时，阿春回来了。平时阿春把悦子送到学校，很快就回来了，今天不知道怎么回事，足足晚了三个小时才回来。阿春朝餐室里瞧了瞧，看到里面只有幸子和雪子两个人，才轻轻地走到两人身边低声说：

“妙子姑娘生病了。”

“什么，妙子姑娘怎么了？”

“像是肠炎，也可能是赤痢。”

“来电话了吗？”

“是的。”

“你去妙子姑娘那里看过了吗？”

“去过了。”

“妙子姑娘自己一个人在公寓待着吗？”雪子问。

“不是。”阿春小声说道，然后就不出声了。

今天早上，有人把阿春叫醒，说有电话找她。阿春接了电话，听出那边是奥畑的声音。奥畑说：“妙子姑娘昨天来我这里，突然生病了，夜里十点钟的时候高烧到四十度，冷得直发抖，她非要回公寓去，我把她留下了。但是病情越来越严重，昨天晚上我已经请附近的医生来给她看过了，一开始医生也没法确诊，只能怀疑是流感，或者是伤寒。但是，她从半夜就开始拉肚子，非常严重，腹部一阵阵绞痛。医生说这种情况考虑可能是大肠炎或者赤痢。如果确诊是赤痢，就必须住院治疗。但是，无论是什么情况，她身边总要有人照顾，让她自己一个人回公寓是绝对不行的，所以最近只能把妙子姑娘留在我这里接受治疗了。这件事我只能私下先通知你。妙子最近情况不太好，不过没有什么大问题，你们不用太担心，就让我来照顾她吧。如果有什么突发情况，我肯定立即通知你，不过我估计不会出现那样的事情。”阿春觉得自己听到这样的消息，肯定需要亲自去看一看情况，到时候再决定怎么办。所以今天早上把悦子送到学校后，她就绕道去了西宫。到奥畑那里一看，情况比想象的严重得多。据说昨天夜里拉了得有二三十次。因为次数太多，妙子姑娘完全没法休息，只能勉强抓着椅子扶手蹲在马桶上。来出诊的医生告诉他们患者不能那样待着，一定要在床上安静地躺着，如果拉的次数太多，就在身体下面放个搪瓷便盆。阿春去后，和奥畑一起劝说了很久，妙子才听话乖乖地躺到床上。可是因为肚子绞痛，用不上劲，每次只能拉出来一点，所以感觉更难受。体温也一直没有降下去，最近一次测量还三十九度。也没有办法确定到底是肠炎还是赤痢。奥畑将标本已经送到大阪大学去了，病菌化验结果这一两天也就能拿到了。阿春对妙子说：“不如请栉田医生来诊断一下？”妙子姑娘回答她说：“怎么能让栉田大夫知道我现在在这里呢，还是算了吧。回去之后，也不要对我二姐说，免得她担心。”阿春当时没有保证回家后不告诉幸子，只是说“回头再来看您”，就走了。

“有护士照顾妙子姑娘吗？”

“现在还没有。说是如果病得时间长了，就需要请护士来照顾了……”

“那现在是谁在照顾她呢？”

“冰是少爷（这是阿春第一次称呼奥畑为少爷）砸的，我负责给便盆消毒和擦屁股。”

“你不在那里时，谁干呢?”

“这……应该是那位老奶奶吧。听说她是少爷的乳母，人很好。”

“那个老奶奶还管做饭吧?”

“是的。”

“如果妙子姑娘患的是赤痢，那位老奶奶既洗便盆，又做饭，那就太危险了。”

“怎么办呢?……我去看看吧。”雪子说。

“先别着急，观察观察再说。”幸子说。“如果确定是赤痢，我们肯定要想办法。如果只是简单的肠炎，过不了几天，妙子妹妹就没事了，所以现在不用那么慌张。目前只能派阿春去照顾几天，没有别的办法。我们就告诉贞之助和悦子，说阿春家里有急事，请了两三天假回去了。”

“他们请的是什么样的医生?”

“这个我就不清楚了，我还没有见过那位医生。听说是附近一位不熟识的医生，这是第一次请他看病。”

“要是能请栉田大夫去看看就好了。”雪子说。

“不错。”幸子说。“如果妙子是在自己公寓，我们请栉田大夫去看看也没事，但是现在是在启那里，栉田大夫还是不知道的好。”

幸子很清楚，妙子看起来坚强，但其实很柔弱，她嘴上逞强不让阿春告诉幸子，但其实内心十分希望得到姐姐的关爱。到这种时候，妙子一定会深刻体会到家庭的温暖，两个姐姐不在她身边，她一定会感到心慌、无助。

十九

阿春很快就把东西收拾好了，提前吃了午饭，说了声“我过两三天就回来”就赶紧出门了。走之前，幸子在会客室里嘱咐她一定要注意卫生，和病人接触后必须消毒，千万不能偷懒。病人大小便后一定要往便盆里滴几滴来苏儿消毒水。还要记得经常打电话回来报告病情，至少每天上午打一个，如果奥畑家里没有电话，就去附近商店里借用一下电话，但是最好还是用公用电话。注意挑贞之助和悦子不在家的时候打。

阿春出门的时候已经是下午了，幸子姐妹估计阿春应该不会再打电话过来了，所以特别担心妙子的病情，好不容易等到第二天早上，直到十点多，阿春的电话才打过来。幸子把电话转接到贞之助的书房里，可能是距离太远，所以电话时断时续，费了好大劲儿才听清几句话。大概意思就是，妙子今天的情况和昨天差不多，只不过拉得更厉害了，一个小时要拉十多次，体温也没有降下来。幸子着急地问："究竟是不是痢疾？看着像不像？"

"这个还不清楚。"

"那大便检查的结果出来了吗？"

"听说大阪大学那边还没有给回复。"

"大便什么样，带不带血？"

"好像是有点儿血。除了带点儿血，全是一些黏糊糊的白色黏液，看着跟鼻涕似的。"

"你这是用哪里的电话打来的？"

"公用电话。附近没有公用电话，我走了很远才找到的公用电话，非常不方便，而且前面还有好几个人排队，所以这么晚才把电话打过来。我打算一会儿再打一次，如果今天没时间，那就明天早上再打。"阿春说完就把电话挂了。

"大便带血，那不是赤痢吗？"雪子一直站在旁边听着，挂了电话再也忍不住了。

"没错。……我也是这样想的。"

"大肠炎患者的大便里会带血吗？"

“应该不会。”

“一小时内拉十次，肯定是赤痢。”

“会不会是医生不靠谱呢?”

幸子已经肯定妙子就是患了赤痢，而且开始考虑接下来该怎么办。幸子一直在期待第二个电话，希望能再得到一些消息，可是一直到天黑也没有接到。第二天，到了上午十一点多钟，阿春还没有打电话来。幸子一直在抱怨阿春不记得打电话，和雪子急得如坐针毡。结果，突然看见阿春从厨房门口走了进来。

“怎么样了?”两人看见阿春一脸严肃，就默默地把她拉进会客室问道。

“基本上能肯定是赤痢了。”

实际上，标本的化验结果还没有出来，但是昨天晚上医生来看过一次，今天早上又来了，说像是赤痢，必须采取措施了，国道附近的木村医院有隔离病房，他可以安排病人去那里住院。本来已经决定了把病人送到那里去，正好碰到一个经常卖菜的人到家里来送菜，无意中劝阿春说，如果不是必须，还是不要去那家医院。因此，阿春特意去附近打听了一下，发现那家医院的名声果然很差。据说那家医院的院长耳朵有问题，没有办法听诊，诊断经常出错。那位院长虽然是大阪大学毕业，但学习成绩一直不太好，就连博士论文都是找别人代写的。据说替他写博士论文的那位同班同学也在那一带工作，而且亲口承认了这件事。奥畑听了阿春打听来的这些情况，也不放心把妙子送到这样的医院，但是去附近其他的医院一打听，都没有隔离病房。所以他对医生说：“就当作只是得了大肠炎，在家里接受治疗不行吗?”医生不同意，说：“赤痢是传染病，这可不行!”但是奥畑没有理会医生的那套说辞，对阿春说：“只是得了赤痢，为什么非要去医院住院，在家里也能治好，就在家里治疗。医生那里你不用担心，我会说服他的。不过，你是不是要回芦屋问一问幸子姐姐的意见?”阿春也觉得这件事还是要幸子拿主意，就回答说："那我回去征求一下太太的意见吧。"她怕电话里说不清楚，就匆忙赶回来了。

幸子问阿春："那个医生怎么样？"阿春说医生姓斋藤，毕业于大阪大学，看上去比栉田医生小两三岁。那位医生的父亲早就在这一带行医，老先生还健在，父子二人的名声都不错。不过，据阿春的观察，那位医生的动作可不如栉田医师那样干脆利落，诊断也过分慎重，不轻易下结论，所以拖到现在才确诊。一直无法确诊还因为妙子小姐本身的病情，一开始只是体温过高，并没有拉肚子，所以才会怀疑是伤寒，直到发病后二十四小时才开始腹泻，一直无法确定是赤痢，才导致治疗延误，病情恶化。

"怎么突然就得了赤痢了呢？是不是吃了什么坏东西？"

"是的，好像是因为吃了青花鱼做的四喜饭。"

"在哪里吃的？"

"听说好像是和启少爷去神户逛街，在喜助饭庄吃了晚饭，回去就发病了。"

"我怎么从来没有听说过这家餐厅。雪子妹妹，你呢？"

"我也没听说过。"

"听说那家餐厅在福原娼妓区里。……妙子小姐他们听说那里的四喜饭特别有名，就打算去尝一尝。所以他们在新市场看完电影就直接过去了。"

"启少爷一点事也没有吗？"

"是的。他们点了一份青花鱼，但是少爷不爱吃青花鱼，所以那条鱼只有妙子姑娘一个人吃了。妙子姑娘推测是那条鱼的原因。……不过那条鱼是新鲜活鱼做的，并没有腐烂，而且吃得并不多……。"

"青花鱼真可怕，新鲜鱼吃了都中毒了。"

"听说青花鱼最危险的是背脊上发黑的那部分，妙子姑娘吃了两三片。"

“哎，我和雪子妹妹就从来不吃，只有小妹喜欢吃。”

“话说回来，还是因为妙子姑娘总在外面乱吃东西。”

“你说得对。她很长一段时间没有好好在家吃饭了，总是出去瞎吃，这下真的生病了，而且还这么严重。”

启对妙子是什么态度呢？会不会只是表面上装作若无其事，其实早就想和妙子划清界限呢？毕竟妙子患的是传染病。联想前年发大水时启的那些行为，幸子和雪子担心，启自从知道妙子患的可能是赤痢的时候，还是希望芦屋赶紧把妙子接走吧。但是阿春说，启看起来不像那种人。上次闹洪水的时候，他是害怕把自己的裤子弄湿，才做出那些事，也可能是知道自己的行为招致妙子的厌恶，所以这次竭尽全力挽回自己在妙子心中的形象。他对妙子说“我们就在家里接受治疗吧”，绝对不是一句客套话，而是实实在在的承诺，从他的行为就能看出来，他不光经常提醒阿春和护士照顾好妙子，还经常亲自动手换冰袋、消毒便盆。

“我不怕传染，我这就和阿春去启那里探望一下妙子妹妹。”雪子说。“赤痢又不是什么致命的大病，启既然愿意让妙子在家里治疗，我们又找不到什么合适的地方，不如就让小妹留在那里。但是我们也不能完全不管，全然把小妹交给他们照顾。长房和贞之助姐夫怎么想我不管，反正咱们不能这样做事。去照顾小妹完全是我一个人的想法，他们应该管不着，如果要是能请栉田大夫去看看就好了，毕竟现在的大夫护士咱们都不熟悉。我今天去了以后，就住在那里了，电话里有些事说不清，还容易产生误会，就让阿春来回跑着传消息吧。启自己一个人住在那里，准备的东西难免不全，没准一天就需要阿春跑个四五趟。”雪子说完就去换衣服了，然后简单地扒拉几口茶泡饭，就出发了。雪子怕幸子没法和贞之助交代，干脆没有等幸子点头就走了。其实，幸子的想法和雪子一样，本来就没打算阻拦她。

悦子回到家没有见到雪子，就问：“二姨在哪里？”幸子若无其事地说："二姨去打针了，一会儿还要去神户买东西。"这个借口到晚上就说不过去了。贞之助下班回家以后，幸子就把这几天发生的事情都说出来了，包括雪子自作主张去照顾妙子的事情。贞之助脸色很差，但是除了默认似乎也没有别的办法了，所以一直没有说话。

吃晚饭时，悦子又问起雪子，幸子只是稍微提了一下："小姨生病了，你雪子阿姨要去照顾她。"

"小姨怎么了？生的什么病？严重吗？小姨现在在哪里？"悦子开始没完没了地追问。

"小姨自己住在公寓里，生病了没办法照顾自己，所以你二姨才过去陪她的。不是什么大病，你一个小孩子别那么操心。"悦子听出来母亲有些生气，所以没有继续追问。悦子一边吃饭，一边偷偷观察父母的脸色，贞之助和幸子说了一些别的事情来转移她的注意力，悦子只是无精打采地敷衍了几声，看起来她并没有相信幸子的说法。从去年年底妙子搬出去以后，悦子就没有见过她，幸子一直告诉她，妙子是因为工作忙，才没有时间回家，但是她早就从阿春那里打听到了大概情况，而且幸子觉得让她知道一点真实情况，也比较好管教。接下来的两三天里，悦子只看到阿春进进出出的，雪子一直没有回过家，就越来越担心，她跑去向阿春追问妙子的情况，最后揪住幸子说："为什么不把小姨接回来？赶紧去接回来啊！"她那气势汹汹的样子简直把幸子吓坏了。

"小悦，你二姨已经去公寓照顾小姨了，你就不要担心了。小孩子不要管那么多。"幸子安抚她说。

"小姨自己住在那里，还病得这么重，小姨要病死了，太可怜了。"悦子的情绪越来越激动。

事实上，妙子的病情的确不容乐观，反而随着治疗的深入越来越严重。雪子一直寸步不离地守在妙子身边，肯定不会在护理方面出现纰漏。但是阿春却说妙子的身体一天比一天差劲。过了一个星期，化验结果终于出来了，结果显示大便里含有志贺菌[1]。这是赤痢菌中最恶性的一种病菌。而且不知道是什么原因，患者的体温一天之内大起大落，体温高的时候达到三十九点六度，四十度，体温虽高，但是患者却感觉冷和发抖。拉痢时下腹疼痛难忍，严重到必须吃止泻药。吃了药，虽然不拉肚子了，可是体温开始升高，患者浑身发抖。如果让患者吃泻药，体温就开始下降，但是肚子又开始疼。拉出来的也是像水一样的东西。这两天病人一点儿精神也没有，医生说心脏也变衰弱了。雪子坐立不安，她问医生："这样下去可怎么办啊？真的能治好吗？是不是除了赤痢，还有其他的病菌，所以才治不好呢？需不需要注射林格氏针剂或者维他康复呢？"医生说："现在还不用。"医生一直没有给妙子注射那些针药，雪子觉得如果是栉田大夫来负责给妙子治疗，肯定早就用上那些针药了。雪子从护士那里得知，斋藤老先生最讨厌打针，斋藤医生受父亲的影响，很少用到针药，除非到了万不得已的时候。阿春说："雪子姑娘认为，现在妙子姑娘病得这么重，已经顾不上面子什么的了，不如赶快请栉田医生去给妙子姑娘诊治一下。雪子姑娘还说希望太太能亲自去看看妙子姑娘的情况。这五六天工夫，妙子姑娘已经瘦得不成样子了。太太如果看见她，肯定会吓一跳的。"

幸子一直没有下定决心去探望妙子，一方面是怕被传染上赤痢，另一方面是顾及丈夫的想法，现在听了阿春的话，完全坐不住了。于是，幸子决定瞒着贞之助，趁上午由阿春带着去探望一下妙子。出门前，幸子给栉田大夫打了个电话，告诉他妙子病倒了，由于某些原因，现在只能暂住在西宫一位熟人的家里。为妙子诊治的是附近的一位斋藤医生，然后简明扼要地描述了一下妙子的生病原因和病状，询问他的意见。栉田医师说这种时候必须大量注射林格氏针剂和维他康复，如果一直让病人硬撑着，患者

① 志贺菌：志贺洁于1893年发现的痢疾杆菌，是人类细菌性痢疾的病原菌，以病人和带菌者为传染源，无动物宿主。

会更加衰弱。栉田医师还强调，病情已经不能再耽误了，必须马上注射。幸子说："如果情况严重，还需要请您亲自去看一下。"栉田说："我早就认识那位斋藤医生，如果斋藤医生愿意，我随时可以出诊。"栉田大夫说起话来还像平常那样爽快。幸子挂了电话以后，坐上了等候在门口的汽车。车子沿国道向东驶去，距离业平桥几百米的山脚下，有一大簇樱花正从大邸宅的院墙里探出来。

"哎呀！好漂亮的樱花啊……"阿春忍不住赞叹。

"是啊，这家人家的樱花每年都是开得最早的。"幸子望着在远处的路面，只见路面在阳光的照射下雾蒙蒙的一片。幸子因为妙子的病情，一直心绪不宁的，不知不觉时间已经到了四月份，再过十来天，就是赏樱花的季节了。往年，三姐妹都是一起去京都赏樱花，今年还能去吗？如果能去，那就太好了！但是一想，妙子的病情到现在都不见好转，就算痊愈了，也需要在家好好休养一阵子。今年估计是没有机会去看嵯峨、岚山和平安神宫的樱花了，也不知道有没有机会赶上御室的晚樱。回想起来，去年四月，从京都赏完樱花回来，悦子就犯了猩红热，虽然看了樱花，但是没赶上菊五郎的"道成寺"。今年四月菊五郎将会来大阪演出《藤娘》，本来约定好了，今年一定要去看，这下也不知道还有没有机会。

车子在夙川大堤上飞驰，幸子望着天空漫无边际地想着这些事，已经能看见远处六甲山的轮廓了。

二十

奥畑和雪子听见车子的声音就从妙子的病房出来了，所以幸子一下车就看到了他们两人。

奥畑一见到幸子，就示意说："现在还有更要紧的事情要商量，我就不说那些客套话了，您里面请……"幸子跟着奥畑到了楼下里间的屋子。

奥畑刚刚才把斋藤医生送走，斋藤医生走之前对他说："病人的情况越来越严重了，心脏现在很衰弱。根据触诊的情况来看，患者的肝脏似乎有些肿大，我怀疑可能是肝脓肿，只不过现在症状还不明显，也可能是我多虑了。"奥畑问："这是什么意思？"斋藤医生说："就是肝脏化脓病。病人体温变化太快，幅度又大，还出现怕冷发抖的症状，现在已经不是赤痢那么简单了，估计还有并发症——肝脓肿。不过这只是我的初步怀疑，还不能确诊，最好能请大阪大学的专家来会诊一次，确定一下情况，您觉得怎么样？"再追问下去，斋藤医生说："估计是因为赤痢细菌的侵入，导致肝脏感染了其他脓肿的细菌，如果只是部分肿块化脓那还好说，如果肝脏上的创口很多，那就麻烦了。还要看创口的位置，如果是脓和肠子粘连的地方破裂，还可以治疗，如果是胸膜、气管和腹膜破裂，病情就严重了，估计就没救了。"斋藤医生说自己还没有确诊，但是从他的语气来看，他可以肯定妙子就是出现了并发症。

"我还是先看看妙子的情况再说。"

幸子听完奥畑和雪子的话，更加着急见到妙子了。奥畑安排了一间六铺席的朝南屋子给妙子当病房，外面还有个小阳台，房间装饰是西式的，虽然铺了榻榻米，但是没有壁龛，天花板和墙壁都是灰白色的墙漆，除了一边有壁橱，没有任何装饰。屋子里的陈设也很简单，屋角有个三角橱，上面摆着的西洋古董烛台上挂满了蜡泪。还有几件陈旧的东西，一看就是从旧货市场淘来的，再有就是妙子做的法国洋娃娃，不过时间太长，洋娃娃身上的衣服都褪色了。墙上挂了一幅小出楢重[①]的玻璃画。屋子装饰得本来就俗不可耐，还给病人盖了一条厚实的颜色鲜艳的羽绒被，阳光从阳台那边的双层玻璃拉门射进来，恰好照在红底白格子的被子上，让整个房

---

① 小出楢重（1887—1931）：大正到昭和初期洋画家，代表作品《持白布的裸妇》。

间都鲜艳起来。据说妙子现在的体温刚刚降下来，正朝右侧躺着，双眼盯着门口，一直期待幸子的到来。幸子听了阿春传来的话，一直担心自己看到妙子的时候，受不了那个冲击，所以提前做了充足的心理准备。幸子一看，妙子果然消瘦了很多，但是幸子预先做了思想准备，所以觉得还可以接受，只是觉得妙子的圆脸瘦成了长脸，脸色也变黑了，眼睛特别大，让人看了害怕。

除了消瘦，还有一件事更吸引幸子的注意，那就是妙子身上的味道。如果只是因妙子病的这段时间没法洗澡的味道，幸子能够接受，但是幸子还在妙子身上感受到一种不洁的气味。说起来，这是平常行为做事不端造成的，以前，还可以靠精湛的化妆技术掩饰过去，可是在这种身体衰弱的时候，她本来的样子就显现出来了。妙子脸上、脖子上以及手腕上到处都能看到放纵的痕迹。幸子虽然无法明确地指出来哪里有问题，但是在她看来，像妙子这个岁数的人病倒，应该是缩成一团，像十三四岁的少女那样纯洁可怜，但是幸子看着瘫倒在床上的妙子，觉得相比于被疾病折磨的病人，她更像是个被放荡不羁的生活榨干了精气神的人，倒在生活的路途中。妙子躺在病床上，完全失去了她平时那种青春焕发的神态，暴露出了她的真实年龄，或者说她看起来比真实年龄还要老。更奇怪的事，现在的妙子，身上完全没有了那种现代女性的风姿，反而呈现出在某种茶馆、酒馆当女招待的姿态，而且还不是那种高级茶楼的揽客女招待。几个姐妹中，妙子的性情最随意，但至少身上还有作为大家闺秀的气派，可是现在，妙子的皮肤阴沉暗淡，看起来像染上花柳病毒的人的皮肤，使人不得不联想到某些下流女人的皮肤。再加上，她身上盖的那条羽绒被华丽又鲜艳，两相对比，妙子的脸色更难看了。不过，好像只有雪子意识到了妙子的不同，而且已经有所防范。比如，雪子绝对不用妙子洗过澡的澡盆入浴。雪子经常借幸子的衣服穿，就算是衬衫短裤，也毫不在乎，但是从来不借用妙子的。幸子意识到雪子的做法，好像是她听说奥畑患有慢性淋病就开始了，只是不知道妙子有没有觉察到这些。说实话，虽然妙子经常强调她和板仓、奥畑只是“清清白白的交际”，绝对没有发生过肉体关系，但是幸子从未相信过，不过她也没有深入追究那些事。雪子虽然什么都没有说过，但很早以前就对妙子表示出无言的谴责和蔑视。

“小妹，你现在感觉怎么样？听说你瘦得不成样子，看起来没他们说得那么严重。”幸子装作不动声色的样子，“今天拉了几次啦？”

“从早上醒了到现在，已经三次了。”妙子照例毫无表情，声音虽小可是很清晰，“……不过只是肚子绞痛，什么也没拉出来。”

“这个病就是这样，这应该就是所谓的里急后重[①]。”

“嗯。”妙子终于露出一丝笑意，“是啊，今后，我可是再也不敢吃青花鱼四喜饭了。”

“没错，以后可不能再吃青花鱼了。”幸子脸色严肃地说，“小妹，你不用太担心这个病。不过，斋藤医生说，为了慎重起见，他希望我们能再请一位医生和他一起诊断一下，所以我想请栉田大夫来给你看看。”

妙子一直不知道自己的病情是什么情况，幸子怕如果自己和奥畑、雪子三个人背着她自作主张把栉田大夫请过来，会刺激到她的神经，所以干脆直接告诉妙子。按照斋藤医生的想法，直接去请大阪大学医术高明的医生出诊，可是幸子害怕这样会导致妙子焦虑，所以想请栉田医师过来，听听他的意见，如果需要，再去大阪大学请医生。妙子一直盯着她面前的草垫子，安静地听着幸子安排。幸子看妙子目光呆滞无神，于是催促说：“喂，小妹，你觉得这样行吗？”

“我不同意请栉田大夫过来。”妙子不知想到了什么，眼睛里噙满了泪

① 里急后重：临床常见症状之一，表现为下腹部不适，很想解大便，然而又无法一泄为快。“里急”即形容大便在腹内急迫，窘迫急痛，欲解下为爽；“后重”形容大便至肛门，有重滞欲下不下之感；肛门、直肠及髓尾部坠胀，总有“排便不尽感”。

水，说话的语气特别坚定。

“……我不好意思让栉田大夫到这种地方来看我……”

护士很懂事，看主人家在说一些私密的话，就赶紧站起来出去了。幸子、雪子和奥畑三人看着妙子满脸泪水，都非常吃惊。

“这样吧，妙子姑娘这边就交给我吧，我来慢慢和她说……”奥畑穿着法兰绒睡衣，外面裹着一件青灰色的绸缎睡袍，坐在妙子的身后，狼狈地看着坐在妙子身前的幸子姐妹俩，眼神看起来很委屈无奈。

“好吧，既然小妹不愿意让栉田大夫过来，那就算了。……你别太在意这件事……”

幸子知道生病的人最重要的就是心情平稳，所以一直在安慰妙子。但是幸子明白，如果妙子不愿意，那治疗的事情就不好安排了，为什么妙子这么反对让栉田大夫知道这件事呢？看起来，奥畑好像知道其中的原委，幸子却想不明白。

幸子是趁贞之助不在家的时候出来的，她在妙子这里待了一个小时，看妙子情况还算稳定，就打算趁午饭之前回去。幸子打算从“孟坡”那个地方抄近路，走到机场附近坐电车或者公共汽车回去。雪子送她去车站，姐妹两人并肩走在前面，阿春跟着她们后面。

“昨天夜里还发生了一件怪事呢。”雪子和幸子说，“夜里一般都是我和护士轮流在病房照顾病人，昨天妙子身体情况不错，十二点多就睡安稳了，所以当启说今天晚上他守着，让我们俩好好休息，我们就答应了。然后启就穿着衣服在妙子身边睡下了。半夜两点多的时候，我在房间里听见病房有哼哧声，不知道妙子是做噩梦了，还是发病了，虽然有启在身边陪着，但我生怕有什么事，就赶紧爬起来了，结果我才把病房门推开一点儿，就听见启接连着叫‘小妹、小妹’，中间还有小妹叫‘米哥’的声音。虽然只叫了一声，不过我能确定是‘米哥’。我估计是小妹醒了，就没进去，回屋接着睡了。后来，就没声音了，我觉得没什么问题，就放下心来了，不过这几天太累了，所以一直也睡不安稳。”

“大概四点钟左右，天刚蒙蒙亮，小妹又开始拉肚子了，还伴随着腹痛，小妹疼得厉害，启一个人弄不过来，就赶紧把我叫醒了，后来我就一直没睡。直到刚刚，我才想起来，小妹估计是梦见板仓了，那声‘米哥’肯定是在叫他。说起来，板仓是五月份去世的，一转眼已经快一年了。板仓死得太悲惨，也难怪小妹一直放不下他，所以每个月都要去冈山乡下上坟。马上就到板仓周年死忌了，结果她却生了重病，还必须在板仓的情敌启家里接受治疗，你说小妹能不心急吗？小妹很有自己的想法，不会让外人摸透她的想法。不过，我估计是因为她总是惦念板仓去世的事情，昨天晚上才会做噩梦。这也只是我自己的猜测，谁知道事实是什么呢？”

“不管怎么说，小妹今天早上腹部疼得厉害，所以顾不上想别的事情了，要是肚子好些了，估计她又要为这些事情头疼了。至于启，他比小妹还在乎面子，表面上虽然看不出来什么，不过估计心理不会好受，毕竟我一个外人都想到了这些。”

雪子又说：“刚才小妹那么严肃地说不要请栉田大夫，估计就是因为这个原因。我猜测小妹昨天晚上做梦梦见板仓了，所以她才介意自己一直在启家里住着。她大概是感觉到，只要自己住在启家里，病就好不了，一点点恶化下去，没准最后会死掉。所以她刚刚说那些话，并不是在拒绝让栉田医师为她诊治，而是表示她不愿住在这个地方，如果可以，她希望可以赶紧搬走。”

“对啊，说不定她就是这个意思。”

“我本来打算仔细问问她是不是这个意思，可是启一直在她身边待着……”

“我忽然想到一个地方……你觉得我们把小妹送到蒲原医院去治疗怎么样啊？……我相信只要说明情况，医院肯定愿意接收。”

“倒是可以……不过蒲原大夫能治赤痢吗？”

“这个不用担心，我们只是让妙子住在他那里，治疗的话，我们可以请栉田大夫出诊。”

蒲原医院是阪神御影町的一家外科医院。院长蒲原博士出生于上总的木更津，是一位热血的关东汉子，讲义气、重感情，从大学时期就是莳冈家船场的店铺和上本町宅邸的常客，幸子四姐妹从小就认识这位医生。蒲原博士上大学的时候付不起学费，还是在幸子父亲的帮助下完成了学业。后来，蒲原留学德国以及回国后开办现在这家医院，她们的父亲又资助了一部分费用。

蒲原这位外科医生，为人做事带着一股专家风度，而且对于做手术方面有很高的自信，所以他开办的医院很快就兴隆起来，没几年就还清了莳冈家给他的助学金。后来，为了报答莳冈家的恩情，他总是照顾和莳冈家有关的病人，如果有莳冈家的家属或者船场店铺里的店员们去他那里看病，总是只收一点儿钱，无论如何也不肯多收。

所以，幸子觉得如果和蒲原院长说清楚妙子的情况，再请他想办法给妙子安排一个床位，按照他的性格，肯定愿意接受妙子。只不过，他那里是个外科医院，还得麻烦栉田医师出诊。不过蒲原和栉田既是同学，又是好朋友，估计不是什么难事。

雪子一直把幸子送到“盂坡”的南口才分手，幸子走之前，嘱咐说：“回家后，我就给蒲原医师和栉田医师打电话，现在小妹的身体这么差，万一真像斋藤医师说的那样，小妹出现了并发症，那我们就必须采取措施了，到时候不用管小妹是怎么想的，必须把她从启家里接出来。这段时间，我们也不能干等着，你马上和斋藤医师说，现在必须给病人注射林格氏针和维他康复了。如果医生不愿意听你的，就让启出面和他谈。”

幸子一到家，就赶紧给蒲原医师打了个电话，对方果然爽快地答应了，还说：“我马上就给妙子姑娘安排一间特殊病房，随时可以住进来。”但是一直联系不上栉田医师，他是个大忙人，经常出诊，幸子就给患者挨家逐户打电话，好不容易才联系上他。等到栉田医师同意出诊，已经是傍晚六点多钟了。尽管幸子想尽快把事情办妥，可是住院可不是一件简单的事情，需要准备的东西太多了。贞之助虽然嘴上说不愿意搭理妙子的事情，但心里也特别着急，所以，幸子还得抽空和贞之助交代现在的情况，让他去结清医院的费用。直到七点多钟，幸子才把事情都安排好，然后通知西宫那边明天上午把病人送到医院。

阿春回到家已经是半夜十二点钟了，传达了雪子的话，和当天下午的一些情况。

首先是妙子的病情。幸子离开后不久，妙子说感觉很冷，然后身体开始发抖，体温一直升到四十多度。到了晚上，才刚刚降到三十八度左右。至于幸子嘱咐的打针的事情，奥畑打电话催了斋藤医师很久，斋藤医师才被迫答应给病人注射林格氏针。但是，那位斋藤医师并没有到家里来，来的是他的老父亲，老医师观察了一段时间，说："还用不着打林格氏针。"就吩咐护士停止打针准备，然后急匆匆地把注射器装到包里，离开了。雪子看到这样的情况，更加确定了换医生的必要，等到病人平静了一些后，又一次提出了请栉田医师上门诊治的建议，但是妙子还是没有同意，也没有解释原因，只是说自己不愿意请栉田大夫到这里来，只要换个地方，不管是医院，还是甲麓庄公寓，只要不是这里，自己就愿意接受栉田大夫的治疗。奥畑一直寸步不离地守在她身边，所以妙子并没有说得那么直白，不过大概意思就是这样。奥畑听到妙子这样说，非常焦急，一直劝她再考虑考虑，说："小妹你这是干什么，就在我这里安心治疗就好了，何必想那么多呢?"但是，病人就像是没听见一样，完全不搭理他，只顾着和雪子说话。奥畑急得满脸通红，提高嗓门说："小妹，你为什么这么讨厌待在我这里呢?"雪子看着眼前的情况，觉得他们之间肯定是因为昨天夜里妙子的梦话闹别扭了，但是雪子什么都没有说，只是在奥畑要发火的时候，安慰他说："您的好意我们心领了，但是一直让生病的妹妹住在您这里，实在是太打扰了，我和幸子姐姐心里都过意不去。下午，幸子姐姐已经联系好了蒲原医院的病房，也办好了住院手续，所以才打算明天把小妹接过去。”说到最后，奥畑才勉强接受这件事。

二十一

第二天，上午八点钟左右，因为送妙子去医院的事情发生了一些小争执，当时，奥畑坚持要跟着救护车送妙子去医院，说：“自从小妹生病以来，一直都是我在照顾，我有义务看着她平安地住进医院，所以务必让我陪同。”幸子和雪子劝他说：“您说得很有道理，但是您就放心地把小妹交给我们吧。我们并不是反对您和小妹来往，只不过你们毕竟只是偷偷交往，还没有得到大家的认可。我看小妹很担心自己会被外面的人说三道四，所以您今天就回避一下，不要跟着去了。如果小妹的病情有什么变化我们肯定会告诉您的，就算没什么事，只要您打电话来，我们也会把每天的病情告诉你的。”幸子姐妹俩好不容易才劝服了奥畑，就差鞠躬敬礼了。又费了好大工夫才说服奥畑如果有问题，就趁上午打电话到芦屋找幸子或者是阿春，千万不要直接打电话到医院。幸子又对斋藤医师解释了自己的打算，感谢他这段时间对妙子的照顾。斋藤医师表示理解，还主动提出要护送妙子去蒲原医院，把病人交给负责下一阶段治疗的栉田医师。

雪子和斋藤医师乘坐救护车把妙子送到医院，幸子和阿春留下收拾一些比较零碎的事情。接下来一个小时，她们两人把楼上那间给妙子当病室的六铺席的屋子打扫干净，分别给了护士和“老奶奶”一些小费，然后才雇了一辆夙川的出租汽车前往医院。每次有亲人住进医院，幸子心里就感觉很难受，总是想着病人会不会就这样离自己而去呢？她以前也有过这样不祥的预感，生怕今天又产生同样的想法。车子开上公路以后，幸子发现窗外的春天气息比昨天更浓了，家家户户开满了白木兰和连翘花，远处的六甲群山藏在朦胧的云霞中，真是令人赏心悦目的美景。但是今天幸子心情特别沉重，完全没有心思欣赏这些景色。幸子发现妙子的脸色比昨天还要差。虽然斋藤医师早就说过要预防万一，但是直到昨天她还抱着侥幸心理，觉得医生是在吓唬人，妙子根本就没有那么严重，但是今天看到妙子的脸色，她觉得没准妙子真的有性命之忧。在幸子看来，妙子今天眼睛瞪得很大，但是眼神发直，直愣愣地盯着某个地方，前几天只是表情不那么丰富，但是今天简直是呆滞无光，看起来，人就像快死了，让人心慌。昨天妙子还在为换病房的事情流泪争取，可是今天面对奥畑和幸子姐妹在走廊的争执，她一点儿反应也没有，好像这些事与自己无关。

昨天在电话里，蒲原院长答应给妙子准备一间特殊病房，结果今天就把妙子安排进了一幢单独的日式宅子。住宅和医院由一段走廊相通，这间住宅本来是为了院长居住花大价钱修建的。去年，蒲原在距离医院两里的住吉村观音林，从某实业家手里购买了一栋私邸，就从这栋房子搬出去了，这里就成了他平时休息的地方，这里正好符合隔离的条件，所以就把妙子安置在这里了。蒲原把原来当做会客室的那间八铺席屋子，和连在一起的那间四铺席屋子一起当作病房，提供给幸子他们，为了方便陪床的人，连厨房和浴室都允许随意使用。幸子昨天还打电话预约了一位护士，去年悦子犯猩红热就是那位“水户姐”照顾的，所以这次幸子还是预约的她，恰巧时间合适，护士会就答应了幸子的申请，安排“水户姐”来照顾妙子，“水户姐”上午就到了。虽然幸子早就和栉田医师约好了时间，但是那位大忙人还是老做派，幸子到医院后，催了两三次还没有出现。斋藤大夫虽然一直在看手表，但是一点儿都没有表现出不耐烦，直到栉田医师赶到医院交代完了才离开。

两位医生的交谈夹杂着德语，旁人就算听见了也不明白在说什么。栉田的诊断结果和斋藤完全不一样，他认为病人的肝脏并没有出现肿大症状，更不会是什么肝脓肿。体温的急剧升降和怕冷发抖完全是恶性赤痢的正常病状，病人身体比较虚弱，但是赤痢在逐渐好转。他立刻安排“水户姐”给病人注射林格氏针和维他康复，然后注射了偶氮磺胺。栉田医师临走之前，若无其事地对幸子说：“您不用太过担心，明天我再来看看病人的情况。”幸子还是不放心，眼里噙着泪花一直把他送到门口，问他：“大夫，真的没事吗？”他很自信地保证：“没事，别担心。”幸子追问：“还需要请大阪大学的医师来给妙子会诊吗？”“您不用担心了，斋藤君太过谨慎了，提出这种建议也是谨慎起见，如果真的有需要，我会告诉您的，现在您尽管放心地把病人交给我。”“我这个外行人，看着小妹的脸色比昨天差劲多了，就像是要死了，我实在是担心她。”“您多虑了，身体虚弱的人都是这样。”栉田医师根本不认为这是个严重的问题。

幸子送栉田医师离开后，自己也打算回家，就和蒲原医师打了个招呼，然后回芦屋了。回到家里，贞之助、悦子和阿春都不在，她自己一个人坐在西式会客室里，四周寂静无声，她不由得想起那个不祥的预感。对幸子来说，栉田医师一直负责为家里的几个姐妹看病，而且从来没有出过错，自己应该完全相信他。而且栉田医师和斋藤先生的意见完全不一样，按说自己应该更愿意相信栉田医师说得“妙子没什么事”，但是自己看着妙子的脸色，再加上那个不祥的预感，总觉得妙子的情况不太乐观。她回家就是为了给大姐写封信，通知一下现在的情况。

她准备把这封信从将妙子逐离家庭，一直写道最近不得不把生病的妙子接回家，幸子想着把这些事描述清楚，再加上润色语句，至少需要两三个小时，所以一直不愿意动笔。直到吃过午饭，幸子才把自己关进房间，准备开始写信。四姐妹中，幸子的字是最漂亮，尤其是写“假名”，而且文才也好，所以写信对于她来说，根本不算一件难事，甚至不需要像长房大姐那样要打草稿。她喜欢直接用毛笔在卷筒纸上写字，字迹饱满硕大，一笔不苟。但是今天这封信写得却不顺畅，一封信改了两三遍才成稿。

大姐：

很长时间没有问候大姐了。今年的好季节又来了。六甲山每天都是云雾缭绕的，现在正是大阪、神户最美的季节。每年这个时候，我总是愿意跑出去看看。

很久没有给您写信，家里都还好吗？我们全家都很好。

本来不打算给您写信的，但是发生了一件让人担心的事情，所以不得不告诉你。小妹得了恶性痢疾，现在病情不容乐观。

关于小妹的事情，我一直很可怜她，但是自从我们上次通信之后，我还是按照商量的结果把她赶了出去，而且不允许她再回来，这些事我也已经和您说过了。不过小妹并没有像我们猜测的那样和启住到一起，而是独自租住在本山村的甲麓庄公寓，这件事相信您也知道了。虽然我们很担心小妹一个人怎么生活，但是从来没有过问这件事，她也没有给我们写过信。阿春偷偷去看过她几次，告诉我们小妹虽然和启有来往，但一直自己住在公寓里，并没有住到启那里去。我们听到这些消息，也就没那么担心了。

没想到，上个月月底，阿春突然接到了启的电话，说小妹在他家里玩的时候病倒了，更糟糕的是，小妹没办法走动，所以只能住在那里接受治疗。一开始，我们以为小妹只是简单的肠胃问题，所以就没有理会这件事，后来才知道小妹患的是赤痢。虽然我们很担心小妹，但是想到毕竟已经断绝了关系，而且她还住在启家，所以一直犹豫该不该把她接回来。阿春非常担心，就去照顾小妹了，她回来告诉我们，小妹患上了赤痢，而且还是恶性的，负责给小妹诊治的是附近请来的医生，不知道底细，治疗也不到位。小妹经常高烧腹泻，每天都很痛苦，身体越来越虚弱，瘦得脱了相。这种情况下，我也没有动摇。

但是雪子妹妹竟然为了照顾妙子，瞒着我偷偷住到启家里去了。这样一来，我再也不能袖手旁观了，我去看了看妙子的情况，吓了我一跳。据医生初步诊治，妙子的赤痢可能引发了肝脓肿并发症，如果病情确诊，小妹就没救了，但是他也不敢下结论，所以要求再请一位专家来会诊。小妹一见我，泪水就忍不住了，她说无论如何也不愿意再住在启家了，让我赶紧把她接走，听她的口气，似乎是害怕自己死在启家。雪子猜测妙子也许是因为板仓的周年忌辰快要到了，怕那个男人的阴魂作祟吧。小妹这两天还做噩梦梦见板仓了。可能小妹还害怕万一真的在启家发生什么不幸，会让我们为难。小妹一直很坚强，可是这回竟然在我面前表现出这么柔弱的一面。小妹的脸色从昨天开始就特别难看，双眼无神，表情呆滞，让人害怕。为了照顾病人的心情，我今天早上派车把她接到蒲原医院了，同时禁止启来看望她。那些有隔离条件的医院都没有空床了，所以我和蒲原大夫说明情况，特意请他为小妹安排了一间病房，然后请栉田医生上门诊治，大姐应该也认识栉田医生吧？

基本情况就是这样。这次把妙子接回来实在是无奈之举，不管姐夫会怎么想，我想大姐您肯定能理解我的心情。贞之助也觉得这次是事出无奈，虽然他很担心小妹的情况，可是到现在还没去看望过小妹。虽然出现病危的可能性很小，但也不是完全没可能，如果真的出现那种事，我会再打电报通知您的，也请您提前做好思想准备。栉田大夫跟我说小妹不像是患上了肝脓肿，目前没什么危险，而且病情也在往好处发展。但是照我看来，小妹的脸色越来越差，而且病症也越来越严重，我有一种不祥的预感，总感觉这次栉田大夫没准是误诊了。现在只希望我的预感是错误的。

我只是想把最近的情况汇报给您，没想到乱七八糟地写了一大堆。我写完信还要赶到医院去。这件事太突然了，只能把别的事情都推掉了。最辛苦的还是雪子妹妹，她几乎整夜整夜地守在小妹身边，还好有雪子妹妹在，要不然我都不知道该怎么办了！

今天就写到这里吧，下次再给您信。

妹幸子上

四月四日

大姐单纯善良，幸子虽然担心大姐可能会被这封信吓坏，但是为了激起大姐对妙子的同情心，还是特意夸大了妙子的病情。其实也不算糊弄大姐，幸子这封信完全是按照自己的真实感受写的。幸子写完这封信，趁悦子还没有从学校回来，就又匆忙赶回医院了。

二十二

妙子住进医院的第二天，就好像从噩梦中逃出来一样，濒死的症状全都消失不见了，往后的两三天里，身体以肉眼可见的速度，越来越好。幸子看着妙子的样子，不禁感叹栉田医师的医术高明，妙子果然像他说的那样“没什么事”。幸子想起自己前两天刚给大姐写信报告了妙子的病情，大姐看了肯定着急坏了，于是赶紧寄去第二封信。结果隔天幸子就收到了大姐的回信，办事这么雷厉风行完全不像大姐平时的作风，想来她肯定是特别高兴。

幸子妹妹：

前几天收到你的来信，真是把我吓坏了，我每天都感到很焦虑，所以没有给你回信。直到看到了第二封信，我才松了一口气。妙子能够开开心心的，就是最值得我们高兴的事情。

妙子现在已经没事了，这些话我才能说出口。其实，前两天，我看到第一封信时，真的以为小妹快要没救了。一直以来，小妹一直按照自己的想法行事，完全不理会别人的担心。生病也是她自己惹来的，虽然她生病了我很担心，但要是真的因为这次生病去世了，也是没办法的事。不过如果她真的死了，谁去把她接回来还是个问题？怎么出殡也是个问题？你姐夫肯定不愿意去做这些事，从你那里更不合规矩，总不能直接在医院出殡吧？这样做就太丢面子了。我一想到这些就头疼。……你看看小妹都把我们连累成什么样子了。

还好，她身体逐渐好起来了，也算是救了我们一命。这多亏了幸子妹妹和雪子妹妹的悉心照顾，希望小妹能理解你们两个的苦心。如果她能通过这件事理解了姐姐们的苦心，趁机断绝了和启的往来，开始新生活，那就更好了。

我知道蒲原大夫和栉田大夫也出了不少力，我真心感谢他们，但是我没有办法亲自出面感谢他们，希望幸子妹妹能够理解。

鹤子

四月六日

幸子收到这封信，想拿给雪子看，所以特意跑到医院。

离开的时候，幸子趁雪子送她出病房，偷偷拉住雪子，把信从包里拿出来，交给雪子，说：“东京大姐来信了，你就在这里看吧。”

雪子看完信，只说了一句“果然是大姐的作风”就进病房了。幸子不明白雪子是什么意思，反正她自己对那封信没什么好感。说句实话，幸子从大姐这封信里，看出来大姐已经对妙子没有什么姐妹感情了，她说这么多，无非是害怕她们一家子受妙子的连累。虽然大姐这么想也情有可原，这样一来，妙子就太可怜了。虽然说这回生病是妙子自己惹出来的，但是妙子一直以来生活得不容易，她从年轻的时候就放纵性情，随心所欲，后来差点儿因为水灾被淹死，好不容易遇到宁可抛弃名誉地位也要追随的恋爱对象，对方又患病去世，这些事是她的姐姐们做梦都想不到的，却是妙子亲身经历的。幸子想到如果是自己肯定承受不住这么多磨难，还有雪子也是，就更加佩服妙子这些年来的所作所为了。再想到大姐接到第一封信时慌张狼狈的样子，以及收到第二封信暗自庆幸的样子，就觉得大姐实在是太可笑了。

妙子住院的第二天上午，奥畑打电话到芦屋询问妙子的情况，幸子告诉他：栉田大夫已经给妙子诊治过了，说病人的病情正在好转，妙子的情况也的确比前两天好多了。接下来的几天，奥畑没有再打电话。第四天，幸子中午到医院看望妙子，下午三点钟离开医院回家的时候，雪子和“水户姐”正守着妙子，阿春正在套间里用电炉熬米汤，暂住的这套独栋住宅的看门老头儿来通报说：“府上来人了，不过他没有说姓名，是不是府上的老爷来了。”“哎呀，是不是贞之助姐夫啊？不过，他应该不会来呀。”雪子说着，和阿春交换了一个眼神。院子里很快就响起了皮鞋声，有一个戴深色金丝边眼镜（这个人不是视力差，而是养成了臭美的毛病，戴有色眼镜完全是为了时髦好看）的男人从胡枝子篱笆那边走了出来，他穿着一件绛紫色双排纽扣上衣，手里拄着一根白蜡木手杖。这幢日本式房子和医院各自有独立的大门，但是因为二者连在一起，所以第一次到这里人都是从医院的大门进来，然后再由人带着走到独栋房子这里。不知道奥畑是怎么找到这个大门的，他找到这里，趁老大爷通报的工夫，自己擅自就从门口走进了院子（后来才知道，奥畑见到老大爷，上来就问：“莳冈妙子的病房是这里吗？”至于老大爷几次问他的姓名，他都不回答，只是说：“你说是我，对方就知道了。”一开始，怀疑是阿春向他泄密，告诉他这栋房子还有一个单独的大门，从门口进来穿过院子就能找到病房，后来再仔细一想，应该是他自己耐心探寻找到的，而不是向别人打听的。自从板仓的事情之后，他就对观察妙子的行动产生了很大的兴趣。估计自从妙子住院以后，他就开始在医院附近观察了。）

院子里的回廊从东向南成直角延伸，盛开的珍珠梅挤满了廊檐，奥畑沿着走廊，拨开珍珠梅，来到病房外面，正好可以看见妙子的脸。病房的玻璃拉门微微开着，奥畑伸手把门打开，摘下鼻梁上架着的深色眼镜，冲妙子露出笑脸，说：“我正好来附近办事，就来看看你。”“水户姐”被这个莫名其妙走进来的陌生男人吓了一跳。雪子放下手里的报纸和红茶，一脸震惊地安慰“水户姐”说：“没事，我出去看看。”说着，就招呼奥畑到走廊上说话。雪子看到奥畑在门口的踏脚石上站着有些慌张，生怕他再进屋里去，赶紧往走廊放了一个坐垫，请他坐下。雪子看奥畑似乎想说些什么，就扭头进了屋里，把电炉上熬米汤的砂锅端下来，换上水壶。水很快就开了，雪子沏好茶，打算让阿春把茶端给奥畑，突然想到阿春十分善于应酬，要是让奥畑纠缠住也麻烦，于是又改变了主意，对阿春说：“阿春，你别管了，剩下的事情就交给我吧。”说完，她把茶端给奥畑，又躲回屋子里了。

这天天气阴沉，温度适宜，是个鲜花盛开的好时节，病房的拉门敞开着，妙子正好能看见坐在回廊上的奥畑，但是妙子的眼睛里没有一点儿波澜，平静而专注地盯着奥畑。奥畑看到雪子一直在故意躲他，有些不好意思再继续待下去了。过了一会儿，他从烟盒里抽出了一根烟，点着的烟很快就积满了烟灰，他本来想把烟灰掸在地上，结果犹豫了一下，冲着屋里看了看，问：“不好意思，有烟灰缸吗？”“水户姐”很机灵，立刻就把手边的红茶杯的托盘送了过去。

“小妹，看起来，你的病已经好多了。”奥畑一边说话，一边跷着腿，把脚后跟搭在玻璃拉门的门框上，让人感觉他是在向妙子炫耀他新买的那双皮鞋，“也就是看你好点了，这些话我才敢说，你前一阵子太凶险了。”

“嗯，这个我倒是知道。”妙子的声音有气无力的，“我差点儿就完蛋了。”

“你这个样子，什么时候能下床啊？今年估计是没法去看樱花了。”

“赏樱花还在其次，我倒想看菊五郎。”

“还有看戏的精神头，那估计没什么事了。”奥畑又看着“水户姐”，问：“怎么样，这个月应该就能下床走动了吧？”

“这可不好说……”“水户姐”敷衍了一句，就没再说话。

“昨天晚上，我和菊五郎一起在坂口楼吃饭了。”

“谁把菊五郎请来的？”

“柴本君。”

“听说那个人很喜欢菊五郎六世，经常给他捧场。”

“前一阵子，柴本就说要请菊五郎六世吃饭，让我作陪，不过菊五郎六世可不好请啊，架子大着呢。”

奥畑性格急躁，缺少专注力，做什么事都没有耐心，嫌戏曲沉闷，所以很少看戏，最多看看电影什么的，但是却很喜欢和演员打交道。以前，他手里有钱，经常请一些演员去酒馆、茶馆消遣，所以和水谷八重子、夏川静江、花柳章太郎他们都很熟。那些人来大阪演出的时候，他基本不在下面坐着专心看戏，而是跑到后台去看望他们。所以，奥畑总想通过朋友结交菊五郎六世，并不是因为欣赏他的技艺，只是单独因为菊五郎的名号。

奥畑看妙子追问个不停，脸上露出得意的模样，开始描述昨天晚上坂口楼那场酒席的场面，还模仿菊五郎六世说话的语气和神情给妙子看，估计他今天来看望妙子，就是为了显摆这件事吧。阿春表面上是在妙子身边守着，其实耳朵早就竖起来听奥畑讲故事了，她向来喜欢听这些事情，尽管雪子一直催她赶紧回家，她口头上答应得好好的，但迟迟不肯动身。雪子看看表已经五点了，又一次催促她说："阿春，都五点了，赶紧回家吧。"阿春才一脸不情愿地站起身来收拾东西。

阿春一般每天下午到医院帮忙洗衣服做饭，然后晚饭前回家。在回芦屋的路上，阿春一边走，一边想："奥畑少爷说起来没完没了的，也不知道会待到几点？奥畑少爷已经答应了不来医院，现在又突然来了，如果太太知道了，肯定会很吃惊。如果他一直不离开，雪子姑娘会怎么做呢？难道说：'请你按照约定离开吧，以后不要再来了。'这种话估计雪子姑娘说不出口吧。"……阿春边走边想，一会儿就走到了新国道的柳川车站，准备和平常一样乘坐电车回芦屋。正好有一辆空的出租车从神户方向开来，阿春认识车子的司机，知道他也住在芦屋，就隔着马路冲司机打招呼："要是回芦屋的话，就捎我一段吧。"司机把她带到芦屋还不行，阿春还让人家特意把她送到家门口拐角的地方。阿春急匆匆地走进厨房，问正在烙鸡蛋饼的阿秋："太太在哪里？老爷回家了吗？出大事了，奥畑少爷去医院了。"阿春的神情让人感觉她在说一件很严重的事情。阿春站在走廊的一头，看见幸子正躺在那间西式会客室的长沙发上，她轻轻地走过去说："太太，奥畑少爷刚才去医院啦。"

"什么？"幸子猛地坐起身来，连脸色都变了。阿春沉重的语气把她吓了一跳。

"他是什么时候去的？"

"您走了没一会儿，他就到了。"

"现在还在那里吗？"

"我回家的时候，他还在医院待着呢。"

"他去医院有什么事？"

"他说他去医院附近办事了，顺道到医院探望一下妙子姑娘。不过他不等我们邀请，就擅自从大门走进院子了。……雪子姑娘见他进来，就一直躲在套间里，妙子姑娘一直在和他聊天。”

“小妹没有生气吗?”

“没有，好像跟他聊得还挺开心……”

幸子让阿春在会客室里待一会儿，她自己去书房里给雪子打电话。雪子依然很讨厌通电话，所以最开始接电话的是“水户姐”，幸子对“水户姐”说：“不好意思，我有些事情要和雪子说，麻烦您请雪子妹妹来接吧。”雪子这才勉强地接了电话。幸子一问，才知道奥畑直到现在还在医院待着。雪子告诉幸子：“一开始，我拿了张坐垫请他坐在走廊上，后来天色暗了，外面可能有些冷，结果他就擅自走进病房，关上玻璃拉门，一直坐在病床旁边和妙子聊个没完。也不知道小妹这是怎么了，这一下午竟然一点儿也不累，一直和他闲扯。我一开始还能在套间躲着，可是也不能一直不出来啊，就坐到他们两人旁边听他们聊天。为了让他离开，我就给他换了一次茶，天黑了也没给他们开灯，无论我怎么明示暗示，他一点儿离开的意思也没有，就跟没看见似的，一直闲扯。”幸子说：“那个人的脸皮向来很厚，如果你不明确告诉他不许来，他以后肯定会想来就来。如果他还赖着不走，我去医院把他赶走。”雪子说：“到了吃晚饭的时候了，他也知道这个电话是二姐打过来的，估计一会儿就该走了，你不用特意跑一趟了。”幸子感觉丈夫快要到家了，而且自己如果这个时间出门的话，悦子肯定会问个不停，只好对雪子说：“好吧，就按你说的，我不过去了，你找个委婉的理由，赶紧让他离开吧。”幸子虽然挂了电话，但是她知道雪子绝对说不出什么赶人的话，所以一直惦记着医院的情况。可是一直找不到打电话的时机。到了十一点钟左右，她正准备跟着丈夫上楼睡觉，阿春悄悄地走到她身边，对她小声说：“您打过电话以后，奥畑少爷又待了一个小时才离开。”

“你打电话问的?”

“是的，我刚才打公用电话问的。”

二十三

第二天幸子到医院以后，又问了一下昨晚的情况，才知道昨天晚上奥畑赖着不肯走，雪子不仅没有让他离开，反而自己躲到套间里去了。后来，天越来越黑，屋子太暗了，不得不打开电灯。而且他们一直聊天，妙子错过了吃晚饭的时间，只能让“水户姐”把米汤送进病房。奥畑还是没有离开的意思，若无其事地问病人有没有食欲，什么时候才能开始喝粥，还说自己也饿了，能不能为他从外面点一些吃的东西，附近哪些饭店做的菜比较好吃。到最后，“水户姐”也躲进套间不肯出来了，留下他和病人两个人在病房里。过了一会儿，他估计是真的饿了，才起身对着套间说：“我这就告辞了，打扰了半天，真是不好意思。”然后原路从回廊穿过院子离开了。他向套间里的人告辞的时候，雪子也只是探着头冲他打了一下招呼，故意没有出去送他。

从四点到六点，奥畑一直在医院待了两小时。让雪子纳闷的是，小妹为什么不说一句“请你离开吧”这样的话呢，那样自己就不用这么为难了。他肆无忌惮地突然闯进院子，然后一脸得意地扯个没完（雪子早就说过，奥畑很忌惮二姐，二姐在不在场，他的表现就会差别很大，昨天他尤其放纵无礼），恐怕连“水户姐”都会觉得无法理解，小妹更应该知道我们有多为难。再说，昨天那种场合，小妹是最有资格说话的，她应该让他赶紧离开才对，难道不是吗？上面这些话都是雪子偷偷对幸子说的，她可不敢当着妙子的面抱怨。

看这样子，奥畑这两三天很有可能会再到医院来，幸子觉得有必要现在主动去找他说清楚，请他以后不要再到医院来了。再加上上个月妙子一直住在奥畑那里，斋藤医师的出诊费、接送医生的汽车费、药费、看护费、司机的小费、每天买冰的钱，大大小小加起来，也是一笔不小的费用，而且他照顾妙子也没少费心，无论如何，也应该去家里拜访一下，感谢一下他的情义。不过，估计把这些钱还给他，他也不会收。……不管怎么说，也要说服他把斋藤医师的治疗费收下，至于其他的，就送些东西抵偿吧。幸子算不清楚到底欠了人家多少钱，也不知道该买些什么东西送过去，只好问妙子："小妹，我该送些什么东西呢？"妙子说："这些事我会处理的，你就不要操心了。这次治疗的费用本来就该我自己承担，只不过我现在在病床上躺着，没法去取钱，所以才麻烦奥畑和二姐把钱先垫上，等我的身体好些了，我会把这些钱都还上，二姐就不用操心了。"幸子听了妙子的话，没有再说什么，随后，她偷偷问雪子的意见时，雪子说："虽然话是那么说，不过小妹自己已经搬出去住了半年了，她那些存款估计没剩多少了。她虽然话说得很漂亮，但是钱应该是拿不出来了。所以，奥畑那边，不管是给钱还是送东西，我们还是早点儿办妥的好。"雪子还加了一句："估计二姐你还觉得奥畑是个阔绰的大少爷。前一阵，我在他那里照顾小妹的时候，发现他的生活其实很拮据。晚饭只做了一个汤和一盆大杂烩。我、启、护士吃的都是这些东西。有时候，阿春看不过去，会从西宫市场上买一些炸鱼虾、鱼糕还有红烧牛肉罐头带过去，这种时候，启总是自觉地坐过来一起吃。还有给接送斋藤医师的司机小费时，也是我想着给的，到后来，启干脆假装不知道。

不过启毕竟是个男人，可以假装不在乎这些琐碎小事，但是他家里还有一位管家的老婆子，可不能跟她装糊涂。老婆子对启忠心耿耿，性格也很温和，照顾小妹也很贴心周到，但是她管着家里的开支，一分两分的钱都看得特别紧，不许随便浪费。虽然老婆子对我很尊敬，但是我总有一种直觉，她内心并不像表面那么温和，估计对我们家，尤其是对小妹有很多不满。具体的情况，你可以问问阿春，阿春和她接触得最多，她知道得肯定也多。在这样一位老妈妈面前，我们千万不能欠他们钱。"

幸子听雪子这样一讲，也开始记挂这件事了。她一回家就把阿春叫过来问话："奥畑家那个老妈妈对我们家是什么态度？她有没有跟你说过什么？或者你从别处听见过什么？把你知道的都告诉我。"阿春翻着眼珠儿，一脸严肃地思考些什么，然后问："真的都能说出来吗？"然后才忐忑地说出这些话。

"其实，有件事早就应该报告给太太，只是我不知道该怎么张口。上个月我去启少爷家里照顾妙子小姐，每天在他们家进进出出，渐渐地就和那位老妈妈熟悉起来了。不过，那时候妙子小姐病得很重，大家都很忙，所以一直没什么机会聊天。还是妙子小姐住到医院的病房以后，第二天上午，我去启少爷家里收拾剩下的一点儿零碎东西，家里只有老妈妈一个人，她就劝我坐下喝杯茶再走，也就是那会儿老妈妈和我说了一些话。她说：'你家妙子姑娘真是好命，有两个这么好的姐姐。我家小主人就可怜多了，虽然说他自己有些问题，可是老夫人一去世，他就被亲哥哥从家里赶了出来，外面的人也见风使舵，一个个都不和他来往了。现在我们少爷就只有妙子小姐一个人了。真希望妙子小姐能成为我们家的太太。请你也帮忙撮合撮合这段姻缘吧。'她说着说着就哭起来了，还说什么：'这十年以来，我们小主人不惜为妙子姑娘牺牲一切。'"

按照老妈妈的说法，奥畑被他哥哥赶出来，禁止他进家门的事，是因为妙子。虽然老妈妈没有明说，但阿春从她的话里听出来妙子这几年的生活费都是从奥畑那里拿的，特别是去年秋天，妙子搬到甲麓庄公寓以后。从那时候起，妙子基本上每天早上都会去奥畑家，然后一天三顿饭都在西宫吃，有时候待到深夜才走，甲麓庄公寓好像只是一个单纯睡觉的地方。与其说妙子是搬出来独居，但其实差不多就是寄居在奥畑那里，就连脏衣服，妙子都会拿到西宫那边，让老妈妈洗，或者由老妈妈送到洗衣店去洗。老妈妈还说他们两人在外面的各种消费也是奥畑负担的，因为一般情况下，奥畑的钱包里总会放着一两百块钱，但是只要他和妙子一起出门，回来之后钱包总是空的，所以老妈妈猜测钱都是奥畑出的，妙子每个月只用掏甲麓庄公寓那点儿房租。老妈妈看阿春并不相信她的说法，特意从屋里拿出来了这一年来的各种账单和收据，说：“正好说到这里了，你可以看看这些票据。自从妙子小姐经常到家里来以后，家里的开支大了很多。”

阿春一看那些票据，果然像她说的那样，煤气费、电费、汽车费以至蔬菜店、鱼店等等很多支出，都是从去年十一月份开始，急剧增多。估计妙子是因为没有了家里的约束，花钱更大胆了。除了这些，还有那些百货店、化妆品店和服饰品店的账单，妙子的东西占了一大半。里面还有一张去年十二月神户东亚路的隆兴妇女西服店定制驼绒大衣的订单和今年三月份在同一商店定制的天鹅绒晚礼服的账单。阿春记得妙子那件驼绒大衣又轻软又厚实，面子是茶褐色，里子是非常艳丽的红颜色，特别好看。妙子还向幸子和雪子炫耀过那件衣服，说她可是变卖了两三件穿不下的花花绿绿的和服才凑钱买回来的。当时妙子已经从家里搬出去了，阿春还很疑惑妙子怎么会花这么多钱买一件大衣。不过那天看到账单，阿春一下子就明白那件衣服其实是奥畑送给妙子的。

老妈妈还说：“我跟你讲这些，绝对不是想说妙子姑娘坏话，我只是想告诉你我们家小主人为了讨好妙子姑娘，真的是费了很多心血。说来也惭愧，小主人虽是奥畑家的少爷，可是他排行第三，没有资格随随便便花钱。我们家老夫人在世的时候，还能想办法多给他一点儿钱，可是现在，我们只有去年从家里被赶出来的时候，长房老爷给的那点儿赡养费。那些钱总是有数的，小主人也有没有别的经济来源，眼看着就坐吃山空了，我费尽心思省着花好不容易才撑到了今天。小主人为了讨好妙子姑娘，只顾眼前，痛快地挥霍，那点儿赡养费估计也撑不了多久了。小主人可能以为车到山前必有路，到时候他就有办法了，但是如果他一直不做出什么改变，谁会同情他呢？我一直在为这件事担心，常常劝他要赶紧找份工作，工资多少不重要，关键是不能一直像现在这样四处闲逛。可是他满眼只有妙子姑娘，别的什么都不关心。我想大概只有妙子姑娘答应成为他的太太，他才能做出改变，越来越好。说起来这件事也挺奇怪的，十年前，老夫人和府上老爷不同意他们两个结婚，就连我也是其中之一。可是现在回想起来，如果他们当初结婚了，现在应该过着幸福的小日子，小主人也会认认真真地工作，不至于走上这条错路。”

“还有老爷，也不知道为什么就是不喜欢妙子姑娘，到现在也不愿意让两个人结婚。不过问题不大，反正现在小主人已经和家里断绝了关系，不用再顾忌老爷的想法了，干脆结婚算了，说不定结了婚，老爷就能接受他们了。其实现在最大的问题不是老爷那边，而是妙子小姐。要我说，妙子姑娘早就变心了，她好像不打算和小主人结婚了。我说这些话，可不是在责备妙子姑娘，你千万不要误会。不知道莳冈先生府上是什么样的态度？是不是觉得我们小主人一点儿也不懂人情世故，还有很多缺点。不过有一点我敢保证，那就是他对妙子姑娘的感情从来没有改变过。只是，他十七八岁的时候就出入妓院、酒楼，放纵惯了，那段时间，他被迫和心爱的妙子小姐分开，才开始自暴自弃地吃、喝、嫖、赌，还请多多体谅他。相比之下，妙子姑娘就很出色了，头脑聪明又有主意，还有一般女子比不上的手艺，这么优秀的女子，对我家小主人这种没有志气的人感到失望，也是理所当然的。但是他们两人在一起毕竟已经十年了，还是希望妙子姑娘能看在这些年的情分上，可怜一下我们家死心眼的小主人，不要轻易抛弃他。如果妙子姑娘实在是不愿意嫁给小主人，当时发生米吉那件事时就该说清，说不定小主人就死心了。就是因为妙子姑娘当时态度暧昧不明，说是要和米吉结婚，却一直不结，和小主人分手了，却又好像还爱着小主人，我们小主人就是这样被耽误的。后来米吉去世了，妙子姑娘的态度还是不明确，既不拒绝，也不公开承认关系，妙子姑娘这是什么意思呢？她的做法，让人没法不怀疑她就是想在经济上利用小主人。”

阿春不知道老妈妈为什么会有这样的想法，就说：“虽然您这么说，但我们当时听说的是妙子小姐已经准备好和板仓老板结婚了，就是因为启少爷在其中捣乱，才没有结成。还有一件事，妙子姑娘早就想好了，那就是等雪子姑娘的亲事定下来以后，她才会答应结婚。”老妈妈马上就说：“等雪子姑娘亲事定下来这是应该的，但是说我家小主人故意搅黄妙子姑娘的婚事，那就太可笑了。实话说，那段时间，妙子姑娘一边和米吉约会，一边和我家小主人约会，而且我可以确定，是妙子姑娘主动打电话约的我家小主人。也就是说，妙子姑娘同时享受着两个人的感情。在我看来，或许，妙子姑娘内心喜欢的是米吉，但是由于某种原因，又一直和我家小主人保持着联系。”在老妈妈的心里，妙子完全是为了钱，才会和奥畑在一起，甚至可以说是故意勾引，她只是没有明说而已。

阿春反驳她，说：“老妈妈，你应该知道那时候妙子姑娘还有自己的事业，做布娃娃的收入完全可以维持生活，而且还能存下钱，根本没必要靠着你家小主人。”结果老妈妈说：“这都是妙子姑娘讲的吧，看来你家太太和雪子姑娘都信以为真了。可是你仔细想一想，妙子姑娘边做边玩，业余时间能做多少布娃娃，那点儿收入根本无法支撑她奢侈的衣食住行，更不用说存钱了。听说妙子姑娘有一个很棒的工作室，还收了一个外国徒弟，还让米吉把她的作品拍成照片，宣传得有声有色，估计就是因为这些，府上才会觉得妙子姑娘能力很高吧。但是在我看来，她根本挣不到那么多钱，至于存款，我没有见过她的存折，所以也不好说什么。不过就算有，估计也没多少钱，说不定她从我家小主人那里拿钱就是为了存到存折里。要我说，说不定就是米吉指使妙子姑娘这样干的。米吉肯定是想，如果妙子姑娘从我家小主人这里拿到钱，他的负担就减轻了，所以知道妙子姑娘在偷偷和我家小主人约会，也不去戳穿。”

老妈妈说的那些事，阿春觉得很意外，她总是忍不住想为妙子辩解几句，但是每次老妈妈都会拿出很多证据来反驳阿春，这些例子，阿春实在没有勇气说出口，只能对幸子说：“总之全是一些不像话的事，我都没法说。”老妈妈其实对妙子了解得特别透彻，就连妙子手里有几颗宝石、那几颗宝石长的什么样子她都知道得一清二楚。上面那些只是简单地记录了她举的几个例子（中日战争爆发以后，人们都不敢戴戒指了，妙子把那些宝石看得比命还重要，所以她从芦屋搬出去的时候，并没有带走，而是把那些宝石藏在宝石匣里，交给幸子保管。）妙子那些宝石都是奥畑从自家商店里偷出来送给妙子的。每次奥畑偷东西被发现，都是老夫人替他收拾残局，这种事老妈妈亲眼看到过很多次。老妈妈说，奥畑经常去他哥哥店里偷拿东西，虽然他自己也会变卖一些当零花钱，但大多数都送给妙子了，有时候直接给宝石，有时候换成钱给妙子，妙子自己也会偷偷把宝石拿到别的商店去变卖，有的宝石经过几次倒手，又转回了奥畑商店。妙子明知道那些东西是奥畑偷来的，却全收下了，甚至还非缠着奥畑要某个手表、别针或者项链。

老妈妈毕竟在奥畑家待了几十年，对家里的事情了如指掌，更是看着奥畑从小长大，所以她要是一件一件地说起来，那可就没完了。不过就像老妈妈一直强调的那样，她说这些话并不是想指责妙子，她只是想证明奥畑很喜欢妙子，为她做了很多事情。“府上各位不了解这些事情，所以才会觉得我家小主人一无是处，不愿意让妙子姑娘嫁给他，我说这些就是想解释一下。我想如果府上各位知道我家小主人被老爷从家里赶出来的原因，应该就不会阻止两个人结婚了。我不是说妙子姑娘怎样怎样，既然她对我家小主人很重要，我自然会十分尊敬她，所以我希望大家能帮我劝劝妙子小姐，就接受我家小主人吧。听说妙子姑娘最近又有了新的相好，准备甩掉我家小主人。妙子姑娘是不是看我家小主人快没有钱了，所以才找这么个借口。”

阿春越听越吃惊，说：“哪里来的新相好，我今天可是第一次听说，这是谁说的?”老妈妈说：“倒不是有人告诉我，只不过他们两个人最近总是吵架，好像是为了一个叫‘三好’的男人。我家小主人说话总是提到酒吧领班’啦，‘那个酒吧领班’什么的，然后说一些气话，好像是个神户人，但是具体住在哪里，干什么的，我就不清楚了。”老妈妈推测那个叫

“三好”的应该是神户一家酒店的酒吧领班，别的信息就不知道了，所以阿春也没有刨根问底。因为这件事，老妈妈又提到妙子酒量很大，说她有时候在西宫奥畑家喝酒，如果是喝日本酒，她能喝掉七八合，如果是三角瓶的威士忌，她轻轻松松就可以喝掉三分之一瓶，酒量了得，很少喝醉闹腾，但是有时候会被奥畑搀回来，也不知道是去哪儿喝成了一摊烂泥。可是按照阿春的了解，妙子平常在幸子她们面前最多喝一两合。

二十四

幸子听着阿春的讲述，脸色一会儿白，一会儿红，多少次想伸手捂住耳朵，制止她：“阿春，你别再说了。”幸子用了极大的耐性，才让自己坐在这儿听了这么多，她觉得如果再问下去，会听见更多令人脸红的事情。

“好了，不说了，你去吧。”好不容易告一段落时，她让阿春出去，自己一个人趴在桌子上平复心情。

事情真的是这样吗？难道自己一直以来的担心是正确的？……不过，自家人可是会偏袒自家人的，老妈妈觉得奥畑是个用情至深的好青年，可是实际上呢？他绝对没有对妙子呈现出献身般的情义。看来丈夫和妙子对他的看法是对的，他的确是个轻浮的浪荡公子。不过也不能因此就认为老妈妈是在无故指责妙子。就像老妈妈内心偏袒启一样，自己可能也太偏袒妙子了，给了她过高的评价。……幸子每次看到妙子手上戴上一枚新的宝石戒指的时候，内心就会产生疑惑，觉得那枚戒指来路不正，但是妙子总是扬扬得意地炫耀，说这是自己劳动所得，幸子也就不再怀疑了。而且当时妙子还运营着自己的布偶工作室，幸子也亲眼看到那些标价很高的作品卖得很好，自己还帮着妙子核对过个人展览会的账目和计算，所以才会相信她那些话。后来妙子逐渐放弃了做布偶，学着去做西服，自然就没有收入了。但是她说自己之前特意为出国和开办西服店存了一笔钱，这些钱足够她生活一阵子。还是幸子担心她坐吃山空，只花钱不挣钱会把她那点儿存款花光，特意把悦子的衣服交给她缝制，让她挣一些零用钱，还介绍邻居熟人到她那里定制西服，有了这些收入，至少可以保证生活无忧。所以每当幸子对妙子的生活开支产生怀疑时，就会自己把这些想法否定了。……妙子说不愿靠家人的接济，也不愿接受别人的同情，自己要凭本事独立地生活，幸子完全相信了这些话，难道不是因为内心偏袒吗？……妙子从头到尾都在指责批评奥畑，说他一点儿本事也没有，也不踏实做事，自己连自己都照顾不了，如果在一起，说不定将来还要靠她养活。还说自己不会拿启一分钱，也希望启离她的钱远一点儿。她说这些信誓旦旦的话难道是为了蒙骗社会和几个姐姐吗？

幸子现在觉得自己太傻了，一点儿常识都没有，也不会思考，完全被妙子玩弄了，所以，与其责备妙子，倒不如责备她的姐姐们。幸子现在完全相信了老妈妈的说法——一个小姐边做边玩，业余时间能做多少布娃娃，那点儿收入根本无法支撑她奢侈的衣食住行。在幸子看来，自己的脑海里其实也闪现过这样的怀疑，只不过是自己一直在回避这件事。如果因为这件事被别人指责要滑头，幸子也愿意接受。因为自己实在是不愿意揣测自己的亲妹妹是个坏女人——这也是看错妙子的最根本原因。但是对外人来说，尤其是奥畑家那些人肯定无法体会幸子她们的心情。一想到这里，幸子又开始感觉脸烧得慌。当初，幸子听说奥畑的母亲和长兄不愿意接受妙子的时候，还挺生气的。但是今天，自己一下子就理解了他们当时的心情。对他们来说，能做出这种事，荒唐的绝对不是妙子一个人，还包括她的姐夫、姐姐们，他们实在想不明白，为什么莳冈家能放任妙子做一个“吸血鬼”。幸子一想到自己在奥畑家的形象是这样的，只能感慨辰雄姐夫要求妙子和家里断绝关系是个非常正确的决定。她又想到，当时丈夫怎么也不愿意参与妙子的事情，自己还追问过丈夫原因，丈夫只是说小妹性格独立复杂，有自己的想法，现在想来，丈夫那时候估计已经看到了妙子不光彩的一面了。丈夫还委婉地暗示过自己，早知道这样，还不如当时直接提醒自己。

幸子那天没有去西宫，说自己有点儿头晕，服下一些匹拉米董镇静剂，然后就把自己关在二楼的屋子里，像霜打的茄子，一整天谁都不见，连贞之助和悦子也没能进去。第二天早晨，幸子送走贞之助出门后，她上楼躺上了床。自从妙子住院以来，她基本上每天下午都会去医院看望，那天下午她本来打算去看看妙子，可是突然觉得自己不认识妙子了，自己害怕见到这样的妙子，恨不得躲得远远的。两点钟左右，阿春上楼叫她："太太，您今天去医院吗？刚才雪子姑娘打电话来，说家里要是有《吕贝卡》那本小说，就让我下午过去的时候带上。"

"我今天不去了，雪子要的那本书就在六铺席那间屋子的书架上，你拿了带过去吧。"幸子躺在床上吩咐说。她突然又想到一件事，叫住阿春说："妙子姑娘已经好多了，你让雪子姑娘回来休息一下吧。"

自从上个月月底，雪子得知妙子病了，就住到西宫那里照顾妙子，后来又陪着妙子转到医院，到现在已经十多天没有回家了。雪子收到阿春带来的话，当天就回家和家里人一起吃晚饭了。幸子一直躺到傍晚才起来，她尽量装出若无其事的样子来到餐厅。贞之助存的酒不多了，但是他今天为了慰劳雪子，特地取出了一瓶法国勃艮第白葡萄酒，亲自拂去瓶身上的尘土，"嘣"的一声打开瓶塞，顺嘴问："雪子妹妹，小妹的病怎么样了？"

"基本上没事了。只是身体还很虚弱，想要恢复成生病之前的样子估计要花很长时间……"

"瘦得那么厉害吗？"

"是呀。原来是圆脸，生病这些日子，脸都变尖了，两个颧骨也凸出来了。"

"我想去看看小姨……爸爸，我能去吗？"

"嗯……"贞之助稍微皱了一下眉头，不过马上又笑着说，"当然可以，但是你小姨得的是传染病，会传染给健康的人，想要探望必须经过医生的许可。”

幸子和雪子感觉贞之助今天心情很好，而且好像在有意改变对妙子的态度，在这之前，他绝对不会在悦子面前提起妙子，更不用说答应悦子去看她。

“为妙子诊治的是栉田大夫吗？”贞之助又问雪子。

“是的。……不过最近他说妙子的病基本上快好了，所以干脆就不来了。反正他是个大忙人，只要他认为病人病情好转了，就总是这种无所谓的态度。”

“雪子妹妹以后可以不去了吧？”

“就是，反正医院那边有“水户姐”在照顾，而且阿春每天都会去帮忙。你就别去了。”幸子说。

“爸爸，我们哪天去看菊五郎的演出啊？”悦子问。

“之前是为了等你二姨，现在你二姨回来了，我们哪天去都可以。”

“那么，这个星期六怎么样？”

“可以啊，不过我们还是先去看樱花吧。这一个月菊五郎都要在这里演出，可以看完樱花再去。”

“那么就去看樱花吧，爸爸。”

“嗯，嗯，错过这个星期六和星期天，就看不了樱花了。”

“妈妈和二姨也一定要去。”

“嗯……”幸子觉得看樱花，如果少了妙子，怪冷清的，正好贞之助的态度有所转变，不如等到月底，妙子好些了，全家人一起去御室看晚樱。可是她只是想了想，一直没有说出口。

“喂，妈妈，你在想什么？……难道你不愿意去赏樱花吗？”

“就算等到月底，小妹的身体估计也没法去看樱花。要是小妹能赶上看复瓣樱，我们再一起去一次就好了。”贞之助仿佛看出了妻子的想法。

“估计到了月底，小妹最多能在屋子里走动走动。”雪子说。

自从决定要去看樱花，贞之助、悦子一直很激动，幸子却一直闷闷不乐的，雪子很快就注意到了幸子的心情。第二天早晨，他们父女两个一出门，雪子就问幸子：“你前两天去过启家了？”

“没有去。”幸子说。“我有件事要告诉你。”她急忙拉着雪子走进了楼上的八铺席屋子，还关紧了纸门，然后把阿春讲的那些事全都告诉了雪子。

“怎么样？雪子妹妹你觉得老妈妈讲的那些事情是真的吗？”

“二姐是怎样想的？”

“我觉得应该都是真的。”

“我也是这么想的。”

“都是我不好……我太相信小妹了……”幸子说着说着就哭了。

“怎么能这么说？二姐也没有错啊，不过，难道不应该相信自己的妹妹吗？”雪子的眼眶里也都是泪水。

“我该怎么和长房的姐夫、姐姐解释这些事呢……”

“你告诉贞之助姐夫了吗？”

“没有。这么丢脸的事，我都不知道怎么和他说。”

“看贞之助姐夫的态度，应该是想原谅小妹吧。”

“看昨晚的情形，好像是这样的。”

“就算我们不说，贞之助姐夫估计也早就猜到了。他肯定是认为如果我们继续放任小妹，让她随心所欲，说不定会发生一些更丢脸的事情。”

“贞之助姐夫的态度好不容易转变了，真希望小妹能趁这个机会好好改过。”

“她从小就那样。”

“我们给她提意见，让她改正不行吗？”

“小妹这个性子，还是算了吧。我们说过这么多次，你看她听过吗？”

“看来只能按照老妈妈的想法，让小妹和启结婚得了，这样对双方都有好处。”

“除此而外，我实在想不到别的好办法了……”

“小妹真的这么厌恶启吗?”

幸子和雪子都很介意那个叫“三好”的酒吧领班，连提到名字都觉得不舒服，所以说话时不约而同地回避这个人。

“说实话，我也不清楚小妹的态度。如果说喜欢，之前非要从西宫搬出来，如果说讨厌，前两天启来医院的时候，不仅没赶他走，聊起来还没完没了……”

“没准小妹内心其实不讨厌启，只是故意在我们面前装成那个样子。”

“真是这样就好了……会不会还有一种可能是小妹很讨厌他，恨不得他赶紧离开，面子上又过不去，所以说不出口?”

雪子那天又去了趟医院，拿了《吕贝卡》就回家了。接下来的几天，雪子都在休息，有时候在家看看小说，有时候去神户看看电影。到了第二个星期的星期六，贞之助夫妇俩带着悦子、雪子去京都住了一夜，算是完成了一年一度的赏樱花事宜。

由于时局关系，今年赏花酗酒的人少了，所以赏花的环境很优雅。他们第一次能够这么专心地欣赏平安神宫垂枝红樱花。游人们都很安静，既没有在服饰上争奇斗艳，也没有纷乱的脚步声和人们的喧哗声，大家自顾自地在樱花树下徘徊欣赏，场面十分雅致。

赏花后又过了两三天，幸子派阿春代表她去西宫奥畑家，先去把妙子生病以来启垫付的钱还清。

二十五

没过几天，奥畑果然又到医院来了。那天，除了“水户姐”，阿春也在医院。

“怎么办呢?”阿春打电话问幸子。

“请他进来，好好招待，可不能像上次那样怠慢他了。”幸子吩咐说。

“启少爷在医院待了三个小时，刚刚才回去。”阿春打电话回来报告的时候，天已经快黑了。

隔了两天，奥畑又在同一时间到医院来了，而且一直待到六点钟还没有离开的意思。阿春自作主张地从国道上的菱富饭店点了一些酒菜来招待他。奥畑吃得特别高兴，吃完饭，又一直聊到九点钟才离开。等他终于离开以后，妙子一脸不高兴地说：“阿春，你对他太客气了，又是酒就是菜的，他那种人，你对他好一点儿，他就不知道自己是谁了。”阿春心里想：你自己刚刚还笑着和他聊个没完，现在倒说我给他好脸色了?真是莫名其妙。

就像妙子预料的那样，款待让奥畑尝到了甜头，没过两三天，他又到医院来了，晚饭依旧是菱富饭店的菜，而且直到十点钟还不肯离开，甚至最后提出要在医院里过夜。阿春特意给家里打电话，征求幸子的意见，取得幸子的同意后，阿春把雪子的被褥挪到“水户姐”的被褥旁边，然后在八铺席的病房里挤出了一床床铺给奥畑住。那天晚上，阿春也没有回家，就在套间里现成的坐垫上，盖着毛毯，睡了一夜。阿春因为前几天挨过妙子的训斥，第二天早晨故意只端出一杯红茶和一些水果当早饭，还说：“要是有面包就好了，可偏偏正好吃完了。”奥畑没说什么，悠闲地吃完早饭，就离开了。

又过了几天，妙子的身体好多了，就从医院搬回甲麓庄公寓静养了。所以阿春每天一大早从芦屋赶到公寓给妙子做饭、干杂活，有时候很晚才能回来。妙子能够正式出门走动，已经是五月下旬了。这时候，不管是单瓣的樱花，还是多瓣的樱花，全都凋谢了，菊五郎也因为演出结束离开了大阪。贞之助对妙子的态度也有了很大的转变，虽然没有公开表示原谅，但是已经不反对她到芦屋来了。整个六月份，妙子几乎每天都回芦屋吃饭，希望尽可能多摄取点营养，争取早日恢复健康。

同一时间，欧洲战争有了惊天动地的变化。五月份，德军进攻荷兰、比利时和卢森堡，发生了敦刻尔克悲剧[①]。六月份法国投降，在法国孔比涅森林签订了停战协定。这种局势下，也不知道舒尔茨一家怎么样了。舒尔茨夫人说希特勒做事周全，战争多半打不起来，现在看来，她的预言一点儿也不准。不知道舒尔茨夫人怎么看待这个世界大动乱的局面呢？按照年龄算，她的大儿子彼得应该参加希特勒青少年队了吧。说不定连他的父亲舒尔茨都参军入伍了。幸子他们经常说，有些人很陶醉于祖国的辉煌成就，为了这些，连家庭的冷清寂寞也能忍受，舒尔茨夫人和罗斯玛丽就是这种人。除了这些，幸子他们还经常谈论到卡塔琳娜，小姑娘所在的英国虽然和欧洲大陆隔绝，但说不定什么时候就会沦为德军空袭的对象。人的命运就是这么难以捉摸。谁能想到前不久还住在玩具般的小屋子的白俄姑娘，突然间跑到英国，还成了一位有钱人家的太太，和在大公司当经理的丈夫住在宫殿般的大宅子里，过着令人羡慕的幸福生活呢。然而这只是昙花一现，谁又能想到全体英国人民即将面临一场百年难遇的灾难呢。德军肯定会对英国开展猛烈的空袭，尤其是伦敦郊区，说不定卡塔琳娜住的那栋豪宅会在顷刻间化为灰烬。如果只是房子没了，那还算好，没准到时候连吃穿都没法保证了。这样一想，现在的

---

① 敦刻尔克悲剧：1940 年 5 月 27 日至 6 月 4 日，英法联军三十万人被德军击败，法国沦陷后，处于观望状态的法国战列舰达 6 艘，而当时德国海军建成的战列舰只有 3 艘。这些法国战舰虽然未宣布效忠傀儡政权，但态度大多摇摆不定，万一最终落入德国手中，对英国舰队将是严重的威胁。为了消灭这些潜在的对手，英国制定了名为“抛石机”的行动计划，政治劝降和武力解决相结合，解除这些海外法国舰队的战斗力。1940 年 7 月 3 日，英国不宣而战，对停泊在北非各港口的法舰采取行动。停泊在阿尔及利亚奥兰港的 4 艘法国战列舰首先遭到攻击，在以“胡德”号战列巡洋舰为首的英国舰队的炮击下，4 艘法国战列舰有 3 艘沉没或搁浅，仅“敦刻尔克”号侥幸逃脱。1942 年 11 月 27 日，“敦刻尔克”号与“斯特拉斯堡”号为避免被德国占领军俘获，全部自沉。

英国，恐怕正笼罩在即将发生空袭的阴云当中吧。卡塔琳娜说不定正冲着日本的方向遥望，思念住在夙川那个小屋子里的母亲和哥哥，后悔自己当初不该离开那个家……

"小妹，我们要不给卡塔琳娜写封信吧。"

"好啊，下次遇到基里连科，我向他打听一下他妹妹的地址。"

"我还想给舒尔茨太太那里写封信，可是不知道谁能帮我翻译成德文。"

"还去请海宁格太太翻译不行吗?"海宁格太太以前帮幸子翻译过德文，所以这次妙子提出还请她帮忙。

幸子觉得妙子的主意不错，所以没过多久，就给一年半没有联系的舒尔茨夫人写了一封长信，然后请海宁格夫人帮忙翻译成德文。信的内容大致如下：

> 日本和德国是友好国，对于德国在战场上取得的辉煌战绩，我作为日本国民与你们共同庆贺。不过，我每次在报纸上看到有关欧战的消息，还是会担心你们全家的安危，做了很多讨论。我们全家都很好，就是日本和中国的纷争一直没有得到解决，我担心这些争执迟早会演变成真正的战争。回想当初，我们朝夕相处的睦邻时代，转眼间，世界就发生了惊天动地的变化，我总禁不住回想过去，也不知道什么时候能重新迎回那个和平的时代。你们在日本的时候，经历了一次可怕的水患，说不定因此就对日本产生了不好的印象，但是不管在哪个国家，那都是极少发生的意外，希望你们不要因此心存顾虑，希望世界重回和平的时候，你们能再到日本来。同时，我们也希望能有机会去一次欧洲，说不定哪天就去汉堡拜访你们了。我们最大的愿望是希望小女在钢琴上能有所成就，如果有机会，我们将来想送她去德国进修音乐。我另外还寄去了一个邮包，里面是一块绸子衣料和扇子，都是送

给罗斯玛丽的礼物。

幸子第二天去拜访了海宁格夫人，把自己写好的长信交给她，拜托她帮忙翻译成德文。几天后，她去大阪办事，正好“美浓屋”就在心斋桥附近，她顺便买了舞扇和绸料子。

六月上旬的一个周末，贞之助拜托雪子在家照顾悦子，然后自己带幸子去奈良观赏新绿。从去年开始，两个妹妹的事情接连不断，幸子一直忙着那些事情，着实累了很长时间。贞之助计划这次出行，一方面是为了安慰安慰妻子，让她放松一下，另一方面两个人已经很久没有单独相处过了，想借这个机会享受一下二人世界。星期六，两人在奈良旅馆住了一晚上，第二天在故都的西部地区转了转，去了春日神社、三月堂、大佛殿等地方。幸子的耳根内侧从中午就开始红肿，还有些痒，尤其是头发一蹭到，就让人感觉瘙痒难忍，就像是患了荨麻疹似的。幸子回想了一下当天上午的行动，觉得自己可能是被春日山树丛里的蚊子咬了，当时贞之助让她站在树下面，说要用莱卡照相机给她拍几张照片。幸子后悔自己没有带条头巾来，初夏时节山上到处都是虫子，这时候爬山就应该带些防虫子的东西。晚上回旅馆后，幸子派人去药房买卡鲁普利尼门特，可是药房里没有这种药，只买回来了止痒水。可是止痒水一点儿效果也没有，痒得幸子一整夜都没有睡好。第二天上午离开旅馆之前，幸子又派人去药房买了氧化锌橄榄油，在患处涂好才出门。夫妇俩坐车到了上本町，贞之助直接去大阪事务所上班，幸子自己一个人回芦屋。幸子回到家，一直到傍晚，才觉得耳根不痒痒了。贞之助像往常一样下班回家，他不知道想到了什么，非要看看幸子被咬的地方。他拉着幸子走到露台上比较亮的地方，看幸子的耳朵，说：“欸，你耳朵那里不是蚊子咬的，是臭虫。”幸子问：“怎么回事？我什么时候会被臭虫咬到呢？”“奈良旅馆的床上应该有臭虫，我今天早上发现自己也被咬了，你看！”

他边说边卷起袖子，把胳膊伸到幸子面前，“这肯定是臭虫咬的，你耳朵上那两个伤口和这个一样。”幸子拿起镜子一照，自己耳朵上的伤疤果然和贞之助胳膊上的一样。

“还真的是臭虫咬的。那家旅馆真差劲，服务态度不好，屋子里还有臭虫，这算是什么旅馆啊！”幸子觉得自己好好的周末旅行，都让臭虫给搅和了，虽然知道生气没有用，但还是特别愤恨那间旅馆。

贞之助安慰妻子说：“不要生气了，我们再出去玩一次吧，就当是弥补遗憾了。”虽然这样说，但直到七月份都没有找到机会。八月下旬，贞之助去东京办事，打算带着幸子一起去，两个人顺便在东海道沿线找个地方玩一圈。幸子早就想去看看富士的五湖了，这趟旅行就这么定下来了。贞之助夫妻两人约定分别出发，在滨屋会合后，从新宿出发去富士，回来的时候绕道御殿场。

贞之助先出发去东京，过了两天，幸子才按照丈夫的安排坐三等车的下铺从大阪出发。贞之助对幸子说：“夏天坐火车，最好选择三等卧铺，车厢里没有密不透风的窗帘，风吹进车厢，比二等车凉快多了。”不过，幸子出发那天恰好赶上了防空演习，所以她有生以来第一次被撵下车传递消防水桶，应该是劳累过度，所以幸子上了车以后一直在打瞌睡，梦里还在参加防空演习。幸子梦见芦屋家里的厨房，不过也不确定，因为那个场景看起来特别像时髦的美国式厨房，厨房地面铺了瓷砖，还喷了白漆，一片雪亮，摆满了干净的瓷器和玻璃器皿。突然响起一声空袭警报，那些东西应声爆裂，一下子乒乒乓乓地碎了一地。她大声叫喊着危险，让雪子、悦子和阿春赶紧跟自己躲到餐厅去。可是一到餐厅，餐具架上的那些咖啡杯、啤酒杯、玻璃酒杯、葡萄酒和威士忌的酒瓶又都丁零咣啷地碎了，她说这里也危险，于是赶紧逃到了二楼。二楼的屋子里没有那些玻璃制品，可是所有的电灯泡也都稀里哗啦地碎了。最后她带着全家人躲进一间只有木器家具的屋子，终于松了一口气，梦一下子就醒了。……这样的梦重复了一遍又一遍，天终于亮了。凌晨的时候，不知道是谁开了一下窗子，有一粒煤灰掉进幸子的右眼，幸子怎么也弄不出，所以一直流眼泪。

九点钟，幸子终于到了滨屋旅馆，可是贞之助一清早就出去办事了，并没有在。幸子昨天晚上没有睡好，叫人铺好铺盖，打算补一觉。那粒煤灰一直没有弄出来，每次眨眼都眨得眼疼，忍不住流泪，幸子用清水洗眼或者点眼药水都没用，所以请掌柜带她去找附近的眼科医生看看。医生把幸子眼睛里的煤灰去掉，然后在她的右眼上扎了一个眼罩，说："眼罩不要摘，明天再来一次，看看情况怎么样。"中午，贞之助一回来就看到妻子的右眼上扎着眼罩，赶紧问怎么了。幸子说："还不是因为你，倒了大霉了，我决定再也不坐三等卧车了。"

"从奈良那次旅行开始，咱们的旧婚旅行就总是出状况。"贞之助笑嘻嘻地说。"我事情还没办完，一会儿还得出去，争取今天把事情办完，这样我们明天一大早就可以出发了。你那个眼罩什么时候能摘啊?"

"今天一天就行了。不过医生害怕眼球有什么问题，所以让我明天再去看一次。如果我们明天一大早就出发，医生那里怎么办呢?"

"不用担心，只是眼睛里进点灰尘，没什么事。医生为了赚钱，总是爱夸大其词。眼睛一会儿就没事了。"贞之助说完又出去了。

贞之助出门后，幸子赶紧给涩谷的大姐打了个电话，她告诉大姐，贞之助到东京出差，自己也跟着过来了，打算在东京住一天，不过因为眼睛出了点小毛病，所以戴着眼罩不能出门，自己一个人在旅馆有些闷，不知可否请大姐到旅馆来聊会儿。大姐说她也很想见见幸子然后畅聊一番，可惜自己有事在身，实在是来不了，然后询问了一些妙子的情况。幸子告诉她，妙子的身体现在基本上已经痊愈了。只不过现在这种情况，还强行把她赶出家门，实在是不太合适，所以虽然没有明确表明原谅，但是已经不严格禁止她到家里来了。电话里一时半会儿说不清，反正自己过不了多久还会来东京看望大姐，到时候再详细说吧，说完就把电话挂断了。幸子在旅馆里，觉得特别无聊，等到太阳快落山的时候，天气不那么热了，就自己跑到了银座那边散步。街上悬挂的广告牌上张贴着《历史是晚上制造的》的电影海报，幸子虽然已经看过这部电影了，但还是忍不住走进电影院又看了一遍。幸子只能用左眼看屏幕，所以看不清楚查理·鲍威的脸，可能因为这个原因，就连他那双带有魅力的眼睛也觉得不像平时那样有魅力了，幸子戴着眼罩实在是不舒服，所以看到半中间就摘了。她的眼睛早就好了，所以摘了眼罩也不流泪了。晚上她对丈夫说："还真让你说对了，我的眼睛一点儿事也没有了。做医生的总是喜欢夸大病情，能拖一天是一天。"

接下来，贞之助夫妇俩在河口湖畔的富士观光旅馆愉快地度过了两天，总算是弥补了奈良旧婚旅行的遗憾。这时候，东京正值酷暑，两个人在富士山下，时而呼吸着凉丝丝的空气在湖边散步，时而坐在旅馆里欣赏窗外的富士山，虽然很简单，但是很满足。幸子是土生土长的京阪人，很少有机会到关东来，所以她对于富士山的憧憬不差于慕名而来的外国人。那种心情不是东京人能想象的。一开始，她就是被"富士观光"这个名字吸引才选中了这家宾馆，结果到这里一看，这家旅馆的大门正好对着富士山，站在门口，富士山仿佛就在手边。幸子有生以来还是第一次，像这样来到富士山近旁，和它朝夕相处，尽情欣赏它那时刻变化的容貌。

旅馆采用白木建造，外形是一座宫殿，表面上看起来和奈良那家旅馆差不多，但实际上有很大差别。奈良旅馆虽然也是白木建筑，但因为年代久远，看起来脏乎乎的，让人感觉很阴暗。观光旅馆却是新建造起来的宾馆，到处都是崭新的，再加上山上的空气很清新，住在宾馆里，客人们都觉得心旷神怡。幸子住的房间，透过一边的窗口可以看见富士山的山顶，透过另一边的窗口可以看到环抱湖水的起伏冈峦。到达旅馆的第二天，吃完午饭后，幸子就躺在床上，盯着天花板神游。她从未见过日内瓦湖边的美景，但在此刻，躺在美丽的山水美景之中，享受着山上空气触及肌肤的感觉，她不禁想到拜伦的诗篇《锡雍的囚徒》，感觉自己仿佛来到了遥远的异国，置身在清澈的湖底，心情就像喝了汽水一样幸福畅快。太阳照进屋子，把粉墙照得耀眼，太阳时而被飘荡的浮云挡住，屋里时明时暗。据旅馆的人说，前几天，这家旅馆的旅客还爆满，都是前来避暑的人们，一过八月二十日，人突然就变少了。现在，宽敞的旅馆没什么人，到处都很安静。幸子置身于这种安静平和的环境中，逐渐忘记了时间的存在。

"诶！……"

刚才，贞之助也躺在床上，目不转睛地盯着天花板，和幸子一起安静地享受着周围的静默，这时才起身走到面对富士山的窗前。

"喂，你快过来看，多有趣啊……"

贞之助回过头，看见幸子坐在床上，正盯着枕边桌子上暖瓶的镀镍外壳看。

"喂，你上我这里来看看……屋子倒影在那个暖瓶外壳上，就跟个大宫殿似的。"

"噢……什么呀，怎么啦?"

暖瓶的镀镍外壳锃亮，就跟个哈哈镜似的，整个屋子里的东西，无论大小，都以一种扭曲的姿态映在了上面，普通的寝室显得宽敞高大，而床上的幸子，就像坐在很远的地方一样，看着特别渺小。

"你快来看啊，暖瓶上有个我……"幸子一面说一边摇头晃脑地扭动着，然后镜子里的人也跟着扭动，就像藏在水晶球里的妖精，或者是龙宫里的神女，还像王宫里的妃子。

贞之助好多年没见过妻子做出这种天真的动作了。夫妇俩想起当年的新婚旅行。当时，他们就住在宫下的富士屋旅馆，第二天驱车绕着芦湖兜风。可能是因为环境太像了，他们不约而同地想起了曾经的欢乐时光。

晚上，幸子趴在丈夫耳边说悄悄话：“以后，我们经常出来旅行吧，就像今天一样。”贞之助十分赞同妻子的提议。夫妇两人说了很多悄悄话，说着说着，就说到了一些现实的事情，有关于女儿的，还有关于妹妹们的。幸子觉得丈夫现在心情不错，赶紧抓住机会，提出希望贞之助和妙子见面的事情。贞之助马上就答应了，说：“我理解，过去我对小妹要求太苛刻了，小妹这个人不怕强硬，你越强硬，她就越反抗，到头来，为难的还是我们。看来今后，我们要转变方法，像对待雪子妹妹一样对待她。”

二十六

九月初，贞之助就兑现了和妙子见面的诺言，这次见面距离上次已经过去半年多了。妙子从前一阵子，就开始出入芦屋了，但总是趁贞之助不在家的时候。直到这天晚上，妙子才真正坐到餐桌上，和全家人一起用餐。因为奥畑奶妈的话，雪子和幸子心里对妙子还有些芥蒂，这段时间她们一直无法忘记那些话，但是她们决定从今天起，忘记那些不愉快。幸子和雪子觉得她们应该对这样的妙子负责，也准备用亲情去感化她，所以不约而同地向贞之助隐瞒了那些事，也没有打算去质问妙子，两个人怀着同样的心情，享受久违的和谐气氛。家里一反前些日子的沉闷，恢复了往常轻松温馨的气氛。大人们不自觉地多喝了一些酒水。

“小姨今晚别回去了，就住在家里吧。”悦子说。贞之助他们也跟着附和，劝妙子今晚别回去了，妙子最终答应留了下来。悦子手舞足蹈地大喊：“太好了，小姨今天就和我一起睡吧，我、二姨、小姨我们三人一起睡。”

妙子已经完全恢复了，又成了那个有活力的魅力女性。前一阵子，妙子因为生病，脸色憔悴，皮肤松弛，神情疲惫，和患了花柳病的病人似的，幸子一度以为妙子需要很长时间才能恢复健康。没想到，短短几个月，妙子又成了那个生机勃勃、脸色红润的现代姑娘。贞之助顾及长房的颜面，没有提出让妙子搬回来，但是一直留着那间六铺席的屋子给妙子住。所以，妙子依旧住在甲麓庄，只不过每天有大半天的时间都会来芦屋，在那间屋子的窗口埋头踩缝纫机，身上沐浴着阳光。这些活都是幸子从外面给她找来的订货，妙子本来就喜欢做衣服，这下子更是停不下来了，连晚饭都没有好好吃，就又投入工作当中去了。幸子接活是为了让妙子自力更生，在金钱上和奥畑划清界限，但是现在看到妙子那样拼命地干活，又忍不住心疼。她想自己的这个妹妹性格活泼、热情专注、聪明好学、心灵手巧，说学舞蹈，就能跳得有模有样，说做人偶，就能建立一间工作室，说做西服，也能做得废寝忘食，这样一位优秀的女子，如果能好好教导，肯定能有所成就，但是如果误入歧途，只怕会越陷越深。

“小妹，你的精神头真大!”夜里八九点钟，缝纫机还在响，幸子循着声音走上楼，对妙子说，“声音吵着悦子睡觉了，早点儿歇吧，明天再干吧。你这么做下去，明天肩膀要痛了。”

“嗯……但是，我今天打算把这些活儿赶出来呢。”

“明天再干吧。这么拼命干什么呀。”

“嘿嘿嘿。”妙子笑嘻嘻地，“我这不是想多挣点儿钱吗。”

“小妹，如果缺钱就告诉我。那几个零用钱我还是能拿出来的呀。”

贞之助前一阵子和某军需公司联系上了，所以最近家里的收入提高了一些，幸子手头有了一些闲钱，家里的开支也比以前宽裕了，而且完全能担负起雪子的生活费了，基本不用靠长房补贴。贞之助还说，现在二房已经完全担负起了雪子的生活，照理来说，也应该给妙子一些生活费。正好碰上这个机会，幸子就把这些话说出来了。不过，妙子只是听听，绝对不会主动去找幸子要钱的，她有一种不愿求人的傲气。

幸子和雪子不知道妙子和奥畑后来怎么样了。虽然妙子每天都来芦屋干活，但是时间却不固定，有时候是傍晚来，晚上回去，有时候是上午来，下午回去，每天总是有半天时间在外面闲逛，也不知道是不是去和启约会了？说不定是和别人约会呢？两个姐姐心里很担心，但又不好意思直接问。两个姐姐早就已经和奥畑的奶妈站到了一起，恨不得她和启早日结成夫妇。不过，她们知道如果逼得太紧，说不定会起反作用，所以只能祈祷妙子尽早醒悟过来。就在这个时候，妙子带回来一个消息：奥畑可能要去满洲。

“什么？去满洲?”幸子和雪子都很惊讶。

“是挺可笑的。”

妙子笑嘻嘻地告诉姐姐们，自己只知道这次“满洲国”的官吏来日本是要为“满洲国”皇帝招募二三十名随从人员。这次并不是要招聘礼宾、侍从那样的高级官吏，而是要给皇帝挑选在身边侍候听差的那种人，所以此次招聘不看应聘人员的才能和学问，只要是身世清白的资产阶级子弟、容貌端正、懂规矩、注意形象，就能有机会当选。说直白一点儿，只要是文雅的公子哥儿，就算能力低也没问题。总之，这件工作特别适合启，就连启的哥哥们都说，在皇帝身边做随员，工作简单，名声又好听，简直是为启三郎量身定做的，怎么能不去应聘呢？如果他愿意去的话，就在送别会上收回断绝关系的决定。

“这倒真是一桩好差事。……只不过，启愿意去吗?”

“他应该还没有决定。周围的人都在劝他，但是他自己还没有下定决心。”

“可以理解。怎么说启也是船厂家的少爷，现在竟然要去满洲当随从，自己难以接受也是可以理解的……”

“话虽这样说，可是现在启已经被家里赶出来了，在大阪没人雇他，他自己又不愿意做什么有失身份的事情，他现在穷得已经支撑不起西宫那个家了。除了满洲，他再也找不到更好的工作了。”

“你说得对。而且除了启，估计也没人能做好那些差事。”

“就是嘛。就算不长干，在那里待上一两年，到时候不仅能讨得兄长欢心，还能得个不错的名声，而且听说薪水相当高，所以我劝他无论如何也该争取一番。”

“只不过一个人去那么远的地方是有些孤独，不知道老妈妈能不能陪她一起去呢？”

“老妈妈倒是愿意，只不过她家里还有儿子和孙子，估计去不了满洲那么远的地方。”

“小妹，你可以陪着他一起去啊。”雪子说。“如果说这次出行能让启脱胎换骨、重新做人，那做出点儿牺牲也是值得的？”

“嗯……”妙子听到这话，一下子脸色就变了。

“就算是去半年也行，你先跟着他去那里待一段时间，我相信只要你愿意，启肯定就愿意去了。能帮助一个人重新做人，小妹怎么会不愿意呢？”

“就是，小妹你就帮帮他吧。”幸子也说。

“如果答应了，启的长兄肯定也会感激你的。”

“我倒觉得现在是和启分手的最好机会。”妙子说话的声音很小，但是态度很坚决。“如果我现在答应跟着他一起去满洲，那我和他永远也划不清界限了。他自己一个人去满洲，是最好的结果，这就是我为什么一直在劝他，启也知道，所以无论如何也不肯松口。”

“喂，小妹，”幸子说，“我们没有逼着你非得和启结婚。刚才雪子也说了，我们只是建议你陪着启去满洲生活一段时间，如果实在不愿意，等到他的工作步入正轨，你就可以回来了。”

“满洲那么远，如果连那种地方我都跟着他一起去了，那还有什么脸回来，我还怎么提分手？”

“你到时候可以和他好好谈一谈，讲清楚其中的道理，如果他还是一直纠缠，你就不用管他，直接走就行了。”

“如果我真的那样做了，他肯定会不顾一切，追着我不放的。”

“那倒也是。不过，你们在一起这么长时间了，总归是有情分的，就算是要分手，我觉得你也应该帮他这个忙，不然说不过去。”

“怎么说不过去了，我又没欠他什么，凭什么因为他跑到满洲去？”

幸子觉得如果再说下去，就要吵起来了，所以她没有再说话。

“小妹，大家都知道你和启在一起这么多年，怎么能说什么都不欠呢？”雪子说。

“我早就想和他一刀两断了，是他一直缠着我不放，对我来说，都是撇不清的麻烦，哪里有什么情分可言。”

“小妹，有些话可能不太好听，但是我必须说出来，在经济上，你不是也纠缠着启不放吗？”

“笑话！这怎么可能！”

“是真的吗？”

“我自己能挣钱，而且还有存款，我要他的钱做什么，这些事雪姐不是都知道吗？”

“小妹，虽然你说自己绝对没有用他的钱，但是你知道外面人怎么想吗？就连我，也没有见过你的存款账户，更不知道你有多少钱……”

“第一，你们最大的错误就是高估了启的能耐。我觉得就他那个样子，将来说不定还要靠我养着呢。”

“既然这样，我有个问题……”雪子故意躲开妙子的眼神，漫不经心地玩弄着桌上的小花瓶，声音十分平静，“去年冬天，你在‘隆兴’定做了一件驼绒大衣，是启出的钱吗？”

“不是啊，我记得我已经说过了，我卖了好几件穿不着的和服，就是那件蔷薇色的外褂，还有两件织锦花和服，才买到的，花了我三百五十块钱呢。”

“话是这样说，可是启的奶妈说那件大衣是启出的钱，还给我们看了‘隆兴’的收据。”

“……”

“还有那件天鹅绒晚礼服。”

“你们怎么能相信她那些话呢？”

“我也不愿意相信。但是老妈妈连收据都拿出来了。我们要反驳也该有证据啊？你能给我们提供什么凭证吗？”

妙子的脸色没有什么变化，但是随着雪子的追问，她的眼神一直盯着雪子，似乎是想看看她还能说出些什么。

“老妈妈还告诉我们，说这些事情不是一天两天了，从很多年前，你就开始花启的钱了。她清清楚楚地记得启送给你过什么衣服、戒指、化妆包、别针什么的。他还说启就是因为偷东西送给你，才被家里赶了出来。”

“……”

“小妹，你既然想和启撇清关系，早就应该采取行动了啊？那时候你和板仓在一起，就是最好的时机啊。”

“可是，那个时候是你们不赞成我和启断绝关系的。”

“那个时候，我们都希望你能和启结婚，所以你提出分手，我们都不理解。还有一点就是我们并不知道你已经和板仓私定终身了。如果我们知道你同时和他们两人纠缠在一起，我们肯定会阻止的。”

幸子和雪子的想法一样，觉得应该尽早和妙子讲清楚这些事，不过一直不敢去揭穿那些事情。现在她看到雪子竟然把这些话都说出来了，内心十分佩服雪子的勇气，但还是依旧保持沉默。幸子想起五六年前的一件事，当时雪子对辰雄姐夫也是进行了这样的猛攻，幸子完全没有想到平时沉默腼腆、唯唯诺诺的雪子妹妹攻击起人来会这么厉害，而且条理清晰，把辰雄姐夫问得张口结舌，完全无法招架。

“就算启真像你说的那样一无是处，但是他确实是为了你去店里偷东西的，现在你还这样指责他，是不是太没有情义了？不过，有件事情必须说清楚，小妹你千万不要误会老妈妈，她并不是想指责你，她只是想让我们知道启为了你，什么事情都愿意去做，所以她希望你能成为她家小主人的太太。我们也是因为知道了这些事，经过重新考虑，真心希望你能和启有个好结果。”

“……”

“有利用价值的时候就利用人家，没有价值的时候，就指责人家是一无是处的公子哥儿，现在又说什么碰到这种好事是运气，让人家一个人去满洲，小妹你怎么能做出这种事呢！”

也不知道妙子是无言以对，还是觉得辩解也没用，反正无论雪子说什么，她都保持沉默，只听见雪子自己一个人在那里絮絮叨叨地讲个没完。雪子的语气自始至终都很平静，可是妙子的眼睛里不知什么时候已暗暗地在淌眼泪了。尽管这样，妙子依然毫无表情，丝毫不在乎脸上的泪水。过了一会儿，她突然站起来冲出了屋子，然后“砰”的一声关上房门，整个屋子都能感觉到震动。紧接着，外面的大门又被“砰”的一声关上了。

二十七

这场争吵虽然很激烈，但是因发生在午饭以前，那时候贞之助和悦子都不在，阿春也恰好出门办事了；而且双方自始至终语气都很平静，声音都被关在了餐厅里，所以连在厨房干活儿的女佣们都没有注意到这场争吵。可是，刚才那两声关门声太大了，吓得阿秋都跑到了走廊。只不过走廊里什么都没有，她轻轻推开餐室的门，看到幸子和雪子从餐具柜里拿出了桌布，然后开始收拾小花瓶，看了一圈儿也没有看到妙子。

“有什么事?”幸子问。

“没有什么事……”阿秋慌忙地回答，然后准备退出来。

“妙子姑娘出门了，中午只用准备太太和我的饭菜。”雪子吩咐到。

“早就应该把这些事情和她说清了。”后来，雪子又对幸子说了一句这样的话，然后就当作什么都没有发生似的，再也没有提过这件事，悦子和贞之助对那天上午发生的事情一无所知。第二天一整天，妙子都没有到芦屋来，悦子和阿春都觉得奇怪，悦子问：“小姨今天怎么没有来?是不是感冒了?”

“是啊，小妹很少像今天这样缺席啊。”幸子表面上装作若无其事的样子，但内心早就开始担心妙子以后不再回芦屋了。可是第三天上午，妙子又来了，仿佛什么事都没有发生。妙子和雪子依旧毫无芥蒂地说话聊天。妙子提到奥畑估计是不会去满洲了，雪子只应了一声“是吗”，什么也没说，然后两个人谁也不再提这件事了。

过了几天，幸子和雪子又听到了一件令人意外的事情，当时幸子姐妹两人在元町街头闲逛，恰好碰到了井谷老板娘，老板娘说自己打算把美容院转让出去，然后去美国学习前沿的美容技术。也有人劝过井谷，说现在到处都在打仗，日美之间也很有可能发生冲突，不如等安定一些了再出国学习。可是井谷却说久等也没用，日美之间的矛盾不会立刻消失，当然也不会立刻爆发，与其干等着，还不如快去快回。因为动乱，出国护照很难申请，但是井谷有特殊的门路，早就把护照办妥了，暂定赴美学习半年至一年。按理说，只去个一年半载，时间并不长，完全没有必要把美容院转出去。不过她早就想转去东京发展了，正好趁这个机会，处理了家里的事情，到时候从美国回来，直接在东京开业。井谷老板娘的丈夫因为中风，长期卧病在床，去年，她丈夫去世的时候，幸子姐妹就听井谷老板娘提过这个打算了。今年，办完丈夫的周年死忌，井谷老板娘终于下定决心去实现自己的计划，所以她干净利落地处理了神户的一切，准备干干净净地离开。她已经选定了美容院的继承人，办好了出让手续，似乎连船舱位都订好了。她说：“我要离开的事，如果朋友们都知道了，肯定要举行欢送会什么的，但是现在时局紧张，还是一切从简吧。而且时间太紧张了，就算举办了欢送会，我也没有时间参加。可能有些无礼，但还是希望朋友们能原谅我没有挨家挨户道别。”

当天晚上，幸子就和贞之助商量说：“虽然井谷本人说不用举办欢送会了，但是她那家美容院那么有名，她本人也是神户的名人，肯定会有人张罗欢送会的事情的。尤其是人家还帮雪子介绍了好几回亲事，别人都可以当作没事，但是我们怎么也该单独设宴为人家送行。”第二天早晨，幸子就收到了井谷的铅印告别通知书，上面写着井谷现暂住在帝国饭店，将于明天晚上乘夜车前往东京，此间没有时间招待来访，也坚决辞谢一切送别会，敬请谅解。因此，幸子决定这两天就和两个妹妹带着礼物去送行，除此之外就没别的办法了。结果，第一天一直在挑选礼物，没有去成。第二天早晨，贞之助出门上班后，幸子和雪子正在商量着到底送什么样的礼物时，井谷来了。

“哎呀，您这两天肯定正忙着呢，还抽空上家里来，真是辛苦您了。我们本来打算今天去拜访您呢。”

“太客气了。美容店我已经转出去了，冈本的房子也让给弟弟和弟媳妇住了，他们今天刚搬过来，家里乱糟糟的，连个坐的地方都没有，不成样子……我实在是没什么时间，但是不到府上来，我是过意不去，一是向各位告别，而是还有一件事想告诉您……”

“快请进，坐下慢慢说。”

井谷看了一下手表说：“那么就打扰一二十分钟吧。”她边说边走进了会客室。

“我这次去美国，很快就会回国了，但是估计不会再回神户了。这样一想，真是有些不舍，特别是府上的各位，容我说句无礼的话，我真是太爱您了，还有雪子姑娘和妙子姑娘……”井谷说话依旧飞快，估计是想趁这十几分钟把自己想到的事情全都说出来，所以她就一口气地说下去，“莳冈家的三位女士看起来很像，但性格大不相同，毫无质疑，都是好姐妹。说实话，神户这个地方没什么值得留恋的，唯一让人遗憾的就是和各位之间的友情，原本打算一直交往下去，可是这一搬走，估计今后就会疏远了。真高兴今天能够见到两位，可惜妙子姑娘不在。”“小妹应该快到了，我给她打个电话。”幸子说着就要站起来去打电话。井谷赶紧站起来制止她，说：“不用打电话了，虽然有些遗憾，请代我向妙子姑娘告别吧。在神户，估计是没时间相聚了，不过我还有十天才会去美国，如果方便的话，不知道能否请三位到东京一聚？”刚说完，她马上解释说，“不是让三位去东京送行，我只是想在东京给你们介绍一位朋友。”

井谷说完，有些犹豫，但还是接着说道：“我一直犹豫，在这么慌忙的时候，说这些话是不是不合适，尤其还当着雪子姑娘的面。可是一想到自己即将离开神户，我最放心不下的就是雪子小姐的亲事。说实话，我可不是故意奉承，我真心觉得世上再难找到像雪子小姐这么好的姑娘了。每当想到这件事，我就觉得自己没有尽到责任，所以就算到了这个时候，我还是放心不下雪子姑娘的事情，如果弄不出一点儿眉目，我去美国也不会安心的。

“关于这事，我想推荐一位男士，希望府上能够考虑一下。估计你们应该听过对方的名字，对方是明治维新时期立下功勋的华族御牧子爵。当然了，当时为国事奔走建功立业的是御牧广实，现在的户主已经换成了他的儿子御牧广亲。御牧广亲年轻的时候也曾活跃于政界，属于贵族院研究会一派。这些年，年纪渐渐大了，御牧广亲已经隐居到了京都的别墅，那也是祖上留下来的产业。我这次要说的人是他庶出的小儿子御牧实。此人毕业于学习院，据说曾经在东大理学院求过学，只不过中途退学去了法国。他在巴黎学过一阵子画画，研究过法国菜，还有各种各样的东西，只不过都没有坚持下来。后来，他又去了美国一家州立大学学习航空，虽然学校不怎么出名，但好歹是学到了毕业。毕业后，他又去了墨西哥和南美。有一段时间，他没有收到国内的汇款，为了生计，不得已去旅馆当过厨师和侍役。除此之外，他还重新捡起过油画，搞过建筑设计，这个人有灵性，做事又没有什么耐心，所以什么工作都做过。倒是正经毕业的航空专业，一毕业就被他扔到一边去了。

“八九年前，他回到国内，因为没有固定的工作，所以经常出去闲逛。后来有位朋友想要盖房子，他出于兴趣帮朋友做了一个建筑设计，结果获得了很多好评，他的才能也渐渐被人发现了。他本人也因此备受鼓舞，干脆在西银座某大厦的一角设了个事务所，做起建筑设计业务来。御牧的设计充满了西洋现代风格，奢华又昂贵，因此在战事的影响下，订单越来越少，基本处于停顿状态，还不到两年，设计事务所就倒闭了，也就是说他现在又无事可做了。他本人的经历基本上就是这样。不过，这次说亲并不是本人提出的要求，而是他身边的朋友，大家都希望御牧赶紧成个家。

“据我所知，他今年四十五岁，可能是因为在国外生活时间长了，回国后也习惯自己一个人生活，一直没有成家的想法，所以到今天也没有伴侣在身边。有些事不用说也能想象到，他在国外时不可能守身如玉，回国后也在新桥赤坂放纵过一阵子，不过现在肯定不会了，因为从去年开始，他就没有玩乐的资金了。为什么这样说呢，他年轻时从子爵父亲那里分到一笔财产，他就是靠着那笔钱过了半辈子放荡不羁的生活。可是因为他这个人只会花钱，不会攒钱，所以那笔钱被花得差不多了，现在所剩无几。不过还好他会做设计，也决心要自力更生，虽然晚了一些，但到底是醒悟了。可是时局不利，遭遇了现在的困境。他这人是那种典型的贵族子弟，善于交际，说话幽默，兴趣广泛，自认为是个艺术家，天生乐观，所以他本人丝毫没有被那些事情影响。他这副毫不在意的样子，别人看得着急，所以决定不能一直这样放纵他，应该设法帮他成个家。”

据井谷说，她认识御牧纯属偶然，还是她女儿光代给介绍的。光代去年从女子大学毕业，进了《女性日本》杂志当记者。杂志社的社长国岛权藏在赤坂南町盖的那套房子就是御牧设计的，国岛非常喜欢，因此非常器重御牧，经常邀请御牧去他家。国岛夫人也很喜欢他。御牧开设的那家建筑事务所，也在《女性日本》社附近，所以他几乎天天去报社玩儿，和报社的社员们都特别熟。国岛夫妇特别喜欢井谷的女儿，完全把她当作家里人，所以御牧和井谷的女儿也特别亲密，总是“阿光、阿光”的叫她。井谷有一次去东京，光代带着她去赤坂南町拜访社长，当时御牧也在，虽然是第一次见面，但御牧很善于交际，他说说笑笑，一会儿就和井谷熟悉起来了。本来井谷去东京就没什么公事要办，她去东京拜访国岛家完全是因为女儿获得了国岛的赏识，没想到去了三次，有两次都碰上了御牧。据光代说，国岛夫妇喜欢赌博，经常通宵玩纸牌、打桥牌或者麻将，有时候御牧和光代会被拉去当陪客。井谷一面不好意思地解释说当母亲的夸自己的女儿不太合适，一面夸赞光代性格洒脱大方，年纪轻轻就有不错的博弈才能，而且好胜心强，又有忍耐力，就算一两个晚上不睡觉，白天也能照常上班，而且干得比别人都起劲，没准这就是她受社长夫妇喜爱的原因。这次，井谷为了去美国，又往东京跑了两三次，请国岛为她帮忙办理出国护照还有一些别的事情，结果又和御牧碰见了几次。而且最近她每次去国岛家，总能碰上大家当着御牧的面催促他结婚的事情。国岛夫妇最热衷这件事了，而且国岛和御牧的父亲也是旧识。如果御牧能找到合适的人结婚，国岛还准备去劝说御牧父亲再分给他一笔钱，多少不重要，重要的是帮助新婚夫妇暂且维持基本的生活。井谷碰巧在这个时候出现，所以国岛赶紧抓住她，问：“不知道你那里有没有适合的女子？如果有，务必请你给介绍。”

井谷一口气讲了这么多，又看了一下手表说：“没什么时间了，我就赶紧说了。当时我听到这话，立马就想到了府上的雪子姑娘。如果我还留在日本，肯定当场就答应了，告诉他：‘我的确认识一位好小姐，我马上介绍他们认识，’然后当个牵线的红娘。可惜我马上就要去美国了，事情多，时间又紧急，实在不知道怎么说出口。回到神户后，我一直放不下这件事，总觉得好姻缘难得，如果平白错过，那就太可惜了，所以我刚刚就把男方的情况都告诉您了，希望您好好考虑一下。刚才已经说了，对方今年四十五岁，应该比您先生还年轻一两岁。肤色比较深，长相比较像长期生活在外国的人，头发已经谢顶了，虽然说不上英俊，但是很有气质，一看就是出身名门。面容丰腴，体格健壮，他经常自夸从来不生病，什么苦活累活都能干。最重要的是资产问题，年轻时，他从家里分到了几十万元，不过到现在，基本上一分钱也不剩了。听说他后来又向他父亲要过几次钱，有一两次要到了钱，但是也都花完了。他那个人一点儿也不知道节省，有了钱就肆意挥霍，一夜之间又变得一贫如洗了，所以他父亲说：‘无论给那个家伙多少钱也不够花的，在金钱上，他完全不可信。’国岛也说：‘他都四十五岁了，还整天游手好闲，连个家也没成，实在太不应该了。也难怪别人不相信他，就连他父亲也不信任他呢。所以说，还是先要让他成个家，然后找个固定工作，无论钱多钱少，总归是凭自己的力量挣的。如此一来，他父亲也能放心了，总归也能补贴他一些生活费。不过他经常朝他父亲要钱，所以也只能是补贴一些，给不了太多。在我看来，御牧这人还是有本事的，如果有人请他设计一幢精巧、漂亮的住宅，那他的天分就有地方施展了，所以我认为他将来肯定能成为一个出色的建筑设计家，而且我也打算尽可能去帮助他。只可惜现在时局不好，而且生活困窘，不过我相信这些困难都是暂时的，没有必要太悲伤。所以我要去说服子爵，让他答应三件事：一是拿出一笔费用给儿子结婚；二是买一处住宅给那对新婚夫妇住；三是负担今后两三年里他们的生活津贴。我估计他应该会答应。’

“情况就是这样，听了这么多，估计您也有了打算，对方身上的确有一些不太令人满意的地方，但对方毕竟是第一次结婚，虽然是庶子，但到底是出身名门，身上有藤原氏[①]的血脉，亲戚也都是一些知名人士，他本人完全没有供养长辈的负担。还有一件事我忘了说了，他的生母，也就是子爵的侧室，生他的时候就去世了，所以他对自己的生母一点儿印象也没有。他有很多优点，兴趣广泛，而且精通法国和美国的语言文字、风俗习惯，我认为这些正好和府上的要求相契合，不知道您是怎么想的？我和御牧也是刚认识不久，具体的情况，你们还是再请人详细调查一下。但是从这几次交往来看，他待人和蔼可亲，没有什么大的缺点，如果非要说，那就是酒量极大，我看见过两三次他喝得醉醺醺的。他一喝多就变得很有趣，经常把大家逗笑。我觉得这门亲事真是太合适了，如果错过就太可惜了，所以我一直在想，谁能替我牵成这根红线呢？说是牵红线做红娘，其实完全不用费什么力气，因为对方是一个十分善于交际的人。红娘只用介绍双方认识，如果双方有意，后面的事情自然会有国岛夫妇安排。我女儿光代也可以帮一些忙，别看她年纪小，却是个聪明能干的姑娘，很适合做这种事，让她当个联络员还是没什么问题的。”

井谷说到这里，又看了一下手表，一下子就站起来了，说：“糟了糟了。本来只打算打扰一刻钟的……真是对不起了。”可是还是继续说：“该说的话我都说清楚了，剩下的事，还请您好好考虑一下。还有一件事，国

---

① 藤原氏：日本贵族姓氏，略称藤姓，早在飞鸟时代已经存在。平安时代以前藤原氏族人均以本姓藤原称呼；镰仓时代以后除公文书外，多以家名·苗字（如近卫、九条）称呼。天智朝八年（669），中臣镰足死，天智天皇以其参与大化改革之功，赐姓藤原朝臣，是本姓之始。宽治元年（1087），院政开始，藤原氏势力稍衰。明治维新后，五摄家列为华族之首获公爵称号。藤原氏一族在政坛上活跃近一千年。不过在明治时代，因为天皇下令所有人民都要有一个姓氏，有部分地区人改姓藤原，但这些人物与历史上真正的藤原氏无关，现在藤原氏颇为普遍。

岛社长过两天要在东京帮我设送别宴，我想邀请您和雪子姑娘作为神户的代表出席宴会，不知道您意下如何？如果可以的话，最好让妙子姑娘也去。如果您答应了，我就请御牧先生也出席，到时候可以当面介绍大家认识。至于这门亲事如何，那是以后的事情，这次就当是专门去东京送我，顺便和对方见一次面，怎么样？您不用立刻答复我，我到东京以后，说不准明天就会给您打电话听答复了。欢送会的日期我也会在电话里告诉您。”说完之后，她就匆匆离开了。

二十八

井谷刚才匆匆忙忙就走了，幸子还没来得及问她今天晚上乘坐哪班火车，所以又往她家里打了一个电话。她本人不在家，接电话的人替井谷把送别都推辞了，连开车时间都不肯告诉。傍晚时分，幸子估计井谷已经回家了，所以又打了一个电话给她，表示希望能再当面谈一下相亲的那件事，这才得知井谷将于九点半钟从三宫乘坐快车出发。知道时间后，三姐妹、贞之助和悦子一家子都去送行了。自从去年为去世的父母做佛事以来，这是三姐妹第一次盛装跟着贞之助出门。

“小姨今天怎么没有穿西服呢？”幸子姐妹三个在晚饭前就打扮好了，妙子一反常态穿了一件绿底白茶花图案的纯棉褂子，吃晚饭时，悦子盯着妙子看了半天，然后忍不住问出口。她看着母亲和两个阿姨，觉得她们装扮得特别庄重，往常这样的画面只有在每年赏樱花的时候才会出现。

“怎么样，悦子，我穿和服好看吗？”

“小姨穿西装最好看了。”

“穿和服好像有点儿显胖。”幸子说。

妙子最近经常穿和服。其实妙子的小腿曲线很好看，平常穿西服也会显得整个人很年轻，但是一穿和服，就把小腿遮住了，看起来又矮又胖。

生那场病以后，妙子食欲大增，身体吸收了太多营养，导致妙子病了一场，反而比病之前还要胖了。而且按照妙子的说法，原来她一点儿也不怕冷，两只脚总是热乎乎的，可自从那场大病以后，只要一穿西服，就感觉双脚冰凉。

“日本女子，无论年轻的时候多么时髦洋气，到一定岁数，就不喜欢穿西服了。这是不是说明，小妹也成了小老太婆了。”贞之助说。“你看井谷老板娘，按说她曾经在美国留过学，又开了一家美容店，如果按照职业标准来说，她应该穿西服才对，可是她经常穿着一身和服呀！”

“这倒是真的，井谷老板娘总是穿和服。不过她也确实是个老太婆了。”幸子说。“先不说这些了，一会儿见了她，说亲那件事怎么办啊？”

“我是这么想的。一会见面，我们就不要再提这件事了，就当我们去东京单纯是为了给她送行。毕竟，就算没有相亲那回事，我们也得去东京送送人家，不是吗？”

“这倒是，你说的有道理。”

“照我说，这一趟我们应该去，只可惜我这一段时间太忙了，恐怕是没时间。你和雪子妹妹去好了。如果小妹能一起去，那就更好。”

“我也想去。”妙子说。“最近天气这么暖和，如果去送行的话，我还能趁机去东京逛一逛。今年的赏樱花我就没看成，这次机会我可要抓住啊……”

妙子和井谷老板娘的感情没有幸子和雪子那么深厚。虽然妙子也经常光顾井谷的美容院，但是因为收费高昂，所以有时候妙子也会去别的铺子。再加上雪子经常受井谷牵线搭桥，妙子却不需要，所以妙子在这方面并不欠她的情。不过妙子倒是很喜欢井谷的性情，觉得她做事干脆爽快，像男子一般讲义气，特别是去年，自己被莳冈家赶出来，过去一直很亲密的朋友都用一种怪异的眼光打量她，那种眼神让她无地自容，只有井谷，一如既往地对她很热情。按说美容院是最容易传八卦丑闻的地方，井谷又是美容院的老板娘，她肯定早就听说了妙子的那些事情，但是她却毫不在意，只关注她好的地方。妙子平常就对井谷这种宽容大方的态度很有好感。今天井谷又亲自到家里来辞行，还说“真想见见妙子姑娘”，甚至希望她能够一起去东京，妙子听到这些消息，更加感激井谷了。每次有人为雪子提亲，妙子觉得自己总被当作碍事的人。但是，现在井谷竟然为她说话，仿佛在暗示莳冈家，有这样一个名声不好的妹妹并不是见不得人的事情，自家人应该看到妙子的长处，大大方方地把她介绍出去，让人家知道莳冈家还有这样一个妹妹。妙子觉得自己必须参加这次东京之行，才不会辜负井谷的好意。

“这样的话，小妹就一起去吧。这种送别的宴会，本来就是多些人凑热闹才好。”

“可是，重要的是，雪子妹妹好像并不想去……”幸子回头看着笑嘻嘻的雪子说。

“为什么?”

“她说如果我们三个人都去了，家里就只剩下悦子了……”

“雪子妹妹怎么能不去呢？总共也就两三天的事儿，放心去吧，悦子会乖乖在家的。”

“二姨，你去吧。”悦子最近越来越懂事了，说起话来也是一副大人口气，“我会好好看家的，而且有阿春陪着我，一点儿也不孤单。”

“如果要雪子妹妹去东京的话，还有一个条件。”

“嗯，什么条件?”

大家都看着雪子，可是雪子一直笑嘻嘻的，一句话也不说。幸子说：“雪子妹妹说：‘井谷老板娘都到家里来邀请了，如果不去东京，实在是愧对人家；可是去了东京，说不准自己又要一个人留在涩谷了。’”

“这倒也是。”

“这次去东京，干脆不去涩谷了。”妙子说。

“那可不行，涩谷必须要去，如果让长房知道你们去了东京，却不去家里看望，以后就更麻烦了。”贞之助很反对。

“就是这个原因，雪子妹妹希望我能提前和长房那边说好，这次就让她和我们一起回来，等下次有机会了，再多去涩谷住几天。如果我能做出保证，她就和我们一起去东京。”

“雪姐这么讨厌东京，我觉得这门亲事没什么希望。”

“我同意。”悦子说，“虽然说二姨肯定是要结婚的，但就算结婚，我也不想让二姨嫁到东京去。”

“悦子，你知道这是什么意思吗？”

“要是嫁到东京那样的地方去，二姨太可怜了，二姨，我说得对不对？”

“好了，别说了。”幸子制止悦子。“要我说啊，那位御牧先生是公卿的后代，从血统上来说是京都人，只不过现在住在东京而已，说不定哪一天就会搬到关西来呢。”

“是的，这些都是说不准的事情。如果我们能够在大阪附近帮他找一份工作，说不定他就会住到关西来了。不过有一点可以确定，他身上拥有京都人的血脉。”

“虽然说是关西人，但是京都人和大阪人也是有很大区别的。京都的女子确实不错，但是男子就不怎么样了。”

“喂，喂，你可不能这么挑剔啊。”

“不过，那个人说不定是在东京出生呢，又在法国和美国生活了很多年，可能和普通的京都人不一样啊。”

“我的确不喜欢东京，但是说不定东京人还不错呢。”雪子说。

贞之助提议今天晚上就先送一束花，之后纪念品可以慢慢挑，赶在欢送会之前挑好就行。吃完晚饭，五个人特意提前赶到神户，去元町买了一束花，然后让悦子在月台上将花献给井谷。按理来说，应该有很多人赶去候车处送行，不过井谷刻意隐瞒了车次，所以场面显得有些冷清。说是冷清，来的也有二三十个人呢，最前面的是井谷的两个弟弟和他们的妻子——在大阪开业的村上医学博士夫妇和在国分商店工作的房次郎夫妇。莳冈家三姐妹盛装而来，但是考虑到周围的气氛，并没有把大衣脱下来。幸子走到井谷身边说："劳烦您亲自到家里来，真是太感谢了。您的行程这么繁忙，还惦记着我家雪子妹妹的事情，我和我先生实在是不知道怎么感谢您的厚爱。尤其是您还介绍了一位这么优秀的男士，我们更加感激了。其实就算没有这件事，我们也应该去东京参加您的欢送会。"幸子说完，贞之助又再三表示感谢。

"哎呀！你们全家都来送我，我真是太高兴了。"井谷特别高兴。"这样的话，我就在东京恭候三位了。具体时间我会打电话告诉您的。"火车开动后，她趴在窗口向大家道谢时，又重复了一遍。

第二天晚上，井谷从帝国饭店打来电话，说："大后天下午五点钟，将在帝国饭店举行欢送会，到时候有九个人出席，井谷母女、国岛权藏夫妇和他们的小姐、御牧先生还有你们三位代表神户的贵宾。"还说："你们到东京以后，打算住在哪里？我知道府上的长房姐姐、姐夫就住在东京，你们这次是不是也打算住到长房那里去。不过，为了方便联系，不如就住在帝国饭店好了。东京这个月和下个月都要举行两千六百年祭，几乎所有的旅馆都已住满。不过国岛先生有个亲戚在帝国饭店预订了一个房间，如果你们想住的话，他愿意让给你们，自己去国岛先生家借宿几天。"幸子想到这次去东京，妙子也会跟着一起去，再加上雪子又提出了不愿意留在涩谷，如果能住在帝国饭店的话，这些事就可以不让长房知道了。于是幸子回答说："既然这样，恕我冒昧，请您一定要说服那位先生把预订的房间让给我们。我们打算明天晚上或者后天早晨乘车去东京。照理说，我们应该等您登上去美国的船之后再离开，但是我们三个这次都出门，家里没人照看，所以打算参加完欢送会就回去了。因此只用预订明天、后天两个晚上的旅馆就可以了，不过，我们还想顺便看一场歌舞伎演出，所以可能会多住一晚上。”井谷马上说：“这样的话，我马上帮你们买歌舞伎的戏票吧。没准我们还能陪你们一起看一场演出呢。”

第二天，幸子她们顺利地买上了当天晚上的卧铺车票，因此三姐妹一整天都在准备行装。幸子和雪子原本打算今天去烫个头发，但是常去的井谷美容院已经转出去了，不知道去哪家好，只能盼望着妙子早点儿来，好领着她们去她熟悉的美容店做头发。幸子和雪子开始抱怨小妹今天怎么来这么晚，结果等了一上午，妙子都没来。妙子在这方面一向考虑得很周全，可是她今天好像只顾着自己，下午两点钟来的时候，已经烫好头发了。

“你怎么这样啊，我们一直等着你，还打算和你一起去烫发呢!”

“可以去东京烫啊，帝国饭店里就有美容院，多好啊。”妙子一脸不在乎的样子。

“好啊，那就去东京再烫吧。”

接着，姐妹三个人就开始讨论该带哪些替换衣裳去。最后，大小两个皮箱，还有一只手提皮包都被她们装得满满当当的。等到吃完晚饭，再打扮妥当，基本上就没什么时间了。

二十九

“不好意思，请问您是莳冈太太吗?”

第二天早晨，东京站站着一个个子不高的穿西装的姑娘，幸子姐妹三个刚走下月台，那个姑娘就急匆匆地走上来冲幸子打招呼“我是光代……”，说话的时候都快要搂住幸子了。

“喔，井谷老板娘是你……”

“好久没有问候您了。我母亲本来打算亲自来接您，但是事情实在是太多了，所以才叫我替她来，希望您不要介意。”光代看到幸子她们提着东西，就说“我去找个搬运夫来吧”，然后就跑去找搬运夫了。

“对了，这两位是雪子小姐和妙子姑娘吧，你们好，我是光代。真是有很多年没有见过了。多谢各位一直以来对我母亲的照顾，这次又专门赶过来参加欢送宴，实在太不好意思了。昨天晚上我母亲提到这件事，特别高兴呢……”

幸子她们把大件的行李交给了搬运夫，自己拎着包袱、化妆皮包等几样零星的东西。光代看见后，说：“这些东西让我拿着吧……没事，没事……我拿吧，就交给我吧。”她说着就硬把三个人手里的东西抢了过去，然后挤到人群里，钻来钻去，很快抢在前头走出去了。

幸子她们上次见光代的时候，她还是个在神户县立第一高级女子中学读书的小姑娘。这么多年没见，光代已经长成了时髦的大姑娘，再加上本就只见过一两次，并不是很熟悉，如果不是她上来就自报家门，幸子她们根本就认不出来。井谷身材瘦削，但是个子很高，现在再看这个小姑娘，小的时候个子就不高，这么长时间也没长个子。原来脸蛋圆润又黑，身材胖乎乎的，现在皮肤变得白净了，脸和身子反而像缩小了一样，手只有十三四岁孩子的手那么大，妙子本来就是三姐妹中最矮的，现在一看，她比妙子还要矮上五六厘米。妙子在和服外面套了一件大衣，所以看着不高却很丰满，光代的确像井谷说的那样很聪明，办事老成，但也太瘦小了。尤其是说起话来，那副快言快语、能说会道的样子简直和井谷一样，看起来就像个早熟的孩子。雪子听着比自己小十多岁的光代一口一个“雪子小姐”，感觉特别不好意思，也不太高兴。

“真是不好意思，光代小姐一定也很忙，还麻烦你来车站接我们。”

“没有，您太客气了。不过，说实在话，这个月东京正好在举办两千六百年祭的各种庆祝活动，我们杂志社本来就很忙，母亲还非得给我安排那些乱七八糟的事情……”

“阅舰式是前一阵子才举行的吧。”

“是啊，阅舰式的第二天，大政翼赞会[①]举行成立典礼，还有靖国神社的大祭也开始了，二十一日还要举行阅兵式，这个月东京可热闹了。旅馆早就都住满了……对了对了，说到这儿我想起来了，因为庆典，订旅馆的人实在是太多了，你们住的那间房间虽然早就订好了，但是条件不太好。”

“没事，没事，什么样的房间都行。”

“房间小点儿倒也能凑合，但是房间里只有两张单人床，实在是没有办法住，我们和饭店说了半天，饭店才答应把其中一张单人床换成了双人床。”

一路上，光代在不停地解释各种事。除了房间，她还说因为庆典的缘故，不仅今天的歌舞伎戏票没有买到，而且连十天后的戏票也买不到，还是她通过杂志社的关系才拿到了六张后天的票，到时候井谷和她会陪同看戏，井谷前两天提到的御牧先生也会陪着，只是六个座位恐怕没法挨在一起。

“房间就是这么小！……而且这边还照不到太阳，真是太差劲了，只能委屈各位了……”

光代把她们三人送到房间，然后放下手中的东西，就走了，刚出门又返回来说：“我母亲出去办事了，估计一会儿就回来了，她说一回来，就来拜访各位……我现在要去杂志社上班了，回头再来看望各位。需要在银座买什么东西吗?”说着，她就用涂了指甲油的小手从提包里取出一张名片，递给幸子，“上面有我的电话号码。如果有需要，请随时给我打电话……”

幸子一直惦记着烫头发的事情，想今天抓紧时间烫好。可是考虑到昨天晚上坐了一夜的火车，她和雪子都累了，觉得还是先休息一会儿。而且估计一会儿井谷还会过来打招呼，所以不能睡死了，只能解下腰带稍稍放

---

① 大政翼赞会：是第二次世界大战期间，日本的一个极右翼政治团体。于1940年（昭和十五年）10月12日宣告成立，1945年6月13日解散。

松一下。她自己怎么样都无所谓，只是担心雪子。雪子这一段时间一直坚持打针，那块褐色斑虽然没有完全消失，但颜色已经很浅了。不过雪子的经期就快要到了，再加上赶了一晚上路，所以雪子的脸色不太好看。幸子看着雪子，总觉得雪子脸色不好的时候，脸上那块褐色斑就会特别显眼，所以这个时候一定要让雪子好好休息。

“雪子妹妹，今天实在是太累了，我们明天再去烫头发吧，你觉得怎么样？”

“没关系，我可以今天去烫。”

“欢送会明天下午五点才开始呢，我们白天有一整天的时间呢。今天就好好歇息一下吧，我们正好去银座转转，还有很多东西要买呢……”

“我先躺一下啊。”妙子一走进屋子，就毫不客气地仰在那张最舒服的沙发上，一副精疲力竭的样子。然后趁两个姐姐们说话的工夫，脱下外褂，解开腰带，换上浴衣，干脆躺上了那张双人床。妙子原来遇到这种情况，就算有些疲惫，也绝对不会表现出来，早就抛下两个姐姐精神抖擞地跑出去玩儿了。但是最近一段时间，她经常伸着两条腿，或者枕着胳膊躺下，有时候还会唉声叹气，一向粗俗的举止变得更加不像话了。不过那也可能是因为身体还没有完全恢复，而且身材越来越臃肿，做什么都是一副很费劲的样子。

“雪子妹妹躺下休息一会儿吧。”幸子说。

“嗯。”雪子答应了一声，然后走向了妙子刚才躺过的那张沙发，拿开妙子扔在上面的褂子，腰带都不解，端端正正地坐在了沙发上。屋子里只有两张床，雪子估计今天晚上要和妙子一起睡。说是双人床，但是比平常的双人床小多了，她现在上床只能和妙子挤着，旁边那张单人床虽然空着，但她觉得应该留给幸子，所以她干脆坐到沙发上，结果一坐下去就迷迷糊糊地睡着了。

幸子大概明白了雪子的想法，于是就躺到了那张空着的单人床上。可是幸子和妙子都睡不着。

“小妹，我们趁现在洗个澡吧。”

幸子和妙子轮流洗了澡，又把雪子叫醒，等雪子洗完澡，三个人一起去酒店的餐厅用了午餐。幸子姐妹三个人等了很久，井谷一直没有来。而且一直没有决定送什么纪念品，所以幸子她们下午就去银座买东西了。她们在银座街头转来转去，看了很多陈列的商品，想送时髦的东西，又觉得不实用，所以最终决定选一份外国人喜欢的日本本土商品。她们无意间在服部商店的地下室看到一只螺钿匣子，决定买下来当作幸子送给井谷的礼物。又在御木本商店买下来一只玳瑁别针，别针上镶着一枚珍珠，到时候由雪子和妙子送给井谷。三个人买完东西感觉特别累了，就找了一间高龙巴茶室休息。尽管还有其他想买的东西，妙子却先站起身说：“我们回去吧，太累了，不转了。”所以幸子她们四点半就回到了帝国饭店。她们一进屋子，就看到桌上摆了一瓶兰花，旁边还有一张名片，是井谷留的，上面写着：“回来后请立即通知我，等着你们一起过来喝茶。”

“又是喝茶，刚刚才喝过了！”妙子又瘫在了那张沙发上，看那样子是不想起来了。幸子和雪子也想休息一会儿，就躺倒在床上。过了还没有十分钟，电话铃就响了。

“肯定是井谷老板娘打来的。”幸子接了电话，果然是井谷打电话来催她们去喝茶。

“我上午出去办事了，没有去接你们，真是不好意思。我刚刚回来，已经吩咐准备了茶点，请诸位到休息室来吧。”

“好的，好的，我们正想给您打电话呢。……好的，好的，我们马上就来。”

“我就不去了，二姐，你和雪姐去陪井谷老板娘喝茶吧。”妙子说。

“那样做太不礼貌了，小妹和我们一起去吧，而且我们也很累啊。”妙子实在是懒得动弹，但还是被幸子硬拉到了休息室。

三十

双方寒暄了一阵，然后井谷说："刚才售票处的先生来电话说后天的戏票已经买到了。三张连座票，你们三位座位挨着，还有另外两张连座是我和光代的，只能让御牧先生单独坐了。"

然后一边喝茶一边聊天，从戏票自然而然地就聊到了御牧的情况。从闲谈中，幸子她们了解到井谷已经把雪子介绍给了国岛和御牧，连她手里的雪子的相亲照片都给他们看过了。他们很满意，昨天晚上在国岛家里聊天的时候还谈到雪子，说从照片上完全看不出来雪子已经三十多岁了。御牧说，都不用亲眼见面，只看照片他就愿意把雪子迎娶进门，当然前提是莳冈家同意。井谷不愿做个用花言巧语蒙人的媒婆，所以她把她知道的莳冈的家庭情况包括涩谷长房和芦屋二房的关系，大姐夫辰雄和雪子、妙子两个小姨子意见不合有嫌隙等，全都毫无保留地告诉了御牧。但是御牧说他不在乎，他依然愿意迎娶雪子。可能因为他本身曾经经历过那些放荡的生活，所以对这些事情想得很开，也可能是因为他本来超脱，所以根本就不在乎这些事。

雪子和妙子感觉聊天的方向开始朝着相亲走了，就赶紧喝完茶回房间了。井谷看见她们走远了，就看着雪子的背影小声对幸子说："雪子小姐脸上有一块褐色斑的事情我也告诉他了，我是觉得自己主动说出来总比以后被别人发现要好，所以就全说了。"

"您这样讲清楚就太好了，这样我们就不用紧张了……不过最近雪子一直在打针，您刚刚也看到了，那块褐斑的颜色已经很淡了，而且医生说，结婚以后那块斑就会彻底消失了，希望您能把这一点也转告对方。"

"是啊，是啊，这个我也说了。御牧先生说：'原来是这样，结婚以后看着夫人脸上的褐色斑慢慢消失，这样一想，还挺有趣的。'"

“是吗！”

“关于妙子姑娘的事情，我不知道您是什么态度，但是在我看来，您不用担心外面那些流言蜚语，就算是真的也不要紧。谁家都会有一两个另类的人，那样的人也没什么不好的啊，而且御牧先生也说了他要娶的是姐姐，妹妹好不好没什么关系。”

“哎呀，现在很少能有人像御牧先生这样通情达理了。”

“他毕竟曾经经历过一段风流的日子，没准就是因为这个才有了这样的觉悟。他说：‘妹妹的事情和我无关，我也不关心，如果您愿意告诉我那自然很好，如果您不愿意讲，那也无所谓。’”

井谷似乎感觉到幸子松了一口气，于是问她：“那么，雪子小姐是什么态度呢？”

“哎呀，这个……其实我还没有问她呢。”

说实话，幸子这次来东京，就是准备当作简单地参加一次欢送宴，虽然想着可以顺便见一见对方，但也没有当回事。幸子本来打算等见完面再考虑以后的事情，结果刚刚听井谷讲完那番话以后，就对这门亲事产生了兴趣。不过，幸子因为以前的事情，生怕抱的希望太高到头来又是一场空欢喜，所以态度并不积极，自然也就没有征求雪子的意见。从目前的情况来看，对方的各种条件都很优秀，唯一不满意的地方前面已经提过了，就是雪子如果答应了，就要嫁到东京。这肯定也是雪子犹豫的原因。不过说实话，事到如今，绝对不能再由着雪子的性子来，更何况她也没有那样说。反倒是幸子舍不得把妹妹嫁到东京，如果可以的话，幸子更愿意让雪子嫁到京都、大阪、神户一带。所以，幸子问井谷：“御牧先生将来打算在哪里定居？您说他的父亲要给他买房子，准备在什么地方买呢？我没有拿房子当条件的意思，我只是想知道他必须留在东京吗？如果关西有合适的工作，能不能搬到关西呢？能不能打听一下这几个问题，我想参考一下。”井谷说：“没问题。我没想过这个问题，我马上就去问。”说完她又问幸子说："我猜大概会在东京买房，难道雪子小姐不愿住在东京吗?"

"没有，没有，我不是这个意思……"幸子说着说着就慌了。

"这样的话，这件事回头再说吧……今天晚上，御牧先生可能会和光代一起来饭店看我，到时候希望你们也来我这儿坐坐。"说完，两个人就分手了。

八点刚过，井谷就打过电话来了。"各位肯定都累了。但是客人现在已经来了，请三位一定要过来啊……"

幸子把从行李箱里拿出来的衣服袋子摊在床上，先帮雪子换了衣服，然后自己和妙子也换了衣服。换衣服的时候，井谷又打电话来催。

"快请进，快请进……"刚一敲门，光代就打开门迎接她们，说，"屋子里乱糟糟的，真是不好意思。"

幸子她们一看，果然是够乱的，屋子里光皮箱就有五六个，除此之外还有各式各样的装西服的纸箱、各方面送来的礼物包、各种旅途备用品。御牧看见三姐妹走进屋子，急忙从椅子上站起来了。

"你们请坐，我坐这里就行了。"打完招呼，他并没有坐回去，反而坐到了暖气管上。屋子里只有四张椅子，三姐妹和井谷各坐了一张，光代坐在床头上。

"怎么样？井谷太太。现场这么多观众，你必须穿给我们看看啊。"听御牧的话，刚刚他们似乎在说什么事情。

"怎么也不能让御牧先生看到啊。"

"你就是嘴上这样说，我可是要送你到船上的，就算你不愿意，也会让我看到的。"

"那可不一定，开船时，我也打算穿和服。"

"嗨，你打算在船上也一直穿和服吗?"

"不会一直穿，但是我打算尽量不穿西服。"

"这可不是什么好主意。那你做这么多西服做什么?"御牧说到这里，转头问幸子姐妹说，“哎呀，我有件事想请教一下，刚刚我们在谈论井谷太太的西服问题，三位见过井谷太太穿西服吗？”

“没见过。”幸子说，“我从没见过她穿西服，所以还挺好奇的呢。”

“东京的朋友们也这么说。阿光还说连她都没见过妈妈穿西服的样子呢。所以今天晚上啊，一定要请她穿一次给我们看看。”然后御牧又看向井谷说，“怎么样，井谷太太？现在这么多人都等着呢，您还不穿一次让我们见识见识吗？”

“看您这话说得！这么多人在场，难道让我脱了衣服换西服不成？”

“哪里，哪里，我们去走廊里等着，您换好了叫我们就是了。”

“一件西服而已，御牧先生。你可不能那样欺负我妈妈呀。”光代站出来说话了。

“说到这，妙子姑娘最近经常穿和服啊。”井谷可算是脱身了。

“真狡猾，一下子就让您转移话题了。”

“是呀，最近小妹经常穿和服呢。”

“他们说这说明我变成老太婆了。”妙子用一口地道的大阪话接着幸子的话。

“恕我冒昧，我还是觉得小妹穿西服比较好看了，当然了，我不是说小妹穿和服不好看……”光代仔细打量着妙子身上那套鲜艳的和服说。

“光代小姐，恕我打断你的话，我知道这位小姐是妙子小姐，为什么你称呼她‘小妹’呢？”

“哎呀！御牧先生，亏您还是京都人呢，怎么连‘小妹’是什么意思都不知道。”

“好像只有大阪那边会说‘小妹’，京都不怎么用这个词。”幸子说。

“吃点点心吧。”井谷拿出一盒巧克力点心，看起来好像是别人送给她的。不过大家都已经吃了晚饭，所以都没有吃，只是喝了很多茶水。光代提醒她妈妈招待一下御牧先生，然后让旅馆送了一瓶威士忌酒。御牧一点儿也不客气，吩咐侍役把一大瓶三角形威士忌放在他身边。他边喝酒边和大家聊天。井谷一直在当中挑起话题，拉扯话题，所以谈话还算顺利。井谷上来就问："御牧先生将来要是成了家，非得住在东京吗？"御牧就顺着这个话题谈了很多自己的经历和将来的计划。

"刚才光代小姐说我是京都人，其实御牧一家从祖父那一代就已经迁居到了东京小石川本宅，所以我出生在东京。父亲那一代还算是正宗的京都人，但是我母亲是深川人，所以我既有京都人的血统，又可以说是东京人。我年轻的时候就不太喜欢东京，或者说更向往欧美的生活。直到最近几年，才有一点儿思念东京的乡愁。说起来，我父亲也是上了岁数，就开始怀念京都了，后来干脆从小石川本宅搬到嵯峨隐居了。一想到这些，我就觉得有些事情是命中注定的，就像我喜欢的那些东西。最近，我仿佛能体会出来那些日本古代建筑的妙处来了，等有机会了，我打算重新做个建筑师。在机会到来之前，我打算尽最大的努力去研究日本固有的建筑，为以后的设计积累经验。我反复考虑过，为了研究，说不定我会在京阪地区找个工作，在那里生活一段时间。不仅如此，相较于东京，我觉得大阪、神户那边的环境和我想设计的建筑风格更加协调。夸张点儿说，我觉得自己的前途就和关西绑在一起了。"

接着御牧又问如果他在京都安家的话，哪里比较合适。幸子说了自己的看法，然后先问御牧他父亲住在嵯峨哪里，又说到她认为京都最适合安家的地方就是嵯峨一带，还有南禅寺、冈崎、鹿角那些地方。几个人说说笑笑，不知不觉就聊到了深夜。那一大瓶威士忌，御牧喝了有三分之一瓶，看起来还能接着喝，不过随着醉意越来越浓，他变得滑稽起来，时不时说几句俏皮话，逗得大家直笑。特别是他和光代简直是一对默契的搭档，一人接一句，就像在表演相声。幸子姐妹三个被他们逗得直乐，完全忘记了一身疲劳，特别精神。

"哎呀，坏事了。电车要停了。"快十一点的时候，御牧慌忙站起来。

“我们一块儿走吧。”光代也站起来说。然后两个人就结伴儿走了。

那天晚上，幸子姐妹睡得都很晚，第二天睡醒了已经九点半了。幸子着急去烫头发，等不及餐厅开饭，就在房间里简单地吃了点面包，然后催着雪子出发。昨天晚上光代向她们推荐了一家叫资生堂的美容店，说虽然帝国饭店就有美容院，但是那家店采用的是最新的电烫法，用一种叫作左托司的药水，不需要把电烫器罩在头上，很省事。结果等到幸子她们到了资生堂美容院，前面已经排了十二三个人等候了，至少需要等好几个小时。如果是在神户井谷的那家美容院，幸子这种时候凭着面子就可以插个队，但是在这里就没办法了。幸子她们在接待室等候的时候，周围全是陌生的东京太太和小姐们，没有人和幸子她们说话。幸子和雪子压低着嗓门说话，还要担心被别人听见，就像陷入了敌方境内一样畏畏缩缩的，只能听着周围絮絮叨叨的东京话。

“今天人可真多啊。”有一个人说。

“那是当然，今天可是大安日，很多人定在今天结婚呢，哪家美容院都是生意兴隆呀。”另外一个人搭话儿。

幸子这时候才意识到今天是大安日，井谷选择今天举行欢送会，说不定就是为了让雪子图个吉利。在幸子她们等位的时候，还有很多顾客不断地进来，其中就有顾客用了那一招，说什么“不好意思，我提前预约了的”，然后插到前面去了。幸子姐妹不到十二点钟就来了，等到快两点钟还没有排到，幸子生怕会耽误晚上五点钟的欢送会，一面焦急地等待着，一面压着怒火暗自发誓今后绝对不到资生堂来了。上午，她匆匆吃了几片面包就赶着出门了，到这会儿，已经饿得不行了。幸子知道平常雪子总说自己胃小，每次只吃一点儿东西，结果总是比别人饿得快，动不动就会引起贫血症，这会儿幸子生怕她电烫时忍不住犯病，所以一直注意着她。好不容易排到她们的时候，已经两点多了，幸子让雪子先烫，等幸子烫完，已经四点五十分了。她们要离开的时候，店里的人说有电话找莳冈太太，幸子接了电话，才知道是妙子等得心急了，从旅馆打电话来找她们。“二姐，快好了吗？马上就五点了。”“嗯，好了，好了，我们正准备往回走，马上就到。”打电话的时候幸子一直说的是大阪话，挂了电话，两姐妹就赶紧离开了美容店。

“雪子妹妹，你可要记住，今后如果碰见什么大安日，千万不能去陌生的美容院。”幸子气愤地说。

晚上，幸子急急忙忙地赶往欢送会的时候，在宴会厅的走廊上碰见了五个穿礼服的妇女，竟然就是刚刚在资生堂碰见的。等赶到欢送会会场上，幸子为自己的迟到道歉时，又抱怨了一顿：“真是不好意思，我来得太迟了……千万要记住，大安日这种日子，可不能去陌生的美容院做头发。”

三十一

她们在东京的最后一天，也就是第三天的上午到下午，一直忙忙碌碌的。

幸子本来打算那天专门看戏，第二天上午去道玄坂，下午去买纪念品，然后晚上乘坐火车回芦屋。最先反对的是妙子，她说前几天来东京的时候，就是坐的夜车，自己已经吃够了苦头，到现在还休息不过来，所以希望早点儿回去，躺在自己的床上睡个好觉。雪子也赞成妙子的意见，这次旅途确实是挺累的，但她们这样说还有一个更深层的目的，那就是缩短在长房那里停留的时间。她们打算乘坐明天早晨的燕号快车回去，这样的话，今天上午就必须要买好东西，然后下午去歌舞伎座看戏，只能在看戏之前抽出几分钟让汽车在道玄坂门口停一下，到长房家去看一看。幸子其实能够理解两个妹妹的心情。妙子肯定很厌恶长房，雪子也一年多没有在长房这里住了。去年十月，长房让幸子通知妙子，要不就来东京，要不就和莳冈家断绝关系，虽然没和雪子说这么绝对的话，但是意思也差不多。雪子也不知道长房的态度有多坚决，所以没有理睬这件事。而长房那边，也没有再来信催促过雪子。可能是长房姐夫不知道该怎么教育雪子，为了避免和她发生冲突，索性就选择了放任不管，也有可能是姐夫本来就不是真心让雪子到东京来，雪子不顺从正中了姐夫的心意，这样一来，反而可以像对待妙子那样不声不响地和雪子断绝关系，总之肯定是其中一个原因。这次去长房家，大姐肯定要提到这些事，所以雪子本人不愿意去，就连幸子也不愿意去。

说实话，前一阵子幸子和贞之助环游富士五湖的时候，曾在东京停留过一天，当时幸子因为眼睛出了问题，并没有上门拜访，只给大姐打了一个电话，更重要的原因是幸子怕大姐转达姐夫要雪子回东京的旨意，如果雪子不愿意，自己夹在中间会左右为难。

除了这些，幸子疏远大姐还有一个她自己的原因。今年四月份的时候，妙子生了一场大病，当时幸子给大姐写信说明了一下情况，大姐的回信让幸子对她有了很大的意见。因为这些原因，幸子本来打算不告诉长房自己到东京的事情。但是贞之助说如果长房知道了这件事就更不好办了；还有一个原因应该趁这个机会向长房透露一下雪子这次相亲的事情。幸子之前一直没有对这次相亲上心，但是自从前天晚上见到御牧，再加上昨夜送别会上见到了为这门亲事做媒的国岛夫妇，了解了那些人的人品还有他们营造出来的那种气氛，幸子内心的警戒线一下子就被打破了。

在幸子的印象中，昨天晚上的宴会是一次不刻意的自然而然的相亲，双方都很满意。幸子感到最高兴的是御牧和国岛都很体贴妙子，敞开心扉和她交流。这说明对方一点儿也没有认为妙子是女方家的缺点，这是在偷偷向女方家表示安慰和体谅。而且对方的态度很自然，一点儿也不做作，因此妙子才能放开手脚，不但时不时说一些俏皮话，还拿出模仿的本事，博取满座的笑声。幸子看出妙子甘愿充当丑角活跃现场气氛，完全是出于对雪子的感情，想到这里，幸子的泪水快要忍不住了。雪子似乎也察觉到了妙子的苦心，所以很难得地在宴会上说说笑笑。御牧在欢送会上一再声明他打算在京都或者大阪安家。幸子觉得，如果雪子真的能因为这些人的介绍嫁给御牧，将来在关西或者关东安家都无所谓了。

因此，今天上午幸子估计姐夫已经上班，就往大姐家打了一个电话，告诉姐姐自己和两个妹妹来东京参加井谷出国的欢送会，预定明天乘坐特别快车回芦屋。可是今天下午还得陪同井谷去看歌舞伎，所以只能在看戏以前抽出一点儿时间去看姐姐。幸子稍微透露了一点儿雪子相亲的事情，但是现在还没有什么进展等等。幸子姐妹三个在银座转悠了一上午，光尾张町十字路口就路过了三四趟，后来在滨作吃完午饭，才在西银座阿波屋鞋店前乘坐了一辆出租汽车前往道玄坂，不过车上只有幸子和雪子。上午逛街的时候，妙子就一直喊累，后来在滨作吃饭的时候，干脆把坐垫儿当枕头躺了一会儿。等到坐上去道玄坂的出租车，她就说自己不想去，说自己已经被长房赶出莳冈家了，去了以后，大姐会很尴尬，正好她也不想去。幸子劝她说："你说得有道理，但是只有你自己不去很别扭。不说大姐夫，大姐肯定不会说什么赶出家门的话的。你去看看她吧，她肯定很想你，尤其是你前一阵子病得那么重，她肯定更想见你了。所以你也别说那些话了，快和我们一起去吧。""我懒得去了。我自己找个地方喝杯咖啡，一会儿就自己去歌舞伎座了。"妙子还是不肯去。幸子不好继续勉强，只好和雪子坐上汽车走了。

汽车开到道玄坂，司机不愿意停车等着，他说："不好意思，车子没法在这等着，请您见谅。"幸子对司机说："就十五分钟，最多等二十分钟，我们马上就出来，等待的这段时间车钱我们照付。"说了很多好话，司机才答应把车子开到大门口，然后等着她们出来。姐妹两个人上了二楼，和大姐在八铺席的屋子里面对面坐着，屋子里的摆设一点儿也没有变：一张红漆八腿桌，一块赖春水的横额，还有泥金棚架和架子上面的座钟。除了六岁的梅子，孩子们都去上学了，家里少有的安静。

“别让汽车在外面等着了?”

“那回去的时候怎么办，附近方便叫车吗?”

“以前还挺方便的，道玄坂那边空车特别多，只要走过去，一会儿就能叫到车。不过现在……乘地铁也很方便呀，坐到尾张町，下来走不了几步就到戏院了。”

“下次来的时候肯定多坐一会儿……反正最近还要来的。”

“这个月歌舞伎都有哪些戏啊呢?”鹤子突然问道。

“‘茨木’‘菊圃’还有别的一些节目。”

雪子看见梅子要下楼，就赶紧叫住她，说：“小梅，我们一块下楼吧。”然后就拉着她一起下去了。

“小妹最近怎么样了?”鹤子看到屋子里只剩下自己和幸子了，就直接问道。

“其实小妹跟我们一起来了，只不过来大姐这里的时候，小妹说她还是回避一下的好……”

“为什么这样说啊？一起来多好啊。”

“我也这样说呀……其实这几天到了东京一直忙来忙去的，应该是把她累坏了，毕竟她的身体还没有完全恢复。”

幸子真正见到大姐的时候，感觉因为那封信积攒起来的反感逐渐消失了。离得远的时候，因为一些小事就开始钻牛角尖，怨气越积越大。可是真正坐到一起以后，觉得大姐还是自己的大姐，没有什么嫌隙。刚刚大姐问起歌舞伎演出的时候，幸子感觉很惭愧，姐妹四个好不容易聚在一起，自己和雪子、妙子却只想着自己，完全忘了邀请大姐，就好像故意疏远她似的。不知道大姐会怎么想这件事呢？不过大姐想来不会在意这些小事，只希望大姐不要因为这些事生气。不过，就算大姐年龄大了，也还是会有一份少女的纯真，听说自己要去看戏，大姐其实是想跟着一起去看的吧。

很多动产都被长房当作宝贝一样珍藏着，可是因为股票大跌，那些动产几乎跌得一钱不值了，长房的经济情况也因此越发困难了。要不是碰上幸子她们要去看戏，更是没有机会去戏院了。幸子为了安慰姐姐，只能吹嘘一下雪子的亲事，说什么男方已经决心娶雪子，现在就看我们的态度了，只要我们愿意，这门亲事就成了。这次姐夫、姐姐可以高兴高兴了。等过一阵子，贞之助见过男方以后，就来东京正式和你们商量这件事。还说："下午，御牧先生和井谷母女也会一起去看演出。"幸子觉得时间差不多了，就起身说，"我就先走了，下次有机会再来。"姐姐跟着幸子下楼，在后面忍不住嘱咐幸子，说："可得让雪子妹妹热情点儿，多给人家一些回应，要不然可就不成了。"

"您放心吧。她这次和人家有说有笑的，完全不像原来那样一声不吭。照我看，这门亲事说八九不离十了。"

"最好能够定下来，明年雪子可就三十五了。"

"再见。下次见。"雪子一直在楼下守着，看到姐姐们下来，打了一声招呼，然后就赶紧出门了，跟逃跑似的。

"再见，替我问候小妹。"姐姐一直走到马路上送她们，走之前还凑到车子面前，问"井谷老板娘出国，我不去送行是不是不合适?"

"没关系，你们本来也不是很熟悉。"

"可是我现在已经知道人家来东京了，不去见见怕是不合适吧？……船哪天开呀?"

"好像是二十三号。她不喜欢那些客套，所以没打算让人去送。"

"那我就去旅馆看望她一下吧，你觉得怎么样?"

"我觉得不用了。"

幸子一直隔着车窗和大姐说话，司机启动车子的时候，幸子忽然发现大姐开始哭了，而且一边哭一边说话，直到车子开走的时候，大姐的眼泪都没有停下来，幸子奇怪，为什么提到井谷大姐会这么伤心?

“姐姐哭啦。”车子开过道玄坂时，雪子说。

“怎么回事啊，大姐为什么提到井谷老板娘就哭了呢?”

“肯定有别的原因，只不过正好说到了井谷老板娘的事情，大姐借题发挥罢了。”

“是不是希望我们能邀请她一起去看戏呢?”

“肯定是，她也想去看戏。”

幸子这才想明白是什么情况，大姐刚开始肯定是觉得很惭愧，自己这么大岁数了竟然因为想看戏看不到而想哭，所以一直尽力忍着，后来实在忍不住，索性就哭了出来。

“姐姐提到让我留在东京了吗?”

“没有说。估计是光想着看戏的事了。”

“是吗?”雪子松了一口气。

座位没有挨着，所以进了戏院就没办法继续交流了。不过，他们还是一起去了餐厅，幕间休息的几分钟，御牧还特意邀请她们一起去走廊散步。御牧了解很多时髦的东西，但对歌舞伎一无所知，就像他自己评价的那样，一点儿也不懂旧剧。光代笑话他连长呗和清元[①]都分不清。

井谷听说幸子姐妹准备明天上午乘坐特别快车回去，就说：“没想到这么快就要分手了。我非常喜欢您送的礼物。还有很多要商量的事情，过一阵子我让光代去芦屋和您联系吧。”

戏散场后，御牧提议一起走一走。于是六个人一起往尾张町的方向走去。井谷和幸子故意走在后面，和他们拉开距离，井谷向幸子简单地说道：“你也看见了，御牧先生是真的喜欢雪子小姐。昨天晚上国岛夫妇见到了雪子小姐，比御牧先生还要满意。御牧先生决定下个月就去西边，到

① 长呗和清元：乐曲，“长呗”是配合三弦、笛子演唱的歌曲。“清元”是以三弦伴奏的说唱曲艺。

时候第一件事就是去府上拜访，主要是见一下您先生。如果府上有交往下去的意愿，下一步就是请国岛先生去和御牧先生的父亲去商量这门亲事了。”

六个人走到高龙巴茶室，又休息了一会儿。御牧和光代跟幸子姐妹说：“我们说好了，明天上午我们送你们去车站。”然后，就在西银座分别了。井谷和幸子姐妹三个一直走回了旅馆。

回到旅馆以后，四个人接着在幸子的房间聊了一会儿，说声晚安井谷就走了。幸子洗完澡，雪子就进了浴室。幸子看见妙子身上还穿着看戏时的那身衣服，连褂子也没脱就呆呆地坐在铺了报纸的地毯上，后背靠着沙发。幸子看得出来这一路走回来把妙子累坏了，但是总觉得她那副精疲力竭的样子透着怪异，就问她：“小妹，你身体还没有完全恢复，是不是还有别的地方不舒服？回去以后，还是再请栉田大夫来诊断一下吧。”

“嗯。”她先是答应了一声，然后又费力地说，“其实不用看医生，我自己知道是怎么回事。”

“你到底是哪里不舒服啊？”

妙子把脸靠在沙发把手上，看着幸子，一脸茫然地说：“我可能怀孕了，应该有三四个月了。”口气一如既往地平静。

“你说什么？”

幸子一口气差点儿喘不上了，她睁大眼盯着妙子，平静了好久才问妙子：“是启的孩子吗？”

“是三好的。二姐听说过这个人吧，老妈妈应该讲过。”

“就是那个酒吧领班吗？”

妙子沉默地点了点头，说：“还没有去看过医生，不过我觉得应该没错了。”

“小妹是想把孩子生下来吗？”

“不是想。……而是如果不生的话，启是不会死心的。”

幸子一受到惊吓就会浑身发抖。幸子现在就能感觉到自己的身体在剧烈地颤抖，也能想象到自己的手指、脚尖肯定是一片惨白。她意识到，自己必须要平静下来。于是她不再和妙子说话，晃晃悠悠地靠着墙根走过去关掉了屋里的大灯，然后打开床头的台灯，钻进了被窝。雪子洗完澡出来的时候，她闭着眼睛假装睡着了，不过她感觉到妙子似乎慢腾腾地爬起来，走进浴室了。

三十二

什么也不知道的雪子第一个睡着，没一会儿妙子也睡着了。只有幸子，一点儿困意也没有，还时不时地用毛毯边儿擦一擦眼角的泪水，她翻来覆去地想了一晚上。其实她的手提包里有安眠药片，还有白兰地，可是她今天晚上受到的惊吓太大了，那些东西根本起不了什么作用，所以就没用。

也不知道是怎么回事，幸子感觉自己每次来东京都会碰到一些倒霉事，肯定是因为自己和东京犯冲。自己只有新婚旅行的时候来过东京，时隔九年，去年秋天，自己刚到东京，就收到了启揭发妙子和板仓恋爱的来信，也是吓得一晚上都没有睡好。去年初夏那件事其实和自己没有直接关系，那是第二次来东京，本来正和妙子一起在歌舞伎座看戏，结果妙子却因为板仓病危被叫走了。不说这些事，总之每次雪子相亲，就会碰到一些不吉利的事情，这次又偏偏选在东京相亲，幸子心里早就有种不祥的预感。还有一件事，就是今年八月的时候，自己和丈夫来东京旅行过得很愉快。第三次东京之行这么顺利，让她放松了很多，她尽量往好处想，认为“东京之行”从此就不会碰上那些麻烦的事情了。

老实说，幸子一开始就抱着这门亲事肯定不成功的态度，所以不在乎什么不祥的预兆……可是现在看起来，东京还真是一个不祥之地。而且雪子这次的亲事如果被妙子怀孕的事情破坏了……唉，好不容易碰到这么好的姻缘，怎么偏偏要在东京进行呢？还是雪子的命不好啊……幸子这样一想，就更加觉得雪子可怜，妙子可恨。对两个妹妹又怜又恨让她没法平静下来……

唉！这个妹妹一次又一次给自己惹麻烦……可是这又能怎么办呢？难道在身旁监督的自己不该受到责备吗？她说“应该有三四个月了”，算一算时间应该是六月份前后，就是她病刚好的那段时间。如果这样的话，肯定会有一段恶心呕吐的时期，这么明显的症状自己竟然没有发现，这不正是说明我们疏忽大意吗？就拿这两三天的事来说，妙子连吃饭都懒得吃，稍微做点儿事就喊累，总是精疲力竭的样子。这么明显的症状，自己竟然丝毫没有往怀孕的方面想，自己这是多愚钝啊？这么说来，她最近放弃西服改穿和服应该也是这个原因……在小妹这种人眼里，我们肯定是天下最蠢的人。可是，她做出这种事，对得起自己的良心吗？听小妹说话的语气，她这次怀孕并不是意外，而是早就和三好计划好了。他们是准备把事情坐实，到时候，不管启愿意不愿意，都必须和她断绝联系，同时也能逼着我们承认她和三好的关系，怀孕真是个一箭双雕的好主意。对于小妹来说，这真是个不错的主意。从她的角度考虑，不管是好主意，还是坏主意，除此之外也没有别的办法了……可是，小妹能完成自己的计划吗？自己和丈夫还有雪子妹妹为了保护她，不惜公然违抗长房的命令，可是小妹一点儿也不在乎，完全不珍惜大家的好意，她到底想怎么做？难道非要把全家人的面子都丢光才算吗？我们夫妇俩有没有面子无所谓，雪子妹妹怎么办？难道她非要让雪子妹妹嫁不出去才算吗？这个妹妹为什么要一直折磨我们呢？今年春天，她生了那么大一场病，是雪子妹妹日夜不休地贴身照料才让她转危为安，难道她全忘了吗？我还以为她昨天在宴会上活跃气氛是为了报答雪子妹妹，看来还是我想多了。她昨天晚上做出那些举动，完全是因为喝多了……这个妹妹只考虑她自己，真是厚颜无耻，根本不考虑他人的感受。

最让幸子生气的是妙子的冷酷无情。她明明知道这样做会惹得幸子生气，会让贞之助不痛快，还会让雪子的亲事遭遇前所未有的困难，可是为了她自己的利益，她还是选择了这样做。虽说她做出这种弃车保帅的事情也是迫不得已，但她就不能换个时间吗？为什么偏偏赶在决定雪子命运的关键时刻做出这种事呢？虽然说妙子并不是故意在雪子相亲的时候爆出怀孕这件事，一切完全是偶然，但是她总是说什么“等雪姐结婚了，我才会考虑亲事”“我一定注意不会做出连累雪姐的事”，如果那些是她的真心话，她为什么不等到雪子的终身大事定下来以后，再使用那些手段呢？好吧，先不说这件事了……既然她知道自己已经有三四个月的身孕了，为什么不回避一下，还非要跟着一起来东京呢？她肯定是很高兴终于能以莳冈家的身份出现在大家面前了，她肯定觉得多亏了井谷，自己才有这个机会，说不定特别感谢井谷，连自己很容易感到疲惫都忘了。说不定她不是忘了怀孕容易疲倦，而是觉得自己乐意忍耐，然后就凭借着自己的厚脸皮，跟着姐姐们一起来了。没想到后来实在是太累了，而且自认为这是一个好机会，就趁机说出了实情。再说了，身边的亲人往往不会注意这些事情，反而是一些眼尖的人，很容易就能看出来有三四个月的身孕了，而她竟在众目睽睽之下旁若无人地赴宴看戏，她的胆子真是太大了。首先，她现在这个月份根本不能随便坐车，火车摇摇晃晃的，坐那么长时间车，万一有什么闪失怎么办？就算她自己不在乎，幸子和雪子说不准多么惊慌失措，颜面扫地呢？幸子一想到这些事，就浑身发抖。说不定昨天在宴会上，已经有人发现这件事了，脸面早就不知不觉地丢完了……

事到如今，再说什么事情已经没有办法挽回了，毕竟是我们疏忽大意，就算要责怪也是应该的。但是，既然事情已经发生了，就不能挑个合适的时机再坦白吗？为什么要在一间乱糟糟的旅馆房间里告诉我这些呢？为什么要在我疲劳万分，想要睡个好觉的时候告诉我这么震惊的消息呢？为什么一点儿心理准备的时间都不给我呢？夸张点儿说，这么大一件事差点儿把我吓晕过去。她这样做太无情了，完全不考虑我的感受。这种事和别的事情不一样，早晚都要坦白。早坦白当然比晚坦白好。但是在今天晚上这种情况下，深更半夜，三个人共住一家屋子，想哭不能哭，想发火又不能发火，想逃不能逃，就把这件事告诉了毫无准备的我？这是对待一个长年照顾、呵护自己的姐姐的态度吗？只要她还有点儿正常人的同情心，就不该在旅行中说出这些话，最起码要等回到家里，等我休息过来，有了精神，再找个合适的时机坦白才对……我现在不期待小妹能为我做什么，只有这一点儿要求，难道过分吗？

幸子这样翻来覆去想了一晚上，不知不觉听到了早班车驶过的咣当咣当声，逐渐有光从窗帘缝里一点一点透进来，幸子的脑子很累，但是眼睛逐渐有了光，幸子还在考虑那个问题……怀孕的事情肯定马上就会被发现，所以必须采取措施，究竟该怎么办呢？最好是在谁都不知道的情况下，偷偷地把这件事解决掉，但是从妙子的口气来看，她肯定不会同意。不过，如果这时候强硬一些，责怪妙子胡作非为，逼她承认错误，用莳冈家的名誉和雪子的命运去说服她，让她为了家庭牺牲掉孩子，然后不管她同意不同意，逼着她去做流产，这也是个办法。但是这种事情肯定不能指望幸子来做，她性格懦弱，绝对做不出逼迫人的事情来。而且两三年以前，任何一家医院都能做这种手术，但是最近，社会上对这种行为的谴责声越来越大，所以就算妙子答应打掉孩子，也不是轻易能做的。既然如此，那不如就让她藏到一个没人认识的地方，一直等到孩子生下来，所有的费用由我们来承担。这段时间，我们要监督，绝对不能再让她和那个三好来往。另一方面，我们要加快雪子这次的亲事，尽快举行婚礼。但是，要想这个计划顺利施行，只靠自己是绝对做不到的，所以必须要把所有的事情都告诉丈夫，得到他的帮助。

这样一想，幸子感觉很郁闷。虽然丈夫很信任、爱护自己，但是这毕竟是自己同胞妹妹做出的丑事，自己怎么能五次三番地麻烦他呢？对于丈夫来说，雪子和妙子只不过是妻子的妹妹，他和长房不一样，他根本没有照顾她们的义务。虽然这些话有点儿自夸的嫌疑，但说到底，丈夫对这两个小姨子比对自己的亲哥哥还要关心，完全是因为对自己的爱。因此幸子心里很高兴，也很感激丈夫。家里总是和和气气的，少有的几次争吵也是因为妙子的事情，幸子作为妻子总是觉得很对不起丈夫。好在最近丈夫心情不错，已经允许妙子公开进出家门了。幸子本来打算用这次雪子的亲事有了很大进展的消息让丈夫好好高兴一下，没想到竟然又发生了这种事情。自己怎么忍心告诉他这么讨厌的事情呢？按照丈夫的性格，听到这种消息肯定会很生气，但是为了自己和雪子的心情，说不定还要反过来安慰自己。可是丈夫越是这样，幸子就越难过。幸子知道虽然丈夫很生气，但肯定会硬着嘴说没关系，正因为这样，幸子就更加觉得对不起他。

说到底，自己还是要依靠丈夫的谅解和仁义之心了。幸子最担心的是雪子这一回的亲事说不定会因为妙子怀孕的事情断送。雪子每次相亲总是开端很好，一到关键时刻就会碰到各种事情，最后失败。所以说就算把妙子送到远处的温泉地养胎，也不一定能瞒过御牧那边。简单地说，就是今后两家会经常来往，互相碰面的机会也多了，如果妙子总是不露面，就算自己找的借口再完美，人家也会起疑心……说不定奥畑什么时候也会跳出来招惹一堆麻烦。虽然说他恨的只是妙子，不关幸子和雪子的事，但是谁也说不准他会不会因为恼羞成怒而报复到莳冈家头上。没准偶然听到雪子说亲，然后就想办法将妙子的事情揭露给御牧家看。想到这层，幸子觉得还不如将事情原原本本地告诉御牧，请求他的原谅，这样倒是比较稳妥。御牧曾经说过，他娶的是雪子，妙子的事和他没有关系，所以还不如干脆一开始就把所有的事情都讲明，总比藏来藏去，日后败露了要强，这样也许什么事都没有了……不行，不行，就算御牧本人不介意妙子做出的那些丑事，他身边的人也无所谓吗？他的子爵父亲还有国岛夫妇真的能接受吗？特别是子爵和子爵家的那些亲戚，他们能允许御牧的结婚对象家里面有一个生活不检点的妹妹吗？啊！看来这门亲事又要吹了……肯定完蛋了……雪子妹妹实在太可怜了。

幸子叹了一口气，翻了个身。幸子睁开眼一看，发现屋子里已经全亮了。雪子和妙子背对背睡在旁边那张床上，和小时候一模一样。雪子面向幸子这边睡得正香，幸子目不转睛地盯着她白净的脸，也不知她此时在做什么样的梦呢。

三十三

回东京的那天上午，妙子有一会儿不在，幸子就趁那两三分钟的时间，把事情告诉了雪子。后来晚上回到家，刚看见丈夫，幸子就忍不住了，晚饭前，她把贞之助叫到楼上，先是讲述了雪子相亲的事情，然后就把妙子的事情原原本本地告诉了丈夫。

“好不容易有一个好消息，想着能让你高兴高兴……没想到又发生这么一件让人恼火的事情……”幸子忍不住哭了起来。

贞之助安慰幸子说：“雪子妹妹相亲碰上这种事肯定会有些阻碍，但是也不一定就没希望了，这件事就交给我吧。你不用这么着急，放心交给我吧。给我几天时间，让我好好考虑考虑。”那天，贞之助只说了这些。过了几天，他把幸子叫进书房，说了一下自己的几个应对想法，征求幸子的意见。

首先，妙子怀孕三四个月这件事基本上是板上钉钉了，但是为了保险起见，还是请医生诊断一下，确定一下预产期。至于搬到哪里去待产，贞之助也比较看好有马温泉一带。最庆幸的是妙子现在还一个人住在公寓里，以后不能允许她再回家了，如果双方想见面，还是芦屋这边趁天黑坐车去有马。如果让阿春跟在妙子身边照顾的话，一定要好好嘱咐她。在有马养胎，必须隐瞒莳冈家的身份，只要平常假装是某位来温泉旅馆疗养的夫人就可以了，然后一直住到预产期。在有马把孩子生下来也可以，如果怕被别人发现，就提前住进医院，到时候就在神户这边找一家合适的医院，具体的事情到时候再决定吧。方案虽好，但还是要得到妙子和那个三好的配合，这件事就必须要靠贞之助出面了。贞之助认为事情已经发展到了这个地步，三好和妙子必然是要结婚的，自己也可以接受三好这个人。但是妙子和三好在一起毕竟没有经过家里父兄的同意，现在还发生了未婚先孕的事情，如果让外面的人知道了，不知道会惹出什么麻烦，所以希望他们两个人最近就不要来往了。妙子从现在到分娩这段时间，就由贞之助夫妇负责安排照顾。等到将来有合适的时机，自然会让他们一家人团聚，到时候芦屋不仅会接纳他们一家子，还会帮他们尽量争取长房的谅解。这段时间不会太久，只需要等到雪子这次的相亲有了一个结果，贞之助就会安排……大体计划就是这样，到时候就按照计划劝妙子藏起来，掩盖住未婚先孕的事情。按照妙子的说法，至今为止，只有她和三好知道这件事，奥畑估计是看出了一些苗头，至于贞之助夫妇、雪子还有阿春等女佣知道这件事，那是被逼无奈，其他人绝对不知道这件事。

贞之助知道幸子担心奥畑从中捣乱，所以他让幸子放心，说自己会和奥畑谈谈。幸子担心的是如果奥畑根本不顾及名声，那就什么事情都有可能做出来，说不定还会动刀子伤人，或者自己编排一些话中伤莳冈家，如果他有这种想法，就绝对能做出这种事。贞之助听了妻子的担心，笑笑说："你想得太多了，尽管奥畑有不少缺点，但毕竟出身名门，不可能做出这种无赖的行为，就算是想报复，他也没有动刀子的胆量。再说了，不管是我们家，还是奥畑家，都没有承认过他们两个人的关系，他根本没有为这件事说话的资格。而且，妙子又对他一点儿感情也没有，现在还怀了三好的孩子，对奥畑来说，最好的结果就是放弃。所以说啊，只要我们好好劝说，诚心向他道歉，说不定就能绝了他的念头。”

第二天，贞之助就着手操办那些事了。他先去甲麓庄公寓看望妙子，把计划讲给了她，然后去神户凑川某公寓见到了三好，获得了他的理解。然后回到家，和幸子交代今天的事情。幸子问三好是一个什么样的人，贞之助回答说：“其实，我对那个年轻人的印象还挺好。只不过这次见面太仓促了，前后不到一个小时，没法仔细观察，但是和板仓一比，我觉得这个年轻人正经、诚实，又可靠。我没有任何指责的意思，但是一见我，他就主动承认错误，说发生这样的事情，他应该承担一半的责任，希望能获得我的原谅。不过听他的意思，这件事其实不怪他，都是妙子主动勾引的他。”三好一面辩解自己这样说话可能很卑鄙，一面又承认自己的意志很薄弱，但是在这件事情上他绝对没有主动，而是当时的形势让他不得不这样做，所以他请求贞之助能够原谅他。他说只要问一下小妹，就会知道他没有说谎。如此看来，他的话可信度很大。所以，他很爽快地答应了贞之助的要求，还说他十分体谅莳冈家的心情，也特别感谢这些决定。还说他明白像他这样的人没有资格做小妹的丈夫，但是如果有机会和小妹成为一家人，他保证绝对让小妹幸福。实际上，他已经为将来的生活攒下了一些钱，因为他觉得自己有义务为这件事负责，而且将来可能有机会和小妹结婚。他说结婚以后打算自己开一间小酒吧，主要面对一些高端西洋人客户。小妹将来也能靠做西服挣一些钱补贴家用，到时候两个人一起挣钱，不至于靠府上的钱过活。这就是贞之助从三好那里了解到的。

第二天，妙子去兵库县船越产科医院检查，检查结果显示怀孕不到五个月，预产期是第二年四月上旬。妙子的肚子越来越大了，所以幸子就按照丈夫的嘱咐，在十月份的一天晚上，让阿春陪着妙子搬去了有马温泉。她们故意避开熟悉的汽车行，在省线本山车站叫了一辆出租汽车。到了神户又换上另一辆车翻山才到了有马，可以说特别用心。幸子又再三叮嘱阿春：接下来的五六个月，妙子要住在花之坊温泉旅馆养胎，对外声称姓“阿部”，这段时间内，要称呼妙子为“太太”；一般情况不要打电话联系芦屋，直接让阿春来芦屋传信，或者芦屋派人过去；阿春不得将住处告诉三好，不允许妙子和三好来往，多加留意来信、电话或者访客，如果可疑，必须提高警惕。阿春听幸子嘱咐完，说：“有件事我一直不敢告诉太太，其实你们去东京之前，我们就知道妙子小姐怀孕了。”幸子被这句话吓了一跳，说：“你是怎么知道的呢?”阿春回答说：“第一个察觉出来的是阿照。她说：‘好奇怪啊，妙子小姐的样子就跟那个似的?’不过这些话也就在我们之间传过，从来没有出去说过。”

贞之助安排好妙子和阿春去有马的事情之后，抽了一天去拜访奥畑，回来之后把事情告诉了幸子。

之前阿春说奥畑在西宫的家挨着一棵松树，可是到了一看，才知道他已经搬走了。周围的邻居说月初的时候搬到夙川的松涛旅馆去了。后来又去了松涛旅馆拜访，结果得知他只在那里住了一星期左右就又搬走了，又找到香栌园的永乐公寓，才见到了他。见面之后的交谈也不太顺利，不过大体上还是按照预期发展了。贞之助首先开口说：“妙子做出这种不体面的事，我们很惭愧，你和她在一起的这些年，可以说是一场灾难，我们很同情你。”奥畑装作明白事理的样子，好让人放心，然后装作不经意地问：“小妹现在搬到哪去了？阿春陪着她呢吗?”话里话外总是想打听出妙子的住处。贞之助对他说：“妙子现在搬出去了，我们连三好都没有告诉，你就不要再打听了。”奥畑说了句“这样啊?”然后不知道在想些什么。贞之助又说：“无论妙子怎样，都和你没有什么关系了，你就不要再关心了。”奥畑听见贞之助这样说，很不高兴，说：“我是没有什么想法了。不过府上会同意让小妹嫁给那样的人吗？听说那个三好在现在这家酒吧当领班以前，曾经在外国轮船上的酒吧干活，也不知道是什么来历。板仓就算出身不好，可起码身世清白，来历清楚。现在这个人呢？没有一个人知道他家里的情况。像三好这种曾经在海上干活的人，谁知道他过去做过什么事情。”贞之助不想惹怒他，就回答说：“你说得对，谢谢你的忠告，关于这件事情我们会好好考虑考虑。还有一件事不太好意思说出口，但实在是需要你的帮助。妙子实在是可恨，可是雪子是无辜的，你能不能帮忙瞒住这件事情，维护住她们和莳冈家的声誉。别的都没事，只是雪子的亲事还没有着落，如果让外人知道妙子怀孕的事情，雪子的路就更难了。所以能不能请你保守住这个秘密。”“这件事你不用担心，我对小妹没有怨气，更不愿意让几位姐姐为难。”虽然有些勉强，但他总归是答应了。贞之助本以为这件事就这样简单地解决了，他松了口气，一身轻松地去大阪会计师事务所上班了。可是，没一会儿，贞之助就接到了奥畑的电话：“我愿意答应您对那件事保密，不过我也有个条件，想当面和您谈一下。如果方便的话，我现在就过去找您。”贞之助回答说：“我等着你。”不一会儿，奥畑就来了，贞之助在会客室里接待了他，就看见他犹豫了一会儿，然后突然摆出一副可怜兮兮的样子，说：“今天上午听了您和我说的那些话，觉得除了死心也没有别的办法了。只不过我们毕竟在一起十来年了，现在我们不得不分手了，希望您能理解我心中的凄凉。还有一件事，您应该也听说过，那就是我被家里赶出来，其实是因为小妹，当初我被赶出来，还能租栋小房子，自己过日子。可是现在不行了，您也看见了，我现在只能住在那么脏乱差的公寓里。如果现在连小妹也嫌弃我，抛弃我的话，我就真是名副其实的光棍了。”他说话的腔调就跟表演似的。接着他又换了一副笑嘻嘻的表情，说：“有些事我本来不愿意告诉您的，其实我最近连零花钱都没什么了。这些话实在不好意思说出口，以前小妹买东西的时候，我垫过不少钱，您看能不能还给我?”说到这里，他居然脸红了，“您不要误会，我当初替她出钱的时候，绝对没有想着要回来，如果不是我现在实在缺钱，我绝对不会提出这样的请求。”贞之助说：“既然是这样，这些钱当然应该还给你，不知道你垫了多少钱呢?”“我也说不清有多少钱，具体还是问一下小妹吧，我估计有两千块左右。”贞之助本来还想找妙子核实一下，可是转念一想，如果掏了这笔钱，能让奥畑死心，封口，也算是值得，这样一来，以后不会再纠缠不清了，所以赶紧说：“这样的话，我马上把钱还回去，”说完就立马给奥畑开了一张支票，然后嘱咐说：“请您一定要对那件事情保密，希望你谅解。”“您放心，这些我都知道。”说完奥畑就离开了。这件事总算是解决了。

贞之助夫妇忙着处理妙子问题的时候，光代的信来了，光代在信里先对幸子三姐妹前往东京参加欢送会表示感谢，然后说她母亲井谷已经登上了去美国的船，接着告诉她们，御牧先生打算十一月中旬到西边来，到时候会先来芦屋拜访，和贞之助先生见面，让他看看御牧的人品。最后传达了国岛夫妇的问候。

一个星期以后，幸子又收到了长房大姐的信。大姐没有事情绝对不会写信，幸子心想，不知大姐又有什么事，结果拆开一看，信里都是些微不足道的琐事，幸子感到特别意外。

幸子妹妹：

前些日子，我们姐妹好不容易聚到一起，本来想好好谈谈心，可惜时间紧张，不能久留，真是遗憾。你们那天去看的歌舞伎肯定很有意思吧，下次可一定要邀请我一起去啊。

御牧先生那边现在是什么情况?我觉得这门亲事毕竟没有什么实质性进展，所以就没有告诉你姐夫。不过我还是希望这次能有个好结果。对方出身名门，家世我们就不用怀疑了。如果认为有必要调查，那就来信交给我们去办吧。每次都劳烦你们夫妻两人去办这些事，我们觉得很惭愧。

孩子们都大了，不用我跟在身后什么都操心了，以后我就有时间和你们经常通信了。最近我一直在练毛笔字，不知道你和雪子妹妹现在还跟着老师学习书法吗？我手里没有字帖，练字很不方便，如果你们那里有写坏的字帖，就寄给我吧。如果是老师用红笔批改过的就更好了。

还有一件事情。如果芦屋有不愿意穿的贴身衣物，或者是没法穿的，就是缝缝补补还能穿的那种，或者是想扔掉或者赏给女佣的东西，不管是你的，雪子妹妹的，还是小妹的，全都寄给我吧。孩子们现在都大了，不用我照顾了，但是手里的钱越来越不够了，现在一分钱恨不得掰成两半花，能省就省，管理个穷家太难了。真不知道什么时候才能过得舒坦一些啊。

今天不知道怎么了，就想和你发发牢骚，所以就写了这封信，写了满满一篇，就写到这吧。

期待能早日听到雪子妹妹的好消息，到时候估计你会到东京来吧。请代我向贞之助妹夫、悦子、雪子妹妹问好。

鹤子

十一月五日

幸子看到这封信，不禁想到那天在道玄坂家门前的场景——姐姐站在车窗外面满脸泪水和自己告别。姐姐在信里说自己就是发发牢骚，顺便要一下自己不要的东西。但说不定就是在埋怨自己上次在东京没有邀请她一起去看戏。以前，大姐写信的时候总是摆出一副长辈的姿态，对妹妹的举动提意见。每次见面，幸子总觉得大姐很和蔼可亲，可是每次写信，总是在训斥。幸子简直无法想象今天的信竟然是这样性格的一位姐姐写出来的。所以幸子只是把姐姐要的东西打包寄了过去，并没有立刻回信。

十一月中旬的一天，海宁格夫人到芦屋做客，告诉幸子她丈夫和女儿即将启程去柏林。欧洲正在打仗，海宁格夫人不愿意让女儿弗莉黛尔到欧洲冒险，但是弗莉黛尔一心想着舞蹈研究，完全不听母亲的劝告。丈夫也劝她说既然女儿那么愿意去，那就答应她好了。所以海宁格夫人最终只能答应。幸运的是，这次出行的队伍很庞大，不用担心路上的安全。既然到柏林去，她一定会去汉堡看望舒尔茨一家，所以特地来问问幸子有没有需要转告或者转交的东西，如果有需要，她女儿可以帮忙捎去。今年六月份，幸子曾经写过一封长信拜托海宁格夫人翻译成德文，带着一把舞扇和一段绸衣料一同寄去了汉堡，但是一直没有收到舒尔茨家的回信，幸子一直惦记着这件事情，现在有机会可以捎东西去汉堡，于是对海宁格夫人说："那就太感谢了，我会在令爱出发之前把东西送到府上。"然后海宁格夫人就离开了。过了几天，幸子又给舒尔茨夫人写了一封信，连同送给罗斯玛丽的珍珠戒指一并送到了海宁格夫人家里。

二十日晚上，幸子接到了御牧的电话，就像光代来信告知的那样，这时候御牧已经到了住在嵯峨的父亲家，御牧说："我从东京过来，昨天刚到，计划在这里住上几天。想到府上拜访一下您先生，不知道什么时候方便。"幸子说："我先生一般晚上都在，随时恭候光临。""那么我明天就到府上拜访。"第二天下午，御牧四点钟左右到了芦屋。贞之助为了今天的见面，特意提前在家等候，御牧来了以后，贞之助就把他请进了会客室，两个人交谈了半个多小时，之后就一起去了神户的东方饭店烤肉厅吃晚饭，幸子、雪子和悦子全都出席了。御牧晚上还要乘坐新京阪电车返回嵯峨，于是吃完饭后，贞之助一家人把御牧送到了阪急电车站。御牧这是第一次见贞之助，他依旧发挥出健谈和随和的优势，表现得落落大方，就像幸子第一次在东京见他的样子。当天晚上吃饭的时候，御牧喝了不少酒，吃完饭，还又喝了一些，比上次在东京的时候喝得多多了，御牧喝多了就一直在说笑，一点儿也不知道累。最高兴的是悦子，回家的时候，悦子一直牵着御牧的手，就像跟亲密的叔伯撒娇似的，还悄悄地凑在幸子耳朵边说：“御牧先生要是能和我们成为一家人就好了。”贞之助对御牧的印象也不错，他告诉幸子：“我对御牧先生的印象挺好，很满意，觉得挑不出来什么毛病。不过一般来说，像他这种外表特别温和可亲的人，背地里总是有一些不好相处的地方，比如说爱把怨气发到妻子身上，很多出身贵族的子弟们都有这种毛病，所以可不能被他们迷惑住……”说到最后，贞之助的语气变得很严肃，“他的身世可以不调查，但是本人人品、性格，还有一直不结婚的理由，这些都需要仔细调查一下。”

三十四

御牧此次专程来芦屋，想让贞之助鉴别自己的品格，所以他并没有提到亲事，只是从建筑谈到绘画，从京都的名园和古刹讲到父亲在嵯峨府邸里的林泉和风景，讲述了父亲广亲从祖父广实那里听来的有关明治天皇和昭宪皇太后的故事，说到了西餐和西洋酒，展示完自己广阔的见识和优雅的谈吐，他就回去了。过了十几天，光代在一个星期日的上午，突然上门拜访，对幸子说：“我这次到大阪来是为了处理一些公事，因为受了社长和御牧先生的委托，才冒昧上门拜访，主要是打听一下御牧先生的‘考试’有没有及格。”幸子记得贞之助的嘱托，所以回答说：“是这样的，我们现在正在调查对方的情况，十二月份，贞之助会到东京去和长房商量一下，之后就会做出答复。”“不知道您想了解哪些方面的事情呢？最近，和御牧先生接触最多的应该就是我们了，他的优点和缺点我们都清楚，所以您不用顾虑，有问题只管提出来，我们一定如实相告。

这可比派人调查方便而且快得多，请您直接问我吧。”光代这种直截了当、单刀直入的问法还真是和她母亲一模一样，幸子招架不住，只好请出了贞之助。既然光代这样说，贞之助也就没有客气，果然得到了一些消息：大体上来说御牧这个人是一位绅士，看起来洒脱肆意，但是内里倔强，有时候会发脾气；他有个同父异母的哥哥，就是子爵家的长子，他和这位哥哥相处得不太融洽，经常发生争执；据说吵得厉害的时候，御牧甚至会动手打自己的哥哥；酒品不好，喝多了会胡闹。不过，随着年龄的增长，他自己也学会了克制，很少喝得烂醉如泥，也就不会再胡闹了，不过有一点可以放心，他喝醉了也不会对女人动手，这可能和他受过美式教育有关。他这个人聪明，接受新鲜事物很快，兴趣也很广泛，但是性子浮躁，没有钻研精神。再有就是花钱无节制，喜欢请人吃饭，在经济上资助别人。总之就是会花不会挣，等等。光代还提到了很多贞之助没有问到的情况。

贞之助说：“听你这样一讲，我们就更加了解御牧先生了。说句实话，我们作为女方，最担心的还是雪子的婚后生活。这些话有些冒昧，但是我必须说一下，您母亲之前说过，御牧先生年轻的时候继承过一笔财产，所以过了很多年奢靡放纵的生活。这些年他也做了各种各样的工作，但是什么成绩也没有，是这样吗？如果这些都是真的，那么御牧先生将来重新当一名建筑师能做出什么成效吗？就算有国岛先生的支持，我们也有些担心。换句话说，就算他能在这方面有所成就，但是日本当今的局势并没有这类建筑师立足的地方。而且在我看来，这种局势至少会再持续三四年，这段时间他打算怎么办呢？虽然国岛先生说了他愿意从中调节，让他父亲出些钱补贴御牧夫妻俩的生活，但这毕竟不是长久之计，万一这种局势持续五六年甚至十年，到时候可怎么办呢？总不能一直从家里拿钱。如果这样，他这一辈子都会是子爵家的负担，我们无法放心将妹妹交给他。所以，能不能给我们一些说法让我们稍微放心一些呢？如果言语上冲突了您，我在这里向您道歉。其实我们很看好这门亲事，基本上已经决定将雪子妹妹嫁过去。我打算下个月专门去一趟东京，亲自去国岛先生府上拜访，和他聊一下刚才说的那些事情。”

听完贞之助的话，光代说：“当然，当然，我明白您的意思了，我十分理解您的担心。但是这些问题我不能随意给您回复，我回去之后，就会向社长转达您的想法，关于御牧先生夫妻俩今后的生活问题，我相信您一定能得到一个满意的答案。这样的话，我就在东京恭候您了。”贞之助看事情定下来了，就留她一起吃晚饭。光代推辞说：“真是太感谢了，但是我已经订好了今天晚上回东京的票，您的好意我心领了。”说完就离开了。

十二月上旬，幸子和雪子一起去了京都的清水寺请平安符，祈祷妙子生产平安顺利。三好也到中山寺求了一张祈祷顺产的护身符，寄给了贞之助，拜托他转交给妙子。正好阿春有事回到了芦屋，贞之助就把两张护身符交给了阿春让她带给妙子。幸子姐妹已经很久没有见过妙子了，关于妙子的消息都是阿春带给她们的。阿春说妙子每天都在屋子里待着，只有早晨和晚上会出门散一会儿步。就连散步也会选择人烟稀少的山路，很少上大街。白天就在屋子里看一会儿小说，有时候会做做人偶，或者缝制一些小孩子穿的衣服。这些日子既没有收到来信，也没有接到可疑的电话。

阿春还说自己遇见了基里连科：“我刚才坐神有电车从有马回来的时候，在终点站神户看见基里连科了，他就在检票口那里站着。”其实阿春只见过他两三次，对方好像认出了阿春，冲她笑了笑。阿春也回应了一下。

基里连科问阿春：“您一个人吗？”

“是的，我去铃兰台办些事。”

“莳冈先生家各位都好吗？妙子小姐怎么样？”

“没什么变化，都挺好的。”

“真好。很久没有见过各位了，请代我向各位问好。我该去有马了。”说着他就准备进检票口了。

“卡塔琳娜小姐最近怎么样？来过信吗？欧洲战场打得正激烈，伦敦还遭到了德军轰炸，不知道卡塔琳娜小姐现在怎么样，大家都在担心她呢。”

“啊，是吗？谢谢你们。不过不用担心，我前几天收到卡塔琳娜的来信，她在信上说她家在伦敦郊外，恰好在德国空军的航道上，白天晚上都有德国轰炸机编队从房顶上飞过去，扔下很多炸弹。不过家里有设施很完善的防空洞，照明设备也很完善，人们在防空洞里放着唱片，喝着鸡尾酒，随着音乐跳舞。还说什么战争一点儿也不可怕，反而让人感觉很痛快。所以请转告大家不用担心。”说完他笑了笑就走了。

幸子觉得这就是卡塔琳娜的作风，她的兴趣全被吊起来了，可是又忍不住担心话多的阿春会不小心把妙子的事情泄露出去，于是就问：“基里连科先生提到妙子了吗？”“没有，他什么也没有问……”“是真的吗？阿春，你真的什么多余的话都没有和他说吗？”幸子听了阿春的话还是不放心，又问了好几遍，“你觉得他知道不知道小妹的事情呢？”“肯定不知道。”阿春肯定地回答。幸子松了一口气，又仔细嘱咐阿春说：“就算是这样，你们进出一定要小心，千万别让熟人看见了，你自己来回走动没关系，关键是怕你和妙子出来散步的时候，被人撞见，所以一定要小心谨慎。”说完才放阿春回有马。

年底前，十二月二十三号，贞之助因公事到东京出差。在去东京之前，他找人调查了御牧的人品性格和家庭关系，调查结果和光代的讲述基本一致。但是关于婚后生活保障这个问题，贞之助在和国岛交谈之后，也得到满意的答复。

国岛说：“这件事，我马上就去找他父亲商量，我不敢保证能做到什么样，但是现在有两点可以肯定：一是男方会出钱买房供夫妻俩日后居住；二是他父亲将会负责婚后一段时间的生活开销。为了避免钱被他们挥霍掉，这笔钱会由我保管，今后按月交给他们。肯定不会让他们今后的生活因为经济问题遇到困难，希望这一点你能相信我，交给我。至于工作的事情，我很欣赏御牧先生在建筑上的才华，我相信只要局势好转，他肯定能做出成绩，我愿意支持他。当然，每个人的观点不同，反正要我说，这种局势不会长久，就算再拖上几年，吃饭也不会有问题。”国岛就差直接说出“总归是有我在呢”这句话了。

国岛领着贞之助参观了自己的宅子，告诉贞之助这些都是御牧设计的，不过贞之助不了解建筑，所以也看不出御牧的建筑才华。不过像国岛这样一位地位显赫的人，竟然如此欣赏御牧的才能，甚至愿意为他的前途做担保，贞之助也只能选择相信了。说实话，幸子比国岛更期待这门亲事，恨不得马上就定下来。虽然幸子没有明说，但是贞之助能够感受到幸子除了折服于御牧的魅力外，更期待能够因此和贵族攀上姻亲，如果自己破坏了这门亲事，妻子肯定会很伤心。除此之外，贞之助其实自己也能感觉出来，以后估计再也遇不到这么好的亲事了。所以他对国岛说：“既然这样，那我们就听您的安排，答应这门亲事了。不过还是要按照规矩，询问一下长房的意见。还有就是雪子本人，虽然她不会不愿意，但还是要询问一下。所以请您再给我几天时间，等我回去以后，一过年，就写信给您回复。当然这些都是形式上的东西，基本上，您可以认为这件事今天就定下来了。”听见贞之助表态，国岛说道：“那么我就等您的来信了，信一到，我就去告诉他父亲。”贞之助从国岛家离开后就立即去了道玄坂，向大姐做了详细汇报，请大姐尽快将事情转告给姐夫，自己等着姐夫来信。

刚过新年，正月初三，光代又因事到芦屋来了。她说：“新年出版社有三天假期，我这几天都住在阪急冈本的舅父家，社长知道我要来大阪，有几句话托我带给您。社长因为公事原因，昨天到了大阪，今天上午到京都，就住在京城饭店。社长托我问一下年前会面时，您说的回音一事，如果没有问题，社长想趁此机会去拜访御牧子爵，谈好之后，将邀请各位到嵯峨的子爵府一叙，不知您意下如何？我今天来就是想看一下您这边方便吗？因为还需要和京城饭店那边联系，不知道我明天能得到答复吗？这么催促您，我真的感觉很抱歉。不过，社长告诉我说，征求长房和本人的同意只是为了表示尊重，事情已经定下来了，我今天来征询您的意见，说不定立马就能得到答复，所以我才来的。”贞之助是说过一过年就答复，不过他本以为起码要过了正月初七再说这件事，重要的是到现在为止，自己还没有收到涩谷那边的来信。当初刚把这门亲事告诉大姐的时候，大姐特别高兴，说：“雪子妹妹的亲事真的定下来了？雪子妹妹结婚的事情拖了这么多年，现在能嫁到这么有名望的人家，也算是值了，从此以后，我和你们姐夫也能在辰雄家里抬起头来了，能有这么好的结果，真是辛苦你和幸子妹妹了。”大姐既然说出这些话，姐夫那边应该也没什么问题。到现在还没有来信，很可能是因为年底事情多，顾不上，但是正月里总归能收到来信，虽然这些理由没有明说，贞之助也明白。因此，即使贞之助自己做主把这件事定下来，长房也不会说什么。

但是决定这件事必须要正式征求雪子的意见，如果自己擅自做主，雪子会认为自己不受尊重，说不定从此产生了嫌隙。虽然这样问来问去很麻烦，但是这个过程还是很有必要的，也有必要请对方多等一天。所以他向光代说明情况，并许诺今天晚上就打电话征求长房姐夫的意见，明天上午肯定会给出答复，请她再宽限一天。其实说什么打电话去东京只是个借口，幸好那天晚上有时间，贞之助打通了涩谷的电话，接电话的是大姐，她说辰雄去麻布长兄家拜年了。贞之助直接问：“姐夫知道雪子的事情了吗？回信了吗？”“我已经告诉他了。不过年底家里乱七八糟的事比较多，他好像没顾得上写信。”“那姐夫是什么态度？说什么了吗？”大姐听着贞之助的一个又一个的问题，犹犹豫豫地说："这件事啊……他说出身肯定没得挑，只不过到现在也没个固定工作，这一点还是有些担心。我劝他说：'这门亲事如果再吹了，估计再也遇不上这么好的姻缘了。'后来他也就接受了，看他的态度，应该是同意了。"贞之助听见姐姐、姐夫同意了，说："那真是太好了。其实，今天有人受国岛先生的委托，到家里来听回信了。既然姐姐姐夫没有意见，那我就回复对方，推着事情往下一步走了，请姐姐谅解。不过一直这样也不是办法，毕竟没有得到姐夫的明确表态，所以还是得请您催促姐夫尽快把信寄过来。"说完，贞之助就挂断了电话。

现在只剩雪子那边了，贞之助觉得只要自己表现出足够的尊重，就能得到雪子的满意。当天晚上，幸子去征求雪子的同意，结果并没有得到满意的答复，雪子说要考虑考虑。幸子告诉她明天上午就要给光代回复，雪子很不满意，说："贞之助姐夫这是让我一晚上就把自己的终身大事决定下来吗?"幸子说："这次说亲，我看雪子妹妹没有拒绝的意思，以为你是愿意的。""如果贞之助姐夫和二姐愿意把我嫁出去，那么我当然会听从安排。但这毕竟是终身大事，起码要给我两三天时间让我接受一下吧……"话虽如此，但其实她心里早就做好了准备。第二天上午，她磨磨蹭蹭地同意了，不过她脸上没有一点儿喜色，反而一直在埋怨贞之助催促得太紧，说什么："这么大的事情贞之助姐夫只给了我一个晚上考虑的时间。"贞之助和幸子废了很大力气才给雪子定下这样一门好亲事，到最后连一句感谢的话都没有听到。

三十五

初四上午，光代得到答复，就回去了。没过两天，正月初六傍晚，光代又到家里来了，说："初四那天，我回去以后就给京城饭店打电话转达了您的意思，我本来打算当天晚上就坐车回东京。可是社长让我再多留几天，说这门亲事是我妈妈牵线的，现在她出国了，我作为代表，要负责到底。所以，我一直留到了现在。今天社长又打电话来说，他和御牧先生的父亲谈得很顺利，御牧家想邀请府上各位到嵯峨做客，不知道后天下午三点钟各位方便不方便？男方那边将会有子爵和御牧先生、社长和我，大概还有一两位御牧家住在京都大阪的亲戚，作为代表接待各位。社长事情多比较忙，所以这次的安排时间上比较仓促，他也是想尽快把亲事定下来，请您见谅。对了，请悦子小姐和妙子小姐一同赴约。”幸子以长房不愿意妙子出席莳冈家的各种约会，替妙子推掉了这次邀请。不过，幸子答应她，到时候会替悦子向学校请好假，一家四人会按时赴约。

正月初六，贞之助带着一家人乘坐新京阪电车到桂站，然后换乘电车到岚山终点站，下车后从中之岛穿过，一直走到渡月桥下。贞之助他们每年都会来这里赏樱花，所以对这一带并不陌生。现在是一年中最冷的时候，尤其是京都的冬天，格外冷，光看着大堰川的水景，就让人觉得寒冷彻骨。一家人从三轩家[1]经过，顺着河岸往西走，没多远，就到了小督女官[2]的坟墓。再往前，是停放游览船的码头，从天龙寺南门拐过去，就看到一个挂着“听雨庵”的匾额大门，里面就是御牧家。贞之助他们原本不知道这个地方竟然有别墅，这次能很快找到，完全是靠着光代的指引。屋子并不大，只是一间茅草盖的平房，不过景色很好，客厅正面摆放着清泉山石，和后面的岚山风景相得益彰。进门后，国岛介绍双方认识，互相寒暄了一番，御牧说：“今天天气很冷，不过好在没有风，不如我们出去转一转，请各位参观一下院子，家父会很高兴的。”他领着大家边走边介绍，

---

① 三轩家：一家餐厅。

② 小督女官：权中纳言藤原成范之女。入宫为高仓天皇的宠妃，受到平清盛之女中宫的嫉恨，被迫出家，后不知所终。

“从这里看出去，院子和岚山就像一个整体，完全看不出来中间还隔着道路和大堰川。每到赏樱花的季节，到处都是嘻嘻喧闹的人群，只有这里依旧安静祥和，就像远离人间的仙境，来家里的客人很好奇，为什么这里听不到一点儿喧嚣，这也是家父最骄傲的地方。装饰院子的时候特意一棵樱花树都没有种，每年四月，家父就坐在院子里静静地欣赏远处山顶上的一片红云，别有一番情趣。今年樱花时节，各位一定要光临寒舍，到时候大家一起坐在这里，一边吃东西一边欣赏远处的樱花。各位如果赏光，家父肯定特别高兴。”

过了一会儿，仆人来报告说晚饭已经准备好了，大家便被请入茶席。为大家行茶礼泡茶的是御牧的妹妹——园村夫人，夫家是大阪的一位富商园村氏。喝完茶，天已经黑了，大家被请到客厅用晚餐。幸子十分了解京都的菜系，她猜测这桌讲究的饭菜估计是从“柿传”一类的餐馆送来的。御牧的父亲广亲一看就是公卿的样子，脸型瘦长，肤色发黄，相貌十分适合衣冠束带，令人不仅联想到能乐演员。御牧的脸又黑又圆，猛一看，父子两个人一点儿也不像。但是再仔细观察，就会发现两个人的眼神儿和鼻梁有几分相似。两个人长得不像，性格上差别更大，儿子御牧实性格爽朗、豁达，父亲广亲稳重严谨，一副典型的京都人性格。老人说了句“请见谅”，原来他怕生病，特意围上了一条灰色绸围巾，坐在电热座垫上，靠着电气暖炉，他的话不多，说起来也慢悠悠的。老人已经七十了，但是身体还很硬朗，对国岛和贞之助等也很客气。一开始大家还很拘谨，但是酒过三巡，大家都放开了。御牧坐在父亲旁边，说：“大家都说我们父子俩不像，诸位觉得怎么样?”他用开玩笑的语气说自己和父亲这也不像，那也不像，引得大家直笑。贞之助先向老人敬了一杯酒，又坐到国岛面前，摆出一副虚心倾听的样子。除了悦子和光代，席上的女客们都穿着和服。光代穿着西装，缩着坐在那里，看着很冷的样子，还有些拘谨。御牧给光代倒酒，一杯接着一杯，说：“阿光，你今天怎么这么老实啊。”“今天你不能太欺负我呀。”光代渐渐有了醉意，说话也开始和平时一样放肆了。最后，御牧才拿着酒壶走到幸子和雪子面前，说：“真是抱歉，今天没有白葡萄酒。不过我知道两位酒量好得很。”说着就倒上了酒。幸子和雪子也不推辞，御牧倒上了两个人就喝。尤其是雪子，她一直端坐着，但是今天晚上也喝的不少，虽然还是像平常一样不说话，但是幸子在她的眼睛里看到了从没有过的兴奋。御牧注意到悦子夹在大人中间，呆呆地坐着，就时不时过来逗逗她。其实悦子并不是无聊，虽然她表面上一副无所事事的样子，其实她暗地里在偷偷观察在场大人们的行为、说话、表情、衣服，还有随身带的东西等。

宴会一直进行到八点钟左右，贞之助最先提出告辞。广亲老人安排汽车将他们送到七条车站。光代说：“我晚上要去冈本舅舅家，顺便捎我一程吧。”贞之助他们劝了很久，御牧还是坚持亲自开车送他们到火车站。汽车一直沿着三条大街向东行驶，到了乌丸大街向南拐去。御牧心情似乎特别好，一路上边抽纸烟边说笑。不知道从什么时候开始，悦子开始称呼御牧“姨父”了，说：“姨父，你姓御牧，我姓莳冈，两个姓都有‘maki’[①] 这两个音。”御牧的声音里带着激动，说：“说得真好，悦子，你可太聪明了。所以说我和悦子的缘分早就注定好了。”光代在帮腔说：“可不是嘛，这下子雪子小姐的旅行皮箱和手绢上的英文字头不用重写了。”雪子听见这话，也忍不住咯咯地笑出了声。

第二天，贞之助收到国岛从京城饭店打来的电话，国岛说：“昨天的聚会很顺利，看样子双方都很满意，我真是太高兴了。今天晚上，我会和御牧一起坐车回东京，接下来的订婚和其他安排就拜托井谷小姐从中联系吧。对了，昨天晚上，广亲子爵说他准备把园村先生家那栋房子买下来，送给御牧夫妻俩住，房子就在阪神甲子园，之前一直对外出租，买下来以

① maki：日语中“牧”和“莳”的发音都带有“maki”音。

后，就会和房客们商量腾房子的事宜。御牧先生也决定就在大阪或者神户找一份稳定的工作，那里离芦屋近，去哪边都方便。”

贞之助一直惦记着长房那边，姐夫到现在都还没有来信表态，不知道是不是对雪子不听从安排搬回东京的行为不满，还是有什么别的理由。于是，他就给辰雄写了一封信。

大姐应该已经把这次相亲的事情告诉您了吧。在我看来，这门亲事并不是十全十美的，但是我们这边的条件也不允许要求太高，所以只能相信国岛先生的承诺，适当地做些让步。因此我们答应了广亲子爵的邀请，正月初八到嵯峨见了面——这件事情我前几天已经打电话问过大姐的意见了。现在已经进行到了订婚这一步。我们夫妇两人越过姐姐姐夫自作主张，定下了这门亲事，希望您能原谅我们的鲁莽。说到这里，我还有一件事想向您道歉，这么多年来，长房多次让雪子妹妹回去住，可是一直没有实现。绝对不是我们把您的话当作耳边风，真正的原因是雪妹妹本人不愿意去。幸子一直心疼她，所以不愿意做出强迫她的事情。无论怎么说，这些事我都应该负一半的责任，也正是因为如此，我才竭尽自己的绵薄之力，希望能为雪子妹妹挑一门好亲事。实话说，如果当妹妹的不服从兄长的安排，那做兄长的也就没有责任照顾她了。事到如今，只有我有义务照顾她，这句话也不无道理。如果姐夫认为我做这些是多管闲事，我也只好退出了。我一开始参与这件事就是抱着这样的想法，所以如果姐夫同意这门亲事，所有的费用将由芦屋负责。不过，为了避免发生误会，有些事情必须要说明：我虽然说了这些话，但绝不是要求雪子妹妹从芦屋出嫁。无论如何，这些事情都是我们自家人的事情。任何情况下，雪子妹妹都会以长房姑娘的身份出嫁。如果上面提到的各项事项能够获得长房的认可，我将十分感激。不知您意下如何？小弟不善言辞，如果有冒昧的地方，请您见谅。还有，因为时间紧迫，还请姐夫尽早回复。

过了四五天，贞之助收到了辰雄的回信，从回信的内容来看，辰雄似乎并没有产生误解。

收到你的来信，我仔细阅读，似乎能感受到您的心情。近几年来，两位妹妹一直住在芦屋，亲近你和幸子妹妹，而有意疏远长房，尽管我不想舍弃她们，但总归有照顾不周的地方，只是如此一来，就辛苦你和幸子妹妹了，实在感到很抱歉。这么长时间没有回信并不是因为有别的想法，只是因为雪子的婚事一直麻烦你们而感到内心不安，一直不知该作何答复。关于雪子妹妹不愿意回东京的事情，我从来没有责怪过您，所以雪子妹妹的婚事也不应该一直麻烦你和幸子妹妹。说得难听一点儿，都是因我的无德才导致了这样的结果。事到如今，再追究是谁的过错，已经没有意义了。再说这门亲事，御牧先生是名门之后，又由国岛先生这样的名人从中做媒，而且你已经将事情分析得很透彻，所以我也没什么可说的了。今后的事情就委托您做主吧，订婚和其他的事情就都麻烦您了。至于结婚的费用，我会竭尽全力，但是我最近经济上的确不宽裕，您的来信又如此诚恳，所以我可能还要寻求您的帮助，只是希望您不要把这件事当成您的义务。现在就这样吧，结婚费用的事情，等到见面时再商量吧。

贞之助读完来信，松了一口气。可是家里毕竟还瞒着妙子未婚先孕的事情，再加上担心奥畑以此为借口，提出额外的要求，所以贞之助想尽快将亲事办好，起码要办完订婚仪式。可是根据光代传来的消息，国岛夫人本来只是感冒，现在已经发展成了肺炎，病情相当严重，结婚的事情只好延后。国岛还特地写信来解释原因。另外，芦屋还收到了御牧的来信，信中提到子爵广亲已经买下了甲子园的那栋房子，登记手续也办好了，只不过房客还没有搬走，不过已经谈好了，房子很快就能腾出来了，邀请幸子和雪子到时候一起去甲子园检查房子。听雨庵会派一个女佣在婚礼前照看房子，结婚后就留在家里照顾夫妻俩。

国岛夫人一度陷入病危，还好熬了过来，转危为安，二月下旬就可以下床了，之后搬去热海疗养了两星期。夫人一直惦记着订婚的事情，据说生病说胡话的时候还提到了这件事。三月中旬，光代到芦屋来商量订婚的事情。首先是举行订婚和结婚仪式的地点。国岛建议在东京举办，因为御牧家的宅子在东京的小石川区，而莳冈家的长房也是在东京的涩谷区，选择东京理所应当。其次是仪式时间，国岛计划三月二十五日举行订婚仪式，四月中旬举行结婚典礼。贞之助他们没有意见，就打电话向长房转达了婚礼的地点和时间安排。长房这边孩子多，家里被孩子们折腾得乱七八糟。所以，当得知在东京举办仪式之后，长房急忙重新裱糊拉门，换上新垫席，甚至连墙壁都重新粉刷了一遍，忙得团团转。

幸子得知地点定在东京，心里特别不乐意，但是又找不出反对的理由。时间很快就到了三月二十三日，贞之助因为工作原因，腾不出时间，所以只好由幸子陪同雪子前去参加订婚仪式。二十五日订婚典礼一结束，国岛就给在洛杉矶的井谷发了电报，告诉她两个人已经订婚了。因为要和雪子向长房辞行等事情，所以幸子就在涩谷多留了几天。二十七日，幸子自己一个人回到家，上午十点钟，贞之助和悦子都不在家，她走进楼上的卧室，想舒舒服服地休息一会儿，忽然看到桌子上有两封信，封口已经拆开，从信封上看，这两封信是从西伯利亚转来的，旁边有一张字迹潦草的字条，一看就是丈夫留下的：

信是舒尔茨夫人和海宁格小姐寄来了。悦子着急看信，所以就拆开了，可是信上是德文。所以我就带去大阪了，我已经请熟人帮忙翻译成日文了，见附件。

字条旁边附着七张稿纸，上面是翻译好的内容。

三十六

亲爱的莳冈夫人：

我早就应该给您写这封信了。我们大家都非常想念您，还有可爱的悦子姑娘。悦子姑娘肯定长个子了吧。可是我们一直没有时间写信。德国现在到处都缺人，想要雇一名女佣特别不容易，这些您应该都听说了吧。我们家的女佣是去年五月份才雇到的。女佣每周只来三次，负责打扫家里的卫生。其他的事情全都靠家里的当家太太来做，包括做饭、上街买东西、整理家里、缝补衣物等等。一般做完这些事情就到了晚上，原本还能利用这个时间写信，可是现在连这个时间也没有了，因为孩子们有一堆破袜子等着缝补，那些袜子穿得磨出了大大小小好多洞，已经攒了一筐了。本来这些袜子穿破了，就应该扔掉了，可是现在必须要学会节约。我们现在就是要在各个方面力求节约，支持国家打赢这场仗。我听说现在日本也在倡导节俭。前一阵子，有朋友来汉堡度假，讲了日本的很多变化。这也算是为了推进后进民族发展必须承担的使命吧，虽然俗语说：“想在阳光下占据一席之地不是一件容易事。”但是我们都相信我们的国家有这样的潜力。

去年六月，收到您寄来的德文信，我特别高兴。衷心感谢您的体贴用心。这封信，估计还要麻烦您的朋友帮忙翻译成日文，希望我的字不会造成困扰。如果不好辨别的话，我下次就用打字机写信。您信上提到随信寄来了绸子和日本扇子，可惜我们一直没有收到那件包裹，不过您拜托海宁格小姐带来的那个戒指倒是收到了，罗斯玛丽特别喜欢。海宁格小姐前些日子来信说她不知道什么时候有时间到汉堡来，恰好在柏林遇到了我们的一位老朋友，就托朋友把戒指带过来了。感谢您送给罗斯玛丽那么一枚精致漂亮的戒指。不过我打算先替她保管起来，等她长大了，再交还给她。四月份，我们有个朋友要回国，这位朋友也是当时在日本认识的，我打算拜托他给悦子小姐带些礼物，东西都不是很值钱，但是可以当作悦子姑娘和罗斯玛丽友谊的见证，这样一来，两个人的身上都有见证友情的纪念品了。如果战争能胜利结束，而且一切恢复正常以后，希望您能带着悦子姑娘一起来德国做客。我想悦子姑娘肯定很想了解一下新德国的样子。要是贵客愿意在我们家住几天，我们将会非常高兴。

我想您一定还惦记着我的孩子们吧。他们都很好，身体也很健康。十一月份的时候，彼得和同班同学一起去巴伐利亚了，他很喜欢那个地方。对了，罗斯玛丽十月份开始学钢琴了，她学得很快。弗利兹的小提琴也有很大进步，他是三个孩子中长得最快的，一直很活泼，学校的孩子们也很喜欢他。他刚上一年级的时候，光顾着玩儿，现在已经知道学习了。孩子们回家后都会帮着我做家务，他们每个人都有自己的任务，弗利兹负责擦全家的皮鞋；罗斯玛丽负责把碗碟、餐刀上的水擦干。大家干活都很认真。我今天收到了彼得的来信，他说他们在宿舍里，每个人都要负责擦自己的皮鞋，还要缝补衣服和袜子。这其实是个很好的锻炼机会，这些孩子们平常根本没有机会做这些，起码我是这么认为的。不过我担心，回家以后，他又会把这些事情推给我了。

我丈夫承包了一家进口商行，最近，他对这些生意越来越上手了。原来也从中国和日本进口商品的，因为战争原因现在受了限制。

今年冬天特别长，不过还好，比去年暖和多了。这里很少出太阳，从十一月份开始，天空就一直阴沉沉的。再过不久，就到春天了，回想以前在日本的时候，天气总是很晴朗，气温也很暖和，让人感觉神清气爽的，所以我们一家人非常怀念日本的气候。

我们很期待能够听到您的消息，所以请您以后多多写信，描述一下你们那边的情况吧。最遗憾的是政府不允许寄送照片。罗斯玛丽最近会给悦子姑娘写信，可是她平时学校留的作业很多，只有星期天才有时间写信。彼得也说会将信直接从巴伐利亚寄给你们。彼得他们在那里不喜欢待在屋子里，喜欢到处去看大自然的风光，我觉得这样挺好。在汉堡这种大城市里，总觉得每天都好像生活在笼子里。

最后请代我们、特别是孩子们向悦子姑娘问好。我们衷心祝愿您和您丈夫平安健康。最后，再次感谢您对我们的亲切关心。

您的希露达·舒尔茨

一九四一年二月九日于汉堡

海宁格小姐那封信上写的都是比较简单的英语，幸子基本上能读懂。

亲爱的莳冈夫人：

我到柏林以后一直忙着找住处，实在没有时间写信，请您见谅。不过，现在总归是稳定下来了，我们现在住在一位熟人家里。主人今年六十三岁了，自己一个人住一套大公寓，生活特别寂寞，正好我们在东京的时候结识了她的儿子，所以她就邀请我们同住。能碰到这么幸运的事情，我们真是太高兴了。

我们在船上坐了很久，正月初五才到了德国。这趟航行大体上还是比较顺利的。只不过走到俄国境内的时候，因为疫病检查，人们都被限制了行动，虽然过得很不愉快，但我们知道俄国人已经尽了最大的努力。饮食上太差，我们每天只能吃一些黑面包、干酪、黄油，喝一些叫作“罗宋”的菜汤。我们每天在船上玩纸牌消磨时间，有时候也会下棋。圣诞节之夜，还是只能吃平常吃得那种面包和黄油，您绝对想象不出来我当时有多么想念母亲和弟弟！还好，只过了六天，我们就被送上了火车。上车后，我和父亲坐在崭新宽敞的双人座席，和对面的孩子们聊得特别开心。那些少年们都是纳粹青年团的成员，他们这趟是访问日本后的回国之旅。有趣的谈话让我忘记了旅途时间的漫长。

到了柏林以后，剧场和咖啡馆挤满了消遣时间的人，食物美味可口又丰富，完全感受不到战争的气氛。事实上，我们在旅馆和餐厅吃饭的时候，经常因为食物太多而剩下。因为天气原因，我们最近吃得特别多，所以我必须有意识控制自己的饭量，才不至于发胖。最近，我们看到的最特别的景色就是满大街穿制服的士兵和将校。

从这个月开始，我就要正式进入俄罗斯芭蕾舞学校学习了。学校离住的地方很近，步行十分钟就到了。老师是在彼得堡学过舞蹈的古斯乌斯基太太，她对我很好，为人特别和蔼。她白天的时候需要指导舞蹈演出，所以我每天上午十一点到十二点半，下午三点到四点半去跟她学习，希望能早日学出些成绩。古斯乌斯基芭蕾舞剧团的成员都是她的学生，里面的成员都是有很多年舞蹈经验的演员，他们之前在罗马尼亚演出，最近刚刚回来，过一阵又要去挪威和波兰演出了，真希望再过几年我也能有机会加入这个剧团。

您托我带来的那个珍珠戒指，终于交给罗斯玛丽了。我一直没有时间去汉堡看望她们，想寄给她，但是又怕在路上丢了。正好前两天，父亲在汉堡的朋友来看望他，于是我就把戒指交给了他，请他带给罗斯玛丽。我今天早上收到舒尔茨夫人的明信片，得知罗斯玛丽已经收到戒指了，特别喜欢。我会将明信片附在后面一起寄给您。

自从到了这里，感觉这里的天气一直很冷，正月里，室外达到了零下十八度，你应该能想象到有多冷了吧，估计往后，天气会稍稍变暖一些吧。不过屋子里有取暖设备，所以还好。而且这边的窗户都采用双层设计，密封比日本的严实得多，冷风一点儿也吹不进来。

我该去练舞了，今天就写到这里吧。期待您的回信。

弗莉黛尔·海宁格

一九四一年二月二日于柏林

信后面还附着一张风景明信片，那是信中提到的汉堡的舒尔茨夫人寄来的明信片，收信人是柏林马艾尔峨特街的海宁格小姐。

三十七

雪子本应该在长房家住到出嫁的那一天，可是她想早点儿回芦屋，这样还能和二姐一家再团聚一段时间，好好告个别，所以四月初，她就从长房那里搬回芦屋了。

国岛派人传来消息，定于四月二十九日天长节那天在帝国饭店举行结婚典礼。因为子爵年纪太大了，所以由御牧家长子正广夫妇代表男方出席。御牧家提出虽然现在倡导节俭，但婚礼规格当然必须要符合子爵家的身份，所以请柬也是按照这一要求发布的。到时候御牧家来的人肯定会很多，东京方面的亲戚肯定会出席，关西方面的人估计来得也不少。至于莳冈家这边，大阪这边的亲戚会出席，还有名古屋辰雄家这边的亲戚，包括大垣菅野家姐姐，大家都会来参加婚礼。所以，可想而知，这次婚礼规模肯定会盛大无比。

这段时间，甲子园那栋房子里的租客也搬走了。验收房子那天，御牧特意邀请幸子和雪子一同前去。从阪神电车线路往北走数百米，就到了那间房子，房子大小合适，是一栋新的平房，一对夫妇再加一个女佣，再好不过了，更令人欣喜的是这栋房子还带有一个四百平方米左右的院子。御牧和幸子姐妹商量着屋子怎么装修，哪里放衣橱，哪里放梳妆台……御牧说："我打算婚礼当天就住在帝国饭店，然后第二天去京都向父亲请安，当天就出发去奈良，在那里住上两三天，游览一下大和古都的春景。当然，这只是我的个人想法，如果雪子姑娘不愿意去奈良，去箱根或者热海，都可以，只要雪子姑娘喜欢。"幸子没有征求雪子意见，直接就说："奈良是个好地方。虽然奈良离我们那里不远，但是却没怎么去过，妹妹从来没见过法隆寺的壁画，这次可以好好欣赏一下大和的名胜古迹了。"御牧说："我打算在奈良住纯日式的旅馆。"幸子因为被臭虫咬过，所以对奈良的日本式旅馆没有什么好印象，不过还是向御牧推荐了日月亭。御牧又说："东亚飞机制造厂将在尼崎市郊区新建一座工场，国岛先生介绍我去那里工作。我是正经美国大学航空学毕业的，所以国岛先生才会推荐我去那里。不过我毕业以后就再也没有接触过那方面的工作了，根本就是个飞机工作的门外汉。不过因为是国岛先生推荐的，工厂还是愿意出高薪聘请我，我更加紧张了。不过眼前局势如此，我也没有办法，只好拼尽全力抓住这次机会。新婚旅行回来，我就要正式上班了。不过我打算趁业余时间继续学习关西方面的古代建筑，希望有朝一日能够重新成为一名设计师。"

说完自己的事情，御牧问起了妙子，幸子吓了一跳，赶紧装作若无其事地说："她最近挺好的，只是恰好今天不在家。"幸子不知道御牧知不知道妙子的事情，不过他后来没有再提过这件事，在芦屋停了半天就回去了。

这个时候，妙子的预产期已经快到了，阿春陪着她悄悄地住进了神户的船越医院。幸子生怕被别人发现，所以从来不去医院看望妙子，甚至连电话也不打。入院第二天，阿春趁半夜偷偷跑回家汇报妙子的情况。医生说妙子胎位不正，其实去年搬去有马疗养之前，体检结果是胎位完全正常，可能是因为一路上坐着汽车翻山越岭，颠簸导致胎位倒转。如果早点儿发现还能通过人为操作矫正，可是现在孩子已经降到骨盆了，做什么都晚了。不过院长保证一定会让妙子平安分娩，请产妇家人放心。既然院长已经做出保证，看来应该不会出什么大事。阿春汇报完就回去了。可是直到四月上旬，预产期过了好几天，还是没有要生的迹象。可能是因为这是妙子第一次生孩子，所以时间上不太准。不知不觉，樱花盛开的季节都要过去了。贞之助夫妇忍不住感叹时间过得太快了，再过半个月，就是雪子出嫁的日子，夫妇两人想为她举行点儿纪念活动。但是如今的局势比去年更加严峻了。本来结婚当晚，新娘子要穿新做的便服，可是因为“七七禁令”[①]，只能从小槌屋买一些处理品。从这个月开始，连大米也要受限了，只有凭票才能购买。菊五郎今年也不来大阪演出了。如果说去年要避着人赏樱花，那今年的顾虑只会更多。不过赏樱花是家里每年必须要有的仪式，所以无论如何也是要去的。十三日那天是星期天，贞之助一家和雪子说是去京都玩了一天，其实只是从平安神宫到嵯峨走了个过场，连瓢亭都没有去。这是妙子第二次缺席了。四个人默默地坐在樱花树下，临着大泽池畔喝了一些冷酒，这趟出游就结束了。大家连看了什么都不清楚。

回家的第二天，“铃”猫就要生小猫了。这只猫已经十三四岁了，已经没有生小猫的力气了，只能靠注射催生剂生产。从前天开始，老猫就有要生的迹象了，所以大家就给它搭了一个临时的猫窝，就在楼下那间六铺席屋子的壁橱里给它接生，但是怎么也生不出来，所以特意请来兽医给它注射催生剂，等到小猫崽子露出脑袋，幸子和雪子就开始上手往外拉，两个人轮流使劲儿，费了好大力气才拉出来。姐妹俩什么话也没有说，只是一心一意地帮“铃”猫接生，实际上，她们希望通过做这些事，能保佑妙子顺产。悦子借口上厕所，走下楼躲在走廊里偷看，幸子训斥她说：“悦子回去，小孩子不能看这些东西。”直到凌晨四点，三只小猫崽儿才都顺利生了下来，幸子和雪子已经满手是血。两人洗干净手，用酒精消过毒，换下脏衣服，刚准备上床，就听见电话响了。幸子吓了一跳，接了电话，是阿春打来的。

“什么事？妙子是不是生了？”幸子问。

“没有，还没有生。妙子小姐好像是难产。阵痛已经发作二十个小时了。”阿春说，“院长先生说，妙子小姐阵痛比较微弱，所以他们给妙子小姐注射了催生剂，可是目前德国进口的催生药紧缺，只注射了一些国

① 七七禁令：1940年7月7日，日本政府颁发的禁令，严禁购买、使用奢侈品。

产药品，基本上没什么效果。妙子姑娘一直哼哼个不停，看样是特别难受，而且妙子小姐已经一天没有吃东西了，还吐了很多黑乎乎的东西。妙子小姐哭着说她特别难受，估计是快死了。院长先生说没什么事，但是护士小姐说害怕产妇的心脏出现问题。在我这个外行人看来，妙子小姐的情况不容乐观啊，我知道太太不愿意让我打电话，可是现在实在是没办法了。”

幸子觉得阿春什么都没有说清。如果按照阿春的意思，只要使用德国进口催生药就能解决问题，那她觉得自己能够弄到进口药；一般来说，医院总会私藏一些紧俏的进口药物，便于及时提供给一些特殊病号，如果自己去找院长求情，说不定能拿到那些药品救命。雪子在旁边催促说：“事到如今，不要再顾忌什么外界的眼光了。我们赶紧去医院看看小妹吧。”贞之助也赶紧说：“雪子妹妹说得对，我们必须马上去医院看望小妹。另外，我当初向三好保证过，一定会照顾好小妹和孩子，可是现在竟然发生了这种事，必须马上通知三好立即去医院。”

神户船越医院的院长在社会上的名望很高，而且产科临床经验很丰富，所以幸子才会安排妙子住进这里。幸子并不熟悉那位院长，以防万一，幸子从家里的西药中挑了可拉明、偶氮磺胺、维生素 B 等针药，带着去了医院。家里一直存着一些西药，现在这些药也比较贵重，难以获得了。等到幸子她们赶到医院时，三好已经守着妙子了。自从去年搬到有马疗养，幸子就没有见过妙子了，到现在已经半年多了。妙子看见幸子进了病房，忍不住哭着说：“二姐你终于来了，这次我估计是熬不过去了。”妙子难受得手脚乱蹬，还时不时吐出一些黏糊糊的东西。女护士说，那滩黑乎乎的东西是胎儿的毒素。幸子看着那摊东西和婴儿刚出生时拉的粪便很像。幸子跑到院长室，掏出贞之助的名片和从家里拿来的针药说：“院长，我们家费尽全力找到了这些药品，可是急需的德国进口的催生剂怎么也找不到，请您帮帮我们吧。只要能拿到药，多少钱我们都愿意出……”幸子故意扯着嗓门哭喊着求着，看起来就像个疯子，院长心软，忍不住拿出一支进口催生剂说：“其实我们医院里还有一支这样的药，不过真的是最后一支了。”只用了五分钟，那支德国进口催生剂就见效了，幸子她们一下子就体会到了进口药和国产药的区别。妙子被推进产房，幸子、三好和阿春就在产房门口守着。刚听见妙子叫了两声，就看见院长从产房出来飞奔进手术室，手里提着的是刚出生的婴儿。接下来的半个小时，手术室里只传来了啪嗒啪嗒的拍打婴儿的声音，婴儿的哭声一直没有响起。

妙子被推出产房，安置在了之前的病房里。幸子三人守在妙子病床边，大气都不敢喘，她们听着啪嗒啪嗒的拍打声，知道院长一直在奋力抢救。过了一会儿，一位护士走来说：“真是对不起，孩子去世了。其实孩子到出生前还活着，但是生出来就死了。我们已经尽力了，就连府上带来的可拉明也用了，可还是没有救过来。院长马上就会过来，他会向府上解释详细情况。我想至少还是要给孩子穿上母亲准备的衣服吧。”说完，她接过妙子缝制的衣服就出去了。那些衣服都是妙子在有马的时候为孩子准备的。

又过了一会儿，院长满头大汗地抱着孩子过来了，说：“实在对不起，我没有能把孩子救回来。由于孩子是臀位生产，所以我用手助产，没想到出现了失误，导致婴儿窒息而死。这种事很少会发生，而我也向各位保证过，绝对不会出现危险，可是竟然出现了这种情况，我实在不知道该怎么向你们道歉。”就算院长不做什么，幸子她们也无话可说，更何况现在院长这么坦率认错，还惊慌地向她们解释，幸子反而对他产生了好感。院长托着婴儿给大家看，说：“看，多漂亮的一位小姐啊！我绝对不是虚伪奉承，我工作多年，接生过不少孩子，从来没见过这么好看的孩子。如果要是没有出这回事，将来肯定是为美丽的小姐，真是太可惜了。”说完，他又一再道歉。

婴儿身上穿着护士刚刚拿过去那件毛衫，头发黝黑锃亮，皮肤白皙，两颊红润，谁见了也忍不住赞叹一句好漂亮啊。三个人挨个抱过孩子。突然，妙子开始大哭，幸子、阿春和三好也忍不住跟着哭出来。幸子说："这孩子长得好像市松娃娃[1]啊……"幸子看着孩子白嫩的小脸蛋，突然一哆嗦，她觉得孩子的死就像是受到了板仓和奥畑的诅咒。

妙子在医院住了一个星期就出院了。按照贞之助的想法，妙子和三好住到一起也无所谓，只是他们要注意一点儿，不要太过张扬。于是，三好就把妙子接到自己那里去了。他们在兵库县租了一层楼，正式生活在了一起。四月二十五日，妙子趁晚上偷偷来了芦屋，打算和贞之助夫妇，还有雪子告别，然后再收拾一些常用的东西。她走进之前住的那个房间，六铺席大的屋子里全是雪子的嫁妆，琳琅满目，大阪的亲戚们和朋友们送来的礼物堆满了壁龛。虽然妙子比雪子先嫁人，可是谁都没有告诉，因此她只用蔓草花纹的包袱装了一些急用的东西，然后和大家待了三十分钟，就独自回兵库去了。

当初妙子出院，阿春就回芦屋了。她对幸子说，等雪子姑娘办完婚礼，想要请几天假回尼崎一趟。估计是阿春的父母催她回家相亲了。

几天时间，就把人的命运决定了，幸子一想到再过一阵子，家里就只剩下自己一家子了，母亲嫁女儿估计就是这种凄凉、不舍的心态吧。贞之助夫妇定于二十六号晚上乘坐火车陪雪子去东京。雪子比幸子还要忧伤，自从定下出发的日子，雪子就开始感伤时光易逝。而且不知道为什么，雪子最近开始拉肚子，一天要跑五六次厕所，吃了若松和阿鲁西林片也不见好转。二十六日上午，在大阪冈米定制的假发送到了，雪子试完就摆在了壁龛里。悦子一回家就看到了，她戴上假发，喊着"二姨的头真小"，然

---

① 市松娃娃：陶土烧成的娃娃，可以更换衣服，关西地区称之为市松娃娃。起源是为了替人承担灾难而制作的替身，现在常用于出生贺礼，祈求刚出生的宝宝无灾无难。传统上使用桐木、梧桐树和胡粉制成。

后就跑去厨房显摆，女佣们看了直笑。小槌屋也在同一天送来了定制的便服，雪子见到那件将在婚礼之后换上的那件衣服，自己嘟嘟囔囔：“这些如果不是婚礼的衣裳就好了。”她忽然想起，幸子和贞之助结婚的时候，也是没有一点儿高兴的样子。妹妹们当时还问幸子怎么不高兴，她说高兴什么，还写了一首短歌让她们看。

每日忙着试嫁衣，心如黄昏独自伤。

雪子的腹泻一直没有好转，直到那天坐上火车，也没有止住。